華山歸還

화산귀환

華山歸還

화산귀환 3

비가 장편소설

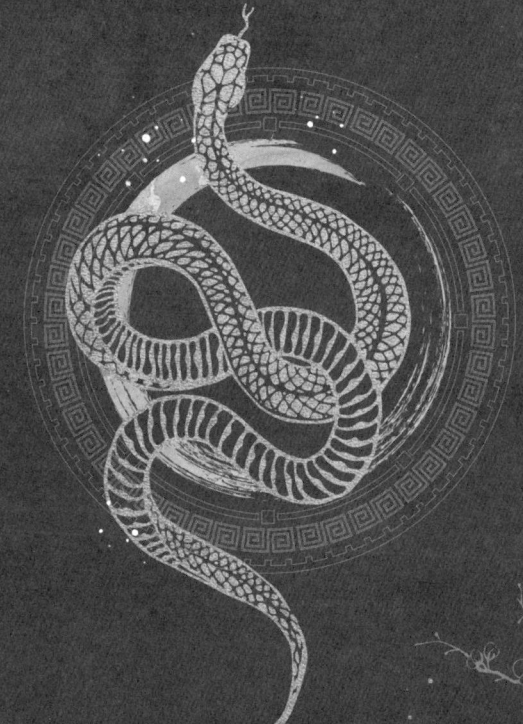

목차

9장 화산의 검은 강하다 007

10장 진짜 무정함이 뭔지 알려주지 175

11장 그래도 나는 함께 걸어간다 355

외전 생일(生日) 489

9장

화산의 검은 강하다

 섬서 화음현. 북적거리는 사람들 사이로 봇짐을 진 한 사내가 화음의 입구에 들어섰다.
 "……여기가 그 화음현인가?"
 아직은 사내라기보다는 소년에 가까워 보이는 얼굴이다. 그는 살짝 당황한 표정으로 주변을 두리번거렸다.
 "여기가 맞을 텐데?"
 눈에 보이는 광경이 아련한 기억 속 모습과 너무 달랐다. 과거 그가 본 화음은 작은 마을과 도시의 경계에 있는 곳이었다. 나름 변화하기는 했지만 어디 가서 내세울 정도는 아니고, 그렇다고 낙후되었다고 말할 수도 없는 애매한 모습이었다.
 하지만 지금 그의 눈에 보이는 광경은 변화한 도시와 다를 게 없었다. 물론 유명한 큰 도시에 비할 규모는 아니나 대로 좌우로 깨끗하게 새로 지은 건물들이 늘어서 있고, 가게들도 빈 곳 없이 빽빽하게 들어찼다. '현'이라는 말이 무색할 정도였다.

'내가 잘못 찾아왔나?'

주변을 연신 두리번거리던 사내는 지나는 이에게 말을 건넸다.

"저기, 여기가 화음현이 맞습니까?"

"초행이오?"

"아니요. 초행은 아닙니다. 한 십여 년 전에 한 차례 들렀었는데, 그때와는 너무 달라진 것 같아서요."

그러자 대답해 주던 이가 쓰게 웃었다.

"십여 년 만에 오는 이라면 그럴 만하지. 이 년 전에 화음에서 떠났다 돌아온 이들도 깜짝깜짝 놀란다오."

"아……. 그럼 여기가 화음현이 맞군요."

"그렇소이다. 너무 많이 변해서 이상하기야 하겠지만, 여기가 그쪽이 알고 있는 화음이 맞을 거요."

"감사합니다. 그런데…… 여기가 대체 어떻게 이렇게 변했죠?"

"말해 뭐 하겠소. 화산 덕분이지."

"예?"

"화산 모르시오, 화산? 화산파!"

"아, 아니요. 압니다. 화산파야 당연히 알지요."

사내, 위소행(魏小行)이 재빨리 고개를 끄덕였다. 화음현의 사람들에게 화산파를 모른다고 말하면 사람 취급을 못 받는다. 이곳의 사람들에게 화산은 단순히 근처에 있는 문파가 아니었다. 자존심이자 자부심이고, 더 나아가 가족과도 같은 존재였다.

"안 그래도 그 화산파를 방문하기 위해서 온 참입니다."

"오, 그런가? 이거 손님이셨군. 자, 궁금한 거 있으면 다 물어보게. 내가 다 대답해 주지."

화산을 찾아왔다는 말을 듣자마자 얼굴이 확 핀다. 화산에 대해 큰 호감을 품고 있는 게 분명해 보였다. 위소행이 물었다.

"화산 때문에 화음이 발전했다는 말이 대체 무슨 말씀이신지?"

"그야 뻔한 소리지. 자네도 요즘 화산의 기세가 욱일승천! 사해만방에 그 명성을 떨치고 있다는 건 알지 않나?"

아뇨. 제가 타지에 있어서 아는데, 그 정도는 아닌데요?

하지만 이 말을 차마 이 사내의 앞에서 할 수는 없었다. 화산을 조금이라도 무시했다간 턱주가리를 날려 버리고야 말겠다는 의지가 그의 눈빛에서 엿보였다.

"그, 그렇죠."

"그래서 근래에 화산을 찾아오는 이들도 많아졌네. 화산을 찾는 이들이 많아지니, 당연히 화음을 방문하는 이들도 많아졌고. 보다시피 사람이 이렇게 북적이지 않는가?"

"그렇군요."

"사람이 모이는 곳엔 돈이 모이기 마련이지. 그러다 보니 자연히 화음이 이리 바뀐 거라네."

"……굉장히 극적이네요."

"하하하하. 그게 다 화산파 덕이 아니겠는가? 자네도 알지 않나. 이 년 전 화종지회에서 화산이 저 썩을 종남 놈들의 콧대를 아주 뭉개 버린 걸 말일세."

"물론입니다."

그건 이제 천하에 모르는 사람이 없는 이야기였다. 몰락했다고 알려졌던……. 아니, 이제는 그 기억조차 희미해져 사람들의 뇌리에서 잊혔던 화산이 최근 기세가 대단했던 종남을 완전히 박살 내 버린 사건이다.

사람은 기본적으로 타인의 불행을 즐긴다. 하물며 잘나가던 문파가 개망신을 당한 사건이니, 씹고 뜯고 맛보지 않을 이유가 없었다. 발 없는 말이 천 리를 가듯, 화종지회에서 벌어진 일은 단숨에 천하로 퍼져 나갔다. 이제는 동네를 뛰노는 꼬마들도 알 정도였다.

오죽하면 그때의 화종지회를, 승천하던 용이 바닥으로 추락한 회합이다 하여 낙룡지회(落龍之會)라 부르는 이들까지 생겨났겠는가?

"종남이네. 다른 곳도 아닌 종남. 그런 종남을 혼쭐내 놨으니 화산의 명성이 얼마나 올랐겠는가? 그 이후로 화산을 찾는 이들이 얼마나 늘어났는지 모르네. 입문하겠다는 이들의 문의도 끝이 없다는구먼."

"그렇군요."

위소행이 고개를 끄덕였다. 이거야 위소행만큼 잘 알아들을 사람도 없을 것이다. 그도 다름이 아니라 그 달라진 화산의 위상 때문에 이곳을 찾았으니까. 만약 화종지회 관련 소문이 돌지 않았다면 이곳을 찾아올 생각조차 하지 않았을 것이다.

"다만 좀 아쉬운 게 말이네."

"예?"

입에 침이 마르도록 화산을 칭송하던 사내가 조금 언짢은 표정으로 화산을 바라보았다.

"그 이후로 이 년간 별일이 없단 말이지. 슬슬 뭔가를 할 만도 한데 말이야."

"아……."

"하기야, 거파는 그리 쉽게 움직이지는 않는 법이지. 대붕은 천 년을 웅크리다가 한 번의 날갯짓으로 천 리를 간다고 하지 않는가? 화산이 그럴 걸세. 아암, 그렇고말고."

화산에 대한, 숨길 수 없는 자부심이 드러나는 말이었다. 위소행은 그 모습을 보며 참 많은 것이 바뀌었다고 생각했다. 그저 겉모습만이 바뀐 게 아니다. 과거 그가 이곳을 방문했을 때는 마을에서 생기를 찾아보기가 어려웠다. 그런데 이제는 화음의 사람들에게서 넘치는 활력이 느껴졌다.

"화산을 방문할 생각이라면 적당한 곳에 처소를 잡아 보게. 곧 해가 질 텐데, 지금 오르면 꼼짝없이 화산을 오르는 중에 밤을 맞게 될 테니까. 내일 아침에 오르는 게 좋을 걸세."

"예. 말씀 감사합니다."

"그럼."

사내가 손을 흔들고 멀어지자 위소행이 주변을 두리번거렸다. 입이 저도 모르게 슬쩍 벌어졌다.

'이렇게까지 바뀌는구나.'

한 문파가 명성을 조금 얻은 것만으로도 마을 하나가 상전벽해라 할 만큼 바뀌어 버렸다. 사람이든 문파든 모두 이름을 알리는 데 왜 그토록 목숨을 거는지 알 수 있었다.

고개를 들어 화산을 바라보았다. 완전히 바뀌어 버린 화음을 보고 있으니 긴가민가하던 마음도 확실히 갈피가 잡혔다. 지금의 화산은 그가 알던 과거의 화산과는 다르다. 그러니…….

'어떻게든 화산의 협조를 구해야 한다.'

그의 두 눈에 단호한 빛이 어렸다. 저 험준한 화산의 정상에 화산파가 있다.

— 화산이 반드시 우리를 도와줄 것이다. 화산에 가서 도움을 청하거라.

'아버지의 판단이 틀리지 않았으면 좋겠네요.'
입술을 꾹 다문 위소행은 이내 몸을 돌려 화음현 안으로 향했다.

◆◇◆

"끄으으으응."
마지막 언덕을 마침내 다 오른 위소행이 거칠게 헐떡거렸다.
'뭔 산이 이렇게 험한지…….'
예전에도 느꼈지만, 이 산은 사람의 접근을 쉬이 허하질 않는다. 가파른 건 둘째 치고, 정상에 오르기 위해서는 발끝이나 겨우 붙일 만한 절벽을 수도 없이 올라야 한다.
무당에는 해검지(解劍地)가 있다. 무당에 드는 이는 그곳에서부터 검을 풀고 말에서 내려야 한다.
하지만 화산에는 해검지 같은 게 필요하지 않다. 말이 여길 오를 수가 없으니까. 그래서 화산에 오르는 이들은 모두가 평등하다는 말이 나오는 것이다. 고관대작도 가마에서 내려야 하고, 말을 타고 온 이도 산 밑에 말을 묶어 두고 두 발로 산을 올라야 한다.
하지만 이번에는 걱정했던 것에 비해선 수월하게 산을 오를 수 있었다. 과거와는 달리 산을 오르는 절벽마다 말뚝이 박혀 있고, 그 말뚝이 굵은 밧줄로 서로 연결되어 있었기 때문이다. 밧줄을 잡고 오르는 게 맨절벽을 오르는 것보다 몇 배는 쉬웠다.
그는 이마에 흐른 땀을 소매로 대충 훔쳤다.
"누가 생각했는지는 모르겠지만, 이건 정말 잘 생각했네. 이러면 화산을 오르는 이들도 좀 더 편히 오고 갈 수 있겠지."

화산의 역사가 결코 짧지 않을진대 이제야 이런 생각을 했다는 게 신기하긴 하지만, 이제라도 했다는 것을 다행이라 여길 수밖에 없었다. 호흡을 가다듬은 그의 눈에 마침내 거대한 화산의 산문이 들어왔다.

"……아니, 왜 익숙한 게 하나도 없지."

저 산문도 원래 저렇지 않았던 것 같은데? 과거 화산을 방문했을 때 본, 다 쓰러져 가는 산문이 워낙 인상 깊게 남아 있다 보니 지금 눈에 보이는 웅장한 산문이 더없이 어색하게 느껴진다. 용사비등(龍蛇飛騰)한 필체로 '대화산파'라 쓰인 현판이 한눈에 들어왔다. 보는 순간 뭔가 압도되는 기분이었다.

'확실히 예전과는 다르다.'

십 년이면 강산도 변한다는데, 문파 하나가 변하는 데는 충분하고도 남는 시간이지 않은가?

가슴속에 차오르는 기대감을 안고 위소행은 화산의 산문을 향해 다가갔다. 커다란 산문이 무색하도록, 딱히 앞을 지키는 위사는 보이지 않았다. 그리고 아직 이른 시간이어서인지 문 역시 굳게 닫혀 있었다.

위소행이 짧게 심호흡하고는 산문을 두드렸다.

"계십니까!"

쿵! 쿵! 쿵!

문파에 찾아와서 '계십니까?'를 외치는 게 과연 맞는가 하는 의구심이 뒤늦게 들긴 했지만, 다른 적당한 말을 찾기가 어려웠다.

"객이 화산을 방문하기를 청합니다. 계십니까?"

최대한 공손하게 소리친 위소행이 문을 두드리던 손을 멈추고 잠시 기다렸다. 들은 사람이 있다면 지금쯤…….

그때, 끼이이익 소리와 함께 안에서 한 사람이 고개를 내밀었다. 위소행은 기쁘게 입을 열려 했다. 하지만 청천벽력 같은 말이 날아들었다.
"오늘은 방문을 받지 않는 날이오."
"……예?"
"오늘 화산은 방문객을 받지 않으니, 내일 다시 오시오."
"아. 저, 저는 그런 말을 듣지 못해서……."
어쩐지 산을 오르는 이들이 없더라. 그 아저씨 진짜!
"그럼."
"자, 잠시만요!"
위소행이 다급하게 그를 붙들고 외쳤다.
"죄송하지만, 어떻게 방법이 없겠습니까? 저는 꼭 화산의 장문인을 뵈어야 합니다."
"오늘은 외인을 받지 않는 날이오. 급한 용무가 아니라면 내일……."
"외, 외인이 아닙니다."
그 다급한 목소리에 문을 열고 나온 사내, 백상이 위소행을 위아래로 훑었다. 아무리 기억을 뒤져 봐도 본 적이 없는 사람이다. 그런데 외인이 아니라니.
"저는 화영문(華影門)에서 왔습니다. 화산의 속가입니다."
"화영문이라고 하셨습니까?"
순간 백상의 말투가 달라졌다.
"예. 화영문의 일로 장문인을 꼭 만나 봬야 합니다. 촌각을 다투는 일입니다. 귀문의 상황을 제대로 알아보지 않고 산을 오른 제게 잘못이 있다는 건 알고 있습니다. 하지만 화영문의 사정을 보아 장문인께 말씀이라도 전해 주시지 않겠습니까?"
백상이 공손해진 어투로 말했다.

"죄송하지만, 제가 견문이 짧아 화영문이라는 곳을 들어 보지 못했습니다."

"그……."

"하나 제가 모든 것을 알 수는 없는 법. 지금 바로 들어가 화영문에 대해 여쭤보고 장문인께 말씀을 전해 보도록 하겠습니다."

"감사합니다!"

"그럼 잠시만 기다려 주십시오."

백상이 문을 닫고 안으로 들어갔다. 그래도 최악은 피했다는 생각에 한숨이 절로 새어 나왔다. 그러고 보면 굉장한 기세였다. 보아하니 나이도 위소행에 비해 그리 많지 않아 보이는데, 칼날같이 절도가 있었다. 방금 본 이의 손에 검이 들리면 대체 어떤 일이 벌어질지 궁금해질 정도였다.

'이게 화산인가?'

위소행은 초조한 마음으로 백상을 기다렸다.

'혹시라도 문전박대를 당하면 어떡하지?'

화산의 위상이 달라졌다는 게 실감이 나자 불안도 덩달아 커졌다. 이제 사해만방에 그 이름을 날리기 시작한 화산이라면 화영문 같은 곳은 상대해 주지 않을지도 모른다. 아무리 속가라고는 하지만 제대로 교류를 하지 않은 지가 벌써 몇십 년…….

그때였다. 문이 조금 전과 달리 벌컥 격하게 열리더니 백상이 굳은 얼굴로 뛰쳐나왔다.

"화영문이라고 하셨지요?"

"예? 아……. 아, 예! 화영문입니다."

"안으로 드시지요. 장문인께서 지금 바로 뵙겠다고 하십니다."

"예?"

"어서!"

"아, 예!"

갑자기 달라진 태도에, 위소행은 얼떨떨한 표정을 지으며 백상을 따라 안으로 들어섰다.

· ◈ ·

'너무 긴장되는데.'

위소행은 마른침을 꿀꺽 삼켰다. 그의 맞은편에는 화산의 장문인인 현종이 인자한 얼굴로 앉아 있었다. 작은 문파의 제자에 불과한 위소행에게는 화산의 장문인인 현종을 이렇게 마주 본다는 것 자체가 부담이었다.

하지만 부담은 그걸로 끝이 아니었다. 현종의 좌우로는 한눈에 보아도 근엄해 보이는 도인들이 정좌하고 있다.

굳이 이렇게까지 한다는 게 믿기지 않았다. 사실 마지막 한 가닥 기대를 품고 화산까지 한달음에 달려오기는 했지만, 장문인을 대면할 수 있을 거라고는 생각지 못했다. 그런데 지금 장문인뿐 아니라 화산의 장로들과 일대제자들마저 보게 되니 쿵쾅대는 심장을 달랠 길이 없었다.

그때 현종이 부드러운 목소리로 입을 열었다.

"그래, 화영문에서 왔다고 했는가?"

"예, 예, 장문인! 화영문의 위소행이라고 합니다."

"음, 그렇군. 내가 화산의 장문인인 현종이네."

"만나 뵙게 되어 영광입니다."

현종이 미소를 지으며 말했다.

"그리 긴장할 것 없네."

"……제가 조금 소심한 면이 있어서."

현종은 손을 뻗어 위소행의 앞에 놓인 차를 가리켰다.

"그럼 차를 조금 들어 보게. 마음을 안정시켜 줄 걸세."

"감사합니다."

위소행이 떨리는 손으로 찻잔을 들었다. 마시기는 했지만, 도대체 무슨 맛과 향이 나는지 알 수가 없었다. 그만큼 긴장했다는 뜻이리라.

"화영문. 화영문이라. 화산의 속가 중에 화영문이 있다는 건 내 알고 있네만, 아마 마지막으로 화산에 들른 것이 십삼 년 전쯤이던가?"

"기억하십니까?"

"물론이네. 그때의 작은 소년이 자네인 모양이로군."

"그렇습니다."

그때의 위소행은 지금과 달리 전혀 긴장하지 않았다. 속가 제자의 신분으로 본산을 오른다는 게 어떤 의미를 지니는지 알지 못할 나이이기도 했고…….

'그때의 화산은 지금의 화산과 달랐으니까.'

산문을 보고 느꼈던 충격은 충격도 아니었다. 산문 안으로 들어온 뒤로 위소행은 주변을 가득 채운 으리으리한 전각에 놀라서 기절할 뻔했다. 분명 기억 속 화산은 다 쓰러져 가는 전각들이 드문드문 들어선 황량한 곳이었는데, 십 년 사이에 어찌 이렇게나 변했단 말인가? 자리가 사람을 만들……. 아니, 옷이 날개…….

'돈이 날개라고!'

화산의 자금력을 실감하게 되자 괜히 더 위축되었다. 과연 이런 부탁을 해도 되는지 망설여졌다.

"그래. 무슨 일로 나를 보자고 했는가?"

"예, 장문인. 그게……."

하지만 위소행이 입을 열 기회는 그리 쉽게 주어지지 않았다. 다짜고짜 문이 벌컥 열리더니 냉한 인상의 노도인 하나가 안으로 성큼성큼 걸어 들어온 것이다.

"화영문? 화영문 사람이 왔다고 하셨습니까, 장문인?"

"들어왔으면 인사부터……."

"자네가 화영문에서 온 사람인가?"

현영이 위소행을 매섭기 짝이 없는 눈으로 노려보았다. 괜히 움찔한 위소행은 겁먹은 표정으로 얼른 고개를 끄덕였다.

"예, 제가……."

대답이 채 끝나기도 전에 현영이 그에게로 성큼 다가서선 팔을 휘둘렀다.

얻어맞는 건가! 위소행은 저도 모르게 눈을 질끈 감았다. 그러나 현영은 환한 웃음을 지으며 그의 어깨를 두드렸다.

"화영문! 그래, 화영문에서 왔군! 하하하하하! 헌앙한 것을 보니 과연 화영문의 제자로다! 무슨 일인가! 얼마든지 이야기해 보게! 혹시 어려움이 있어서 여기까지 찾아왔는가? 내 어떻게든 해결해 줌세!"

위소행은 얼떨떨하게 현영을 바라보았다. 뭐지? 이 갑작스러운 환대는? 보다 못한 현종이 현영을 만류했다.

"갑자기 그리 굴면 사람이 당황하지 않는가."

"장문인! 화영문입니다! 모르시겠습니까?"

현영이 살짝 얼굴을 일그러뜨렸다.

"속가 중에 지난 삼십 년 동안 푼돈이라도 꾸준히 본산으로 보낸 문파는 화영문밖에 없습니다! 이제야 다들 어떻게든 한 다리 걸쳐 보겠다고 선물을 싸 보내고, 돈 몇 푼 가지고 오는 거지. 우리가 거지꼴일 때 본산을 우대했던 곳이 화영문 외에 어디 있습니까?"

"아니, 거…… 손님 앞에서 거지꼴이라니. 우리 체면도 좀……."

"그런데 화영문은 화산이 땅에 떨어진 거 주워 먹고 사는 동안에도 어떻게든 본산에 도움이 되라고 돈을 보내왔던 곳이란 말입니다! 예? 돈을! 돈을요!"

"거, 알았다니까……."

"이런 문파가 없습니다. 화영문은 화산 속가 중에 제일입니다! 삼십 년을 넘게 돈을 보내면서도 뭐 하나 요구한 적이 없는 곳입니다. 그러니 어찌 어여쁘지 않겠습니까!"

표현은 과격하지만, 또 충분히 이해가 가는 말이었다. 액수의 많고 적음이 중요한 게 아니다. 화산이 빚에 허덕이며 숨이 넘어갈 판일 때, 화영문이 보내온 그 금전이 현영에게 얼마나 큰 힘이 되었겠는가? 돈은 갚을 수 있지만, 마음의 빚은 갚을 도리가 없는 법이다. 현영에게는 화영문에 대한 마음의 빚이 늘 크게 남아 있었다.

"그래. 무슨 일인가? 혹시 돈이 부족한가? 말만 하게! 내가 아주 싸게 빌려줌세."

"……현상."

현종의 부름에 현상이 말없이 자리에서 일어났다. 현영이 살짝 찔끔하여 입을 다물었다.

"아, 알았습니다. 닥치고 있으면 될 것 아닙니까?"

현영이 삐쭉거리며 자리를 찾아 앉았다. 현종이 깊게 한숨을 내쉬었다.

'언제 철이 들는지.'

정확하게는 급작스레 사라져 버린 철을 언제 되찾을지 걱정이다. 청명의 등장과 함께 날아가 버린 현영의 철은 이 순간까지도 돌아올 줄을 몰랐다.

"긴장도 풀린 것 같으니 이야기를 해 보게나. 화산에는 무슨 일로 왔는가?"

위소행이 살짝 심호흡하더니 입을 열었다.

"화영문에 화가 닥쳤습니다. 그리하여 제 아버지께서 화산에 도움을 청하라 하시며 저를 보내셨습니다."

"어떤 도움을 말하는 건가?"

위소행의 눈에 힘이 들어갔다.

"청명. 화산신룡(華山神龍) 청명 도장을 모셔 가고 싶습니다!"

청명이라는 이름이 나온 그 순간, 장내의 모든 사람의 얼굴에 껄끄러움이 스쳤다.

"청명?"

"예, 장문인."

"……이보게. 위소행이라고 하였는가? 다짜고짜 본론만 말할 게 아니라, 일단은 사정을 설명해 보는 게 어떻겠는가?"

"아, 죄송합니다. 제가 경황이 없어서. 사실은……."

위소행이 그간의 사정을 설명하기 시작했다.

대개 큰 문파의 제자는 두 부류로 나뉘기 마련이다.

하나는 화산에 입문하여 평생을 화산에서 살아가는 진산제자다. 진산제자가 된 이들은 도명(道名)을 받은 뒤 화산에서 제자를 키우고 검을 닦으며 도를 추구한다.

화산에서 배우긴 했으나, 화산이 아닌 세상으로 나가 살아가는 이들은 속가 제자가 된다. 그리고 그런 속가 제자가 세운 문파는 속가 문파라 하여, 화산과는 별개의 문파이지만 화산의 영향력 아래 운영되었다.

화영문은 화산의 속가 문파다.

속가 문파는 매해 적당한 금액을 본산으로 보내고, 본산은 그 대가로 속가 문파들이 겪는 여러 가지 어려움을 해결해 준다. 본산은 안정적으로 돈을 벌 수 있어 좋고, 속가 문파는 본산의 이름을 내세워 수련생들을 끌어모을 수 있으니 좋다.

화산이 한창 전성기였던 시절에는 이런 속가 문파들이 몇백을 넘었다고 전해지지만, 지금 천하에는 화산의 속가 문파를 자처하는 곳이 열을 넘지 않는 실정이다. 그리고 그 남은 열 곳마저도 제대로 본산과 교류를 하지 못하고 있다.

한데 그 와중에 가장 꾸준하게 화산에 금전을 보내왔던 곳이 바로 화영문이다.

"그리 잘되는 무관이라고는 할 수 없지만, 자리 잡은 곳에서는 나름대로 인정을 받았습니다."

"그렇지. 화영문주의 인품이라면 그러고도 남지."

"문제는 건너편에 종도관(從道館)이라는 새로운 무관이 열리면서 시작되었습니다. 그 종도관은 무당의 속가 문파로, 생기자마자 공격적으로 수련생들을 끌어모았습니다."

"음."

"하지만 저희 화영문이 워낙 해 놓은 것이 많아서인지, 저희 지역, 그러니까 남영(南楹)에서는 딱히 그들에게 호응해 주지 않았습니다. 그러자 그들이 우리를 직접 노리기 시작하더군요. 계속되는 그들의 도발에 참지 못한 아버지께서 종도관주와 비무를 하셨다가 패해 큰 부상을 입으셨습니다."

"저, 저런!"

듣고 있던 현영이 분기탱천하여 벌떡 일어났다.

"화영문주가 어떤 사람인데 부상을 입힌단 말이냐! 내 그놈을 잡아 당장 씹어 먹어 버······."

현상이 현영의 소매를 잡아당겼다. 자리에 강제로 앉게 된 현영은 그래도 노기가 풀리지 않는다는 표정으로 이를 갈았다. 위소행은 침통한 어조로 말을 이었다.

"거기에서 끝났다면 제가 여기까지 오지는 않았겠지만, 종도관은 저희를 남영에서 아주 몰아낼 작정인지 무당 본산에 지원을 요청했다고 합니다. 곧 무당에서 진산제자들이 내려온다는 말을 들은 아버지께서 저를 이곳으로 보내셨습니다. 장문인을 만나 뵙고 도움을 청하라고요."

말을 끝낸 위소행이 그 자리에 넙죽 엎드렸다.

"장문인! 도와주십시오. 화산에서 도와주시지 않으면 화영문은 이대로 현판을 내려야 합니다. 저들은 무도하기 짝이 없는 이들입니다."

모든 사정을 들은 현종이 길게 침음성을 흘렸다.

"으음, 그 종도관이라는 곳이 무당의 속가라고 했는가?"

"예, 장문인."

"허어, 도를 구한다는 곳에서 어찌 그런······."

현종의 탄식에 현영이 코웃음을 쳤다.

"무슨 순진한 소리를 하고 계십니까. 무당이 어떤 곳입니까? 천하에서 가장 돈이 많은 도관입니다. 그 돈이 설마 다 향화객들의 주머니에서 나왔겠습니까? 제 속가를 늘리는 데는 천하에서 가장 독한 놈들이 무당 놈들입니다."

현종이 가만히 고개를 끄덕였다. 확실히 이건 좌시할 수 없는 일이다. 화산의 속가가 무당에게 당한다는 건 둘째 문제다.

'이제 화산도 외부를 바라볼 시기가 되긴 했지.'

본산의 힘이 얼마나 강성한지를 볼 수 있는 지표가 바로 속가 문파의 수다. 문파가 강성하면 속가도 늘어나고, 쇠퇴하면 있던 속가도 잃는 법이다. 화산이 과거의 명성을 되찾고 싶다면, 이제 화산 내부만 다스려서는 안 된다. 곧 이대제자 중에서도 하산하는 이들이 나올 터. 그들이 무관을 만든다면 당연히 지원해야 하지 않겠는가? 이건 단순히 속가의 일이 아니다. 더 나아가서는 세상이 화산을 보는 시선을 결정짓는 문제라고 할 수 있다.

현종이 생각에 빠지자 여기저기서 말이 나오기 시작했다.

"도와야 하는 것 아닌가?"

"돕는 것도 쉽지 않습니다. 일대제자 이상은 속가의 일에 나서지 않는 것이 불문율 아닙니까?"

"그래, 그렇지."

어린아이 싸움이 어른 싸움으로 번진다고, 과거부터 속가 문제로 시작된 일이 본산끼리의 전쟁으로 번진 일이 종종 있었다. 그 후로 강호는 쓸데없는 출혈을 막기 위해, 속가에 직접적으로 관여하는 이들은 이대제자 배분을 넘지 않도록 암묵적인 합의를 했다. 그 속에는 이미 완성되어 가는 이들 대신 어린 이들을 세상으로 내보내 경험을 쌓게 하겠다는 의도도 내포되어 있었다.

"보내야 한다면 이대제자들을 보내는 것이 맞습니다. 백자 배들을 보

내심이 어떠신지요. 그리고…….″

그때 대화를 듣고 있던 위소행이 쭈뼛거리며 입을 열었다.

″삼대제자는 안 됩니까? 아버지께서 신신당부하셨습니다. 그 화산신룡 청명 도장을 꼭 모셔 와야 한다고……. 혹시 청명 도장께서는 지금…….″

현종의 얼굴이 떨떠름해졌다.

″그……. 음, 청명이를 데려가겠다고?″

″가능하다면 그러고 싶습니다.″

″음. 그래. 음, 좋은 일이지. 어……. 그래.″

입은 좋은 일이라 논하고 있지만, 얼굴은 좋은 일을 논하는 얼굴이 아니었다.

″그래. 일단은 알겠네. 우리끼리 논의할 일이 있으니 잠시 나가 있게나.″

″예, 장문인.″

운공(雲空)이 위소행을 데리고 밖으로 나가자 현종이 심각하게 굳은 표정으로 물었다.

″어찌해야겠느냐?″

″고민할 일이 아닙니다!″

현영이 버럭 소리를 질렀다.

″화영문입니다! 화산이 먹고 죽을 것도 없던 시절에 바리바리 곡식과 돈을 싸 보내던 화영문입니다. 아무리 속가라고는 하나 은혜는 은혜! 우리가 짐승 새끼도 아니고 은혜를 잊어서야 되겠습니까? 지금 당장 애들을 풀어서 그놈들을 물어야 합니다.″

″……개 푸는 것도 아니고 물긴 뭘 물어.″

"개보다 더한 놈이 있잖습니까."

그게 문제지, 그게. 바로 그게 문제라고!

현상이 심각한 표정으로 말했다.

"장문사형. 이건 그리 쉽게 생각할 문제가 아닙니다. 상대가 무당이지 않습니까? 무당은 버거운 상대입니다. 아무리 속가의 일은 속가의 일이고, 본산에서는 젊은 놈들만 보내는 것으로 도리를 다한다고 하지만, 일이 어떻게 번질지는 모르는 겁니다."

"음. 그 말도 맞다."

따지고 보면 속가의 일로 비롯된 충돌이 크게 번지는 일이 잦았기에 그런 불문율이 생긴 것이다.

"화영문에게는 미안한 일이지만, 달리 도울 방도가 있을 겁니다. 제자들을 보내 무당과 충돌하는 것은 피하고 싶습니다."

조금은 매정하게 들릴지 모르는 말이지만, 현상도 화영문이 싫어서 이런 말을 하는 게 아니다. 천하의 어떤 문파도 무당과 충돌하고 싶어 하지는 않는다. 무당이 어떤 곳인가? 소림과 더불어 강호의 북두라 불리는 곳 아닌가?

이번엔 현종의 시선이 운암에게로 향했다.

"어찌 생각하느냐?"

운암이 살짝 심호흡하고 입을 열었다.

"장문인. 생각해야 할 것은 두 가지입니다. 하나는 지금이 과연 화산이 외부 활동을 재개하기에 적기인가 하는 점입니다. 우리의 생각이 어떻든, 화산이 제자를 보내 무당과 대립한다면 천하는 화산이 다시 대외 활동을 시작했다고 생각할 것입니다."

"그렇지."

"그리고 두 번째는 과연 우리 아이들이 무당의 제자들을 감당할 수 있을까 하는 점입니다."

"그거야, 뭐……."

현상이 대수롭지 않다는 듯 운암의 말을 받았다. 그러더니 말을 보탰다.

"세 번째도 있겠지."

"세 번째라 하시면?"

"그놈을 풀어놔도 되는가."

정적이 내려앉았다. 모두의 얼굴에 공감과 불안함이 동시에 어렸다.

"장문인. 사실 아까 그 아이의 말이 맞습니다. 보내야 한다면 청명이 놈을 보낼 수밖에 없습니다. 그렇지 않습니까?"

"그, 그렇지."

"그런데 그놈을 강호에 풀어놔도 되겠습니까? 더군다나 무당을 상대하는데?"

"끄응."

현종이 그답지 않게 머리를 벅벅 긁었다. 단정하게 빗어 넘겼던 머리가 흐트러졌다. 이 년은 짧은 시간이 아니다. 이제는 이곳에 있는 이들 모두가 청명의 본성이 어떤지 아주 잘 알고 있다. 그 청명을 강호로 보내는 건 정말 굉장한 부담이었다.

"운검아, 너는 어찌 생각하느냐?"

현종의 물음에 운검이 가볍게 웃으며 답했다.

"생각할 것도 없습니다. 보내시지요."

"……보내자고?"

"보내지 않을 이유가 없잖습니까. 언젠가는 청명이 놈도 강호로 나가야 합니다. 차일피일 미루는 건 답이 될 수 없습니다. 시간을 끌어 그 녀석이 도인이 될 수 있다면야 저도 반대하겠습니다만, 어차피 그건 바라지 못할 꿈 아닙니까?"

"……."

"그럼 보내야지요. 매도 일찍 맞는 게 낫습니다."

현종은 그만 웃어 버렸다. 우문현답이다. 잠시 눈을 감고 고민하던 그는 이내 눈을 뜨고는 고개를 끄덕였다.

"윤종을 불러오너라."

밖에 나가 있던 위소행과 함께 들어온 윤종이 현종에게 예를 표하고 자리에 앉았다.

"부르셨습니까?"

"지금 청명이 무엇을 하고 있더냐?"

"얼마 전에 들어간 폐관에서 아직 나오지 않았습니다."

"언제를 기약했었느냐?"

"아마 시기가 다 된 걸로 알고 있습니다."

현종이 고개를 끄덕이고는 윤종과 위소행을 번갈아 훑어보았다.

"윤종아. 아무래도 청명이 녀석이 필요할 듯하니 폐관 수련은 그쯤 하고 나오라 이르거라."

"예."

"그리고 가는 길에 화영문에서 오신 손님께 화산을 안내해 드리거라. 청명이도 함께 먼 길을 가야 할 것 같으니, 적당히 소개도 할 겸."

윤종이 몸을 움찔했다.

"……먼 길이라 하셨습니까?"

"그렇단다."

"그러니까, 청명이가 먼 길을……?"

윤종의 눈에 순간 살짝 불손한 빛이 감돌았다. 그 눈빛을 굳이 말로 해석하자면 '제정신인가?' 정도 되겠지만, 아무리 장문인이라 해도 눈빛이 불손하다고 화를 낼 수는 없었다.

"……알겠습니다."

말투만으로 해석을 달리할 수 있게 해 주는 윤종이었다.

"그럼 가시지요."

"아……. 아, 예!"

위소행이 윤종을 따라나섰다. 예를 표하고 방에서 나가는 윤종을 보며 현종은 낮게 앓는 소리를 흘렸다. 이게 정말로 잘하는 일인지 알 수가 없었다. 하지만 되돌리기엔 이미 기호지세였다.

위소행은 옆에서 걷고 있는 윤종을 힐끔힐끔 바라보았다.

'나이는 나와 비슷한 것 같은데.'

아니면 두어 살 어릴 수도 있겠다. 하지만 나이가 같다고 실력마저 같을 수는 없다.

윤종에게서 느껴지는 기세는 마치 호수와도 같았다. 고요함에 잠겨 있는 호수 말이다. 새삼 화산이 도관이라는 것을 깨닫게 되었다. 이래서 본산이고 이래서 진산제자구나. 그보다 나이 어린 이가 이룬 경지에 절로 감탄이 나왔다.

"저……."

"말씀하십시오."

"청명 도장은 어떤 분이십니까?"

그의 질문에 윤종의 눈가가 살짝 떨렸다. 그런 윤종의 심정을 아는지 모르는지 위소행은 눈을 반짝반짝 빛내며 신나게 떠들어 댔다.

"화산신룡 청명 도장의 이름은 이제 모르는 사람이 없습니다. 하지만 그 낙룡지회……. 아니, 화종지회 이후로는 알려진 행적이 없어서 다들 청명 도장이 어떤 사람인지 궁금해합니다. 혹자는 칼날 같은 분위기를 풍기는 검수라고 하고, 혹자는 호방하기 짝이 없는 대협이라고도 하던데……."

"……대협이요? 세상 사람들이 그리 말합니까?"

"예, 그렇습니다! 실제 청명 도장은 어떤 분이십니까?"

"……소협. 제가 입으로 말씀드리는 것보다는 직접 겪어 보시는 게 나을 것 같습니다."

"예? 아……."

윤종은 그 말만 남겨 두고 걸음을 재촉했다. 그러면서 '대협은 얼어 뒈질 대협. 그놈이 대협이면 내가 공자다.'라는 말을 중얼거린 것 같았지만…….

'잘못 들었겠지.'

위소행은 고개를 저었다. 설마 저 수양 깊어 보이는 도사가 그런 말을 했겠는가?

산문을 벗어나 한참 산을 탄 끝에 두 사람은 커다란 절벽에 도착했다. 그 절벽 곳곳에는 커다란 동혈이 뚫려 있었다.

"매화동입니다. 인적을 벗어나 수련을 할 때나, 깨달음을 구할 때 드는 곳이지요."

"그럼 청명 도장께서는 새로운 깨달음을 위해서 이곳에 드신 겁니까?"

"……뭐 그런 셈이기는 한데."

뭐라 말하려던 윤종은 결국 고개만 내저었다. 겪어 봐야 알지. 겪어 봐야.

"잠시 기다리십시오. 청명이 녀석을 불러오겠습니다."

"아! 알겠습니다."

윤종이 위소행을 두고 앞쪽으로 갔다. 그러더니 뚫린 동혈이 아니라, 구석의 커다란 바위로 막혀 있는 동혈 앞에 섰다. 깊은 한숨이 터져 나왔다. 이윽고 그가 입을 열었다.

"청명아……."

모깃소리다.

"……청명아."

위소행은 기가 찼다. 저 안에서 저걸 들을 수 있으면 그게 사람인가? 귀신이지. 대체 뭘 하는 건가 싶을 때, 윤종이 다시 한번 작은 목소리로 속삭였다.

"청명아?"

세 번의 모깃소리를 낸 후 윤종이 재빨리 몸을 돌려 위소행에게로 뛰어왔다.

"아무래도 청명이 깊은 수련에 빠져 소리를 듣지 못하는 모양이니 오늘은 이만 돌아가시지요."

"네? 아, 아니, 도장."

뭔 개소리야. 그걸 어떻게 들어, 이 사람아.

그때 윤종이 황급히 검지를 제 입에 가져다 댔다.

"이게 서로 좋은 겁니다. 그냥 모르는 척 내려가십시다. 내가 나 좋자고 이러는 게 아니라 다 소협을 위해……."

콰아아아아아아아아앙!

그 순간이었다. 갑자기 하늘이 무너지는 것 같은 폭음이 터지더니 동혈을 막고 있던 바위가 폭발하며 사방으로 비산했다. 위소행은 기겁을 했지만, 운종은 올 것이 왔다는 듯 얼굴을 감쌌다.

먼지로 주변이 자욱하게 흐려졌다. 위소행은 멍하니 눈앞의 부연 풍경을 주시했다. 이내 먼지구름 안에서 한 사람의 형체가 보이기 시작했다.

저벅저벅, 위압감 있는 발소리를 들으며 위소행은 직감했다.

'저 사람이 화산신룡!'

단신으로 종남의 이대제자 아홉 명을 격파하고 그것도 모자라 종남의 진금룡까지 쓰러뜨린, 천하에서 손꼽히는 후기지수. 이제는 어쩌면 화산이라는 이름보다 더 유명해진 사람.

검은 형체가 점점 더 사람의 형태를 갖춰 간다. 먼지구름을 뒤로하고 마치 신화 속에 나오는 영웅처럼 걸어 나온 청명이 어둡고 무거운 눈빛으로 위소행을 바라보았다. 압도당하는 느낌. 이게 바로 화산신…….

"아오! 빌어먹을! 벽곡단만 처먹다가 물려 뒈질 뻔했네! 내가 이래서 폐관은 안 하려고 했는데! 못 해 먹겠네, 진짜! 내가 다시 폐관을 하면 성을 간다, 성을 갈아!"

……아. 저 사람이 아닌가 보다. 에이, 설마.

키는 생각보다 컸다. 화산신룡은 나이가 무척 어리다고 알고 있는데, 키는 오히려 위소행보다 더 큰 느낌이다. 하지만 멀대처럼 느껴지지는 않는다. 전체적으로 보면 탄탄하다는 느낌이 강하게 든다. 그리고…….

'잘생겼네?'

꽤 준수하다. 균형 잡힌 몸과 외모가 조화를 이루니 절로 고개가 끄덕여졌다.

저 얼굴에 떠올라 있는, 짜증 나 뒈지겠다는 표정만 아니라면 말이다.

"콜록! 콜록! 에헤! 먼지가 왜 이렇게! 아오!"

그거 네가 했잖아. 왜 네가 하고 네가 짜증이야.

빛바랜 무복을 입은 청명이 손을 흔들어 먼지를 털어 냈다. 그러더니 뚱한 얼굴로 윤종을 바라보았다.

"오늘이야?"

"아니."

"응? 오늘 아냐?"

"한 삼 일은 남았을 거다."

"그런데 왜?"

"장문인께서 찾으신다."

"크으. 장문인께서 나를 가엾이 여기셔서 폐관을 풀라고 하셨구나! 사형. 사형은 폐관 하지 마. 벽곡단만 석 달 내내 퍼먹었더니 배 속에서 싹이 올라오는 느낌이야."

"……그게 아니라 일이 생긴 것 같다."

"응? 무슨 일?"

청명이 고개를 갸웃하고는 위소행에게로 시선을 돌렸다.

"이분은 누구신데?"

"화영문에서 오신 위소행 소협이시다."

"화영문?"

"알아?"

"……내가 알 리가 있나."

말은 그렇게 하면서도 청명은 흥미롭다는 눈빛으로 위소행을 바라보았다.

화영문이라. 예전 화산의 속가 중에 분명 화영문이 있었다. 화산 속가는 다 망한 줄 알았더니, 아직 살아남은 곳이 있었던 모양이다. 본디 속가의 흥망은 본산에 달린 법. 화산이 몰락한 이상 화산의 속가들 역시 현판을 걸고 관원을 모집하기가 쉽지 않았을 텐데 아직 남아 있는 게 굉장히 신기한 일이다.

"화영문은 화산의 속가 문파다."

"아, 그래? 그런데 속가 분이 여기는 왜?"

"그건 일단 장문인께 가서 듣자꾸나."

"그러지, 뭐."

두 사람이 대화하는 와중에도 위소행은 동그랗게 뜬 눈으로 청명만 바라보고 있었다. 한참을 그러다 윤종을 향해 멍하니 물었다.

"저…… 설마 그럼 이분이?"

"청명입니다."

"아, 네. 하하하. 제가 그럴 줄 알았……. 네?"

이 새……. 아니, 이분이요? 여기 계신 이분? 위소행의 눈가가 경련을 일으켰다. 윤종을 보았을 때 그는 분명 화산의 깊은 향취를 느꼈다. 그야말로 이것이 도사이며, 이것이 화산의 제자가 가진 깊이라고 전신으로 말하는 듯한 사람이 아닌가? 그에 반해 지금 이 사람은…….

'그냥 뒷골목에서 침 좀 뱉는 건달 같은데.'

윤종만 없으면 뒷덜미를 잡혀 동굴로 끌려갈 것 같은 느낌이다. 전낭을 탈탈 털어 줘야 멀쩡히 나올 수 있겠지. 어린 시절의 슬픈 기억을 자극당한 위소행이 미묘한 시선으로 청명을 바라보았다.

'소문이 뭔가 잘못됐나?'

아무리 봐도 이 사람이 그 종남의 제자들을 연파하고 진금룡을 쓰러뜨렸을 것 같지가 않다.

"일단 가서 좀 씻어라. 그 몰골로 장문인을 뵐 수는 없으니까."
"내 꼴이 어때서."
"제발 좀."
"알았어, 알았어. 그럼 금방 씻고 올게."
청명이 앞쪽으로 빠르게 걸어가자 위소행이 윤종을 향해 물었다.
"……저분이 진짜 화산신룡이십니까?"
"화산신룡인지 뭔지는 모르겠지만, 청명을 말하는 거라면 저놈이 맞습니다."
"……진짜요?"
"소협."
"예?"
"……벌써 놀라지 마십시오. 아직 한참 남았습니다."
덜컥 두려운 마음이 밀려드는 통에 뭐가 더 남았는지 차마 물어볼 수 없었다.

◆ ◆ ◆

의관을 정제하고 장문인의 앞에 앉은 청명이 눈살을 찌푸렸다.
"그러니까…… 무당의 속가 놈들이 우리 속가를 공격한 것도 모자라서, 본산의 말코들을 불렀다?"
"……너도 도사다, 이놈아."
말코가 왜 나오냐! 말코가! 하지만 청명의 귀에는 윤종의 말이 들리지 않았다.
"그래서 도움을 요청했다는 거군요."

청명이 작게 고개를 끄덕였다. 그의 눈에 순간 진중한 빛이 어렸다.

"장문인! 아무 걱정 마십시오. 이 제자가 가서 깨끗하게 정리하고 돌아오겠습니다."

모두의 눈이 살짝 흔들렸다. 저놈이 석 달 동안 빛도 못 보고 수련하더니 설마 철이 들었나. 어떻게 저리 믿음직스러운 말을? 하지만 모두가 속아도 윤종만은 속지 않았다.

"……뭘 어떻게 깨끗하게 정리할 건데?"

"뭘 어쩌긴 어째! 지금 당장 그 남영인지 어딘지로 달려가서 그 종…… 종, 뭐? 종남관?"

"종도관!"

"어, 그렇지! 그 종도관 놈들의 대가리를 깨 버리고, 무당 놈들 대가리도 깨 버리면 되는 거 아냐! 그러고는 남영에 다시는 발을 들이지 못하게 무관에 불을 질러 버리면 깨끗해지는 거지!"

"거기 도관이야, 이 미친놈아!"

"도관은 안 타냐? 도관은 안 타? 불 앞에서는 세상 모든 건물이 평등한 거야! 심지어 화산도 평등했지."

"거기서 화산이 왜 나와!"

"왜? 우리도 다 탔잖아. 몰라?"

현종이 더없이 흐뭇해하는 표정으로 웃었다. 그리고 옆에 앉아 있는 운검을 바라보았다.

'진짜 저놈을 보내도 되겠느냐?'

'생각을 좀 다시 해 봐야 할 것 같습니다.'

어떻게 사람이 나이를 먹어 가는데도 하루하루 나아지는 게 없는가? 이렇게 초지일관하게 맛이 가 있기도 쉽지 않은데.

윤종이 청명의 허리를 잡아당겼다.
"진정 좀 해라, 제발."
"진정? 지금 진정하게 생겼어? 화영문이 그나마 상납금 꼬박꼬박 내던 곳이라며?"
청명이 눈을 희번덕거렸다. 윤종은 골이 다 지끈거릴 지경이었다. 제발 상납금이라고 하지 말라고……. 흑도 방파 같잖아. 지원금이라고 하든가…….
"원래 대가리는 자기 영역에서 상납금 내는 애들을 지켜 줘야 하는 법이라니까! 아니면 누가 돈 내고 따르겠어!"
"그렇지! 돈이 걸렸는데!"
현영이 속이 시원하다는 듯이 손뼉을 쳤다. 그러다 모두의 시선이 쏠리니 헛기침을 하며 슬그머니 손을 내렸다. 청명은 다시 한번 강경하게 밀어붙였다.
"시비는 저놈들이 건 거잖습니까! 그럼 받아 줘야죠! 맡겨만 주십시오! 제가 가서 대가리를 깨 버리겠습니다!"
현종이 흐뭇하게 웃으며 말했다.
"청명아."
"예, 장문인!"
"……대가리를 깨면 안 된다."
"그럼 허리?"
"불구로 만들거나 큰 부상을 입히면 안 된다는 뜻이다."
한숨을 푹 내쉰 현종이 '정말 이 새끼를 보내도 괜찮은 건가.' 하고 고뇌하는 눈빛으로 청명을 바라보았다.
하지만 방식이야 어찌 됐든, 이대제자까지만 지원이 가능한 상황에서 청명을 배제하는 건 불가능하다. 사실 성격만 빼면 제일 믿을 수 있는 사람이 청명이기도 하고.

"어쨌든 사정이 그리되었으니 네가 가 주어야겠다."

"걱정하지 마십시오. 깔끔하게 처리하고 돌아오겠습니다. 지금 출발할깝쇼?"

"몇몇 아이들이 같이 갈 것이다. 그러니 출발은 내일이나 모레쯤 하자꾸나."

"그렇게나 오래 걸립니까?"

"상황을 조금 더 알아봐야 하기도 하고, 내 걸리는 것이 몇 가지 있구나. 그러니 그리 알도록 해라."

청명은 냉큼 예, 하고 답했다. 오늘 출발하든 내일 출발하든 도착해서 무당 놈들만 팰 수 있으면 아무래도 상관없었다.

"그래. 그럼 너도 폐관을 하느라 몸이 상했을 터이니 푹 쉬면서 회복하거라."

"알겠습니다, 장문인."

"그래. 가 보거라. 같이 갈 이들은 곧 정해서 알려 주마."

"예, 그럼."

청명이 자리에서 일어나 밖으로 나가려던 참에, 현종이 다시금 넌지시 그를 불러 세웠다.

"청명아. 폐관의 성과는 있었느냐?"

청명이 씨익 웃으며 답했다.

"무당 놈들이 몸으로 알게 될 겁니다."

"그래, 알겠다."

청명이 고개를 꾸벅 숙인 후 밖으로 나갔다.

"윤종이는 위 소협의 처소를 마련해 주고, 시장할 터이니 식사를 할 수 있도록 돕거라."

"예, 장문인. 불편함이 없도록 하겠습니다."

윤종과 위소행까지 밖으로 나가자 현종이 미묘한 표정을 지었다.

"현상."

"예, 장문사형."

"내가 노파심에 하는 소리인지는 모르겠지만, 그동안 별문제가 없었던 남영 땅에 무당의 속가 문파가 들어오고, 화영문에 시비를 걸어온 것이 우연인 것 같으냐?"

현상은 쉽사리 대답하지 못했다. 따지고 보자면 우연히 벌어질 수 있는 일이긴 하다. 하지만 생각하면 할수록 공교롭다.

"청명을 보내기로 한 것이 잘한 짓인지 모르겠구나. 어쩌면 그들이 노리는 것이……."

"그렇지 않습니다, 장문인."

운암이 고개를 저었다.

"속가를 쳐 청명을 불러낸다는 것은 너무 과한 생각입니다. 저들은 무당이 아닙니까? 굳이 화산에 시비를 걸 필요가 없습니다. 그리해서 얻을 이득이 없잖습니까? 그 작은 남영 땅에 뭐 그리 대단한 이권이 걸려 있겠습니까?"

현종이 이렇다 할 대답 없이 침음했다. 그 속에는 쉽사리 운암의 말에 동의할 수 없단 속내가 담겨 있었다.

"지난 화종지회 이후로 청명이의 명성이 과도하게 높아졌다. 이제는 천하제일 후기지수를 논함에 있어 가장 앞에 꼽힌다는구나."

"그렇지요."

"화산신룡이라는 별호는 너무도 요란하고 과하지. 무당은 작은 이권에는 연연하지 않을지 모르나, 같은 도가 문파에서 더 큰 명성을 얻는 걸 용납할 곳이 아니다. 어쩌면……."

그때 운검이 빙그레 웃으며 말했다.

"그러면 어떻습니까?"

"으응?"

"장문인. 화산의 아이들이 청명에게 붙인 별호가 무엇인지 아십니까?"

"……그런 게 있더냐?"

"화산광견(華山狂犬)입니다."

어……. 그거 너무 좀……. 가만히 듣고만 있던 운암이 앓는 소리를 흘렸다.

"광견은 너무 심하니, 맹견 정도로 하십시다."

그것도 개잖아. 아니, 왜 개에서 벗어나지를 못해? 미친개나, 사나운 개나.

운검이 미소 띤 얼굴로 말을 이었다.

"지난 이 년간 우리 아이들은 정말 피나는 노력을 해 왔습니다. 이제는 무당이든 소림이든 절대 우리 아이들을 무시할 수는 없습니다."

"그건 그렇지."

"음. 맞는 말이다."

지난 이 년 동안 이대제자와 삼대제자들이 얼마나 굴렀는지 모르는 사람은 이곳에 없다. 솔직히 청명보다 배분이 높아서 다행이라는 생각은 다 한 번쯤 해 봤을 것이다.

"그중에서도 저 녀석은, 음……."

대체 청명의 이 년을 어떻게 설명해야 할지 모르겠다는 표정으로 운검이 겸연쩍게 머리를 긁적였다.

"여하튼 그렇습니다. 어설프게 화산신룡에게 도전하려는 이들은 청명이 왜 그리 불리는지를 알게 될 겁니다."

"신룡?"

"아니요, 광견."

……거, 음……. 이러면 안 되는데 엄청 공감이 간다.

"백천이와 윤종이를 딸려 보내시지요. 그 아이 둘이라면 저 녀석이 너무 막 나간다 싶을 때 적당히 말릴 수 있을 겁니다."

"……정말?"

"개중에서는 그나마 가능성이 크겠지요."

"그럼 이설이도 보내는 게 어떻겠습니까? 그래도 사고라고, 패지는 않던데."

그거 너무 당연한 일 아닌가? 그때 소란스러워진 장내를 정리하며 현영이 입을 열었다.

"아이들을 보내는 것이 전부가 아닙니다. 아이들을 보낸다는 것은 이제 우리 화산도 다시 천하에 발을 들인다는 뜻입니다. 해야 할 일이 많을 것입니다."

현종이 무겁게 고개를 끄덕였다.

"모두 들어라."

"예, 장문인."

"본산이 화산의 얼굴이라면 속가는 화산의 손발과도 같다. 화영문은 지금껏 본산에 크게 기여한 곳이다. 할 수 있는 모든 방법을 동원하여 화영문을 지원하고, 천하에 화산이 속가를 버리지 않았음을 알리도록 한다."

"명심하겠습니다! 장문인!"

일제히 고개를 숙이는 제자들을 보며, 현종의 얼굴에는 단호한 의지가 드리웠다.

'이 년이면 짧지 않은 시간이다.'

이제 달라진 화산의 모습을 세상에 공표할 시간이 왔다.

・ ◈ ・

위소행은 살짝 기죽은 눈빛으로 주변을 바라보았다.

'이 사람들이 화산의 문하들이구나.'

속가 제자들은 배분을 떠나, 태어난 시기로 본산의 제자들과 배분을 맞추는 게 일반적이다. 그렇게 따진다면 위소행은 본산의 삼대제자와 같은 배분이라 할 수 있을 것이다. 이곳에 도착하기 전까지만 해도 진산 제자라고 뭐 그리 특별한 것이 있겠느냐고 생각했다. 하지만 막상 진산 제자들이 모여 있는 것을 보니 그의 생각이 얼마나 잘못되었는지를 알 수 있었다.

'하나하나가 다 칼날 같고 정광이 흐르는구나.'

아버지께서 왜 그리 화산이 명문임을 강조하셨는지 이제 알 것 같았다. 그들도 자신과 비슷한 세월을 살아왔을 텐데 분명히 뭔가 달랐다. 동작 하나하나에 절도가 있고, 시선 하나하나에 은은한 도가의 향취가 묻어난다.

식사를 하는 지금도 그렇다. 음식을 먹는 와중에 타인이 감탄할 만한 절도를 보여 준다는 건 결코 쉽지 않은 일이다. 이래서 다들 명문은 다르다 하는구나, 하고 생각……

찹찹찹찹! 찹찹찹찹!

위소행의 시선이 한쪽으로 돌아갔다. 모두가 정갈하게 식사하는 와중에, 구석에 앉은 한 사람만은 과격하다 못해 게걸스럽게 음식을 '퍼'먹는 중이었다.

'도무지 알 수가 없네.'

닭 다리가 눈 깜빡하는 사이 입 속으로 사라졌다. 순식간에 입 안에서 발라져 나온 뼈는 너무도 깨끗해서 어떤 방식으로 조리되었는지 결코 짐작할 수 없을 정도였다.

'걸신이 들렸나······.'

더 이상한 건, 식당 한쪽에서 저리 소란스레 밥을 먹고 있는 이를 아무도 나무라지 않는다는 점이었다. 다들 아예 음식을 흡입하는 저 사람이 존재하지 않는 것처럼 굴고 있었다.

저 사람이 정말 화산신룡이라고? 위소행은 도무지 믿지 못하겠다는 듯 청명을 바라보았다. 물론 겉모습은 멀쩡하다. 아니, 외양만 보자면 화산신룡이라는 말이 더없이 잘 어울린다. 문제는 멀쩡해 보이는 건 겉모습뿐이라는 점이다. 청명에게서는 천하제일 후기지수라 불리는 화산신룡의 위엄을 조금도 찾아볼 수 없었다.

'진짜 소문이 잘못됐나?'

그럴 리가 없다. 소문이라는 건 언제나 실제보다 과장되기 마련이지만, 이번만은 그럴 수가 없다. 퍼진 소문이 사실과 조금만 달라도 종남이 가만히 있을 리 없기 때문이다. 종남의 침묵이야말로 화산신룡의 업적에 대한 가장 강력한 증거다.

'그렇다는 건 저 사람이 종남의 이대제자를 싸그리 때려잡은 그 사람이 맞다는 건데.'

위소행이 머리를 벅벅 긁적였다. 물론 사람이란 저마다의 성향이 다르기 마련이지만, 기본적으로 고수라면 갖춰야 하는 품위라는 게 있지 않은가?

하지만 청명에게는 고수의 품격이 조금도 느껴지지 않는다. 당장 저 사람에게서 화산의 도복을 벗겨 낸다면, 뒷골목을 누비는 왈패라고 해도 아무도 이상하게 여기지 않을 것이다.

'저 사람을 데리고 가도 정말 괜찮을까?'

그때, 문이 열리며 한 사람이 안으로 들어왔다. 윤종이었다. 위소행은 안으로 들어서는 그를 보며 저도 모르게 한숨을 내쉬었다. 차라리 저 사람이 화산신룡이었으면 정말 쌍수를 들고 만세를 불렀을 텐데!

윤종이라는 사람에게는 위소행이 화산신룡에게 바라던 모든 것이 있었다. 고아한 고수의 풍모. 몸가짐에서 느껴지는 절도. 그리고 표정에서 느껴지는 부드러움과 여유. 그야말로 그린 듯한 고수의 모습이 아닌가? 그런데 왜 저 사람이 아니고 저 '놈'이 화산신룡이라는 말인가?

윤종은 청명에게 다가가더니 눈살을 찌푸리며 말했다.

"체하겠다. 천천히 좀 먹어라."

"사엉오 억 달 굴어 봐."

"……석 달 굶어 보라고?"

청명은 입 안에 든 음식을 꿀꺽 삼키더니 옆에 놓인 냉수를 벌컥벌컥 들이켰다. 물병을 탁 내려놓은 뒤 의자에 늘어지듯 기대어 배까지 두드렸다.

"석 달 동안 벽곡단만 먹었더니, 이제는 공기에서도 벽곡단 맛이 난다. 내가 미쳤다고 폐관을 해서는."

"……."

"크으. 사람은 고기를 먹어야지! 소림 놈들은 어떻게 풀만 먹고 사는지 모르겠어!"

우리도 이 년 전에는 풀만 먹고 살았다, 인마. 하기야 그걸 바꾼 게 청명이긴 했지.

"그래서, 성과는 좀 있었더냐?"

"성과는 무슨."

청명이 피식 웃었다. 그저 시간이 조금 필요했을 뿐이다. 청명의 무학은 과거와는 조금 달라졌다. 기반이 달라지고 토대가 달라졌으니 그 위에 지어지는 건물도 과거와는 다른 형태를 띨 수밖에 없다. 그래서 다른 것들에 신경 쓰지 않고 정리할 시간이 조금 필요했을 뿐이다.

"내가 없는 동안 수련은 착실하게 했겠지?"

윤종은 떨떠름한 얼굴로 주변을 살짝 둘러보았다. 사제들의 원망 어린 시선이 그에게 꽂혔다.

'아직 며칠 남은 것 같았는데, 왜 굳이 끄집어내선!'

'그래도 석 달 동안은 사람 사는 것 같았는데! 좋은 시절 다 갔네, 빌어먹을!'

'매화동 입구를 좀 더 튼튼한 걸로 막아야 했는데!'

윤종이 나직이 한숨을 내쉬었다.

"다들 열심히 수련했다."

"호오? 그렇단 말이지?"

청명이 또 슬금슬금 끓어오르기 시작하자 윤종이 재빨리 찬물을 끼얹었다.

"지금 중요한 게 그게 아니잖으냐? 화영문 일이 급하다."

"아, 그렇지! 그 무당 새끼들!"

청명의 얼굴이 일그러졌다.

"그 새끼들 대가리를 깨야지! 사형, 언제 간대?"

"장문인께서 내일 아침에 출발하라고 하셨다."

"내일? 말씀하신 것보다는 빠른데?"

"상황이 그만큼 급박하다는 거겠지. 무당에서 사람이 이미 출발했다면 곧 도착할 거다. 너무 늦게 도착한다면 뒷북만 치고 돌아오지 않겠느냐?"

"그렇지!"

"그러니 식사 다 했으면 가서 짐을 챙겨 두거라. 최대한 빨리 출발할 수 있도록 할 테니까."

"알았어!"

청명이 자리를 박차고 일어나 밖으로 뛰쳐나가자 삼대제자들이 일제히 안도의 한숨을 내쉬었다.

"……돼지는 줄 알았네."

"사는 게 사는 게 아니야, 진짜."

그때 식당의 뒷문이 슬그머니 열렸다. 고개를 안으로 살짝 들이민 누군가가 안쪽을 살피더니 작은 목소리로 물었다.

"갔냐?"

"……예."

"하……."

백상이 문을 열고 안으로 들어섰다. 그 뒤로 이대제자들이 우중충한 표정으로 우르르 몰려 들어왔다.

"밥 한 끼를 마음대로 못 먹네, 밥 한 끼를!"

"아니! 폐관 며칠 남았다 그랬잖습니까! 왜 일찍 나온 겁니까!"

화산의 검은 강하다 47

"평화가 끝났구나. 죽고 싶다."

위소행은 이 모든 광경을 지켜보았다. 보고 있자니 궁금해서 속이 터질 지경이었다. 보아하니 저 청명이라는 사람이 이 중에 가장 막내인 것 같은데, 사형이란 이들은 그 막내의 눈치를 보고, 심지어 사숙들조차 청명을 껄끄러워하는 게 보였다.

'명문은 위계질서가 무척 엄격하다고 들었는데, 이게 대체 뭔 상황이야?'

위소행이 떨떠름한 표정으로 윤종을 보며 입을 열었다.

"저…… 윤종 도장. 저는 이게 대체 어떻게 돌아가는 건지……."

윤종이 조금 겸연쩍은 기색을 내비치며 가볍게 머리를 긁적였다. 그러더니 묘한 눈빛으로 위소행을 바라보며 말했다.

"굳이 이해하려 할 필요 없습니다, 위 소협. 곧 이해하기 싫어도 이해하게 되실 테니까요."

"……예?"

그 말을 듣는 순간, 위소행의 가슴속으로 뭔가 알 수 없는 불안이 밀고 들어왔다.

◆ ◈ ◆

다음 날 아침, 위소행은 장문인의 처소 앞에서 함께 화영문으로 출발할 이들을 기다렸다. 그의 옆에선 윤종과 조걸이 이미 봇짐을 든 채, 아직 오지 않은 이들을 같이 기다리고 있었다.

"슬슬 오실 때가 됐……."

"저기 오시네요."

위소행의 시선이 윤종을 따라 돌아갔다. 이내 그는 저도 모르게 탄성을 흘렸다. 새하얀 백의를 입고 영웅건을 두른 사내가 걸어오고 있었다. 굉장하다. 그 말밖에는 생각나지 않았다. 윤종에게서도 주위를 압도하는 고수의 풍모를 느꼈지만, 지금 다가오는 이는 뭔가 격이 다른 느낌이었다. 그야말로 영웅의 풍모라고나 할까? 겉모습으로 사람을 판단하는 건 나쁜 버릇이지만, 저 사람을 처음 본 이라면 누구라도 같은 생각을 하게 될 것이다. 윤종이 다가오는 이를 향해 고개를 숙였다.

"백천 사숙. 간밤에 평안하셨습니까?"

백천? 그럼 저 사람이 화정검(華正劍) 백천? 화산신룡이 화산에서 가장 알려진 게 없는 이라면, 화정검은 화산에서 가장 유명한 이다. 화정검이 자신의 사형제들을 이끌고 강호에 나와 간악한 도적들을 소탕하고, 수많은 이들을 구해 내었다는 건 아는 사람은 다 아는 이야기다. 화정검을 본 이들은 입에 침이 마르도록 그의 풍모를 칭찬한다지 않는가?

'과연 영웅의 풍모로다.'

그때, 부드러운 미소를 띤 채 다가온 백천이 입을 열었다.

"너 같으면 평안했겠냐?"

미소를 띤 게 언제냐는 듯, 그의 얼굴이 일그러졌다.

"빌어먹을. 그놈이 다시 튀어나온 것도 끔찍한데, 그놈이랑 같이 강호행을 해야 한다니. 내가 대체 무슨 죄를 지었다고 이 꼴을 당해야 한단 말이냐!"

"그래도 사숙은 불만이라도 표할 수 있잖습니까. 저희는 꼼짝도 못 합니다."

백천이 앓는 소리를 흘리며 머리를 벅벅 긁었다.

"장문인도 무심하시지."

"그러게나 말입니다."

모인 세 사람이 동시에 땅이 꺼지게 한숨을 내쉬었다.

"저…… 저는 위소……. 으악! 깜짝이야!"

슬그머니 말을 걸려던 위소행이 어느새 자신의 옆에 서 있던 한 사람을 발견하고는 기겁하고 뒤로 물러섰다.

'언제?'

기척조차 느끼지 못했는데, 대체 언제부터 옆에 서 있었단 말인가? 하지만 놀란 것은 위소행뿐, 다른 이들은 그게 당연하다는 듯 표정에 일말의 변화조차 없었다. 그제야 옆에 선 여자의 얼굴을 확인한 위소행은 저도 모르게 입을 쩍 벌렸다.

아름답다. 위소행은 맹세코 이토록 아름다운 사람을 단 한 번도 본 적이 없었다. 얼음을 한 겹 씌운 듯 차가운 얼굴로 서 있는 여인. 본래대로라면 저 차가운 표정이 본연의 아름다움을 조금쯤 반감시켜야 할 텐데, 저 여인은 오히려 그 차가움이 아름다움을 더욱 배가시켜 주는 느낌마저 든다.

"유 사매. 짐은 챙겼어?"

"예, 사형."

"굳이 사매까지 갈 필요는 없을 텐데."

"제가 가겠다고 한 거예요."

백천이 뭔가 말을 하려다 입을 다물고는 고개를 끄덕였다. 위소행은 그 모습을 지켜보며 한 가지를 깨달았다.

'사람이 그리 많은 문파도 아닐 텐데, 만나는 사람마다 평범한 사람이 없네.'

이리 보니 다들 독특하다. 하지만 그 사실을 이제야 깨닫게 된 이유가 있다. 그리고 바로 그 '이유'가 지금 저 멀리서 터덜터덜 걸어오고 있었다.

"일찍 나왔네?"

청명이 다가오며 손을 흔들자 유이설을 제외한 모두의 얼굴이 살짝 일그러졌다.

'늦잠이라도 좀 자지.'

'쓸데없이 부지런하다니까!'

청명이 모인 이들을 훑어보고는 고개를 갸웃했다.

"사숙도 가요?"

"그렇게 됐다."

백천이 떨떠름한 얼굴로 대답했다. 청명이 살짝 눈살을 찌푸렸다.

"뭐, 사숙이야 그렇다 치고……. 사고도?"

"응."

"굳이?"

"응."

청명이 막 뭔가를 말하려는 찰나, 문이 열리며 현종이 밖으로 나왔다.

"다들 모였느냐?"

"예."

현종이 아래로 내려와 위소행의 두 손을 잡는다.

"위 소협. 걱정이 많을 것은 알고 있소. 하지만 믿을 만한 아이들이니 반드시 귀문에 도움이 될 것이오."

"예. 감사합니다, 장문인."

위소행이 진심으로 고개를 숙였다. 화영문이 아무리 화산의 속가라고는 하나, 이리 전폭적으로 도움을 줄 거라고는 생각하지 못했다. 손에서 전해져 오는 온기에 눈물이 날 것만 같았다.

"그리고…… 백천아. 아이들을 잘 이끌어 주거라. 내 너를 믿는다."

"예!"

"이설과 윤종, 그리고 조걸은 백천을 도와주도록 하거라."

"걱정하지 마십시오, 장문인!"

"그리하겠습니다."

"예."

마지막으로 현종의 시선이 청명에게로 향했다.

"……청명아."

"예!"

"제발 사고 치지 말거라."

"……거, 다른 사람들이랑 뭐가 좀 다른 것 같은데요."

"제발!"

"……네."

그렇게 화산의 이대제자와 삼대제자들이 화영문으로의 여정을 시작했다.

산문을 나서는 일행들을 보는 현종의 눈에는 숨길 수 없는 불안감이 드러나 있었다.

"괜찮을까?"

"백천과 윤종을 딸려 보냈으니 괜찮지 않겠습니까?"

"지금이라도 누굴 더 보내야 하는 게 아닐까?"

"……여력이 없습니다, 장문인."

현종이 운암을 바라본다. 운암은 아무렇지도 않은 표정으로 슬쩍 현종의 시선을 피했다.

"따라가기 싫은 건 아니고?"

"어른이 낄 일이 아닙니다. 잘못하다가는 일이 걷잡을 수 없이 커질 겁니다."

"쟤들만 보내면 일이 안 커지고?"

"……그건 제가 답변드리기가 힘들지요. 솔직히 청명이 꼈는데 일이 안 커지는 게 더 이상한 것 아닙니까."

현종이 깊은 한숨을 내쉬었다. 그러자 옆에서 지켜보고 있던 현상이 나지막하게 웃음을 터뜨린다. 현종은 뚱한 표정으로 그런 그를 바라보았다.

"사제는 이 상황이 우스운가 보군."

"죄송합니다, 장문사형. 하지만 어찌 우습지 않을 수가 있습니까?"

"뭐가 그리 우스운가?"

현상이 빙그레 미소 지으며 답했다.

"불과 이 년 전만 하더라도 제자들이 종남에게 망신당할 걸 걱정하던 우리가 아닙니까? 그런데 이제는 저 아이들이 무당의 제자들을 과하게 팰까 봐 걱정하고 있지 않습니까."

……생각해 보니 그렇기는 했다. 화산이 아닌 다른 문파에서 이 상황을 보면, 운 좋게 종남 한번 잡았다고 겁대가리를 상실했다며 욕할지 모른다. 그러나 지난 이 년 동안 백자 배와 청자 배들이 어떤 수련을 해 왔는지 아는 이들로서는 너무도 당연한 걱정이었다.

"믿고 기다리시지요. 그리 생각 없는 아이들은 아닙니다. 분명 화산의 명성을 천하에 떨치고 돌아올 겁니다."

"명성이야 떨치겠지. 악명도 명성이니…….'"

현종이 멀어지는 제자들을 보며 깊은 한숨을 내쉬었다.

"아무쪼록 무탈하게 돌아와야 할 텐데 말일세."
슬프게도, 현상은 그럴 것이라고 차마 대답할 수가 없었다.

• ◈ •

처음에는 그럴싸하다고 생각했다.
- 소협. 하루라도 빨리 남영에 당도해야 하지 않겠어? 우리는 문제가 없지만, 소협의 체력이 문제지. 그러니 어설프게 뛰어가는 것보다 더 좋은 방법을 찾아보는 게 어때?
위소행으로서는 찬성할 수밖에 없는 말이었다. 이미 남영에서부터 화음까지 전력을 다해 주파하느라 원기가 많이 상한 상태였다. 그리고 설령 원기가 상하지 않았다고 해도 마찬가지다. 사실 위소행의 무재는 그리 좋은 편이 아니라, 정상적인 상태라 해도 화산의 진산제자들의 속도를 따를 수는 없을 것이다. 그렇다고 다 큰 사내가 업혀 갈 수는 없는 노릇 아닌가?
- 괜찮아, 괜찮아. 내가 다 알아서 해, 내가. 걱정 안 해도 돼.
이때까지는 의외로 믿음직스러웠다. 화음에 내려오자마자 수완 좋게 말 두 마리와 수레를 구해 왔을 때는 사람의 성격만 보고 너무 무시하지 않았는가 하는 죄책감이 들었을 정도였다.
- 에헤이, 에헤이! 내가 다 알아서 한다니까!
여정 내내 먹을 식량이 수레 하나 가득 차곡차곡 쌓였을 즈음에는 청명이라는 사람을 신뢰할 수 있겠다고 생각했다.
- 아니. 내가 다 알아서 한다니까? 말귀를 못 알아먹어?
그 식량 옆에 정체불명의 병들이 쌓이고, 그 병의 정체가 술병이라는 것을 알았을 때쯤에야 그 생각이 틀렸음을 알았다. 하지만 이미 돌이키기엔 늦어 있었다.

"조오오쿠나!"

덕분에 지금 이 꼴이다. 수레에 드러누운 청명이 꼴꼴대며 술을 퍼마시고 있었다. 위소행은 그 광경을 빤히 보다가 슬쩍 백천을 향해 말했다.

"도사가 술을……."

"화산은 술을 금지하지 않소."

아, 그거야 알죠. 저도 화산의 속가니까. 그런데 사숙들이 있는데 수레에 드러누워서 술을 먹는 건 좀 아니잖아요? 어쭈? 저건 또 뭐야?

청명의 머리맡에 앉아 있던 유이설이 그의 입에 육포 조각을 던져 넣었다. 그러자 그는 입 안에 들어온 육포를 아주 자연스레 우물거리며 씹어 젖혔다.

……참 괴이한 광경이다.

육포를 챙겨 주는 모습만 본다면 사형제 간……. 아니, 사숙질 간의 우애를 보여 주는 아름다운 모습이라고 할 수 있겠지만, 술을 마시는 사질의 입에 육포를 '던져' 넣는 건 조금 이상하지 않은가? 무슨 강아지 간식 던져 주는 것도 아니고. 그걸 던지는 사람이나, 좋다고 받아먹는 인간이나.

위소행이 뭐라 말할 수 없는 표정으로 청명을 바라보고 있자 백천이 넌지시 말했다.

"위 소협."

"예? 아, 예!"

"신경 쓰지 마시오. 어차피 본다고 이해되는 것도 아니니까."

위소행이 슬쩍 유이설에게 시선을 주었다. 저 드러누워 있는 분이야 그렇다 치고, 대체 저 여자분은 또 뭐냐는 의미였다.

"마찬가지요."

……이미 남영으로 출발해 버린 상황이지만, 위소행은 과연 이들을 데리고 남영으로 가는 게 옳은가 하는 생각이 자꾸만 들었다.

"남영까지라면 이틀 정도면 도착할 거요."

위소행의 시선이 앞쪽으로 살짝 돌아갔다. 수레를 끌고 있는 준마 두 마리와 마부석에 앉아 있는 윤종과 조걸이 보였다.

'저 말 엄청 비싸 보이는데.'

이런 수레에는 어울리지 않는 준마다. 덕분에 지금도 수레는 굉장한 속도로 쭉쭉 나아가고 있다. 확실히 그가 전력으로 달리는 속도보다 훨씬 빠르다. 중간중간 쉴 필요도 없으니, 선택 자체는 분명 현명했다고 할 수 있다. 그런데…….

꿀꿀꿀꿀.

"크으으으으. 살맛이 난다!"

이상하게 속이 뒤틀린다. 이상하게. 위소행은 살면서 단 한 번도 자신이 타인의 즐거움을 아니꼽게 보는 소인배라 생각해 본 적이 없건만, 저 청명이라는 사람은 주변 사람의 심기를 뒤틀리게 하는 이상한 면이 있었다.

"위 소협."

"예, 백천 도장."

"화영문은 어떤 곳이오?"

갑작스러운 질문에 위소행이 살짝 대답을 망설이자, 백천이 부연했다.

"캐묻는 건 아니오. 다만, 급히 출발하느라 자세한 내용은 듣지 못했소. 화산의 속가 중 화영문이라는 곳이 있다는 건 알지만, 그곳에 직접 일을 처리하러 가는 만큼 조금 더 많이 알고 가면 좋을 듯싶소이다."

"아, 그런 게 아닙니다. 그저 어떻게 말씀을 드려야 할지 생각하느라……."

위소행이 머쓱하게 말끝을 흐리며 뒷머리를 긁적였다.

"딱히 특별할 건 없는 곳입니다."

"충분히 특별한 곳이오. 화산의 속가라는 건 최근까지는 아무런 의미가 없었소. 그런데도 화영문은 스스로 화산의 속가임을 당당히 밝혀 왔소. 천하를 다 뒤져도 화영문 말고는 그런 곳이 없었을 것이오."

백천이 진중해진 목소리로 말했다. 드러누워 있던 청명마저도 살짝 시선을 돌려 위소행을 바라보았다. 위소행은 그리 밝지 못한 목소리로 말했다.

"대단한 사명감을 가지고 한 일은 아닙니다. 그저 아버지께서 스스로가 화산의 제자임을 자랑스러워하셨을 뿐이지요."

드러누운 채 귀만 기울이던 청명이 살짝 혀를 찼다.

'고생했겠네.'

아마 위소행은 화산을 그만 포기하자고 수없이 말했을 것이다. 사실 세상이 그렇다. 사람들은 약한 무학은 익히려 들지언정, 망해 가는 문파의 무학을 익히려 하지는 않는다. 화산을 아는 이들은 화산을 알기에 배우려 하지 않았을 것이고, 화산을 모르는 이들은 화산을 모르기에 배우려 들지 않았을 것이다. 그러니 차라리 화산의 속가라는 현판을 내려 버렸다면 무관 운영이 더 쉬웠을 수도 있다.

"마지막 화종지회 이야기를 듣고 아버지께서 얼마나 좋아하셨는지 모릅니다. 화산이 이제야 다시금 날개를 펼치기 시작했다며, 드시지 않던 술을 두 동이나 비우셨지요."

백천이 가만히 고개를 끄덕였다.

"음. 아버님께서 화산의 제자임을 자랑스레 생각하셨다 했소?"

"예. 정확하게는 화산의 제자라기보다는 증조부가 화산의 속가 제자인 것이지만……. 여하튼 당신은 그리 생각하셨습니다. 평생의 한이 화산의 진산제자로 입문하지 못한 것이라 종종 말씀하셨지요. 그래도 아버지께선 화영문을 운영하는 동안 무척 자랑스러워하셨습니다. 게다가 운이 따라 주어 배곯지는 않고 살 수 있었습니다. 종도관 놈들이 패악질만 부리지 않았더라도……."

"문주님께서 종도관주와의 비무에서 패하셨다고 하셨소?"

"그렇습니다. 하지만…… 그도 솔직히 이상합니다."

"이상하다니요?"

백천의 반문에 위소행이 고개를 끄덕였다.

"아버지께서는 평생 수련을 게을리하지 않으셨습니다. 제 입으로 말하면 좀 이상하지만, 웬만한 젊은이들에게 패할 정도는 아닙니다."

당연하다면 당연한 말이다. 무학을 익히는 이들은 시간과 함께 강해진다. 평범한 이들은 나이가 들수록 육체가 노쇠하고 근력이 약해지지만, 무인들은 육체의 노화가 늦고 점점 내력이 쌓이기 때문에 점점 더 강해질 수밖에 없다. 그렇기에 노약자가 아니라 노강자가 득실대는 곳이 바로 무림이었다.

"하지만 종도관주는 지나치게 젊었습니다. 그 젊은 사람에게 아버지가 패했다는 게 도무지 이해가 가지 않습니다."

백천이 살짝 미간을 찌푸리며 생각에 잠겼다. 처음에는 단순히 속가 문파끼리 시비가 붙은 걸로만 생각했는데, 위소행의 말을 듣고 보니 확실히 이상하게 여길 만했다. 장문인이 그를 따로 불러 언질을 준 것도 있고 말이다.

위소행은 살짝 백천의 눈치를 보다가 가만히 입을 열었다.

"사실 제가 사과를 드려야 합니다."

"뭘 말이오?"

"아버지께서는 화산에 도움을 청하라 하셨지만, 저는 솔직히 화산이 이리 흔쾌히 도와줄 줄은 몰랐습니다. 아무래도 무당을 상대한다는 게 그리 쉬운 일은 아니잖습니까. 저희도 그래서 절망하고 있었습니다. 그런데 이렇게 선뜻 도와주실 줄은……."

위소행이 목이 멘다는 듯이 잠시 말을 멈췄다. 백천은 그가 다시 입을 열 때까지 말없이 기다려 주었다. 입을 가리고 두어 번 헛기침한 위소행이 살짝 물기 어린 목소리로 말했다.

"왜 아버지께서 그리 화산을 입에 달고 사셨는지 알 것 같습니다. 이번 일의 결과가 어떻게 되든 저는 평생 본산에 감사하는 마음을 품고 살겠습니다."

훈훈한 말이었다. 하지만 안타깝게도 이 수레에는 훈훈한 말을 들으면 닭살이 돋는 병증을 가진 놈이 타고 있었다.

"결과가 어떻게 되든?"

청명이 눈을 희번덕거리며 몸을 일으켰다. 유이설이 손가락으로 그의 머리를 꾹 누르자 올라오던 몸이 다시 천천히 내려갔다. 하지만 주둥아리는 멈추지 않았다.

"결과가 '어떻게 되든'이라니! 결과는 하나밖에 없는데! 그 새끼들 대가리를 다 쪼개 버려야지!"

"장문인이 하지 말라 하셨잖으냐."

"은근히 바라고 계실걸? 장문인도 앞으로 사실 날이 얼마 안 남으셨는데 내가 그 전에 무당 놈들 대가리 깨는 걸 보여 드려야지! 그래야 등선하실 때 웃으면서 가실 거 아냐."

어떻게 겨우 몇 마디 안에 장문인에 대한 공경과 패륜이 동시에 들어갈 수 있는가? 알다가도 모를 일이다.

"그리고 솔직히 도가에서 제일 바라는 게 무당 놈들 때려잡는 거 아냐?"

어? 어……. 그게 맞는 말이기는 한데.

"이 기회에 보여 드려야지! 웬만하면 조용히 살려고 했는데!"

에이, 그건 아니겠지. 내가 너를 아는데.

"저 새끼들이 먼저 건드린 거야. 그럼 벌을 받아야지. 대사형, 뭐 해! 속도 높여!"

"지금도 빨리 달리고 있다. 너무 급하면 말들이 지쳐."

"걔들이 돈이 얼마짜린데! 괜찮아, 괜찮아! 다른 말들보다 두 배는 더 갈 수 있으니까 걱정 말고 속도 높여!"

윤종이 못 말리겠다는 듯 고개를 내저으며 말 엉덩이를 두드렸다. 수레 속도가 빨라지자 청명의 몸이 들썩였다.

"이유가 뭔지는 모르겠지만, 화산을 건드리면 어떻게 되는지 알려 주지!"

의기양양한 목소리를 들으며, 백천이 깊은 한숨을 내쉬었다. 무당은 지금 상상도 못 하고 있을 것이다. 화산도 감당 못 하는 전대미문의 망나니가 남영으로 가고 있다는 사실을 말이다. 백천은 순진하게 희망에 부푼 채 남영에 도착할 무당의 제자들에게 진심 어린 애도를 보냈다.

• ❖ •

"소행에게서 온 소식은 없더냐?"
"……아직 아무런 소식이 없습니다."
"그런가……."
위립산(魏立山)은 생기가 빠져나가 퀭해진 얼굴로 한숨을 내쉬었다.
"문주님. 조금 더 정양이 필요합니다."
"……알고 있네. 알고 있네만……."
말을 흐리는 위립산을 보며 염평(閻平)은 속으로 탄식했다.
'편히 쉴 수가 없으시겠지.'
종도관은 화영문과 공존할 생각이 없다. 처음 개파 했을 때부터 지속적으로 시비를 걸어왔고, 결국 위립산과의 비무에서 승리하고도 만족하지 못하여 화영문에게 남영을 떠나라 요구하고 있다. 실로 강압적이고 과한 처사다.

하지만 화영문은 그 과한 처사를 성토할 힘이 없었다. 강호는 약육강식. 힘이 없는 자는 힘 있는 자를 어찌하지 못한다. 평생을 강호에서 살아왔음에도 제대로 알지 못했던 강호의 이치를, 염평은 이제야 뼈저리게 실감했다.

"무당의 제자들은 도착했다고 하더냐?"
"아직은 아닙니다. 하지만 시일을 따져 보았을 때, 곧 도착할 것입니다."
"그렇……. 쿨럭! 쿨럭!"
"괜찮으십니까, 문주님? 내상이 심하십니다. 어서 몸을 누이시지요."

"……그래야겠지."

대답은 그리했지만 위립산도, 말을 하고 있는 염평도 지금 그저 편히 누워 있을 상황이 아니라는 건 알고 있었다. 무당의 제자들이 도착한다면 당장 이곳에서 쫓겨날지도 모른다. 평생을 지켜 온 화영문이 현판을 내리게 생겼는데 어찌 침상에서 시간을 보낼 수 있겠는가?

"문도들은 어떠한가?"

"……동요가 심합니다."

"그렇겠지. 그래……. 그렇겠지."

위립산의 입에서 참지 못한 한숨이 새어 나왔다. 제자들이 동요하고 있다는 말을 들었음에도 원망하는 마음은 조금도 들지 않았다. 무당의 속가와 대립하게 된 상황에서도 아직 자리를 지켜 주고 있는 이들이다. 그것만으로도 충분히 보답받은 기분이었다.

'내 헛살지는 않았구나.'

그때 염평이 작은 한숨과 함께 입을 열었다.

"……문주님. 지금이라도 종도관주와 다시 이야기해 보시는 게 어떻겠습니까?"

위립산의 대제자라고 할 수 있는 염평이다. 오랜 시간 위립산의 옆에서 함께하며 화영문을 이끌어 왔지만, 이번만은 그로서도 딱히 다른 방법을 찾아낼 수가 없었다. 하지만 위립산은 고개를 내저었다.

"소용없네. 저들이 원하는 게 따로 있다면야 대화에 의미가 있겠지. 하지만 저들은 남영에서 우리를 몰아낼 생각뿐이네. 그런데 무슨 대화를 하겠는가? 저들이 원하는 건 하나고, 우리는 그걸 들어줄 수 없으니 평행선만 달리게 될 걸세."

"그럼 이렇게 눈 뜨고 당해야 한다는 말씀이십니까?"

"……곧 본산에서 우리를 도우러 올 걸세."

염평의 얼굴이 살짝 일그러졌다. 언제나 총명하고 이지를 잃지 않는 위립산이지만, 화산이라는 이름만 나오면 판단력이 흐려진다. 이건 위립산의 고질병이었다.

"상대는 무당입니다. 아무리 화산이 최근 들어 이름을 조금 날렸다고 하지만, 무당은 도가에서는 견줄 곳이 없는 거파가 아닙니까. 화산이 무슨 도움이 되겠습니까? 아니, 도움을 주려고나 하면 다행이지요. 화산이 생각이 있다면 이 일에 개입하지 않으려 할 것입니다. 무당과 대립하여 좋을 일이 있겠습니까? 문주님, 냉정하셔야 합니다. 도움 따위는 어디에서도 오지 않습니다. 이건 우리가 해결해야 하는 일입니다."

위립산이 염평을 가만히 바라보았다. 그의 말이 틀리지 않다는 건 알고 있다.

"그래서 제가 진즉에 화산에 공물 보내는 일을 그만두시라 하지 않았습니까. 필요할 때는 도움이 되지 않을 곳에 왜 그리 공을 들이시냐고요. 소문주를 무당이나 소림으로 보냈다면 이런 일이 있었겠습니까?"

구구절절 맞는 말이다. 그럼에도 위립산은 고개를 끄덕일 수가 없었다.

"우리는 화산의 속가네. 근본은 버릴 수 없는 것이고, 버려선 안 되는 것이네. 화산의 속가라는 것을 부정하고 화산의 이름을 내다 버리면, 더 나아질 것 같은가? 그렇게 하다 보면 그 어디의 속가라 해도 마찬가지가 되네. 무당이 이름을 잃으면 무당을 버리고, 소림의 기세가 쇠하면 소림을 버리겠지. 아니, 아닐세. 나는 그렇게 살고 싶지는 않네."

고집스러운 반응에, 염평은 한숨을 참지 못했다.

"누구도 알아주지 않습니다."

"누가 알아주기를 바라는 게 아니네. 그저 나는 내가 지켜야 할 것을 지킬 뿐이라네."

답답하다. 꽉 막혔다. 하지만…… 그렇기에 위립산이다. 결국 그가 이곳에서 잔소리를 늘어놓는 것 역시 위립산을 존경하기 때문이다. 만일 위립산이 쉽게 화산을 내려놓을 사람이었다면 염평 역시 그를 이토록 존경하지는 않았을 것이다.

"그리고 나는 믿고 있네. 화산이 우리를 저버리지 않을 거라고 말이네."

염평이 고개를 내저었다.

"문주님. 그건 성의나 마음의 문제가 아니라 능력의 문제입니다. 화산이 무당을 상대할 능력이 있겠습니까?"

"……마음만으로 충분할 때도 있는 법일세."

염평이 막 한마디를 더 하려는 찰나였다. 대문을 쿵쿵 두드리는 소리가 크게 들려왔다. 위립산과 염평의 얼굴이 삽시간에 굳어졌다. 그들은 지금 대문을 걸어 잠그고 방문자를 받지 않고 있다. 그럼에도 굳이 문을 두드린다는 것은 용무가 있어 찾아온 이라는 뜻이다. 지금 그들에게 용무가 있을 사람이라 해 봐야…….

"위 문주! 위 문주 안에 계시오? 내 오늘 담판을 지으러 왔으니 썩 나오시오!"

염평의 얼굴이 일그러졌다. 종도관주의 목소리였다.

'빌어먹을, 벌써!'

저들이 아무 이유 없이 찾아왔을 리 없다. 분명 당도한 무당의 제자들을 데리고 왔을 것이다.

"어찌합니까, 문주님?"

"별수 있는가. 나가 봐야지. 직접 찾아오기까지 했는데 나가지 않는다면 겁쟁이라는 오명을 뒤집어쓸 테니까."

위립산이 깊은 한숨을 내쉬며 몸을 일으켰다.

"무슨 일이시오."
"뻔히 알면서 말만 돌리시는구려. 오늘은 담판을 지으러 왔소."

선불 맞은 멧돼지처럼 밀고 들어오는 종도관주를 보고 있자니 이자가 정말 무당의 속가 제자인지 의심스러웠다. 최소한 도경이라도 어느 정도 공부했다면 이럴 수는 없는 법이다.

"나는 더 할 이야기가 없소."
"할 이야기가 없다니! 비무에서 패했으면 남영에서 꺼질 것이지, 뭘 더 얻어 처먹겠다고 아직도 여기 눌러앉아 있는 거요?"
"비무에서 패했다고 떠나야 한다는 법이 어디 있소이까."
"그런 법은 없지! 하지만 그 낯짝이 문제 아니겠소?"

위립산이 탄식했다. 비무에서 패했다고 떠나야 한다는 법은 없다. 딱히 내기를 걸지 않은 이상은 말이다. 하지만 문주끼리의 비무가 벌어질 정도로 상황이 심각해졌다면 패한 이는 두말없이 떠나는 것이 강호의 불문율이다. 아니, 정확하게 말하면 불문율이라기보다는 패한 쪽이 버티지 못한다는 것이 맞을 것이다. 관주의 실력은 그 문파의 척도다. 상대보다 못하다는 것이 명명백백하게 밝혀졌는데 그 지역에서 무슨 수로 버티겠는가? 새로 무학을 배우려는 이가 어느 쪽을 택할지는 너무도 뻔하지 않은가?

"긴말할 것 없소. 당장 떠나시오."
"나는 그럴 생각이 없다지 않소."

"정말 피를 봐야 정신을 차리겠소?"

종도관주의 눈빛이 사나워졌다. 분위기가 급격하게 무거워지자, 뒤쪽에서 상황을 지켜보던 이 중 하나가 천천히 걸어 나왔다.

"관주님. 제가 대신 이야기해 보겠습니다."

"아, 그러시겠소이까? 이런 사소한 일까지……."

"괜찮습니다."

"그럼 저야 감사할 따름입니다!"

위립산을 대할 때와는 판이하게 다른, 공손한 태도였다. 자연히 위립산의 시선도 앞으로 나선 이를 향할 수밖에 없었다. 검은색 도포. 그리고 머리에 쓴 도관. 도포에 새겨진 소나무 형상의 자수가 이자의 신분을 말해 주고 있었다. 천하에 수많은 문파가 있지만, 가슴에 소나무의 형상을 새길 수 있는 곳은 오직 하나, 무당뿐이다. 사내가 앞으로 나와 가만히 포권했다.

"처음 뵙겠습니다. 저는 무당의 이대제자인 진현(眞炫)이라 합니다."

"위립산이외다."

깍듯한 자세와 절도 있는 동작이었다. 이런 상황에서 마주하지 않았다면 그 모습에 절로 찬탄했으리라. 하지만 지금 저 절도 있는 이가 노리고 있는 것은 다름 아닌 위립산이다. 위립산은 잠깐 그를 살피다 돌연 얼굴을 굳혔다.

"잠깐! 지금 진현이라 하셨소? 그럼 그쪽이 그…… 부절검(不絶劍)이라 불리는 그 진현이란 말이오?"

"부끄럽게도 그런 허명을 듣고 있습니다."

사내의 정체를 알아낸 위립산의 얼굴이 어두워졌다.

'부절검이라니. 오늘 일진이 좋지는 않겠구나.'

부절검 진현. 혹은 검룡(劍龍) 진현. 무당이 배출해 낸 수많은 후기지수 중에서도 최고로 꼽히는 이가 바로 진현이다. 세상 사람들은 그를 검룡이라 부르며 치켜세우기를 주저하지 않는다. 후대의 무당제일검. 그리고 어쩌면 후대의 천하제일검이 될지도 모르는 이. 무당이 진현을 보냈다는 것은 이번 일을 그만큼 중히 여긴다는 선언이나 다름없다.

"저간의 사정은 종도관주님께 들었습니다. 남영에 남기를 원한다고 하셨습니까?"

"그렇소이다."

진현이 살짝 고개를 내저었다.

"그건 좋은 생각이 아니라고 생각합니다."

진현의 목소리는 나직하지만, 힘이 실려 있었다.

"남영은 그리 큰 지역이 아닙니다. 그런 곳에 무관이 둘이나 있다면 문제가 생길 수밖에 없지요. 문도를 나눠 가져야 하니 서로 힘들 뿐입니다."

"그걸 모르는 게 아니오. 하지만 어째서 먼저 무관을 운영하던 우리가 떠나야 한다는 말입니까!"

"그건 중요하지 않습니다. 중요한 것은 무관이 둘이나 된다면 서로 피해를 볼 것이고, 더 큰 피해를 볼 곳은 누가 봐도 화영문이라는 겁니다."

위립산이 침묵하자 진현이 빙그레 웃었다.

"이러면 어떻겠습니까? 무당의 속가가 이곳에 개파를 하며 귀문에 손해를 끼친 것도 사실이니, 나름의 배상을 하겠습니다. 남영에서 이주하신다면 그 비용 일체를 이쪽에서 부담하지요."

가만히 상황을 듣고 있던 염평이 얼굴을 일그러뜨렸다.

'이 날강도 같은 놈들.'

설마 이주 비용이 없어서 이러고 있겠는가? 새로운 곳에 정착한다는 건, 결국 모든 걸 다시 시작해야 한다는 말이다. 화영문은 남영의 문파다. 문도도 모두 남영에 발을 붙이고 살고, 모든 역사가 남영에 있다. 그런 남영을 떠난다는 건, 그 모든 것을 버리고 바닥에서부터 시작하라는 의미다. 위립산이 고개를 저었다.

"말씀은 감사하지만…… 화영문은 그럴 생각이 없습니다."

진현은 거절하는 위립산이 마음에 들지 않는 듯 잠시 침음하더니 말했다.

"문주님. 정 남영에 남고 싶으시다면, 한 가지 방법이 더 있습니다."

위립산이 살짝 반색하며 진현을 바라보았다. 다른 방법이라는 말이 나온 것만으로도 기대가 되었다.

"그게 무엇입니까?"

"문주님께서 남영에서 꼭 무관을 운영해야겠다면…… 현판에 있는 매화 문양을 떼십시오."

위립산의 얼굴이 굳어졌다. 차마 대답조차 하지 못하고 있을 때, 진현이 느긋하게 말을 이었다.

"두 개의 문파는 양립할 수 있습니다. 하지만 두 개의 도관은 양립할 수 없는 법입니다. 화산이 아무리 도가의 색채가 옅은 곳이라고는 하나, 무당의 속가가 있는 곳에 공존하는 건 인정할 수 없습니다."

"그, 그게 무슨……."

진현이 차갑게 일갈했다.

"선택하십시오. 화산의 이름을 떼어 내겠다면, 저희는 화영문을 인정할 것입니다. 원한다면 자제분은 무당의 속가로 받아 줄 수도 있습니다. 그렇다면 종도관과 화영문은 동문이 되니 서로 잘 지낼 수 있을 겁니다.

하지만 그게 아니라면!"

서늘하다. 말속에 비수가 숨어 있다.

"남영에서 화영문의 이름은 영영 사라질 것입니다."

누구도 아닌 진현의 입에서 나온 말이기에 그 무게감이 남달랐다. 충격에 빠져 있는 위립산을 보며 진현이 빙그레 웃었다.

"그래서, 화영문의 대답은 무엇입니까?"

위립산의 입술이 달싹였다. 짧은 시간이었지만, 표정이 수도 없이 변화했다. 그렇게 고민에 고민을 거듭한 끝에 그가 탄식하며 말했다.

"우리는 화산을 저버릴 수 없소. 오늘 현판을 내리는 일이 있더라도 우리는 화산의 속가요. 그건 버릴 수 없는 것이외다."

진현이 한숨을 쉬며 고개를 내저었다.

"권주를 마다하고 벌주를 마신다고 하시니 제가 어쩔 수 있는 일이 아니군요. 세 시진을 드리겠습니다. 세 시진 뒤에도 이곳을 비우지 않으신다면 비우게 만들어 드리겠습니다."

위립산이 입술을 질끈 깨물었다.

"천하에 이름이 드높은 무당의 행사치고는 너무 치졸하지 않소이까?"

그러자 진현이 냉랭한 목소리로 말했다.

"뭘 착각하고 계시는군요. 천하에 이름이 높은 무당이 이런 일을 하는 게 아니라, 이리해 왔기에 무당의 이름이 천하에 울려 퍼지는 것입니다. 그리고 우리는 해 드릴 수 있는 것은 모두 해 드리려 했습니다. 그 제안을 거부하고 억지를 부린 건 문주님이십니다."

"우리는……."

"여기까집니다. 더 할 말이 없군요. 세 시진 드리겠습니다."

그리고 위립산에게만 들릴 정도로 나직이 중얼거렸다.

"줄을 대려면 좀 더 좋은 곳을 택할 것이지. 화산의 속가라니. 화산이 화영문을 도울 것 같습니까? 우리 무당을 상대로?"

위립산은 아무 말도 할 수 없었다. 진현의 얼굴에 어린 명백한 조소가 입을 틀어막았다. 순간 모든 게 덧없게 느껴졌다. 무당은 자파를 보호하기 위해 억지까지 부리며 화영문을 핍박하고 있다. 하지만 화산은 그들을 돕기 위해 어떠한 것도 하지 않고 있다. 그 수많은 세월 동안 화산에 바친 그의 정성은 대체 무엇이었다는 말인가?

"화산은 감히 이곳에 오지 못합니다. 문주께서는 좀 더 현명한……."

그 순간이었다.

"뭐라는 거야, 저게."

등 뒤쪽에서 들려온 심드렁한 목소리에 진현이 그쪽으로 시선을 돌렸다.

"누구냐!"

"아, 비켜! 왜 문은 막고 서 있어!"

문 앞쪽을 채우고 있던 진현의 사형제들이 슬쩍 옆으로 물러났다. 그리고 그 열린 틈으로 한 사내가 휘적휘적 걸어 들어왔다. 처음 보는 이에 대한 감상이 채 생기기도 전에, 진현은 생전 한 번도 들어 보지 못했던 말이 귀를 파고드는 걸 느껴야 했다.

"나다, 이 말코 새끼야."

진현은 저도 모르게 입을 쩍 벌렸다. 말코. 도사들이 머리에 쓰고 다니는 도관이 말의 코처럼 길다는 점에서 비롯된, 속된 말이다. 쉽게 말해서…… 도사들을 비하하는 욕이다. 물론 진현도 그런 욕이 있다는 것을 알고는 있었지만, 살아생전 그 말을 귀로 직접 들어 본 적은 단 한 번도 없었다.

그야 당연한 일이다. 무당 내에서는 도사를 비하하는 욕을 쓸 일이 없었고, 강호행을 하면서도 들어 볼 수가 없었다. 세상의 누가 감히 무당의 도사에게 욕을 하겠는가? 제 목숨이 열 개쯤 되는 사람이 아니라면 감히 그런 말은 할 수가 없다. 무당이 어떤 곳인가? 소림과 함께 구파일방의 양강이라 불리는 곳이다. 천하에 수많은 문파가 있지만, 감히 무당과 견줄 수 있는 곳은 소림 하나밖에는 없다는 뜻이었다. 그런데 그런 무당의 제자에게 말코?

'미친놈인가?'

일단 그런 생각부터 들 수밖에 없었다. 하지만 안으로 들어온 이는 딱히 광인처럼 보이지 않았다. 행동이 이상하지도 않고, 눈빛도 꽤 총명하다. 아니, 겉모습만 본다면 오히려 준수하다는 말이 더 어울렸다. 살짝 건들거리는 자세와 세상 귀찮다는 표정이 무척 거슬리기는 하지만, 그 정도야 성향으로 볼 수 있는 문제 아닌가.

"귀하는 누구시오?"

"네가 알아 뭐 하게?"

……진짜 미친놈인가? 진현은 눈앞에 나타난 사내의 정체를 심각하게 고민할 수밖에 없었다. 예로부터 미친놈에게는 몽둥이가 약이라고 하지만, 그건 그냥 하는 말이고. 실제로 매는 멀쩡한 놈에게 쓰는 약이지, 미친놈에게 쓰는 약이 아니다. 진현이 뭔가 더 말을 붙여 보려는 순간 뒤쪽이 살짝 소란해졌다.

"지나갑니다. 좀 지나가겠습니다."

"아니, 왜 이리 다들 문을 막고 있어."

"조걸아, 조용히 해라."

문을 통해 몇몇이 더 화영문 안으로 비집고 들어왔다. 문을 막고 선

게 무당의 제자라는 사실을 모른다고 해도, 검을 차고 있는 건장한 이들을 굳이 밀어 내고 안으로 들어오려는 이는 보통 없을 것이다. 하지만 저들은 지금 무당의 제자들을 동네 아저씨 대하듯이 슬금슬금 밀어 내며 화영문 안으로 들어오고 있었다.

"아버지!"

그리고 마지막으로 들어선 이가 위립산을 향해 달려왔다. 그에 위립산이 반색하며 외쳤다.

"소행아!"

"아버지! 화산 분들을 모셔 왔습니다!"

귀가 있는 이들은 모두 그 말을 들었다. 진현의 얼굴이 굳어졌다. 그러니까, 지금 그의 앞에 있는 이들이 화산에서 온 이들이라는 말인가? 그제야 저들의 가슴에 수놓인 매화 문양이 보였다. 워낙 강렬한 등장이다 보니 복색을 살피는 걸 잠시 잊고 있었다.

"아아, 화산에서!"

위립산의 입에서 흘러나오는 감격 어린 목소리가 귀에 거슬렸다. 조금 전 진현이 화산은 결코 당신들을 도와주러 오지 않을 거라 확언했었기에 더더욱.

진현은 등장한 이들의 면면을 살폈다. 한눈에 보아도 경계하게 되는 백의의 검수가 한 명, 그리고 그를 보좌하듯 좌우로 선 부드러운 인상의 사내와 날카로운 인상의 사내. 그리고…….

'무량수불.'

보는 순간 저도 모르게 도호를 외게 하는, 눈이 번쩍 뜨이는 미녀가 한 명. 거기까진 좋다, 거기까진. 마지막으로 눈에 들어온, 여전히 건들거리고 있는 사내가 문제였다.

아무리 몰락했다지만 화산은 한때 구파일방의 한 축이었고, 명문으로 불리던 곳이다. 그런 곳에서 어떻게 이런 파락호 같은 놈이 나온다는 말인가? 심지어 저 뒤에 있는 이들과도 차이가 너무 극심했다. 진현이 표정을 가다듬으며 물었다.

"화산에서 오시었소?"

"그럼 소림에서 왔겠냐?"

진현이 뭔가 말을 하려다 입을 다물어 버렸다. 그러자 상황을 주시하던 백의의 사내가 앞으로 나서더니 진현이 아닌 그 뒤에 있는 위립산에게 포권을 했다.

"화영문주님을 뵙습니다. 화영문에 변고가 생겼다는 말을 들으신 장문인께서 저희를 보내셨습니다."

"아……. 장문인께서…….'

병색이 완연한 위립산이 눈을 질끈 감았다. 가슴속 깊은 곳이 벅차오르는 느낌이다. 지푸라기라도 잡는 심정으로 화산에 위소행을 보내기는 했지만, 정말 화산이 도와주러 올 거라고는 생각하지 않았다. 그가 염평에게 한 말은 그저 풀 길 없는 답답한 현실에 대한 도피였을 뿐이다.

그런데 화산이 정말 제자들을 보내 주었다. 포권을 하는 백천을 본 위립산은 몸을 부르르 떨었다. 그야말로 헌앙한 기세. 바로 옆에 부절검 진현이 있음에도 조금도 손색이 없는 모습이다. 그렇다면?

"그, 그렇다면 귀하께서 바로 그 화산신……."

"아닙니다."

말이 채 끝나기도 전에 백천이 위립산의 말을 끊어 버렸다. 위립산은 백천의 얼굴이 살짝 일그러졌다가 재빨리 펴지는 것을 놓치지 않았다.

"저는 화산의 이대제자인 백천이라 합니다."

화산의 검은 강하다 73

"아, 화정검! 내 화정검의 명성은 익히 들었소이다!"

화정검을 보내 주다니! 장문인에 대한 감사가 몸 밖으로 뚫고 나와 곧 승천할 것 같다. 다만 화산신룡은 오지 않은 건가, 하는 의문도 동시에 들었다. 그때, 조금 전부터 이해할 수 없는 짓만 하던 파락호 놈이 감탄하며 위립산에게 다가오더니 손을 덥석 붙들어 왔다.

"크으. 문주님이시군요. 이야기는 많이 들었습니다! 무려 삼십 년을! 꾸준하게 쉬지 않고 상납금을 보내셨다고! 맞습니까?"

"그, 그렇긴 한데……."

"크으으으으!"

사내가 더없이 감격했다는 표정으로 위립산을 바라보았다. 눈가가 촉촉한 것을 보니 정말 감동한 모양이었다.

"이런 훌륭하신 분이 계셨다니. 그 거지도 등 돌릴 문파에 꾸준히 돈을 보내시다니. 세상에 착한 사람은 다 죽었다더니 여기 한 분 살아 계셨군요."

위립산은 나름 잔뼈가 굵은 사람이었다. 몇십 년 동안 화영문을 지켜 왔으니, 그새 만난 이들만 해도 수백을 가뿐히 넘어 수천에 달할지도 모른다. 하지만 그 수천 중에서도 이런 인간은 단 한 명도 없었다.

'화, 화산의 본산 제자 같은데, 어떻게 이런 사람이?'

위립산이 사내의 손아귀에서 제 손을 슬쩍 빼내며 물었다.

"그런데 귀하는 누구시오?"

"아, 저는 청명이라고 합니다. 장문인께서 저를 보내셨죠."

"청명이면 청자 배……. 잠깐만, 청명?"

"네. 그렇게 불러 주십시오! 하하하하. 뭐라 부르면 어떻습니까. 우리 우수 고객님이신데."

청명? 청명이라고? 위립산이 두 눈을 부릅떴다. 그가 아는 한, 화산에서 청명이란 이름을 가진 사람은 한 명뿐이다.

'아, 아니지. 내가 모를 수도 있지.'

위립산의 시선이 위소행을 향해 획 돌아갔다. 그의 눈빛을 받은 위소행이 뭐라 말할 수 없는 표정을 지으며 떨떠름하게 고개를 끄덕였다.

맞다고? 그럼 지금 눈앞의 이 동네 파락호 같은 놈이 설마……? 이런 의문을 품은 사람은 위립산뿐만이 아닌 모양이었다. 가만히 화산의 문하들을 지켜보고 있던 진현의 입에서 살짝 당혹스러워하는 음성이 흘러나왔다.

"청명……? 그럼 설마 귀하가 화산신룡이라 불리는 청명이란 말이오?"

"화산 뭐시기는 모르겠고, 내가 청명은 맞는데?"

"그대가?"

진현은 도무지 믿지 못하겠다는 눈으로 청명을 바라보았다. 그러자 청명의 시선이 삽시간에 삐딱해졌다.

"뭐, 증명서라도 떼다 줘야 하나?"

그러더니 이내 관심이 식은 듯 진현에게서 눈을 떼고는 다시 위립산을 보며 방긋방긋 웃었다. 태도의 차이가 너무 극명해서 황당할 지경이었다.

"걱정하지 마십시오. 이제 저희가 알아서 할 테니까요. 장문인께서 화영문을 속가 중 제일이라 하셨습니다."

그 말은 맞지. 왜냐면 속가라고 할 만한 곳이 이제 여기밖에 없으니까. 청명이 빙그레 웃고는 몸을 돌렸다. 그리고 백천을 보며 고개를 갸웃했다.

"뭐 합니까, 사숙?"

"……끝났냐?"

"네."

백천이 한숨을 내쉬고는 진현을 바라본다.

"화산의 백천입니다."

"무당의 진현이오."

"속가끼리의 문제가 있다고 해서 왔습니다. 보아하니 화영문주와 직접 대화를 하셨던 모양인데, 이제 저를 통해 말씀하시면 될 겁니다."

"화산이 이 일에 끼겠다는 것이오?"

"그럼 안 될 이유라도 있습니까?"

백천의 말에 진현이 눈을 가늘게 떴다. 완전히 몰락했다가 이제 겨우 이름이나 다시 알리고 있는 문파 주제에, 감히 무당의 행사에 관여한다? 이건 용납할 수 없는 일이었다. 게다가……. 진현의 시선이 슬쩍 청명에게로 향했다. 저런 놈이 화산신룡이라고? 어이가 없다.

화산신룡 청명. 이 년 전 갑작스레 천하에 그 이름을 떨친 화산의 신성. 진현도 귀가 따갑도록 들은 이름이다. 그리고 그가 특별히 그 이름을 더 또렷하게 기억하는 이유가 있었다.

무당의 검룡 진현. 그리고 화산의 신룡 청명. 세인들은 그 외의 세 사람을 더 묶어 오룡이라는 이름으로 부른다. 현 강호에서 오룡은 천하를 이끌어 갈 후기지수를 상징하는 이름이다. 진현은 오룡이니 삼룡이니 하는 호사가들의 말에는 관심이 없다. 그가 관심을 보인 부분은 단 하나. 오룡 중 화산신룡 청명에 대한 평가가 진현에 대한 것보다 더 높다는 점이다.

'이따위 놈이 나보다 강하다고?'

말도 안 되는 소리. 물론 그 평가는 나이를 감안한 것이기는 하다. 청명이 진현의 나이쯤 되면 진현보다 더 강해질 거라는 기대감이 듬뿍 담긴 평가일 것이다. 하지만 진현은 그것조차 인정할 수 없었다.

그리고…….

'장문인의 말씀이 맞았군.'

― 어쩌면 남영에 화산의 제자들이 올지도 모른다. 그리고 화산의 제자들이 온다면 그중에는 당연히 화산신룡이라 불리는 청명도 있을 것이다. 혹여 그리된다면 화산의 제자가 감히 무당의 제자보다 앞선다 거론될 수 없음을 세상에 똑똑히 알려 주도록 하거라.

진현이 입꼬리를 올렸다.

"그럼 그대들이 어떤 식으로 끼어들 생각이시오?"

백천을 바라보는 진현의 눈빛에 오만함이 묻어났다. 사실 진현의 입장에선 화산신룡이라는 청명보다 오히려 이 사내가 조금 더 신경 쓰였다. 조금 전부터 은연중에 흘리는 기세가 장난이 아니었다.

'화정검의 명성은 허울이 아니었군.'

화산신룡과는 다르게 말이다. 그때 백천이 미소를 지으며 말했다.

"서로 즐겁게 대화로 풀 수 있다면 최상이겠으나…… 그럴 생각이 없어 보입니다만?"

"하하, 오해입니다. 대화로 풀 수 있다면 더없이 좋을 것입니다. 하지만 서로 입장 차가 좁혀지질 않으니, 대화가 덧없을 뿐이지요."

"결국 마찬가지가 아닙니까?"

백천이 조금 날카로운 어조로 다그치자 진현의 입가에 비릿한 미소가 피어났다.

"그럼 어떻게, 비무라도 하시겠습니까? 저희는 마다하지 않겠습니다."

"무당의 방식이 생각보다 꽤 거친 모양이군요."

"거칠다기보다는 효율적이지요. 괜히 서로 시간을 낭비할 필요는 없…….."

그때였다.

"아, 진짜 거 시간 더럽게 끄네."

백천과 진현의 고개가 동시에 돌아갔다. 둘은 모두 말을 한 청명을 바라보았다. 하지만 둘의 표정은 전혀 달랐다. 백천은 '제발 가만히 좀 있어라. 이 빌어먹을 놈아!'라는 말을 표정만으로 전달하는 신기를 보이는 중이었고, 진현의 얼굴에는 숨길 수 없는 노기가 피어났다. 알려진 대로라면 청명은 그보다 한 배분이 낮다. 그런데 자신보다 배분이 높은 진현을 향해 감히 저런 망발을 하고 있는 것이다.

"화산은 예의를 모르는가?"

"예의?"

청명이 피식 웃었다.

"지랄한다."

"이……!"

"남의 문파에 쳐들어와서 뒈지기 싫으면 꺼지라고 하는 놈이 예의 타령 하고 있네. 네놈 예의는 네가 필요할 때만 나오는 모양이지?"

진현이 입술을 질끈 깨물었다. 하지만 바로 반박하기는 어려웠다. 저 말이 그리 틀리지 않는다는 걸 진현도 알고 있기 때문이다.

"대화할 게 뭐 있어. 너희는 너희들 하고 싶은 대로 해."

"그게 무슨 뜻인가?"

"세 시진 뒤에 쳐들어올 거라며? 세 시진 뒤에 와. 원하는 대로 실력 행사 해 봐. 대신에…….."

청명의 입꼬리가 씨익 올라갔다.

"올 때는 대가리 깨질 각오를 하고 오는 게 좋을 거야. 나는 미리 경고했다."

진현의 얼굴에서 핏기가 가셨다. 이윽고 창백해진 그의 얼굴에 무시무시한 노기가 피어오르기 시작했다. 실력 행사를 해 보라는 말이 진현의 심기를 완전히 뒤틀어 놓았다.

그럴 수밖에 없다. 지금 화영문의 정문을 지키고 있는 무당의 제자들은 아홉. 진현까지 포함하면 모두 열 명이다. 하지만 지금 화산 제자의 수는 다섯에 불과했다. 대표 하나씩을 뽑아서 비무 하자고 했으면 이해했을 것이다. 저들 역시 속가를 지키러 온 터, 아무리 상대가 되지 않는 싸움이라고 해도 여기까지 온 이상 적어도 노력했다는 인상은 주고 돌아가야 하니까.

하지만 지금 저놈은 비무가 아니라 전투를 하자고 했다. 무당의 모든 제자가 한 번에 노리고 들어와도 얼마든지 상대를 해 주겠다고 말이다.

"이……."

머릿수만 두 배 차이가 난다. 그런데도 덤비라고 말하는 것은 무당을 완전히 무시하는 처사나 다름없다. 진현이 살면서 언제 이토록 무시를 받아 보았겠는가?

"무량수불."

도호를 외지 않으면 속에서부터 터져 나오는 분노를 감당하기 힘들 정도였다. 연신 도호를 외어 애써 마음을 가라앉힌 진현은, 그럼에도 미처 다 지워지지 않은 노기를 띤 채 백천을 노려보았다.

"이게 화산의 뜻이라고 받아들여도 되겠습니까?"

배분이 높은 백천이 말을 해 보라는 의미다. 하지만 그는 그런 진현의 압박이 무색하게 어깨를 으쓱하더니 피식 웃었다.

"이미 나온 말을 주워 담으면 천하가 화산을 비웃겠지요. 그리고 제가 이제 와 돌리자고 해도 도장께서는 허하지 않으실 것 같아 보입니다만."

"……제대로 보셨습니다."

진현이 입술을 깨물었다. 자신에 대한 모욕은 얼마든지 받아들일 수 있다. 하지만 지금 저 청명이라는 놈은 그가 아닌 무당을 모욕했다. 청명을 노려보는 그의 눈이 무시무시했다.

"하루. 정확하게 하루 드리겠습니다. 내일 이 시간에 우리는 그쪽의 말대로 화영문을 칠 것입니다. 귀측이 먼저 제안한 이상, 강호의 법도에 따라 어떤 불상사가 일어나도 책임을 물을 수 없다는 걸 알아 두십시오."

"뭘 내일까지 시간 끌어? 정 꼬우면 지금 한판 뜨든가. 와 봐."

청명이 손가락을 까딱거렸다. 꽉 움켜쥔 진현의 주먹이 부들부들 떨렸다. 호흡이 가빠지고 얼굴이 창백해졌다. 윤종이 그 모습을 보며 고개를 절레절레 저었다.

'저러다가 싸우기도 전에 혈압 올라 죽겠네.'

화산의 제자들은 다 알고 있다. 모르는 사람은 청명의 무공만 두고 대단하다 하지만, 청명의 무공 따위는 사람을 열받게 하는 재주에 비하면 조족지혈에 불과하다. 청명과 함께한 길지 않은 시간 동안, 이러다가 열받아서 죽을 수도 있겠다는 생각을 열댓 번은 넘게 했다. 이 순간만큼은 문파의 벽을 넘어 진현에게 안타까움을 느낄 수밖에 없었다.

'그냥 말을 섞지 마. 말하면 할수록 빡친다고.'

하지만 진현은 청명에게 달려드는 대신 절도 있는 동작으로 포권을 했다. 그 모습을 본 화산의 제자들이 감탄했다.

'과연 무당이다.'
'세상에, 저기서 참네. 저기서 참아.'
'수양이 제대로 되어 있네.'
박수라도 쳐 주고 싶은 심정이었다.
"기억하십시오. 내일. 내일 이 시간에 다시 뵙겠습니다. 그때는 내 손 속에 자비를 바라지 마시오. 화산이 왜 화산인지, 무당이 왜 무당인지! 똑똑히 알게 될 테니까."
"네에, 네에. 알겠습니다."
청명은 영 김이 샜다는 듯 몸을 휑하니 돌렸다.
"거, 자신 없어 도망간다는 말을 길게도 하네. 들어가서 잠이나 잘까."
윤종이 입을 쩍 벌렸다. 저 악마 같은 놈은 폐관을 하는 석 달 동안 어떻게 해야 사람 속을 제대로 잘 긁을 수 있는지 연구라도 하고 나왔나? 하지만 진현은 더 이상 그들이 기대하는 반응을 보여 주지 않았다. 사람이 화가 너무 나면 되레 침착해진다더니, 싸늘한 눈으로 청명을 일별하고는 몸을 돌렸을 뿐이다.
"내일 뵙겠소."
마지막 말과 함께 진현이 단호한 걸음으로 화영문을 나섰다. 상황을 지켜보던 무당의 제자들이 그 옆으로 우르르 몰려들었다.
"사형! 왜 저 방자한 놈을 그냥 내버려두시는 겁니까? 내일까지 기다릴 필요도 없습니다! 지금 당장 버릇을 고쳐 놓아야지요!"
"맞습니다! 살다 살다 저리 무례한 놈은 처음 보았습니다. 어디 한 군데를 부러뜨려 놔야 정신을 차릴 놈입니다. 아니, 그래도 정신을 못 차릴 놈입니다!"
사제들의 성토에 진현이 걸음을 우뚝 멈췄다.

"……지금?"

"예, 그렇습니다!"

진현이 깊게 숨을 내쉬었다.

"내가 왜 내일 보자고 했는지 아느냐?"

"저희는 잘……."

"지금 일을 벌이면 내가 피를 볼 것 같아서다."

사제들이 입을 다물었다. 그들이 강호행을 나온 게 이번이 처음은 아니다. 이미 수차례 강호행을 했고, 그때마다 크고 작은 사건들을 겪었다. 그중에 상대를 상하게 한 일이 없었을 리가 있는가? 진현의 검은 이미 여러 번 피를 보았다. 그런 그가 피를 보는 걸 두려워할 리 없다. 그러니 지금 진현의 말인즉, 이대로 싸움이 벌어지면 청명을 죽여 버릴 것 같다는 뜻이다.

진현이 살짝 고개를 돌려 화영문 쪽을 바라보았다.

"저들도 곧 실감하게 될 거다. 자신들이 무슨 짓을 저질렀는지. 하루면 다가올 일에 대한 공포를 즐기기에 충분하겠지."

"그렇습니다, 사형."

"돌아간다."

진현이 지체 없이 종도관으로 향했다. 그 뒤를 그의 사제들이 따르고, 한참 뒤에야 얼이 빠진 종도관주가 허겁지겁 발을 떼었다.

"가, 같이 갑시다!"

"갔네."

"음. 갔습니다."

"가 버렸네요."

남겨진 화산의 제자들은 살짝 허탈한 표정으로 휑해진 정문을 바라보았다. 하지만 그들과는 달리 위립산은 거품 물고 기절하기 직전이었다.

"대, 대…… 대체 무슨 짓을……."

분명 도와달라고 불렀다. 하지만 설마 그 '도와달라'에 무당을 때려잡아 달라는 의미가 담겨 있었겠는가? 그래도 과거에는 명문이자 구파일방이었던 화산이니만큼, 무당과도 어느 정도 친교를 나누었다. 그 친교를 바탕으로 일이 틀어지지 않게 잘 중재해 달라는 의미였을 뿐인데…….

그런 그의 속도 모르고 청명이 빙그레 웃으며 말한다.

"이제 발 뻗고 주무셔도 됩니다."

발? 발을 뻗어?

"끄르륵."

끝내 위립산이 거품을 물고 뒤로 넘어갔다.

"허억, 아버지!"

"문주님!"

위소행과 염평이 기겁하여 위립산에게 달려들었다. 청명이 그 광경을 가만히 보다가 혀를 찼다.

"여기서 뻗으라는 말은 아니었는데. 성격이 좀 급하시네."

화산의 제자들이 다들 한숨을 내쉬었다.

"허어어억!"

침상에서 벌떡 일어난 위립산이 부릅뜬 눈으로 천장을 바라보았다. 한참 동안 그렇게 멈춰 있던 그는 떨리는 손으로 이마를 훔쳤다. 꿈이었구나. 그럼 그렇지. 현실에서 그런 말도 안 되는 일이 벌어질 리 없지. 안

도의 한숨을 내쉰 위립산은 주전자째 물을 벌컥벌컥 들이켰다. 냉수를 시원하게 마시고 나자 마음이 좀 진정되는 느낌이었다.
그때 문이 벌컥 열리며 염평이 안으로 들어왔다.
"정신이 드셨습니까."
"……내가 얼마나 누워 있었지?"
"두 시진쯤 되었습니다."
"그렇게나……."
몸이 가면 갈수록 더 쇠하는 느낌이다. 하기야 안정을 취해야 회복이 될 텐데, 안정을 취할 수 없으니 당연한 일인지도 몰랐다.
"일어나야지. 언제 무당이 찾아올지도 모르는데."
"무당이야 내일 온다고 했잖습니까?"
"……내일? 내가 누워 있는 사이에 그들이 찾아오기라도 했는가?"
염평이 미간을 찌푸리며 위립산을 살폈다.
"혹시 꿈이라도 꾸셨습니까?"
"그래. 참으로 이상한 꿈을 꿨지. 화산에서 사람이 왔는데, 웬 개망나니 같은 놈이 무당의 제자들에게 시비를 걸더니 화영문의 운명을 걸고 한판 뜨자고 하지 않느냐. 하하하. 내 황당해서, 원……. 꿈인데도 기절하는 줄 알았다니까. 화산에서 그런 미친놈이 나오는 게 말이나 되는가? 심지어 그놈이 화산신룡이라더군. 그 화산신룡 말일세. 허허허허. 내가 몸이 많이 안 좋기는……."
듣는 동안 염평이 조금도 웃질 않자 위립산의 말끝이 서서히 흐려졌다. 잠시 침묵이 오갔다.
"……아니지?"
"맞습니다."

"아닌 것 같은데?"

"정확합니다."

위립산의 손이 달달 떨리기 시작했다.

"그, 그게 현실이라고?"

"문주님, 침착하십시오. 이미 물은 엎질러졌습니다. 이리된 이상 야반도주라도 생각해 봐야 합니다."

"야, 야반도주?"

"버티다가 죽는 것보다는 낫잖습니까. 부절검의 얼굴을 보니, 다시 왔을 때 눈에 띄는 이들은 싸그리 죽여 버릴 것 같은 기세던데요."

"……그래도 도인이 아니냐."

"문주님, 현실을 보십시오. 지금까지 구파일방이 죽인 사람을 모두 모으면 황하를 채우고도 남습니다. 그중에 정녕 악인만 있었겠습니까?"

위립산은 아무 말도 하지 못하고 입을 닫았다.

"목숨이라도 부지하려면 잘 생각하셔야 합니다. 하루……. 아니, 이제 하루도 남지 않았습니다."

위립산이 굳은 표정으로 몸을 일으켰다.

"화산의 제자들은 지금 어디에 있느냐?"

"별채로 안내했습니다. 아마 지금쯤 요기를 하고 있을 겁니다."

위립산은 현실을 받아들였다. 그 꿈 같던 이야기가 모두 현실이라면 이제는 정말 결정을 내려야 한다. 혼자라면 아무 상관이 없다. 하지만 그에게는 처자식이 있고, 지켜야 할 제자들이 있다.

그리고 무엇보다…… 이대로라면 저들 역시 화를 입을 것이다. 경험이 일천하여 좋지 않은 방법을 택해 버렸다고는 하나, 화영문을 돕기 위해 온 이들이다. 저들이 무당의 검에 쓰러지는 꼴은 차마 볼 수 없다.

"평아. 아무래도 화영문의 현판을 내려야 할 것 같다."
"……."
"남영이 아니더라도 화영문의 이름만 지킬 수 있다면 그걸로 된 것 아니겠느냐."
"문주님……."
염평이 애끓는 표정으로 바라보았지만, 오히려 위립산은 이제야 마음이 좀 편해지는 것 같았다. 다 욕심이었다. 살던 땅을 떠나기 싫은 마음. 무당의 속가에게 밀려나고 싶지 않은 마음. 그리고 화영문을 지켜 나가고 싶은 마음까지. 결국은 다 욕심이다. 내려놓고 나니 마음이 편해졌다.
하지만 세상일이라는 건 언제나 마음같이 되지는 않는다. 때마침 방 안으로 들어선 위소행이 말했다.
"그게…… 마음대로 잘 안 될 겁니다, 아버지."
"응? 그게 무슨 말이냐? 마음대로 안 된다니?"
"이제 저희가 포기하려 해도 화산의 문하들은 이곳을 떠나지 않을 겁니다."
"왜?"
"……좀 이상하시겠지만, 저들은 무당에게 진다는 생각을 조금도 하지 않는 것 같습니다."
위립산은 순간 누군가에게 맞기라도 한 듯 멍해졌다. 정말 천둥벌거숭이들이란 말인가? 하지만 그럴 수는 없다. 다른 이들이면 몰라도 화정검 백천은 강호에서도 이름이 높다. 게다가 백자 배의 대사형으로 언젠가 화산의 장문인이 될 사람이 아닌가. 그런 이가 사태를 냉정하게 파악하지 못한다는 건 말이 되지 않는다.

"……내가 화정검을 한번 만나 봐야겠구나."

그러자 위소행이 슬쩍 묘한 표정을 지으며 말했다.

"잘됐네요. 안 그래도 지금쯤 아버지가 깨어나셨을 테니 모셔 오라고 했습니다."

"……화정검이 말이더냐?"

"아니요. 그…… 화산신룡이요."

그 빌어먹을 화산신룡.

"……신룡은 무슨. 토룡도 아깝다."

이번만큼은 위소행도 아버지의 말에 완전히 공감했다.

◆ ◈ ◆

─ 산아야. 지금의 화산은 비록 예전의 빛을 잃었지만, 과거의 화산은 그 어느 곳보다 찬란히 빛나는 문파였다. 네 아버지께서는 화영문이 화산의 속가임을 평생 자랑스러워하셨지.

그 화산의 무복을 입은 청명이 꼴꼴꼴꼴 병나발을 불고 있다.

"크으으으으! 술맛 좋구나!"

─ 화산은 명문이다. 명문이란 이름은 중심과 역사가 없으면 주어지지 않는다. 화산이 명문이 되기까지 수도 없는 선인들의 피와 땀이 흘렀을 것이다.

"거기 고기 좀 주십쇼! 사형!"

"내가 먹고 죽을 것도 없다! 어디 제 몫을 다 처먹고 남의 것을 탐하느냐! 손모가지 잘리기 싫으면 그 손 치워라!"

"거, 야박하게!"

– 비록 지금은 화산이 고난을 겪고 있지만, 언젠가는 부활하여 다시 그 이름을 천하에 떨칠 것이다. 그러니 너는 지금의 화산만을 보고 그들을 멀리하는 우를 범해서는 안 된다. 화산을 지키거라. 그러면 언젠가 우리 화영문도 화산과 함께 비상할 날이 올 것이다.

"캬! 화산에서 내려오니까 살 것 같다!"

"그래도 사숙이 있는데 말조심 좀 해라, 이놈아!"

"괜찮아, 괜찮아. 지금 사숙도 속으로는 나랑 같은 생각을 하고 있을 거야."

"……아니. 나는 너랑 같이 있어서 죽을 것 같다."

"하하하핫! 농담은!"

"……나도 농담이었으면 좋겠다."

술과 고기를 탐하며 서로에게 악담을 퍼부어 대는 화산의 제자들을 보며 위립산이 흐뭇하게 웃었다.

아버지께 이 꼴을 보여 드리고 싶구나. 그리고 따져야지. 뭐? 명문? 부활? 에라이! 화산은 망했습니다, 아버지. 그것도 쫄딱이요. 예? 쫄딱!

위립산은 가만히 명치를 한 손으로 꾹꾹 눌렀다. 조금 전부터 위가 대못으로 찌르는 듯이 아팠다. 이들이 하는 꼴을 보고 있으니 점차 더 아파 왔다.

"크흐흠!"

참다못한 그가 거세게 헛기침하자 화산의 제자들이 일제히 그를 주시했다. 청명이 아차 한 표정으로 위립산을 향해 술병을 내밀었다.

"한잔하실래요?"

"환자시잖아! 내상을 입으셨다지 않느냐!"

"생각을 좀 하고 살아라, 생각을!"

"아니, 이 양반들이!"

다시 분위기가 시끌벅적해졌다. 동시에 위립산의 위가 다시 쑤셔 오기 시작했다. 명문은 얼어 죽을. 그래도 십여 년 전, 어린 위소행의 손을 붙들고 화산을 방문했을 때는 몰락했을지언정 명문의 향취를 느낄 수 있었다.

하지만 십여 년 사이에 대체 무슨 일이 있었던 건지, 지금 그의 눈에 보이는 화산의 제자들에게선 명문의 향취는커녕, 썩은 내만 난다. 좌절하는 위립산 대신 상황을 지켜보던 염평이 입을 열었다.

"이보시오. 지금이 어떤 상황인 줄은 알고 계시오?"

그 말에 백천이 자리에서 일어나 고개를 살짝 숙여 보였다.

"죄송합니다. 워낙 자유분방한 녀석들인지라."

위립산이 한숨을 내쉬며 말했다.

"탓하고 싶은 마음은 없습니다. 어쨌든 덕분에 하루의 시간을 번 것도 사실이니까요. 하지만 백천 도장. 이제는 우리도 결정을 내려야 합니다."

"결정이라 하시면?"

"모든 것을 내려놓고 정든 터전을 떠나는 게 쉬운 일은 아니지만, 일이 이렇게 되어 버린 이상 다른 방법이 없어 보입니다. 화영문은 남영을 포기하고 물러날 터이니, 여러분도 그만 화산으로 돌아가십시오."

백천이 미묘한 표정을 지었다.

"문주님. 저희가 미덥지 못한 것은 알겠습니다만……."

"그게 아닙니다. 상대가 무당이 아니었다면 저도 끝까지 버텨 보았을 겁니다. 하지만 무당을 상대로 버텨 봐야 무슨 의미가 있는지 모르겠습니다. 저들이 부절검을 보냈다는 것은 어떻게 해서든 이 남영을 차지하겠다는 뜻 아니겠습니까? 설사 이번에 어찌어찌 막아 낸다고 해도, 또 같은 일이 벌어질 겁니다."

가만 듣고 있던 청명이 잔에 술을 따르더니 단숨에 들이켰다. 그리고 위립산을 향해 말했다.

"안 그래도 그걸 좀 물어보려고 했는데요. 여기에 뭐 대단한 게 있나요? 쟤들 방식이 너무 과격한데."

청명이 기억하는 무당은 이런 식으로 일을 하는 곳이 아니다. 오히려 천하에서 가장 체면을 차리는 문파 중 하나가 무당이다.

'뒈질 때도 도호를 외던 놈들인데.'

물론 청명이 강호에서 활동하던 때에 비해서 시간이 많이 흐르긴 했지만, 문파의 기본적인 속성이라는 건 쉽게 변하지 않는 법이다. 그런 무당이 이토록 과격한 수를 써서까지 남영을 자신들의 영향 아래 넣으려 한다?

'뭐가 있긴 있는데.'

하지만 위립산은 영 모르겠다는 듯 고개를 갸웃했다.

"딱히 그런 건 없소이다. 대단한 것이 있었다면 사람들이 지금껏 남영을 내버려뒀겠소이까?"

"음. 그도 그렇네요."

원하던 대답을 들은 건 아니지만, 청명은 실망하지 않았다. 위립산이 알 만한 정보였다면 웬만한 사람들은 이미 다 알고도 남을 것이다. 오히려 위립산이 모르는 정보라야 의미가 있다. 뭐, 정 안 되면 무당 놈들이 불게 하면 된다.

"그보다 내일 날이 밝는 대로 화산으로 돌아가시오. 뒷일은 내가 알아서 하겠소이다."

"네? 그건 안 되죠."

"……안 된다고?"

"네. 장문인께서 화영문에 일어난 문제를 잘 해결하라고 하셨거든요. 화영문이 남영에서 쫓겨나게 내버려두면 장문인께서 한 석 달은 매일 밤 달 보면서 한숨 쉬실걸요?"

"와, 그건 좀 끔찍하다."

"동감입니다, 사형."

윤종과 조걸이 상상도 하기 싫다는 듯 몸을 떨었다. 이쯤 되니 위립산도 슬슬 인내에 한계가 왔다.

"이보시게들. 이건 장난이 아니외다."

"저희도 장난치는 거 아니에요."

그가 막 역정을 내려는 찰나, 청명이 지금까지와는 조금 다른 목소리로 그의 입을 막았다.

"화영문이 베풀었던 일을 화산은 잊지 않았습니다."

위립산의 눈동자가 한차례 흔들렸다. 지금까지와 달리 진지해 보이는 청명에게서 더없이 진중한 기운이 흘러나왔다. 위립산은 일순간 그 기세에 압도되고 말았다.

"이제는 화산이 화영문에게 보답을 할 차례입니다. 화산은 결코 속가를 저버리지 않습니다. 세상 사람들도 그 사실을 똑똑히 알게 될 겁니다."

위립산은 저도 모르게 고개를 끄덕이고 말았다. 청명. 화산신룡이라 불리는 이. 위립산은 어쩌면 자신이 이 청명이라는 자를 너무 쉽게 판단했을지도 모른다고 생각했다.

"하나 그 전에 부탁드릴 것이 있습니다, 문주님."

위립산이 진지하게 고개를 끄덕였다.

"말씀하십시오. 내 가능한 것이면 무엇이든 들어드리리다."

청명이 손에 들고 있던 술병을 흔들어 보였다.

"혹시 화영문에 남는 술 있으면 한 병만."

"……."

"아니, 이왕이면 한 세 병쯤."

"……."

"없어요?"

……아니, 역시 제대로 본 것 같다.

· ◈ ·

"준비는 모두 끝났습니다, 진현 도장."

"고생하셨습니다."

"이제 하루만 더 지나면 이 지긋지긋한 일도 끝이군요. 성미에도 안 맞는 관주 역할을 한다고 저도 고생깨나 했습니다."

진현이 고개를 끄덕이며 빙그레 웃었다.

"본산에서도 관주님의 노고는 충분히 알고 있습니다. 이 일이 끝나면 본산에서 반드시 성의를 보일 것입니다."

"아이고. 그런 말씀 마십시오. 제가 어디 그런 걸 바라겠습니까? 본산에 도움이 될 수 있다면 그걸로 충분합니다."

진현은 이번에도 고개를 끄덕였다. 사실 저 말이 진심이든 아니든 상관없다. 어차피 종도관주는 그리 중요한 이가 아니다. 그가 거절한다고 해도 무당은 상을 내릴 것이고, 그걸로 종도관주의 역할은 끝난다.

"아마 지금쯤 화산 놈들이 벌벌 떨고 있겠지요."

"글쎄요. 간이 배 밖으로 나온 놈들이라."

"허세 아니겠습니까? 어디 감히 화산 따위가 무당과 대적하겠습니까? 장담하건대, 내일 화영문에는 개미 새끼 한 마리 남아 있지 않을 겁니다. 진현 도장께서도 그걸 알고 하루의 말미를 주신 게 아닙니까?"

진현은 가타부타 말없이 빙그레 웃기만 했다. 슬쩍 눈치를 살핀 종도관주가 자리에서 일어난다. 아무래도 돌아오는 대답이 내내 짧거나 없는 걸 보니 이야기를 나누고 싶지 않은 게 분명했다.

"먼 길을 오느라 여독이 풀리지 않으셨을 텐데, 제가 괜히 시간을 뺏었나 봅니다. 오늘은 편히 쉬십시오. 내일 아침에 다시 뵙겠습니다."

"평안한 밤 보내십시오."

종도관주가 밖으로 나가자 진현이 한숨을 내쉬었다. 그러자 말이 없던 사제 진무(眞撫)가 넌지시 말을 건넨다.

"사형. 사형께선 화산이 올 것을 예상하셨습니까?"

"나는 생각하지 못했다. 하지만 장문인께서는 그럴 가능성을 보고 계셨던 모양이다. 장문인의 혜안은 감히 따라가기 어렵구나."

"앉아서 천 리를 내다보시는 분 아닙니까."

진현이 가만히 고개를 끄덕였다.

"사형께서는 어찌 생각하십니까. 종도관주님의 말대로 오늘 밤 화영문이 도주할 거라 보십니까?"

"화영문주는 그럴 수 있겠지. 하지만 화산의 제자들은 그럴 수 없을 것이다."

"어째서입니까?"

"허명을 얻었으니까."

진현이 나직이 웃었다.

"본래 사람은 제게 마땅한 명성에는 그리 집착하지 않는다. 하지만 자신이 얻어야 할 것 이상의 명성을 얻으면 그 명성에 집착하게 되지. 아마 그놈은 화산신룡이라는 허명을 버릴 수 없을 것이다. 먼저 도발을 해 놓고 달아난다면 천하의 웃음거리가 될 테니까."

"하지만 기다리고 있다가 패해도 허명을 잃는 건 마찬가지가 아닙니까?"

순간 진현의 눈썹이 살짝 꿈틀했다.

"내게 패하는 것이 그놈에게 수치라도 된단 말이더냐?"

"그, 그런 말이 아닙니다, 사형."

진무가 다급히 손을 내저었다. 그러자 진현이 웃으며 사제의 등을 다독였다.

"농담이니라. 그래도 화산신룡이라면 남지 않겠느냐. 패하는 게 도망치는 것보다는 덜 수치스러운 일이니까."

"수치를 아는 놈들이라면 좋겠습니다. 보아하니 수치가 무엇인지 모르는 천둥벌거숭이들 같던데."

"허허허. 그도 그렇다."

진현은 가볍게 웃으며 청명의 얼굴을 떠올렸다. 건방진 놈이지만, 이해는 간다. 어린 나이에 그만한 명성을 얻었으니 눈에 보이는 것이 없을 것이다. 한때 진현도 강호의 명성에 어깨가 으쓱하던 시절이 있었다. 그 어깨에 힘을 빼 주는 것이 참된 어른의 역할이 아니겠는가?

"수치를 모른다면 알게 해 줘야지."

"물론입니다."

그때 진현이 표정을 진지하게 굳히며 말했다.

"다만, 너무 그쪽에 과히 신경을 쓰는 것도 옳지 않은 일이다. 우리가 이곳에 온 진정한 목적을 잊지는 않았겠지?"

"물론입니다, 사형. 한시도 잊지 않았습니다."

다른 사제들조차 모르는 일. 이 일을 알고 있는 것은 오로지 진현과 진무뿐이다. 두 사람이 알고 있는 이유도 혹시 모를 만약의 사태를 대비한 것일 뿐, 본래대로라면 진무조차 몰랐어야 할 일이다.

"화영문이나 화산 따위는 아무래도 좋다. 중요한 것은 남영에서 시선을 돌리는 것이다. 이번 일만 잘 풀린다면 우리는 소림을 넘어 천하제일 문파로 발돋움할 수 있을 것이다."

"명심하겠습니다."

진현이 고개를 돌려 창밖을 바라보았다. 하늘 높이 떠 있는 달이 훤히 보였다.

'검총(劍塚)이라.'

검의 무덤. 굳이 종도관이라는 가짜 문파를 만들어 가며 이곳에 온 이유가 거기에 있다.

"우선은 화산 놈들을 남영에서 몰아낸다. 그 뒤로는 천천히 계획을 진행할 것이다."

"예, 사형!"

진현의 입가에 희미한 미소가 맺혔다. 곧 천하가 무당의 발아래 놓일 것이었다. 음모가 깊어 가는 밤이었다.

◆ ◈ ◆

밤새 뜬눈으로 날을 지새운 위립산이 충혈된 눈으로 하늘을 바라보았다. 해는 야속하게도 이미 중천에 떠 있었다.

아무리 생각해도 이건 미친 짓이었다. 어제는 결국 청명 일당의 분위기에 휩쓸려 버렸다. 그 정도의 연륜이 있는 이가 아들뻘 되는 이들의 분위기에 휩쓸린다는 건 웬만해서는 있을 수 없는 일이지만, 저놈들은 보통 놈들이 아니었다.

결국 청명은 화영문 창고에 있던 술독을 모조리 비워 버린 뒤에야 잠들었다. 사형들이 말리지 않았다면 뭘 해도 더 할 기세였다는 게 더 무섭다.

정말 괜찮을까. 어제 화산의 제자들은 분명 과한 짓을 했다. 무당 제자들의 독기를 바짝 세워 두지 않았는가? 위립산이라도 그런 모욕을 받고 그냥 넘어가지는 못할 것이다. 오늘 전투가 벌어지게 된다면 화산의 제자들은 절대 무사하지 못할 게 뻔했다. 하나……

위립산이 슬그머니 창을 열었다. 일찍부터 나와 볕을 쬐는 화산의 제자들이 보였다.

기지개를 길게 켜며 늘어지게 하품한 조걸이 윤종에게 말했다.

"언제 온답니까?"

"오늘 온다고 하지 않았느냐."

"해는 이미 떴는데."

"어제 그 시간에 온다고 했으니 시간이 꽤 남았다. 할 짓 없으면 들어가 잠이라도 더 자 두거라."

"매일 새벽에 일어나 버릇했더니, 잠도 더 안 옵니다."

"……그것참 슬픈 이야기구나."

마음은 어떨지 몰라도 몸만큼은 충실하게 청명의 방식에 길들여졌다. 서글픈 건, 윤종 역시 똑같은 걸 느끼고 있다는 점이다.

"청명이는?"

"퍼 자고 있습니다. 술을 그렇게 마셨는데 벌써 일어나면 그게 더 이상하지요."

"……가서 깨워라. 미리 준비시켜야겠구나."

"깨운다고 일어나겠습니까?"

"물이라도 퍼부어."

"……해 보겠습니다."

위립산이 조용히 창을 닫았다.

'아버지, 저는 이제 모르겠습니다.'

돌아가신 선친이 하늘에서 떨떠름한 표정으로 그를 내려다보는 느낌이었다. 그때 문이 열리며 염평과 위소행이 안으로 들어왔다.

"아버지."

"……무슨 일이더냐?"

"저희는 어떻게 합니까? 곧 무당의 제자들이 쳐들어올 것입니다. 저희도 같이 싸워야 하지 않겠습니까?"

위립산이 깊게 한숨을 내쉬었다. 사실 그는 아직 해야 할 바를 정하지 못했다. 사실 무당을 도발한 것은 화산이지, 화영문이 아니다. 최악의 상황에는 남영을 떠날 각오까지 한 이상, 그들이 전투에 참가하지 않고 발을 뺀다면 화영문은 큰 피해를 입지 않을 수 있다. 스스로 남영을 떠나겠다고 말한다면 무당도 더는 화영문을 핍박하지 않을 테니까.

하지만 저들과 함께 무당에 맞서 싸운다면 피해를 각오해야 한다. 어쩌면 많은 문도가 피를 볼지도 모른다. 특히나 위립산과 위소행은 무사할 거라는 기대를 버려야 할 것이다.

어찌할 것인가. 깊은 고뇌가 위립산을 괴롭혔다. 결국 결정을 내리지 못한 그는 위소행에게 의견을 물었다.

"너는 우리가 어찌해야 한다고 생각하느냐?"

큰 기대를 하고 던진 질문은 아니었다. 그저 혼란스러운 마음에 가볍게 물은 것에 불과하다. 하지만 위소행의 대답은 기대 이상으로 진중했다.

"당연히 싸워야 한다고 생각합니다."

"……이유는?"

"저들은 객이고 우리는 주인입니다. 주인이 객에게 싸움을 맡겨 두고 구경하는 일은 없습니다. 그리고……."

위립산은 재촉하지 않고 위소행의 말을 기다렸다.

"제가 아버지를 존경하고 화영문을 아꼈던 이유는 화영문에 긍지가 있었기 때문입니다. 아버지는 망한 화산을 지원하는 것을 아깝게 여기지 않았고, 대가를 바라지 않았습니다. 우리가 화산의 속가이기 때문입니다."

"……그렇지."

"속가라 해도 제자는 제자입니다. 그런데 저희가 어찌 사형제들이 싸우는 것을 구경만 할 수 있겠습니까?"

위립산이 슬쩍 고개를 돌렸다. 아들의 눈을 마주 보기가 힘든 탓이었다.

"저는 장문인을 뵈었습니다. 장문인은 한 치의 망설임도 없이 제자들을 보내 화영문을 도우라 하셨습니다. 저들의 방식이 올바르지 않았을 수는 있습니다. 하지만 저들의 마음마저 틀린 건 아닙니다. 저는 오늘 죽는다 해도 저들과 함께 싸우겠습니다."

부끄러웠다. 저건 평소 그가 하던 말이다. 하지만 그는 위기가 닥쳐오자 시선을 돌린 반면, 위소행은 그가 가르쳐 왔던 것을 홀로 지켜 내고 있다. 아비로서 어찌 부끄럽지 않겠는가.

"염평. 제자들에게 전해라. 싸울 이들은 남고, 싸우지 않을 이들은 지금 집으로 돌아가라고."

"……문주님."

"화영문을 떠난 이들에게는 어떠한 책임도 묻지 않을 것이다. 그리고 오늘이 지나고도 화영문이 살아남는다면 아무런 조건 없이 다시 받아 줄 것이다."

"그럼 아무도 남지 않을 겁니다."

위립산이 빙그레 웃었다.

"아니다. 내가 남고, 소행이 남는다. 그걸로 됐다. 우리는 화산의 이름을 짊어지고 싸울 것이다."

염평이 고개를 내저었다.

"두 분께서는 그러십시오."

"가겠느냐?"

"저는 화산이 아닌 화영문의 이름을 짊어지고 싸우겠습니다."

"……."

"날씨가 좋습니다, 문주님."

한참을 침묵하던 위립산이 빙그레 웃으며 고개를 끄덕였다.

"그렇구나. 좋은 날씨야."

창 너머 먼 하늘을 바라보는 그의 눈에 단호한 결의가 어렸다.

"끄으으응. 속이 안 좋은데."

"……작작 처마시지! 고삐 풀린 망아지 같은 놈!"

청명이 비틀거리며 머리를 움켜잡았다.

"아, 소리 지르지 마. 머리 울리잖아."

"……이 와중에 술이 넘어가냐? 이제 곧 싸워야 하는데?"

"술이야 깨면 되지."

청명이 손가락을 폈다. 손가락 끝에서 반투명한 아지랑이가 솔솔 피어올랐다. 주독(酒毒)을 빼내고 있는 것이다.

백천이 그 광경을 바라보다가 몸을 일으켰다. 그러고는 이제까지와는 다른, 진중한 어조로 입을 열었다.

"모두 들어라."

"예!"

"지금까지는 너희가 무엇을 해도 내버려두었다. 하지만 이제는 다르다. 오늘의 싸움은 단순히 우리만의 싸움이 아니다. 우리는 화산의 이름을 등에 짊어지고 싸운다는 것을 잊지 마라."

"명심하겠습니다."

조걸과 윤종, 그리고 유이설의 얼굴에 단호함이 깃들었다. 심지어 청명조차도 웃음기를 뺀 표정으로 고개를 끄덕였다.

"장문인께서는 이 일이 화산이 대외적인 활동을 개시했음을 천하에 알리는 신호탄이 될 거라 하셨다."

백천의 시선이 청명에게로 고정되었다.

"청명아."

"알았어요, 알았어. 살살……."

"아니!"

순간 당황한 청명이 눈을 크게 뜨고 백천을 바라보았다.

"할 거면 확실하게 해라."

"오?"

백천의 입에서 이런 말이 나올 줄은 몰랐던 청명은 속으로 신기해했다.

"어차피 무당과 척지는 건 어쩔 수 없는 일이다. 그렇다면 차라리 확실한 게 낫다."

"장문인이 하지 말라고 하셨다며."

"그 장문인이 등선하시기 전에 무당 대가리를 깨 버린다고 했던 건 너 아니더냐."

"오올?"

청명이 미묘하게 입꼬리를 올렸다. 마음에 들었다. 과거의 백천은 공명정대함에 과도하게 집착하는 사람이었다. 하지만 이 년에 걸쳐 천천히 물들인 결과, 이제는 장문인의 말을 무시……. 아니, 조금 더 좋게 해석하는 법도 익혀 냈다.

"크으. 문파 꼴 잘 돌아간다!"

생각할수록 웃음이 났다. 감탄한 청명이 백천을 향해 물었다.

"그런데 그 말의 의미는 알고 있어?"

"무슨 의미?"

"화산이 대외적인 활동을 시작한다는 말의 의미 말이야."

"……말 그대로 아니냐?"

청명이 피식 웃었다.

"대외적으로 움직인다는 건 외부에도 관심을 두겠다는 뜻이지. 그런데 화산이 할 외부 활동이 뭐가 있겠어?"

"……글쎄."

"화영문을 보고도 몰라?"

"속가를 말하는 거냐?"

청명이 고개를 끄덕였다.

"그렇지. 속가 문파를 늘려 갈 거야. 그럼 지금과 똑같은 일이 입장만 바뀌어 벌어지겠지. 수련만 하던 팔자 좋은 시절이 끝났다는 이야기야."

"……팔자가 좋아?"

"그 수련이 팔자 좋은 거라고?"

"선 넘네?"

생각지도 못한 데서 극심한 반발이 돌아오자 청명이 움찔했다.

그때였다. 위립산을 선두로 위소행과 염평, 그리고 열 명 정도 되는 화영문의 제자들이 비장한 표정으로 다가왔다. 화산 제자들 앞에 당도한 위립산이 백천을 향해 포권을 했다.

"백천 도장. 내 정신이 없어 당연히 해야 할 일을 하지 못했소. 화영문의 어려움을 보고 한달음에 달려와 주신 귀하와 일행, 그리고 나아가 화산에 고개 숙여 감사를 표하는 바요."

위립산이 깊이 고개를 숙이자 백천이 바로 손을 뻗어 그의 몸을 세웠다.

"이러지 마십시오, 문주님. 당연히 해야 할 일을 했을 뿐입니다."

"오늘 결과가 어찌 될지는 모르겠지만, 나는 화영문을 이끌고 도장들과 함께 싸우겠소."

위립산의 얼굴에 더 이상 망설임 따윈 없었다. 그 좋은 표정을 보니 백천의 마음도 절로 편해졌다. 화영문주가 대협의 자질이 있다고 하더니 과연 사실인 모양이었다. 입장 바꿔 생각해 보면 백천이라면 지금 이곳에 있는 이들의 꼴을 보고서 함께 싸우겠다고 선뜻 나서지는 못했을 테니까.

"감사합니다, 문주님."

"크으! 역시 의리가 있으신 분."

청명이 박수를 쳤다. 묘한 정적이 흘렀다. 저 '의리'가 '돈'으로 들리는 건 백천만의 착각은 아닐 것이다.

"그런데 음……. 수가 좀?"

다가온 이들을 훑어보던 청명이 머리를 긁적이며 말했다. 위립산이 담담히 말했다.

"떠날 이들은 떠나라 했습니다."

"그런데도 이만큼이나 남은 거네요."

청명이 고개를 끄덕였다.

"좋은 문파예요. 좋은 사람들이고."

왜인지 조금 아련하게 들리는 말투에 모두가 청명을 돌아보았다. 뭔가 말을 하려던 청명은 그저 웃어 버리고 말았다. 예전의 화산도 그랬다. 그저 청명만의 생각일지도 모르지만. 그리고 지금의 화산도 그리될 것이다.

"그런데 딱히 나서실 일이 없을 것 같은데요?"

"……예?"

"음, 이걸 뭐라고 설명해야 하나. 그냥 보시면 아실 거예요."

청명이 어깨를 으쓱하더니 고개를 돌렸다. 그의 시선이 정문 쪽으로 고정되었다.

"오는 모양인데."

"그걸 벌써 느끼는 거냐?"

"저 앞에서 오고 있어. 나름 느긋한데?"

"……괴물 같은 놈."

백천이 고개를 내저었다. 그는 아직 아무것도 느끼지 못했는데 청명에게는 손에 잡힐 듯 보이는 모양이었다. 하기야 그가 이리 귀신같은 게 어디 하루 이틀 일이던가? 백천을 비롯한 윤종과 조걸, 그리고 유이설이 한 걸음 앞으로 나서며 허리에 찬 검에 손을 올렸다. 이미 할 이야기는 다 했으니 무당 역시 문답무용으로 단박에 쳐들어올 것이다.

"긴장할 것 없다."

백천이 나직하게 말했다.

"너희가 한 수련을 잊지 마라. 우리는 누구에게도 지지 않는다. 우리는 대화산파의 제자다."

"예! 사숙!"

"예, 사형."

화산 제자들의 눈빛이 차분히 가라앉았다. 지금껏 보여 주었던 장난기는 어디에서도 찾아볼 수 없었다. 차갑고 또 차가운 검수의 모습만이 남았다. 백천 역시 적의 기운을 감지했다.

"온다!"

모두의 시선이 화영문을 둘러싼 담으로 향했다. 그들의 눈에 검은 도포를 입은 무당의 제자들이 담을 훌쩍 뛰어넘는 광경이 보인다. 수는 셋!

'일단 하나씩 맡…….'

그 순간이었다.

"으라차!"

뒤쪽에서 무슨 광풍이 인다 싶더니 담을 넘어오던 무당의 제자들을 향해 희뿌연 뭔가가 날아갔다.

쾅! 쾅! 쾅!

무당의 제자들이 뛰어 들어오던 속도보다 두 배는 더 빠른 속도로 밖으로 튕겨 나갔다. 금방이라도 달려 나갈 듯 팽팽하게 긴장되어 있던 네 사람의 몸에서 기운이 쭉 빠졌다. 청명이 그 광경을 보며 고개를 갸웃했다.

"일단 들어오게는 뒀어야 했나?"

……너 혼자 다 해 처먹어라, 인마!

"뭐, 뭐야?"

안으로 '뛰어' 들어갔던 그의 사제들이 밖으로 '날아' 온다. 심지어 들어가던 속도보다 배는 더 빠르게. 무당의 제자들은 반사적으로 몸을 날려 튕겨 나오는 이들을 받아 냈다.

"끄으응."

"아오……. 뭐에 맞은 거지?"

다행히 크게 다치진 않은 모양이다. 튕겨 나오던 속도를 생각하면 이상할 정도로 상처가 없었다.

"어떻게 된 거냐?"

"……잘 모르겠습니다. 뭔가 희뿌연 것이 보인다 싶더니……."

진현의 얼굴이 굳어졌다. 공격을 보지도 못했다? 말도 안 되는 소리다. 한 사람은 그럴 수 있다. 사람이란 실수를 하는 법이니까. 하지만 세 사람이 동시에 공격을 보지 못했다는 건 절대 있을 수 없는 일이다. 공격한 이의 실력이 뛰어 들어간 사제들보다 몇 배쯤 높다면 가능한 일이 겠지만…….

'저 안에 있는 이들은 화영문도와 화산의 제자다.'

잠깐 바삐 굴러가던 진현의 머리가 이내 합리적인 답을 찾아냈다.

"함정을 판 모양이군. 방법은 모르겠지만."

"공격이 아니었을 거란 말씀이십니까?"

"그게 제대로 된 공격이었다면, 겨우 이 정도 피해로 끝났겠느냐? 어디 하나 잘려 나가도 이상하지 않았을 터다."

"아……. 과연 그렇습니다, 사형!"

진현이 살짝 입술을 깨물었다. 진법인가? 정확한 방법은 모르겠지만, 확실한 것은 상대에게 기책을 쓸 줄 아는 이가 있다는 것이다. 애초에 비무가 아니라 전투를 유도한 이유가 바로 이것인 모양이다. 진현이 검을 뽑아 들고 앞으로 두 걸음 나갔다.

"잔재주를 부리는군. 내 뒤를 따라 들어와라. 무슨 함정이 있을지 모르니 내가 선두에 서서 돌파한다."

"예, 사형!"

진현이 살짝 긴장 어린 눈으로 굳게 닫혀 있는 화영문의 정문을 바라보았다. 이 뒤에 뭐가 있을지 모른다. 하지만 과하게 신중했다가는 오히려 함정에 빠질 수도 있다.

"간다!"

그는 대답도 기다리지 않고, 달려들어 문을 걷어찼다. 콰앙 하는 굉음과 함께 문이 산산조각 나 사방으로 비산했다. 잠시 후, 피어올랐던 먼지가 가라앉고, 정적이 흘렀다.

'……함정은?'

단단히 각오를 하고 돌입했는데, 어떠한 일도 벌어지지 않았다. 보이는 것이라곤 입구에서 멀찍이 떨어져 그를 멀뚱히 보고 있는 화산의 제자들뿐이었다.

"거, 문은 왜 부수나. 잠가 놓지도 않았는데. 하여튼 요즘 애들은 버르장머리가 없어."

청명이 혀를 찼다. 딴죽을 걸고 싶은 부분이 너무나 많은 윤종이었지만, 지금은 적이 앞에 있다. 진현이 그들을 좌우로 한번 훑고는 미간을 찌푸렸다.

"이게 다인가?"

"뭐래."

청명이 심드렁하게 대답하자 진현이 으르렁대듯 말했다.

"그대들만으로 우리를 상대하겠다는 건가? 대단한 자신감이로군. 그게 자신인지 오만인지는 모르겠지만 말이오."

청명이 뚱한 표정으로 윤종을 돌아보았다.

"쟤 아까부터 뭐라는 거야."

"글쎄. 좀 익숙한 느낌이기는 한데."

청명이 피식 웃으며 말했다.

"옛날 백천 사숙 보는 것 같지 않아?"

옆에 잘 있다가 뜬금없이 한 대 얻어맞은 백천이 이를 갈았다.

"……하지 말라고."

"흐지 믈르그."

"야!"

백천의 얼굴이 시뻘겋게 달아올랐다. 하지만 백천 그 자신도 지금 진현의 언행이 예전의 제 모습과 비슷하다는 걸 부정할 수는 없었다.

'천외천이 있다는 걸 모르는 이는 저렇게 되지.'

백천은 청명을 만난 후 머리가 깨져……. 아니, 비유적인 의미가 아니라 정말 머리가 깨져서 현실을 알아 버렸지만 말이다. 하지만 아무리 이제는 달라졌다고 해도, 자신의 수치스러운 과거가 눈앞에서 살아 움직이는 꼴을 보는 게 유쾌할 리가 없다.

"……빨리 끝내자."

백천이 얼굴을 붉히며 말하자 윤종과 조걸이 고개를 슬쩍 돌리고 웃음을 참았다.

그리고 그 광경을 지켜보는 진현의 얼굴에는 황당함이 피어났다. 뭔가? 저 여유로운 반응들은? 혹시 다른 함정 같은 게 있는 건가? 하지만 아무리 살펴봐도 딱히 진법이나 기관 같은 건 보이지 않는다. 하기야 이 작은 장원에 무슨 함정을 설치할 수 있겠는가? 그런데도 저런 태도로 그들을 맞이한다? 진현의 얼굴이 달아오르기 시작했다.

'천둥벌거숭이 같은 것들이!'

이리저리 따질 것 없이 쓰러뜨려 버리는 것도 방법이겠지만, 그것만으로는 성이 풀리지 않을 듯했다. 진현의 입이 열렸다.

"대체 어디서 이런 자신감이 나오는지 모르겠구려. 과거부터 단 한 번도 무당을 이겨 보지 못한 화산이 이제 와 우리와 대적할 수 있다고 믿는 것이오?"

청명이 헛웃음을 흘렸다.

"누가 한 번도 이겨 보지 못했대? 백 년 전에는 우리가 너희보다 셌거든?"

공식적으로 인정받진 못했지만 말이다.

"하? 백 년 전?"

진현이 가소롭다는 듯 피식 웃었다.

"그래, 그렇지. 백 년 전. 그대들이 그리 자랑스러워하는 그 매화검존의 시대."

청명이 눈을 살짝 크게 떴다. 저놈의 입에서 '매화검존'이라는 말이 나오니 뭔가 신기해서였다. 화산에서도 잘 듣지 못했는데, 그 말이 무당

제자의 입에서 나오다니.

"그대들이 그리 자랑스러워하는 매화검존이 무당의 태극검제께 패한 것을 알고 계시오?"

백천의 입에서 새된 소리가 튀어나왔다.

"뭐? 무슨 말도 안 되는 소리를 지껄이는 거요?"

"하하하. 말도 안 되는 소리라고? 두 사람은 당대에 비무를 한 적이 있소. 매화검존의 명예를 위해서 태극검제께서 그 결과를 숨기셨을 뿐이지. 화산 따위는 절대 무당의 상대가 되지 못한다는 것을 똑똑히 알아 두는 게 좋을 거요."

그 말이 끝나는 순간 화산 제자들의 얼굴이 달아올랐다. 그들을 무시하는 것은 참을 수 있지만, 화산을 무시하는 것은 참을 수 없다. 매화검존의 이름은 화산의 자존심이자 자부심이다.

"감히 그분에 대해 망발을 지껄이다니!"

"보자 보자 하니 도를 넘는구나!"

"그분은 너희가 함부로 입에 올릴 분이 아니시다."

"……용서 못 해."

동문들의 반응을 본 청명의 가슴에 알 수 없는 서글픔이 밀려들었다. 나를 좀 그렇게 우대해 봐라, 나를 좀! 야, 이것들아! 내가 매화검존인데 나는 맨날 까면서! 아이고, 빌어먹을. 내 입으로 말도 못 하고! 이렇게 서러울 데가 있나!

하지만 그 기분과는 별개로, 청명은 진현의 말 자체에는 딱히 화가 나지 않았다. 그저 조금 황당할 뿐이었다.

'와, 이게 역사 왜곡이구나.'

얼굴만 보면 당장이라도 선계로 등선해서 구름 타고 다닐 것 같던 그 말코 놈이 죽어도 비공개로 비무를 하자고 하기에 귀찮아서 그러자고 했더니. 뭐? 누가 누굴 이겨?

─ 그대의 패악은 도를 넘었소이다. 같은 도가의 사람으로서 그대에게 진정한 도인의 길을 알려 주겠소. 나의 검을 무정하다 탓하지 마시고 그대가 그동안 저지른 일들을 반성하시기 바라오.

─ ……그, 그대의 능력이 나를 넘었음을 인정하겠소. 나의 수양이 모자람을 알고 물러나려 하오. 아니……. 물러나려 한다지 않소. 아, 아니! 잠깐만!

─ 그만 패시오! 많이 맞았소이다! 도사가 사람을 이렇게 패도 되는……. 악! 아악! 아니, 말하는데 패는 게 어디 있……. 아아아악!

─ 형님! 살려 주십시오!

"……좋은 동생이었는데 말이야."

나이는 걔가 더 많았던 것 같기는 하지만. 지가 먼저 나더러 형님이라는데 뭐.

"응?"

"아냐, 아무것도."

청명이 손을 내저었다. 어쨌든 그 뒤로는 무당 근처에 들를 때마다 불러내서 제대로 벗겨 먹었었다. 무한이야 워낙 잘나가는 동네라서 비싼 주루도 많았다. 무당 돈으로 주루 최상층을 전세 내고 최고로 비싼 술들을 마셔 대는 즐거움이 있었는데. 그때마다 썩어 가던 태극검제의 표정을 생각하니 뭔가 아련한 기분이 들었다. 아, 즐거웠지. 아니……. 지금 추억에 잠길 때는 아니고.

"와, 그게 이렇게 되네."

어차피 아는 사람 없고, 증거도 없다 이거지?

그때 청명의 반응을 오해한 진현이 비웃음을 담고 일갈했다.

"백 년 전 가장 강성하던 화산도 무당을 당해 내지 못했소. 그런데 이제 와 우리를 상대하겠다는 게 너무 오만한 처사라고 생각하지 않소이까? 그대의 자부심 따위는 무당의……."

"야. 그만하고 싸움 좀 하자! 어?"

청명이 한숨을 푹푹 내쉬었다.

"아니, 백 년 전에 누가 이기고 말고가 뭐가 그렇게 중요하냐. 백 년 전 사람이 네 뒤에서 응원이라도 해 줘? 걔들 다 죽었어, 인마! 그렇게 옛사람이 좋으면 무당을 하지, 왜 도사를……. 아, 너 무당 맞지. 그래서 그랬나?"

"……감히!"

"아무튼 이래서 고리타분한 것들은……."

심지어 왜곡되는 게 그의 과거라고 해도 청명은 딱히 화가 나지 않았다.

'그게 뭐가 중요해. 어차피 천마한테는 발렸는데.'

중요한 건 지금이다. 그리고…… 저 짓도 힘 있는 놈들이니까 하는 거다. 만일 지금 화산이 무당보다 강했다면 무당 놈들이 감히 저따위 말을 지껄이지 못했을 것이다.

거꾸로 말해 지금의 화산이 무당보다 압도적으로 강하다면 매화검존이 장삼봉보다 강했다고 주장해도 딱히 반발이 돌아오지 않는다는 뜻이었다. 역사든 돈이든 발언권이든 결국 모든 것은 강자가 갖는 법. 그리고 청명은 그 사실에 딱히 불만이 없다.

'내가 센데!'

그거 다 내 건데, 뭐. 저건 화산이 무당을 때려잡은 뒤에 천천히 해결

해도 될 문제다. 그리고 사실 딱히 해결 안 해도 상관없다. 지금의 청명이 과거의 매화검존 이상의 평가를 받아 버리면 되니까.

"정말 피를 봐야 정신을……."

"위 소협! 위 소협!"

진현이 뭔가 말을 하려 했지만, 청명은 깔끔하게 말허리를 끊어 버리고 위소행을 불렀다. 뒤쪽에서 상황을 주시하던 위소행이 얼떨떨한 표정으로 예? 하고 물었다.

"시킨 건 다 했죠?"

"소문 말입니까? 이, 일단 남영에 있는 이들에게는 말을 퍼뜨려 두긴 했는데."

"잘했어요. 그럼, 웃차!"

청명이 검을 뽑아 들었다. 그러자 무당의 제자들이 움찔하고 뒤로 살짝 물러섰다. 이렇게 갑작스럽게…….

청명이 검을 휘두르자 그 끝에서 검기가 뿜어져 나왔다. 하지만 그의 검기가 향한 곳은 무당의 제자들이 있는 쪽이 아니었다. 청명의 검기가 화영문의 담장을 여러 차례 베어 냈다. 쾅음과 함께 순식간에 화영문의 담장이 무너져 내렸다.

"뭐, 뭐 하는……?"

위립산의 눈이 휘둥그레졌다. 아니, 저 망둥이 같은 놈이 대뜸 남의 집 담장은 왜 무너뜨린단 말인가?

하지만 무너진 담장 너머로 보이는 광경에 위립산은 이내 청명의 의도를 알 수 있었다. 담장을 둘러싸고, 남영 사람들이 우르르 몰려들어 있었다. 무당과 화산이 화영문에서 한판 붙는다는 말을 듣고는 두려움을 무릅쓰고 구경을 하러 나온 것이다. 하기야 이만한 일이라면 누구라도 보고 싶지 않겠는가?

"내가 원래 판을 키우는 걸 좀 좋아하거든."

청명이 씨익 웃었다. 그들이 이곳에 온 목적은 단순히 화영문을 돕는 것뿐만이 아니다. 화산이 무당을 꺾는 모습을 더 많은 사람이 보게 해야 한다. 이렇게 하나하나 쌓아 올린 명성이 훗날에는 화산의 위상을 완성할 테니까.

"……좀 부담스러운데."

백천의 말에 청명이 피식 웃었다.

"할 거면 확실하게 하라면서요."

"그건 그렇지."

"그럼 이제 하나 남았네요."

청명의 시선이 무당의 제자들에게로 향했다.

"사형들. 몇 정도 가능해?"

"……음, 둘."

"나는 셋은 될 것 같은데?"

청명이 턱을 쓰다듬으며 중얼거렸다.

"그럼 다섯이고……. 유 사고가 넷 맡으면 되겠고, 백천 사숙이 재 맡으면 되겠네."

"그럼 너는?"

"내가 해?"

"……아니다."

보는 눈이 있는데 자제해라, 제발.

"그럼 가랏! 사숙! 사고! 사형!"

"하아……."

"끄응."

"어휴!"

화산의 제자들이 저마다 한숨을 푹 내쉬고는 앞으로 터덜터덜 걸어 나왔다. 이내 백천의 눈에 한기가 서렸다.

"뭔가 거꾸로 돌아가는 것 같긴 하지만…… 어쨌든 무당의 제자라면 그동안의 수련을 증명하는 데 부족함이 없겠지. 가자, 얘들아. 화산의 검을 저들에게 보여 주어라!"

"예, 사숙!"

"예, 사형!"

그러자 등 뒤에서 퉁명스러운 음성이 들렸다.

"왜 내가 할 때랑은 반응이 다른데?"

넌 제발 좀 그 입 좀 다물어, 인마…….

"한판 붙는가 봅니다!"

"세상에. 화산이랑 무당이!"

무너진 담장 너머로 내부의 상황을 지켜보던 이들이 마른침을 삼켰다.

"위, 위험하잖아. 물러서야 하지 않을까."

"이런 구경을 어디에서 하겠나! 남영 땅에서는 평생 못 볼 구경이네. 나는 죽더라도 이걸 봐야겠어!"

"그렇긴 한데……."

우려와 기대가 교차했다. 하지만 누구도 뒤로 물러나지는 않았다. 이건 평생을 두고 한 번 볼까 말까 한 큰일이었다. 특히나 남영처럼 별 대단한 사건이 벌어지지 않는 곳에서는 더더욱 말이다.

대부분 무당이 이길 거라고 생각하고 있었지만, 화산을 응원하는 사람도 꽤 되었다. 다른 곳이라면 화산이라는 이름을 들어 본 적도 없는 이들이 많겠지만, 이곳은 남영. 화영문이 백 년 넘게 버텨 온 곳이다.

화영문은 남영에 녹아들어 그들과 함께 호흡해 왔다. 그들이 화산의 속가임을 당당하게 내세운 덕에 남영 사람들은 화산에 호감이 있는 편이다. 이것이 무파들이 속가를 만들고 천하에 속가 문파들을 세우려 하는 이유다.

화산이나 무당처럼 깊은 산중에 자리 잡은 본산이 할 수 있는 일에는 한계가 있다. 하지만 제자들이 천하로 퍼져 나가 속가를 자처하며 무관을 세운다면 그 영향력은 천하에 미치는 법이다.

"화산이 이길 수 있을까?"

"에이, 그래도 무당인데!"

"왜? 저번에 화산이 종남에도 망신을 줬다는데."

"종남과 무당이 같은가! 무당이네, 무당!"

"쉿! 조용히!"

웅성거리는 목소리들을 들으며 조걸이 차분히 심호흡했다. 눈앞에는 검은 도포를 입은 무당의 제자들이 서 있다.

'할 수 있을까?'

이전의 그였다면 확신하지 못했을 것이다. 화산에 입문하여 무학을 익혀 온 세월은 꽤 되지만, 그는 단 한 번도 무인으로서의 자신을 신뢰할 수 없었으니까. 하지만 지금은…….

'못 이기면 그게 더 문제지.'

한 가지는 확신할 수 있다. 검을 잡은 이라면 다들 지난 이 년 동안 자신의 실력을 함양하기 위해서 노력해 왔을 것이다. 하지만 그중 누구도 화산의 이대제자와 삼대제자들만큼 지독한 수련을 하지는 않았을 것이다. 정말이지 무시무시했다.

그의 등 뒤에는 아수라가 있다. 청명의 가장 끔찍한 점은 여러 가지 모습을 보여 준다는 데 있다. 어떤 순간에는 정말 아수라가 따로 없는 놈이, 어떤 순간에는 득도한 고승처럼 검을 논하고, 또 어떨 때는 세상의 모든 지식을 다 알고 있는 지자(知者)가 되었다가, 순식간에 그냥 바보로 돌변하기도 한다. 그리고 청명은 그 모든 면을 적극 활용하여 그들을 몰아쳤다.

지난 이 년을 떠올리는 것만으로도 절로 몸이 떨렸다. 강해질 수만 있다면 힘든 수련 같은 것쯤은 얼마든지 버텨 낼 수 있다고 생각했던 조걸이지만, 화종지회가 끝나고 딱 두 달이 지난 시점에는 그런 결심 따위 불어오는 봄바람에 날려 보냈다. 가지고 있던 것을 모두 허물고 다시 쌓아 올리는 것은 절대 쉬운 일이 아니었다. 저 청명이 입에 거품을 물어 가며 다그친 끝에 해낸 일이다.

그 모든 시간이 지금 조걸의 몸과 그의 검에 쌓여 있다. 그는 가만히 고개를 들어 무당의 검수를 바라보았다.

'자신감이라.'

예전에는 자신감이란 자신을 믿는 마음이라 생각했다. 하지만 이제는 안다. 실력이 없다면, 그런 건 그저 근거 없는 허세에 불과하다. 자신감이란 시간과 함께 쌓이는 것이다. 자신이 해 온 일을 믿고, 자신의 노력을 믿는다면 굳이 허세를 떨지 않아도 자신감은 넘쳐 날 수밖에 없다.

"일대일인가?"

조걸의 입가가 미묘하게 뒤틀렸다. 명문의 자존심인 모양이다. 이쪽에서 네 명이 나서니 저쪽에서도 네 명이 나선다. 분명 규칙 없이 단체로 붙자고 했을 텐데, 자연스레 그런 형태가 갖춰졌다. 이건 협의를 지켜 정정당당하게 승부 하겠다는 의지일까? 뭐, 어떤 의도이든 상관없다. 설령 무시여도 괜찮고, 비웃음이어도 괜찮다. 결국 중요한 건 실력이다.

앞에 선 무당의 검수가 스르릉 검을 뽑아 들었다. 그리고 조걸을 향해 겨눴다. 그 모습을 보고 있으니 자꾸만 웃음이 났다. 조걸이 웃음을 참지 못하자 도관을 쓴 무당의 검수가 눈살을 찌푸렸다.

"지금 나를 비웃는 거요?"

"아, 미안합니다. 그런 게 아니라……."

조걸이 여전히 웃음을 참지 못하는 표정으로 말했다.

"그런 거 있잖습니까? 내 성취가 스스로 너무 자랑스러워서 어쩔 수 없이 웃음이 나는 그런 거. 그쪽과는 별 상관없습니다."

"……광오하군."

그럴지도 모르지. 몸이 들썩거렸다. 검을 잡은 조걸의 손에 절로 힘이 들어간다.

'이게 보이는구나.'

알 수 있다. 눈앞에 보이는 저자는 조걸의 상대가 되지 못한다. 검을 든 자세, 몸에서 느껴지는 기운, 그리고 전체적인 균형까지. 지적하고 싶은 것이 너무 많아서 입이 근질거릴 지경이다. 그가 이자를 보는데 이 정도라면 청명이 그들을 볼 때는 대체 얼마나 엉망인 걸까?

'그러니 잔소리를 쉬지 않겠지.'

"무당의 진공이오."

"화산의 조걸입니다."

이건 비무가 아니다. 더 이상의 대화는 방해가 될 뿐이다.

조걸이 가만히 기수식을 취했다. 아마도 자존심 때문인지 먼저 공격해 들어오지는 않을 모양이다. 그럼 이쪽에서 가 줘야겠지.
 발끝에 힘이 모인다. 조걸은 그 힘에 거스르지 않고 자연스레 앞으로 사뿐히 뛰쳐나갔다. 그의 검이 부르르 떨린다 싶더니 이내 수많은 검영을 만들어 냈다.
 빠르다. 느리다. 유려하고 과격하다. 수많은 검의 형태가 뒤섞여 어느 것이 진짜이고 어느 것이 가짜인지를 구분할 수 없을 지경이었다. 변화와 환영. 화산 검술의 기본이 되는 화려한 검초가 조걸의 검 끝에서 그 모습을 드러냈다.
 "어엇!"
 순간적으로 무당의 제자가 당황하여 뒤로 물러났다. 하지만 그건 정답이 아니다. 물러나면 변화가 더 깊어질 뿐이다. 아마 저자는 이런 검을 상대해 본 적이 없을 것이다.
 입술을 질끈 깨문 무당의 제자가 드디어 검을 펼치기 시작했다. 부드러운 선. 유려한 움직임. 무당의 검이다. 조걸 역시 무당의 검을 겪어 보는 건 이번이 처음이다. 하지만 조걸은 조금도 당황하지 않고 눈앞의 상대를 압박해 들어갔다.
 '괴물 같은 놈.'
 ─ 실전을 많이 겪어야 한다는 말은 별것 없어. 그건 뭐 임기응변을 기르라든가 긴장하지 말라는 뜻이 아니야. 말하자면 더 많이 겪고 더 많이 알아야 한다는 뜻이지. 같은 검이라고 해도 어떤 검술이냐에 따라 천차만별로 나뉘기 마련이니까. 화산의 검은 화려하고, 종남의 검은 진중하고, 점창의 검은 쾌속하고, 무당의 검은 부드럽지.
 ─ 그럼 실전을 많이 겪으라는 거냐?
 ─ 아니. 사형들은 그럴 필요가 없어. 내가 있으니까. 다채로운 검으로

다채롭게 처맞아 보면 자연히 익숙해지는 법이거든. 그럼 오늘은 무당의 검으로 부드럽게 처맞는 것부터 시작하자.

– ……왜 꼭 처맞아야 하는 거냐?

마지막 질문의 대답은 듣지 못했지만, 여하튼 저 검은 이미 몸으로 겪었다. 심지어 청명의 검이 보여 줬던 부드러움에 비하면 저건 부드러운 검도 아니다. 청명이 펼쳐 보인 무당의 검이 몇 배는 완성도가 높았다. 그런 검을 상대해 온 조걸이 새삼 무당의 검에 당황할 리가 없다.

무당의 검은 후발제인(後發制人). 결코 서두르지 않고 부동심으로 상대의 검을 받아 내며 제압하는 방식이다. 무당은 이 검으로 천하 검문의 수좌에 올랐다. 그 검을 상대하는 방법은?

– 방법은 얼어 죽을. 빠른 걸 잘 막는 놈이 있으면 더 빠르게 쑤셔 버리면 그만이지! 세상 모든 건 상대적인 거야! 물은 불을 끄지만, 더 큰 불 앞에서는 증발해 날아가는 법이지.

조걸은 검의 속도를 높였다. 더 빠르게. 더 화려하게!

거센 파공음을 내며 조걸의 검이 대기를 찢어 냈다. 더없이 쾌속한 검은 상대가 검을 휘두를 틈조차 주지 않았다.

'느려!'

느려 터졌다. 청명까지 말할 필요도 없다. 다른 사형제들의 검도 이보다 배는 빠르다. 그리고 사숙들의 검은 그보다 더 빠르다. 검의 성질이 달라서? 천만에. 성질은 다를지 모르지만, 기본기는 숨길 수가 없다. 조걸이 자신도 모르게 입꼬리를 말아 올렸다.

'나는 강하다.'

저 무당의 검도 조걸 앞에서는 무력할 뿐이다. 그의 몸에, 그리고 그의 검에 청명과 함께한 이 년의 시간이 고스란히 쌓여 있다.

당혹감을 어쩌지 못하는 무당 검수를 보며 조걸이 재차 검을 휘둘렀다.

그 옆에서 윤종을 상대하는 진화(眞和) 역시 당황스럽기는 마찬가지였다. 그의 얼굴이 처참하게 일그러졌다.
'이, 이럴 수는 없어! 내, 내가 화산 놈 따위에게!'
겨우 화산이라고 말해도 모자라다. 그가 알기로 지금 그를 상대하는 화산의 제자는 그보다 배분이 하나 낮았다. 그는 무당의 이대제자지만, 지금 그의 앞에 있는 윤종이라는 놈은 화산의 삼대제자다. 하지만 지금 진화는 윤종의 검에 벌써 몇 군데의 자상을 입었다. 참아 내지 못한 노기가 입술 새로 흘러나왔다.
"으……! 이럴 리가 없다!"
분노는 검 끝을 흐리게 한다. 면면부절(綿綿不絕) 이어지던 진화의 검에 미약한 틈이 생겨났다. 그리고 윤종은 그 틈을 놓치지 않았다.
쐐애애액!
순간적으로 찔러 들어온 윤종의 검이 초식과 초식 사이의 빈틈을 노려 후려쳤다.
카캉!
무당의 검은 상대의 검을 부드러이 받아넘기는 것에서 시작한다. 다시 말하자면 부드럽게 받아 내는 걸 실패하면 아무것도 시작할 수 없다는 뜻이다. 상대의 균형을 흐트러뜨린 윤종의 검이 다시 수십 개의 검영으로 분화하며 진화의 전신을 노려 왔다. 허초와 실초가 뒤섞인, 화려한 검이었다.
"이익!"

진화가 필사적으로 검을 휘둘렀지만, 또다시 몸 곳곳이 베이는 것을 막지 못했다. 그리고 그 와중에 진화는 보았다. 화려하고 쾌속하게 쏟아지는 수십 개의 검영, 그 뒤로 보이는 차게 가라앉아 있는 윤종의 눈빛을 말이다. 검은 너무도 날카롭고 사납지만, 그 검을 휘두르는 윤종은 무서울 정도로 침착했다.

"나, 나는 무당의 제자다!"

당황한 진화는 발작하듯 소리친 뒤 쏟아지는 검영 속으로 몸을 던졌다. 살을 내어 주더라도 뼈를 치겠다는 각오였다.

하지만 윤종은 딱히 당황하지 않고 뒤로 한 발 물러났다. 정확하게 한 걸음. 그 거리면 충분하다. 어지러이 날리던 윤종의 검이 부드럽게 아래로 떨어졌다. 그리고 천천히 낙화하는 매화처럼 달려드는 진화의 어깨로 내려앉았다.

촤아악!

어깨가 길게 갈라지며 피가 뿜어져 나왔다. 이내 챙, 소리와 함께 진화의 검이 바닥으로 떨어졌다. 그의 얼굴에 경악이 차올랐다.

"너……."

도무지 이 상황을 이해하지 못하는 듯한 진화에게 윤종이 나직하게 말했다.

"도우(道友)의 검은 나쁘지 않았소. 다만, 그대와 내가 보낸 시간이 너무 다를 뿐이오. 물러나시오."

피를 뿜어내는 어깨를 부여잡은 진화가 비척대며 뒤로 물러났다. 윤종이 가볍게 어깨를 으쓱했다.

'이거…… 너무 세져 버렸는데.'

그의 시선이 자신도 모르게 뒤쪽으로 돌아간다. 그리고 자신을 지켜보고 있는 청명과 눈이 마주치자 찔끔하여 재빨리 고개를 다시 돌렸다. 뭔가 못마땅해 보이는 눈빛을 보아하니 나중에 또 잔소리를 들어야 할 모양이다. 하지만 기분은 당연히 나쁘지 않았다. 윤종이 조용히 중얼거렸다.

"화산의 검은 강하다."

이제는 그들뿐만 아니라 천하가 그 사실을 알아야 할 때다.

위립산의 눈은 흡사 주먹이라도 들어갈 것처럼 커졌다.

"어, 어……. 아, 아니. 저……. 어?"

분명히 처음부터 끝까지 두 눈으로 똑똑히 지켜보았다. 그런데 눈으로 본 상황을 머리가 제대로 해석해 내지 못하고 있었다.

이기고 있다. 아니, 정확하게 말하면 압도하고 있다. 화산의 제자들이 한눈에 보기에도 무시무시해 보이는 무당의 제자들을 오히려 밀어붙이고 있다. 눈앞의 광경을 도무지 믿을 수가 없었다.

무당이 어디인가? 강호의 북두(北斗)로 불리는 곳이다. 천하에 수많은 검문이 있지만, 누구도 첫 자리에 무당을 놓는 걸 주저하지 않는다. 무당과 비견할 곳이 있다면 남궁세가 정도가 고작이다. 하지만 그 무당의 제자들을 지금 화산의 제자들이 몰아붙이고 있다.

"이럴 리가 없는데?"

화영문은 화산의 속가다. 그리고 위립산은 자신이 화산의 제자라는 것에 무한한 자긍심을 가지고 있는 사람이다. 하지만 자긍심은 자긍심이고 현실은 현실 아닌가?

자신의 아버지를 자랑스럽게 여기는 사람이라고 해서, 자신의 아버지가 대장군이나 태사보다 위대하다고 말하지는 않는다. 호의와 능력은 별개의 문제니까. 위립산이 화산에 대해 느끼는 감정은 그런 식이었다. 몰락한 문파임을 알지만, 화산에 가진 정을 끊어 낼 수가 없을 뿐이었다.

그런데 그 몰락한 문파가 지금 그를 지키기 위해 싸우고 있다. 그리고 심지어 이기고 있다. 위립산이 손을 들어 앞가슴을 움켜잡았다. 어쩐지 마음 한편이 욱신거렸다.

"아, 아버지."

위소행 역시 떨리는 눈으로 위립산을 돌아보았다.

"……그래. 강하구나."

그 이상 무슨 말을 할 수 있겠는가? 더없는 감동…….

꼴꼴꼴.

……위립산의 고개가 천천히 돌아갔다. 바닥에 채신머리없이 철퍼덕 주저앉아선, 언제 챙겨 온 건지 모를 술병으로 나발을 부는 청명의 모습이 보였다.

"크으!"

청명이 시선을 느꼈는지 고개를 살짝 꺾어 위립산을 바라보았다.

"한 잔 드려요?"

……화산은 바뀌었다. 더없이 강한 제자들이 생겼고…….

'미친놈도 있고.'

옛날에는 둘 다 없었는데 말이야. 둘 다 없는 것과 둘 다 있는 것 중 어떤 쪽이 더 나은지 심각하게 고민할 수밖에 없는 위립산이었다. 하지만 지금은 이런 걸 두고 고민할 때가 아니었다.

"도장은 지금 사형과 사숙들이 싸우고 있는데 술이 넘어가는가!"

"네, 술술."

"아, 그래?"

그럼 뭐 어쩔 수 없……. 아, 이게 아니고! 황당해서 입을 벙긋거리는 위립산을 보며, 청명이 피식 웃었다.

"그동안 한 게 있는데, 저런 애들한테 지면 접시 물에 코 박아야죠."

위립산이 전혀 이해 못 한 표정으로 청명을 바라보았다. 청명은 부연하는 대신 웃기만 했다. 그리고 전투가 벌어지고 있는 마당 쪽을 바라보았다.

'누가 가르쳤는데.'

강할 수밖에 없다. 청명이 직접 가르쳤으니까. 오만하다고? 천만에. 세상을 뒤져 보면 지금의 청명처럼 저들을 가르칠 수 있는 사람이 몇은 된다. 그건 청명도 인정하는 일이다. 하지만 그들이 청명처럼 제자들을 가르치는 일은 절대 벌어지지 않는다. 절대로!

문파의 최고수들이 이대제자와 삼대제자를 걷어차고 달래 가며 기초부터 일일이 가르치는 모습이 상상이나 가는가? 천하의 어디를 뒤져 봐도 그런 곳은 없다. 설사 그럴 의욕이 있는 사람이 존재한다고 해도, 막상 그렇게 제자들을 가르치려 든다면 장문인부터 시작해 모든 장로가 달려와 난리를 칠 것이다.

당연한 일이다. 문파의 강함은 얼마나 많은 고수를 보유하였는가로 결정 나지만, 문파의 위상은 문파 내 최고수가 얼마나 강한가로 결정 난다.

언제나 무당에 밀려 이인자 취급을 받던 화산이 매화검존을 배출해 내자마자 무당의 턱 끝에다 칼을 들이밀고 시시덕거리고 웃었던 것을 보면 알 수 있지 않은가? 각 문파의 최고수들은 자신의 무학을 함양하고 완성하는 데 모든 힘을 쏟는다. 그리고 그 깨달음의 단절을 막기 위해서 몇

몇 직전제자만을 둘 뿐이다.

하지만 청명은 다르다. 그에게는 각 문파의 최고수들 이상 가는 무학에 대한 이해도가 있고, 나아가 그들에게는 없는 시간이 있다. 그리고 무엇보다…….

'내가 강해지는 건 중요하지. 하지만 그게 전부가 아니야.'

이미 느끼지 않았던가? 혼자만 강해지겠다고 아집을 부렸던 삶에서 청명은 결코 도달하고 싶지 않았던 결과에 신음했다. 처참하게 죽어 간 사형제들의 모습은 아직도 한 번씩 꿈에 나와 그를 괴롭힌다.

이제는 절대 그런 꼴은 보지 않을 것이다. 그 자신뿐만이 아니다. 화산 역시 강해져야 한다. 그리하여 언젠가 청명이 자신의 무학을 완전히 이룩하고 사형제들이 더욱 강해졌을 때, 화산은 이제껏 오지 않았던 새로운 시대를 열어젖힐 것이다.

"크으!"

시원하게 술을 꼴꼴꼴꼴 들이켠 청명이 소매로 입가를 닦으며 중얼거렸다.

"조걸 사형, 실수 세 번. 아니, 네 번."

저건 나중에 뒈졌다.

백천이 슬쩍 고개를 돌려 조걸을 바라보았다. 뒤에서 청명이 중얼거리는 소리를 그는 똑똑히 들었다. 조걸도 듣지 못했을 리가 없다. 아니나 다를까, 검을 휘두르는 조걸의 얼굴이 창백하게 질리는 게 보였다.

'나는 실수하지 말아야지.'

백천의 시선이 앞으로 돌아간다. 진현이 더없이 굳은 표정으로 그를 노려보고 있었다. 백천이 천천히 입을 열었다.

"뭐 하는 거요."

"……뭐?"

"그렇게 체면을 차리는 사람으로는 보이지 않는데?"

말뜻을 이해한 진현이 입술을 질끈 깨물었다. 그러더니 나직하게 일갈했다.

"사형제들을 도와라!"

"……사형?"

"뭣들 하는 거냐! 지금 당장!"

결국 진현의 뒤를 지키던 이들이 뿔뿔이 흩어져 밀리고 있는 사형제들을 지원하러 나섰다. 백천은 그 모습을 보고 빙그레 웃었다.

"잊고 싶지 않은 광경이군. 무당의 제자들이 화산의 제자들을 상대하기 위해서 협공한다니……. 재미있지 않소?"

진현은 아무런 대꾸도 못 하고 입술을 질끈 깨물었다.

'빌어먹을.'

이긴다고 해도 자랑스럽지 않다. 아니, 오히려 수치스럽기 짝이 없는 일이다. 반드시 이겨야 하는 싸움이 아니었다면, 패하는 한이 있더라도 이런 수는 두지 않았을 것이다.

진현이 깊게 한숨을 내쉬며 살짝 눈을 감았다 떴다. 그의 얼굴에서 노기와 당혹감이 삽시간에 사라지는 것을 본 백천이 가만히 고개를 끄덕였다. 대단하다. 부동심 측면에서는 백천을 훨씬 뛰어넘는다. 백천은 아직 자신의 감정을 저만큼 다스리지는 못한다. 그때 진현이 입을 뗐다.

"하나 물어도 되겠소?"

"그러시오."

"……무슨 수로 이렇게 강해진 거요?"

"딱히 재미있는 질문은 아니군. 이유야 뭐 간단한 것 아니겠소. 열심히 수련했지."

"지금 나와 장난하자는 거요?"

백천이 어깨를 으쓱했다. 있는 그대로 말해 줘도 믿질 않는데 도리가 있겠는가? 물론 그 열심히 앞에 죽을 만큼, 토할 만큼, 피똥 싸도록 등의 여러 가지 수식어가 생략되어 있기는 하지만 말이다.

'너는 하라고 해도 못 해.'

그건 의지력이 있다고 할 수 있는 게 아니다. 포기하거나 반항하면 차라리 죽는 게 낫다고 생각할 만큼 괴롭혀 줄 존재가 있어야만 가능하다. 지난 수련을 생각하니 저도 모르게 한기가 들고 몸이 부르르 떨렸다.

"아무래도 좋소. 방법이야 어떻든, 그대들이 강하다는 건 사실이니까. 하지만……."

진현의 얼굴이 살짝 일그러진다. 감정을 웬만큼 다스렸지만, 이것만은 참을 수 없다는 듯 말이다.

"저자는 왜 나서지 않는 거요? 지금 무당을 무시하는 건가? 아니면 그 알량한 명성이나마 지켜 보겠다는 거요?"

저자라. 힐끔 청명을 돌아본 백천은 그만 피식 웃고 말았다.

"착각하는 모양인데……. 그쪽들의 실력으로는 저놈을 끌어낼 수 없소. 수준이 맞아야 검을 드는 법이지."

가까스로 평온을 유지하던 진현의 얼굴이 끝내 잔뜩 일그러졌다. 백천이 어깨를 으쓱했다.

"그렇다고 너무 화내지는 마시오. 그건 나도 마찬가지니까. 세상에는 한 번씩 이상한 게 나오는 법이오. 다리가 세 개 달린 닭이나, 꼬리가 두 개인 뱀 같은 것 말이오. 그러다 보면 머리가 세 개고 팔이 여섯 개 달린 괴물도 나오는 법이지."

"……삼두육비(三頭六臂)?"

"걱정할 것 없소. 내가 놀아 드릴 테니까. 부절검을 상대하는 데는 화정검 정도가 적당하지 않겠소? 화산신룡은 조금 과하지."

"그대는 저자의 사숙이 아니오?"

"배분 따위로는 실력을 덮을 수 없지 않겠소."

한때는 백천 역시 그런 것에 집착한 적이 있지만 말이다. 지금은 그런 것보다 더 강해지는 것이 백배는 중하다.

"슬슬 싸워야겠군. 아니면 저 빌어먹을 사질 놈이 또 불같이 화를 낼 테니까. 하지만 그 전에 하나 약속하는 게 좋겠소이다. 이 승부에서 패한다면 남영에서 물러나시오. 그리고 다시는 화영문을 건드리지 마시오. 그대가 부끄러움을 아는 사람이라면 말이오."

백천의 말에, 진현이 굳은 얼굴로 답했다.

"우리가 패한다면, 내 명예를 걸고 그리될 것이오."

"그럼 됐소."

백천이 스르릉 검을 뽑았다. 진현 역시 천천히 검을 뽑아 들었다. 통성명도, 몇 마디 대화도 나누었으니 이제 더는 필요한 게 없다. 그저 검으로 누가 더 강한지를 증명할 뿐.

"타아앗!"

기합과 함께 진현이 거침없이 백천을 향해 달려들었다. 틈을 줘서는 안 된다. 그리고 해서 뒤에서 구경만 하고 있었던 건 아니다. 이미 그는 사형제들의 싸움을 지켜보았다. 저들의 검은 무섭도록 쾌속하고 현란하다. 선기를 내어 주면 후발제인이고 뭐고 반격조차 해 보지 못하고 당할지도 모른다.

하지만 달려드는 진현을 보는 백천의 눈에는 조금의 동요도 없었다. 그저 새삼 알게 되었다. 화산의 제자들이 얼마나 괴물 같은 놈과 수련해 왔는지 말이다.

– 대가리가 비잖아! 대가리가! 사숙은 오늘 열두 번은 뒈졌어! 어? 뒈지는 취미라도 있어? 그렇게 뒈지고 또 뒈지시겠다? 오냐. 오늘 한번 뒈질 때까지 뒈져 보자!

꿈에서도 다시 겪기 싫은 기억을 떠올리고 만 백천이 이를 갈며 검을 움켜잡았다. 그리고 달려드는 진현에게 마주 달려 나갔다.

검룡이라고? 천하제일 후기지수 중 하나? 화종지회가 없었다면, 어쩌면 종남의 진금룡 역시 오룡에 그 이름을 올렸을지 모른다. 다시 말하자면 진현과 진금룡이 동급의 실력자라는 뜻이다. 백천의 눈이 차갑게 가라앉았다.

푸른빛의 검기를 두른 진현의 검이 유려하게 움직였다. 마치 푸른 비단 폭을 휘둘러 오는 것 같은 광경이었다. 장대한 내력. 그리고 흔들림 없는 검초. 왜 이자가 천하의 칭송을 받는지 이해할 수 있었다. 하나 그뿐이다. 백천의 검이 가볍게 흔들렸다. 그러자 그의 검 끝에서 붉은 매화 한 송이가 피어올랐다.

'나는 피워 냈다.'

자신을 스스로 거듭 몰아치고, 낱낱이 해체하고 또 해체한 끝에 백천의 검 끝에서도 마침내 매화가 피어났다. 소담스레 피어난 매화는 이내 수십 송이로 불어난다. 어디선가 바람이 분 듯, 피어난 매화가 허공으로 솟아올라 꽃잎의 비가 되어 휘날렸다.

진현이 두 눈을 부릅떴다. 뒤늦게나마 필사적으로 검을 휘둘렀다. 새파란 검기의 물결이 그의 전신을 뒤덮었다. 면면부절. 끊어질 듯, 끊어질 듯 끊어지지 않고 이어지는 검기.

하지만 흩날리는 꽃잎을 모두 막아 내는 것은 불가능한 일이었다. 스르륵. 검기와 검기의 사이를 파고든 꽃잎이 진현의 옆구리를 길게 가르고 지나갔다.

"큭!"

그 바람에 검초가 흐트러진 틈을 타, 꽃잎들이 일제히 진현을 향해 날아들었다.

"아……."

꽃잎이 진현의 몸을 훑고 지나갔다. 이내 바닥에 털썩 쓰러진 그를 가만히 바라보던 백천은 조용히 검을 검집에 밀어 넣었다.

"검룡이라는 별호는 귀하에게는 조금 일렀는지도 모르겠군."

싸늘하기 그지없는 일침이었다. 그리고 그 뒤로 어김없이 미묘한 음성이 따라붙었다.

"크으, 멋진 것 보소."

"아, 하지 말라고!"

망할 사질 놈아!

한편 자신에게 달려드는 무당의 검수들을 본 윤종의 얼굴에는 당황한 기색이 역력했다.

"어! 이러면 안 되는데?"

"비겁하다고 할 셈이냐?"

"아니, 그게 아니라!"

어디 보자, 여기에 넷?

"아니! 이건 불합리하지!"

윤종이 후다닥 뒤로 물러났다. 아무래도 그가 가장 먼저 승리를 거두었기에 모조리 이리로 몰려온 모양이었다.

"이러면 안 된다고!"

"말이 많……."

"아니! 그게 아니라!"

윤종이 소리를 버럭 질렀다.

"우리 중에 제일 센 사람은 내가 아니라고! 내가 제일 약하다고! 백천 사숙이야 그렇다 치고! 이럴 거면 두 번째로 센 사람한테 가야지!"

윤종의 너무도 격렬한 반응에, 무당의 제자들이 멍하게 그를 바라보았다. 진정 억울해 죽겠다는 얼굴을 보니 화도 안 났다.

"두 번째로 센 사람이 누군데?"

누군가가 얼떨떨하게 물어보자 윤종이 바로 손을 들어 한 사람을 가리켰다.

"저기 있잖아! 저기! 눈 없나!"

윤종이 가리킨 곳을 향해 고개를 돌린 이들의 얼굴에 의혹이 어렸다. 저 사람?

검이 공간을 가르고 있었다. 지금까지 그들이 봤던 것과는 확연히 다른 화산의 검이 펼쳐지고 있다. 하늘을 유영하는 듯 부드럽게 펼쳐지는 보법. 화려하지 않지만, 그만큼 더 유려한 검.

유이설의 검이 공간을 접어 내고 있었다. 그녀의 검이 펼쳐지는 곳은 지켜보는 이들이 서 있는 곳과는 동떨어진 느낌이었다. 무당 제자들의 눈이 흔들렸다.

윤종이 억울함을 참지 못하고 일갈했다.

"그러니까 내가 아니라고!"

유이설은 원래 강했다. 원래대로라면 화종지회에서도 유이설이 이대 제자의 대표 중 한 자리를 차지했어야 했다. 그녀는 어리긴 해도 입문은 빠른 편이었고 검에도 특출한 소질을 보였다. 냉정하게 본다면 그 시점에도 백천을 제외하면 유이설을 이길 사람은 흔치 않았을 것이다. 그런 사람이 청명의 가르침까지 받았다.

'저 사람도 제정신은 아니야.'

남들은 어떻게든 청명의 눈에 띄지 않으려고 온 화산을 숨어 다닌 반면, 유이설은 어떻게든 청명에게 하나라도 더 배우려고 악착같이 그를 쫓아다녔다. 심지어 가르침에 어떤 의문도 표하지 않으며 맹목적으로 배우고 익혔다. 그렇게 그 짓을 이 년이나 하더니 이제는 검에 있어서는 타의 추종을 불허하는 경지에 올라 버렸다. 백천과 직접 붙은 적이 없어서 정확하게 평가할 수는 없지만, 모르긴 몰라도 밀리지는 않을 거라는 게 윤종의 생각이었다.

때마침 유이설을 상대하던 무당 제자가 더는 버텨 내지 못하고 털썩 쓰러졌다. 차가운 침묵이 장내를 지배했다.

"아아악!"

그리고 날카로운 비명이 그 침묵을 깨뜨렸다. 조걸을 상대하던 이도 제대로 일격을 허용하는 바람에 다리를 부여잡고 있었다. 우측 허벅지에 생겨난 긴 자상에서 피가 철철 흘러내리고 있었다.

순식간에 넷이 쓰러졌다. 가장 충격적인 건, 쓰러진 이들 중 부절검 진현이 포함되어 있다는 것이었다.

'사, 사형이…… 한 사람에게.'

무당의 제자들이 입술을 질끈 깨물었다. 진현은 그들보다 한 단계 위의 강자였다. 다시 말하자면, 진현이 쓰러진 이상 그들 중 누구도 저 백천이라는 자를 일대일로는 쓰러뜨릴 수 없다는 뜻이었다.

남은 사람은 여섯. 쓰러진 이는 넷. 수만 보면 할 만해 보인다. 그러나 쓰러진 이들 중에 진현이 있는 이상, 전력은 오히려 여섯 쪽이 더 약하다고 해도 과언이 아니다. 더구나 저들은 티끌만 한 상처도 입지 않았다. 이토록 일방적인 결과를 그들 여섯이서 바꿀 수 있을까?

계산은 그리 어렵지 않았다. 남은 이들이 차마 달려들지 못하고 움찔거렸다. 그 동작에서 그들이 의욕을 잃었다는 것을 대번에 알아본 백천이 가만히 입을 열었다.

"계속하겠소?"

궁지에 몰린 쥐는 고양이를 무는 법이다. 백천은 굳이 상황을 거기까지 몰아가고 싶은 생각은 없었다.

"계속한다면 귀 파에도 가능성이 없는 건 아니겠지. 하지만 부상을 입은 이들은 지금 당장 치료를 받지 못한다면 문제가 생길 수도 있소. 이 일이 사형제들의 미래를 버릴 정도로 대단한 일은 아니잖소?"

"으음."

"물러나시오. 이번에는 우리가 이겼소. 사형제들을 데리고 가 치료하고 오늘 밤까지 남영을 떠나시오. 부절검이 제 명예를 걸고 약속했으니 이제 무당은 더 이상 화영문의 일에 관여하지 않는 걸로 알겠소. 그리고 종도관 역시 남영에서 떠나시오."

진무는 자신에게 모이는 사제들의 시선을 받으며 입술을 살짝 깨물었다. 진현이 의식이 없는 이상, 결정권자는 바로 그였다. 이번 일은 어떻게든 반드시 성공시켜야 하는 일이다.

하지만…… 이미 승기를 잃었다. 여기서 더 싸워 봐야 피해만 늘릴 뿐이다. 고민 끝에 진무는 양손을 모아 포권 했다.

"화산의 배려에 감사드리오. 오늘은 우리가 패했음을 인정하겠소."

백천이 가만히 고개를 끄덕였다.

"배웅하지 않겠소이다."

진무가 눈짓하자 멀쩡한 이들이 부상을 입은 사형제들을 부축하고, 의식을 잃은 이들을 둘러업었다. 그러더니 화산의 제자들을 한번 바라보고는 말없이 화영문을 나서기 시작했다.

"비켜 주시오!"

어느새 정문까지 가득 채워 버린 사람들을 밀어 내며 무당의 제자들은 종도관으로 발걸음을 재촉했다.

그 광경을 지켜본 남영 사람들은 다들 벌린 입을 다물지 못했다. 물론 그들은 무학의 수준을 일일이 파악할 수 없었다. 그저 뭐가 번쩍번쩍 획획 대는 것을 본 게 전부다. 하지만 눈이 있는 사람이라면, 지금 무당이 화산에 패해 화영문에서 물러나고 있다는 것을 모를 수가 없다.

세상에, 화산이 무당을 꺾다니. 무당이 화산에게 지다니. 이러한 결과를 예상한 사람이 이들 중 몇이나 있었겠는가?

물론 이 승부의 결과가 화산이 무당보다 강하다는 것을 말해 주지는 않는다. 겨우 후기지수들 간의 승부로 화산과 무당의 격차를 논할 수는 없는 일이다. 하지만 비록 큰 의미를 지니지 못하는 일이라고는 해도 화산이 무당을 꺾었음은 분명한 사실.

"허어. 화산이 다시 예전의 위상을 되찾고 있다고 하더니, 그 말이 정말 사실인 모양이네."

"그러게나 말일세. 대단하지 않은가, 화영문을 살리기 위해서 무당과 싸우다니!"

"저런 곳의 속가는 할 만하지. 아암, 할 만하고말고!"

무너진 담장 밖에서 승부를 지켜보던 이들이 웅성거리기 시작했다. 백천이 그들에게 시선을 한번 주고는 슬며시 몸을 돌렸다. 그리고 천천히 위립산에게 다가갔다.

"문주님."

"아……. 아? 아!"

위립산이 퍼뜩 정신을 차리더니 백천을 바라보았다. 하지만 정신을 차리고도 쉽사리 말이 나오지 않았다. 백천은 기다리는 대신 담담히 말했다.

"화산은 화영문을 지켜 내었습니다."

그런 백천의 옆으로 사형제들이 도열했다. 앞에 선 화산의 제자들을 보며 위립산이 입술을 꽉 깨물었다. 자꾸만 눈시울이 뜨겁고 시큰해졌다.

"화영문의 문주로서, 화산에 감사를 표하는 바요."

위립산이 깊게 포권을 하자 백천과 나머지 세 사람이 마주 포권 했다.

"별말씀을. 당연히 해야 할 일을 한 것뿐입니다."

차마 고개를 들지 못하는 위립산과 그런 그를 웃으며 바라보는 화산의 제자들. 누가 봐도 고개를 끄덕일 만한 광경이었다.

"크으, 감동이 들끓는구만?"

……저 망할 놈만 어떻게 하면 말이다.

◆ ❖ ◆

"축하드립니다, 위 문주님."

"정말 멋졌습니다."

"하하하핫! 그렇게 화산, 화산 입에 달고 사시더니. 마침내 그 보답을 받으시는군요."

쏟아지는 축하를 들으며 위립산은 입꼬리를 귀에 걸고 연신 포권 했다.

"감사합니다. 감사드립니다."

무당의 제자들은 떠났지만, 그는 쉴 수가 없었다. 남영의 주민들이 끝없이 찾아와 축하를 건넸기 때문이다. 이들 중 대부분은 화영문과 종도관이 대립했을 때, 그저 강 건너 불구경하듯 지켜보기만 했던 이들이다. 그런 이들이 이제 화영문이 확고하게 남영을 차지했다 싶으니 한발 걸쳐보겠다고 친한 척을 하는 것에 불과하다. 그런 상황을 뻔히 알고 있으면서도 위립산은 미소로 이들의 인사를 받았다.

아무려면 어떤가? 이것 역시 승자만이 누릴 수 있는 권한이다. 가식 어린 인사를 받는 처지가, 패해서 남영을 떠나는 처지보다야 백배 천배 낫다는 건 누구라도 인정하지 않겠는가?

"화산이 이렇게 강할 줄은 미처 몰랐습니다."

저도 몰랐습니다.

"그래서 위 문주님이 그렇게 당당할 수 있었던 거군요!"

당당은 얼어 죽을. 위립산이 억지로 미소를 지었다. 부디 이 미소가 자신감에 찬 미소처럼 보이기를 바라면서 말이다.

그렇게 한참 동안 객들의 인사를 받고, 돌아온 제자들의 사죄를 받은 끝에야 위립산은 상황을 정리하고 화영문의 본채로 돌아올 수 있었다. 아직 비무의 상처에서 회복되지 못한 몸은 피로를 호소했지만, 마음만은 한없이 산뜻했다.

'이런 날이 오는구나.'

어찌 기쁘지 않을 수 있겠는가? 그는 오늘 너무 많은 것을 얻었다. 우선 몰락했다고 생각했던 그의 사문이 완벽하게 부활했음을 그의 눈으로 확인했다. 그리고 그 사문이 그를 돕기 위해서 천 리 길을 마다하지 않고 달려오는 것을 보았다.

'아버지. 아버지의 말이 틀리지 않았습니다.'

돌아가신 선친의 말을 끝까지 지킨 덕분에 이런 날을 맞이할 수 있었던 것이다. 그는 더없이 경쾌한 발걸음으로 본채로 걸어갔다. 이 안에 화영문을 지킨 영웅들이 있다. 아마 그들도 지금쯤은 오늘의 쾌거를 기뻐하며 축배를 들고 있을 것이다.

그들을 믿지 못했던 것, 그리고 은근히 짜증을 내었던 것도 모두 사과해야 한다. 그리고 그들과 화산의 미래를 논하며 함께 축배를 들리라. 위립산이 그리 결심하며 본채의 문을 벌컥 열어젖혔다.

"오래 기다리셨······!"

하지만 그의 목소리는 끝까지 이어지지 못했다.

"아니, 아니! 이 미친놈아, 그만두라고!"

"또 무슨 짓을 하려고, 인마!"

"잡아! 저 새끼 당장 잡아!"

집기가 사방으로 비산하고 있다. 의자가 하늘을 날고 천장에 매달아둔 등불이 떨어지며 바닥에 불이 붙는다. 그 아수라장을 지켜본 감상은 딱 하나였다.

'무당이 다시 쳐들어오기라도 했나.'

아니, 그건 아닌 것 같은데. 그럼 대체 이게 무슨 상황인가? 그 순간, 청명에게 달려들던 조걸이 엉덩이를 퍽 걷어차이더니 비명을 지르며 나가떨어졌다.

'저분이 아까 분명 무당 제자를 쓰러뜨렸던 것 같은데.'

그런 사람이 엉덩이를 걷어차여 쓰러진다? 꿈인가? 아니, 현실 맞는데.

난장판이 된 공간에서 사형제들을 밀어 낸 청명이 자신의 봇짐 속에서 무언가를 주섬주섬 꺼내기 시작했다. 그저 옷가지를 꺼내는 것 같은데, 왜 이 난리가 났는지 도무지 이해되질 않았다. 그런데 살펴보니……. 어? 저거 완전히 검은 옷이네. 몸에 딱 달라붙고? 허허. 저거 입으면 누가 봐도 완전히 도둑이나 암살……. 아니, 그걸 네가 왜 입어, 인마!

순식간에 검은 야행복을 껴입은 청명은 손에 시커먼 뭔가를 들고는 사형제들을 바라보았다. 이마에 식은땀이 잔뜩 맺힌 백천이 양손을 들어 으르렁대는 개를 말리듯 청명을 진정시켰다.

"처, 청명아. 진정하고 다시 생각해 봐라. 무당 애들은 이미 돌아갔다. 굳이 이럴 필요까지는 없어."

"돌아가?"

"그, 그래. 돌아갔잖아. 일은 이제 다 끝났다. 이제 화산으로 복귀만 하면 된다. 장문인께서 누누이 말씀하셨잖느냐. 사고 치지 말라고."

청명이 빙긋 웃으며 고개를 끄덕였다.

"아, 그렇지. 사숙이랑 사고, 사형들의 일은 끝났어. 그건 신경 안 써도 돼. 비무 하는 꼬라지가 영 마음에 안 들기는 했지만, 이겼으니 그건 넘어가 줄게. 조걸 사형은 빼고."

"……나는 왜?"

억울해하는 조걸을 두고 청명이 빙그레 웃었다.

"화산의 일은 끝났지. 그런데."

청명이 손에 든 복면을 얼굴에 뒤집어쓰고는 끈을 조였다. 그러더니 드러난 두 눈을 일그러뜨리며 스산하게 말했다.

"내 일은 이제 시작이야! 내가 저 새끼들이 무슨 음모를 꾸몄는지 속곳까지 털어 올 테니까 여기서 기다려!"

……네가 제일 음모 꾸미는 놈 같거든?

"간다!"

"저 새끼 잡아!"

"막아! 막아! 저거 막아!"

하지만 화산 제자들의 필사적인 돌진이 무색하게 청명은 유유히 그 모든 손을 피해 내고 문밖으로 몸을 날렸다. 문 앞에 서 있는 위립산에게 한쪽 눈을 찡긋해 보이고 어둠 속으로 그 모습을 감추었다. 곧 저 멀리서 청명의 광소가 쩌렁쩌렁 울려 퍼졌다.

"……망했다."

"아, 안 돼……."

허망한 표정으로 청명이 사라진 곳을 바라보던 화산 제자들이 절망 어린 목소리로 중얼거렸다. 그 목소리 탓에 상황이 더욱 괴기스럽고 기이하게 느껴졌다. 위립산은 빙그레 웃으며 밤하늘을 올려다보았다.

'아버지. 아무래도 뭐가 좀 잘못된 것 같습니다.'

내 생각도 그런 것 같다는 아버지의 목소리가 들려오는 느낌이었다.

• ❖ •

"사형. 정신이 좀 드십니까?"

진현이 천천히 눈을 떴다. 진무의 얼굴과 그 뒤의 어두운 밤하늘이 흐릿한 시야에 담겼다. 진현은 눈살을 한껏 찌푸렸다.

"여, 여긴······."

"무당으로 돌아가는 길입니다. 아직 산길을 벗어나지 못했습니다."

그 말을 들은 진현이 몸을 벌떡 일으키려다 으윽, 하고 신음했다.

"내상이 깊습니다. 자중하셔야 합니다, 사형."

"······내상?"

진현의 눈이 흔들렸다. 그의 뇌리에 자신을 향해 날아오던 매화 잎이 스쳤다. 졌다. 상황을 받아들이기까지 오래 걸리지 않았다. 부정하기에는 직접 두 눈으로 본 것이 너무도 생생했다.

"······나머지는 어찌 되었느냐?"

"사형이 쓰러지고 남은 이들도 모두 패했습니다. 그래서 제가 패배를 인정하고 물러났습니다."

진현이 무시무시한 눈으로 진무를 노려보았다. 하지만 그도 잠시, 맥이 탁 풀리고 말았다.

'어쩔 수 없었겠지.'

왜 끝까지 싸우지 않았느냐고 탓하고 싶은 마음도 컸지만, 그건 그저 아집일 뿐이다. 그가 쓰러지고 다른 사제들도 패했다면, 남은 이들이 달려들었어도 결과는 뻔했을 것이다. 차라리 사제들이 더 이상 다치지 않게 물러나는 것이 현명하다.

"······잘했다."

"죄송합니다, 사형."

"아니다. 네 탓이 아니다. 다 내가······ 내가 부족한 탓이지."

진현이 입술을 질끈 깨물었다. 완벽한 패배였다. 어찌할 수 없는 패배감이 진현을 무겁게 짓누르기 시작했다. 이 와중에 그를 더 고통스럽게 하는 건, 그 패배가 결코 실수에서 비롯되지 않았다는 점이었다.

'나는 마지막까지 그 검이 무엇인지 제대로 보지도 못했다.'

실력으로 졌다. 화산신룡도 아니고 그보다 한 수 아래라고 평가받던 화정검에게. 그 사실이 진현을 견딜 수 없게 했다.

'사제들마저 모두 패했다는 건 그 강함이 결코 화정검에 한정된 게 아니라는 뜻.'

화산의 이대, 삼대제자들이 무당의 이대제자보다 강하다. 이 황당한 사실을 어떻게 선뜻 믿을 수 있겠는가.

"······종도관은 어떻게 되었느냐?"

"일단은 관주에게 내일 아침까지 종도관을 비우라 했습니다. 화정검이 사형의 이름을 들먹이며 요구하기에······."

진현이 눈을 감았다. 확실히 무당이 화산에 패할 경우 종도관까지 남영에서 떠나기로, 명예를 걸고 약속했다. 별생각 없이 내뱉었던 약속이 지금의 무당을 옭아매고 있다.

'내가 무당의 이름에 먹칠을 했구나.'

무당과 화산의 싸움을 본 이들이 한둘이 아니다. 그들에게 눈이 있고 입이 있는 이상, 이 일은 남영을 넘어 더 먼 곳까지 퍼질 것이다. 화산이 종남을 먹이 삼아 세상에 그 이름을 다시 떨쳤듯, 이제는 무당의 이름도 화산의 명성을 드높여 주는 장작이 될 게 뻔했다.

아니, 사실 그것도 부차적인 문제다. 지금 명성 같은 건 중요하지 않다. 종도관이니 화영문이니, 그런 것 따위야 아무래도 좋다. 그들이 남영을 차지하려는 이유는 그런 시시한 게 아니었으니까. 입술을 질끈 깨문 진현이 힘을 주어 말했다.

"진무. 너는 지금 당장 본산으로 복귀하여 이곳의 상황을 본산에 알리거라."

"예, 사형!"

"사제들은 이곳에서 부상을 치료하며 본산의 지시를 기다린다. 무작정 복귀할 상황이 아니다."

"사형의 말씀을 따르겠습니다."

진현이 표정을 한껏 굳혔다. 남영에서 떠나겠다는 약속은 지켰다. 화영문에 관여하지 않겠다는 약속도 지킬 것이다. 하지만 무당으로 돌아간다는 말은 하지 않았다. 그는 살짝 입술을 깨물었다. 얄팍한 면피라는 것은 알고 있다. 이름을 걸고 한 약속을 어긴다는 것은 더없이 수치스러운 일이지만, 때로는 대의를 위해 자신을 희생해야 할 때가 있는 법이다.

"진무는 어서 출발해라."

"예, 사형!"

"그럴 것 없다."

그때 들려온 목소리에, 모두의 고개가 일제히 한곳으로 돌아갔다. 수풀이 들썩이는가 싶더니 한 사람이 천천히 걸어 나왔다.

"사, 사숙! 사숙께서 어떻게……."

모두가 놀람을 금치 못했다. 수풀을 헤치고 나타난 이는 그들이 너무도 잘 아는 얼굴이었다. 나타난 이는 진현에게 시선을 흘끗 주고는 눈살을 찌푸렸다.

"네가 당한 것이냐?"

"……송구합니다."

진현이 입술을 깨물었다.

"합공이라도 당했느냐? 화산에서 온 이들의 수가 생각보다 많았던 모양이지? 그게 아니라면 다른 문파의 지원이라도 있었느냐?"

진현은 아무런 말도 하지 못했다. 그럴 수밖에. 지금 나타난 이에게 자신의 수치를 있는 그대로 드러내는 건 너무도 힘든 일이었다. 왜냐면 그가 바로 그의 사숙인 무진(無振)이기 때문이다.

무진. 그 이름을 아는 이들이라면 누구나 하나의 칭호를 떠올리리라. 무당삼검(武當三劍). 무당의 실질적인 무력을 담당하는 일대제자 무(無)자 배. 그리고 그중에서도 가장 강하다고 알려진 무당삼검의 일인. 그 무진이 바로 이곳에 나타난 것이다.

"장문인께서 아무래도 마음이 놓이지 않는다고 나더러 가 보라 하셨다. 보아하니 장문인의 혜안이 틀리지 않았던 모양이구나, 진현."

"……예, 사숙."

"네 입으로 직접 말해 보아라. 남영에서 무슨 일이 있었느냐?"

진현과 무진의 눈치를 살피던 진무가 슬쩍 앞으로 한 걸음 나섰다.

"사숙, 그건 제가 말씀드리……."

"진무는 함부로 나서지 말거라."

묵묵히 그 상황을 보던 진현은 결국 진중한 표정으로 입을 열었다.

"설명해 드리겠습니다."

이윽고 무진이 가만히 턱수염을 쓸어내렸다. 진현의 말대로라면 이대제자 중 누구도 화산의 제자를 당해 내지 못한다는 뜻이다. 이건 진현 하나가 패한 것보다 훨씬 더 심각한 일이었다.

"화산이 그토록 강해졌단 말인가?"

상식적으로 불가능하다. 본디 무학이란 대를 이어 전승되는 법. 윗대가 강하면 아래도 강해지는 법이고, 윗대가 약하다면 아래도 약할 수밖에 없다. 때로는 이변이 벌어지기도 하지만 그 이변이 세대 전체에 걸쳐 일어나지는 않는다. 화산은 몰락했던 문파였다. 그러니 지금 화산의 윗대들이 쌓은 무학은 보잘것없을 게 분명하다. 그런데 그 아랫대가 무당의 제자들보다 강하다는 게 말이나 되는가? 잠시 고민하던 무진은 진현을 바라보고는 무겁게 고개를 끄덕였다.

'이 아이가 내게 거짓을 고할 리는 없겠지.'

"진현. 네 이름을 걸고 약속을 했다고?"

"……그렇습니다. 그러나 제 명예 같은 것은…….'

"이놈!"

무진이 나직이 일갈했다.

"네 이름이 더럽혀지는 건 별거 아닐지 모른다. 하지만 네 이름이 어디 너만의 것이더냐. 네가 추악한 짓을 벌인다면 세상은 네가 아니라 무당을 욕할 것이다. 그게 무당의 이름을 더럽히는 것임을 왜 모른다는 말이더냐!"

"……송구합니다."

면목 없다는 듯 고개를 숙이는 진현을 보며 무진은 마뜩잖다는 얼굴로 눈살을 찌푸렸다.

"검수의 입에서 나온 말은 가볍지 않다. 또한 네 명예 역시 그리 가볍지는 않을 터."

"……예."

"남영은 포기한다. 어차피 남영이야 남의 눈에 띄지 않고 움직이기 위해 얻으려 했던 것에 불과하다. 이리되었다면 차라리 남영을 뛰어넘어 바로 검총으로 향한다."

"사, 사숙. 하지만 아직 검총의 위치를 정확하게 파악하지 못했잖습니까? 그렇기에 남영이 필요한 것 아니었습니까?"

"걱정할 것 없다. 본산에서 검총의 위치를 해독해 냈으니까."

"아……!"

진현의 눈이 흔들렸다. 그렇다면 굳이 남영에서 시간을 끌 필요가 없다. 검총으로 바로 가 발굴해 내면 되니까.

"화산에 패한 것은 수치스러운 일이다. 하지만 지금 우리가 해야 할 일에 비한다면 그런 일 따위는 사소하기 그지없다. 설욕할 기회는 얼마든지 있을 테니, 마음을 다잡거라."

"예, 사숙!"

내내 가라앉아 있던 진현의 눈이 다시금 빛을 발했다. 검총만 열 수 있다면, 이런 치욕쯤은 얼마든지 갚아 줄 수 있다.

"부상이 심하다고 생각되는 이들은 본산으로 복귀하거라. 곧 본산에서 지원이 올 테니, 굳이 무리할 필요 없다. 운신이 가능한 이들만 나와 함께 간다."

당연히 함께 갈 심산이었던 이대제자들이 우물쭈물하자 무진이 눈살을 찌푸렸다.

"검수는 자기 자신을 냉정히 평가하여야 한다고 누누이 말했거늘! 섣불리 따라나섰다가 사형제들의 짐이 될 셈이냐!"

그제야 세 사람이 앞으로 나서서 고개를 숙였다.

"죄송합니다, 사숙."

"부끄러워할 것 없다. 부상 입은 것이 어찌 부끄러운 일이란 말이더냐. 본산으로 돌아가 치료를 받아라. 뒷일은 내가 맡겠다. 설마 이 무진을 믿지 못하는 건 아니겠지?"

"당연히 믿습니다."

"그럼 됐다."

무진이 빙그레 웃었다.

"가서 기다리고 있거라. 남영에서 있었던 일을 고한 뒤, 내가 아이들을 이끌고 곧장 검총으로 갔다고 전하거라."

이대제자들이 빠르게 숲길을 따라 달려 나가자 무진이 진현을 돌아보았다.

"갈 수 있겠느냐?"

"절대 폐가 되지는 않을 것입니다."

무진이 고개를 끄덕였다.

"음. 그럼 좋다. 너는 나를 따……."

그때, 무진의 고개가 한쪽으로 돌아갔다. 그는 수풀의 한쪽을 바라보며 눈살을 찌푸렸다.

"누구냐!"

의아함이 서린 진현의 시선도, 그리고 다른 제자들의 시선도 무진을 따라 이동했다. 이내 사박사박 풀을 밟는 소리와 함께 어둠 속에서 시커먼 흑의를 입은 사내가 천천히 걸어 나왔다. 검은 야행복. 그리고 검은 복면. 누가 봐도 수상한 복색을 갖춘 이가 태연한 모습으로 그들의 앞에 섰다. 그러더니 가볍게 복면을 매무시하곤 입을 뗐다.

"지나가던 강돈데 말 좀 물읍시다. 그 검총이라는 게 뭐요?"

정적이 흘렀다.

지나가던 강도? 지금 지나가던 강도라고 한 건가? 무진의 눈이 흔들렸다. 살아오며 황당한 일은 꽤 겪어 보았다고 자부하는데, 이런 경우는 난생처음이었다. 무슨 놈의 강도가 자신을 강도라고 밝힌다는 말인가? 그것도 무당의 문하들 앞에서.

"강도가 이 외진 산길을 돌아다닌다고?"

복면인이 살짝 흠칫했다.
"……어, 그럼 산적?"
'미친놈인가?'
불과 반나절 전 사질이 한 것과 똑같은 생각을 하는 무진이었다. 그리고 반나절 전 같은 생각을 했던 그의 사질은 괴한의 말투와 체형에서 묘한 기시감을 느꼈다.
'저거, 설마?'
생각이 채 정리되기도 전에 말이 먼저 튀어나왔다.
"화산신룡?"
복면인의 고개가 삐딱하게 꺾였다.
"……아니, 내가 뭘 했다고 그걸 바로……. 아니지. 저는 그런 사람이 아닙니다."
진현의 얼굴이 일그러졌다. 티가 너무 나잖아, 인마!
"그래도 화산의 제자이기에 최소한의 명예는 알 거라 생각했건만, 이렇게 얼굴을 감추고 강도를 자청하다니! 부끄러움을 모르는가?"
진현의 일갈에 복면……. 아니, 청명이 뻔뻔하게 어깨를 으쓱했다.
"거참, 나 아니라니까 그러네."
"추하구나!"
"이해를 못 하시는 모양인데……. 곧 그쪽도 내가 내가 아니라는 걸 인정하게 될 거야. 보통 그렇게 되더라고."
수많은 이들이 몸으로 겪어 본 일이니까.
"사람을 놀려도 유분수……."
진현이 노기를 토해 내려는데, 무진이 살짝 손을 들었다. 진현이 가만히 입을 다물었다. 무진이 빙그레 웃으며 말했다.

"그럼 그대는 화산의 제자가 아니라 강도라는 말이로군."
"크으, 겨우 말이 통하는 사람을 찾았네요."
"그래. 자네는 절대 화산의 제자가 아닐세."
무진이 부드럽게 말하며 허리에 찬 검을 슬쩍 앞으로 내밀었다.
"나는 여기서 그저 강도를 벨 뿐이네. 화산의 제자는 애초에 없었던 거지. 그렇지 않나?"
"호오?"
청명이 탄성을 흘렸다. 저 양반 똑똑한데?
"지금이라도 복면을 벗고 사죄한다면 적당히 끝내 줄 수도 있네. 하지만 끝까지 헛짓거리 한다면 자네는 내 검이 얼마나 무정한지 알게 될 걸세."
청명이 피식 웃고는 말했다.
"아, 그래요? 그럼 이쪽도 미리 말해 두죠. 지금이라도 그 검총이라는 게 뭔지 말하고 순순히 정보를 넘기면 멀쩡히 걸어가게 해 드릴게요. 아니면 걸어서는 못 돌아갈 거예요. 내 장담하죠."
무진의 입가에 걸린 미소가 짙어졌다.
"화산이 강해졌다더군."
"부끄럽게 무슨 그런 소리까지."
……네가 좋아하면 안 되지, 인마. 최소한 정체를 감추려는 노력이라도 해라!
"그중 화산신룡이 제일이라는 말이 있던데?"
"하하하. 과찬이죠."
이제는 진현도 포기해 버렸다. 저 인간은 상식적으로 이해하는 게 불가능하다. 무진이 천천히 검을 뽑았다.

"그럼 어디, 그 대단하다는 화산신룡의 검을 견식 해 보실까?"
"거, 말귀를 못 알아들으시네. 저는 화산 사람이 아니라니까요."
청명이 허리에 찬 검을 뽑아 들었다.
"검에 매화 무늬가 새겨져 있는데?"
"……아, 바꾸고 온다는 게 그만. 못 본 척해 주세요. 예의 있게."
"그러지."
청명이 한쪽 눈을 찡긋했다. 무진의 미소가 더 짙어졌다. 이내 그의 눈이 새파란 광망을 토했다.
"그래야 자네가 큰 부상을 입어도 내가 할 말이 있을 테니까. 각오하게."
"이거 참, 무당은 세월이 지나도 바뀌는 게 없네. 하나만 더 말해도 되나요?"
"……뭔가?"
청명이 검을 들어 무진을 똑바로 겨누며 피식 웃었다.
"대가리 조심하시는 게 좋을 거예요. 이게 습관 같은 거라."
무진의 얼굴에서 미소가 사라졌다.
무진. 대무당파 이십이 대 제자. 무당의 일대제자인 무자 배의 일원이자, 천하에 그 이름을 떨치는 무당삼검의 일인. 별호는 청류검(淸流劍). 그를 수식하는 말은 이 외에도 많았다. 확실한 것은, 그는 지금의 무당을 이끌어 가는 이들 중 하나라는 것이다. 기본적으로 문파의 대소사는 장문인과 장로들이 결정하지만, 그 결정된 대소사를 실행하는 건 일대제자다. 그리고 무진은 그 무당의 일대제자 중에서도 수위에 꼽히는 이다. 천하가 그를 칭송하고, 천하가 그를 받든다.
하지만 모든 일에는 예외가 있는 법. 그는 오늘 처음으로 그라는 존재를 완전히 무시하는 이를 만났다. 무진은 싸늘한 기운이 서린 눈으로 눈앞의 복면인을 노려보았다.

'화산신룡이라. 아무 생각이 없는 멍청이는 아닐 테고.'

그런 멍청이들이 무당의 이대제자들을 쓰러뜨릴 수 있을 리가 없다. 그렇다는 건 역시 비장의 한 수가 있다는 뜻. 하지만 그 한 수가 무진에게도 통할 거라고 생각하는 건 더없는 오만이다.

무진의 검 끝이 고요히 청명에게로 향했다. 더 이상의 대화는 필요하지 않다. 서로가 원하는 것이 있다면 검을 부딪쳐 원하는 것을 쟁취할 뿐이다. 그게 강호의 방식이니까.

"무량수불."

무진이 나직하게 도호를 외었다. 그 도호가 거슬린다는 듯 청명이 가볍게 고개를 꺾었다.

자세가 좋다. 안정되어 있다는 느낌이다. 청명이 보기에도 딱히 흠잡을 게 없다. 그 오만하던 무당의 이대제자들이 저자에게는 그토록 깍듯한 이유가 있었다. 누군지는 모르겠지만, 저 정도라면 강호에 명성을 꽤 떨치고 있을 것이다.

이대제자까지야 결국은 후기지수다. 하지만 지금 청명의 눈앞에 있는 이는 후기지수가 아니다. 진정한 무당의 검수가 지금 청명을 노리고 있다. 금방이라도 살을 꿰뚫을 듯, 칼날 같은 기세로 말이다. 청명이 입꼬리를 살짝 말아 올렸다.

'이 정도라면 다시 태어나 그가 검을 맞대 본 이들 중에서는 당연히 최고수다. 하지만…….'

"아, 붙기 전에 하나만."

무진의 눈썹이 꿈틀댄다.

"이제 와서 없던 일로 하자는 건 아니겠지?"

"그럴 리가요. 그저 내기를 걸고 싶은 것뿐이에요."

"내기?"

청명이 씨익 웃으며 말했다.

"네. 기껏 이겼는데 얻는 게 없으면 서로 섭섭하잖아요. 그러니 서로 바라는 것 하나는 들어주죠. 저는 그 검총인가 뭔가가 어떤 건지 듣고 싶은데요?"

무진이 가만히 청명을 바라보았다. 복면으로 얼굴을 가리고 있음에도 눈가에서 웃음기가 배어났다. 감히 그의 검을 앞에 두고 웃는다라……

"해 주지."

"오? 화통하신데?"

"대신 그쪽이 진다면 복면을 벗고 머리를 조아려 사죄해라. 그리고 화산은 결코 무당의 상대가 되지 못한다고 인정하는 걸로 하지."

"거참. 나 화산 사람 아니라니까. 하지만 뭐 좋아요. 그 정도는 해 드리죠."

청명이 어깨를 으쓱했다.

"대신 져 놓고 딴말하기 없기예요."

무진의 얼굴이 치욕으로 일그러졌다.

"나는 무당의 제자 무진이다. 혀를 깨물고 죽을지언정 그런 일은 있을 수 없다."

"크으, 감동적이네요."

청명이 씨익 웃었다. 이래서 이런 애들이 편하다. 조금만 긁어 주면 지들이 알아서 더 날뛰거든.

"자, 그럼 시간 끌 것 없이 시작하죠. 덤벼 보세요."

완전히 아랫사람을 대하는 듯한 태도였다. 이윽고 무진의 몸에서 살기가 흘러나오기 시작했다.

"사형, 괜찮을까요?"

들려온 질문에, 진현은 곧바로 대답을 내놓지 못했다. 어째서 대답을 못 하는지 자신도 알 수가 없었다.

저자의 정체는 화산신룡 청명이 분명하다. 저 체형과 말투, 무엇보다 제정신이 아닌 듯한 태도가 의문의 여지를 앗아 가지 않는가?

진현은 저자의 실력을 보지 못했다. 화산의 제자들과 맞붙을 때 화산신룡은 뒤에 앉아 구경이나 했을 뿐, 단 한 번도 검을 들지 않았다. 그 태도로 보건대 어쩌면 그곳에 있었던 화산의 제자 중, 가장 강한 이는 화산신룡이었을지도 모른다.

- 그쪽들의 실력으로는 저놈을 끌어낼 수 없소. 수준이 맞아야 검을 드는 법이지.

화정검이 그리 말했다. 진현을 쓰러뜨린 그 화정검이 말이다. 하지만 그렇다고 해도 화산신룡이 무진을 꺾는 건 불가능하다. 무진과 청명의 사이에는 적어도 삼십 년의 시간이 존재한다. 동 배분 사이에서는 절대강자로 불리는 이가 바로 무진이다. 그런 이를 삼십 년의 시간을 넘어 상대한다고?

어찌어찌 한 배분 정도는 따라잡을 수 있을지 모른다. 하지만 배분이 둘이나 차이가 난다면 그건 불가능하다. 아비뻘을 넘어 할아비뻘에 가까운 이를 무슨 수로 이긴다는 말인가.

무진이 청명의 나이대에 강호를 종횡할 때 청명은 태어나지도 않았다. 그 세월의 힘은 결코 인력으로 따라잡을 수 있는 게 아니다. 진현은 그 사실을 충분히 알고 있었다. 그런데…….

'왜 이리 불안하단 말이냐?'

진현이 입술을 질끈 깨물었다. 자라 보고 놀란 가슴 솥뚜껑 보고도 놀란다고, 이미 한번 절대 지지 않으리라 생각했던 이들에게 패해 본 진현은 상황을 냉정하게 받아들일 수가 없었다. 특히나 저 여유 넘치는 청명의 태도가 자꾸만 사람을 불안하게 했다.

'안 돼.'

진현의 눈에 핏발이 선다. 그가 화정검에게 패한 것은 수치스러운 일이지만, 거기에서 끝날 일이다. 하지만 무진이 청명에게 패하는 사태가 벌어지기라도 한다면 그건 정말 끝장이나 다름없다. 그렇게 된다면 무당은 줄곧 화산의 아래라 평가될 테니까. 적어도 청명이 살아 있는 동안에는 말이다.

그럴 일은 없다! 절대로! 진현이 핏발 선 눈으로 두 사람을 노려보았다.

검 끝에 새파란 검기가 어렸다. 두 배분 아래의 어린 검수를 상대하기에는 과한 처사일지도 모른다. 하지만 무진은 검에 실린 내력을 빼지 않았다. 상대는 무당에게 망신을 준 것은 물론이고, 이제는 그에게까지 시비를 걸고 있다. 그런 자를 벌하는 건 너무도 당연한 일이다.

'화산신룡이라.'

그 이름은 무진 역시 귀가 따갑도록 들었다. 몰락해 가던 화산에서 갑자기 튀어나온 신성. 이토록 호사가들을 흥분시킬 만한 일도 흔치 않을 것이다. 성급한 자들은 이미 그를 천하제일 후기지수의 자리에 올려 두기를 주저하지 않았다.

그 화종지회 이후 이 년간 딱히 이렇다 할 만한 활동이 없어서 이제는 조금 시들해진 면이 있지만, 결국 명성이란 허울일 뿐. 중요한 것은 이자가 해낸 일들이다. 만약 화종지회의 소문이 모두 진실이라면, 눈앞의 청명이라는 작자는 결코 경시할 수 없는 실력자일 것이다.

'그렇기에 더더욱 여기에서 꺾어 두어야 한다.'

그가 한층 더 진지해진 표정으로 청명을 노려보았다.

얼핏 보기에는 딱히 강해 보이지 않는다. 무란 수련을 통해 육체에 쌓아 나가는 것. 경지에 오른 이들은 굳이 그 힘을 표출하고 싶지 않으려 해도 자연히 배어 나온다. 동작 하나하나가 무의 이치를 따르게 되고, 은연중에 강한 기세가 흘러나오는 법이다. 그렇기에 서로 검을 맞대 보지 않아도 어느 정도는 상대의 강함을 짐작할 수 있다.

하지만 눈앞의 복면인에게는 강자의 기세가 조금도 느껴지지 않았다. 그의 이목을 속이고 근처까지 접근하지 않았더라면 정말 평범한 강도라고 믿었을지도 모른다. 아니, 정신 나간 강도라고 생각했겠지.

알 수가 없다. 강한지, 강하지 않은지. 제정신인지, 제정신이 아닌지. 세상의 혼란을 한데 모아 사람에게 쑤셔 넣은 것 같은 자다.

"눈싸움은 그쯤 하시고, 덤비시라니까요?"

"나더러 선공하라는 건가?"

"네."

"……나더러?"

무진의 눈썹이 꿈틀댔다. 아까 덤벼 보라는 둥 했던 말이 설마 진심이었단 말인가.

아무리 화산의 제자가 아니라고 주장하지만, 저자가 청명임은 너무도 명확하다. 그런데 지금 두 배분이 높은 자신에게 선공하라는 것인가?

"오만함에도 정도가 있는 법이다."

"그럼 제가 가죠. 후회나 하지 마세요."

"이……!"

막 호통을 치려는 순간이었다. 파아아앗! 공기가 갈라지는 소리와 함께 뭔가가 그의 얼굴을 스쳐 지나갔다. 그게 청명이 날린 검풍이라는 것을 무진이 깨달은 건, 길게 갈라진 볼에서 뜨거운 피가 흘러내린 시점이었다.

"인사는 했어요."

청명이 씨익 웃었다. 그 순간 무진은 청명을 경시하는 마음을 완전히 버렸다.

'목을 노렸다면 목이 잘렸다.'

방심? 아니, 방심하지 않았다. 그저 그가 생각했던 것보다 청명의 검이 몇 배는 빨랐을 뿐이다. 무진이 입술을 질끈 깨물었다. 이는 변명의 여지가 없는 실책이었다. 하지만 아직 만회의 기회가 없는 건 아니다. 무진이 검을 잡은 손에 힘을 주었다.

"배려에 감사하오."

청명이 어깨를 으쓱했다.

"감사까지야. 감사하는 마음이 있으면 적당히 하지 말고 제대로 했으면 좋겠는데."

"당연히……."

무진의 눈에 새파란 빛이 어렸다.

"그럴 생각이오!"

무진의 발이 땅을 박찼다. 그러고는 눈에 보이지도 않을 만큼의 속도로 청명을 향해 달려들었다. 청명 역시 그 광경을 보며 눈을 빛냈다.

'그래야지! 다 보여 봐라.'

청명도 이젠 눈앞에 있는 자가 누구인지 안다. 청류검 무진. 최근에는 강호에 딱히 관심이 없는 청명조차도 한 번은 들어 본 이름이다. 그만큼이나 명성을 떨치고 있는 이라고 할 수 있다. 그렇기에…… 확인해 볼 수 있다. 백 년 전의 강호와 지금의 강호가 얼마나 달라졌는지. 강호의 무학은 발전했는가? 아니면 마교와의 전쟁으로 잃은 것들 때문에 약해졌는가?

종남의 제자들은 그 척도가 되어 줄 수 없었다. 그들의 무학은 변질되었고, 청명이 상대한 이들은 후기지수에 불과했으니까. 하지만 무진이라면 그에게 알려 줄 수 있을 것이다.

우-우-우-우웅!

무진의 검이 새파란 검기를 뿜어내었다.

'태청(太淸)인가?'

검기가 마치 강물처럼 밀려왔다. 도도한 대하(大河). 무당이 자랑하는 끊이지 않는 검기. 그 강대한 흐름을 유지하기 위해서는 막대한 내력이 필요하다. 무당의 이대제자들이 척도가 될 수 없는 이유가 여기에 있다.

무당의 무학은 진정한 대기만성의 무학이다. 무당 특유의 후발제인도, 그 부드러움도 결국에는 상대를 압도하는 막대한 내력에서 나온다. 같은 무학이라 할지라도 내력의 크기에 따라 그 위력이 하늘과 땅만큼 차이가 나는 것이 무당의 무학이다.

보라, 저 끊임없이 밀려오는 푸른 검기의 강물을. 청명이 눈을 살짝 가늘게 떴다. 청류검이라. 그 이름에 걸맞은 검기다. 하지만…….

'이 정도로는 부족하지!'

우-우웅, 파공음과 함께 청명의 검 끝에 붉은빛 검기가 어렸다. 이내 붉은빛 검기가 밀려오는 검기의 강물을 좌우로 갈라냈다. 순간 무진이 충격에 두 눈을 부릅떴다. 가른다고? 이 검기를?

"말도 안 되는……!"

의식하기도 전에 경악에 찬 탄성이 터져 나왔다. 무당의 검기는 면면부절. 결코 끊기지 않고 이어지는 검기다. 그런데 그 검이 너무도 간단하게 갈라지고 있었다.

"큭!"

무진이 검을 회수하고는 재빠르게 다시 내질렀다. 대하도도(大河滔滔). 검에서 끊임없이 치솟은 검기가 더욱 짙은 푸른빛을 띠며 흘러 들어갔다. 단전에서 솟구친 내력이 남김없이 검을 통해 뿜어져 나왔다.

무당의 검은 자연의 검. 자연은 자애롭지만, 때로는 그 어떤 것보다 더 흉포하게 인간을 휩쓸어 버린다. 인간이 흐르는 장강의 물길을 막을 수 없듯, 강처럼 흘러나오는 검기에 대항하는 것은 너무도 부질없는 짓으로만 보였다.

'완벽하다!'

무진은 자신이 뿜은 검기에 확신이 있었다. 저놈에게 아무리 날고 기는 재주가 있다고 해도, 이 검기를 어찌하지는 못할 것이다. 그만큼이나 완벽하게 전개된 대하도도였다. 이 검이라면…….

그 순간이었다. 짜증스러운 혀 차는 소리와 함께 순간 붉은빛 섬광이 번쩍였다. 동시에 밀려들어 가던 무진의 검기가 사방으로 튕기며 완전히 분쇄되고 말았다.

"컥!"

손목으로 전해지는 거대한 힘에 무진은 일순 균형을 잃고 뒤로 나가떨어졌다. 주저앉은 그의 눈에 검을 떨치는 복면인의 모습이 보였다.

"볼 것도 없네."

복면인이 고개를 내저었다. 그러더니 검을 틀어쥐고는 무진을 향해 걸어갔다.

"무당삼검은 얼어 죽을. 그 실력으로? 너는 일단 좀 맞고 시작하자."

청명이 지체 없이 무진을 향해 달려들었다.

검이 내리쳐졌다. 무진이 반사적으로 몸을 옆으로 굴렸다. 나려타곤(懶驢打滾). 게으른 나귀가 바닥을 구른다는 의미. 체면을 중시하는 무인들은 바닥에 몸을 굴린다는 것을 더없이 수치스럽게 여긴다. 그러나 지금의 그는 그런 걸 생각할 겨를이 없었다.

이내 그가 있었던 자리에서 쾅 하고 폭음이 터지더니 바닥이 움푹 패었다. 그 위력을 눈으로 확인한 무진이 삽시간에 얼굴을 굳혔다. 맞았으면? 즉사(卽死)다.

"어쭈? 피해?"

검으로 땅에 구멍을 뚫는 기사(奇事)를 만들어 낸 청명이 건들거리며 무진에게로 시선을 보낸다. 무진이 입술을 짓깨물며 벌떡 몸을 일으켜 세웠다. 그러고는 한층 더 신중해진 표정으로 청명을 노려보았다.

'강하다.'

전신의 털이 곤두서고 모골이 송연해졌다. 단 일격. 그 일격만으로도 상대의 강함을 짐작하는 데 모자람이 없었다. 어쩌면 저자는 무진이 단 한 번도 대적해 본 적 없는 강대한 적일지도 모른다. 장난스러운 태도와는 달리 실력만은 분명 진짜였다. 어째서 저만한 실력자가 복면을 쓰고 나타나는 등의 괴이한 짓을 하는 건지는 도통 이해할 수 없지만, 겉모습만 보고 상대를 경시하는 마음은 버려야……. 생각을 잇던 무진이 입술을 질끈 깨물었다.

'아직도 이런 멍청한 생각이나 해 대고 있단 말인가?'

경시가 아니다. 경시란 강한 자가 약한 자에게 하는 것. 하지만 지금 그는 청명에 비한다면 명백한 '약자'였다.

"후우우우우."

작게 심호흡한 무진이 투명하게 가라앉은 눈빛으로 청명을 응시했다. 그러자 청명이 말했다.

"뭘 꼬나봐?"

……이번에도 예상치 못한 말을 들었지만, 조금 전과는 달리 무진은 전혀 동요하지 않고 부동심을 유지했다.

어쭈, 그래도 무당은 무당이라는 건가? 청명이 피식 웃으면서 무진에게 다시 다가갔다. 건들거리는 그의 걸음에 맞춰 무진의 검이 가볍게 오르내린다.

촤아아아아.

맑은 폭포가 쏟아지는 것 같은 소리와 함께 그의 검 끝에서 푸른 검기가 넘실거리기 시작했다. 이번에도 청류검이라는 별호에 더없이 걸맞은 검기였다.

"타아아앗!"

무진이 기합을 내지르며 검을 떨쳤다. 청강부진(淸江不盡). 수십 개의 푸른 비단이 일제히 펼쳐지는 듯한 광경이었다. 이미 무진을 잘 알고 있고, 태청검법이 어떤 것인지 알고 있는 무당의 이대제자들조차 그 엄청난 위용에 자신도 모르게 입을 쩌억 벌렸다.

저 하나하나가 모두 면기(綿氣), 무당 특유의 끊어지지 않는 검기다. 일반적으로 짧게 발출해 내는 검기와는 다르게 한 번 검기를 뽑아내는 데에 몇 배의 심력과 내력이 소모된다. 한없이 부드럽다. 하지만 그 부드러움 속에는 거역할 수 없는 힘이 숨어 있다. 그야말로 외유내강의 검기.

"호오?"

짧게 감탄사를 내뱉은 청명은 입꼬리를 말아 올리며 자신에게 날아드는 수십의 비단 폭 사이로 뛰어들었다.

스스스슷.

보법을 밟는 그의 몸이 흐릿해진다 싶더니 이내 허공으로 치솟았다. 암향표(暗香飄). 화산의 독문 보법을 밟아 나간 청명의 몸이, 쏟아지는 푸른 검기 속을 깊은 밤 고요히 낙화하는 매화 꽃잎처럼 유영하기 시작했다. 그건 마치 광포한 폭류(瀑流) 위를 한 마리의 붉은 나비가 누비는 광경 같았다.

옆에서 지켜보던 진현이 눈을 부릅떴다. 수준이 다르다. 잘 알고 있다고 생각했던 무진의 무위는 그의 예상을 한참 뛰어넘었다. 그리고 무진을 상대하는 청명의 무위도 감히 그가 상상할 수 있는 수준이 아니었다.

'이게 고수의 혈투.'

절로 전신에 힘이 들어갔다. 승패에 따른 이득 따위는 머리에서 사라진 지 오래다. 그저 이 전투를 한순간도 놓치지 않고 지켜봐야 한다는 생각뿐이다. 다른 이대제자들의 생각 역시 다르지 않은지, 등 뒤에서는 숨소리조차 들려오지 않았다.

카가가각!

땅에 닿은 검기의 물결이 대지를 깊게 갈라냈다. 부드러운 비단 같은 물결에 저만한 위력이 숨어 있다고 누가 상상이나 하겠는가? 스치기만 해도 살이 갈라지고 뼈가 부러질 것이다.

하지만 더 대단한 건 그런 검기를 줄기줄기 뿜어내는 무진이 아니라,

그 어마어마한 검기의 물결 속을 아무렇지도 않게 누비는 청명이었다. 검기가 스읏 소리와 함께 아슬아슬하게 청명의 머리를 스쳐 지나갔다. 이내 가볍게 검을 짚어 허공으로 몸을 띄운 청명은 검기의 물결을 거스르며 무진을 향해 빠르게 나아갔다. 거칠 것 없는 경쾌한 동작. 옅은 미소까지 머금고는 허공을 유영하는 듯했다.

'진즉에 이럴 것이지!'

그가 아는 익숙한 무당의 검이다. 무당삼검이라는 이름을 거저 딴 건 아닌 모양이다. 하지만!

"그것만으론 안 되지!"

쇄애애액. 바람을 가르는 소리와 함께 새로운 검기의 물결이 청명을 향해 뻗쳐 왔다. 지금까지와는 비교도 되지 않는 속도였다. 하지만 청명은 전혀 당황하지 않았다. 그의 입가에 걸린 미소가 오히려 더욱 짙어졌다. 검을 슬쩍 뻗은 그가 날아드는 물결을 가볍게 베어 냈다.

넘실거리며 밀려온 검기의 물결이 청명의 검기에 베이며 좌우로 갈라졌다. 청명은 물결 깊숙이 검을 찔러 넣고는 그 반동으로 몸을 허공으로 띄워 올렸다. 쏟아지는 물결과 그 물결을 헤쳐 나가는 사람 사이의 구도가 일순 무너졌다. 높이 몸을 띄워 올린 청명이 달빛을 받으며 아래로 낙하했다.

무진의 얼굴이 일순 딱딱하게 굳었다.

"타아아아앗!"

면면부절. 끊이지 않고 이어지는 검기는 멈추기도 쉽지 않다. 청명이 검기의 영역에서 벗어나 버린 이상 그의 검은 그저 잘못된 곳으로 향하며 낭비될 뿐이다. 그리고 덕분에 틈이 드러나고 말았다.

청명이 달을 등지고 무진에게 날아들었다.

"하앗!"

그에 질세라, 무진이 기합을 내지르며 청명을 향해 좌수를 뻗었다. 엿가락처럼 길게 늘어지는 기운이 청명을 향해 뿜어졌다.

'면장(綿掌)!'

무당을 대표하는 장법. 부드럽게 물줄기처럼 이어지는 장력! 하지만 그 안에 담긴 위력은 천하의 어떤 장력에도 뒤지지 않는다. 하강하던 청명이 허공을 박차고 몸을 빙글 돌렸다. 면장의 공력이 그의 옆구리를 스치며 허공으로 솟구쳤다.

청명이 살짝 얼굴을 굳히며 다시 허공에서 몸을 틀었다. 하지만 분명 스치고 지나갔던 공력이 다시 방향을 바꾸더니 그의 등을 노리며 날아들었다.

'회선장(回旋掌)까지?'

공력의 수발이 경지에 오르지 않고서는 결코 사용할 수 없는 기술이다.

"제법!"

청명이 날아드는 면장의 공력을 향해 다리를 쭉 당겼다. 그리고 그대로 쭉 뻗으며 그것을 걷어찼다. 한동안 가벼운 소리만 이어지던 공간에 콰앙, 하고 커다란 폭음이 터졌다. 면장을 걷어찬 청명이 그 반동을 이용해 다시 한번 어마어마한 속도로 무진을 향해 달려들었다.

"차아아아아앗!"

그새 태청검법의 검기를 회수한 무진이 얼굴을 굳히고 검을 들어 올렸다. 눈을 가느스름하게 뜨며 검으로 허공에 부드러운 원을 그리기 시작했다. 희고 검은 검기가 허공에 선명한 형상을 만들어 내었다.

"혜검(慧劍)이다!"

진현이 자신도 모르게 비명에 가까운 탄성을 질렀다.

태극혜검(太極慧劍). 무당을 상징하는 검이자 무당의 최고위 검법. 너무나도 난해하고 복잡하여 조사 이래로 누구도 완성하지 못했다는 불가해(不可解)의 검법.

'사숙께서 벌써 혜검을 전수받으셨다는 말인가?'

진현이 주먹을 꽉 움켜쥐었다. 이긴다! 의심한 순간도 있었지만, 이렇게 된 이상 이미 승부는 끝난 것이나 다름없었다. 태극혜검은 무적의 검법이다. 제아무리 청명에게 날고 기는 재주가 있더라도 저 검 앞에서는…….

그 순간이었다.

"아니, 이 새끼야!"

청명이 검에서 붉은 검기를 뿜어내더니 허공에 만들어진 태극의 형상을 주저 없이 후려쳤다.

콰아아아아아앙!

태극이 깨어졌다.

"커억!"

그 충격으로 무진이 피를 뿜으며 나가떨어졌다. 털썩 땅에 떨어진 그는 입가를 움켜잡고 두어 차례 선지피를 쏟았다. 솟구치던 내력이 일순 역류해 내상을 입은 것이다. 그가 믿을 수 없다는 듯 떨리는 눈으로 청명을 바라본다.

"어, 어떻게?"

이기고 싶었다. 상대는 너무도 강했고, 이대로 가면 무당의 명예가 땅에 떨어질 판이었다. 그렇기에 아직은 사용해서는 안 된다는 명을 받았음에도 태극혜검을 꺼냈다. 얻은 것은 아직 한 초식에 불과하지만, 혜검은 혜검! 청명을 쓰러뜨리는 데는 무리가 없을 거라 여겼다. 그런데 고작 일격에 무너지고 만 것이다. 어찌 이런 일이 벌어질 수 있는지, 무진은 도저히 이해할 수가 없었다.

바닥에 탁 내려선 청명이 얼굴을 일그러뜨렸다. 복면 위로 드러난 그의 눈은 잔뜩 찌푸려져 있었다.

"잘 나가다가 뭐 하는 짓거리야! 하, 이래서 요즘 것들은. 어디 숙련도 안 된 검을 꺼내고 있어, 뒈지려고!"

무진이 두 눈을 부릅떴다.

"이 새끼가 무당 놈이라는 게 기본이 안 되어 있네. 야! 더 좋은 검술 꺼내면 무조건 더 세냐? 그럼 뭐 하러 기초 검술부터 익혀 나가냐! 처음부터 제일 센 거 익히면 그만이지!"

"아……."

"죽어도 손에 익은 검으로 승부를 봤어야지. 멍청하게 손에 익지도 않은 검을 꺼내 들어? 여기가 전쟁터였으면 넌 지금 죽었어."

청명이 혀를 끌끌 찼다. 그가 화산에 매화검법이 아닌 칠매검을 전해 준 것도 이런 이유에서였다. 모든 문파가 제자들에게 무학을 단계적으로 나눠 익히게 하는 데엔 다 이유가 있다. 기본 검술이 완숙하지 못한 이는 언젠가는 파탄에 이르기 마련이다. 칠매검조차 완전히 익히지 못하는 놈들이 매화검법을 익힌다?

'검에 먹힌다고.'

지금의 무진처럼 말이다. 주제에 맞지 않는 검술은 오히려 독이 된다. 만일 무진이 태극혜검을 꺼내지 않았다면 몇 합은 더 버텼을 것이다.

"속이 빈 바위는 단단한 돌멩이 하나에도 으스러지지. 겉만 익힌 혜검 따위는 태청검법만도 못해!"

무진의 눈이 흔들렸다. 자신이 무슨 실수를 저질렀는지 그제야 깨달은 것이다.

태극혜검. 그 드높은 이름에 마음을 빼앗겼다. 태극혜검만 자신의 것으로 소화해 낼 수 있다면 세상 누구에게도 지지 않을 거라는 마음에 섣불리 꺼내 들고 말았다. 무(武)란 쌓아 나가는 것이지, 결코 오르는 것이 아님을 잊고 있었다. 무진이 힘겹게 몸을 일으켰다. 그리고 떨리는 손으로 포권을 했다.

"가르침에 감사드리오."

패했다. 하지만 패하지 않았다면 결코 얻지 못했을 귀한 교훈을 얻었다. 그러니 무참한 패배 앞에서도 아쉬울 리 없었다. 그는 되레 개운한 표정으로 청명에게 진심 어린 감사를 표했다. 인사를 받으며 청명이 빙그레 웃었다.

"야."

"……예?"

"뭐 다 끝난 것처럼 굴고 있냐?"

"……."

"이리 와. 넌 뒈지게 맞아야 돼."

무진의 얼굴에 당혹감이 어렸다. 고개를 든 그는 보았다. 청명의 눈이 '원한'으로 번들대는 모습을 말이다. 어? 이자가 왜 이렇게 열받았지? 그러나 그 의문을 풀어 줄 생각 따윈 없다는 듯 청명이 검을 틀어쥐고는 서서히 다가오기 시작했다. 온갖 심술을 얼굴에 잔뜩 담은 채로 말이다. 당황한 무진이 한 발 뒤로 물러서며 의문을 표했다.

"여기서 더 하겠다는 거요?"

"아니? 더 하겠다는 게 아니라 패겠다는 건데?"

팬다고? 나를? 저건 아무리 봐도 원독에 찬 얼굴이다. 도무지 이 상황을 이해할 수 없었던 무진은 다시 한번 다급하게 물었다.

"내가 딱히 그대의 원한을 산 일은 없었을 텐데?"

"허?"

청명이 걸음을 멈춘다. 그리고 고개를 옆으로 비딱하게 꺾었다.

"없어? 원한이 없어어어?"

청명이 황당하다는 듯 말했다. 헛웃음이 절로 나왔다.

"이거 또라이 아냐? 멀쩡히 잘 살고 있던 남의 속가 문파……. 아니, 나랑은 관계없는 화산의 속가 문파를 너희들 마음대로 두드려 패서 문주까지 자리에 드러눕게 해 놓고!"

어……. 분명 그러긴 했지.

"그것도 모자라서 잘 살던 애들한테 당장 꺼지라고 윽박질러 놓고! 뭐? 원한이 없어?"

청명의 눈에 한 줄 핏발이 섰다.

"여하튼 이래서 대문파 새끼들은! 지들이 저지른 건 생각 안 하고 남 탓만 한다니까? 시비는 지들이 걸어 놓고, 뭐가 어쩌고저째?"

청명이 손에 침을 뱉으려다 움찔했다. 아, 복면 썼지. 큰일 날 뻔했네. 그는 이대제자들을 가리키며 말했다.

"저것들이야 그냥 시키는 대로 하는 놈들이라 치자. 에휴, 그래. 쟤들이 무슨 죄가 있겠냐."

삽시간에 위에서 시키는 대로만 하는 어린이가 되어 버린 이대제자들이 울컥해서 눈으로 항의했다. 그러나 청명은 그 반응에는 신경도 쓰지 않고 말을 이었다.

"하지만 너는 아니지. 일대제자쯤 됐으면 문파가 저지른 일에 책임을

져야 할 거 아냐."

청명이 묘한 눈으로 이대제자들을 바라보았다.

"설마 내가 사람이 좋아서 니들을 보내 줬다고 생각하는 건 아니겠지?"

……아니, 근데 너 화산 제자 아니라 강도라며. 정체성부터 좀 확립하시고…….

"이 새끼들이 미쳐 가지고! 삼십 년 동안 상납금을 보낸, 이 시대에 마지막 남은 선인을 후드려 까서 내상 입히고 핍박해 놓고. 뭐? 원한이 없어? 없어어어어어어?"

청명이 두 눈을 희번덕거렸다. 물론 청명 개인은 이들에게 딱히 원한이랄 게 없다. 하지만 문파란 그런 것! 제자의 원한은 문파의 원한! 그리고 속가의 원한은 본산의 원한! 청명은 지금 화산이 아닌 화영문의 원한을 등에 지고 있다.

"이리 와, 새끼야. 너는 온종일 처맞고 한 대 더 맞아야 돼. 위에서 너를 보냈다는 건 네가 이 일에 웬만큼 관여했다는 뜻이겠지? 화산의 속가를 건드린 대가가 뭔지 내가 제대로 알려 주지."

무진의 입장에서는 환장할 노릇이었다. 이 일에 그가 관여한 게 얼마나 되겠는가? 이건 그의 윗선에서 결정한 일이었다. 물론 무진 역시 결정에 영향을 주기는 했지만, 이처럼 모든 책임을 떠맡을 정도로 관여한 적은 없다.

"왜? 억울해? 억울은 얼어 뒈질 억울이야! 무당에 입산해서 좋은 거 다 받아 처먹고, 좋은 무공도 다 얻어 배우고, 세상 걱정 없이 편하게 살아 놓고 이제 와서 책임은 남에게 미루시겠다?"

무진이 움찔했다.

"정신 좀 차려라. 문파란 그런 게 아니다. 애새끼가 잘못을 저질러도 위에서 욕 퍼먹고, 위에서 싸지른 똥을 아랫놈이 치우는 게 문파다."

지금 청명이 그러고 있듯이 말이다. 아, 이건 내가 싸지른 건가? 아무튼!

"죄를 지었으면 벌을 받는 게 세상 이치지. 지금부터 내가 벌을 줄 테니, 달게 받아라."

"아, 아니……."

금방이라도 청명이 달려들 듯하자 무진은 일단 검부터 움켜잡았다. 청명이 삐딱하게 무진을 보며 목을 우두둑 소리 나게 한차례 꺾었다.

"그리고 내가 아까 분명히 말했을 텐데? 순순히 안 불면 걸어서는 못 돌아가게 해 준다고. 크으. 내가 이래 봬도 약속은 꼭 지키는 사람이라서 말이지."

무진이 입술을 질끈 깨물었다. 그러고 보니 분명 그런 말을 들었던 것 같다. 그때는 그저 오만한 자가 제멋대로 지껄이는 말이라 생각해 흘려 들었건만. 타협의 여지가 없다는 것을 확인한 무진이 얼굴을 굳혔다.

그때, 진현 일행과 무진이 순간적으로 시선을 교환했다. 갈등이 밀려왔다. 이곳에는 아무도 없다. 그렇다면 차라리 합공하는 게 나을 수도 있다. 체면이고 자시고 이자는 자신들을 순순히 보내 주고 물러날 생각이 없어 보이니까. 그러니 차라리…….

그 순간이었다. 실리와 양심 사이에서 갈피를 잡지 못하던 무진을 향해 청명이 득달같이 달려들었다.

"어떻게!"

청명이 손에 든 검을 위에서 아래로 강렬하게 내리쳤다. 미처 뻗어 나오지도 못한 무진의 검기가 청명의 검기에 부딪혀 사방으로 흩어졌다.

"시간이 이만큼 지났는데!"

청명이 우측 발을 앞으로 크게 내디뎠다.

"발전이 없냐, 이 새끼들아!"

콰아아아앙!

"끄으으윽……."

어마어마한 힘을 실어 내리친 청명의 검을 막아 낸 순간, 무진의 코에서 피가 터져 나왔다. 동시에 허리가 뒤쪽으로 과도하게 꺾였다. 허리가 부러질 것 같았다. 하지만 어떻게든 버텨 냈…….

"그걸 막냐, 그걸?"

쾅!

아니, 버텨 냈다고 보기 어려웠다. 청명이 다시 검을 내리치기 시작했다.

"무당파 새끼가! 흘릴 생각은 안 하고!"

쾅!

"그걸 힘으로 막아? 그걸?"

쾅!

무진의 발이 바닥을 파고 들어가기 시작했다. 마치 망치로 못을 박는 듯한 풍경. 청명의 검에 가격당한 그의 몸이 바닥을 뚫고 들어갈 기세였다.

"능유제강은 얼어 뒈질 능유제강! 여하튼 입만 살아 가지고!"

콰아아앙!

"끅……."

허리에서 우두둑 소리가 들렸다. 허리 통증과 검을 막느라 끊어질 것 같은 팔 때문에 정신이 하나도 없다. 하지만 그 순간, 짜증과 노기가 뒤섞인, 세상에서 제일 심술궂은 목소리가 들려왔다.

"대가리! 대가리! 대가리! 대가리! 이 새끼야! 내가 분명 대가리 조심하라 그랬지!"

쾅! 쾅! 쾅! 쾅! 쾅!

연속으로 내리쳐진 검을 어떻게든 막고 있는 무진이었지만, 청명의 검에 실린 힘을 감당하지 못한 그의 검이 자꾸만 주인의 머리를 후려치고 튕겨 올라갔다.

"끅! 끄윽!"

검면이 한 번씩 머리를 치고 올라갈 때마다 거대한 쇠망치가 머리를 가격하는 고통이 느껴졌다. 그나마 검면으로 막아서 다행이지, 검날로 막았으면 지금쯤 그의 머리에 선명한 선이 몇 개는 생겼을 것이다. 하지만 진짜 문제는 머리가 아니었다. 허리에서 나는 소리가 심상치 않다. 이러다가는 정말 뒤로 접혀 죽을 수도 있겠다고 생각한 무진이 이를 악물었다.

'바, 반격을 어떻게든……!'

적은 더없이 강대하다. 화산신룡이고 나발이고 지금은 그런 게 중요한 게 아니다. 배분? 배분은 빌어먹을, 그게 지금 무슨 의미가 있는가? 일단은 살고 봐야지! 다행히도 눈앞의 이놈은 조금 전부터 그의 머리만을 노리고 있었다. 검으로 막고 있음에도 개의치 않는다는 듯이 말이다.

저 검을 딱 한 번만 흘려 내면 된다. 의외의 반격을 당한다면 반드시 틈이 생길 것이고 무진은 그 틈을 노릴 능력이 있다. 아니, 능력이 없다고 해도 반드시 해내야 한다. 그러지 않으면 그 전에 허리가 부러질 테니까.

"대가리!"

청명이 검을 번쩍 들었다.

'지금!'

무진이 내력을 있는 대로 끌어 올려 하체에 밀어 넣었다. 단단한 반석을 마련한 그는 이윽고 상체의 힘을 쭉 뺐다.

'흘려 낸다!'

무당의 기본은 부드러움. 그 어떤 강력한 힘이든 흘려 낼 수만 있다면 무의미하게 만들어 버릴 수 있다. 그는 이를 꽉 깨물고 번쩍 들린 검을 바라보았다. 저 검이 내리쳐질 때 검면으로 비스듬히…….

어? 그런데 왜 저게 안 내려오지? 내가 지금 집중을 과하게 해서 시간이 느리게 흘…….

그때였다. 무진의 시야에 뭐가 시커먼 것이 들어왔다. 반사적으로 쳐다보니 무언가가 얼굴을 향해 다가오고 있었다. 그 시커먼 것이 그의 얼굴 바로 앞까지 날아온 청명의 주먹이라는 걸 깨달은 무진이 자신도 모르게 빙그레 웃고 말았다.

'개새끼. 입만 열면 거짓말…….'

퍼어어어어어어어억!

"턱주가리! 이 새끼야!"

바닥에 무릎까지 박혔던 무진의 몸은 뽑힌 못이 튕겨 나가듯 허공으로 솟구쳤다. 떨어질 생각이 없는지 허공에서 한참 동안 팽이처럼 팽그르르 회전하던 그는, 잠시 후에야 바닥으로 처박혔다. 회전력을 감당하지 못한 몸은 바닥에 떨어져서도 한참 동안 구르다 겨우겨우 멈춰 섰다.

"끄르르르륵……."

끝내 게거품을 문 채 의식을 잃은 그를 보며, 청명이 안타깝다는 듯 혀를 찼다.

"이래서 대문파 놈들은. 쯧쯧쯧."

얼마나 정직하면 적이 한 말을 그대로 믿을 수가 있나! 이래서 화산이고 무당이고 산을 벗어나야 하는 거다. 다들 산에 처박혀서 도경만 읽다 보니까 이리 순진해지는 것 아닌가.

"좋은 경험 했다고 생각해라."

청명이 혀를 차고는 무진에게 다가가 의식을 잃은 그를 발로 툭툭 찼다.

"야, 일어나 봐. 그거 설명해야지. 검······. 검, 그거 뭐였지?"

하지만 무진은 도통 의식을 차리지 못했다. 청명은 제 주먹에 실린 힘에 비해 여리기 짝이 없는 무진의 턱을 번갈아 보고는 이내 고개를 끄덕였다. 이건 못 일어난다. 한 삼 일은 푹 자겠네.

'좀 흥분했나?'

뭐, 괜찮다. 말해 줄 사람은 무진 말고도 많으니까. 청명이 고개를 슬쩍 돌렸다. 그가 목만 돌려 쳐다보자, 무당의 이대제자들이 움찔하며 한 발 뒤로 물러선다.

"그럼 그 검······. 뭐시기 하는 게 뭔지 아는 사람?"

입을 다물면 된다. 모두가 알고 있다. 하지만 사람이란 갑자기 날아든 질문에 어떻게든 반응을 하는 법이고, 지금 그들의 앞에 있는 놈은 눈치라면 귀신 싸대기를 후려칠 놈이었다.

"너! 그리고 너! 이리 와 봐."

정확하게 진현과 진무를 지목한 청명이 씨익 웃었다. 진현과 진무가 서로를 돌아보았다. 그리고 마지못해 쭈뼛쭈뼛 청명을 향해 걸어갔다.

'이건 안 된다.'

'못 이겨.'

무진의 턱을 주먹질 한 방에 돌려 버리는 인간이다. 이곳에 있는 이들 모두가 합공해도 이긴다는 보장이 없다. 게다가 기세가 이미 넘어가 있는데 합공이 제대로 될 리가 있는가? 어색한 표정으로 다가온 이들에게 청명이 부드러운 미소를 지으며 말했다.
"그 검……. 검, 뭐?"
"……검총."
"그래! 그랬지. 검총. 그게 뭔지 말해 줄 사람?"
진현과 진무가 입을 꾹 다물었다.
"오? 말 안 하시겠다?"
대항할 의지는 잃었지만, 그렇다고 아는 걸 다 토해 낼 수는 없다. 그건 그들에게 남은 마지막 자존심이었다.
"어, 뭐. 좋아. 인정해. 말하기로 한 건 이놈이니까. 너희는 나랑 약속한 게 없지. 약속이라는 게 남이 대신 지켜 주는 것도 아니고 말이야."
진현의 눈에 순간 의문이 일었다. 세상에, 이놈의 입에서 상식적인 말이 나오다니?
"그럼 거기서 그냥 구경해."
"……예?"
"구경하라고."
"뭘……?"
청명이 씨익 웃는 게 복면 너머로도 느껴졌다. 그 웃음에 괜히 불안해지는 두 사람이었다.
"뭐긴 뭐야. 말을 안 해 주면 말할 사람을 깨워야지."
말할 사람? 설마 무진을 말하는 건가? 저렇게 의식을 잃은 사람을 어찌 깨운다는…….

"내가 나름 살아 보면서 느낀 건데."

청명이 바닥에 쓰러진 무진의 멱살을 움켜잡았다.

"세상일 전부를 폭력만으로 해결할 수는 없어."

그렇지. 이상하게 맞는 말을 하…….

"그러나! 대부분은 해결할 수 있지!"

청명의 눈이 살기로 번들대기 시작했다.

"일어날 때까지 패면 언젠가는 일어나겠지. 아니면 뒈지거나! 너희들은 거기서 절대 입 열지 마라! 절대로!"

진현이 빙그레 웃었다. 그냥 말을 하는 게 좋을 것 같았다.

10장
진짜 무정함이 뭔지 알려주지

　다른 제자들을 피해 자리를 옮긴 진현이 마른침을 삼키며 청명을 바라보았다. 이건 대체 어떻게 생겨 먹은 놈이지? 눈앞의 복면인이 청명이라는 사실에는 의심의 여지도 없었다. 화산신룡이라더니. 빌어먹을, 누가 그런 개 같은 별호를 붙였다는 말인가? 화산악룡이나 화산마귀, 아니면 화산의 미친개라고 하든가!
　이미 청명이 화산광견으로 불리고 있다는 사실을 알 리 없는 진현으로서는 당연히 가질 수밖에 없는 의문이었다. 이제는 청명이 왜 그렇게 강한가는 궁금하지도 않았다. 그보다는 대체 무슨 일을 겪으면 사람이 이리 삐뚤어질 수 있는가가 백배는 더 궁금했다.
　남들에게 이야기가 들리지 않을 만한 곳에 도착한 청명이 심드렁하게 입을 열었다.
　"말해 봐. 그래서 그 검총이라는 게 뭔데?"
　"……일단 '그것' 좀 내려놓으시고."
　"이거?"

청명이 손에 든 것을 짤짤 흔들었다. 의식을 잃은 무진의 몸이 이리저리 흔들렸다.

"내려놔?"

"……편한 대로 하십시오."

이제 모르겠다. 이게 다 꿈이었으면 좋겠다. 하지만 절대 꿈일 리가 없겠지. 아무리 잔혹한 악몽을 생각해 봐도 이보다 더 끔찍할 수는 없다. 악몽이라는 게 인간의 상상력을 기본으로 만들어지는 거라면 이건 절대 꿈이 아닐 것이다. 그 한도를 넘어 버렸으니까.

"시간 끌지 말고 이야기해. 그 검총이 뭔데?"

"……먼저 약속해 주십시오. 이걸 말씀드리면 무진 사숙을 돌려주시고, 저희를 핍박하지 않겠다고 말입니다."

"내가 언제 너희를 핍박했는데?"

……어……. 네가 그렇다면 그런 거겠지. 정적이 흐르자 청명이 그런 거야 대수롭지 않다는 듯 어깨를 으쓱했다.

"그래, 뭐 그렇게. 설마 내가 다 듣고 또 패기야 하겠어?"

그러고도 남을 놈 같아서 무섭다. 진현이 한숨을 쉬고는 입을 열었다. 어차피 말하지 않고서는 이 상황을 해결할 길이 없다.

"……무덤입니다."

"무덤?"

청명의 눈이 가늘어졌다.

"너희 이제 도굴까지 하냐? 무당에 돈 부족해?"

진현은 순간 궁금했다. 어떻게 하는 말 하나하나가 이토록 사람의 속을 뒤집어 놓을 수 있는지 말이다. 그러나 이젠 이 인간에게 의문을 가지는 것조차 부질없게 느껴졌다.

"……그게 아니라, 탈검무흔(奪劍無痕)의 무덤입니다."
"엥?"
청명이 놀라며 눈을 휘둥그레 떴다.
"어, 탈검무흔이면……. 그……. 어?"
"이백 년 전의 천하제일인입니다."
"그래."
청명보다 전대의 고수다. 정확하게 말하자면 전대의 천하제일인. 청명이 고개를 갸웃했다.
"그래서 걔 무덤이 검총이라고? 그걸 발굴하려고 하는 거고?"
"예."
청명이 고개를 삐딱하게 꺾었다.
"왜?"
"……예?"
"아니, 굳이?"
 청명이 이런 질문을 하는 이유가 있다. 천하제일인. 그 영광스러운 이름. 강호에 몸을 담은 이들은 누구나 천하제일인을 꿈꾼다. 자신이 결코 천하제일인이 될 수 없다는 것을 아는 이들도, 한 번쯤은 천하제일인이 되어 강호를 종횡하는 자신을 그려 보고는 한다. 천하제일인이라는 말은 무림인들에게 있어서 꿈이자 낭만 그 자체였다.
 하지만 의외로 그 천하제일인이라는 자리에는 생각보다 많은 이들이 거쳐 간다.
 '한 대에 한 놈만 나와도 백 년이면 네다섯 놈이 천하제일인이란 말이지.'
 실제로는 한 대에 하나도 아니다. 천하제일인의 자리에 도전해 그 자리를 쟁취하는 이는 반드시 나오니까. 그런 일이 자주 반복되면 백 년 사이에도 열 명이 넘는 사람이 천하제일인의 칭호를 얻을 수 있다.

아마 마교와의 전쟁이 벌어지지 않았다면, 청명도 결국은 자연히 그 이름을 가졌을 것이다. 세다는 놈들이 하나같이 청명이 온다는 소식만 들으면 여행을 갔느니 폐관에 들었느니 하며 도망을 다니는 바람에 제대로 맞붙지는 못했지만, 그러지 않았다면 진즉에 얻었을지도 모르지. 누가 뭐라 해도 청명은 그 천마가 인정한 검수니까.

"탈검무흔이면, 어……. 이백 년 전의 천하제일인 중 하나기는 한데."

걔가 그렇게 셌나? 물론 세겠지. 천하제일이었는데 엄청 셌겠지. 하지만 문제는 이들이 무당이라는 것이다. 평범한 강호인에게는 어마어마한 기연이 될 수 있는 일이지만, 무당이 그런 이의 무덤을 발굴한다고 해서 딱히 대단할 이득이 있을 리 없다. 자신이 얼마나 가졌느냐에 따라 가치는 달라지는 법이니까.

그런 청명의 생각을 아는지 모르는지 진현이 설명을 이어 나갔다.

"최근 무당의 속가 중 하나에 도둑이 들었습니다. 그 도둑을 추포해 조사하는 과정에서 그가 가진 장보도(藏寶圖)를 손에 넣을 수 있었습니다. 그리고 그 장보도를 해석해 보니……."

"남영 근처에 그게 있다?"

"그렇습니다."

"대충 위치는 아는데 정확한 위치까지는 밝혀내지 못했다. 그래서 조사를 하려는데, 무당 놈들이 우르르 몰려와서 조사하면 사람들이 의심하고 개떼처럼 달려들 테니, 일단은 이목을 피하기 위해 화영문을 남영에서 밀어내려 했다?"

"……정확합니다."

듣고 보니 말이 된다. 청명이 가만히 고개를 끄덕였다. 생각할수록 이상하긴 했다. 남영은 큰 도시가 아니다. 아니, 되레 무당의 속가가 자리하기에는 과하게 작은 도시다. 지금까지 화영문이 화산의 속가라 내세우면서도 살아남을 수 있었던 이유는, 남영이 다른 문파의 속가들은 관심을 두지 않을 정도로 작은 곳이기 때문이었다. 그런 곳에 갑자기 무당의 속가가 들어온다니, 말도 안 되지.

"그래도 화산이 아니꼬워서 시비 걸었던 건 아닌 모양이네."

"……."

"아, 맞아?"

"처, 천만에요."

약간 꿩 먹고 알도 먹어 보려는 생각이었다는 말은 절대 할 수 없는 진현이었다.

"흐음. 그렇단 말이지. 그 검총에 뭐가 있는데?"

"그건……."

진현이 살짝 망설이는 듯하다가 입을 열었다.

"탈검무흔이 누군지 아십니까?"

"천하제일인이잖아, 옛날에."

"아니요. 그의 행적을 아시냐는 말입니다."

"모르지."

청명이 당당하게 배를 내밀었다. 무공 익히고 술 마실 시간도 모자란데, 그의 기준으로도 백 년 전의 사람에게 왜 관심을 두겠는가?

"탈검(奪劍). 말 그대로 탈검입니다. 그는 딱히 문파에 소속된 이가 아니었습니다. 어느 날 갑자기 신비스럽게 나타나 천하의 검수들에게 비무를 청했을 뿐. 그리고 그들과의 싸움에서 모조리 승리했죠."

"뻔한 이야기잖아."

"지금부터는 뻔하지 않습니다. 그는 승리한 뒤에 반드시 상대의 애병을 전리품으로 챙겼습니다. 검을 뺏어 갔다는 말입니다."

"응? 왜?"

"……저야 모르죠."

진현이 어깨를 으쓱하며 말했다.

"이백 년 전 사람의 의도를 어떻게 알겠습니까. 여하튼 그는 당대 고수들의 애병을 모조리 끌어모으더니 홀연히 사라졌습니다."

"당대 고수들의 애병이라면……."

"네. 당연히 신병이죠."

청명이 묘한 표정으로 턱을 긁적였다. 무학이 높은 경지에 이른 이들은 신병의 도움이 없어도 제 무학을 펼칠 수 있다. 하지만 그건 반은 맞고 반은 틀린 소리다.

'신병이 없어도 되지. 그런데 있으면 당연히 더 좋지.'

게다가 당대의 고수들이라면 각 문파에서도 지고한 위치에 있는 이들. 원래 서열 높은 놈들이 좋은 건 다 챙기는 법 아닌가. 번쩍번쩍한 신병을 '이제 나는 필요 없으니 너네끼리 나눠 써라.'라고 아래로 내려 주는 군자는 생각보다 흔치 않다. 사람이란 본디 죽는 그 순간까지 제 손에 쥔 것을 놓지 못하는 법이니까.

"그럼 각 문파의 신병들은 다 뺏겼겠네?"

"그렇습니다."

"그걸 순순히 내줘?"

"잘은 모르지만, 내기를 했다는 것 같습니다. 지면 애병을 내놓고, 이기면 지금까지 빼앗아 간 병기들을 다 돌려주는 걸로."

청명이 고개를 끄덕였다. 그건 받아야지. 이건 묻지 않을 수 없는 내 기다.

"그런데 모조리 뺏겼다는 거구만. 그러면 그 검총이라는 게?"

"예. 탈검무흔이 강호에서 종적을 감춘 뒤로 세상에 그런 소문이 퍼졌 습니다. 탈검무흔이 자신이 모은 병기들을 한곳에 모아 두었다. 그리고 그곳을 자신의 무덤으로 삼고 자신의 무학까지 남겨 두었다. 검의 무덤, 검총을 찾는 이는 천하를 손에……."

"아, 거기까지. 거기부터는 뻔하니까."

청명은 금세 흥미를 잃은 듯 심드렁한 표정이었다.

"그냥 평범한 전설이고, 뻔한 이야기네. 그런데 그 뻔한 이야기가 사실이 되었다?"

"예. 저희도 장보도를 손에 넣기 전까지는 믿지 않았으나 그 장보도가 워낙에 정교하고……."

"아, 됐어. 그것도 뻔해. 그러니까, 너희가 그 무덤을 발굴해서 신병들과 탈검무흔의 무학을 손에 넣으려 한다?"

"……말하자면 그렇습니다."

다 털어놓은 진현은 차라리 후련하단 표정이었다. 청명이 그 모습을 보고는 고개를 끄덕였다.

"아, 그래?"

"예."

"그렇구나."

심드렁한 눈으로 진현을 바라보던 청명이 별안간 무진의 멱살을 잡고 끌어 올렸다. 그리고 일말의 망설임도 없이 그의 귓방망이를 후려쳤다.

"뭐, 뭐 하는……!"

"아랫놈이 잘못하면 윗놈이 맞아야지! 교육을 어떻게 했으면 애새끼가 저렇게 태연한 얼굴로 구라를 까고 있어! 야! 너 일어나 봐, 이 새끼야! 정신 차려!"

쫘악! 쫘악!

축 늘어진 무진의 고개가 좌우로 획획 돌아갔다.

"입에 침이나 처바르고 거짓말을 해야지! 아니지. 거짓말은 아니겠지. 거짓말은 하지 않았다! 하지만 다 말한 것도 아니다, 이거지? 됐다. 너는 구경해. 나는 이 새끼 깨울 테니까."

"무, 무슨 소리를 하시는 겁니까! 저는 정말 모든 것을 말씀드렸습니다!"

그 순간이었다. 청명이 몸을 획 돌리더니, 진현의 얼굴 바로 앞에 제 얼굴을 들이밀었다. 진현은 깜짝 놀라 헉 소리를 내며 물러났다. 청명이 이를 갈았다.

"너는 내가 호구 새끼로 보이냐?"

"……예?"

"탈검무흔인가 하는 놈의 무공이 필요하다고? 무당이? 아이고, 지하에 있는 삼봉진인이 들으면 무덤에서 벌떡 일어나서 네 대가리에 태극권을 박아 버릴 거다. 뭔 말도 안 되는 개소리를 하고 있어!"

진현이 입을 꾹 다물었다.

"그리고, 뭐? 신병이기? 야, 이 새끼야. 다른 문파 신병들을 싸그리 모아서 무당에서 쓴다고 하면 거기서 아이고, 감사합니다 하고 잘도 내버려두겠다! 다 눈이 회까닥 돌아서 무당으로 쳐들어오지나 않으면 다행이지! 어린놈이 어디서 입만 열면 거짓부렁이여. 됐다. 내가 너를 패서 뭐 하겠냐. 맞을 놈이 맞아야지. 야! 안 일어나?"

청명이 다시 한번 무진의 싸대기를 세게 후려치자 진현이 기겁하여 청명의 옷자락을 잡았다.

"그, 그러다 진짜 죽습니다!"

"죽으라고 하는 건데 죽어야지!"

"진짜 죽는다니까요!"

"알아, 알아. 내가 알고 이러는 거야. 걱정하지 마."

뭘 걱정하지 마, 이 미친놈아! 진현이 숫제 잡고 늘어지는데도 청명은 우직한 소처럼 무진의 멱살을 잡아 올렸다.

"너희들이 말 안 해 준다고 내가 못 알아볼 것 같아? 너희끼리 왔다는 건 그 장보도가 너희 수중에 있다는 소리겠지. 나는 그거 가져가서 해독 맡기면 돼. 대신!"

청명의 눈이 일순 차가워졌다.

"사람 가지고 논 대가는 받아야지. 죽이진 않는다. 대신 다시는 검을 못 잡게 해 주지!"

청명이 우수(右手)를 뒤로 당겼다. 팽팽하게 당겨진 그의 우수에 권기가 어리는 걸 본 진현의 동공이 지진을 일으켰다. 이놈은 진짜 하고도 남을 놈이다. 그리고 만일 무진이 이곳에서 폐인이 되어 버린다면 진현은 평생을 후회 속에서 살아야 할 것이다.

"뒈져라!"

청명의 주먹이 무진의 얼굴을 향해 날아들었다. 식겁한 진현이 저도 모르게 소리치고 말았다.

"약서어어어어언!"

청명의 주먹이 무진의 얼굴 바로 앞에서 우뚝 멈췄다.

휘이이잉!

권풍에 무진의 머리카락이 사방으로 휘날렸다. 청명이 무진의 멱살을 잡은 채 고개를 획 돌렸다.

"뭐?"

진현이 체념한 듯 말했다.

"……탈검무흔의 정체가 바로 약선(藥仙)입니다."

"약선? 그…… 영약 하나는 기가 막히게 만든다는 약선?"

"예."

"이백 년 전에 연단법으로 고금제일을 논했다는 그 약선?"

"……예."

"약 하나면 죽은 놈도 깨어난다는, 대환단보다 더 약발 쩌는 영약을 밥처럼 먹고 다녔다는 그 약서어어언?"

청명의 눈이 점점 기이한 빛을 띠기 시작했다. 그건 열망이고, 희망이며, 또한 욕망이었다. 진현은 차마 대답하지 못하고 움찔 뒤로 물러났다. 하지만 이미 청명의 눈은 가공할 만한 빛을 뿜어내고 있었다.

"검총이 약선의 무덤이라고? 그 약선의?"

"그, 그렇……."

"흐……. 흐흐흐흐."

청명이 실성한 듯한 웃음을 흘리며 자꾸 입가를 소매로 문질렀다. 자신이 복면을 쓰고 있다는 것도 잊은 모양이었다.

"약선. 그렇지, 약선. 그 정도는 돼야 무당이 이 짓을 하겠지. 그래, 약선이라 이 말이지?"

"이건 절대 다른……."

"……다냐?"

"……예?"

"거기 어디냐고."

그 순간 진현은 보았다. 욕망에 이성을 놓아 버린 도사가 두 눈을 희번덕대는 꼴을. 줄줄 흘러넘치는 무시무시한 물욕이 보는 사람을 기겁하게 했다.

"내 영약이랑 연단법이 있는 거기가 어디냐고, 이 새끼야!"

그게 왜 네 거냐……. 거, 진짜 답도 없네…….

청명은 말 그대로 눈이 돌아갔다. 그동안 어떤 이득이나 돈에 집착한 적은 수도 없이 많았지만, 이건 그 정도가 아니다. 아예 경우가 다르다.

약선이 누구인가? 다른 건 몰라도 연단법(煉丹法)에 있어서는 고금제일이라는 평가를 받던 사람이다. 연단법이란 곧 영약을 만들어 내는 법을 뜻한다. 과거 약선이 만든 혼원단(混元丹)은 소림의 대환단마저 씹어 먹는다는 평가를 받았다.

그 대환단이다. 대환단! 천하의 잘나가는 문파는 저마다의 연단법을 가지고 있고, 그 연단법을 바탕으로 문도들의 내공을 증진시킨다. 그중 천하제일로 평가받는 것이 소림의 대환단과 무당의 상청단(上淸團)이다. 어마어마한 자금력과 어마어마한 인력을 동원할 수 있는 무당과 소림이 만들어 낸 영약의 효과야 말해 무엇 하겠는가?

하지만 약선은 홀로 연단법을 연구해 그 두 문파의 영약을 뛰어넘은 사람이다. 내력과 무공에 목숨을 거는 무림인들에게 대환단 이상의 효능을 가진 혼원단은 말 그대로 무가지보(無價之寶)였다. 혼원단을 손에 넣은 이는 막대한 내력을 바탕으로 단숨에 고수의 반열에 들곤 했으니 어쩌면 무가지보라는 말도 부족할지 모른다.

백 년 전에도 혼원단이 세상에 풀렸다는 말이 돌면 여지없이 피바람이 불었다. 눈이 돌아 버린 이들은 혼원단을 손에 넣기 위해 서로를 죽이는 일도 마다하지 않았다. 그런데 혼원단도 아니고 약선의 무덤이라고? 그렇다는 건…….

'연단법이 있을 수도 있다!'

사람이란 자신이 이룩한 것을 남기려 하는 법! 그만한 업적을 이룩한 사람이, 자신이 평생을 연구한 연단법을 그냥 없애 버렸을 리가 없다. 반드시 어딘가에는 남겨 두었을 것이다. 그리고 검총이 실존한다면 연단법은 그 내부에 존재할 가능성이 크다.

'이건 죽어도 내가 먹어야 해!'

아니, 정확하게는 화산이 먹어야 한다.

왜 소림의 대환단이 유명하고, 무당의 상청단이 유명하겠는가? 무학을 익히는 데 내력이 그만큼 중요하기 때문이다. 실력이 같다면 내력이 더 많은 이가 유리한 것은 자명한 이치!

그러다 보니 소림이든 무당이든 막대한 돈과 인력을 투자하여 연단법을 연구했고, 천하에서 손꼽는 영약을 만들어 냈다. 그 영약을 섭취한 두 파의 제자들은 나날이 더 강해질 것이다. 그래, 조금 전 무진이 나이에 걸맞지 않은 막대한 내공으로 검기를 줄기줄기 뿜어낸 것처럼 말이다. 그런데 화산은…….

'연단법이 없지.'

정확하게는 실전됐다. 심지어는 남은 영약도 없다. 덕분에 지금 화산의 제자들은 영약은 구경도 못 하고, 예전에 청명이 숙취 해소제로 먹던 매화단이나 나눠 먹는 처지가 됐다. 게다가 이제는 그 매화단도 없다. 청명이 있는 동안에야 근성으로 어찌어찌 해결할 수 있다지만, 청명이 없어진 뒤에는 문파의 연단법이 실전되었다는 사실이 치명적으로 다가올 것이다.

아니! 그러니까 좀 잘 남겨 두지! 그걸! 청명이 하늘을 보며 삿대질했다.

– ……내가 알았나.

장부고 무공이고 다 챙겨 놓고는 연단법을 안 챙겨 놓네! 이러니 의약당 놈들이 맨날 지들이 괄시받는다고 파업했던 것 아닌가! 아니, 그래. 뭐 일단 그게 중요한 게 아니고! 청명이 반쯤 돌아 버린 눈으로 진현을 휙 노려보았다.

"확실해? 어? 그 검총이 약선의 무덤이라는 게 확실한 이야기냐고!"

진현이 살짝 헛기침하고는 입을 열었다.

"탈검무흔이 천하제일인의 자리에 올랐음에도 세상에 인정받지 못한 건, 그의 무공이 형편없었기 때문입니다. 그 형편없는 무학으로 그는 당대의 고수들을 모조리 꺾었죠."

"어, 그렇지."

보통 천하제일인쯤 되면 그 별호와 함께 독문 무공도 같이 유명해지는 법인데, 청명은 탈검무흔의 무공이 무엇인지 들어 본 적이 없다. 생각하니 확실히 이상하긴 했다.

"그건 탈검무흔이 상상할 수도 없는 막대한 내력을 바탕으로 별다른 초식 없이 상대를 꺾어 버렸기 때문입니다. 당시에도 의심하는 자는 있었으나 약선 본인이 부인하며 흐지부지되었지요. 하지만 그가 죽은 뒤 약선의 지인 중 하나가 그 사실을 털어놓은 것이 은밀히 전해졌습니다."

"그걸 몇몇 문파만 알고 있었다?"

"그렇습니다."

진현이 한숨을 내쉬었다. 이제 그 몇몇 문파에 화산이 추가될 것이다. 아니, 강도가 추가될 것이다.

하지만 어쩔 수 없는 일이다. 무인의 맹세는 천금보다 중한 법. 사사로운 이득 때문에 사숙의 명예를 더럽힐 수는 없었다. 아니, 다 떠나서…….

'말을 안 하면 우릴 보내 주지 않겠지.'

천하의 무당 제자들이 협박을 당했다고 하면 세상 사람들이 믿을지 모르겠지만, 그건 지금 이 자리에서 엄연히 벌어지고 있는 현실이었다.

"저는 아는 것을 모두 말씀드렸습니다. 그러니 이제는 저희를 보내 주십시오."

"뭐, 당연하지. 나는 약속을 지키는 남자니까."

청명이 빙긋 웃었다. 보내 주지. 보내 주고말고. 하나만 더 챙기고.

"그래서 장보도는?"

"……네?"

"장보도 어디 있냐고. 아까 네가 장보도 발견했다며."

"그, 그건……."

진현의 눈이 흔들렸다. 그는 필사적으로 머리를 굴리며 입을 뗐다.

"알고 있는 사실을 말씀드린다고는 했지만, 장보도까지 드린다고 하지는 않았습니다!"

"그랬지. 나도 알아."

"그런데 왜……?"

청명이 피식 웃었다.

"잘 생각해 봐. 내가 지금 너희를 이대로 보내 주면 너희는 무당에서 제자들을 끌고 오겠지? 아마 개미 떼처럼 몰려올 거야. 그렇지?"

"……."

"그럼 나는 닭 쫓던 개 되는 거지. 아무리 나라고 해도 무당 놈들이 개

미처럼 우글거리는데 어떻게 해 볼 수 있을 리가 없으니까. 게다가 너희도 아직 정확한 검총의 위치는 모르는 거 아냐. 장보도를 가진 너희도 못 찾은 걸, 나 혼자 이 남영 땅을 뒤져서 찾을 수 있을 리 없지."

그러니 말을 해 준 거겠지만. 청명이 씨익 웃으며 진현을 바라보았다. 진현의 생각 따위야 뻔했다. 청명이 아무리 강하다고 해도 혼자서 무당을 상대할 수는 없다. 그리고 화산은 이곳에서 멀리 떨어져 있다. 청명이 그 사실을 알게 된다고 해도 할 수 있는 게 없을 거라 여겼을 것이다.

"그러니 적어도 장보도 정도는 넘겨줘야 조건이 맞지 않겠어?"

그게 왜 그렇게 되냐, 그게! 진현이 얼굴을 굳혔다.

"장보도는 드릴 수 없소. 그건 조건에 없었소!"

"못 줘?"

"그렇소!"

"못 준다고?"

"……그렇……."

"정말?"

진현의 얼굴이 새파래졌다. 싱글싱글 웃으며 다가오는 청명을 보고 있자니 머릿속이 새하얘졌다.

"도, 도인이 되어서 타인을 겁박하여 물건을 강탈하겠다는 것이오? 그대도 도를 좇는 이라면……."

"도? 누가?"

청명이 주먹을 움켜쥐었다. 그의 손에서 뼈마디 꺾이는 소리가 섬뜩하게 울렸다.

"내가 몇 번이나 말하는데, 내가 누구라고?"

"화, 화산……."

"쯧쯧. 우리 도사님이 말귀를 영 못 알아들으시네! 다시 한번 말해 주지! 나는 지나가던 강도다!"

아니, 이 새끼야. 그게 우긴다고 될…….

"선택해!"

청명의 눈이 불타올랐다.

"장보도를 주고 순순히 무당으로 돌아가서 지원군을 잔뜩 끌고 오든가……. 아니면!"

청명이 발로 땅을 쿵 내리찍었다. 그러자 땅이 움푹 파이며 커다란 구덩이가 만들어졌다.

"여기 목만 내놓고 묻혀서 내가 검총을 찾아낼 때까지 기다리든가!"

그가 고개를 삐딱하게 꺾으며 물었다.

"어느 쪽이야?"

진현은 더없이 인자한 표정으로 웃었다.

"물욕을 버려야 진정한 도인이 아니겠습니까."

힘 앞에서는 도인이고 뭐고 없는 법이다.

• ❖ •

청명은 신나게 하산하며 몇 번이고 장보도를 확인했다. 어지럽게 선과 기호가 마구 뒤섞인 그림. 그 안에서 느껴지는 현기 가득한 기운이 이것이 확연한 진품임을 직감하게 했다.

"흐흐흐흐흐. 약선의 무덤이라 이거지? 선인에게는 하늘이 복을 내려 준다더니. 과연 착하게 산 보람이 있네. 크흐흐흐."

어쩐지 먼 하늘에서 누군가가 쌍욕을 하며 삿대질하는 것 같은 느낌이

들었지만 그건 아무래도 좋다. 거, 가만히 좀 있으쇼! 연단법도 안 챙겨 놔서 사람이 이 고생을 하게 해 놓고는!

청명이 다시 흐뭇하게 웃으면서 장보도를 바라보았다. 생전 한 번도 본 적이 없는 기호와 어지러이 그인 선들.

"이걸 해석해야 자신의 무덤에 들 자격이 있다, 이거지?"

하하하하. 이런 깜찍한 짓을. 장보도로 보건대 아마도 약선은 자신이 이룩한 것에 대한 자부심이 넘쳐 나는 사람이었음이 분명하다. 그렇지 않고서는 이런 난해한 장보도를 남기지 않았을 것이다. 이만한 장보도를 풀 수 있는 기재가 반드시 자신의 무덤에 관심을 가질 거라는 확신. 참으로 자신감이 넘치는 사람이다.

뭐 그리 틀린 말도 아니다. 이미 청명이라는 기재가 관심을 가졌으니까. 청명이 피식 웃었다.

"이게 암호라는 말이지? 후훗."

웬만한 이는 절대 풀 수 없게끔 만들어졌을 것이다. 하지만 청명이 누군가? 제 입으로 말하기는 민망하지만, 청명은 화산이 구파일방의 한 자리를 차지하며 잘나갈 때도, 화산 역사상 몇 없었던 역대급 기재로 불렸던 사람이다. 그런 청명이 겨우 이런 장보도 하나 풀지 못할 리가 없지 않은가.

그는 두 눈을 부릅뜨고 장보도를 노려보았다. 이 선의 법칙을 배열하면…….

그렇게 한참 동안 어지러운 선들을 노려보던 청명이 마침내 흐뭇한 표정으로 장보도를 내려놓았다.

"뭐라는 건지 하나도 모르겠네!"

기재는 얼어 죽을. 내가 사람 머리 후드려 까는 데나 천재지, 이런 걸 언제 해 봤겠냐고! 청명은 영 답답하다는 눈으로 장보도를 다시 몇 번 훑어보다가 결국 고개를 내저었다.

"이건 안 된다."

보기만 해도 눈이 아프고 머리에서 쥐가 나는 느낌이었다. 이게 검보(劍譜)라면 온종일도 들여다볼 수 있겠지만, 이건 검의 궤적과는 아무런 관련이 없다. 잠깐 고민하던 청명이 고개를 끄덕였다.

"이걸 꼭 내가 풀 필요는 없지!"

그에게는 믿음직한(?) 사숙과 사고, 더없이 총명한(?) 사형들이 있으니까!

곧 무당파 놈들이 본산의 제자들을 이끌고 올 것이다. 무진이 청명에게 패하고 장보도까지 탈취당했다는 것을 알면 무당의 장로 놈들이 눈이 돌아선 우글우글 몰려올 게 분명했다. 아무리 청명이라고 해도 그들을 모두 상대하는 것은 말도 안 된다. 과거 매화검존일 때라면 무당의 장로 따위 열 명이 동시에 덤벼도 대번에 후드려 깠겠지만, 지금의 그는 과거의 무위를 회복하지 못했다.

'길어 봐야 사흘 정도인가?'

그때쯤이면 무당의 본산에서 본진이 몰려올 것이다. 그러니 그 전에는 검총이 어디에 있는지를 알아내고 무당 놈들보다 먼저 검총에 들어가야 한다.

"시간이 없네!"

청명은 단호한 의지가 서린 눈빛을 내비치며 달리기 시작했다. 혼원단의 제조법을 손에 넣기만 한다면 화산은 다시 한번 나아갈 수 있다. 내력을 얻게 된다는 건, 천하제일검문으로 도약하는 데에 필요한 필수 요소 중 하나를 더 손에 넣는 것이므로.

"일단 나부터 좀 먹고!"

여전히 아쉽기만 한 단전을 주무르며 청명이 박차를 가해 나아갔다.

"……안 돌아오는데요? 지금이라도 가 봐야 하는 것 아닙니까?"

백천의 반듯한 눈썹이 꿈틀했다.

"윤종아. 그놈이 어디 간 줄 알고 간단 말이더냐?"

"무당 놈들을 쫓아간 건 분명하지 않습니까. 그럼 무당 쪽으로 길을 타고 가면 만날 수 있지 않겠습니까?"

"따라가면 말릴 수는 있고?"

이 질문에는 대답할 수가 없었다. 말린다. 말린다……. 그 청명을?

백천이 고개를 내저으며 덧붙였다.

"차라리 기다리는 게 나을 수도 있다. 사고를 치고 돌아오는 꼴을 보면 속이 뒤집히겠지만, 눈앞에서 사고를 치는 걸 보면 속이 아예 터져 버릴 수도 있으니까."

"……이해했습니다."

하지만 무작정 기다리는 것도 사람이 할 짓은 아니었다. 시간이 지날수록 불안함이 더 가중되어 간다. 시간이 오래 걸릴수록 더 큰 사고가 터진다는 걸 경험상 알고 있기 때문이다. 백천이 길게 탄식했다.

"내가 전생에 무슨 죄를 지었기에 그런 놈을 사질로 들여서……."

물론 객관적으로 보아 청명의 존재는 화산에 어마어마한 이득을 가지고 왔다. 종남을 뒤집어엎어서 막대한 명성을 얻은 것은 물론이고, 청명 덕분에 이대제자와 삼대제자들의 실력 역시 말도 안 되게 괄목상대했으니까. 백천에게 청명이 있는 화산과 없는 화산 중 하나를 선택하라고 한다면 눈물을 머금고 있는 쪽을 선택할 것이었다.

그러나 그건 이성적으로 생각했을 때의 얘기다. 막상 청명에게 호되게 당하는 입장에서는 좋은 말을 하기가 쉽지 않았다.

"그래도 설마 사고를 그리 크게야 치겠습니까?"

그 말에 백천과 윤종이 멍하게 조걸을 돌아보았다. 움찔한 조걸이 손을 내저으며 변명했다.

"아, 아니, 사고를 안 친다는 게 아니라……. 그래도 감당할 만큼만 치겠죠. 지금까지 그놈이 사고를 쳐 놓고 수습을 못 한 적은 없었잖습니까."

"……그걸 수습하는 동안 우리가 겪는 고통은?"

"어……. 음."

조걸이 슬쩍 눈을 내리깔았다. 하고 싶은 말은 많지만, 지금 꺼낼 만한 말은 아니다.

'그놈이 아무 생각 없이 사고를 치는 건 아닌데.'

상인 집안 출신인 조걸은 이득에 민감했다. 그가 지금까지 청명을 지켜보면서 느낀 것 중 하나는, 청명이 사고를 칠 때는 반드시 이유가 있다는 것이다. 남들이 보기에는 말도 안 되는 짓이지만, 청명이 사고를 치면 청명 본인이나 화산에는 반드시 막대한 이득이 돌아온다. 그러니 그가 사고를 치는 걸 꼭 반드시 막을 필요는 없다는 건데…….

조걸이 나직이 한숨을 쉬었다. 반쯤 썩어 있는 백천과 윤종의 얼굴을 보고 있으니 그런 말이 나오질 않았다. 하기야, 이득이고 나발이고 당장 뒈지겠는데 그런 게 머리에 들어오겠는가? 설사 이득이 된다는 걸 알아도, 그 사고가 이득이 되어 돌아오기까지 겪는 고통을 생각한다면 이들의 심정도 충분히 이해할 만하다. 당장 조걸만 해도 사양하고 싶은 마음이니까.

조걸이 슬쩍 시선을 돌렸다. 탁자 한쪽에 앉아 차를 마시는 유이설이 시야에 들어왔다.

'그나저나 참…… 특이한 사람이라니까.'

유이설은 지난 이 년간 가장 많이 변한 사람이고, 동시에 하나도 변하지 않은 사람이었다. 주변 사형제나 사질들에게 어떠한 관심도 없던 유이설이 청명에게는 무한한 관심을 보인다는 건 분명 굉장한 변화였다.

하지만 그렇다고 해서 유이설과 다른 사형제들의 관계가 개선된 건 또 아니다. 오직 청명을 대할 때만 다른 모습을 보여 줄 뿐이다.

'희한하다니까.'

조걸은 이걸 나름대로 나쁘지 않은 변화라 여겼다. 지난 이 년 동안 유이설은 예전보다 배는 아름다워졌고, 그런 사람이 주변에 자주 밝게 웃는 모습을 보여 주기라도 하면 화산이 뒤집힐 게 뻔했다. 물론 청명이 있으니 하라는 수련은 안 하고 유이설의 주변을 맴돌았다가는 머리가 깨질 게 분명하지만, 마음이 콩밭으로 가는 건 막을 수 없었을 것이다.

지금도 그렇다. 청명이 나간 이후로 유이설은 한마디도 하지 않고 있다. 사형과 사질들에 대한 예의가 있으니 혼자 다른 곳으로 가 버리지는 않지만, 그렇다고 딱히 이렇다 할 반응을 보이지도 않는다. 그저 시선을 문 쪽으로 고정한 채 시간을 보낼 뿐이었다. 아마 청명이 돌아오기를 기다리는 거겠지.

"아……."

그 순간 유이설의 입이 살짝 열렸다. 조걸의 시선이 본능적으로 문으로 향했다. 그리고 여지없이!

콰아앙!

문이 박살 나듯 좌우로 열렸다. 동시에 윤종의 눈가에 경련이 일었다.

'문은 차는 게 아니라 여는 거라고 삼백 번은 말했을 텐데!'
하기야 저놈이 말을 들어 먹으면 청명이 아니다.
"청명아!"
"이, 이 녀석! 무슨 사고를 치고 돌아온 거냐! 바른대로 말해!"
격한 반응이 터져 나왔다. 하지만 방 안에 있던 화산의 제자들은 곧 청명이 평소와는 다르다는 걸 깨달았다. 원래라면 안으로 들어오자마자 뭔가 주저리주저리 늘어놓았을 청명이 한마디 말도 없이 그들이 모인 자리로 달려온 것이다.
모두의 얼굴이 굳으려는 찰나 청명이 다급하게 소리쳤다.
"모여! 모여 봐! 빨리!"
이미 모여 있어, 인마. 모두가 멀뚱멀뚱 쳐다보는 가운데, 청명은 거의 달려드는 기세로 소매에서 무언가를 꺼내 탁자에 던졌다. 탁자에 올라온 그림을 보며 백천이 눈을 가늘게 떴다.
"이게 뭐냐?"
"장보도."
"장보도? 뭔가 암호로 만들어진 것 같은데?"
백천이 고개를 갸웃하며 물었다.
"이게 뭐 어쨌다는 거냐?"
"이거 해독해야 해."
"이걸?"
"응."
"누가?"
"누구긴 누구야? 당연히 사숙이랑 사고랑 사형들이지!"
백천의 눈썹이 파르르 떨렸다. 무당 놈들을 때려잡겠다고 나가더니 웬 이상한 암호가 그려진 그림 한 장을 들고 왔다. 그러더니 이걸 지금부터 다짜고짜 해독하라고? 그는 떨떠름한 표정으로 청명을 보며 말했다.

"일단은 이게 대체 뭐 어떻게 된 상황인지 설명부터 좀 해 봐라."

"쯧. 바쁜데. 딱 한 번만 말할 테니까, 제대로 들어!"

청명은 이곳을 나선 뒤부터 지금까지 있었던 일들을 빠른 속도로 설명해 나갔다.

"……약선의 무덤?"

"그렇지."

"이백 년 전 그 약선?"

"그렇다니까."

"그러니까 이 장보도가 약선의 무덤을 가리키는 건데, 그걸……. 어, 그걸……."

청류검을 두드려 패고 뺏어 왔다고? 무당삼검 중 하나인 청류검을? 백천의 볼에 경련이 일어났다.

'이 새끼는 대체 무슨 생각으로 사는 거지?'

청명이 청류검을 꺾었다는 건 이제 놀랄 일도 아니다. 물론 화산의 삼대제자가 무당의 일대제자, 그것도 일대제자 중에서도 두각을 드러내어 무당삼검으로까지 불리는 이를 상처 하나 없이 꺾었다는 건 놀라고도 남을 일이다. 하지만 백천은 이제 더 이상 청명이 벌이는 일에 놀라지 않기로 했다.

문제는 그다음이다.

"그러니까…… 이걸 청류검에게서 뺏어 왔다고?"

"응."

"무당의 청류검한테서?"

"아, 왜 자꾸 했던 말 또 하게 해! 그렇다니까!"

청명이 빽 소리를 지르자 백천은 마침내 참지 못하고 폭발하고 말았다.

"야, 이 미친놈아! 대체 무슨 생각으로 무당파에 강도질을 한 거냐! 뒷감당을 어떻게 하려고! 그놈들이 눈에 핏대를 세우고 달려올 게 뻔하잖으냐!"

"괜찮아, 괜찮아. 나인 줄 몰라. 복면 썼어."

"복면 썼다고 그놈들이 몰라볼 리가 있냐고! 그놈들 눈은 무슨 옹이구멍이냐! 다 눈이 멀었대?"

다들 참담한 표정으로 청명을 바라보았다. 무당은 소림과 함께 천하를 이끌어 가는 양대 문파. 그들의 영향력은 호북을 넘어 천하에 퍼져 있고, 그 강함은 하늘에 닿아 있다. 문도의 수와 고수의 수만 생각해 봐도 화산이 어떻게 해볼 수 있는 곳이 아니다. 무당이 작정하고 칼을 물고 설친다면 화산은 순식간에 개박살이 날 것이다.

시간이 흐른 뒤라면 모를까, 지금 당장은 절대 무당과 척져서는 안 된다. 화영문을 비호하는 것만 해도 굉장한 부담을 짊어지는 일이었는데. 뭐? 뺏어 와? 무당의 물건을?

'차라리 천자의 코털을 뽑을 것이지!'

이건 정말 대형 사고다. 대체 이 일을 어찌 수습해야 할지 감을 잡지 못하는 백천의 귓가에 심드렁한 청명의 목소리가 들려왔다.

"그게 중요한 게 아니라니까!"

"그게 안 중요하면 도대체……."

"사숙!"

청명이 단호한 목소리로 백천의 말허리를 끊더니 물었다.

"그럼 돌려줄까?"

백천이 슬그머니 입을 닫았다.

"이거 안 먹을 수 있어? 어?"

그의 눈이 탁자 위에 놓인 장보도로 향했다.

약선의 무덤. 만약 그 안에 정말로 혼원단의 연단법이 존재한다면? 그걸 포기하고 남에게 넘길 것인가?

'와. 이거 독인데.'

먹으면 반드시 중독된다. 하지만 먹지 않을 도리가 없는 독이다.

"잘 생각해 봐. 사람이 살면서 안전한 일만 하다가는 평생 그 꼴에서 벗어나질 못하는 거야! 때로는 앞뒤 생각 안 하고 덮어 놓고 지를 필요가 있다고. 도박이 필요하다 이 말이야! 이런저런 것에 휘둘리지 말고, 제대로 모든 걸 걸고 도박을 하면!"

"패가망신하지."

"……어. 보통은 그렇지."

청명이 움찔했다가 다시 강하게 주장했다.

"하지만 일확천금의 기회도 도박을 해야 생기는 거잖아. 이건 죽어도 먹어야 하는 거야! 안 그래?"

"끄으으으응."

백천이 괴로워하며 단정하던 머리를 마구 긁었다.

'빌어먹을.'

틀린 말은 아니다. 이건 정말 문파의 명운을 걸고 한번 해 볼 가치가 있는 도박이다. 만약 화산이 혼원단의 제조법을 손에 넣는다면 고질적인 내력 문제를 해결할 수 있을지 모른다.

화산의 문제가 무엇인가? 위 배분의 무학이 약하고, 아래 배분이 성장하는 데는 시간이 걸린다는 점이다. 지금 화산의 이대제자와 삼대제자들이 동 배분에 비해서는 과할 정도로 강하다고는 하나, 그건 끼리끼리 비교했을 때의 일이다.

백천이 아무리 강하다 한들, 무당의 장로를 상대할 수 있겠는가?

그 정도가 되기 위해서는 최소한 삼십여 년 이상이 필요하다. 다른 무엇보다 내력이 받쳐 주지 않기 때문이다. 그들의 내력이 크게 부족한 건 아니라고 해도, 좋은 영약을 다 퍼먹으면서 성장한 명문거파의 제자들에 비하면 그 차이가 극명하다.

'그리고 앞으로는 차이가 더 벌어질지도 모르지.'

그런데 혼원단이라면 잠재적인 문제점을 단번에 해결해 줄 수도 있다.

"끄으으으으응!"

백천이 얼굴을 마구 문지르며 마른세수했다. 차라리 말도 안 되는 황당한 일을 가져왔다면 욕이라도 마음껏 할 텐데. 이건 물지 않을 수 없는 떡밥이었다. 후폭풍이 어마어마하고, 잘못했다가는 화산이 뒤집힐 수도 있는 일이지만…….

백천의 눈에 핏발이 섰다.

"빌어먹을, 이걸 어떻게 물지 않을 수가 있냐고! 제기랄!"

조걸이 냉큼 재빠르게 떡밥을 물었다.

"합시다, 사숙!"

"너는 좀 가만히…….",

"지금 고민할 시간이 없습니다! 이 순간에도 무당 놈들은 본파로 달려가고 있을 겁니다. 그들이 지원대를 끌고 오면 다 끝입니다. 죽어도 그 전에 먹고 빠져야 합니다!"

윤종도 그 말에 입을 다물었다. 혼란에 빠진 윤종이 백천을 바라보았다. 지금 이곳에서 결정을 내릴 수 있는 사람은 오직 백천뿐이다. 백천의 눈이 번들거리기 시작했다.
 "청명아."
 "어, 그래, 사숙."
 "……해독만 하면 되는 거냐? 기껏 해독했는데 기관이나 함정 때문에 문제가 생기진 않겠지?"
 "그렇지! 해독만 하면 돼! 그럼 어떻게든 내가 거기 뚫어 낸다."
 "확실하냐?"
 "사숙! 나 청명이야! 이거 왜 이래!"
 "……그렇단 말이지?"
 백천의 눈에서 어마어마한 광망이 뿜어져 나왔다.
 "빌어먹을, 나도 남자다! 이걸 곱게 무당에 돌려줄 수는 없지! 장문인이 내 머리통을 날려 버리신다고 해도 나는 이걸 해야겠다!"
 백천이 휙 고개를 돌렸다.
 "윤종! 조걸! 유 사매!"
 "예, 사숙!"
 "달려들어! 오늘 밤 내로 무슨 수를 써서라도 해독한다! 이제 이판사판이다!"
 "예!"
 화산 제자들의 눈빛이 불타오르기 시작했다. 지난 이 년 동안 청명은 확실히 화산의 제자들을 변질시켰다.
 "무당 놈들이 오기 전에 무슨 수를 써서라도 먹고 빠진다! 혼원단! 혼원단이다!"

"혼원단!"

"혼원단!"

내력이 고픈 윤종과 조걸이 핏발 선 눈으로 장보도를 뚫어져라 바라보기 시작했다. 그 광경을 보며 청명이 흐뭇한 미소를 지었다.

'크으, 잘 컸다. 그죠, 장문사형?'

– 에라이, 이 망할…….

아, 오늘따라 뒷말이 잘 안 들리네. 어느새 화산의 제자들을 자신의 색으로 완전히 물들여 버린 청명이었다.

  • ◆ •

"으으으음."

위립산이 나직이 앓는 소리를 내며 가만히 가슴께를 문질렀다.

'쉬이 낫질 않는구나.'

경험상 알 수 있다. 이 내상은 아마 그를 오래도록 괴롭힐 것이다. 그것도 모자라 완치도 거의 불가능하겠지. 내상이라는 게 본디 좋은 의원에게 보인다고 해서 나을 수 있는 것이 아니다. 몸 안에 흐르고 있는 기운이 뒤흔들리는 일이다. 무인의 내상은 결국 내력을 통해 해결할 수밖에 없다. 하지만 위립산이 입은 내상은 생각보다 깊었고, 하루하루 그를 괴롭히고 있었다.

'나아진다 싶었더니.'

화산의 제자들이 무당의 제자들에게 승리할 때만 해도 내상이 씻은 듯이 나은 줄 알았다. 워낙 기분이 좋았기에 육체의 고통도 잊은 것이다. 그런데 슬슬 현실을 자각하니 몸이 다시금 고통을 호소하기 시작했다.

"아버지, 편히 주무십시오."
"오냐."
위립산이 문밖에서 들리는 위소행의 목소리에 아무렇지 않은 듯 대답했다.
약한 모습을 보여서는 안 된다. 그는 화영문의 문주다. 그리고 화영문은 이제 겨우 위기에서 벗어나 다시 시작할 기회를 얻었다. 이럴 때 문주가 내상을 입어 제대로 운신하지 못한다는 말이 나온다면 필시 화영문에 누가 될 것이다.
'절대 그럴 수는 없다.'
겨우겨우 다시 잡은 기회다. 그런데 다른 이도 아닌 자신 때문에 화영문이 기회를 놓쳐 버린다면 그는 죽어서도 눈을 감을 수 없을 것이다.
그때 날카롭게 다시 느껴지는 통증에, 옆구리를 움켜잡은 위립산의 손에 힘이 콱 들어갔다.
"으......"
내상이 주는 고통은 시시때때로 찾아온다. 하지만 기분 탓인지 밤이 되면 더욱 고통이 깊어지는 느낌이었다. 한숨을 내쉰 위립산이 침상에 걸터앉았다.
'이번 일로 화영문의 이름이 퍼져 나갈 것이다. 내가 어떻게 하느냐에 따라 화산의 속가를 바라보는 세인들의 눈이 달라질 수도 있다.'
수장이 힘을 잃으면 문파도 힘을 잃는다. 기껏 본산에서 무당을 무찔러 줬는데, 그가 힘을 잃어 이 모든 것을 무위로 돌릴 수는 없잖은가. 그는 이불을 움켜잡았다. 잠이 쉬이 올 리가 없지만, 어떻게든 잠을 청해야 한다. 내일도 해야 할 일이 많으니까.
'목숨은 아깝지 않다.'

다만 바라는 것이 하나 있다면, 화영문이 반석에 올라서고 위소행이 그의 자리를 물려받아 문주의 자리에 오를 때까지는 살아남는 것이다. 딱 하나만 더 바란다면 저 화산의 제자들이 더욱 성장해 화산의 이름이 천하만방에 퍼지는 모습을 지켜보는 것이지만, 그건 너무 무리한 바람이리라.

그가 이불을 들치고 침상에 오른 그때였다.

덜컥!

"어? 뭐 벌써 자요?"

주인이 있는 방의 문을 제멋대로 열어젖힌 놈이 할 말은 아닌 것 같았지만, 위립산은 그저 빙그레 웃기만 했다.

'바라지 말자.'

겨우 며칠 겪었을 뿐이지만, 저 아이의 성정에 대해서는 어느 정도 파악했다. 아니, 파악할 수밖에 없었다. 사람이 망둥이보다 더 펄쩍펄쩍 뛰는데 어찌 모를 수가 있겠는가?

"무슨 일이외까, 소도장. 혹시 뭔가 불편한 게 있으시오?"

으레 그랬듯, 청명이 뭔가 필요한 것이 있어서 찾아왔다고 생각한 위립산이 넌지시 말을 건넸다. 하지만 돌아온 대답은 그의 생각과는 조금 달랐다.

"불편한 건 제가 아니라 문주님이시죠. 안 그래요?"

청명이 문을 닫고 성큼성큼 안으로 들어섰다.

"급한 불은 껐으니까, 이제 슬슬 정리하자구요."

"······뭘 정리한다는 말이오?"

"내상이요. 치료해야죠."

위립산이 눈을 살짝 크게 떴다.

"내 내상을 소도장이 치료하겠다는 말이오?"

"네."

위립산이 의아해하는 눈으로 청명을 바라보았다. 내상을 다스리는 방법은 둘밖에 없다. 하나는 스스로의 기운으로 뒤틀린 기혈을 바로잡는 것이다. 하지만 위립산은 이만한 내상을 스스로 치료할 정도의 실력을 갖추지 못했다.

두 번째는 좀 더 어려운 방법인데, 타인이 기운을 밀어 넣어 강제로 뒤틀린 기혈을 복원하는 방법이었다. 이건 첫 번째보다 열 배는 더 어렵다. 생각해 보라. 자기 자신의 기운마저 제대로 다스리기가 힘들어 평생을 정진하는 무인이 수두룩한데, 기운을 남의 몸에 불어넣어 제 마음대로 움직인다는 게 얼마나 어려운 일이겠는가?

이게 무당과의 일이 끝났음에도 위립산이 본산에 내상을 치료해 줄 고수 파견을 의뢰하지 않은 이유다. 그가 생각했을 땐 화산에 그의 내상을 치료해 줄 만한 고수가 없을 듯했다. 괜한 마음에 쓸데없는 요청을 했다가 서로 어색해지는 상황이 올 수도 있다.

그런데 이 작은 청년이 지금 그의 내상을 치료하겠다 말하고 있다.

"소도장. 그건 생각처럼 쉬운 일이 아니외다."

"네, 알아요."

"……잘못하면 소도장마저 내상을 입을 수 있소."

"에이, 설마요."

싱글싱글 웃는 청명의 얼굴을 보니 맥이 탁 풀렸다.

'아니, 이놈은 왜 이리 말귀를 못 알아먹지? 귀가 막혔나?'

크게 헛기침을 한 위립산이 좋은 말로 청명을 타일렀다.

"이보시오, 소도장. 내 내상을 치료해 주려는 소도장의 마음은 충분히 알았소. 그것만으로도 소도장께 무척 감사하는 마음을 가지고 있소. 하지만 이 일은 쉽사리 시도할 일이 아니외다. 잘못했다가는 서로가 크게 다칠 수 있소. 급한 일을 마무리한 뒤에 생각해 보는 게 좋겠소."

"에이, 아니죠. 내상을 오래 둘수록 깊어지는 거예요. 그거 나중에는 후유증이 남는다니까요. 빨리 치료하죠."

아니! 까딱 잘못하면 내가 죽는다고, 인마! 왜 말귀를 못 알아들어!

위립산의 눈가가 연신 경련을 일으켰다.

'화산신룡이라더니. 어찌 이런 이에게 그런 과한 별호가 붙었는지 모르겠군.'

신룡이라는 별호는 강한 자에게 붙는 별호가 아니다. 후대의 강호를 책임질 후기지수에게나 붙는 별호다. 처음 화산에서 화산신룡이라 불리는 이가 나타났다는 말을 들었을 때 얼마나 감격했던가. 그런데 그 화산신룡이 하필이면 이놈이라니. 왠지 눈시울이 붉어지는 위립산이었다. 깊은 한숨을 내쉰 그는 가만히 청명을 보며 말했다.

"소도장. 나를 생각해 주는 마음은 이해하외다. 하나 세상에는 마음만으로 되지 않는 일도 있소."

고마웠다. 이건 진심이다. 능력이 있고 없고를 떠나, 그의 내상을 치료하겠다고 나서는 저 마음에 위로받았다.

'겉보기와는 달리 성정은 나쁘지 않구나.'

하기야 화산이 괜히 화산이겠는가? 청명 역시 화산의 제자이니 마음 씀씀이가……

"아, 진짜 말귀를 더럽게 못 알아들으시네."

"……으응?"

"누워요, 누워. 나도 바쁜 사람이니까. 후딱 하고 갈 거예요. 제가 지금 할 일이 많거든요."

"아, 아니. 나는 괜찮다니까!"

"내가 안 괜찮아요."

네가 왜? 내가 내 몸 알아서 한다는데 네가 왜 안 괜찮아!

"그만 됐으니 어서 나가 보……."

그 순간 청명이 손을 뻗어 위립산을 훅 밀었다. 순간적으로 닥쳐온 힘에 위립산은 저항할 겨를도 없이 침상으로 넘어갔다.

"아, 안 돼!"

청명이 위립산의 손을 덥석 움켜잡더니 기운을 불어넣기 시작했다. 위립산이 두 눈을 부릅떴다.

'야, 이 미친놈아!'

생각 같아서는 당장에 비명을 지르고 싶었지만, 그럴 수가 없었다. 내력이 오가는 상황에서 말하는 건 금기시되는 일이다. 주는 쪽도 받는 쪽도 마찬가지인데, 이는 입을 통해 내력이 빠져나가 주화입마에 들 수 있기 때문이다. 이미 내력이 손목으로 파고들어 버린 이상, 위립산은 그저 천지신명께 별일 없이 끝날 수 있게 해 달라고 기도할 수밖에 없었다.

하지만 그 천지신명도 그를 배반한 모양이다. 아니, 정확하게는 천지신명도 청명을 어찌할 수는 없었다.

"이거 봐, 이거 봐. 난리 났잖아."

'히이이이이이이이이이익!'

말? 방금 말한 것 아닌가? 마음의 소리나 그런 건 아니겠지? 내가 독심술을 익혔을 리는 없고! 돌처럼 굳은 위립산이 눈만 또르르 굴려 청명을 바라보았다. 그는 태연하게 위립산의 손목을 잡고는 눈을 살짝 찌푸리고 있다.

'내가 잘못 들었······.'

"음, 다행히 완전히 상하지는 않았네요."

위립산이 두 눈을 부릅떴다.

'정말 말을 한다고?'

상대에게 내력을 불어넣으면서 말을 하는 건 내력의 수발(受發)이 입신의 경지에 든 무인이나 할 수 있는 일이다. 웬만한 문파의 장로급도 감히 엄두를 내지 못할 일이었다. 그런데 그걸 화산의 삼대제자인 청명이 해낸다고?

'내가 꿈이라도 꾸고 있는 건가?'

하지만 꿈이라기에는 지금 그의 손목을 파고드는 기운이 너무도 선명했다. 묵직하게 밀려오는 기운이······.

'아······.'

맑고 청명하다. 지금까지 그가 겪어 보았던 그 어떤 기운보다도 맑다. 굳이 비유하자면 심산유곡에 흐르는 맑은 청수(清水) 같다. 너무도 맑아 바닥이 잡힐 듯 보이는 청수 말이다. 아릴 정도로 시원하고도 따뜻한 기운이 그의 몸을 파고들어 상처 입은 기혈을 어루만지기 시작했다. 위립산은 저도 모르게 눈을 감았다.

"조금만 참아요. 금방 되니까."

이상한 기분이다. 위립산은 청명의 말보다 그의 몸을 파고든 기운에서 위로를 받았다. 도가의 기운. 항상 동경해 왔던 도가의 향취가 청명의 기운에서 흠뻑 묻어난다.

'소도장은 실로 화산의 제자구나.'

비로소 실감하게 된다. 청명이 비록 겉으로는 익살맞기 그지없고 한없이 가벼워서 눈을 찌푸리게 하지만, 지금 들어오는 청아한 도가의 기운은 청명이 화산의 제자임을 명확히 증명해 주고 있었다.

그 순간 청명의 기운이 그의 전신을 휘돌며 훼손된 기혈을 어루만지기 시작했다. 몸 안에서 따뜻한 기운이 퍼져 나갔다.

우우우웅.

아픔이 가신다. 오래도록 위립산을 괴롭혀 오던 통증이 사라지고, 순환하지 못하던 기운이 힘차게 돌기 시작했다. 그 순간 청명이 손목을 잡은 손에 힘을 주었다. 위립산의 몸이 허공으로 둥실 떠오르더니 절로 가부좌를 틀고 앉았다.

"대주천을 할 거예요. 인도하는 대로 기운을 움직이세요."

대답은 할 수 없었다. 하지만 위립산은 청명의 말에 충실히 따랐다. 청명의 기운이 인도하는 대로 기운을 움직이기 시작했다.

일 주천. 이 주천. 순식간에 십이 주천을 마친 위립산이 가만히 기운을 갈무리하고 육체를 점검했다.

'없다!'

그를 괴롭히던 내상의 흔적이 조금도 남아 있지 않았다. 불과 한 번의 운공만으로, 평생을 안고 가야 할 거라 여겼던 내상이 씻은 듯 나아 버린 것이다. 감격을 느낄 새도 없이 청명의 기운이 그의 몸을 빠져나간다. 더없이 맑고 청아한 기운이 사라지니 내상이 나았다는 뿌듯함 이상의 아쉬움이 느껴졌다.

기운을 모두 갈무리한 청명이 위립산의 손목에서 손을 뗐다. 위립산이 천천히 눈을 떴다. 그의 눈에 지금까지와는 다르게 진지한 표정을 짓고 있는 청명이 보였다.

"소도……."

"화산은 기억할 겁니다."

대화산파 삼대제자 청명. 천하에 화산신룡으로 불리는 이. 그가 위립산에게 선언하듯 말했다.

"화산은 은혜를 잊지 않습니다. 문주께서 지난 수십 년간 화산에 들인 정성은 반드시 보답받을 겁니다. 문주께서는 지금처럼 화산의 이름을 지켜 주십시오. 그리하면 화영문의 이름은 화산의 이름과 함께 천하에 울려 퍼질 것입니다."

지금까지 보이던 가벼운 모습은 눈을 씻고 찾아봐도 없다. 그 기세에 압도된 위립산이 청명을 멍하니 바라보다가 주먹을 움켜쥐었다.

마음 한구석이 울컥했다. 입술을 잘근거리던 위립산이 시큰해지는 눈시울을 애써 누르며 떨리는 목소리로 입을 열었다.

"내…… 반드시 그리하겠소."

오랜 인고의 시간 끝에 화영문이 부활을 선언하는 순간이었다.

· ◆ ·

날이 밝았다.

"으라차!"

개운하게 자리에서 일어난 청명이 창을 활짝 열었다.

"날씨 좋고!"

선명한 햇살이 방 안으로 쏟아져 들어왔다. 청명은 얼굴을 간질이는 햇볕을 쬐며 씨익 웃었다. 기분이 무척 좋았다. 화산에 다가올 아름다운 미래와 밝은 내일을 생각하니 절로 전신에 활력이 솟구쳤다. 허리를 뒤틀어 몸을 푼 뒤 기운차게 문을 열고 밖으로 나갔다.

"일찍 일어나셨구려."

"어?"

청명의 눈이 살짝 커졌다. 어제와는 안색이 확연히 달라진 위립산이 마당을 쓸고 있었다.

"문주님이 마당도 쓰시네요?"

청명의 말에 그는 부드러운 미소를 지었다.

"하하. 어제부터 새로 태어난 기분이라. 새 마음을 잊지 않기 위해 가장 기본적인 것부터 챙기려 하고 있습니다."

"음, 좋네요."

청명이 기분 좋게 미소를 지었다. 문주가 직접 마당을 쓰는 것에 무슨 의미가 있겠냐마는, 그만큼 새 마음 새 뜻으로 화영문을 이끌어 보겠다는 뜻이리라.

"소도장께서는 편히 주무셨소?"

"오랜만에 푹 잤네요. 개운한 게 아주 좋아요."

위립산이 나직이 한숨을 내쉬었다.

'그럴 리가 있는가.'

어젯밤 청명은 새벽까지 위립산을 치료했다. 방으로 돌아간 시간이 불과 한 시진 반 전이니 잠을 잤다고 해도 겨우 한 시진이나 잤을 것이다. 사람이 어찌 하루 열두 시진 중 한 시진만 자고도 개운할 수 있겠는가?

'부끄럽구나.'

위립산은 청명의 겉모습만 보고 그가 화산을 어지럽히는 망종일지도 모른다고 생각했다. 하지만 돌이켜 보면 청명은 사숙과 사형들을 이끌고 화영문을 구해 주었고, 심지어는 위립산의 내상마저 치유해 주었다. 게다가…….

'그토록 청아한 기운을 가진 이가 망종일 리 있는가!'

청명의 기운은 위립산이 평생 느껴 본 적 없는 진정한 도가의 기운이었다. 그 맑디맑은 기운을 직접 접하고 나니 사람이 달라 보인다. 저런 기운을 지닌 이를 좋지 않게 보았다는 사실이 부끄럽기 짝이 없다.

'내가 사람 보는 눈이 없었구나.'

위립산이 더없이 흐뭇한 눈빛으로 청명을 바라보았다. 화산신룡이라더니 말 그대로 신룡 같은 자가 아닌가. 쉽사리 자신을 내보이지 않고, 신룡이라 불리기 부끄럽지 않은 실력을 감추고 있다. 한번 좋게 보기 시작하자 모든 것이 긍정적으로 보였다. 저 밝은 성격도 마음에 들고, 가만히 보고 있으니 얼굴도 꽤 잘생긴 것 같았다.

그때 청명이 주변을 두리번거리더니 물었다.

"사숙들이랑 사형들은 아직 안 나왔나요?"

"소도장 말고는 나온 이가 없네."

"벌써 해가 중천에 떴는데!"

……중천? 위립산이 눈을 비볐다. 아무리 봐도 이제 막 해가 뜬 것뿐인데 중천이라…….

'그만큼 하루를 부지런히 산다는 뜻이겠지.'

청명의 입에서 나온 것이라면 이제 웬만해서는 좋게 생각하려는 위립산이었지만, 그는 한 가지 커다란 착각을 하고 있었다. 바로 기운과 인성은 별 관계가 없다는 점이다. 맑은 도가의 기운을 지닌 이는 인성도 도가의 깊은 뜻을 따르리라 생각하는 것은, 도가를 제대로 겪어 보지 못한 이들의 착각일 뿐이었다. 그리고 청명의 경우는 더욱 그러하다.

"쯧. 아침까지 끝내라고 했는데!"

청명이 성큼성큼 걸어 본관으로 향했다.

"어딜 가십니까?"

"아, 사숙이랑 사형들에게 시켜 놓은 게 있어서요."

응? 누가 누구에게 뭘 시켰다고? 위립산이 고개를 기울였다. 아마도 잘못 들었겠지. 위립산이 생각을 정리하는 동안 청명은 휘적휘적 걸어 본관으로 다가갔다. 그리고 곧장 문을 열어젖혔다.

"다 풀었……. 뭐여?"

청명이 눈을 휘둥그레 떴다. 눈앞에 기이한 풍경이 펼쳐져 있었다.

삭. 삭. 삭. 사삭.

두 눈이 시뻘겋게 충혈된 백천이 기다란 두루마리에 세필로 무언가를 죽어라 써 갈기고 있다. 바닥으로 흘러내린 종이가 벌써 발밑을 가득 채울 지경이다.

"아닌데. 이게 아닌데. 이게…… 이러면 안 되는데……."

까드득. 까드득!

한 손은 가공할 속도로 뭔가를 써 내리고, 다른 한 손은 입에 물고 있다. 그는 엄지손톱을 연신 물어뜯으며 초조한 듯 몸을 떨어 댔다.

"이게 이러면 안 되는데……. 이러면 벌써 뭐라도 나와야 하는데."

청명이 멍한 눈으로 백천을 바라보다 문득 고개를 돌렸다.

쿵. 쿵. 쿵. 쿵.

탁자에 앉은 조걸이 제 머리를 탁자에 연신 들이받는 소리였다.

"나는 쓰레기야……. 나는 쓰레기야……. 나는 쓰레기야……. 나는 쓰레기야……."

두 사람뿐만이 아니다. 윤종은 장보도를 들고 머리를 쥐어뜯고 있었다. 바닥에 뽑힌 머리카락들이 수북했다. 그리고 유이설은 한쪽 구석에 틀어박혀 우울한 표정으로 뭔가를 연신 중얼거렸다. 그녀의 주변만 유독 어두운 것 같았다.

"……아니, 이게 뭔 짓거리들이여?"

청명이 황당하다는 눈빛으로 소리치자 네 사람이 동시에 고개를 들어 그를 바라보았다. 아주 깊고도 긴 한숨이 이어졌다.

"못 풀겠다고?"
"이건 무리야."

백천이 엄지손가락을 잘근잘근 씹으며 살짝 떨리는 목소리로 말했다.

"나도 어디서 기재 소리를 수없이 들은 사람이지만, 이건 답이 없어."
"그래?"

백천이 무겁게 고개를 끄덕였다.

"이건 웬만한 천재가 아니면 풀 수 없다. 천하에 이걸 풀 수 있는 사람은 셋도 안 될 거야. 내 장담한다!"
"무당은 풀었다는데?"
"진짜?"

……백천이 나직하게 헛기침을 했다.

"……무당에 대단한 천재가 있는 모양이지."

청명의 얼굴이 뚱해졌다.

"무당 놈들은 풀었는데 화산은 못 푼다고?"
"누가 그러더냐! 사숙 중에서는 풀 수 있는 분도 계실 거다. 하지만 여기서 당장 우리끼리 풀어내기에는 시간과 인력이 촉박하다!"
"흐으으음."

청명이 고개를 살짝 돌렸다. 백천뿐 아니라 다른 이들도 썩은 동태눈으로 허공을 보고 있었다. 아무래도 시간을 더 준다고 풀 수 있을 것 같지 않았다.

'이러면 안 되는데?'

"아무튼 무당은 풀어도 우리는 못 푼다. 이건 우리 능력으로는 무리다. 전문적으로 공부한 이가 필요해."

"뭘 공부한 사람?"

"기관이라든가, 진법이라든가."

"아, 그걸 공부한 사람은 풀 수 있다 이거지?"

"그럴 거다. 그러니 빨리 찾아내야 한다!"

"여기에서?"

백천은 그제야 퍼뜩 정신을 차리고 창밖을 내다보았다.

'아, 여기 남영이지.'

그런 걸 전문적으로 공부한 이는 성도(省都)에서도 찾기 어렵다. 하물며 이런 시골에 그런 이가 있을 리가 없다.

"……지금이라도 빨리 큰 도시에 가 보는 게 좋지 않을까?"

그 순간 청명의 고개가 삐딱해졌다. 불길한 움직임에, 윤종이 흠칫 뒤로 물러났다. 평소보다 삐딱함의 강도가 세다. 이건 청명이 제대로 열받았다는 뜻이다. 아니나 다를까, 청명의 눈이 번들거리기 시작했다.

"조금만 있으면 무당 놈들이 개떼처럼 몰려올 건데, 뭐? 지금이라도 큰 도시에 가서 해독할 사람을 찾아?"

백천의 가슴이 덜컥 내려앉았다. 청명이 화를 낼 것 같아서 겁이 나는 게 아니다. 청명이 대책 없는 놈인 건 사실이지만, 잘못하지도 않은 일을 트집 잡아 사람을 괴롭히는 놈은 아니다. 지금 백천이 겁을 먹은 이유는 아주 간단했다. 청명의 눈이 서서히 돌아가는 게 보였기 때문이다. 저런 얼굴을 보인 후에는 저놈이 정말 무슨 짓을 할지 모른다.

"바, 방법이 없지 않으냐."

진짜 무정함이 뭔지 알려 주지

"오호라? 방법이 없어?"

청명이 입꼬리를 쭈욱 말아 올렸다. 그 사악한 미소를 본 화산의 제자들이 움찔한다.

"뭐, 뭘 어쩌려고?"

"정리해 보자고."

청명이 손을 뻗자 윤종이 손에 들고 있던 장보도를 얼른 넘겼다.

"진품은 맞아?"

"맞는 것 같다. 난해하긴 한데 뭔가 규칙이 있다. 시간만 주어진다면 어떻게든 해 볼 수 있겠지만……. 지금 당장은 무리다."

"진품이라 이거지."

청명이 장보도를 빤히 바라보았다.

"그럼 무당이 장보도를 풀었다는 것도 사실이겠네."

"……."

"자, 그럼 우리는 겨우 이거 하나를 못 풀어서 남영 땅에 있으면서도 검총이 어딘지 알 수 없는 거고. 무당 놈들은 지금쯤이면 무당파에 도착했을 테니, 며칠 지나기도 전에 남영으로 몰려오겠지? 그렇지? 그럼 우린 닭 쫓던 개 지붕 쳐다보는 꼴이 되어서 무당 놈들이 혼원단을 처먹고 더 강해지는 걸 지켜봐야 한다 이거지?"

청명의 얼굴이 점점 진중해졌다. 무당과 혼원단이라니. 그건 청명이 살면서 들어 온 조합 중 가장 끔찍한 조합이다. 무당과 소림은 기본적으로 강대한 내력을 중심으로 하는 무학을 사용한다. 그런 놈들이 더 강한 내력을 얻게 된다? 그건 정말 답이 없다.

당장 어제 싸웠던 무진만 해도 그렇다. 그놈이 혼원단을 먹으면 내력이 증진될 테고, 그리된다면 청명을 제외한 화산의 제자들은 무진의 압도적인 내력 앞에 손도 써 보지 못할 것이다. 청명은 눈살을 찌푸린 채 고민에 잠겼다.

'어떻게 하지?'

그때 윤종이 한숨을 내쉬며 입을 열었다.

"청명아. 이건 어쩔 수 없는 일이다. 우리끼리 무당을 상대할 수는 없잖느냐? 그러니까 이번에는 포기하고……."

"사형, 지금 뭐라고 했지?"

"응? 포기하자고……."

"아니. 그 전에."

"……우리끼리 무당을 상대할 수 없다고."

"우리끼리. 그래, 우리끼리. 우리끼리는 못 막는다……."

청명이 마치 뭔가를 깨달은 듯 두 눈을 빛냈다. 그러더니 이내 입이 찢어지도록 씨익 웃었다.

"그럼 우리끼리가 아니면 되겠네!"

"으응?"

"판 키우자!"

윤종과 백천이 '아니, 이놈이 또 무슨 짓을 하려고?'라고 묻는 듯한 눈으로 청명을 바라보았다. 그 눈빛에 청명이 친절하게 대답을 해 주었다.

"어차피 우리끼리는 무당 못 막아. 내가 무진을 이겼다는 걸 알면 무당도 진심으로 나올 거야. 그럼 차라리 판을 제대로 키워 버리는 게 나아!"

"그렇기는 한데…… 뭘 어떻게?"

"여기 검총이 있다는 정보를 세상에 풀어 버리는 거지."

백천이 순간 멍한 표정으로 청명을 바라보았다.

'이놈, 제정신인가?'

검총의 존재는 그 정보만으로도 귀하기 그지없다. 억만금을 줘도 바꿀 수 없는 보물과도 같은 셈이다. 그런데 지금 기껏 그걸 얻어 놓고 동네 방네 소문내겠다는 소리가 아닌가?

"그……."

"아, 아니! 잠깐!"

윤종이 손을 들어 백천을 만류했다.

"미친 소리 같지만, 생각해 보면 아주 틀린 소리는 아닙니다. 어차피 무당이 여기에 오면 우리는 못 막습니다. 하지만 여기에 여러 문파가 동시에 몰려오면?"

"……서로 견제한다."

"그렇죠!"

윤종은 진지하게 미간을 찌푸리며 말을 이었다.

"그럼 미약하지만 확률이 생기기는 합니다. 어부지리를 노릴 수 있으니까요. 무당이 단독으로 검총을 발굴한다면 우리가 끼어들 여지가 없지만…… 다른 문파들이 다 몰려온다면 여지가 생깁니다! 그리고……."

그는 고개를 슬쩍 돌려 청명을 바라보았다.

"난장판이 벌어지면 제일 신나게 날뛸 놈도 있잖습니까?"

백천이 입술을 질끈 깨물었다. 다 미쳐 돌아가는 느낌이지만 이미 기호지세다. 빠르게 머리를 굴린 백천이 결심을 굳혔다.

"그럼 어떻게 소문낼 건데? 여기 검총이 있다고 떠들고 다니면 되나?"

"잘도 믿겠다."

"그럼? 시간이 없잖아!"

청명이 어깨를 으쓱했다.

"우리가 아무리 지껄여 봐야 아무도 안 믿어. 누가 봐도 믿을 만한 놈이 대신 떠들게 해야지."

"그게 누군데?"

청명이 빙긋 웃더니 몸을 휙 돌렸다.

"누구가 아냐. 어디라고 해야 맞지. 나 잠시 다녀올 테니 다들 쉬고 있어."

"어디 가려고?"

그는 뒤도 돌아보지 않고 단호하게 대답했다.

"낙양!"

· ❖ ·

귓가로 들려오는 낮은 침음에 진현이 살짝 몸을 떨며 조심스레 고개를 들었다.

머리 위에 단정히 얹힌 도관과 깔끔하게 빗어 정리한 머리. 대추처럼 붉은 얼굴에, 배꼽까지 길게 내려오는 검은 수염. 관운장의 현신이라고 해도 될 만한 눈앞의 이 남자가 바로 당대 무당의 장문인인 허도진인(虛道眞人)이다. 허도진인은 눈을 감고 생각에 잠겨 있다가 천천히 눈을 떴다.

"무진이 패했다 했느냐?"

"예. 그렇습니다, 장문인."

"그것도 화산의 삼대제자에게?"

"예."

"음, 화산신룡이라. 소문이 사실이었구나. 종남의 이대제자 열을 내리 베었다면, 그만한 일을 해도 이상하지 않지."

무표정한 얼굴만 봐서는 그가 지금 어떤 생각을 하고 있는지 알아채기가 쉽지 않았다. 진현은 입술을 살짝 깨물었다. 무당과 종남은 다르다는 말을 하고 싶지만, 그는 입을 열 입장이 아니다. 그 화산에 무참히 패배한 것은 무당 역시 마찬가지니까.

"무진은 어디에 있느냐?"

"부상이 깊어 의약당으로 모셨습니다."

"부상이 깊다라……."

허도진인이 가만히 고개를 끄덕였다.

"진현. 왜 이런 일이 벌어졌는지 아느냐?"

"……제자가 미욱하기 때문입니다."

"아니다."

진현이 고개를 살짝 들었다. 차마 되묻지 못하고 눈으로만 의문을 표하는 그에게 허도진인이 설명을 해 주었다.

"무당의 무학이 가진 특성 때문이다. 무당의 무학은 익히면 익힐수록 더 강해진다. 내력이 깊어질수록, 깨달음이 늘어날수록, 그리고 검을 참오한 시간이 길수록 위력이 눈덩이처럼 불어나게 되지."

"그렇습니다."

"훗날에는 쉬이 이길 수 있는 이도, 내력이 쌓이기 전에는 이기는 게 쉽지 않다. 내 장담하건대 무진이 무당의 무학이 아니라 다른 문파의 무학을 익혔더라면 그 화산신룡이라는 아이에게 패하는 일은 없었을 것이다."

진현이 깊이 고개를 숙였다. 맞는 말이어도 그렇다 할 수 없다. 무당의 무학을 욕보이는 것이니까. 틀린 말이어도 틀렸다 할 수 없다. 장문인의 입에서 나온 말이기 때문이다.

"알겠느냐, 진현아."

"제자는 이해하기 어렵습니다."

"그렇기에 약선의 연단법이 필요한 것이다."

"아……."

진현이 고개를 끄덕였다. 지금 무당의 연단법보다 더욱 뛰어난 약선의 연단법이라면, 무당의 무학이 가진 약점을 메울 수 있다. 그렇다면 무당은 천하제일문파로 발돋움할 수 있을 것이다.

뻔히 아는 이야기를 다시 하는 데엔 두 가지 의미가 있었다. 하나는 목적의 재고, 그리고 다른 하나는 그 중요한 일을 제대로 마치지 못하고 돌아온 진현에 대한 질책이었다.

"죄송합니다, 장문인."

"네 잘못이 아니다."

허도진인이 가만히 턱수염을 쓸어내렸다.

"화산신룡이 직접 올 것이라는 건 예상했다. 하지만 화산신룡이 무진을 이길 정도로 강하다고는 생각하지 못했다. 너 정도만 되어도 화산신룡은 충분히 상대할 수 있다고 여겼건만, 내 판단이 잘못되었구나."

"죄송합니다."

이 말밖에는 할 수 없었다.

"그래, 어떻더냐? 네 눈으로 본 화산신룡은?"

진현은 말없이 살짝 입술을 깨물었다. 대체 뭐라고 설명해야 할까? 그 황당하기 짝이 없는 자를? 하고 싶은 말이야 수도 없이 많았지만, 결국 진현의 입 밖으로 나온 말은 하나뿐이었다.

"……그는 괴물입니다."

허도진인의 눈빛이 무거워졌다.

"화산의 다른 제자들도 강했습니다. 부끄럽지만 이 제자도 그들을 당해 낼 수 없었습니다. 하지만…… 화산신룡은 그들과도 한 차원 다른 곳에 있습니다. 다른 제자들은 그저 강할 뿐이지만, 화산신룡에게서는 어찌할 수 없는 거대한 벽을 느꼈습니다."

허도진인은 무거운 한숨을 흘렸다.

'그 정도란 말인가?'

무진이 화산의 청명에게 패한 것만으로도 충격적인 일이었다. 그런데 지금 진현의 평가는 청명이 겨우 그 정도가 아니라는 의미였다.

'진현 이 아이는 당년의 무진보다 강하다.'

세월이 흘러 무진의 나이가 된다면 무진보다 배는 더 강해질 수 있는 아이다. 그런 아이가 청명에게 벽을 느끼고 있다?

'후대의 무당이 화산에 짓눌릴 수도 있겠구나.'

이건 무척 심각한 일이었다.

"진현아. 다시 갈 수 있겠느냐?"

진현이 고개를 번쩍 들어 허도진인을 보았다.

"제자에게 그럴 자격이 있겠습니까?"

"너는 분명 실수를 저질렀다. 그러니 그 실수를 만회할 기회를 주어야 겠지. 남영으로 떠날 이들의 준비가 거의 끝났다. 이번에는 장로들이 직접 갈 것이다. 준비가 끝나는 대로 너도 다시 남영으로 가거라. 그리고 검총을 발굴하거라."

"제자, 반드시 성공하고 돌아오겠……!"

"내 말이 아직 끝나지 않았다."

진현이 입을 꾹 다물었다. 그의 귀로 한층 더 낮아진 허도진인의 목소리가 파고들었다.

"그 화산신룡이라는 아이는 아마 지금쯤 장보도를 해석하지 못해 발을 동동 구르고 있을 것이다. 그리고 그 아이가 똑똑하다면 우리가 오기를 기다리겠지. 그러고는 적당한 시기를 봐서 연단법을 탈취하려 들 것이다."

"아……."

"검총이 내가 예상한 형태라면…… 그 안에서 벌어지는 일은 바깥의 누구도 알 수 없을 터."

진현의 눈이 살짝 흔들렸다. 설마…….

"내 말이 무슨 의미인지 알 것이라 본다. 네 실수는 네가 만회하거라."

진현이 주먹을 꾹 움켜쥐었다. 이내 그의 두 눈에 차갑고 결연한 빛이 어렸다.

"제자…… 반드시 명을 완수하고 돌아오겠습니다."

* ❖ *

개방 낙양 분타의 분타주인 홍대광(洪大光)이 책상에 다리를 올린 채 늘어지게 하품을 했다.

"하아아아암!"

더러운 소매로 입가를 쓱쓱 문질러 닦은 그는 시큰둥한 눈빛으로 책상에 놓인 보고서를 하나 집어 들었다.

"요새는 영 재미있는 일이 없단 말이야."

태평성대였다. 최근 몇 년간 강호에는 큰 사건이 벌어지지 않았다. 좋게 말하자면 태평성대고 나쁘게 말하자면 뻔하디뻔한 나날들이 지속되는 중이다.

그건 낙양도 마찬가지인지라 개방의 낙양 분타주인 홍대광도 하릴없이 시간을 때울 뿐이었다.

'분타주를 맡지 말 걸 그랬어.'

별일이 없다와 할 일이 없다는 다른 말이다. 세상에는 대단치 않더라도 반드시 처리해야 하는 일들이 널려 있었다. 지금 당장 처리하지 않아도 별일은 없지만, 쌓아 두면 문제가 되는 일들 말이다. 그런 일들을 밀리지 않게 처리하는 것이 홍대광의 역할이었다.

"뭐 사건 하나 안 터지나."

그럼 이 지루한 분타주실을 벗어날 수 있을 텐데 말이다. 분타주실이라고 해 봐야 다 쓰러져 가는 움막에 어디서 주워 온 책상을 하나 가져다 둔 것에 불과하지만.

"어디 보자……."

지금 그가 읽고 있는 보고서는 거지들이 물어 온 정보를 적어 둔 것이었다. 낙양의 거지들은 동냥질을 다니며 온갖 것들을 보고 듣는다. 그렇게 보고 들은 것을 분타의 거지들에게 전하면, 그들이 정보를 다시 정리해 홍대광에게 보고한다. 그 보고서에 적힌 정보 중 쓸 만한 것을 가려내는 게 홍대광이 오늘 해야 할 일이었다.

"어디 보자. 낙성루가 망했다. 거기 음식이 괜찮았는데 아쉽구먼. 주인이 마음 착해서 동냥도 잘 받아 줬는데. 음, 그래서 망했나?"

심드렁하게 보던 보고서 한 장을 바닥으로 내던졌다.

"낙양 성화무관과 중정보 사이에 시비가 벌어져서 제자들이 주먹다짐했다. 성화무관이 이겼고 중정보의 제자 중 다섯이 의가에 실려 갔다……. 이걸 무림의 일이라고 분류해야 하나?"

보고서 한 장이 책상 옆에 놓인다.

"아랫동네 최 씨가 네쌍둥이를 순산……. 이것들이 이제는 하다 하다. 뭐 제대로 된 정보도 없고……."

홍대광이 손에 든 종이를 구겨서 바닥으로 던졌다. 새 보고서를 펼쳐 든 그가 심드렁한 눈빛으로 내용을 읽어 나갔다.

"무당의 제자들이 남영에서 화산의 제자들에게 패배함."

홍대광이 피식 웃었다.

"이젠 아주 별 말도 안 되는 소리까지 다 나오네. 이 새끼는 뒈졌다."

종이를 바닥에 떨어뜨린 홍대광이 다음 보고서를 읽기 시작했다.

"남영 화영문과 종도관을 대신해 화산 이대, 삼제자들과 무당 이대 제자들 간의 비무가 발생. 화산이 승리하여 종도관이 남영에서 철수."

홍대광이 퍼뜩 허리를 바짝 세웠다.

'잠깐. 이거 진짜가?'

그의 손길이 빨라지기 시작했다. 비슷한 내용이 적힌 보고서를 모두 추려 재빨리 읽고, 바닥에 던졌던 보고서까지 다시 주워 읽었다. 홍대광의 눈이 떨리기 시작했다.

"화산의 이대, 삼대제자들이 무당의 이대제자를 이겼다고?"

도무지 믿을 수가 없는 이야기다. 하지만 같은 보고가 너무 많이 들어온다. 보고를 종합해 보면 화산의 제자들이 무당의 제자들을 꺾는 모습을 남영 사람들이 모두 지켜봤다는 말인데…….

'그 많은 이들이 모두 입을 맞춰 거짓말을 할 수는 없는 법 아닌가?'

그렇다면 정말 화산의 제자들이 무당의 제자를 쓰러뜨렸다는 뜻이다. 종도관이 남영을 떠나고 화영문이 남았다는 것만 보더라도 그 결과는 명확하다. 홍대광의 머리가 빠르게 회전하기 시작했다.

'이거 심상치 않은데?'

이미 화산은 종남을 꺾은 적이 있다. 당시 강호에 크게 화제가 되었지만, 그 이후 화산이나 종남이나 침묵을 지키고 딱히 이렇다 할 행보를 보이지 않았기에 일이 크게 번지지 않았다. 그런데 이제는 그 화산이 무당마저 꺾어 냈다.

한 번은 우연일 수 있다. 하지만 두 번의 우연은 없는 법이지! 그렇다는 건 화산의 후기지수들이 세인들의 평가보다 몇 배는 더 강하다는 뜻이다. 그러면…….

'시간이 조금 더 지나면 화산이 부활할 수도 있다는 뜻인가?'

만약 사실이라면 이건 대형 사건이다. 화산은 이미 구파일방에서 퇴출된 곳이 아닌가? 그런 이들이 다시 힘을 갖추게 되면 강호의 세력 판도가 뒤틀릴 수밖에 없다. 난세는 이런 데서 시작되는 것이다.

"음. 아무래도 섬서……. 응?"

보고서를 뒤적거리던 홍대광이 눈을 부릅떴다.

"……무진? 청류검 무진이 의식을 잃고 무당 제자들에게 업혀 무당으로 돌아가는 게 목격되었다고?"

이건 또 무슨 개소린가? 청류검 무진이라면 무당삼검 중 하나다. 그런 이가 의식을 잃고 쓰러질 만한 일은 대체 또 뭐란 말인가? 남영에서 무슨 일이 벌어지고 있는지 면밀하게 조사해 볼 필요가 있을 것 같았다.

홍대광이 막 바깥의 수하들을 불러들이려던 찰나였다. 움막의 문이 우득 소리와 함께 뜯기듯 열리며 삼결개 하나가 하얗게 질린 얼굴로 뛰어 들어왔다.

"부, 분타주님! 좀 나와 보셔야 할 것 같습니다!"

홍대광이 황당한 표정으로 삼결개를 바라보았다. 나와 보라니. 어디 삼결개 따위가 분타주를 오라 가라 한단 말인가?

'내가 요즘 거지들 기강을 덜 잡았구나. 쪽박이 좀 깨져 봐야, 왕거지 무서운 줄 아는 법이지. 오늘 제대로 기강을…….'

"히이이이익!"

"드, 들어가시면 안 됩니다!"

"마, 막아!"

응? 갑자기 이게 무슨 소리지? 홍대광이 고개를 획 돌리며 언성을 높였다.

"웬 소란들이냐!"

저벅. 저벅. 저벅.

잠시 후, 나직한 발소리가 들린다 싶더니 반쯤 뜯겨 버린 문으로 한 사람이 천천히 들어섰다.

"하아아아아."

입김? 아니, 저거 연기라고 해야 하나? 쟤 왜 입으로 연기를 내뿜지. 사람 무섭게? 심지어 아무런 허락 없이 안으로 들어온 놈은 두 눈을 희번덕거리며 주변을 둘러보았다. 그러더니 정확하게 홍대광에게 시선을 고정했다.

"댁이 여기 분타주요?"

황망한 눈으로 상대를 바라보던 홍대광이 일단은 고개를 끄덕였다.

"그, 그렇소만?"

안으로 들어온 이, 청명이 씨익 웃으며 말했다.

"나랑 일 하나 같이 합시다."

홍대광의 시선이 찻잔에 머물렀다. 이가 나간 더러운 잔에 싸구려 엽차가 따라졌다. 하지만 상대는 그런 건 아무렇지도 않다는 듯 후루룩후

루룩 잘도 마셨다. 아무래도 깐깐한 성격은 아닌 것 같았다. 맡은 직책상 나름 여러 문파의 사람들을 만나 봤지만, 이 나간 찻잔을 보는 순간 눈살 찌푸리는 사람이 꽤 많다.

'거지 굴에 와서 제대로 된 대접을 바라는 것들이 이상한 거지.'

그런 면에서 눈앞의 이 사람은 일단 합격이다. 장소를 가릴 줄 알고, 상황을 이해할 줄 안다. 다만 문제가 있다면…….

홍대광이 살짝 얼떨떨한 시선으로 청명을 보며 말했다.

"그러니까…… 그쪽이 그 화산의 삼대제자이신?"

"청명이요."

"그럼 그 화산에서 제일 유명하다는 화산신룡이?"

"영 마음에 안 드는 별호기는 한데, 다들 그렇게 부르더라고요."

청명이 한숨을 내쉬었다. 신룡이 뭐냐, 신룡이. 낯부끄럽게. 좀 고상하고 그럴싸한 별호도 많을 텐데, 꼭 그런 유치한 걸 갖다 붙인다니까.

"어, 그럼, 어……."

힐끔 청명의 복색을 다시 살핀 홍대광이 고개를 끄덕였다. 그의 눈이 슬쩍슬쩍 손에 든 보고서로 향했다.

'용모파기랑 비슷한 것도 같으니.'

완전히 같지는 않지만 이건 어쩔 수 없는 일이다. 저 나이대의 아이들은 하루에도 반 치씩 자라 버리니까. 일단 가슴에 새겨진 매화 무늬만으로도 저자가 화산의 제자라는 건 어느 정도 증명된다. 홍대광이 살짝 고개를 끄덕였다.

"그쪽이 화산의 삼대제자인 화신신룡 청명이라는 것은 알겠소이다. 그래서 무슨 일로 본 분타주를 찾아오셨소?"

"뭐 좀 팔려고요."

홍대광의 이마에 살짝 핏대가 돋았다.
'이 새끼는 여기가 뭔 난전인 줄 아나?'
개방 낙양 분타에 찾아와 물건을 팔겠다고 한 놈은 이놈이 처음이다.
"……그럼 물건을 팔겠다고 밖에 있는 거지 놈들을 집어 던지면서 들어왔소?"
"분타주님을 만나러 왔다는데 안 들여보내 줘서 할 수 없이 좀 손을 썼죠."
홍대광이 헛기침했다. 이건 무작정 청명을 탓할 일이 아니다. 화산신룡이라면 강호에 퍼진 명성을 감안했을 때, 그를 만나지 못할 사람은 아니었다. 상대가 어리다는 이유만으로 대충 돌려보내려 한 수하들이 잘못한 일이다.
"크흠, 그 일에 관해서는 내가 사과드리겠소."
"괜찮아요. 거지가 뭘 알겠어요."
홍대광이 눈을 가늘게 뜨고 청명을 바라보았다. 확실히 평범하진 않다. 놀랄 일은 아니다. 강호에 이름을 날리는 이들치고 평범한 이를 찾는 게 더 어렵다. 그 많은 강호인 중에서 두각을 드러내는 이들은 여러 가지 면에서 평범하지 않은 경우가 허다했다. 게다가 당대의 후기지수 중에서 가장 큰 명성을 날리고 있는 화산신룡이라면 성격 파탄자라고 해도 얼마든지 이해할 수 있다.
"소협. 소협이 강호 경험이 없어서 잘 모르는 모양인데, 개방은 그런 곳이 아니외다. 물건을 팔려면 난전으로 가 보시오."
"아, 그래요?"
청명이 고개를 끄덕이고는 자리에서 일어났다. 너무도 산뜻하게 일어나는 바람에 홍대광은 되레 당황했다.

'잡을까? 일단 뭘 팔러 왔는지는 들어 보고 싶은데…….'

홍대광이 고민을 채 마치기도 전에 청명이 물었다.

"여기 가까운 하오문 지부가 어디죠?"

뜬금없는 질문에 홍대광의 눈이 크게 흔들렸다.

"하오문 지부는 왜 찾으시는 거요?"

"물건 팔려고요."

홍대광의 눈이 흔들렸다. 개방에서 거절당하자마자 하오문을 찾는다는 건 저자가 멋모르고 이곳을 찾아온 게 아니라는 뜻이다.

"혹시 그 팔려는 물건이라는 게……?"

"안 살 사람한테 굳이 말할 필요가 있나요?"

"자, 잠시만. 소협, 아무래도 내가 실수를 한 것 같소이다!"

홍대광이 얼른 붙들었지만, 청명은 퉁명스럽게 받아쳤다.

"그래도 같은 정파라고 여기로 왔더니만, 거지들은 못 들어간다고 길 막아서지, 분타주는 난전에나 가 보라고 하지. 개방이 영 옛날 같지 않네요."

네가 옛날 개방을 어떻게 알아? 의문이 들었지만 중요한 건 그런 게 아니었다.

"이, 일단 다시 앉아 보시겠소이까?"

"흐음. 별로 당기질 않는데."

"에이, 그러지 마시고. 어서, 어서."

그제야 청명이 못 이긴 척 다시 자리에 앉았다. 홍대광이 얼른 크게 소리친다.

"여기 차를 좋은 걸로 바꿔 와라."

"차는 됐어요. 곡차나 주세요."

홍대광이 고개를 갸웃했다. 곡차는 술의 완곡한 표현이다. 곡식으로 빚은 차가 바로 술 아니던가.

"도인이?"

"그러니 곡차죠."

"어……. 이, 일단 알겠소. 여기 술 내와라, 술!"

크게 지시를 내린 홍대광이 고개를 돌려 청명을 바라보았다.

'멋모르는 자는 아닌 것 같고.'

그럼 정말 건수가 될 만한 걸 물어 왔다는 건데. 홍대광이 얼른 사람 좋은 미소를 지어 보였다.

"그래. 팔려고 하는 게 뭐요?"

"이거요."

청명이 지체 없이 품 안에서 장보도를 꺼내 내려놓았다.

암호문? 홍대광이 미간을 찌푸렸다. 한눈에 보기에도 보통 물건이 아니다. 개방의 분타주라는 위치에 있으면서 비슷한 물건을 몇 번 다뤄 본 적 있지만, 지금 청명이 내민 암호문은 지금까지 그가 봐 온 것과는 그 격이 달랐다.

'대체 얼마나 복잡한 거야?'

저게 만약 제멋대로 그려 놓은 선이 아니라 정말 정교하게 짜인 암호문이라면 대체 얼마나 대단한 자가 만들어 놓은 건지 상상이 가지 않을 정도였다.

"이, 이거……."

홍대광이 무의식적으로 장보도를 향해 손을 뻗자 청명이 손등을 찰싹 때렸다.

"에헤이! 손대면 안 되죠. 보기만 하세요!"

홍대광이 기함하여 청명을 바라보았다. 심장이 목구멍으로 튀어나오는 줄 알았다. 청명이 손등을 때릴 때까지 홍대광은 그의 움직임을 전혀 알지 못했다. 만약 청명의 손에 검이 들려 있었다면 손목이 잘려 나가도 알지 못했으리란 뜻이다.

'화산신룡이 이 정도였나?'

물론 그는 화산신룡의 실력을 의심하지 않았다. 정보를 다루다 보면 뜬소문과 진실을 어느 정도 구분할 수 있게 된다. 화산신룡의 일화가 회자될 때 종남이 입을 꾹 다물고 있던 것만 봐도, 과장은 있을지언정 거짓은 아니라는 것쯤은 알 수 있다.

하지만 그 소문이 있는 그대로의 사실이라 할지라도, 홍대광이 동작조차 잡지 못했다는 것은 충격적인 일이었다. 화산신룡에 대한 본 방의 평가를 대대적으로 수정해야 할 듯했다. 마른침을 꿀꺽 삼킨 홍대광이 다시 장보도를 바라보았다. 일단 가장 중요한 건 이거니까.

"이게 대체 뭐요?"

"에…… 그러니까, 어디서부터 설명을 해야 하나."

청명이 어깨를 으쓱하며 입을 열었다.

잠시 후, 설명을 모두 들은 홍대광이 장보도와 청명을 번갈아 바라보았다. 잠시간 말이 없던 홍대광이 입을 떼려 하자 청명이 손을 살짝 들어 말을 막았다.

"아, 잠시만요. 그거 믿어도 되냐, 황당하다, 뭐 그런 말은 사양할게요. 지금까지 충분히 들었거든요. 그리고 그게 진짜인지 아닌지를 조사하고 판단하는 게 그쪽이 하는 일 아니에요?"

"……그렇긴 하오만."

청명이 씨익 웃는다.

"됐고. 그래서 얼마에 살 거예요?"

얼마? 홍대광의 얼굴이 달아올랐다. 만약 청명의 말이 모두 사실이고, 이자가 정말 청류검 무진을 때려잡고 그에게서 장보도를 구해 온 것이라면. 그리고 이 장보도가 정말 탈검무흔, 그러니까 약선의 무덤인 검총의 것이라 했을 때.

'견적이 안 나온다.'

무가지보(無價之寶)다. 정확하게 말하면 값은 매길 수 있지만, 그 가치가 홍대광이 판단할 수 있는 수준을 넘어선다. 홍대광이 눈을 빠르게 굴렸다.

"그러니까, 어……. 이걸, 음……."

그러다 그는 돌연 고개를 번쩍 들어 청명을 바라보았다.

"파신다고?"

"네."

"왜?"

"……그게 물건 팔러 온 사람한테 할 말이에요?"

"아, 아니. 그게 아니라……."

홍대광의 상식으로는 도무지 이해할 수가 없었다.

'이걸 왜 판다는 거지?'

약선의 장보도다. 다시 말하자면 거기에는 각 문파의 신병이기와 혼원단, 그리고 그 연단법이 있을 확률이 높다. 그 셋 중 하나만 강호에 풀려도 피바람이 몰아칠 것이다. 무엇을 손에 넣든 작게는 개인에서 크게는 문파, 그리고 어쩌면 강호의 운명까지 바꿀 수가 있다.

그런데 그 모든 비밀을 간직한 장보도를 팔아 재낀다고? 홍대광이 도통 이해할 수 없다는 듯이 물었다.

"차라리 이 장보도의 비밀을 풀어 보는 게 낫지 않겠소이까?"

"안 살 거예요?"

"아, 아니. 그런 게 아니라 이게, 으음……."

청명이 피식 웃었다.

"내가 풀 수 있으면 풀었죠. 그런데 어차피 못 푸는 거 안고만 있으면 뭐 하겠어요? 돈이라도 벌어야지."

홍대광이 고개를 끄덕였다. 확실히 그건 맞는 말이다. 보물이랍시고 평생을 싸 짊어지고 끙끙대다가 결국에는 보물의 덕을 보지 못하고 죽는 이들도 부지기수다. 차라리 청명이 현명한 건지도 모른다.

'이문에 밝고 판단이 빠르다. 도인답지 않아. 오히려 상인이나 속가에 가깝다. 화산의 제자라는 것을 감안하더라도…….'

그건 이자가 생각 이상으로 위험한 자라는 뜻이다. 문파의 방침에 전적으로 따르는 이들은 아무리 강해도 세상의 이치에 순응하는 법이다. 하지만 이런 이들은 힘을 손에 넣으면 세상을 제멋대로 뒤흔들려 한다.

'삼십 년 내로 화산이 천하에 이름을 떨칠 수도 있겠군.'

홍대광이 생각에 빠진 듯하자 청명이 눈살을 찌푸렸다.

"저기요."

"아, 말씀하시오."

"서로 바쁜 거 뻔히 아는데 빨리빨리 처리하자고요. 얼마 쳐줄 거예요?"

홍대광은 장보도를 빤히 바라보다가 슬쩍 청명의 눈치를 살폈다.

'머리 회전은 빠른 것 같지만 아직은 경험이 부족하지.'

그는 짐짓 무척 곤란한 듯한 표정을 지었다.

"이 장보도가 정말 검총의 장보도가 맞는다면 그야말로 무가지보라고 할 수 있소."

"그렇죠."

"하지만 고려해야 할 것이 워낙 많소이다. 첫째는 이 물건이 무당에서 나왔다는 것. 그러니 본디 무당의 물건이라 할 수 있소. 아무리 검총의 장보도라고 하더라도 무당의 물건이라는 걸 알면 구매하려는 이의 수가 반으로 줄 것이오."

"흐음."

"그리고 또 하나는 이 장보도를 풀 수 있을지 없을지 확실하지 않다는 것."

"흐으음."

"그 외에도 개방이 이것을 매입했다는 사실을 숨겨야 하고, 소문이 퍼지지 않게 은밀히 살 사람도 찾아야 하오. 그리고 무엇보다도 이게 정말 검총의 장보도라는 증거가 없소."

"그래서요?"

청명이 빤히 홍대광을 바라보았다. 그는 살짝 헛기침하고는 입을 열었다.

"그 모든 것을 감안했을 때, 이 장보도의 적정가는 십만 냥. 내 특별히 화산신룡과의 친분을 나누는 기념으로 이만 냥 더 쳐 주겠소. 십이만 냥 어떠시오?"

"십이만 냥요?"

"그렇소."

"그렇게나요?"

"하하하하. 내 특별히 잘 쳐준 거요."

청명이 빙그레 웃자 홍대광도 그를 마주 보며 웃었다.

'그래, 네가 뭘 알겠냐?'

아무리 머리 회전이 빠르고 검의 재능으로 강호를 울린다지만, 산속에서 풀 뜯어 먹고 사는 도인들이 재물에 밝을 리가 없다. 이런 놈들을 바로 호구라고 하는 거다, 호구. 그러니까 지금 상황은 낙양 분타로 호구가 넝쿨째 굴러들어 온…….

청명이 책상 위의 장보도를 도로 품 안에 쑤셔 넣었다.

"가까운 하오문 지부가 어디라고 했죠?"

"……소협?"

청명이 빙그레 웃으며 말했다.

"가격이 잘 안 맞는 것 같으니 저는 그만 가 볼게요."

"소, 소협. 그게 무슨 말씀이시오? 가격이 안 맞다니!"

잘 나가다가 갑자기 왜 이래?

그 순간 청명이 살짝 번들거리는 눈으로 홍대광을 노려보았다.

"십이만 냥?"

"……그, 그렇소. 정 마음에 안 든다면 내가 십오만 냥까지는…….''

"십오만 냐아아아앙?"

홍대광은 그 순간 직감했다. 잘못 걸렸다. 이 새끼 이거 가격이 얼만지 대충 짐작하고 있다. 어, 어떻게든 이 사태를 수습해야…….

"이 새끼들이 보자 보자 하니까!"

급기야 청명의 눈이 완전히 뒤집혔다. 그리고 쾅 하는 굉음과 함께 책상도 뒤집혔다. 사방으로 비산하는 보고서와 엽차를 보며 홍대광이 넋을 놓았다.

"감히 누굴 등쳐 먹으려고 들어, 이 거지새끼들이!"

어……. 이거 아무래도 망한 것 같은데.

'과연 화산신룡이군. 명불허전이다!'
홍대광은 더 이상 청명의 실력을 의심하지 않았다. 의심할 필요가 없다. 반쯤 돌아가 버린 그의 턱주가리가 충분히 증명해 주고 있으니까.
맞았냐고? 아니……. 뭐 그렇다면 그렇고, 아니라면 아니다. 정확하게는 '내가 다시는 거지 굴 쪽으로는 오줌도 안 싼다!' 하고 외치며 나가려는 청명의 허리를 잡고 늘어지다가 팔꿈치에 스쳤을 뿐이다. 참으로 다행이다. 스쳐서 이 정도인데, 제대로 맞았으면 평생 고기를 먹지 못하게 됐을 것이다.
"……백이십만 냥 쳐드리겠습니다."
"장난하세요?"
"백삼십……."
"하?"
홍대광은 당당한 정파인 개방의 제자다. 그것도 낙양이라는 대도시의 분타주를 맡을 만큼 능력을 인정받고 있는 이다. 그런 이가 새파란 놈에게 마냥 질질 끌려다녀서야 되겠는가. 그는 얼굴을 굳혔다. 그리고 개방이 그토록 강조했던 단 하나의 가치를 굳건히 지켜 나가기로 다짐했다.
"하이고오, 소협. 저희 분타에서 융통할 수 있는 돈은 그게 전부입니다. 본파에서 지원을 받으려면 최소한 보름은 더 걸립니다. 정 그러시면 제가 이백만 냥 쳐드릴 테니, 백만 냥은 지금 받으시고, 한 달 뒤에 나머지 백만 냥을……."
"삼백만 냥, 일시금. 아래로는 꿈도 꾸지 마세요."
'저 귀신 같은 새끼.'

홍대광의 눈이 파르르 떨렸다. 삼백만 냥이라는 말이 나온 것부터 기겁할 일이다. 홍대광이 평가한 저 장보도의 적정가가 딱 삼백만 냥이었으니까. 그 가치를 알고 말하는 건지, 아니면 모르고 일단 야바위를 치는 건지는 알 수 없지만 어쨌든 액수가 꼭 맞아떨어졌다.

홍대광은 난처하기 이를 데 없었다. 하지만 어쩔 도리가 없었다. 청명은 의자에 등을 한껏 기댄 채 거만하게 다리를 꼬았다. 그의 한 손에 들린 장보도가 팔랑거렸다. 마치 이거 안 받으면 난 하오문으로 바로 달려간다 하고 몸으로 말하는 것 같았다.

"소협······. 조금 전에도 말했듯이, 지금 낙양 분타에는 그만한 돈이 없소."

"네, 알아요."

"예?"

"거지 굴에 무슨 돈이 있겠어요. 그 백삼십이라는 것도 여기저기 빌릴 돈을 다 감안해서 나온 금액이었죠?"

"그, 그렇소이다."

"근데 걱정 안 하셔도 돼요. 다 방법이 있으니까."

"······방법이라시면?"

청명이 흐뭇하게 웃는다.

"저기 옆에 보면 대륙전장 낙양 지부가 있던데, 거기 가서 개방 이름으로 급전이 필요하다고 하면 삼백만 냥 정도는 바로 끊어 줄 거예요. 전표로 가지고 오세요. 간단하죠?"

"······어, 간단하지. 그거 정말 간단한 일이네. 내가 그걸 왜 몰랐을까? "물건 산다고 사채를 쓰라니! 인생 망하는 지름길이지 않소!"

"왜 그걸 그쪽이 걱정해요? 거지가 더 망할 인생이 어디 있다고? 망했으니 거지지! 안 망했는데 왜 거지를 하나, 거지를!"

……어? 틀린 말은 아닌데? 설득력이 있다. 홍대광도 살짝 넘어갈 뻔했다. 그는 퍼뜩 정신을 차리고 고개를 저었다.

"여하튼 그렇게는 무리요. 우리는 더 이상은 드릴 수 없소. 하오문에서도 그만한 돈은 준비하지 못할 거요."

이건 사실이었다. 그만한 돈을 단숨에 내놓는다는 건 어디서도 쉽지 않은 일이다.

"그럼 어쩔 수 없죠."

청명이 주섬주섬 장보도를 쑤셔 넣었다.

'이번에는 안 당한다, 이놈아.'

아까야 워낙 값을 후려쳐서 불렀으니 하오문에 가는 게 겁이 났지만, 이번에는 아니다. 하오문이라 해도 삼백만 이상을 주지는 못할 것이다. 그러니 여유로울 수 있었다.

"하오문에 가 보려 하오? 그것도 좋겠지. 가서 물어보고 다시 오시오."

"안 가는데요?"

"……응?"

홍대광이 고개를 갸웃했다.

"그럼 어딜 가시는 거요?"

"무한에요."

"무한? 거기는 왜?"

"낙양 분타에서 안 산다니까 무한 분타에 가서 팔려고요."

홍대광의 눈가가 경련을 일으켰다.

"개, 개방 무한 분타에?"

"네. 아, 여기보다 멀어서 안 가려고 했는데. 이렇게 됐으니 어쩔 수 없죠."

순간 홍대광의 입에서 딸꾹질이 터져 나왔다. 저게 무한 분타에 팔리면? 망한다. 말 그대로 망한다.

분타가 왜 분타인가? 본단에서 처리하지 못하는 세세한 일을 깔끔하게 처리하라고 세우는 게 분타다. 그리고 각 분타주들은 다들 훗날의 개방 방주 자리를 두고 경쟁한다. 누가 얼마나 공을 세웠느냐가 재깍재깍 평가된다. 그런데 무한 분타에서 약선의 장보도를 입수하게 된다면 무한 분타주의 평가가 수직으로 상승할 것이다.

'안 돼! 그놈이 득 보는 꼴은 못 본다!'

세상 모든 사람이 청명 같지는 않겠지만, 모두가 조금씩은 그런 마음을 품고 있기 마련이다. 내가 잘되는 것도 중요하지만, 남이 잘되지 않는 것도 중요하다. 특히나 그 사람이 경쟁 관계에 있다면 말이다.

"부지런히 달리면 하루면 도착할 테니까. 그럼 가 볼게요."

"자, 잠시만, 소협! 잠시만!"

"왜요?"

홍대광은 피눈물을 흘리는 심정으로 청명을 잡았다. 무한 분타주 구지개(九指勾)가 이득을 보는 것도 문제지만, 놈의 성정이라면 반드시 청명이 낙양 분타에 먼저 들렀다가 못 팔아서 자신에게 왔다는 말을 떠들어 댈 것이다. 그렇게 되면 단순히 득을 보는 것만이 문제가 아니다. 약선의 장보도를 그냥 보냈다고 늙어 빠진 장로 놈들……. 아니, 장로님들이 맨발로 달려와 싸대기를 후려칠 게 분명하다.

"사, 사겠소! 삼백만 냥!"

"누가 삼백이래요?"

청명이 씨익 웃으며 품 안의 장보도를 꺼내 흔들었다.

"삼백이십만."

"예? 아, 아니, 분명 조금 전에는······."

"물건의 시세라는 건 잠깐 사이에도 변하는 법이죠. 그새 이십만 냥이 올랐네요."

"이, 이게······."

"어이쿠야. 물건값이 또 오르려고 하네? 이제는 삼백삼십만이네. 조금만 더 있으면 삼백오······."

"으아아아아! 사겠소! 산다고! 삼백삼십!"

"크으. 현명한 선택이십니다."

너무도 감격해 버린 홍대광이 두 손으로 제 얼굴을 감싸 쥐었다. 어깨가 부들부들 떨리는 것이야말로 감격의 증명 아니겠는가? 이 어린놈에게 있는 대로 얻어맞고, 가진 걸 다 털릴 줄이야. 심지어는 고리대금까지 쓰게 생겼다. 대체 어디서 이런 놈이 떨어졌는지 알 수가 없다.

"진품임은 확실히 보장되어야 할 것이오!"

"물론이죠."

"만약 가품일 시에는 반드시 그 책임을 묻겠소!"

"그러세요."

홍대광이 앓는 소리를 흘리며 한숨을 푹 내쉬었다. 이젠 기호지세다.

"장백! 장백이 밖에 있느냐?"

"예, 분타주님!"

"대륙전장에 가서 내 이름을 대고 이백오십만 냥을 융통해 오거라. 그리고 분타의 자금도 팔십만 냥 가져오고!"

"그, 그 큰돈을 대체 어디 쓰시려고······?"

"잔말 말고 빨리 가, 인마!"

"예, 옛!"

장백이라 불린 이가 부리나케 달려가자 청명이 흐뭇하게 미소를 지었다.

"거래할 줄 아시네요."

"……소협도 아주 죽여주는구려."

정말 죽이고 싶을 만큼 말이다. 홍대광은 몰래 이를 뿌드득 갈았다. 뭐 이런 놈이 다 있나. 생긴 건 어린 티가 풀풀 나는데 하는 짓은 강호의 늙은 생강들보다 더하다. 강호의 노인들은 그래도 체면이라는 게 있어서 의뭉은 떨지언정 최대한 자신의 체면에 손상이 가는 짓은 피하기 마련인데. 눈앞의 이놈은 잃을 게 없다는 것처럼 굴고 있다.

"화산신룡이 이리 돈을 밝힐 줄은 몰랐구려."

"돈 벌 줄 알았으면 거지 됐겠어요? 이해합니다."

……아니, 근데 이 새끼는 어떻게 하는 말마다 사람 속을 뒤집어 놓지?

협상에서 털리고, 말로도 털린 홍대광이 깊게 한숨을 내쉬었다. 이미 사 버린 것, 이제는 되돌릴 수도 없다. 차라리 산 장보도를 어찌 처리할지나 고민하는 게 낫다. 저 꼴 보기 싫은 놈을 생각할 게 아니라. 사실 진품이기만 하면 삼백만 냥도 싸게 먹히는 거다. 팔려고 마음만 먹는다면 그 이상의 돈쯤이야 언제든 받아 낼 수 있다.

그리고…… 팔지 않는다는 선택지도 있다. 이건 검총의 장보도다. 팔아 치운다면 거금이 되겠지만, 차라리 개방이 검총을 발굴해 버리는 것도 하나의 방법이 될 수 있다. 가능만 하다면……. 아니, 진짜 그게 더 나을 수도 있겠는데?

홍대광이 이리저리 머리를 굴리는 와중에, 장백이 안으로 뛰어 들어왔다.

"여기 있습니다, 분타주님."

"수고했다."

"그리고 여기 아까 말씀하신 술……."

홍대광의 입매가 살짝 떨렸다.

'아니. 이 새끼는 왜 눈치도 없이 술도 이렇게 비싼 걸로?'

이미 협상이 끝났으니 술은 물리라고 말하려는데, 청명의 손이 번개같이 술병을 낚아챘다. 재빨리 뚜껑을 딴 청명이 술병에 코를 들이대며 감탄했다.

"아이고, 감사! 크으, 향 좋고. 개방 분타에는 어울리지 않는 술이네요."

병째 나발을 꼴꼴꼴꼴 불더니 크으, 하는 소리와 함께 소매로 입가를 쓱 문질렀다.

"한잔하실?"

"……괜찮소."

이제 홍대광은 한시라도 빨리 이놈을 보내 버리고 싶은 마음뿐이었다. 전표를 확인한 그는 다시 한번 땅이 꺼지도록 한숨을 푹 내쉬었다.

"내 살아생전 전장에서 돈을 빌리는 날이 올 줄이야."

"거지한테는 색다른 경험이겠네요."

"……여기 있소이다. 확인하시오."

받아 든 전표만 한 뭉치가 넘었다. 촤라락 넘기며 확인한 청명은 고개를 끄덕이더니 전표를 품속으로 쑤셔 넣었다. 가슴께에 묵직함이 느껴지자 온 세상이 뿌듯해지는 기분이었다.

"크, 왜 돈 냄새는 맡아도 맡아도 질리질 않는 걸까."
'진짜 도인인가?'
아무리 봐도 사짜 같은데? 어쩌면 한번 몰락했다가 회복하는 와중에 화산이 원래의 색을 버린 걸지도 모른다. 그게 아니라면 어찌 이런 자가 화산에서 나올 수 있단 말인가?
"여기 있어요."
청명이 깔끔하게 장보도를 홍대광에게 넘겼다. 홍대광은 장보도를 받아 들고는 눈을 가늘게 떴다. 아무리 봐도 진품이었다. 일단 종이 자체에서 오래된 티가 엄청 났다. 그리고 그어진 선들도 세월에 살짝살짝 바래 있다. 아무리 정교하게 위조한다고 해도 홍대광은 알아볼 자신이 있었다. 하지만 이 장보도에서는 어떤 위조의 흔적도 찾아낼 수 없었다.
"그럼."
청명이 자리에서 일어났다. 그때 홍대광이 지금까지와는 달리 살짝 차가운 어조로 입을 열었다.
"좋은 거래였소. 하나, 한 가지는 명심하시오. 그대가 만약 수작질을 부렸다면 그 대가는 반드시 치르게 될 거요. 천하에 거지의 눈이 없는 곳은 존재하지 않소."
"거, 속고만 사셨나. 그거 무조건 진품이에요."
"그렇게 확신하는 이유가 있소?"
"네."
일순 홍대광의 안색이 환해졌다. 저렇게까지 자신 있게 나온다는 건 그에게도 나쁜 소식이 아니다. 이 장보도가 진품일 확률이 올라가는 거니까.
"그게 뭐요?"

"무당이 그 장보도 해석했거든요. 그러니 진품이죠."

"아, 그럼 확실하……."

홍대광이 입을 다물었다. 이윽고 그의 지저분한 수염이 파르르 떨리기 시작했다.

"바, 방금 뭐라고?"

"해석, 그러니까 풀었다고요."

"누가?"

"무당이."

"아……. 무당이?"

청명이 고개를 끄덕이며 싱긋 웃었다. 그 웃음이 얼마나 상쾌한지 절로 기분이 좋아질 정도였다.

"그럼 곧 무당이 발굴하러 가겠구려."

"네. 지금쯤 출발했을걸요?"

홍대광은 마침내 상황을 이해했다. 그리고 그 이해가 부를 만한 반응은 오직 하나뿐이었다.

"그걸 왜 지금 말해! 이 미친놈아아아아아아아아!"

청명이 낄낄대며 거지 굴을 호로록 빠져나갔다.

"저 새끼 잡아아아아아아!"

하지만 그 청명이 고작 거지들에게 잡힐 리 없었다. 달려드는 거지들의 손을 이리저리 잘도 피해 낸 그는 훌쩍 움막 지붕으로 뛰어올라 소리쳤다.

"거짓말은 안 했어요!"

진실을 다 말하지 않았을 뿐이지.

"무당이 뭔가 한다는 걸 사람들이 알기 전에 빨리 팔아넘기는 게 좋을 거예요. 그럼 이만!"

청명이 훌쩍 몸을 날리자 분을 이기지 못한 홍대광이 끝내 게거품을 물고 뒤로 넘어갔다.

"분타주님! 분타주님! 괜찮으십니까?"

"저……. 저 미친……. 저……."

그러다 퍼뜩 정신을 차렸다.

"안 돼! 내 돈! 이러고 있을 시간도 없다!"

홍대광이 장보도를 움켜쥐었다. 그의 두 눈이 무섭게 불타올랐다.

"지금 당장 검총의 장보도를 살 만한 문파를 수소문해라! 싸게 넘긴다고 해!"

"선별합니까?"

"아니! 있는 대로 다 불러들여! 근처에 있는 문파! 현금 박치기 가능한 곳들로! 문파가 아니어도 괜찮다. 이름 있는 자들이 주변에 있는지 확인하고 모조리 다 불러들여! 그리고 도면 전문가들 불러서 사본 떠! 당장!"

"예, 분타주님!"

두 눈이 이글거리다 못해 활활 타오르는 듯 보였다.

"아, 그리고 본파에 지원을 요청해라! 우리 개방도 간다!"

"예?"

"……어디 한번 해 보자고, 쟁탈전!"

개방 혼자서는 무당을 감당할 수 없다. 급하게 끌어모은 병력으로는 더더욱. 하지만 이 장보도를 이용해 군웅들을 끌어모은다면 이야기가 달라진다.

"그래. 한번 해 보자고. 이렇게 된 거, 영약 쟁탈전이다! 그 망할 화산 신룡 새끼도 족칠 겸!"

그 모든 것이 청명이 짜 놓은 흐름이라는 걸 알 리 없는 홍대광이었다.

· ❖ ·

차가운 산바람이 품을 파고들었다. 현종의 시선이 먼 곳을 향했다. 화산을 넘어, 화음을 넘어 저 먼 남영 땅이 있는 곳. 말없이 먼 곳만 응시하는 그의 뒤에서 현영이 슬그머니 입을 열었다.

"지금쯤이면 소식이 올 때도 되지 않았습니까? 거, 무심한 놈들 같으니. 뭔 일이 있는지 연통이라도 빠릿빠릿하게 보내 주면 좋을 텐데."

현영의 말에 현상이 쓴웃음을 지었다.

"놀러 간 것도 아니고, 임무를 맡아 간 아이들이다. 그럴 틈이 있겠느냐?"

"답답하니 이러는 것 아닙니까, 답답하니!"

현영이 가슴을 치는 시늉을 했다. 그에 현종이 살짝 미간을 찌푸렸다.

"장로씩이나 되어서 그리 인내심이 없어서야."

"장문사형이 하실 말씀입니까? 하루에도 열댓 번은 여기 올라서 그러고 계시면서."

현종이 입을 다물고 고개를 슬쩍 돌렸다. 답답한 마음을 쉬이 가눌 수 없어 산을 오른 게 오늘만 해도 세 번째다. 이제는 저 현상과 현영마저 그를 따라 산을 오르고 있다.

"잘하겠지."

현상이 슬그머니 현종의 편을 들었다. 하지만 현영은 그것도 마음에 들지 않는 모양이었다.

"속도 좋습니다. 아무리 어쩔 수 없었다지만 애들끼리만 무당을 상대했을 텐데 걱정도 안 되십니까? 어찌 그리 속 편한 말씀을 하십니까?"

"어디에도 뒤지지 않는 아이들이 아니냐. 우리와는 다르니 잘할 것이야."

현영의 얼굴이 살짝 일그러졌다.

"달라야지요. 그놈들은 절대 우리 같아서는 안 됩니다."

그 말에는 현자 배의 아픔이 어려 있었다. 그들은 화산이 몰락하는 것을 제 눈으로 지켜보고, 제 몸으로 겪었다. 믿었던 이들이 돌아서고, 사형제라 생각했던 이들이 본산을 등지는 모습을 수도 없이 보았다. 그 혼란한 와중에 일신상의 무학마저 제대로 갖추지 못했다. 그래서 겪은 설움은 또 오죽했던가?

"그놈들은 달라야 합니다. 그놈들은 떵떵거리며 살아야죠. 우리처럼 궁상맞게 살아서는 안 됩니다."

"화산의 명예가……."

현상이 한마디 하려 하자 현영이 그의 말을 잘라 버렸다.

"명예고 나발이고 그게 뭐 그렇게 중요합니까. 저는 그놈들이 배곯지 않고, 어디 가서 무시당하지 않으면 그걸로 만족합니다."

현상은 아무 말도 하지 못하고 입을 닫았다. 무파에 어찌 명예와 명성이 중요하지 않겠냐마는, 저 말에는 재경각을 수십 년간 맡아 온 현영의 진심이 담겨 있었다. 그러니 함부로 말을 할 수가 없었다. 가만 듣던 현종이 나직하게 뇌까렸다.

"그 아이들은 화산의 새로운 이름이 되어야지. 우리는 그 거름으로 족한 게야. 거름으로나마 쓸 수 있다면 말이다."

그때였다. 말을 하던 현종의 고개가 느릿하게 돌아갔다. 저 아래에서 운암이 산을 뛰어 올라오고 있었다. 다급하게 올라온 운암은 앞에 서자마자 그들을 향해 예를 갖추었다.

"무슨 일이더냐?"

"화음의 소상단주께서 남영의 소식을 보내 주셨습니다."

현종의 눈이 살짝 커졌다.

"오, 소상단주께서!"

현종이 기대와 불안이 뒤섞인 표정으로 운암을 바라보았다. 지금 당장 소식을 이야기해 보라 말하고 싶지만, 막상 좋지 않은 소식일까 봐 겁도 났다. 그래서 차마 재촉할 수가 없었다. 하지만 현영은 그렇지 않은 모양이었다.

"빨리빨리 말을 해 보거라! 숨넘어가겠다!"

"예. 화영문과 종도관을 대신하여 화산의 아이들과 무당의 제자들이 비무를 했다고 합니다. 그리고 화산이 승리하여 종도관이 남영을 떠나기로 했답니다!"

현종이 눈을 부릅떴다.

"그게 사실이더냐?"

"소상단주가 이미 몇 번이나 확인해 봤다고 합니다. 그러니 사실일 겁니다."

"무당과 비무라. 무당과의 비무에서 이겼다는 말이지?"

"그렇습니다, 장문인."

"허허. 허허허허허."

현종이 말을 잇지 못하고 너털웃음을 터뜨렸다. 현상이 빙그레 웃으며 말했다.

"그것 보십시오. 그 아이들은 다르다고 하지 않았습니까?"

남영으로 간 아이들 모두의 실력을 아는 현상으로서는 그 아이들이 또래에게 진다는 것을 상상할 수 없었다. 다만 한 가지 마음에 걸렸던 것은 무당 제자들의 실력을 정확히 알 수 없다는 거였지만, 이제는 그마저도 시원하게 해결되었다.

"그럼 화영문은?"

"화영문은 남영에 계속 남아 다시 문도를 받기 시작한 것 같습니다."

"그것참 잘되었구나."

현영도 그제야 환한 웃음을 지었다.

"잘해 낼 줄 알았습니다! 아암, 그놈들이 어떤 놈들인데!"

"허어, 무당을 이겼구나."

"대단한 일입니다. 그 아이들은 정말 화산의 이름을 빛낼 것입니다. 그리고 언젠가는……."

현상은 뭔가 말을 하려다 입을 다물었다. 이건 차마 입 밖으로 낼 수 없는 말이었다.

'이대로 이대제자와 삼대제자가 성장해 준다면, 언젠가는 화산이 다시 구파일방에 들 날도 오리라.'

너무 꿈같아서 말로 할 수 없는 것이다.

"그래. 아이들은 바로 복귀한다더냐?"

"직접 연락을 받은 것이 아니라 거기까진 모르겠습니다. 하지만 남영에 남아 할 일이 없으니 이제 곧 돌아오지 않겠습니까?"

"음, 그렇겠지. 재경각주."

현종이 빙그레 웃으며 현영을 돌아보았다. 호칭이 달라지자 현영도 자세를 바로 했다.

"예, 장문인."

"고생하고 돌아올 아이들을 환영할 준비를 해야 하지 않겠나?"
"걱정하지 마십시오. 제가 잘 준비하겠습니다."
"그래. 사흘 정도면 돌아오고 남겠지."
현종이 더없이 따뜻한 눈으로 저 먼 남영 땅이 있는 곳으로 다시금 시선을 주었다.
'고생 많았다, 이 녀석들아.'
그리고 그때였다. 현영이 의아하다는 듯 입을 열었다.
"그런데 좀 신기하긴 합니다."
"뭐가 말인가?"
"청명이 그놈이 별 사고를 안 친 모양입니다. 그놈이 일을 저질렀으면 그 소식이 제일 먼저 들려왔을 텐데."
그에 현종이 너털웃음을 터뜨렸다.
"그 녀석도 도기(道器)가 아니더냐. 안에서 샌다고 바깥에서까지 새기야 하겠느냐?"
"하기야 그렇습니다."
"이번 일로 천하는 우리 화산이 아직 몰락하지 않았음을 확실히 알게 되겠지. 그리고 화산의 제자들이 천하의 누구에게도 뒤지지 않는다는 것 역시 알게 될 것이다. 이제는 우리가 더 열심히 해야지."
"물론입니다, 장문인."
현종이 빙그레 미소를 지었다. 그의 시선은 더없이 맑고 투명했다.
하지만…… 이곳에 있는 이들은 몰랐다. 지금 '그' 청명이 무슨 짓을 저지르고 있는지. 세상일이라는 건 절대 원하는 대로는 풀리지 않는다. 특히나 청명이 관련된 일이라면 더욱 말이다.

• ❖ •

 무당의 장로 허산자(虛散子)가 가만히 앞을 응시하다 말고 고개를 돌려 진현을 바라보았다.
 "그러니까, 네가 예전에 말한 대로라면…… 남영에는 화영문 말고는 마땅한 문파가 없고."
 "……예."
 "남영 자체는 시골이나 다름없어서 보는 눈도 그다지 많지 않다는 것이지?"
 "그렇습니다."
 허산자가 앞쪽을 다시 응시했다. 그렇게 몇 번 번갈아 가며 시선을 주던 그는 떨떠름하게 물었다.
 "그럼 저 사람들은 다 뭐란 말이더냐?"
 "……그게……."
 진현 역시 망연히 앞쪽을 바라보았다. 글쎄, 저걸 뭐라고 해야 하나? 바글바글? 아니면 우글우글?
 남영으로 들어가는 입구를 사람들이 가득 메우고 있었다. 문제는 저 사람들이 남영의 입구를 점거하고 있는 게 아니라, 지금 남영으로 들어가고 있다는 점이다. 이는 즉, 지금 눈앞에 보이는 인파도 남영으로 향하는 이들의 일부에 불과하다는 뜻이다. 게다가 하나같이 허리춤에 병장기를 차고 있는 것으로 보아 다들 무림인임에 틀림이 없다. 진현은 직감적으로 알 수 있었다.
 '분명 그놈이 또 뭔가를 저질렀구나!'
 그게 아니고는 설명이 안 된다. 진현의 뇌리에 실실 쪼개는 청명의 얼굴이 떠올랐다. 이를 뿌드득 갈아붙인 그가 나직이 말했다.

"아무래도 화산 놈들이 일을 벌인 모양입니다."

"……일?"

"장보도를 퍼트린 것 아니겠습니까?"

허산자의 동공이 살짝 흔들렸다.

"……그, 그걸 퍼트린다고? 대체 무슨 생각으로?"

검총의 가치는 정확하게 측정하는 것도 불가능할 정도다. 그렇기에 무당 역시 이 일에 사활을 걸고 있지 않은가? 그런데 그 귀중한 정보를 담은 장보도를 퍼트려 버린다고? 정신이 박힌 인간이 할 짓인가, 그게?

말문이 막혀 버린 허산자는 남영 입구를 멍하니 보았다. 무당 내에서도 유독 침착한 성정을 지녔다고 평가받는 허산자지만, 이 순간만큼은 당황하지 않을 수 없었다. 그 화산신룡인가 뭐가 하는 놈이 제정신이 아니라는 소리는 여기까지 오는 동안 수도 없이 들었다. 그런데 설마 이렇게까지 막 나가는 놈일 줄이야.

"아무리 장보도를 퍼뜨렸다고 하더라도, 불과 사흘 만에 사람이 이리 모일 수 있다는 말이냐?"

"……검총이 남영 근처에 있다는 정보까지 샌 모양입니다. 보아하니 남영 주변의 무림인들은 모조리 몰려온 것 같지 않습니까?"

허산자의 눈썹이 꿈틀거렸다. 이거야말로 그들이 가장 피하고 싶었던 일이다. 검총은 그 존재만으로도 피를 부를 만한 곳이다. 그렇기에 은밀하게 일을 해결하려 들었던 거고.

'악의까지 느껴지는 일이로고.'

허산자는 즉각 사태를 알아챘다. 이건 비단 검총을 노리고 한 일이 아니다. 어떻게든 무당이 홀로 검총에 들어가 발굴하는 것만은 막아 보겠다고 벌인 일이다.

"장보도를 가져간 아이가 화산신룡이라고 했었느냐?"

"그렇습니다."

대체 뭐 하는 놈이란 말인가. 생각하면 할수록 황당하기 짝이 없다. 그 어린아이가 이런 독한 수를 쓸 수 있다고? 내가 못 먹으면 너도 먹지 말란 소리다. 아니, 먹더라도 개고생은 해 보라는 뜻이다. 남영에서 풍겨 오는 진득한 악의에 허산자는 다문 입술에 꽉 힘을 주었다.

"어떻게 합니까, 장로님?"

진현의 막막한 물음에 허산자의 눈빛이 무겁게 가라앉았다. 당황한 것은 사실이지만, 계속 놀라고만 있을 수는 없다.

"남영으로 향하고 있다는 건…… 아직 장보도를 풀지 못했다는 뜻이겠지?"

"그런 것 같습니다."

허산자의 입에서 침음이 흘러나왔다. 발목을 잡겠다는 그 발상은 높게 사나, 그렇다고 순순히 발목 잡혀 줄 무당이 아니다.

"그렇다면 달라질 것은 없다. 사람들의 눈을 피한다는 계획은 어긋났지만, 검총에 먼저 들어갈 수만 있다면 아무래도 상관없다."

무당 제자들의 눈빛에 단호한 의지가 깃들었다.

"보아라."

허산자가 앞쪽을 향해 턱짓했다. 이쪽을 힐끔힐끔 보는 이들이 있었다. 그중 몇몇은 심지어 대놓고 힐끔거리면서 저들끼리 대화를 나누고 있었다.

"이미 주목을 끌어 버린 상황이다. 움직이기 시작한다면 저들은 어떻게든 우리를 방해하려 들 것이다. 하나 그뿐. 잊지 마라. 우리는 무당이다. 우리가 마음을 먹는다면 천하의 누구도 우리의 앞을 막아설 수 없다."

"예, 장로님!"

무당이라는 그 이름이 제자들의 가슴에 불을 붙였다.

"거추장스러운 일을 피하려 했을 뿐이지, 세상이 두려워 숨으려던 게 아니었다. 이제 모두가 그 사실을 알게 될 것이다."

모두를 한번 돌아본 허산자가 차가운 목소리로 일갈했다.

"준비해라. 검총으로 갈 것이다."

* ◈ *

"저, 저 사람은 오독수(五毒手) 아닌가?"

"강서(江西)의 귀신이라 불리는 자가 여기까지 오다니. 마침 이 주변에 있었던 모양이로군."

"저긴 초검문(礎劍門)이로군. 과연 이런 일에는 빠질 수 없다는 건가?"

"낙양 송백문(松柏門)과 잔월각(殘月閣)도 보이는군. 근방의 이름난 문파들은 모조리 몰려온 모양이야!"

"……자, 잠깐. 저기 저 홍의를 입은 자는 삼살귀 같은데?"

"저 인간 백정까지 오다니. 아무래도 이번 일은 길보다 흉이 많을 것 같구먼!"

남영에 모여든 중인들은 연이어 몰려오는 이들을 보며 혀를 내둘렀다.

"과연 검총이라는 건가?"

"생각이 있는 자라면 달려오지 않을 수 없겠지. 하지만…… 이번에도 결국 뜬소문일 확률이 높지 않나. 그동안 검총이 나타났다는 소리만 벌써 다섯 번은 넘게 들은 것 같은데, 다 헛소문에 불과했지 않은가?"

"이번에는 다르다니까. 그 검총의 소식을 전한 게 다름 아닌 개방 아닌가? 개방이 언제 헛소문을 퍼뜨린 적이 있었던가?"

"으음. 그건 그렇지."

"그러니 저런 이름 높은 자들마저 만사를 제쳐 두고 달려온 것 아니겠나. 검총만 손에 넣을 수 있다면 천하를 오시할 테니."

"쯧쯧쯧. 헛된 망상은 버리게나. 저 틈바구니에서 우리가 무슨 용빼는 재주가 있다고 신병을 구할 수 있겠는가?"

"모르는 소리. 이런 상황에서는 무슨 일이 벌어질지 모르는 걸세. 혹시 아는가? 천운이 닿을지!"

부정적인 말을 하는 이 역시 두 눈에서 욕망의 빛을 지우지 못했다.

강호를 살아가는 수많은 이들은 대부분 그저 역사에 휩쓸리기 마련이다. 그중 자신의 실력으로 명성을 떨치고, 역사를 만들어 가는 이는 고작 한 줌에 불과하다. 강호의 모든 이가 천하제일인이 되고 싶어 하지만, 그 자리에 오를 수 있는 이는 겨우 한 명인 것과 다르지 않다. 다시 말하자면 이곳에 모인 대부분을 비롯해, 강호를 살아가는 평범한 이들은 한 줌에 불과한 영웅들의 삶을 돋보이게 할 배경에 지나지 않는다는 소리다.

하지만 신병(神兵)을 손에 넣을 수만 있다면, 어쩌면 그 한 줌의 영웅들의 대열에 끼어들 수 있을지 모른다. 이는 강호인이라면 누구라도 거부할 수 없을 만한 유혹이다. 애초에 신병이란 그런 것이다. 이곳에 온 이들 중, 자신이 다른 이들을 모두 제치고 신병을 차지할 실력이 있다고 생각하는 이는 얼마 없다. 하지만 혹시나 하는 마음을 버릴 수가 없는 것이다.

"금방이라도 전쟁이 날 것 같은 분위기로군."

"다 그런 것 아니겠나. 전쟁에서 살아남는 이가 검총의 신병을 쟁취하는 거지."

사람들이 웅성웅성 떠드는 이야기를 듣던 두 사람이 슬그머니 인파에서 빠져나왔다.

"이거 진짜 큰일 나는 것 아닙니까, 사형?"

조걸의 말에 윤종이 넋이 나간 표정으로 주변을 돌아보았다.

"미친놈……."

뭐? 판을 키워? 그것도 정도가 있는 법이지! 이게 대체 무슨 짓거리란 말인가? 남영 주변은 물론이고 낙양과 무한에서까지 사람들이 몰려들고 있다. 이대로 며칠만 더 지나면 남영은 사람들로 빽빽하게 들어차 발 디딜 틈도 없을 것이다. 이러고 있는 지금도 무인들이 구름처럼 몰려들고 있지 않은가.

"……대체 무슨 생각인지 모르겠네."

어떤 의미로는 대단하다. 단순히 무당이 쉽게 검총을 손에 넣을 수 없게 하겠다는 마음만으로 상황을 여기까지 끌고 와 버리다니. 범인(凡人)이라면 상상이나 할 수 있겠는가? 윤종은 어쩌면 자신들이 그동안 청명을 과소평가해 왔을지도 모른다고 생각했다.

그게 아니면…… 문파원들을 대할 때와 타인을 대할 때의 청명이 아예 다른 사람이든가.

"일단 돌아가자."

"예, 사형."

윤종과 조걸은 화영문까지 걸음을 재촉했다. 인파를 헤치고 가까스로 화영문에 도달한 윤종이 얼른 안으로 들어섰다. 기다리고 있던 백천이 그들을 보자마자 바로 달려왔다.

"어떠냐?"

"난리도 아닙니다. 저는 무림인이 저렇게 많이 모인 건 처음 봤습니다."

"이제는 남영 사람보다 무림인이 더 많아 보입니다."

"……그렇더냐."

듣기만 해도 질리는 모양으로 백천의 얼굴도 살짝 핼쑥해졌다.

"정말 이래도 되는 걸까요?"

"난들 알겠느냐!"

조걸의 물음에 백천이 얼굴을 확 일그러뜨렸다. 도무지 알다가도 모를 사람이 청명이었다. 아무리 이해를 해 보려고 해도 무슨 생각을 하는 건지 알 수가 없다.

그때 윤종이 눈을 가늘게 뜨며 본관 앞쪽 대청에 앉은 두 사람을 가리켰다.

"그런데 저분은 누구십니까?"

대청마루에 드러누워 술병을 잡고 있는 놈이야 흔히 보던 청명이니 그렇다 치고, 건너편에 앉아 있는 사람은…….

"거지?"

"쉿."

백천이 손가락을 입에 가져다 댔다.

"무례를 저지르지 마라. 개방 분이시다."

물론 개방이 거지가 모인 문파는 맞지만, 거지 소리를 듣기 좋아하는 거지는 없는 법이다. 보통은 화자나 걸개라는 식으로 말을 돌려서 하는 것이 예의였다.

"저 화자 분은 누구십니까?"

"개방의 낙양 분타주시라는구나."

"아니. 그런 분이 왜 여기를……."

"글쎄다. 청명이 놈이 또 뭔가를 저질렀겠지."

모두의 얼굴이 떨떠름해졌다.

'제발 사람답게 살자, 사람답게.'

'뭔 일을 저질러도 상식선에서 좀 저지르자고.'

'이러다 단명하겠네, 진짜.'

그들이 무슨 생각을 하든 간에 청명은 여유롭게 술만 꼴꼴 들이켜고 있었다.

"……됐냐?"

"뭘요?"

"네놈이 원하는 대로 됐으니 이걸로 됐냐는 말이다."

"거, 말씀 이상하게 하시네. 제가 뭘 어쨌다고요."

"끄으응."

홍대광의 얼굴이 마구 뒤틀렸다.

'이 귀신 같은 어린놈이.'

작금의 사태를 만들어 낸 건 물론 홍대광이었다. 무당이 곧 도착한다는 것을 들은 그는 자신이 가진 모든 줄을 이용하여 장보도를 사방으로 뿌리고, 있는 힘을 다 동원하여 남영에 검총이 있다는 소문을 퍼뜨렸다.

그로서도 어쩔 수 없었다. 무당이 남영에 도착해서 검총을 쏙 빼먹고 돌아가 버린다면 홍대광만 닭 쫓던 개 지붕 쳐다보는 꼴이 될 테니까.

그렇다고 청명처럼 장보도를 돈 받고 팔아넘길 수도 없었다. 이미 무당이 발굴을 시작한 장보도를 거금을 받고 팔아넘긴다면 개방의 신뢰도가 바닥으로 떨어질 것이다. 그렇게 되면 개방 장로들이 그를 꼬챙이에 꿰어 구워 먹으려 들겠지.

"이제 어쩔 셈이냐?"

"뭘 어째요? 그냥 구경이나 하는 거지."

"이대로?"

"저는 괜찮아요. 돈도 두둑하게 벌었고."

청명이 씩 웃으며 가슴팍을 톡톡 두드렸다. 그 부분만 유독 볼록하게 튀어나와 있었다. 그 '볼록함'의 정체가 자신이 넘긴 전표라는 것을 아는 홍대광의 가슴은 말 그대로 타들어 갔다.

'이걸 팰 수도 없고.'

되레 맞겠지. 다른 건 몰라도 화신신룡의 실력만은 진짜라는 걸 확인했으니까.

홍대광은 터지는 속을 꾹꾹 억눌렀다. 그는 바보가 아니다. 아니, 외려 똑똑한 자다. 청명에게 불의의 일격을 얻어맞기는 했지만, 그건 홍대광이 멍청해서 벌어진 일이 아니라 청명이 워낙 간악해서 벌어진 일이다.

'본파에서 지원이 오려면 아직 며칠은 더 걸린다.'

하지만 무당은 곧 도착할 것이다. 무당을 상대하는 건 그들의 힘만으로는 불가능했다. 개방의 힘은 결코 무당에 뒤지지 않지만, 무당산에 전력이 모두 모여 있는 무당과 다르게 개방의 힘은 전 중원에 퍼져 있다. 그들을 집결시키는 데만 한 달은 족히 걸린다. 더구나 지금은 당장 주변 분타의 도움을 받을 시간적 여유조차 없다.

이 말인즉, 이곳의 일은 개방의 낙양 분타와 기껏해야 무한 분타 정도가 연합하여 해결해야 한다는 의미다. 겨우 두 개 분타의 힘으로 무당과 싸울 수 있을 리 없다. 결국 비빌 언덕은 이놈뿐이라는 건데……. 하늘이 무너지고 땅이 꺼지는 기분이었다. 왜 하필 이놈인가. 생각 같아서는 갈아 마셔도 시원치 않다.

하지만 홍대광은 눈물을 머금고 청명을 찾아올 수밖에 없었다. 지금 이곳에서 그나마 믿을 만한 이들은 무당의 이대제자를 무찔러 버린 화산의 제자들뿐이라는 점이 첫째. 그리고 둘째는…….

'제정신은 아니지만, 이놈에겐 반드시 믿는 구석이 있다.'

그게 아니라면 이런 일을 벌이지 않았을 것이다. 다른 이들은 다 미쳤다 욕을 해도……. 아니, 아니지. 홍대광도 같이 미쳤다고 욕은 하지만, 적어도 그는 청명의 광기 속에 뭔가 한 수가 있을 것이라 확신했다.

"이제는 움직여야 하는 것 아니냐?"

"한잔할래요?"

"……밖에 무인들이 개떼처럼 몰려왔다."

"참나, 다들 욕심은 많아 가지고."

홍대광이 마침내 폭발하고 말았다.

"야, 인마! 혼원단을 손에 넣어야 할 것 아니냐, 혼원단을! 이러고 있다가 남 좋은 일만 시켜 줄 셈이냐!"

"거, 남의 일에 관심 참 많으시네."

청명이 드러누워 휘파람을 휘휘 불었다. 그 여유가 철철 흘러넘치는 태도에 홍대광이 급기야 명치를 움켜잡았다.

'위, 위가 아프다.'

대체 어디서 이런 괴물 같은 놈이 튀어나왔단 말인가? 그런 그에게 동병상련을 느끼는 화산의 제자들이 동정의 시선을 아낌없이 듬뿍 보내 주었다. 조금 더 발악해 봐야 할지, 물러서야 할지 홍대광이 고민하던 그때였다.

"악! 깜짝이야!"

홍대광은 갑자기 옆에 스슷 나타난 웬 여인의 모습에 기겁하여 반쯤 뒤로 넘어갔다. 나타난 이의 정체를 그가 채 파악하기도 전에, 여인의 입술이 열렸다.

"무당 도착했어."

"왔구나!"

청명이 자리에서 부리나케 벌떡 일어났다. 옆에 놓여 있던 술병이 엎어지며 바닥에 술이 흥건하게 쏟아졌다. 하지만 청명은 눈길도 주지 않고 바로 대청마루를 뛰어 내려갔다.

"가자!"

"오냐! 간다!"

지금까지 투덜대며 불평불만을 늘어놓던 화산의 제자들이지만, 청명의 목소리가 터져 나오는 순간 눈빛이 달라졌다. 모두 일제히 그를 쫓아 달리기 시작했다.

"어, 어엇?"

그 놀라울 정도로 빠른 변화를 따라잡지 못한 홍대광만이 바람 빠지는 소리를 내며 당황해할 뿐이었다. 화산의 제자들은 아직 보수가 끝나지 않은 담을 뛰어넘어 쏜살같이 사라졌다. 뒤늦게 정신을 차린 홍대광이 버럭 소리쳤다.

"쪼, 쫓아라, 이 거지 놈들아! 빨리! 빨리 따라붙어! 어서!"

"어, 어디로 갔는지 보이지 않습니다!"

"빌어먹을, 나를 따라와라!"

홍대광은 결국 직접 선두에 서서 수하들을 이끌기 시작했다.
'아니. 대체 어떻게 생겨 먹은 놈들이야!'
조금 전까지만 해도 도대체 이놈들이 명문 화산의 제자가 맞나 싶었는데, 청명의 말 한마디가 떨어지자마자 기세가 일변해 뛰쳐나갔다. 물론 가장 크게 변한 건 청명이었지만.
"무조건 화산에 달라붙어야 한다! 무조건!"
그의 감이 말하고 있었다. 이 남영에서 무당을 제치고 사고를 칠 놈들이 있다면 화산뿐이다. 이를 악문 홍대광이 저 멀리 보이는 화산의 제자들을 보며 다리에 내력을 불어넣었다.
그리고 그들이 모두 빠져나간 화영문의 연무장에서는, 딱 두 사람만이 서서 멍하니 그 광경을 바라보고 있었다.
"……아버지. 이게 다 뭔 일일까요?"
"그, 글쎄다."
화영문주 위립산이 순식간에 텅텅 비어 버린 주변을 보며 떨떠름한 표정을 지었다.
"생각이 있으시겠지."
"정말요?"
"……그렇게 믿고 싶구나."
솔직히 믿음은 안 갔다.

• ❖ •

순식간에 남영 땅을 지나친 무당은 남영의 뒤쪽에 있는 산을 타기 시작했다.

그들이 장보도를 제대로 해석한 게 맞는다면, 검총은 바로 이 산에 있다.

"어떠냐?"

"도해(圖解)에 따르면 조금 더 가야 합니다."

허산자가 슬쩍 눈살을 찌푸렸다.

'뒤쪽에 벌써 중인들이 따라붙었군.'

예상한 일이지만 생각보다 더 본격적이다. 저들이 이곳에서만큼은 무당의 눈치를 보지 않겠다고 결심했단 뜻이리라. 시간을 끌면 일이 걷잡을 수 없이 커질 것이다.

과거에도 강호에 보물이 출현한 적은 여러 번 있었다. 그때마다 강호를 이끄는 대문파들은 쓸데없는 희생을 막기 위해서 쟁탈전에 뛰어들었다. 그 안에 욕심이 조금도 없었다면 거짓이겠지만, 단순히 욕심만으로 뛰어든 건 아니었단 소리다. 하지만 대부분 희생을 막아 내는 데 실패했다. 그만큼이나 영약이나 비급에 대한 강호인들의 집착은 어마어마하다.

지금 뒤를 쫓아오는 이들 중 무당이 뭔가를 알고 있다고 생각하는 이들은 몇 없을 것이다. 그저 무언가 증거라도 찾지 않을까 두 눈 부릅뜨고 감시하는 것에 불과하다. 그리고 검총이 발굴되는 순간 승냥이 떼가 되어 달려들 것이다.

"무연(無然)!"

"예, 장로님."

"뒤쪽을 맡아라. 검총이 열리면 저들이 일제히 달려들 것이다. 후방을 막아 내고 먼저 진입한다."

물욕에 눈이 돌아 버린 이들을 말로 설득하는 것은 불가능하다. 차라리 제대로 힘을 쓰는 쪽이 희생을 줄이는 방법이다.

"멀었느냐?"

"거의 다 왔습니다. 분명 이쯤……."

그때였다. 울창한 수림을 벗어나자마자 눈앞에 커다란 공터가 펼쳐졌다.

'이건!'

기이한 광경에, 허산자가 눈을 가늘게 떴다.

지형이란 애초에 연속성을 보일 수밖에 없다. 물론 울창한 수림의 끝이 낮은 수풀로 이어지는 경우도 있을 것이다. 하지만 수림의 끝이 지금처럼 풀 한 포기 보이지 않는 흙밭인 경우는 흔하지 않다. 그런데 지금 눈앞에 보이는 거라고는 흙과 돌뿐이었다.

"여기인가?"

"예! 여깁니다, 장로님!"

확실히 이상한 곳이다. 모든 일은 마음에 달렸다고 하던가? 별생각 없이 이곳을 지났다면, 그저 조금 이상하다는 생각만 하고는 지나쳤을 것이다. 하지만 의심을 품고 보니 이보다 기이해 보이는 곳이 없다. 아무리 봐도 이건 자연적으로 생겨날 수 있는 지형이 아니다. 허산자는 이곳에 검총이 있다고 확신했다.

"조사하라!"

무당의 제자들이 일제히 검을 뽑아 들었다. 그리고 앞으로 짓쳐 달려 나가 검으로 바닥을 마구잡이로 찔러 대기 시작했다. 이곳에 검총이 있다면 당연히 바닥에 입구가 숨겨져 있을 터. 지금 그들이 찾는 것은 이 지형 어딘가에 숨겨져 있을 검총의 입구였다.

푹! 푸욱!

무당의 송문고검이 연신 땅을 들쑤셨다. 평소였다면 검을 더럽히는 짓이 용납될 리 없지만, 지금은 그런 사소한 걸 따질 때가 아니다. 이 순간에도 그들이 무언가를 찾고 있다는 소문이 남영에 퍼지고 있을 것이고, 소문을 들은 이들이 달려오고 있을 것이다. 다른 이들이 마저 도착해서 일을 키우기 전에 입구를 찾아 진입해야 한다.

그 순간이었다.

"여기에 뭔가 있습니다!"

허산자의 고개가 휙 돌아갔다. 그는 입을 열 틈도 없이 경공을 펼쳐 소리가 난 곳으로 달려갔다.

"어디냐?"

"이곳입니다!"

제자 중 하나가 연신 송문고검으로 바닥을 찔렀다. 과연, 턱턱 하는 소리와 함께 검이 완전히 박히질 않았다.

"비켜라!"

허산자가 검을 뽑아 들고 내력을 주입한 뒤 단숨에 땅에 찔러 넣었다.

카앙, 금속음이 들리는 것과 동시에 허산자의 얼굴에 환희가 어렸다. 그의 검기가 실린 검이라면 웬만한 금속 정도는 무처럼 썰어 버릴 수 있다. 하지만 지금 분명 그의 검이 튕겨 나왔다. 그 말인즉슨, 이 아래에 있는 것이 보통 금속이 아니라는 뜻이다.

"물러서라!"

허산자의 검에 실린 검기가 짙어졌다. 이내 급류처럼 뿜어져 나온 검기가 땅을 가격했다.

콰아아아아아!

세찬 급류에 강기슭이 깎여 나가는 것처럼, 땅이 검기의 물결에 파헤쳐졌다. 그렇게 불과 반 식경도 지나기 전에 사람 몇이 들어가고도 족히 남을 커다란 구덩이가 만들어졌다. 모두의 시선이 구덩이의 아래로 향했다. 그들의 눈에 하나같이 숨길 수 없는 기쁨이 넘실거렸다.

"장로님!"

허산자도 미소를 숨기지 못했다. 구덩이 바닥에 아래로 향하는 커다란 입구가 모습을 드러낸 것이다. 양쪽으로 굳게 닫힌 두 개의 철문에는 각기 서로를 겨누고 있는 신검(神劍)의 모습이 양각으로 새겨져 있었다. 그리고 그 아래로 보이는 커다란 글귀.

검총(劍塚)

"찾았구나!"

그 순간이었다.

"저기! 저기에 있다!"

"무당이다!"

허산자가 다급히 돌아보자, 뒤쪽의 우거진 수림에서 그들을 쫓아온 무인들이 과격한 속도로 뛰쳐나오는 모습이 보였다.

"무연!"

"예, 제가 막겠습니다!"

일대제자 무연이 사형제들을 이끌고 주저 없이 뒤쪽으로 달려 나간다. 허산자는 그리로 눈길도 주지 않고 검총의 입구를 응시했다.

"열어라!"

"예!"

제자들이 잽싸게 달려들어 검총의 문을 움켜잡았다. 하지만 아무리 힘을 주어 당겨도 문은 꿈쩍할 생각을 하지 않았다.

"쯧! 나오거라!"

살짝 짜증을 낸 허산자가 검에 기운을 불어넣었다. 새파랗게 빛을 뿜어내던 검기가 이내 응축되고 뭉쳐 들면서 기(氣)가 아닌 강(剛)으로 화한다.

"타앗!"

짧은 기합과 함께 허산자의 검이 검총의 문을 베어 냈다. 조각난 검총의 문이 커다란 소음을 내며 밀리더니 이내 끝도 없는 지하로 추락했다.

"헉, 생각보다 깊습니다. 아무 생각 없이 진입했으면……."

허산자가 눈을 찌푸리고는 열린 문 안을 바라보았다. 바닥이 보이지 않는다. 왜 굳이 산속에 이런 것을 만들어 두었나 했더니. 아무래도 검총은 이 깊은 구멍의 바닥까지 내려가야 진입할 수 있는 모양이다. 허산자는 살짝 입술을 깨물었다. 아래에 뭐가 있을지 알 수 없다. 빛조차 집어삼키는 어둠은 보는 이로 하여금 절로 공포를 불러일으켰다.

하지만 이미 기호지세! 뒤쪽에서 달려드는 이들을 막아 내는 데에도 한계가 있다. 느긋하게 조사를 하고 있을 시간이 없다는 뜻이다.

"내가 선두에 서겠다. 허원(虛原)!"

"예, 사형."

"무연이 돌아오는 것을 지켜보고 후미에 서라."

허원자가 고개를 끄덕이자 허산자가 눈을 가늘게 뜨고는 검총의 입구를 노려보았다. 악의가 느껴졌다. 혼원단을 얻기 위해서는 이 어둠 속으로 뛰어들라는 말이렷다?

"다들 내 뒤를 따라라!"

허산자가 일말의 지체도 없이 검총 안으로 뛰어들었다. 그러자 주변을 지키고 있던 무당의 제자들도 단숨에 검총 아래로 몸을 날렸다.

"저기! 저기 들어간다!"

"뭔가 있다! 검총이다!"

검총이라는 말이 터지자마자 중인들이 지금까지와는 비교도 되지 않는 속도로 악을 쓰고 달려들기 시작했다.

"버텨라!"

무연이 비명 같은 고함을 내질렀다.

'빌어먹을!'

제압하기 어려운 이들은 아니다. 문제는 수가 너무 많고, 심지어 그 많은 사람이 제 몸을 돌보지 않고 달려든다는 데 있었다.

"천천히 뒤로 물러서! 뚫려서는 안 된다!"

무연이 제자들을 천천히 뒤로 물렸다. 억지로 막아서려면 희생을 감수해야 한다. 그들이 지금 해야 할 일은 이들의 진입을 차단하는 것이 아니다. 뒤쪽의 사형제들이 먼저 진입할 시간을 버는 것이다.

그때였다.

"흐하하하하하핫! 비켜라, 이 쥐새끼들아!"

콰아아아앙!

숲이 통째로 터져 나갔다. 무연이 눈을 부릅떴다.

'거력부(巨力斧) 막회(莫會)?'

거대한 덩치와 사람만 한 크기의 도끼. 그 용력으로 산서 일대에 악명이 자자한 거력부 막회가 분명했다. 저만한 거물까지 혼원단을 노리고 달려든 것이다.

"크하하하하하! 무당 놈들이 욕심이 과하구나. 감히 본좌의 물건에 손을 대려 하다니!"

거력부가 앞으로 벼락같이 달려들었다. 그 가공할 기세에 중인들이 황급하게 몸을 날리며 길을 터 주었다. 미처 피하지 못한 이들은 거력부의 어깨에 부딪혀 날아갔다. 질주하는 사두마차에 치여도 사람이 저리 날아가지는 않을 터, 막회의 힘이 얼마나 강한지 실감할 수 있는 광경이었다.

"아, 안 돼!"

무연의 얼굴이 굳어졌다. 저 짐승 같은 자가 달려든다면 방어선이 깨질 수밖에 없다. 무연이 당황하여 대처법을 찾지 못하고 허둥지둥하고 있을 때, 돌연 그의 등 뒤에서 혀 차는 소리가 들려왔다.

"쯧쯧. 멧돼지가 따로 없군."

"장로님!"

허원이 가뿐하게 무연을 뛰어넘어, 달려드는 거력부의 앞을 막아섰다. 그러자 거력부가 우렁우렁하게 외쳤다.

"비켜라, 늙은이! 곤죽을 만들어 버리겠다."

"도우는 조금 머리를 식히는 게 좋겠소."

"흐아아아앗!"

거력부가 손에 든 도끼를 강맹하게 휘둘렀다. 바람을 찢고 날아드는 도끼는 보는 것만으로 오금이 저릴 정도로 기세가 대단했다.

"읏차!"

하지만 그 힘은 허원에게 닿지 않았다. 스스슷 소리와 함께 허원의 검이 아주 가볍게 도끼를 받아쳤다. 도끼의 날과 검의 날이 마주치는 순간 그의 검이 기묘한 변화를 일으켰다.

"어어엇?"

거력부가 도로 튕겨 나가는 도끼를 감당하지 못하고 뒤로 나가떨어졌다. 허원이 검면으로 거력부를 부드럽게 쳤다.

"크아악!"

거력부의 몸이 허공으로 붕 떠올라 그가 처음 튀어나왔던 수림으로 날아갔다. 그 어마어마한 신위에, 달려들던 이들이 모두 동작을 멈추고 허원을 바라보았다.

'역시 무당의 장로라는 건가?'

'저 거력부를 일격에!'

왜 무당이 무당인지를 증명하는 광경이었다.

"내가 맡을 테니 너희는 어서 검총 안으로 진입하거라."

"예, 장로님!"

허원이 혀를 차며 중인들을 바라보았다. 그러다 이윽고 가만히 입을 연다.

"무당의 행사를 방해할 셈이시오? 이곳은 이미 무당이 선점한 곳. 이곳으로 들어서려는 자는 무당의 검을 감당해야 할 것이오. 그럴 자신이 있으시오?"

아무도 감히 허원과 눈을 마주치지 못했다. 무당, 그리고 무당의 장로. 그 지고한 이름이 중인들을 짓눌렀다. 하지만 모두가 그 이름에 눌리는 건 아니었다.

"늙은이가 헛소리를 지껄이는구나."

우거진 수림에서 한 사람이 천천히 걸어 나왔다. 시뻘건 홍의로 전신을 둘러싼 사내. 칭칭 감은 천 사이로 드러난 눈이 붉게 물들어 있다.

"……그대는 혹시 삼살귀가 아니오?"

"눈은 아직 썩지 않은 모양이군."

허원이 눈살을 찌푸렸다. 악명이 드높은 자다. 그의 손에 이유 없이 죽어 간 이들이 얼마나 많던가? 이런 자리가 아니었다면 반드시 그를 징치했을 테지만, 지금은 상황이 좋지 않았다.

"뭐가 헛소리라는 말이오?"

"너희가 검총의 주인인가?"

삼살귀가 이죽거렸다.

"검총의 주인은 탈검무흔이다. 무당이 아니지. 먼저 발견했다는 이유로 검총이 제 것인 양 굴다니. 천하가 무당을 비웃겠구나."

허원이 눈을 가늘게 떴다. 그리 틀린 말은 아니다. 하지만 저자만 없었다면 누구도 무당이 선점했단 말에 반발하지 못했을 것이다.

"하하하하. 삼살귀 놈이 맞는 말을 할 때도 있군."

수림 속에서 연이어 몇 사람이 걸어 나왔다. 허원이 저도 모르게 눈살을 찌푸렸다. 가장 앞서 걸어 나온 이의 넓은 검이 눈에 들어온다.

"그대는 혹 대라검(大羅劍) 곡부(曲副)가 아니오?"

"이거, 천하에 이름 높은 무당의 허원진인을 뵙게 되어 영광입니다."

허원이 침음을 흘렸다. 대라검 곡부라면 그도 쉬이 상대할 수 있는 이가 아니다.

'이 짧은 시간에 이리도 명성 높은 이들이 몰려왔단 말인가?'

검총이라는 이름이 얼마나 대단한지 새삼 실감하는 허원이었다.

"하지만 실망입니다. 그 이름 높은 허원진인께서 이런 말도 안 되는 소리를 하시다니요. 저 삼살귀와 입을 맞추고 싶은 생각은 없지만, 먼저 왔다는 이유로 중인들을 겁박하는 건 무당의 이름에 걸맞지 않은 태도 아니겠습니까?"

"무당과 척지겠다는 것이오?"

"기회는 공평해야 한다는 뜻입니다."

곡부가 눈을 가늘게 떴다.

"발견은 무당이 했을지 모르나, 검총에 진입할 권리는 모두에게 있습니다. 그렇지 않습니까, 여러분?"

"옳소! 무당이면 무당이지, 너무 방자한 것 아니오!"

"무당이 욕심이 이리 과할 줄 누가 알았겠소! 세간의 시선이 두렵지도 않소?"

"몰아내야 합니다! 지금도 저들이 검총을 뒤지고 있을 겁니다!"

한번 꺼졌던 불이 다시 붙었다. 허원의 안색이 어두워졌다. 아무리 그라도 홀로 이들을 막아 내는 것은 무리다. 그렇다면…….

"나는 분명 경고했소이다. 검총으로 진입하는 이들은 무당의 검을 상대해야 할 것이오."

"그것참 무서운 이야기군요. 하지만 그게 두렵다면 여기까지 오지도 않았을 겁니다."

허원이 고개를 끄덕이며 살짝 뒤쪽으로 시선을 주었다.

"그럼……."

마지막 남은 무당의 제자가 검총 안으로 뛰어들고 있었다.

"어디 마음대로 해 보시구려!"

허원도 몸을 날려 검총으로 뛰어들었다. 그리고 그게 신호라도 된 양 중인들이 앞다투어 검총의 입구로 쇄도했다.

"비켜! 죽고 싶지 않으면!"

"이 새끼들이! 비키지 못해?"

아무리 입구가 넓다고 해도 이 넘쳐 나는 사람들이 한꺼번에 들어가긴 힘들었다. 당연히 서로 얽혀들 수밖에 없었다. 그 상황에 설상가상으로 누군가가 검을 뽑아 들었다. 순식간에 피바람이 몰아쳤다. 사방에서 병기가 뽑혀 나오고, 서로를 공격하기 시작했다.

"난리도 아니로군."

대라검은 서로 싸우는 이들을 훌쩍 뛰어넘어 검총의 입구에 섰다. 서로 죽자고 공격해 대던 중인들도 차마 대라검에게는 검을 들이댈 생각을 하지 못했다. 이윽고 삼살귀마저 중인들을 뛰어넘어 대라검의 건너편에 섰다.

"싸울 텐가?"

"굳이 힘을 뺄 필요는 없겠지."

눈빛을 교환한 두 사람이 동시에 검총 안으로 뛰어들었다. 그 뒤를 따라 몇몇 인영들이 검총 안으로 몸을 날렸다.

"비켜라!"

그 뒤는 문파들의 차지였다. 인원수로 밀어붙여 길을 뚫어 낸 이들이 도착하는 족족 검총 안으로 뛰어들었다.

"빌어먹을, 비키라고!"

"검총! 검총으로 가야 한다! 저기 신병들이 있다!"

누군가는 뛰어들고, 누군가는 막아서고, 그리고 누군가는 뚫어 내려 하는 아비규환이 펼쳐졌다. 그리고 바로 그때!

"뭐 이렇게 개떼처럼 몰려왔어!"

수림을 헤치며 튀어나온 이가 버럭 성질을 냈다.

"네가 모았잖아, 인마!"

"이렇게까지 올 줄 알았나!"

뭔가 아웅다웅하는 듯싶더니 선두에 선 이가 검집째 검을 들어 올렸다. 그리고 두 눈을 부라리며 외쳤다.

"간다!"

"빌어먹을! 알았다!"

"다 비켜! 난 경고했다!"

선두에 선 이, 청명이 고함을 지르며 앞으로 돌진했다.

"가자아아아아아아아!"

"힉?"

"어어억!"

앞을 막고 있던 이들이 사방으로 튕겨 나갔다. 청명의 두 눈엔 핏발이 서 있었다.

"내 물건 건드리는 놈들은 다 뒈지는 거야!"

청명과 화산의 제자들이 폭풍처럼 휘몰아치며 검총을 향해 달려갔다. 윤종의 눈가가 쉴 새 없이 경련했다. 그의 앞에 보이는 강호인의 수가 못해도 수백이다. 빽빽하게 선 강호인들이 이를 드러내는 모습은, 보는 것만으로도 사람을 섬뜩하게 했다.

"뭐야!"

"막아! 저 새끼들부터 막아!"

흥분한 강호인들은 눈에 핏발을 세우며 청명 일행을 향해 달려들었다. 이걸 보며 두렵냐고? 물론 두렵다. 그런데 달려오는 이들이 두려운 게 아니라, 저 인간이 무슨 짓을 할지가 두렵다!

"으라차아아아아!"

선두에 선 청명이 검집을 휘둘러 달려드는 놈들을 후려쳐선 날려 버렸다.

빠아아아아악!

'히익!'

"아아아아아악!"

청명의 검집에 얼굴을 제대로 얻어맞은 이가 하늘 높이 튕겨 올랐다. 그게 얼마나 아픈지 아는 윤종으로서는, 지금 하늘을 새처럼 날아가는 이에 대한 안타까움을 금할 수 없었다.

'한 달은 고기 못 먹겠네.'

아니, 어쩌면 평생 죽만 먹고 살아야 할 수도 있다. 신병을 얻기 위해 이곳에 온 대가치고는 너무 가혹하지만, 뭘 어쩌겠는가? 청명은 천재지변 같은 놈이다. 태풍에 휩쓸린 사람이나 벼락에 맞은 사람은 '왜'를 논하지 않는다. 그저 재수가 없음을 한탄하고, 대비가 부족했음을 아쉬워할 뿐. 하필이면 이곳에 와서, 하필이면 청명의 앞에 있었던 것이 잘못이다.

퍼억! 퍼어억! 퍼어어억!

청명이 검집으로 쉴 새 없이 눈앞에 보이는 이들을 후려치고 날려 버렸다.

"아아아아악!"

여기저기서 비명이 울려 퍼졌다. 검집에 얻어맞아 날아가는 이들이 할 수 있는 것이라고는 그저 비명을 지르는 것밖에는 없었다. 윤종은 이 급박한 상황에서도 살짝 눈을 감아 날아가는 이들에 대한 애도를 표하는 것을 잊지 않았다. 저들에겐 안타까운 일이겠지만, 이건 어쩔 수 없는 일이다. 왜냐면 청명이 지금 반쯤은 정신을 놓아 버렸으니까.

"검총! 검총! 영약! 내공!"

한 명을 후려칠 때마다 청명의 입에서 튀어나오는 말들이었다.

'하기야 오래 참았지.'

애초에 그리 인내심이 깊은 놈이 아니다. 그런 놈이 판을 깔고 무당이 도착할 때까지 기다렸으니, 얼마나 갑갑했겠는가? 과연 청명은 그 갑갑함을 이곳에서 모두 풀어 버리겠다는 듯이 폭풍처럼 주변을 휩쓸어 갔다. 화산의 등장을 미처 눈치채지 못했던 이들도 하늘 높이 솟아오르는 이들을 보고는 금세 시선을 돌릴 수밖에 없었다.

"뭐, 뭐야?"

"사람이 왜 날아다녀?"

중인들의 눈이 휘둥그레졌다. 사람이 새처럼 하늘을 나는 모습을 어디서 또 보겠는가? 그 어이없는 광경은 검총에 대한 집착마저 순간적으로 잊게 할 정도였다.

'대체 저게 뭐지?'

대부분의 감상은 그러했다. 앞쪽에 있는 이들은 뒤쪽에서 무슨 일이 벌어지는지 눈으로 확인할 수 없었다. 볼 수 있는 거라고는 사방으로 튕겨 나가는 이들의 모습뿐이다.

하지만 이곳에 모인 모두가 웬만큼은 강호에서 굴러먹던 이들. 당황은 잠시일 뿐, 곧 모두가 상황을 파악했다. 정체는 몰라도 강함은 모를 수가 없다. 선두에 서서 검집으로 사람을 쳐 날리는 청명의 신위만 보더라도 강력한 경쟁자가 출현했음은 자명하다.

"내버려두고 검총으로 진입한다!"

그들은 지금 중요한 것은 화산을 막는 게 아니라고 판단했다. 강자들은 순식간에 포위망을 뚫고 검총 안으로 진입했다. 그저 기회만을 노리고 온 이들은 강자들에 떠밀려 검총에 접근조차 하지 못했다. 그리고 당연히 화산은 강자에 속했다. 적어도 이곳에 몰린 이들 중에서는 말이다.

"으라차아아아아!"

청명이 재차 눈앞에 보이는 이들을 쳐 날렸다.

"정신 차리고 똑바로 따라와!"

"알았어!"

청명의 바로 뒤에 선 윤종은 금세 눈앞에서 벌어지는 변화를 포착했다. 길이 열리고 있었다. 앞에 빽빽하게 들어차 있던 이들이 청명의 기세에 눌려 좌우로 길을 열기 시작한 것이다.

'하여튼 이 새끼는!'

윤종의 시선이 청명의 뒤통수에 가 꽂혔다. 어설프게 진입을 시도했다가는 강한 반발을 각오해야 했을 것이다. 하지만 등장과 동시에 화려하게 주변을 휩쓸어 버리니 검총을 포위하고 있던 이들이 알아서 몸을 사리기 시작했다. 그들이 싸워야 할 이들은 화산뿐만이 아니니까.

검총 안의 구조가 어떻게 되어 있는지 알 수 없다. 다시 말하자면 검총에 진입한다고 해도 얼마나 더 많은 일을 겪어야 할지 모른다는 뜻이다. 그 사실을 알고 있는 이들은 굳이 시작부터 강력한 적과 싸워 피해를 자초하지 않았다. 자연히 길을 열고 체력은 보존하는 길을 택한다.

'이것까지 미리 생각하고 이리 화려하게 난리를 친 건가?'

청명의 생각은 알 수 없지만, 결과는 확실하다. 그리고 윤종의 생각이 옳은지는 곧 눈으로 확인할 수 있었다. 길이 열리자 청명이 목소리를 높였다.

"진입한다! 진입하면 입구는 부숴 버려!"

"엥?"

그런 말은 없……

그리고 그 순간이었다. 윤종이 채 청명의 말을 이해하기도 전에 반응하는 자들이 있었다. 주변 곳곳에서 숨을 죽이던 강자들이 갑자기 가공할 속도로 검총 안으로 뛰어든 것이다. 윤종이 눈을 크게 부릅떴다.

'뭘 어떻게 할 작정이야, 이놈은!'

지금 검총으로 뛰어든 이들은 이곳에 모인 이들 중에서도 손꼽히는 강자일 게 틀림없다. 달려드는 속도만 봐도 너무도 확연하다. 그렇다면 당장 저들의 진입을 막아도 시원찮을 판인데, 왜 경쟁자들을 검총 안으로 몰아넣는단 말인가?

"진입해라, 지금 당장!"

소수의 강자들이 진입하자 문파들이 뒤를 이었다. 서로가 서로에게 검을 휘두르면서도 앞으로 달려들기를 멈추지 않는다. 우세를 점한 문파 한둘이 주변을 밀어 내며 검총 안으로 속속들이 진입했다.

"야, 저거 막아야 하는 거 아냐?!"

길이 뚫렸음에도 검총으로 향하는 청명의 속도엔 변함이 없었다.

"왜?"

"그래야 경쟁자가 줄어들지."

"사형. 사형은 장문인 되려면 한참 멀었다."

뭔 소리야? 윤종이 막 물으려는 순간 청명이 검을 한차례 떨치고는 앞으로 달려 나갔다. 윤종은 입을 꾹 다물고는 뒤로 따라붙었다.

"쭉정이들은 비키시고!"

간간이 청명을 막으려는 이들도 있었지만, 이내 가을바람에 날아가는 낙엽과도 같은 신세로 청명의 검풍에 휩쓸려 나갔다.

"따라붙어!"

윤종이 고함을 지르며 청명을 뒤쫓았다. 그의 뒤를 지키던 조걸과 유이설, 그리고 최후미에 선 백천 역시 좌우로 검을 휘두르며 악착같이 따라붙었다. 그때, 윤종이 안색을 굳혔다. 내디딘 발에 뭔가가 찰박하고 닿았다. 어느새 바닥이 피로 흥건하게 물들기 시작한 것이다.

'이건 비무가 아니야.'

전신의 털이 한 올 한 올 곤두섰다. 청명이 선두에 서 주었기에 느끼지 못했을 뿐, 이미 이곳은 서로 죽고 죽이는 아비규환이다. 윤종이 입술을 질끈 깨물고는 청명에게 바짝 붙었다.
 청명의 기세에 눌렸다가 후미를 노리고 들어온 이들은 백천의 검에 모조리 차단당하고 있었다. 그렇게 화산의 제자들은 어느새 검총의 입구에 거의 다다랐다. 청명이 힐끗 주위를 돌아보았다.
 '들어갈 만한 것들은 거의 들어갔고.'
 이 이상은 의미가 없다.
 "다 뛰어들……."
 하지만 그때였다.
 "화산신료오오오오오오옹!"
 청명이 움찔하고 고개를 돌린다. 수림 속에서 익숙한 얼굴의 거지가 뛰어나오더니, 말 그대로 거지 발에 땀 나도록 득달같이 달려왔다.
 "야, 이! 양심도 없는 놈아아아아! 그렇게 벗겨 먹었으면 데려가기라도 해야지이이이이이이!"
 땀을 뻘뻘 흘리며 달려오는 거지를 보니, 청명의 가슴속에서 이미 사라졌다고 생각했던 측은지심이 슬그머니 머리를 내밀었다. 앓는 소리를 흘린 청명이 절레절레 고개를 내젓고는 백천에게 눈짓했다.
 "사숙! 애들 데리고 먼저 들어가요. 저 거지들 데리고 갈 테니까."
 "괜찮겠느냐?"
 "걱정 붙들어 매쇼!"
 "알았다!"
 백천도 더 이상은 왈가왈부하지 않았다. 이런 상황에서는 의견이 옳은가 그른가는 중요하지 않다. 지옥 불에 뛰어들라는, 말도 안 되는 지시가 떨어지더라도 눈 딱 감고 머리를 들이밀 수 있는 추진력이 있어야 뭐 하나라도 건지는 법이다.

"내가 선두에 선다! 유 사매가 후미를 맡아!"

"네!"

검은 아가리를 쩌억 벌린 검총의 입구로 백천은 한 치의 망설임도 없이 몸을 날렸다. 그 뒤로 윤종과 조걸, 그리고 유이설이 연달아 뛰어들었다.

"어딜!"

그 틈을 타 검총의 입구를 노리고 달려들던 이가 청명의 발길질에 얻어맞고는 튕겨 나갔다. 청명이 혀를 차고 외쳤다.

"빨리 와요! 빨리!"

"아, 아니! 이 빌어먹을!"

홍대광은 다급한 마음을 어쩌지 못하고 안달했다.

"이 빌어먹을 놈들이 화산 놈들에게는 잘도 길을 열어 주더니! 우리가 만만하냐! 개방을 뭐로 보고!"

청명에게는 길을 트던 이들이 홍대광의 앞은 막고 나선 것이다. 겹겹이 쌓여만 가는 인의 장막을 바라보며 홍대광은 환장하기 일보 직전이었다.

"이 빌어먹을 거지 놈들아! 빨리 길을 열란 말이다! 검총! 검총이 바로 저기 있다고!"

"허억! 허억! 분타주님! 여기까지 오느라 힘을 너무 뺐습니다!"

"그게 할 말이냐, 그게?! 화산의 어린놈들은 벌써 저기까지 가 있는데?"

"아이고, 저희는 못 합니다!"

홍대광의 얼굴이 시뻘겋게 물들었다. 아니, 저놈들은 용 뼈라도 삶아 먹었나? 대체 이 말도 안 되는 인의 장막을 무슨 수로 뚫고 들어갔단 말인가? 아무리 화산신룡이 답도 없는 놈이라지만, 그래도 이건 너무 심하지 않은가?

그때였다.

"으라차아아아!"

청명이 자신이 어떻게 이곳을 뚫었는지 알려 주겠다는 듯, 순식간에 들이닥쳐 홍대광의 앞쪽을 막고 있던 이들을 밀어 냈다.

'저거 진짜 걸물이네.'

검집을 휘두르는 청명의 모습을 본 홍대광의 눈이 순식간에 휘둥그레졌다. 이곳에 모인 무인들은 절대 만만히 볼 수 있는 이들이 아니다. 무당의 제자들이라고 해 봐야 아직은 강호 전체를 기준으로 보면 영글지 못한 열매와도 같다. 화산이 그들을 이겨 낸 건 대단한 일이지만, 그건 후기지수끼리의 싸움일 때의 평가다.

하지만 이곳에 보이는 이들의 면면은 홍대광에게조차 부담스러운 이들이다. 그런 이들이 떼로 달려드는데, 아무렇지도 않다는 듯 길을 뚫어 내고 있지 않은가? 홍대광의 머릿속에 화산과 청명에 대한 평가가 급상승하기 시작…….

"뭐 해요! 거긴 주워 먹을 것 없으니까 빨리 오라고요!"

아니, 급하락하기 시작했다.

"간다, 이 요망한 놈아!"

평가고 나발이고 지금은 일단 돌진할 때다.

"뒤에 애들까지 데리고 가야 해!"

청명이 영 마뜩잖다는 듯 혀를 차더니 앞으로 달려들었다. 그러더니 거지들을 한 손으로 움켜잡고 뒤로 냅다 던져 대기 시작했다.

"아아아아악!"

"아니, 왜 던져⋯⋯. 으아아아아아아!"

홍대광이 눈을 휘둥그레 떴다. 대충 휙휙 던지는 것 같은데 날아간 놈들이 하나같이 검충의 입구로 쏙쏙 빨려 들어간다.

'공놀이하는 것 같네.'

지금 날아 들어가는 것이 제 수하들만 아니었다면 정말 즐겁게 봤을 것 같다. 그렇게 순식간에 거지들을 입구로 던져 넣은 청명이 고개를 획 돌려 홍대광을 바라본다. 그 눈에 어린 무시무시한 광망을 본 홍대광이 자신이 해야 할 일을 알아챘다.

"가, 간다고!"

홍대광이 입술을 질끈 깨물고는 검충의 입구로 몸을 던졌다. 더 시간을 끌었다가는 저 흉악한 놈에게 무슨 꼴을 당할지 모른다. 개방의 거지들이 모조리 검충으로 들어가자 청명이 검충의 입구에 서선 주위를 둘러보았다. 쓸 만한 것들은 다 들어간 것 같고, 남은 건 쭉정이뿐이다.

'조금 더 기다리면 더 쓸 만한 것들도 오겠지만.'

이런 일에선 신속함도 중요하다. 입구에서 시간을 낭비하는 건 그리 현명한 선택이 아니다.

청명이 입구를 막고 서자 폭풍 같은 돌진에 당황했던 이들이 일순 숨을 죽이며 그를 주시했다. 그러다 이윽고 청명이 혼자라는 사실을 깨달았다. 그가 아무리 강하다고 해도 여기에 모인 모든 이들을 혼자서 감당할 수는 없는 법. 눈빛을 교환한 이들이 천천히 청명을 향해 거리를 좁히기 시작했다. 하지만 청명은 그들이 눈에도 들어오지 않는다는 듯 주변을 찬찬히 살피더니 눈살을 찌푸렸다.

'여긴 마치 비무장 같은데.'

울창하게 우거진 숲 한가운데에 둥그런 공터가 만들어져 있다. 그리고 공터의 흙이 살짝 붉은빛마저 띠었다. 마치 수많은 이들이 싸운 비무장 같지 않은가?

'뭐, 그게 중요한 건 아니니까.'

청명이 무심한 표정으로 검집에서 검을 뽑았다. 챙, 하는 섬뜩한 울림에 다가오던 이들이 저도 모르게 한 발 뒤로 물러났다. 청명이 씨익 웃으며 말했다.

"초대는 여기까지예요. 자, 그럼 다음에 보자고요."

그러더니 끝을 모르게 깊은 구멍으로 훌쩍 뛰어내렸다. 동시에 그의 검이 좌우로 휘둘러졌다. 얼핏 듣기에도 둔탁한 절삭음과 함께 청명의 모습이 안으로 사라졌다.

우르르르릉!

그리고 청명이 돌입함과 동시에 검총의 입구가 그대로 무너지기 시작했다.

"아, 안 돼! 막아라!"

사색이 된 이들이 뒤늦게 달려들었지만, 그들이 도착했을 때는 이미 검총의 입구가 완전히 무너져 바위와 흙으로 막혀 버린 뒤였다.

"파! 빌어먹을, 당장 파내야 한다!"

"저 간악한 놈이!"

남겨진 이들은 악을 쓰며 입구로 달려들었다. 하지만 한번 무너진 입구를 다시 뚫으려면 적어도 몇 시진은 필요할 것이다. 모두가 허망한 눈으로 막혀 버린 구멍을 바라보았다.

그들의 뇌리에는 검총의 입구를 무너뜨린 어린놈의 얼굴이 더없이 깊게 새겨졌다.

귀곡삼살(鬼哭三殺)의 첫째인 귀곡무영(鬼哭無影)이 두 눈에 시퍼런 살기를 띠고 화산의 제자들을 노려보았다.

"흐흐흐. 이 애송이 놈들. 실력도 없이 귀물(貴物)을 노리는 게 목숨을 재촉하는 일이라는 걸 모르는구나. 이 어르신께서 고통 없이 죽여 주마."

이곳이 검총 안이 아니었다면, 천하의 귀곡삼살이라 할지라도 화산의 제자들을 해하는 것에는 망설임이 있었을 것이다. 아무리 화산이 몰락했다 해도 그 세는 웬만한 중소 문파보다 클 테니까. 그런 이들과 원한을 쌓는다는 건 현명한 선택이 아니었다.

하지만 이곳은 검총. 외부의 눈이 닿지 않는다. 이곳에서는 누가 죽는다 해도 흉수를 짐작할 수 없다. 그러니 마음 놓고 손을 쓸 수 있는 것이다. 화산의 제자들 옆에 있는 개방도 놈들이 조금 거슬리기는 하지만, 그들까지 모두 쳐 죽인다면 말이 새어 나갈 여지가 없다.

'경쟁자는 하나라도 더 줄여 두는 것이 좋지.'

귀곡무영은 혀로 입술을 천천히 핥았다. 그의 대도(大刀)가 야명주의 빛을 받아 새파랗게 빛났다.

"끌끌끌. 저 어린놈들이 괜한 욕심을 부렸습니다, 대형."

"살이 발려 나가면 그제야 후회하겠죠."

그의 동생들도 날카로운 병기를 들이밀며 화산의 제자들을 위협했다. 그런데…….

'저 새끼들 반응이 왜 저렇지?'

귀곡삼살이라고 하면 호남 일대에서는 우는 아이도 울음을 뚝 그칠 정도로 악명이 자자하다. 아무리 저들이 과거 명문으로 이름 높았던 화산의 제자이고, 그 옆에 있는 이들이 개방 낙양 분타 놈들이라고 해도 감히 귀곡삼살의 상대는 아니다. 하지만 눈앞의 놈들은 태연하다 못해 심드렁한 반응마저 보이고 있었다.

"어린놈들이라 겁대가리가……."

"저기요."

윤종이 한숨을 쉬며 입을 열었다.

"무슨 말인지는 알겠는데, 지금 생각 잘 하셔야 해요."

귀곡무영이 두 눈을 부릅떴다.

"뭐? 이 방자한 놈이……!"

"아니, 그런 게 아니라……. 하, 이제 나도 모르겠다. 알아서 하세요."

"과연 네놈의 입을 찢어 놔도 그런 말을……."

그때였다. 갑자기 그의 옆에서 쿠르릉 하며 거대한 굉음이 터졌다. 귀곡무영이 눈이 동그래져서 옆을 돌아보았다. 그의 옆에 어느새 못 보던 놈 하나가 나타나 있었다.

'어? 그럼 내 동생은?'

원래 저 자리에 있었던 그의 동생은 어찌 되었는가? 귀곡무영의 시선이 천천히 아래로 내려갔다.

"끄륵……. 끄르르륵……."

나타난 이의 발에 밟혀 꿈틀대는 동생의 모습이 눈에 들어왔다. 기이하게 팔다리가 뒤틀린 동생의 모습을 보니 화가 나기 이전에 황당함이 먼저 몰려왔다. 고개를 살짝 들어 동생을 밟고 서 있는 이를 다시 바라보았다. 마침 떨어져 내린 이, 그러니까 청명도 귀곡무영을 바라보았다. 귀곡무영은 순간 말문이 막혔. ……사람의 얼굴이 이렇게 심술 맞을 수가 있나. 뭐라고 입을 열려는 찰나 청명이 먼저 말문을 열었다.

"이것들은 뭐야?"

……아니, 그거 제가 할 말인 것 같은데요? 누구세요?

그때 상황을 지켜보던 백천이 한숨을 쉬며 말했다.

"귀곡삼살이라고…… 호남에서 꽤 유명하신 분들이다."

청명의 고개가 삐딱해졌다.

"삼살? 세 번 뒈지겠다는 뜻인가?"

아니, 그 뜻 아닌데……. 하지만 청명은 아무래도 상관없다는 듯 고개를 좌우로 우두둑 꺾어 댔다.

"뭐, 상관없지. 일단 처맞고 시작하자."

잠시 후, 백천은 곤죽이 되어 석실 구석에 처박힌 귀곡삼살을 보며 질끈 눈을 감아 버렸다.

'가엾기도 하지.'

귀곡삼살이라면, 그래도 호남 일대에서는 범보다 무섭다는 평을 받는 이들이다. 백천까지 알 정도면 그들의 무명이 전 중원에 퍼져 있다고 해도 과언이 아니다. 그런 이들이 임자 만난 동네 건달처럼 얻어맞고 질질 끌려가선 구석에 처박히는 모습은 참으로 감동적이었다.

"어디 이런 어중이떠중이까지 다 몰려와?"

어중이떠중이 아닌데……. 나름대로 이름 있는 애들인데. 하지만 백천은 설명 대신 고개를 내저었다. 일단 청명의 기준과 평범한 이들의 기준 사이에는 장강의 넓이만큼이나 극심한 차이가 있다는 게 확실해 보인다.

"무식하게 그걸 뛰어서 내려오냐."

윤종의 말에 청명이 피식 웃었다.

"시간 끌 것 없잖아."

"독한 놈."

윤종이 질렸다는 듯 고개를 내저었다. 윤종과 다른 화산의 제자들은 벽에 검을 박아 넣으면서 속도를 줄여 이곳까지 내려왔다. 다른 이들도 마찬가지다. 저만한 속도로 바닥에 처박히는 충격을 버틸 수 있는 것보다, 바닥에 뭐가 있을지도 모르는데 아무렇지도 않게 그 속도를 유지하는 저 담력이 더 놀랍다.

'밟힌 게 저놈들이니까 망정이지.'

"다른 놈들은?"

"봐라."

백천이 어딘가를 가리켰다. 석실 한쪽 끝에 자리한 문이 활짝 열려 있었다.

"길이 하나뿐인 모양이다. 적어도 여기서 나가는 길은 말이지."

"흐음. 그래?"

청명은 문 쪽으로 눈길을 한번 주고는 바닥을 바라보았다. 그러더니 뭔가를 발견한 듯 바닥에 떨어진 조각들을 모으기 시작했다.

"뭐 해?"

"이거 문이었던 것 같은데."

"음? 그게 왜?"

"일단 모아 봐."

문의 조각을 모두 모아 본래의 형태를 만들어 낸 청명이 미간을 찌푸렸다. 서로를 노리는 것처럼 겨누어진 두 자루의 검. 그리고 그곳에 새겨진 검총이라는 커다란 글귀.

"노골적이네."

청명이 피식 웃었다.

"왜? 문제라도 있어?"

윤종이 묻자 청명이 어깨를 으쓱했다.

"검총이라는 이름은 누가 붙인 거지?"

"그야…… 약선 아닐까?"

"자기 무덤에 자기가 이름을 붙인다고? 악취미라고 생각하지 않아?"

윤종은 아, 하고 외마디 탄성을 흘렸다. 듣고 보니 그런 면이 있지 않은가.

"보통 무덤은 만들어진 후에 이름이 붙지. 탈검무흔의 무덤에는 검총이라는 이름이 붙었어. 그런데 여기는 입구부터 검총이라고 적혀 있네. 지금까지 단 한 번도 발견되지 않은 무덤에 말이야."

윤종이 얼굴을 찌푸렸다.

"그럼 탈검무흔이 자신의 무덤에 검총이라는 이름을 붙여서 세상에 퍼뜨렸다는 거야?"

"그럴 수도 있고."

"왜?"

"글쎄? 이백 년 전에 죽은 사람 생각을 어떻게 알겠어."

청명이 고소를 머금으며 고개를 돌렸다. 석실에서 빠져나가는 유일한 문이 시야에 들어왔다.

"확실한 건 그거야. 여기가 진짜 약선의 무덤이건 아니건, 이 무덤을 만든 사람은 보통 사람이 아니라는 것."

다들 동의하며 고개를 끄덕였다. 이만한 깊이의 굴을 파고, 그 안에 이만한 석실을 만들어 냈다. 웬만한 능력으로는 상상도 할 수 없는 일이다.

"긴장 풀지 마. 절대 보통 무덤은 아닐 테니까."

화산의 제자들이 생각에 잠긴 와중에 홍대광이 슬금슬금 청명에게 다가왔다.

"화산신룡. 이제 어쩔 셈이지? 앞서 들어온 이들의 면면을 보면 여기는 이제 호굴이나 다름없다. 여기에 있는 이들만으로는 헤쳐 나가기 쉽지 않을 거다."

"흐응."

"내 생각에는 적당한 이들을 찾아서 연합해 보는 것도 나쁘지 않을 것 같다. 일단은 세를 만들어서 검총을 완전히 파악하고, 혼원단이 존재하는지 확인하는 게 우선 아니겠느냐?"

청명의 얼굴이 조금 똥해졌다.

"그렇게 평화적으로 나눠 먹을 인간들이면 여기 들어오지도 않았죠."

홍대광은 잠깐 할 말을 잃었다. 틀린 말은 아니었다. 청명이 피식 웃고는 말을 이었다.

"그리고 굳이 나서서 그럴 필요도 없어요. 이미 시작됐을 테니까. 들어온 놈들이 생각이 있으면 벌써 연합했겠죠."

홍대광이 고개를 끄덕였다. 지금 이 검총 안에는 각양각색의 인물들이 들어와 있다. 밖에서는 서로 반목했을지 몰라도, 일단 이곳에 들어온 이상은 서로 힘을 합칠 수밖에 없을 것이다. 무당이 먼저 진입했으니까.

무당의 이름값은 대단하다. 이곳에 온 이들의 명성이 아무리 높다고 해도 무당의 이름 앞에서는 태양 앞의 반딧불일 뿐이다. 외로운 늑대 같던 무인들이 목적에 따라서 이합집산하는 일이야 일상적으로 벌어지는 일. 이곳에 들어온 이들이 그 정도도 생각하지 못할 리는 없다. 그렇다면……

슬쩍 청명을 바라본 홍대광이 몸을 부르르 떨었다. 청명이 문 쪽을 바라보며 사악한 미소를 짓고 있었다.

'뒤에서 이무기가 노리고 있다는 것도 모르고 죽어라고 무당의 힘을 빼놓겠지.'

청명의 표정을 보아하니, 지금까지는 그의 계획대로 진행되고 있는 모양이었다.

"이봐, 화산신룡."

"네?"

"네가 뭘 생각하는지는 알겠는데, 저들이 먼저 혼원단을 손에 넣으면 닭 쫓던 개 꼴 된다는 건 알고 있겠지? 움직이려면 지금 바로 움직여야 한다."

"그야 물론이죠."

청명이 화산의 제자들을 돌아보며 가자고 신호했다. 화산의 제자들이 두말없이 따라붙었다.

"아무래도 좋은 마음으로 만든 공간은 아닌 모양이니, 내 뒤에서 떨어지지 마."

"……알겠다."

홍대광도 슬쩍 청명의 눈치를 보더니 화산 제자들 뒤로 붙었다. 그러자 개방의 제자들도 우르르 그 뒤로 붙었다. 그 꼴을 본 청명이 눈살을 찌푸리며 홍대광을 타박했다.

"어디 묻어 가려고!"

"도, 도움이 될 수도 있잖아!"

"거지가 도움 된다는 이야기는 살면서 들어 본 적이 없거든요? 훠이! 훠이!"

"닭 쫓는 것도 아니고, 뭔 휘이야. 그러지 말고 돕고 살자. 내가 밖에 나가면 큰 도움이 되는 사람이라니까? 나 홍대광이야, 홍대광!"

청명의 입가에 노골적인 비웃음이 내걸렸다.

"도움은 얼어 죽을."

"끄으으응."

홍대광이 머리를 벅벅 긁었다. 그도 어디 가서 무시당하고 사는 처지는 아닌데, 이 괴물 같은 놈 앞에서는 도무지 기를 펼 수가 없었다.

"내, 내가 할 수 있는 게 있을 거다."

"할 수 있……."

그때 문득 머릿속을 스치는 생각에 청명이 별안간 입을 다물었다.

'어?'

원래 청명의 계획은 개방과 어느 정도 연을 만들어 두는 것이었다. 개방은 정보를 지배하는 단체. 화산이 앞으로 커 나가기 위해서는 정보의 힘이 반드시 필요하다. 지금처럼 화산 안에서만 살아간다면 정보가 별 의미가 없겠지만, 전 중원으로 활동 영역을 넓혀 나가면 정보는 무위 이상의 가치를 가지기도 하는 법이니까. 그러니 이번 일로 적당히 안면을 터 놓고, 개방의 정보를 조금 이용해 볼 생각이었다. 좋지 않은 감정을 접어 두고서 말이다. 그런데 거기까지 생각이 미치자 하나 떠오르는 게 있었다.

'왜 감정이 안 좋았는지를 잠시 잊었네.'

청명이 전방에 시선을 고정해 둔 채로 입을 열었다.

"분타주 아저씨. 개방에서 분타주면 어느 정도의 위치죠?"

"응? 뭐…… 내 위에 있는 거지가 천하를 뒤져도 백을 넘지 않겠지."

"그럼 삼결개 정도는 언제든 잡아 올 수 있죠?"

"삼결개? 그 정도야 발가락으로도 잡아 올 수 있지."

"그래요오?"

청명이 천천히 고개를 돌렸다. 그의 얼굴을 본 홍대광은 저도 모르게 움찔하여 뒤로 물러섰다. 청명의 눈이 뭔가로 이글이글 불타오르고 있었다.

"아저씨가 할 게 하나 생겼네요. 거지새끼 하나만 잡아다 주세요."

"……어떤 거진데?"

"무한에 종팔이라는 거지 놈이 하나 있어요. 여기서 나가면 그놈을 제 앞에다 데려온다는 조건으로 도와드리죠."

"종팔? 그리 어려울 건 없다만……. 무슨 일인데? 인연이 있나?"

"은혜를 입었죠."

아주 깊은 은혜를 말이다. 이 몸으로 다시 태어난 이후 가장 강렬한 충격을 청명의 대가리에 선사한 거지다. 청명이 콧김을 뿜으며 말했다.

"반드시 갚아야 할 은혜를!"

……무슨 짓을 저질렀는지는 모르겠지만, 범의 코털을 뽑은 거지가 있는 모양이었다. 홍대광은 미리 무한성의 거지에게 깊은 애도를 표했다.

석실에서 이어진 복도는 생각보다 밝았다. 홍대광은 슬쩍슬쩍 위쪽을 보며 눈을 가늘게 떴다. 야명주를 박아 놨다. 이곳은 딱히 사람이 이용하라고 만들어 둔 곳이 아니다. 그럼에도 이리 야명주를 박아 넣었다는 건 이곳을 만든 이의 재력이 굉장했다는 뜻이리라.

콰득. 콰득.

"약선이라면 재산이 넘쳐흘렀다고 해도 이상할 게 없지. 그의 혼원단은 천금에 거래……."

콰득. 콰득.

"그런데 이게 뭔 소리야, 아까부터?"

홍대광이 고개를 뒤로 돌렸다. 그리고 눈을 부릅떴다. 천장에 거미처럼 들러붙은 청명이 천장에 박혀 있는 야명주를 양손으로 뽑아내고 있었다.

"뭐, 뭐 하는 거냐, 화산신룡?"

"보면 몰라요? 돈 벌잖아요."

"아, 아니……. 지금 그게 눈에 들어오냐, 지금?"

순간적으로 속에서 확 천불이 난 홍대광이 청명을 보며 삿대질했다. 선두에 설 테니 자기 뒤나 잘 따라오라더니, 저게 뭐 하는 짓거린가?

"이게 돈이 얼만데! 이런 걸 안 챙기니까 거지로 사는 것 아니에요!"

"내가 돈이 없어서 거지인 줄 알아?"

"그럼요?"

어? ……어. 맞긴 맞지. 돈이 없으니까 거지지.

야명주를 캐낸 청명이 품속에 야무지게 쑤셔 넣었다. 가슴께가 불룩불룩한 것으로 보아 뒤쪽에 있는 야명주를 모조리 챙긴 모양이다.

"아껴야 잘사는 거예요. 화산에 딸린 입이 얼만데."

"……그래. 돈 많이 벌어 좋겠다."

홍대광이 고개를 내저었다. 이놈은 알면 알수록 이해가 안 간다.

"앞쪽에서 무당이 벌써 혼원단을 손에 넣었을 수도 있잖으냐?"

"아닐걸요."

"그걸 어떻게 알아?"

"아직 가고 있으니까요."

홍대광의 얼굴이 순식간에 굳어 버렸다.

'기파를 느끼고 있는 건가?'

홍대광에게는 아무것도 느껴지지 않았다. 저 앞쪽에 일련의 무리가 있다는 느낌이 얼핏 들기는 하지만, 그것 역시 어렴풋한 감각일 뿐, 확실하지는 않았다. 하지만 지금 청명은 먼저 앞서간 이들의 존재를 확연히 느끼고 있다는 듯 말했다. 기감이 얼마나 뛰어나야 그게 가능하단 말인가. 홍대광이 새삼스러운 눈으로 청명을 바라보았다. 이 어린 녀석을 만난 이후로는 놀랄 일들뿐이다.

"그래도 그들이 먼저 도착하는 건 사실 아니냐?"

청명이 어깨를 으쓱했다.

"그렇죠. 그래야 우리가 좀 편해지거든요."

"응?"

"가 보면 알아요. 어이쿠! 여기도 야명주가!"

다시 천장으로 박차고 올라가는 청명을 보며 홍대광이 얼굴을 감싸 쥐었다.

'이 새끼를 정말 믿어도 될까?'

어쩌면 목숨을 건 도박이 될지도 모르는 일이다. 그런 일을 너무 성급하게 결정한 게 아닐까 후회하는 홍대광이었다.

"그런데 여기 복도가 점점 좁아지는 것 같지 않습니까?"

윤종의 물음에 백천이 고개를 끄덕였다.

"나도 그런 것 같구나."

처음 문밖으로 나왔을 때는 장정 다섯이 나란히 걸을 수 있을 정도의 너비였는데, 이제는 장정 셋이 어깨를 붙이고 걸어야 겨우 통과할 정도로 좁아졌다.

"일부러 이런 식으로 만들 필요는 없었을 것 같은데."

백천이 미간을 찌푸렸다. 하지만 그들의 의문은 곧 사라졌다. 그것보다 더 중요한 문제가 생겼기 때문이다. 일행이 일제히 얼굴을 굳혔다. 앞쪽에서 짙은 피 냄새가 풍겨 오기 시작한 것이다.

"청명아!"

"흠. 가 볼까?"

청명이 선두로 달려 나갔다. 화산의 제자들과 개방도들이 일제히 그를 따라 속도를 높였다. 얼마 지나지 않아 그들은 피비린내의 정체와 마주할 수 있었다.

"……이거…….″

백천과 윤종은 우뚝 선 청명의 너머로 보이는 시체들을 보며 입을 꾹 닫았다. 바닥에 여럿이 쓰러져 피를 흘리고 있었다. 특기할 만한 점은 그들의 입가로 흘러나온 피가 붉은색이 아니라, 거의 검은색이라는 점이다.

"독? 앞서간 자 중 독을 쓰는 이가 있나?"

홍대광이 안색을 굳히며 말했다. 독 하면 당장 떠오르는 곳은 당문이지만, 강호에 독을 쓰는 이들은 그 외에도 얼마든지 있다.

"아뇨, 기관이에요."

"응? 기관이라고?"

"봐요."

청명이 가리킨 시체를, 홍대광은 눈을 가늘게 뜨고 샅샅이 살폈다. 그러다 이내 작게 탄성을 흘렸다. 자세히 보지 않으면 눈에 띄지 않는 세침이 시체에 빽빽하게 박혀 있었다. 그것도 한 방향이 아니라 사방에서 얻어맞은 모양새다.

'이 벽에서 튀어나왔다는 건가?'

소름이 쭉 돋았다. 얼핏 봐서는 누구도 이곳에 기관이 설치되어 있으리라고는 생각지 못했을 것이다. 집중해서 신중히 보아야만 벽에 아주 작은 구멍들이 무수히 뚫려 있다는 것을 알아챌 수 있었다. 만약 홍대광이 먼저 이곳을 지났다면 꼼짝없이 당할 수밖에 없었을 거란 의미다.

"……약선이 이런 잔인한 기관을 설치할 줄이야."

홍대광은 자신이 뭔가 크게 잘못 생각했다는 것을 깨달았다. 물론 이곳은 검총이다. 하지만 홍대광은 탈검무흔의 정체가 약선이라는 걸 아는 사람 중 하나였다. 인의(人義)를 위해서 평생을 바쳐 온 그 약선이 자신의 무덤에 이런 잔악한 함정을 설치할 것이라고는 생각지 못했다.

"이럴 생각이 아니었으면, 이런 깊은 곳에 무덤을 만들지도 않았겠죠."

"그렇긴 하다만."

홍대광이 영 찝찝하다는 듯이 벽과 시체를 번갈아 보았다.

'어쩌면 이번 일은 길보다 흉이 많겠구나.'

홍대광이 살짝 머뭇대는 와중에도 청명은 대수롭지 않다는 듯이 앞으로 저벅저벅 걸어가기 시작했다.

"처, 청명아."

"왜?"

청명의 태연한 시선이 돌아오자 되레 당황한 건 화산의 제자들이었다. 그들이 강호에서 살아가는 이들이라지만, 시체를 이리 가까이서 적나라하게 보는 건 처음이다. 강호행을 하는 와중에 간간이 시체를 볼 일이 있었던 백천조차도 미묘한 께름칙함을 어쩌지 못하고 있었다.

하지만 청명에게는 흔하디흔한 일일 뿐이었다. 전생에 마교와 전쟁을 하며 시체는 질리도록 봤다. 하루하루 전투가 끝나고 시체가 널린 곳에서 밥을 먹는 게 일상이 아니었던가? 그러니 새삼 시체 조금 봤다고 호들갑을 떨 일도 없다.

"여기 있으면 괜히 중독될 확률만 높아지니까 일단은 가. 그리고 괜히 주변에 뭐 건드리지 마. 위험하니까."

"아, 알았다."

백천이 마른침을 삼키며 조금 서둘러 청명의 뒤를 따랐다. 그러면서도 바닥에 쓰러져 있는 시체들에게서 시선을 뗄 줄 몰랐다.

'이게 강호구나.'

새삼 실감이 났다. 그들은 지금 화산이라는 이름으로 보호받지 못하는 곳에 있다. 아차 하는 순간 목이 달아나고 말 것이다. 새삼 마음을 다진 백천은 청명의 뒤로 가까이 따라붙었다. 그리고 조심스레 시체들을 넘어 전진했다.

"이런 기관이 많이 설치되어 있을까?"

청명이 어깨를 으쓱했다.

"모르지. 약선이라는 자가 어떤 사람인지는 모르겠는데, 그래도 하나는 확실해."

"어떤 것?"

"여기가 그냥 보물 창고는 아니라는 거지."

청명이 의미심장한 표정을 지었다. 단순히 신병을 숨긴다거나, 무덤으로 사용할 거였다면 이런 기관 같은 것을 설치할 필요가 없다. 이곳에는 이 무덤을 만든 사람의 의도가 숨겨져 있다.

'그 의도가 뭐냐에 따라서 위험도가 달라지겠지.'

청명이 살짝 신중해진 그 순간이었다. 홍대광이 느닷없이 탄성을 지르며 천장 쪽을 가리켰다.

"오? 저기 야명주가 지금까지 보던 거랑 다른데? 비싸 보이네."

그 말에 청명이 번쩍 고개를 들었다. 과연, 지금까지 그가 뽑아낸 야명주는 푸른빛을 띠고 있었는데 홍대광이 가리킨 것은 붉은빛을 띠고 있었다. 청명이 뭐라 말할 틈도 없이 홍대광이 먼저 몸을 훌쩍 날렸다. 그러고는 천장에 붙은 야명주를 뽑아내었다. 착지한 홍대광은 신기하다는 눈으로 야명주를 이리저리 돌려 보았다.

"붉은색을 띠는 야명주는 처음 들어 보는 것 같은데, 이게 보물일지도……."

"……지금 무슨 짓을 한 거예요?"

청명의 물음에 홍대광이 의기양양하게 씨익 웃었다.

"거지로 안 살려면 돈 되는 건 부지런히 챙기라며. 설마 여기 있는 야명주가 전부 네 거라고 하지는 않겠지? 하나 정도는 내가 챙겨도……."

"내가…… 이상한 거 함부로 건드리지 말라고 했죠?"

청명이 눈을 희번덕거렸다. 그러자 홍대광이 살짝 당황한 표정으로 주위를 둘러보았다.

"어? 아니, 뭐 별문제 없는 것……."

쿠릉.

그때 아주 작은 소리가 울렸다. 무겁고 둔탁하지만, 크지 않은 소리.

쿠르릉.

이윽고 그 소리가 조금 더 커졌다. 홍대광의 이마에 식은땀이 배어나기 시작했다.

"어……. 아, 아니……."

쿠르르르릉.

소리가 이제 잡힐 듯 가까워졌다. 모두의 시선이 소리가 난 곳으로 돌아갔다. 그들이 지나온 복도에서 뭔가 커다란 소리가 밀려들고 있었다. 그와 동시에 그들이 있는 곳이 진동하며 덜덜 떨리기 시작했다. 청명이 짧게 후우, 숨을 내쉬고는 빙그레 웃었다.

"뭐 해?"

"응?"

"달려! 뒈지고 싶지 않으면!"

그 말과 동시에 청명이 빛살 같은 속도로 앞쪽으로 달려 나갔다. 순식간에 사태를 파악한 화산의 제자들 역시 두말없이 그를 쫓아 전력으로 달리기 시작했다.

"다, 달려! 달려라, 거지들아! 빨리이이이이이!"

홍대광이 고함을 치자 영문을 모르던 개방도들도 꽁지가 빠지도록 달리기 시작했다. 왜 달려야 하는지에 대한 그들의 의문은 금세 풀렸다.

어마어마한 굉음과 함께 동굴이 무너지고 있었다. 저 끝부터 천장이 통째로. 그리고 천장이 붕괴한 곳부터 토사와 바위들이 물처럼 쏟아졌다.

"히이이이이이이익!"

홍대광이 기겁하며 다리에 있는 대로 힘을 주었다. 저기 휩쓸리면 죽는다! 절대 못 살아남는다!

"으아아아아아아악! 달려라! 거지들아! 죽어라고 달려! 죽는다! 죽는다고! 으아아아아아아!"

"내가 이래서 거지새끼들이랑은 상종을 안 하려고 했는데!"

청명은 달리는 와중에도 버럭버럭 역정을 냈다.

"청개구리를 삶아 처먹었나! 건드리지 말라는데 그걸 꼭 건드려서 이 사달을 내요! 강호에서 굴러먹을 만큼 굴러먹은 인간이!"

당연히 홍대광은 입이 열 개라도 할 말이 없었다.

"으아아아아! 무너진다! 여기도 무너진다!"

"달리라고, 이 거지새끼들아! 뒤처지면 뒈지는 거야!"

"아이고! 분타주 잘못 만나서 이게 뭐 하는 짓이야!"

개방도들의 원성도 하늘을 찔렀다. 이 모든 사달을 만들어 낸 범인은 그저 고개를 푹 숙이고 죽어라 달릴 뿐이었다. 내가 알았나. 하늘도 무심하시지. 저 망둥이 놈이 그렇게 뽑아 젖힐 때는 별일 없다가, 그가 딱 하나 건드렸는데 그게 이 사달을 내는 게 말이나 되나.

하지만 하늘을 원망할 틈도 없다. 그 와중에도 천장이 무너지는 속도가 그들을 따라잡고 있었다. 설상가상으로 길이 점점 더 좁아져서 이제는 일렬로 달릴 수밖에 없는 지경이었다. 청명이 성질을 부리며 뒤쪽으로 빠졌다.

"돌아보지 말고 달려!"

"화산신……."

뻐엉!

본능적으로 뒤를 돌아보려던 홍대광은 엉덩이를 냅다 걷어차 오는 청명의 발길질에 눈물을 머금고 전방에 시선을 고정했다.

'나는 맞아도 싸지.'

돌아보지 말라는데 왜 돌아보려고 했을까. 나는 왜 이럴까? 지상에서는 안 이랬는데.

쿠르르르르릉! 쿠르르르르르르릉!

천장이 무너지는 소리가 바로 뒤에서 들리는 것 같았다. 심지어 토사가 쏟아지며 뿜어져 나오는 흙먼지가 뒤통수를 간질이고 있었다.

"으아아아아아아아! 다 죽는다! 달려어어어어어어어!"

홍대광은 숫제 발악하며 발에 땀이 나도록 달렸다. 중간중간 발이 삐끗할 때마다 네 발로 달렸다가, 다시 몸을 일으키기를 반복했다.

"저기 빛이다!"

"튀어 나가! 당자아아아아아앙!"

모두의 눈에 끝이 보였다. 복도의 끝을 눈으로 확인한 이들이 마지막 힘을 짜내 있는 힘껏 경공을 펼쳤다.

앞선 이들이 모두 밖으로 뛰쳐나가자 홍대광도 빛 속으로 몸을 던지다시피 달렸다. 이윽고 굉음과 함께 쏟아지던 토사가 앞으로 고꾸라진 그의 발끝을 스쳤다. 쓰러졌던 홍대광이 반사적으로 몸을 바로 돌렸다.

'됐다!'

정확히 어떤 곳에 들어오게 된 건진 모르겠지만, 어쨌든 여기는 무너지지 않는 모양이다. 무너지는 건 딱 복도까지였다. 그런데…….

"청명아!"

"이런, 빌어먹을!"

홍대광이 몸을 벌떡 일으켰다. 발에 토사가 스쳤다는 말인즉, 그가 복도에서 빠져나온 마지막 사람이라는 뜻이다.

"화산신룡!"

홍대광이 기겁하여 뒤를 돌아보았다. 역시나 아무도 없었다. 청명은 복도를 빠져나오지 못하고 토사에 묻혔다는 의미였다. 홍대광의 눈이 지진이라도 만난 것처럼 떨렸다. 아무리 날고 기는 재주를 가졌다 해도, 저만한 토사에 파묻혀서 살아남는다는 건 불가능한 일이다.

"나 때문에……."

홍대광은 밀려드는 죄책감에 가늘게 몸을 떨었다. 강호의 동량이 되어야 할 어린 검수가 자신의 실수 때문에 이런 곳에서 유명을 달리하다니.

생각 같아서는 혀를 깨물고 죽어 버리고 싶은 심정이었다.

"화산……."

그때였다.

콰아아아아아아아앙!

갑자기 요란한 소리와 함께 앞쪽이 터져 나가더니 흙먼지가 사방으로 비산했다.

"청명아!"

"빌어먹을! 걱정했잖아, 이놈아!"

홍대광이 반색했다. 숨통이 트이도록 마음이 놓였다. 살았구나! 그럼 그렇지. 화산신룡이 이런 곳에서 죽을 리가 없지! 너무 반가운 나머지 당장이라도 달려가 껴안아 주고 싶은 마음이다. 하지만 그런 반가움은 곧 먼 곳으로 사라졌다.

"……거지 어디 갔어."

흙먼지가 가라앉은 곳. 전신에 먼지를 뒤집어쓴 청명이 금방이라도 사람 몇은 죽일 듯한 표정으로 눈을 희번덕대고 있다. 금세 홍대광을 찾아낸 그의 뒤틀린 입술 새로 빠득빠득 이 가는 소리가 흘러나왔다. 홍대광의 얼굴이 삽시간에 창백해졌다.

"아, 아니, 화산신룡. 이건……."

"할 말이 많겠지."

청명이 우두둑우두둑 목을 꺾으며 홍대광을 향해 걸어오기 시작했다.

"그런데 그거 알아? 말로 모든 게 다 해결될 것 같으면 세상에 전쟁 같은 건 일어나지 않아!"

"……."

"일단 좀 맞고 시작하자."

회까닥 돌아 버린 청명이 야차 같은 얼굴로 홍대광에게 달려들었다.

· ◈ ·

"따라붙습니다!"
"빌어먹……. 무량수불!"
허산자의 입에서 욕지거리가 흘러나오다 급히 도호로 바뀌었다. 그만큼이나 지금 마음이 다급하다는 의미다. 어쩌다 이렇게 되어 버렸단 말인가? 검총에 들어오기까지는 별거 없었다. 아니, 그 뒤로도 마찬가지였다. 설사 검총을 노리고 모였던 이들이 모조리 안으로 들어왔다고 해도 그는 딱히 신경 쓰지 않았을 것이다. 그들 중 무당의 적수가 될 만한 이는 없었으니까.
하지만 안으로 들어온 이들의 수가 생각보다 적고, 위에 모인 이들 중에서도 강자들만이 진입하는 사태가 벌어지면서 상황이 꼬이기 시작했다.
얼핏 생각한다면 검총으로 진입한 이들의 수가 적다는 건 무당에게 희소식일지도 모른다. 하지만 세상일이라는 것은 오묘한 면이 있어서 그리 단순하게만 돌아가지 않는다. 인원이 많다면 합의가 이뤄지기 어렵다. 하지만 인원이 적다면 의견의 교환이 쉬워지는 법이다. 특히나 서로를 부담스러워할 수밖에 없는 강자들이 모인다면 더더욱.
그 결과 무당은 지금 검총에 진입한 이들의 연합에 쫓기는 상황이다. 아무래도 저들이 일단은 무당이 검총을 파훼하는 것을 막아 내자고 합의한 게 틀림없었다. 그리고 그 연합의 방해 공작은 무당에게도 확실한 위협이 되었다. 허산자의 목소리에 다급함이 묻어났다.

"뭐가 이리 넓단 말이냐!"

"구조상 곧 끝이 보일 것입니다!"

돌아온 대답에도 허산자의 얼굴은 도무지 펴질 줄 몰랐다.

'빌어먹을. 약선은 대체 무슨 생각으로 이런 곳을 만들었단 말인가?'

귀물이 있는 곳에 위험한 함정이 있는 일이야 빈번하다. 귀물을 후예에게 남기지 않고, 굳이 은밀한 곳에 숨겨 두는 이들치고 괴팍하지 않은 이는 없으니까. 그런 이들은 대개 자격이 있는 자만이 자신이 남긴 물건을 얻을 수 있다고 여긴다. 그래서 그 자격을 시험하기 위한 함정을 제멋대로 설치해 둔다.

하지만 이곳은 약선의 무덤이 아닌가. 약선이 그 괴팍한 이들 같은······. 아니, 그보다 더한 함정이 가득 도사린 무덤을 만들었을 줄 누가 상상이나 했겠는가? 실로 고약하기 짝이 없다!

이미 허산자는 몇 번이나 죽을 위기를 넘겼다. 선두에 선 만큼 약선의 함정도 그가 가장 먼저 받아 내야 했다. 쏟아져 나오는 강침. 갑자기 바닥이 꺼지는 무시무시한 함정. 그 외에도 전신의 털이 곤두설 만큼 괴악한 함정들이 도처에 깔려 있었다.

앞에서는 함정이 기다리고, 뒤에서는 그들을 저지하려는 자들이 눈을 시뻘겋게 물들이고 쫓아온다. 짧지 않은 그의 삶 중에서도 이토록 고통스러운 상황은 거의 없었다. 허산자는 입술을 질끈 깨물었다.

'이건 우연히 벌어진 상황이 아니다.'

자꾸만 누군가 의도적으로 상황을 조장했다는 생각이 들었다. 그럴 확률이 거의 없다는 것을 알지만, 이상하게도 그런 생각을 떨칠 수가 없다. 인의 장막으로 저들의 진입을 막아 주거나, 아니면 함께 검총 안으로 들어와 저들의 발을 묶었어야 할 이들이 아무도 검총에 들어오지 못했다는 것부터 이상하지 않은가?

'설마 그 어린놈이……?'

화산의 청명이라는 놈이 장보도를 뿌려 군웅들을 모았다는 데까지 생각이 미치자, 혹시 이런 상황도 놈이 의도한 게 아닐까 의심하게 되었다. 하지만 허산자는 이내 고개를 내저었다. 이건 너무 나간 생각이다. 그 어린놈이 그토록 먼 미래를 보고 상황을 만들 수는 없다. 머리야 빠릿빠릿 돌아갈 수 있다지만, 강호인들의 특성을 예상하고 판을 까는 건 강호에 대한 경험 없이는 불가능한 일이다.

더구나 지금 남영에는 화산의 윗대들이 오지 않은 상황 아닌가? 그 화정검인가 하는 백천이 제자들을 이끌고 있다. 그런 이들이 이런 상황까지 내다봤으리란 건 너무 과한 망상이다.

"장로님! 압박이 거셉니다!"

무겁게 침음하던 허산자가 외쳤다.

"허원! 후방에 오는 이들을 최대한 막아라. 제자들을 이끌고 저들의 발을 묶으란 말이다. 나는 몇몇을 이끌고 빠르게 전진하겠다."

"알겠습니다!"

허원진인이 단호하게 대답하고는 뒤쪽으로 몸을 날렸다.

"진현! 무길! 무평! 따라와라! 우리가 혼원단을 손에 넣는다!"

허산자가 재빠르게 앞으로 튀어 나갔다. 후방을 견제하며 시간을 끄는 것은 절대 상책이 될 수 없다. 허산자를 비롯한 몇몇이 빠지는 것만으로도 남는 이들에게는 큰 부담이겠지만, 지금은 다소의 희생을 감수하더라도 혼원단을 손에 넣는 게 먼저였다.

거리를 벌리며 앞으로 박차고 나가던 허산자가 돌연 이를 악물었다.

"숙여라!"

파팟! 파파파팟!

말이 떨어지기가 무섭게, 앞쪽에서 날카로운 화살들이 일제히 날아들었다. 화살촉이 녹빛으로 빛나는 것을 보아, 극독이 발려 있는 게 분명했다. 허산자의 검이 날아드는 화살들을 사방으로 쳐 냈다. 면면부절 이어지는 그의 검은 단 하나의 화살도 허락지 않았다.

"약선이라 불리는 이가 극독에 암기라니! 이곳은 대체 뭐란 말인가!"

하지만 그게 끝이 아니었다.

"장로님, 앞쪽에 인기척이 있습니다."

진현의 말에 허산자가 미간을 찌푸렸다. 아무런 기운도 느껴지지 않건만, 인기척이라는 게 대체 무슨……. 그 순간이었다. 달려 나가던 허산자가 그 자리에 멈춰 섰다. 그리고 믿을 수 없다는 듯이 전방을 바라보았다.

눈으로는 확인할 수 없는 깊은 어둠 속에서 무언가가 움직이고 있다. 허산자가 당황한 것은 사람이 들지 않은 이 검총에서 무언가가 움직이고 있어서가 아니었다.

'생기가 느껴지지 않는다?'

뭔가 움직이고는 있는데, 아무 기운도 느껴지지 않는다. 움직이는 것이라면 당연히 생기가 있어야 할 텐데, 그게 조금도 느껴지지 않는다는 뜻이다. 그럼 대체 지금 움직이고 있는 것은 무어란 말인가?

그으으으. 그으으으으.

안쪽에서 들려오는 기이한 소리에 허산자는 전신의 털이 곤두서는 것을 느꼈다. 이윽고 움직이는 것들의 정체를 확인했을 때, 그는 저도 모르게 격한 욕지거리를 내뱉을 수밖에 없었다.

"이런 미친……."

직접 눈으로 본 적은 없다. 하지만 지금 눈에 보이는 것의 정체가 무엇인지는 너무도 확실하다. 수도 없이 들어 봤으니까.

"……강시(僵尸)."

죽은 자가 움직이고 있다. 눈에 생기가 없고, 피부가 잿빛으로 변해 버린 시체가 어기적어기적 그들을 향해 다가왔다. 보는 것만으로도 본능적인 거부감이 그들을 덮쳤다. 허산자가 분노와 경악을 담아 소리쳤다.

"대체 이곳은 뭐란 말이냐!"

하지만 놀라고 있을 시간이 없었다.

"자, 장로님! 옵니다!"

"빌어먹을!"

허산자가 검을 움켜잡았다. 다가오는 게 무엇이든 간에 그들이 해야 할 것은 명확했다.

"죽어서도 쉬지 못하는 망자들이다! 가엾게 여겨 잠들게 해 주어라!"

"예, 장로님!"

허산자는 입술을 질끈 깨물었다.

'대체 무슨 생각을 한 건가, 약선!'

어쩌면 그가 약선을 잘못 판단했던 건지도 모른다. 혹여 그렇다면……이곳에서 살아 나가는 사람이 없을지도 모른다. 허산자는 머릿속을 파고드는 잡념을 날려 버리고, 도호를 외며 강시들에게 달려들었다.

• ❖ •

억울하다. 홍대광은 미칠 듯이 억울했다. 잘못을 저질러 놓고 뭐가 그리 억울하냐고? 물론 잘못은 했다. 그건 입이 열 개라도 할 말이 없다.

하지만 아무리 잘못을 저질렀어도 그렇지.

"그래도 내가 어른인데!"

"확, 마!"

청명이 한 손을 치켜들었다. 순간 움찔한 홍대광이 벽에 바짝 붙어 섰다.

"어휴, 승질 같아서는 확 그냥!"

지금 청명이 예전 매화검존의 몸이었다면, 홍대광은 뼈도 못 추렸을 것이다. 하지만 이상하게 이 몸으로 누굴 패려고 하면 나이가 좀 있는 사람을 상대로는 미묘하게 거리낌이 생겼다. 그래서 이 정도로 끝난 것이다. 그런데 그런 사실도 모르고 저리 억울한 얼굴이라니.

"끄응. 내가 속이 터져서 원."

그런 청명의 심정을 아는지 모르는지 홍대광은 서글픈 표정으로 주변을 돌아보았다. 하지만 돌아오는 거라고는 칼날 같은 시선뿐이었다.

"내 저 인간 언젠가는 사고 칠 줄 알았지."

"확 묻혀 버리지. 여기서 화산신룡한테 맞아 뒈지면 과분하지, 과분해!"

"어쩌다가 분타주랍시고 저런 인간을 만나서는!"

"뒈지려면 혼자 뒈지지!"

서글펐다. 지금 저 비난을 날리는 이들이 화산의 제자들이 아니라 그의 수하들이라는 사실이 더욱 서글펐다. 분타원들이 날리는 독설과 쌍욕을 실컷 얻어먹으면서 홍대광은 눈가를 벅벅 문질렀다. 그래도 어둑어둑한 암실이라 멍든 눈가가 잘 보이지 않으리라는 사실이 유일한 위안이었다.

"내가 이래서 거지새끼들이랑은 상종을 안 하려고 했는데!"

"……거지, 거지 하지 마라. 듣는 거지 기분 나쁘다."

"그럼 거지 하지 말든가!"

지금은 뭔 말을 해도 욕밖에 들을 게 없다. 그 사실을 알기에 홍대광도 그저 입을 꾹 다물었다. 입 닫고 있자니 청명이 홍대광을 보며 눈을 부라렸다. 또 구박할 게 없는지 찾는 모양이다. 서슬 퍼런 시선이 온몸에 쑤셔 박힐 때마다 홍대광이 움찔움찔 몸을 뒤틀었다. 그 모습에서 동병상련을 느꼈는지 백천이 슬그머니 청명에게 다가와 화제를 돌렸다.

"여기서 시간을 끌 게 아니잖으냐."

그러자 청명이 앓는 소리를 냈다. 마음 같아서는 사흘은 날 잡아 털어 버리고 싶지만, 확실히 지금은 시간적인 여유가 없었다.

"잘해요."

"……죄송함다."

청명이 영 마음에 안 든다는 듯 혀를 차며 홍대광을 노려보고는 몸을 획 돌렸다.

"옛날 개방은 안 이랬는데. 왜 갈수록 상태가 나빠지냐, 다들."

네가 아는 옛날 개방이 언젠데? 홍대광은 억울함과 서글픔이 지나쳐 뱃속까지 북받쳤다. 그때 백천과 윤종이 다가와 말없이 그의 어깨를 두드렸다.

"위로하지 마. 눈물 날 것 같잖아!"

"이해합니다."

홍대광이 고개를 털어 젖히고는 한숨을 내쉬었다.

"그건 그렇고 여기는 또 어디야?"

청명이 주변을 둘러보았다. 긴 복도 끝에 도달한 곳은 다시 드넓은 석실이었다. 그리고 그 석실의 끝에는 또 새로운 문이 보였다. 청명이 뭔가 묘하다는 듯 눈을 가늘게 떴다. 문이 굳게 닫혀 있었다.

"흐음, 사람이 들어온 흔적이 없는데?"

백천의 말에 청명이 이를 박박 갈아붙였다.

"중간에 옆으로 빠지는 샛길이 하나 있었어. 원래라면 그쪽으로 갔어야 했는데 어느 거지가 천장을 무너뜨리는 바람에!"

그 '어느 거지'가 어깨를 움츠렸다. 개방에서는 나름대로 손에 꼽히는 인재이자 노련한 강호의 고수로 대우받았었는데, 검총 안에선 사고만 치는 거지에 불과했다.

"……그럼 뭐가 잘못된 거냐?"

"쯧. 잘못이고 나발이고, 일단은 가 봐야지."

청명이 슬쩍 뒤를 돌아보며 말했다.

"돌아갈 길은 어차피 막혔으니까."

그 말에 다들 표정을 굳혔다. 조금 전까지는 일이 꼬이면 어떻게든 떨어져 내려온 곳으로 다시 기어 올라갈 수 있었지만, 이제는 후퇴할 방법이 없다. 오로지 전진해서 새로운 길을 찾아내야 한다.

"일단 가 볼 테니까. 바짝 붙어 따라와."

"알았어."

"또 이상한 거 건드리면 손모가지 잘라 버릴 거야!"

"……알았다."

청명이 눈을 부라리고는 성큼성큼 걸어가 문을 열었다. 그러더니 고개를 살짝 갸웃했다.

"왜?"

"아니, 비린내 같은 게 나는 것 같아서."

"응?"

"아니다. 들어간다."

청명이 조심스레 안쪽으로 걸어 들어갔다. 조금 전에 지나왔던 복도와는 달랐다. 사람의 손길이 닿지 않은, 천연 그대로의 동굴이 펼쳐져 있었다. 물론 좁은 동굴이라는 사실은 같지만 말이다.

청명은 미간을 찌푸린 채 발걸음을 재촉했다. 그렇게 한참을 동굴 안으로 들어가던 중, 문득 거슬리는 소리가 귀에 스쳤다.

후드득.

"소리 내지 마."

"응."

후드득.

"소리 내지 말라니까."

"안 냈어."

후드득.

"그럼 이게 무슨 소린데? 내가 냈나? 내가……."

청명이 말을 멈췄다. 그리고 그의 고개가 천천히 위쪽으로 향하기 시작했다. 설마설마하는 표정으로 위를 본 그 순간. 마치 동굴 벽면에 새빨간 물감을 흩뿌린 것처럼, 작고 붉은 점 수백 개가 동시에 그 모습을 드러냈다.

"어?"

이거 망한 것 같은데?

그 새빨간 것의 정체가 무엇인지는 알 수 없었다. 하지만 그 붉은 점을 본 이들은 모두 본능적으로 움직임을 멈췄다.

'뭐, 뭐야? 저거? 기관? 아, 아니면……."

조걸의 등골을 타고 식은땀이 흘러내렸다. 뭐가 되었든, 그들에게 좋은 소식이 아니라는 것만은 분명했다. 일단 저 붉은 점을 보는 순간 몸이 제대로 움직이지 않았다. 육체가 먼저 알고 경고를 보내는 느낌이었다. 위기를 감지한 그의 시선은 자연히 청명에게로 향했다. 평소의 행동거지가 어떻든 간에, 이런 순간 제일 믿을 수 있는 사람은 누가 뭐라고 해도 청명이다.

"처, 청명아. 저게 다 뭐냐?"

"어……. 박쥐 같은데?"

"박쥐?"

"어. 눈이 빨간 박쥐에 대한 이야기를 내가 어디서 들어 본 것 같은데, 그러니까……."

청명이 고개를 갸웃했다.

"아닌가, 박쥐 눈은 원래 빨갛던가?"

그게 지금 중요하냐? 어? 속이 갑갑해진 조걸이 무어라 말하려는데, 가만 생각하던 청명이 생각이 났다는 듯 손뼉을 쳤다.

"아, 맞다! 흡혈편복(吸血蝙蝠)! 분명 그런 이름이었지!"

멈춘 채로 눈알만 굴리던 홍대광이 조심스레 입을 열었다.

"……그럼 지금 저 빨간 게 전부 박쥐의 눈이라고?"

"어, 그런 것 같은데요?"

"그, 그럼 어떻게 해야 하는 거냐?"

"뭘 어떻게 해요. 그래 봐야 박쥔데 그냥 지나가면 되겠지."

청명이 태연하게 다시 걸음을 옮겼다. 그러자 다른 이들이 긴장한 표정으로 주위를 둘러보았다.

'괜찮은 건가?'

하기야 박쥐면 별문제는 안 된다. 사람에 따라서 징그러워서 피하는 경우가 있긴 하지만, 박쥐에 물려 죽었다는 사람은 들어 본 적이 없으니까. 다들 살짝 긴장을 풀고 조심스레 청명의 뒤를 따랐다. 그때 백천이 청명의 뒤에 바짝 붙더니 나지막이 입을 열었다.

"그런데 청명아. 나도 흡혈편복에 대한 이야기는 들어 보았다만, 흡혈편복의 눈이 붉다는 이야기는 처음 듣는다. 그 말이 맞는 거냐?"

"어? 아닌데? 내가 듣기로는……. 아!"

청명이 다시 손뼉을 쳤다.

"그냥 흡혈편복이 아니구나. 마라흡혈편복(魔羅吸血蝙蝠)이었어. 운남에 마라흡혈편복이라는 영물이 있는데, 그 영물에게 물리면 피를 쪽쪽 빨려 껍데기만 남고 죽는다고 하더라고? 단단하기는 얼마나 단단한지 칼도 안 들어가서 웬만한 고수도 한 마리를 감당하기 어렵……."

말을 하던 청명의 목소리가 점점 흐려졌다. 그가 슬쩍 뒤를 돌아보았다. 모두 뭐 씹은 얼굴로 몸을 부들부들 떨며 바라보고 있었다. 청명은 진지하게 입을 뗐다.

"……알지?"

"응."

청명이 깊게 숨을 들이쉬고는 천천히 발을 뗐다. 그답지 않게 신중함 가득한 움직임이었다.

"조용하게……."

후드득.

"가면 얘들도……."

후드득! 후드득!

"잘 모를……."

후드드득! 후드득!

청명이 빙그레 웃고 말았다.

'그럴 리가 있나.'

"망했네."

끼에에에에에에에에엑! 끼이이이이이이이익!

고막을 찢어 버릴 것 같은 날카로운 울음소리가 미친 듯이 쏟아지더니 시뻘건 눈의 마라흡혈편복들이 일제히 구름처럼 날아올랐다.

"달……."

청명이 막 달리라고 소리치려는 순간, 뒤에 있던 이들이 일제히 그를 제치고 부리나케 앞으로 내달렸다.

"으아아아아아아아!"

"잡히면 뼈도 못 추린다! 달려어어어어어어어!"

청명이 그 모습을 보며 흐뭇하게 웃었다.

"저 개……."

뭐? 사형제는 죽어도 같이 죽고 살아도 같이 살아? 사형제 간의 정이 어쩌고저째? 어떻게든 살아 보겠답시고 청명을 밀치며 걸음아 날 살려라 달아나는 사형제들을 보고 있으니 눈물이 앞을 가릴 지경이다. 그 와중에 제일 앞에서 뒤도 안 보고 달려가는 백천의 모습이 확연하게 두 눈에 들어왔다. 지 혼자 살겠다고 저거, 저거. 어찌나 잘 컸는지 보고만 있어도 뿌듯…….

"……은 개뿔이! 에라, 이 썩을 놈들아! 히이이익!"

사방에서 마라흡혈편복이 붉은 눈을 번뜩이며 달려들었다. 청명도 부리나케 앞으로 달리기 시작했다.

"으아아아아아아! 동굴에 왜 박쥐가 있어!"

"동굴이니까 박쥐가 있지, 미친놈아!"

"아니! 운남에 있다던 놈들이 왜 여기에 사냐고!"

"내가 어떻게 알아!"

홍대광도 버럭버럭 소리를 질러 가며 꽁지가 빠지게 달리기 시작했다.

"약선은 얼어 뒈질 약선! 그 미친놈이 운남에서 이걸 여기까지 가지고 와서 풀어놨네! 사형! 장문사형! 선계에 그 새끼 있으면 죽빵 좀 갈겨 주쇼!"

- 내가 천하제일인을 무슨 수로 패냐.

"아니! 그럼 평소처럼 사제들이랑 같이 다구리라도 놓든가!"

"혼자서 뭐라는 거야! 이 미친놈이!"

"끄으으응!"

진짜 청문이 있었으면 '저 미친놈이 화산의 명예를 땅에 처박는다.' 하고 길길이 날뛰었을 소리를 잘도 해 대는 청명이었다. 그런 그를 응징이라도 하겠다는 듯이 마라흡혈편복 여러 마리가 날카로운 이를 드러내며 무섭게 달려들었다. 청명이 다급히 양손을 휘둘러 그것들을 쳐 냈다.

카앙! 카아앙!

'와, 이거 뭐야!'

손으로 박쥐를 치는데 쇳덩어리를 치는 느낌이 났다. 운남에서는 마라흡혈편복이 있는 동굴에 잘못 들어가면 커다란 물소도 삽시간에 뼈만 남는다더니, 손끝에 전해지는 감각을 보니 납득이 갔다.

"아악!"

"조심해! 발톱이 날카롭다!"

청명이야 날아드는 박쥐들을 후려쳐 밀어 낼 수 있었지만, 다른 이들은 그럴 상황이 못 됐다. 마라흡혈편복의 발톱에 스친 곳이 길게 갈라지며 피를 내뿜었다. 피 냄새를 맡은 마라흡혈편복은 더더욱 미쳐 날뛰기 시작했다. 수백 마리나 되는 놈들이 허공에서 어지럽게 교차하며 날아들었다가 훌쩍 멀어지기를 반복했다. 보고만 있어도 정신이 아득해지는 광경이었다.

"부, 분타주님! 팔이! 팔이 안 움직입니다!"

"뭐? 빌어먹을! 마비독인가?"

홍대광의 얼굴이 확 일그러졌다.

'대체 어떻게 생겨 먹은 박쥐야! 강철 같은 몸에 웬만한 명검은 우습게 만들어 버리는 발톱, 거기에 마비독이라니!'

이건 웬만한 고수도 감당할 수 없는 괴물이다. 문제는 그런 괴물이 한두 마리도 아니고 수백 마리씩 떼를 지어 공격해 대고 있다는 것이다.

"아악!"

그 순간 어깨에서 날카로운 통증을 느낀 홍대광이 고개를 획 돌렸다. 어느새 어깨에 마라흡혈편복 한 마리가 붙어 있었다.

"이 박쥐 새끼가!"

홍대광이 벼락같이 소리를 지르며 마라흡혈편복을 쳐 냈다. 그러자 어깨에서 살점이 한 움큼 떨어져 나가며 피가 쭉쭉 뿜어져 나왔다.

'이러다 다 죽는다.'

상처는 중요한 게 아니다. 중요한 건 그 상처로 마비독이 파고든다는 것이다. 곧 움직임이 무뎌질 테고, 그 뒤에는 이 빌어먹을 것들에게 산 채로 뜯어 먹히는 결말밖에는 남지 않는다.

"절대 물리면 안 된다! 가까이 오는 박쥐는 모조리 죽여!"

"분타주님! 무기가 안 먹힙니다! 이놈들 움직임이 이상합니다. 미리 궤적을 알고 있다는 듯 피합니다!"

"뭔……."

하지만 짜증을 낼 겨를도 없었다. 홍대광은 얼굴을 향해 날아드는 마라흡혈편복을 쳐 내기 위해 재빨리 손을 뻗었다. 개방이 천하에 자랑하는 취팔선장(取八仙掌)의 일장. 그러나 박쥐는 허공에서 빙글 회전하더니 홍대광의 일장을 너무도 쉽게 피해 냈다.

"피해?"

한낱 미물이 개방의 무리(武理)가 담긴 일장을 피한다고? 순간 등골이 서늘했다.

'세상에 어찌 이런 말도 안 되는 괴물들이 있단 말인가?'

세상은 넓고, 기괴망측한 것들이 수도 없이 많다는 건 알고 있었다. 누구보다 무림의 정보에 밝은 개방의 분타주이니 그럴 수밖에. 그러나 막상 그것들을 직접 보게 된 심정은 끔찍하기 이를 데 없었다. 전력을 다한다고 해도 이 괴물들을 열 마리는 감당할 수 있을까? 자신이 없었다.

하지만 이곳엔 마라흡혈편복이 열 마리가 있는 게 아니라 수백 마리가 있다. 이러다가는 정말 모두가 전멸하고 말 것이다.

"화산신룡! 화산신룡! 어떻게 좀 해 봐라!"

그리고 이런 위기에 찾을 사람이라고는 청명밖에 없었다.

"아오!"

청명이 짜증을 내며 검을 뽑아 들었다. 청명을 한 번 더 재촉하려 뒤를 돌아본 홍대광은 저도 모르게 입을 다물었다.

달라진 건 아무것도 없었다. 청명은 그저 검을 뽑아 들었을 뿐이다. 표정도, 움직임도, 그 기세까지. 그 어떤 것도 달라지지 않았다.

그런데…… 다르다. 대체 뭐가 다른 건지는 모르겠지만, 지금까지의 청명과 지금 그의 뒤를 달리고 있는 청명은 마치 다른 사람인 것처럼 느껴졌다. 그 말도 안 되는 위화감이 홍대광을 당황하게 했다. 입만 열면 헛소리를 늘어놓던 화산의 어린놈은 어디론가 사라지고 백전(百戰)의 경험을 가진 시퍼런 칼날 같은 검사(劍士)가 그곳에 있었다.

이윽고 그의 검이 천천히 움직였다. 어디선가 바람이 불어오는 것 같다. 청명의 검이 느릿하게 움직였다. 검 끝이 절로 파르르 떨린다 싶더니 이내 수십, 수백 개의 검영이 어둑한 동굴 안을 뒤덮기 시작했다.

'매화?'

분열되어 갈라진 검 끝마다 한 송이 매화꽃이 피어나기 시작했다. 작은 꽃봉오리가 이내 만개한 꽃의 형상으로 화한다. 마치 이 동굴 안이 커다란 매화나무 숲이 되어 버린 것만 같았다. 그럴 상황이 아니라는 것을 알면서도 홍대광은 자신도 모르게 넋을 놓고 말았다.

'이게 바로 화산의 무학인가?'

한때 세상의 기억 속에서 사라졌던, 하지만 이제 다시 그 이름을 만방에 떨치기 시작한 화산의 매화가 홍대광의 눈앞에서 모습을 드러냈다. 어디선가 자욱한 매화 향이 풍겨 오는 것만 같다. 검에서 향이 날 리가 없다는 것을 알면서도, 지금 그가 맡고 있는 매화 향이 그저 환상에 불과하다는 것을 알면서도, 홍대광은 짙은 그 향기에 전율했다.

그리고…… 낙화(落花). 매화가 휘날리기 시작한다. 매화 꽃잎은 바람을 따라, 흐름을 따라 마치 눈보라처럼 동굴을 메우며 마라흡혈편복을 휩쓸어 갔다.

끼에에에에에엑!

끼아아아아아아악!

마라흡혈편복들이 내지르는 비명이 동굴을 울렸다.

후드드득.

뒤이어 박쥐들의 날갯짓 소리가 홍대광의 귀를 파고들었다. 조금 전에도 들었던 날갯짓 소리지만 조금 달라졌다. 이번엔 청명의 검에 베인 마라흡혈편복들이 바닥으로 떨어지며 내는 소리였다.

"아……."

동굴을 가득 메웠던 매화가 어느새 씻은 듯 사라졌다는 것을 깨달은 홍대광은 저도 모르게 깊은 아쉬움이 담긴 탄식을 내뱉고 말았다.

청명의 검이 다시 검집 안으로 들어갔다. 짧게 숨을 토해 낸 청명이 고개를 번쩍 들었다. 그곳에는 정제된 칼날 같은 기세의 검수…….

"망할 박쥐 새끼들이 주제도 모르고!"

……는 없고! 익숙한 모습의 청명이 의기양양하게 어깨를 쭉 펴고 있었다. 입 안 열고 가만히만 있었으면 좀 감동했을 텐데.

"뭐 해, 안 가고?"

"가, 간다."

홍대광이 슬쩍 뒤를 돌아보았다.

쉬이이익. 쉬이이익.

그 일검에 모든 마라흡혈편복들이 떨어진 건 아니었다. 아까의 절반 조금 넘는 마라흡혈편복들이 살아남아 동굴 벽에 붙은 채로 이쪽을 노려보고 있었다. 하지만 영물은 영물. 기껏해야 박쥐인 주제에 청명의 강함을 깨달았는지 감히 이쪽으로 접근하지 못하고 나지막하게 위협하는 소리만 낼 뿐이었다.

새 대가리에 두려움을 심어 주는 검이라니. 아니, 박쥐는 새가 아니던가? 이걸 괴이하다고 해야 할지, 대단하다고 해야 할지. 고개를 내젓는 홍대광의 눈에 드디어 동굴의 끝이 보였다.

'빌어먹을, 이제 또 뭐가 나올지 겁부터 나는군.'

살짝 입술을 깨문 홍대광이 발걸음을 재촉했다. 그래도 화산신룡 옆에 붙어 있기로 한 건 최고의 선택이었다. 그게 아니었으면 벌써 죽었을 테니까. 홍대광이 신뢰가 가득 담긴 눈으로 청명을 바라보았다. 그런 그의 마음을 알았는지 청명도 흐뭇하게 웃으면서 말했다.

"놀러 왔어요? 자꾸 뭘 구경하시네?"

"……."

"개방도 다됐네. 다됐어."

……아니, 그건 아닐지도 모르겠다.

동굴의 끝은 또 다른 동굴로 이어졌다. 다른 것이 있다면 지금까지 거쳐 온 동굴과 달리, 다시 야명주가 박혀 있다는 것.

"……이거 묘하게 반복되는 것 같지 않습니까, 사숙?"

"으음. 그런 것 같구나. 게다가 아직 확실한 건 아니지만, 이 야명주가 박힌 공간은 쓸데없는 짓만 하지 않으면 안전한 것 같다. 쓸데없는 짓만 안 하면."

그 말을 하면서 은근히 자신을 돌아보는 백천을 보며, 홍대광이 나직이 한숨을 내쉬었다.

"……사람이 실수할 때도 있지."

"딱히 뭐라고 한 적은 없습니다, 대협."

그래, 대협. 아직은 대협이라고 불러 주는구나. 눈물 나게 고맙네.

이곳까지 오면서 화산의 제자들을 관찰한 결과, 홍대광은 몇 가지 기이한 점을 발견할 수 있었다. 첫 번째는 정신을 어디다 두고 다니는지 모를 청명과는 달리 화산의 제자들은 나름 명문의 제자답게 예의를 안다는 점이었다. 물론 얼핏얼핏 청명과 비슷한 언행이 엿보이기는 하지만,

당장 그들의 옆에서 청명이 어슬렁거리고 있다 보니 그 정도는 티도 나지 않는다.

'그리고 굉장히 강하다는 것.'

마라흡혈편복이 있던 동굴을 헤쳐 나오면서 개방도들은 크고 작은 부상을 입었다. 그 상처로 마비독이 파고드는 바람에 운신이 어려워진 상태다. 생명에는 지장이 없지만 동굴을 빠져나가는 걸음이 느려지는 것만은 어쩔 수 없었다. 하지만 화산의 제자들은 그 급박했던 상황 속에서도 상처 하나 입지 않았다. 운이 좋아서? 그럴 리가. 한두 번은 운일 수 있다. 하지만 그 운이 이어진다면 그건 실력일 수밖에 없다.

"화정검께 하나 여쭐 게 있소만."

"백천이라 불러 주십시오. 민망한 별호라."

"좋소이다. 그럼, 백천 소협. 화산에 있는 사형제들의 실력이 이곳에 있는 이들과 비슷하오?"

백천이 살짝 고민하는 듯하다 입을 열었다.

"그렇지는 않을 겁니다. 운종이나 조걸은 삼대제자 중에서 가장 앞서는 아이들이고, 저나 유 사매도 이대제자 중에서는 수위에 속하니 말입니다. 하지만 그렇다고 해서 화산에 남은 사형제들의 실력이 저희에 비해 크게 처지지는 않습니다."

그 말을 하면서 백천은 슬쩍 청명을 돌아보았다. 저 짐승 같은 놈에게 괴롭힘을 당하며 키운 실력이다. 누구 하나 크게 뒤떨어질 리가 없다.

"……그렇구려."

홍대광의 표정이 살짝 심각해졌다. 그가 분타주로 있는 곳은 개방의 낙양 분타다. 낙양은 중원에서도 큰 도시로 꼽히는 곳이고, 그런 만큼 거지들 중에서도 나름 실력 있는 놈들이 배치되었다.

물론 질보다는 양으로 밀어붙이는 개방의 특성상, 그를 따르는 거지들이 타 문파의 정예들과 어깨를 나란히 할 수준은 아니다. 하지만 그렇다고 어디 가서 맞고 다닐 수준은 더욱 아니었다. 그런데 지금 이곳에 있는 화산의 제자들은 그런 낙양 분타의 걸개들보다 확연히 더 나은 실력을 보여 주고 있지 않은가? 정말로 화산의 다른 문하들이 이들과 실력이 비등하다면, 대체 화산의 전력을 어느 정도로 평가해야 한다는 말인가?

'게다가 저 괴물 놈도 있고.'

조금 전 보았던 그 일검이 머릿속에서 사라지질 않는다. 아니, 어쩌면 평생 가도 잊지 못할지도 모른다. 그런 환상적인 검은 살면서 단 한 번도 본 적이 없다. 만일 저 청명이 성장하여 화산을 이끌고, 화산의 문하들이 함께 성장하여 그 뒤를 받쳐 준다면?

'정말 부활이라고 하기에 손색이 없겠군.'

왕년의 화산은 구파일방 중에서도 수위에 꼽히는 문파였다. 십만대산에서 전력이 크게 상하고, 이어진 마교의 발악에 본산이 무너지지만 않았어도 지금 같은 처지는 아니었을 것이다. 하지만 이대로 화산의 제자들이 성장만 해 준다면 과거 화산의 위세를 되찾는 것도 그리 어려워 보이지 않는다. 특히나 청명이 계속 저 기세로 날뛰어 준다면 말이다.

"분타주님……."

생각에 잠겨 있던 홍대광은 헐떡대며 힘들어하는 개방도들을 보며 살짝 눈살을 찌푸렸다.

"화산신룡. 마음이 급한 건 알겠다마는, 조금만 쉬어 갈 수 있겠느냐? 제자들의 상세를 살필 시간이 필요하다."

"뭐, 그러세요."

의외로 청명이 선선히 고개를 끄덕였다. 홍대광은 되레 움찔했다.

"왜요?"

"아니, 너답지 않게 너무 간단히 허락하니까."

"사람이 아프다는데 그럼."

"……고맙다."

홍대광이 새삼스러운 눈으로 청명을 바라보았다.

대협의 기질이 있는 것인가? 대협이라 불리는 이라 해서 성향이 다 동일하지는 않겠지만, 반드시 갖춰야 할 것이 하나 있다면 이득보다 사람을 더 우선시하는 마음이다. 그런데 전혀 그럴 것 같지 않았던 청명에게서 사람을 우선시하는 말이 나온 것이다.

'정말 보면 볼수록 알 수 없는 놈이네.'

홍대광이 고개를 갸웃거리며 개방도들을 향해 다가갔다. 하지만 그런 와중에도 청명은 살짝 미간을 찌푸린 채 앞쪽으로 시선을 고정하고 있었다. 그의 신경은 저 먼 곳에 집중되어 있었다.

'기파가 쭉쭉 퍼지는구만.'

꽤 멀리 떨어진 곳에서 살기와 투기가 마구 뿜어져 나오고 있다. 크게 전투가 벌어졌거나, 함정에 빠진 이들이 뭔가와 싸우고 있다는 뜻이리라.

'괜히 빨리 가서 싸워 줄 필요가 없지.'

느긋하게 기다리면 길은 저들이 다 뚫어 줄 것이다. 그래서 일부러 센 놈들만 골라서 안으로 들여보낸 것 아닌가. 저들은 검총에 들어와서 좋고, 청명은 쉽게 쉽게 가서 좋고.

이 안에 또 어떤 함정들이 도사리고 있을지 모른다. 아까 보았던 마라흡혈편복 같은 놈들이 계속 나온다면 제아무리 청명이라고 해도 결국에는 지쳐 나가떨어질 수밖에 없다. 이런 곳에서 살아남는 법은 마지막의 마지막까지, 최후에 짜낼 체력 한 방울까지 아끼는 것임을 오랜 전투 경험으로 체득한 청명이었다.

쉬어 가는 분위기가 조성되자 일행들이 다들 벽에 기대고 자리에 주저앉았다. 그러면서도 혹시 기관을 건드릴까 조심하는 기색이 역력했다. 희미하게 앓는 소리를 내며 바닥에 주저앉은 윤종이 깊은 한숨을 내쉬고는 한탄하듯 말했다.

"이런 데서는 목숨이 열 개라도 부족하겠네."

"엄살은."

청명이 피식 웃자 윤종이 고개를 들어 그를 바라보았다.

'저놈은 뭔가 굉장히 익숙해 보이네.'

아무리 담이 크다고 해도 이런 경험이 처음이라면, 당황할 수밖에 없다. 빛도 제대로 들지 않는 곳, 어떤 함정이 도사리고 있을지도 모르는 곳을 한 발 한 발 전진해 나간다는 건 생각 이상으로 사람을 지치게 했다. 내내 긴장하고 신경을 곤두세워야 하니까. 그런데도 청명은 여전히 태연자약했다.

"안 힘드냐?"

"뭘 했다고 힘들어? 이제 시작인데."

"……시작이라고?"

"탈검무흔쯤 되는 이가 제대로 작정하고 함정을 만들었으면 이 정도로 끝나지 않을 거야. 아예 아무것도 없다면 모를까."

윤종이 얼굴을 찌푸렸다. 그 말에 불만이 있는 건 아니다. 그가 주목한 부분은 '작정하고'였다.

"탈검무흔, 그러니까 약선은 왜 이런 곳을 만들었을까?"

"응?"

"……혼원단을 남기고 싶었다면 남기면 그만이고, 신병을 남기고 싶었어도 그냥 남기면 되잖아. 그런데 왜 이런 함정을 만들어서 자신의 무덤에 들어온 사람들을 위험에 빠트렸냐는 뜻이야."

"난들 알겠어?"

청명이 피식 웃었다. 윤종의 의문은 계속되었다.

"처음에는 그러려니 했는데, 생각하면 생각할수록 뭔가 이상하다. 특히나 약선이라는 이름을 생각하면 더더욱 그래. 수많은 병자를 치료하고, 더 많은 영단을 만들어 낸 선인이잖아. 그래서 약선이라 불리는 거고."

"그렇지."

"그런데 그런 약선의 정체가 그 탈검무흔이고, 그 탈검무흔이 왜 이런 무덤을 만들었는지……. 나는 도무지 이해가 안 간다."

"이해할 필요 없어."

청명이 웃으며 말했다.

"내가 사람에 대해 딱 한 가지 확신하는 게 있거든."

"그게 뭔데?"

"사람은 절대 예측할 수 없다는 거지."

윤종의 표정에 의문이 어렸다. 청명이 어깨를 으쓱했다.

"아주 잘 알고 있다고 생각했던 사람도 한 번씩 전혀 예상하지 못한 모습을 보여 주는데, 이백 년 전 사람의 생각 같은 걸 어떻게 알겠어? 우리는 그냥 여기서 챙길 거나 챙겨 나가면 그만이야. 의도 같은 건 아무래도 좋은 거지."

현실적인 말이었다. 하지만 무척 냉정한 말이기도 했다. 청명은 그렇게 말했지만, 윤종은 이 무덤에 약선의 의도가 담겨 있다는 생각을 떨쳐 버리기가 어려웠다. 약선은 이 무덤에 든 이들에게 무엇을 전하려는 걸까?

그때, 고민에 잠긴 그를 흘끗 본 청명이 말했다.

"그게 아니지. 시작은 여기가 아니야. 따지려면 약선이 왜 탈검무흔이 되었나부터 시작해야지."

"……아."

윤종이 살짝 놀란 표정으로 탄성을 흘렸다. 거기까지는 생각하지 못했다. 약선은 연단법으로 일가를 구축한 이다. 굳이 탈검무흔으로 세상에 나서지 않아도 충분한 명성과 영광을 거머쥔 상태였다. 그런 이가 굳이 복면을 쓰고 검을 잡은 이유가 뭘까?

윤종이 가만히 청명을 바라보았다. 청명은 뭔가를 짐작하고 있는 느낌이었다. 이 감당하기 힘든 사제는 누구보다 어리면서도 때때로 따라가지도 못할 깊이를 보여 주곤 하니까.

"뭐?"

"아니, 넌 뭔가 짐작되는 게 있나 해서."

윤종이 말하자 청명은 대수롭지 않게 웃었다.

"그런 게 뭐가 중요해. 약선한테 다른 의도가 있다면 혼원단을 곱게 놓고 물러날 거야?"

"……그건 아니지."

"그럼 된 거지. 나는 옛사람의 사정 같은 건 관심 없어. 중요한 건 여기에 혼원단의 연단법이 있을지도 모른다는 사실이지. 그건 죽어도 내가 손에 넣는다. 반드시!"

이글거리는 청명의 눈을 보며 윤종이 살짝 한숨을 내쉬었다. 단순해서 좋다. 때로는 저런 청명의 성격이 부럽다. 이리저리 고민하지 않으니까.

단순히 겉으로 보기에만 그런지는 몰라도. 그때 유이설이 챙겨 왔던 물통을 청명에게 건네었다. 청명도 두말없이 그녀가 내민 물을 받아 마셨다. 그리고 불쑥 홍대광에게 물었다.

"거지 아저씨! 끝나 가요?"

"해독제가 효과가 있는 모양이다."

"마비독의 해독제를 챙겼다고?"

"정확하게는 마비산(痲痺散)의 해독제다. 여기에서 어떤 놈을 만날지 모르니까. 혹시나 싶어 사용해 봤는데 해독이 되는군."

청명이 새삼스럽다는 듯 감탄하며 홍대광을 바라보았다. 홍대광은 발끈하면서도 으쓱했다.

"뭐냐! 이 홍대광 어르신을 뭐로 보고! 이래 뵈도 강호에서는 개방의 지낭으로 불리는 몸이시다!"

"아, 네네."

물론 돌아온 반응은 시원치 않았다. 하기야 이놈에게 이런 말이 무슨 의미가 있겠는가?

"해독 얼추 다 했으면 출발하죠."

"그런데 이 검총은 대체 어디까지 이어지는 거냐. 우리가 온 거리만 해도 짧지 않을 텐데."

"동굴이 완만하게 곡선을 이루고 있어서 실제 이동한 거리는 얼마 안 될 거예요. 그렇다고는 해도 이만한 지하에 공간을 만드는 건 한계가 있겠죠. 슬슬 끝이 보일 거예요."

"……흐음, 그래? 일단 알겠다."

일행이 다시 몸을 일으키고 준비를 시작했다. 그 모습을 지켜보던 청명은 일순 묘한 표정을 지었다. 슬슬 끝이 보일 거라는 말은 거짓이 아니다. 문제는 그 끝에 도달하는 이들이 그들 말고도 분명 존재할 거라는 사실이다.

'악의적이군.'

약선이라는 이름을 떠올리며 청명이 입꼬리를 쭉 말아 올렸다.

"어디, 또 뭘 준비했는지 볼까?"

하지만 금방 출발할 것 같던 청명은 다시 입맛을 다시며 뒤를 돌아보았다. 그러자 득달같이 재촉하는 목소리가 터져 나왔다.

"아, 가자고!"

"끄으응. 저거 다 챙겨야 하는데."

"뭐 그렇게 욕심이 많냐, 이놈아! 돈도 많은 놈이!"

"돈은 아무리 있어도 부족해! 화산에 걸신들린 놈들이 어디 한둘인 줄 알아? 그놈들 입히고 먹이는 데만 해도 천금이 든다, 천금이! 내가 차라리 거지를 키우고 소를 키우지!"

청명이 습기 찬 눈으로 동혈 위쪽에 박힌 야명주들을 바라보았다.

"끄으으응. 저게 다 돈이 얼만데."

그리고 그 눈은 이내 홍대광에게로 옮겨 갔다. 홍대광은 악에 받친 눈으로 자신을 노려보는 청명의 시선을 슬며시 피하고 말았다.

천장이 통째로 무너지는 경험만 하지 않았어도 보이는 족족 야명주를 챙겼을 청명이지만, 한번 그런 경험을 하고 나니 도무지 저기에 손을 댈 엄두가 나지 않았다. 그림의 떡을 보는 심정으로 야명주를 지나치자니 눈에서 피눈물이 흘렀다.

"거지이이이이……. 이 원한은 잊지 않겠다."

"아니……. 내가 뭘 했다고."

하긴 했지. 크게 저질렀지.

"나가! 빨리 나가!"

백천과 윤종은 유혈 사태가 일어나기 전에 얼른 청명을 질질 끌고 동혈 밖으로 나갔다. 남은 이들도 한숨을 내쉬며 그들을 따라 밖으로 나섰다. 그리고 이내 모두가 놀란 눈으로 주위를 둘러보았다.

'지하에 이만한 공간을 만든다고?'

눈앞에 펼쳐진 곳은 말 그대로 커다란 광장이었다. 그렇게밖에는 표현할 수 없을 만큼 거대한 공간. 그리고…….

쿠르르르릉.

"음?"

홍대광이 고개를 휙 돌렸다. 방금 그들이 지나쳐 온 곳의 위쪽에서 커다란 석벽이 내려왔다. 쿵, 소리와 함께 사방으로 흙먼지가 날렸다. 석벽으로 지금까지 온 길이 완전히 차단된 것이다. 홍대광이 눈살을 찌푸렸다.

'좋지 않은데.'

물론 저 길로 되돌아간다고 해서 검총을 빠져나갈 수 있는 건 아니다. 돌아가는 길은 이미 무너졌으니까. 그럼에도 퇴로가 끊기는 건 언제나 찝찝한 일이었다. 게다가 지금 홍대광이 더 신경 쓰고 있는 것은 퇴로가 아니라 앞쪽에 보이는 풍경이었다. 광장의 한가운데에서 그들을 향해 살기를 풀풀 날리는 무리가 있었으니까.

복색은 형형색색으로 통일되지 않았다. 홍대광은 그 정보만으로 저들이 이곳에서 만나 뜻을 같이하기로 한 이들이라는 것을 알아냈다. 여기까지는 큰 문제가 아니다. 진짜 문제는 그다음이었다.

"새로운 것들이 왔군."

"이제는 거의 다 온 것 같은데. 저것들만 처리하고 이동하는 게 좋겠군. 이러다가 그놈들이 양패구상을 하는 게 아니라 신병을 손에 넣어 버릴지도 모르니까."

"맞는 말이지."

홍대광의 얼굴이 딱딱하게 굳었다. 저들이 있는 쪽에서 피비린내가 물씬 풍겼다. 홍대광은 그제야 그들의 발밑에 시체가 널려 있다는 사실을 알아챘다. 안력을 돋워 상대를 좀 더 자세히 바라본 홍대광이 나직이 으르렁대듯 말했다.

"거력부 막회."

"크흐흐흐. 이 어르신의 이름을 아는 놈이 있구나. 누구냐, 정체를 밝혀라!"

상대의 거대한 덩치와 그 덩치만큼 거대한 도끼를 본 홍대광이 눈살을 찌푸렸다.

"삼살귀에 대라검. 산동쾌검 손명. 으……. 장강묵도(長江墨刀) 조명산(趙明珊)! 당신까지 이 미친 짓에 합류한 거요?"

검은 무복을 입은 이가 슬쩍 고개를 들었다. 아마도 그가 장강묵도 조명산인 모양이다.

"이제 보니 홍 걸개시군."

"그렇소! 나요! 적어도 당신과 대라검은 정도를 아는 이라고 생각했건만! 죄도 없는 군웅들을 참살하다니! 이게 무슨 잔악한 짓이란 말이오?"

"죄가 없어?"

조명산이 빙그레 웃었다.

"홍 걸개께서 큰 착각을 하고 계시군. 강호의 격언을 잊지 마시오. 보물은 가진 것만으로도 죄가 되오. 그리고 보물을 노리는 것 역시 죄지."

"이……."

홍대광의 얼굴이 붉게 물들었다.

"적어도 당신은 협의(俠義)가 뭔지 아는 사람이라고 생각했건만!"

"물론이오, 걸개."

조명산이 가만히 홍대광을 보며 말했다.

"이곳에서 신병을 얻는다면 나는 더 강해지겠지. 그럼 나는 그 강함을 바탕으로 더 많은 협의를 펼칠 것이오."

"당신 아래 죽어 있는 이들에게 그리 말해 보시지!"

"얼마든지 할 수 있소. 왜냐면 이들은 내가 지켜야 할 가여운 이들이 아니기 때문이지."

"……미친놈."

조명산은 살짝 어깨를 으쓱했다.

"걸개라면 나를 이해해 줄 줄 알았는데."

"미친놈을 이해하는 재주 같은 건 없소! 만일 당신을 이해하면 나도 미쳤다는 뜻이겠지."

화산의 제자들이 새삼스러워하는 눈빛으로 홍대광을 바라보았다. 반쯤 얼빠진 사람으로만 봤건만, 지금 보여 주는 홍대광의 모습은 개방의 협사 그 자체였다. 홍대광이 이를 갈며 말했다.

"보물에 눈이 멀었구려! 아무리 욕심이 나더라도 할 짓이 있고, 하지 말아야 할 짓이 있는 법!"

"클클클클. 저 거지새끼가 잘도 지껄이는구나."

거력부 막회가 걸걸한 목소리로 이죽거렸다.

"네놈은 그럼 여기서 대화라도 할 셈이었느냐? 이곳에 뛰어든 순간부터 상대를 죽여서라도 반드시 신병을 차지하겠다는 생각이었을 터! 그런 주제에 잘난 듯이 떠들어 대다니!"

"나는 적어도 제압할 수 있는 상대를 당신들처럼 죽여 없앨 생각은 하지 않소! 그것도 이리 일부러 사람을 기다려서 죽이지는 않는다는 말이오! 모든 일에는 정도라는 게 있거늘!"

"그 정도라는 건……."

대라검이 몸을 일으키며 말했다.

"사람마다 다른 게 아니겠소, 걸개?"

"대라검……."

"긴말할 필요 없소. 어차피 당신들은 죽을 테니까."

"……이곳에서 이러고 있는 이유가 뭐요?"

"하하하. 뻔한 걸 묻는구려. 굳이 미리 가서 힘을 뺄 필요가 없지. 그대들도 이제는 알 것 아니오? 이곳은 함정으로 가득하오. 선두를 뚫는 이는 피해를 감수할 수밖에 없지. 그리고 서로가 서로를 견제하다 보면 눈먼 칼에도 맞는 법. 조금 더 효율적인 방법을 선택한 것뿐이오."

홍대광이 이를 갈았다. 선두에는 무당이 있을 것이다. 그리고 그 무당을 중인들이 쫓고 있다. 이들은 그 둘이 상잔하기를 기다렸다가 신병을 탈취할 계획인 것이다. 거기까지는 굳이 비난할 생각이 없다. 그것 역시 훌륭한 전략이니까. 하지만…….

홍대광이 슬쩍 고개를 돌렸다. 아까는 미처 보지 못했던, 광장으로 이어지는 여러 문들이 보인다. 그들이 지나온 곳처럼 석벽으로 막혀 있어서 발견하지 못했던 모양이다. 출구는 저들 뒤에 있는 딱 한 곳뿐이다.

"알겠소?"

"……뭘 말이오?"

"우리는 탈검무흔의 유지를 따르고 있을 뿐이오. 갈라졌던 길이 하나로 모이고, 이곳에는 커다란 광장이 있지. 그리고 이 뒤로 가는 길은 오직 하나뿐이오. 다시 말해…….”

대라검이 이를 드러내며 웃었다.

“여기서 서로 죽고 죽이라는 뜻이지.”

그 섬뜩한 말에 홍대광의 몸이 살짝 떨렸다. 대체 약선은 무슨 생각으로 이런 곳을 만들었단 말인가. 굳이 저들이 아니더라도 마찬가지다. 이런 구조라면 결국 보물에 눈이 시뻘게진 이들이 이곳에서 마주할 수밖에 없다. 겨우겨우 함정을 뚫고 나온 이들은 당연히 강자일 것이고, 검총이 주는 압박감과 불안함에 신경이 날카로워져 있을 것이다. 그런 이들이 서로 마주하게 된다면 싸움은 너무도 쉽게 벌어진다.

“그래서 죽고 죽인다는데 무슨 문제가 있소. 다만 우리는 죽이는 입장일 뿐이지.”

대라검이 천천히 검을 뽑아 들었다. 매섭게 벼려진 검날에 미처 닦아 내지 못한 선혈이 묻어 있었다. 그 선혈을 본 홍대광의 눈에 핏발이 섰다.

“그런 하찮은 이유로…….”

“순진한 척하지 마시오, 걸개. 그대도 알고 있지 않소? 지금까지 검총이라는 이름이 세상에 퍼졌을 때, 피가 흐르지 않은 적은 단 한 번도 없었소. 가짜 검총마저도 피를 부르는데, 설마 진짜 검총 안에서 모두가 하하호호 잘 지낼 수 있다고 믿은 건 아니겠지? 그러니 걸개도 방도들을 이끌고 오신 것 아니오.”

홍대광은 대답하지 못했다. 사실 저 말은 그리 틀리지 않았다. 홍대광 역시 이곳에서 피를 볼 각오를 하고 왔으니까. 지금까지는 화산의 제자들과 함께 기관을 뚫느라 적을 상대할 일이 없었을 뿐, 평범하게 적을 맞이했다면 홍대광 역시 손속에 사정을 두지 않았을 것이다.

하지만…… 그래도 이건 아니잖은가? 죽일 수밖에 없는 적은 죽여야 겠으나, 죽이지 않아도 되는 적까지 죽일 이유는 없다. 이곳에서 자리를 잡고 오는 이를 족족 잡아 죽인다는 건 그저 조금의 귀찮음을 피하기 위한다는 명목하에 저지르는 살인이고 살육이다. 홍대광은 그걸 용서할 수 없었다.

"그래서 우리도 죽이겠다는 거요?"

"도리가 있겠소?"

"그럼 말은 필요 없겠군."

홍대광이 이를 갈고는 주먹을 움켜쥐었다. 개방의 거지들이 재빠르게 홍대광의 뒤쪽으로 도열했다.

"흐음, 개방이라. 원래라면 부담스럽겠지만, 사람의 눈이 없는 이곳에서는 그저 거지새끼들일 뿐이지."

대라검이 이죽대며 말했다. 홍대광 역시 자신들의 약세를 인정할 수밖에 없었다. 저들은 하나하나가 무시할 수 없는 강자다. 그런 이들이 열이나 연합을 했으니, 개방 분타의 전력으로 어찌할 수 있는 이들이 아니다. 그러니…….

"백천 소협. 도와주시오."

"당연히 그럴 것입니다."

백천이 검을 뽑으며 홍대광의 옆에 가 섰다. 그의 뒤로 윤종과 조걸, 그리고 유이설이 섰다.

"딱히 협의를 따른다고 자부하는 사람은 아니지만, 도를 넘은 이를 그냥 두고 볼 생각은 없습니다."

화산의 제자들도 고개를 끄덕였다. 저들의 발밑에 놓인 시체만 해도 최소 스무 구가 넘는다. 다르게 말하자면, 저들이 이곳에서 스무 명이 넘는 이들을 사냥하고 도륙했단 소리다. 분노가 서린 화산 제자들의 눈을 보며 대라검이 미소 지었다.

"이거, 이거…… 화산의 제자들이시구만. 최근 화산의 이름이 꽤 울려 퍼지던데. 안타깝게도 강호가 만만치 않음을 오늘 알게 되겠군."

"닥쳐라!"

백천의 일갈에 대라검이 우습다는 듯 웃음을 터뜨렸다.

"이래서 강호초출(江湖初出)들을 보는 건 즐겁다니까."

"시간 끌 것 없소. 빨리 처리하고 무당을 뒤쫓읍시다."

"크크크크. 또 피 맛을 보겠군."

하나둘 병기를 뽑아 든 이들이 개방과 화산을 압박하기 시작했다. 홍대광의 안색이 어두워졌다.

'설마 저자들이 모두 연합을 할 줄이야.'

남영으로 몰려온 이들 중 고수라고 이름난 이들은 모두 여기에 모인 느낌이다. 저들이 모두 합세한다면 무당이라고 해도 쉽지 않을 터. 그런데 그런 자들이 설마 이런 치졸한 짓을 하다니. 하지만 치졸하다 하더라도 위협적인 것은 사실이다. 냉정하게 봤을 때, 개방과 화산만으로는 저들을 상대하기 버겁다. 아니, 일방적으로 밀릴 확률이 높다.

"홍 걸개, 나를 원망 마시오. 강호는 원래 무정한 곳이외다."

홍대광이 살짝 입술을 깨물었다. 어떻게든 기회를 만들어 저 뒤의 유일한 길로 도주해야 한다. 그가 막 그렇게 결심을 굳힌 찰나였다.

"다 지껄였냐?"

귓가에 이질적인 목소리가 파고들었다. 감정의 고저가 느껴지지 않는, 낮은 목소리. 홍대광의 고개가 천천히 뒤로 돌아갔다. 그 순간, 무표정한 얼굴로 청명이 그를 스쳐 앞으로 나갔다.

걸어 나오는 그를 본 대라검의 눈에 미묘한 빛이 스쳤다.

"흐음, 너는 누구지?"

"알 것 없어."

"……뭐라 했느냐?"

청명은 대라검을 응시하고는 싸늘한 목소리로 일갈했다.

"강호가 원래 무정한 곳이라고 했나? 진짜 무정함이 뭔지 알려 주지."

이윽고 청명의 검이 천천히 검집에서 뽑혀 나왔다. 장강묵도 조명산의 손이 살짝 떨렸다.

'뭐지?'

그의 시선이 앞으로 나선 어린 도인에게 고정되었다. 특별할 건 없다. 특출한 기세가 느껴지는 것도 아니다. 그럼에도 저 어린 도장이 앞으로 나선 순간부터 조명산은 그에게서 눈을 떼지 못하고 있었다.

'지금 내가 느끼는 게 제대로 된 감각인가?'

등골이 서늘하다. 그는 헤아릴 수도 없는 격전을 통해 장강묵도라는 별호를 얻어 냈다. 다시 말하자면 그는 온실 속에서 실력을 키운 자가 아니라, 실전과 전투 속에서 성장한 자라는 뜻이다. 그렇기에 상대를 보면 알 수 있다. 이자가 그저 강하기만 한 애송이인지, 아니면 정말 싸움에 능숙한 자인지.

강하기만 한 애송이라면 겁날 게 없다. 그는 자신보다 강한 자를 수도 없이 쓰러뜨려 왔으니까. 사람을 죽이겠다는 각오가 없는 검 따위는 아무리 강해도 무섭지 않다. 한데…….

'대체 뭐냐, 저놈은?'

그의 감각이 경고하고 있었다. 위험하다고 말이다. 지금 눈앞에 서 있는 저 애송이가 위험하다고. 근육에 바짝 힘이 들어가고, 도집에 올려놓은 손이 저도 모르게 도를 움켜잡는다. 침이 바짝 마르고 목이 뻣뻣해지고 있었다.

장강묵도는 지금 자신이 받은 느낌을 도무지 이해할 수 없었다. 저자는 분명 젖살도 빠지지 않은 애송이에 불과하다. 게다가 화산의 제자다. 화산의 제자들이 강호에서 활동을 시작한 것은 극히 최근의 일이다.

그런데 그의 감각은 지금 눈앞에 있는 저자가 수많은 전투를 치른 백전의 노장이라 말하고 있었다. 전장에서 만난다면 뒤도 돌아보지 않고 달아나야 할, 가장 위험한 적이라는 의미다.

어떻게 이런 일이 가능한가? 이마에서 굵은 땀방울이 흘러내렸다. 말이 되지 않는 일이다.

하지만 조명산은 알고 있다. 강호는 그 말이 되지 않는 일이 수도 없이 일어나는 곳이다. 어설픈 상식을 믿다가 목이 달아난 자들의 시체만 모아도 웬만한 호수를 메꾸고 남을 것이다. 이 험난한 강호에서 살아남기 위해서는 언제든 깨질 수 있는 상식이 아니라, 본인의 감각을 믿어야 하는 법.

"……저 아이를 경시하지 않는 게 좋겠소."

고민에 고민을 거듭한 끝에 조명산이 힘겹게 말을 꺼냈다. 하지만 당연히 그 말을 이해하는 이는 없었다. 대라검이 피식 웃으며 그를 돌아보았다.

"무슨 말씀을 하시는 거요, 조 형? 농이라도 하겠다는 거요?"

"크크크크크. 장강묵도가 겁을 집어먹은 모양이지. 본래 명문의 제자만 보면 오금이 저리는 양반들이 있지 않은가."

거력부 막회는 아예 대놓고 크게 비웃음을 흘렸다. 그러나 장강묵도 조명산은 그런 반응을 마주하고도 화를 내지 않았다. 어차피 그도 저들이 이해할 거라고 생각하지 않았다. 이 확연한 감각을 느끼고 있는 조명산조차도 그 이유에 대해 납득하고 확신할 수가 없는데 저들이 무슨 수로 이해하겠는가?

"겁이 나면 물러서 계시오. 저 어린놈은 내가 처리할 테니까."

대라검이 비웃음을 흘리며 앞으로 한 발짝 나섰다. 조명산은 그런 그를 굳이 만류하지 않았다. 경고는 했다. 굳이 목소리를 드높여 사지로 걸어 들어가는 이를 만류할 의리는 없다. 어차피 이들과의 인연이라고 해 봐야 이곳에서 잠시 힘을 합치는 정도에 불과하니까.

앞으로 나선 대라검이 청명을 보며 나지막이 물었다.

"무정함을 알려 준다고 했느냐?"

청명은 대꾸하지 않았다. 대라검의 입가에 확연한 비웃음이 걸렸다.

"어린놈이라 그런지 겁이 없구나. 아니면…… 그 알량한 정의감이 가슴에 불을 댕기기라도 한 모양이지?"

청명은 여전히 말없이 대라검을 바라볼 뿐이었다.

"하나 알아 두어라, 어린놈아. 강호에서 정의감 따위는 아무짝에도 쓸모가 없다. 협의라는 것은 힘 있는 자만이 보일 수 있다. 힘없는 협의는 그저 떼쓰기에 불과하지. 너는 오늘 그걸 알게 될 것이다. 물론 그 대가는 네 목숨이겠지만."

청명이 가만히 대라검을 바라보다 입을 열었다.

"아직 남았나?"

"……뭐?"

"다 지껄였으면 덤비라고 했을 텐데?"

대라검의 눈매가 사나워졌다.

"어린놈이 입에 걸레를 물었구나."

청명의 눈이 가라앉았다. 그는 더 이상의 대화는 필요 없다는 듯 대라검을 향해 천천히 걷기 시작했다. 한 손에 잡은 매화검을 자연스레 늘어뜨리고, 말없이 무심하게 다가오는 그 모습이 이상하게도 대라검을 압박했다.

"……이놈이!"

대라검이 막 호통을 치려는 순간 청명이 싸늘하게 물었다.

"어차피 죽이려고 한 것 아니었어? 그럼 죽이면 그만이지."

대라검은 순간 말문이 막혔다. 맞는 말이다. 청명이 어떤 반응을 보이든 간에 대라검은 그를 죽일 것이다. 애초에 이곳에서 자리를 잡고 있었던 이유는 진입하는 이들을 모조리 죽이기 위해서였으니까. 그러나 청명의 말대로 그냥 죽이면 그만이다. 건방지든, 강호를 모르든, 아니면 겁에 질려 있든. 그런 건 하등 상관없는 일이었다.

조금 전까지 대라검은 분명 그리 행동하지 않았던가? 지금 바닥에서 싸늘히 식어 가는 이들도 죽어 가면서 온갖 저주를 퍼부었었다. 그렇다고 해서 대라검이 그들을 살려 주었던가? 그저 그들의 반응을 비웃으며 깔끔하게 목숨줄을 끊어 놓았다. 그런데 지금은 왜 굳이 청명과 말을 섞으려 들었단 말인가?

대라검이 입술을 질끈 깨물었다. 지금 자신의 꼴이 겁에 질린 하룻강아지 같다는 생각이 들었기 때문이다. 늑대는 사냥 전에 짖지 않는다. 그저 달려들어 사냥감을 물어뜯고 그 숨통을 끊어 놓을 뿐이다. 오직 겁에 질린 개만이 싸움을 피하기 위해 목청을 높여 짖는다.

말도 안 되는 소리다. 그가 왜 겁에 질린다는 말인가? 그것도 저 개방 분타와 화산 따위에게 말이다. 그가 이곳에서 죽인 이들만 해도 개방 분타나 화산의 어린 제자 따위는 맨손으로 찢어 죽이고도 남을 실력자들이었다. 이제 와서 저런 어설픈 것들을 두려워할 이유는 없다. 대라검은 검을 쥔 손에 힘을 꽉 주었다. 전신의 근육이 팽팽하게 당겨졌다. 분노가 피어올랐다.

'오냐. 그 주둥아리에 칼이 박혀도 그따위로 지껄일 수 있는지 보자.'

그는 그 순간까지 무언가가 잘못되었다는 사실을 알아채지 못했다. 만일 그가 냉정한 상태였다면, 자신이 청명에게 분노하는 상황 자체를 기이하다고 여겼을 것이다. 겁 없는 어린놈이 목숨을 재촉하는 건 비웃어야 할 일이지 화를 낼 일이 아니니까. 하지만 대라검은 마지막까지 그 사실을 깨닫지 못했고, 그것이 그의 명줄을 재촉했다.

무심하게 다가오는 청명을 노려보던 대라검이 크게 기합을 내지르며 달려들었다. 보통의 것보다 네 치는 더 긴 그의 대검이 대기를 가르며 청명의 머리를 향해 떨어졌다.

카앙!

하지만 그의 검은 청명의 머리에 닿지 못했다. 검이 미처 도달하기도 전에, 청명의 검이 빛살처럼 그의 대검을 튕겨 낸 것이다.

'막아? 이 애송이가 내 검을 막았다고?'

분노와 당혹감이 대라검의 심장을 파고들었다. 하지만 대라검 역시 강호에서 잔뼈가 굵었다. 당황은 잠시뿐이었다. 금세 튕겨 나간 검을 재차 휘둘러 청명의 옆구리를 노렸다.

쇄애애액!

새파란 검기가 실린 검이 청명의 옆구리를 노리며 무서운 속도로 파고들었다.

카앙!

하지만 이번에도 역시 청명의 몸에 닿지 못했다. 자신의 대검이 튕겨 나오는 것을 보며 대라검은 두 눈을 부릅떴다. 막힌 게 중요한 것이 아니다. 중요한 건, 대라검이 청명의 검을 전혀 보지 못했다는 것이다. 마치 검이 공간을 뚫고 나타나는 것 같다. 움직여서 막아 냈다가 아니라 그 자리에 나타났다에 가깝다.

'그럴 리가 없다!'

이건 말도 안 되는 일이다. 그는 대라검이다. 웬만한 명문의 일대제자라고 해도 대라검을 상대로는 긴장할 수밖에 없을 것이다. 그런데 저 어린놈이 자신보다 강하다고? 그런 일은 벌어질 수도 없고, 벌어져서도 안 된다.

"으아아아아아아!"

입에서 노호성이 터졌다. 하지만 그런 그를 바라보는 청명의 눈빛은 잔잔히 가라앉아 있을 뿐이었다. 대라검의 검이 광포하게 허공을 갈랐다. 상대를 반드시 찢어발기겠다는 각오가 담긴 검. 손속의 사정을 전혀 두지 않는 살검의 연속이었다.

카앙. 카앙. 카앙!

그러나 마구잡이에 가까운 그의 검격은 단 하나도 청명의 몸에 닿지 못했다. 순식간에 십 연격이 넘는 검을 날렸음에도 청명의 몸 반 치 앞에서 모조리 도로 튕겨 나왔다. 대라검의 눈에 얼핏 절망이 어렸다.

"이노오오오옴!"

그의 검에 어린 검기가 새파란 광망을 토해 냈다. 검의 정밀함과 속도로는 승산이 없다는 것을 알아챘으니 대라검은 검의 형식을 쾌검(快劍)에서 패검(覇劍)으로 전환했다. 아무리 청명이 강하다고는 해도 별수 없이 아직 어리다. 그러니 내력 승부로 끌고 가면 상대가 될 수 없다는 판단이었다. 그런 대라검의 판단은 상식적으로 올바른 것이었다. 아무리 검의 재능을 타고났다고 해도 세월을 거스를 수는 없으니까.
 하지만 단 하나 문제가 있다면, 청명에게는 그 상식이라는 게 통하지 않는다는 점이었다.
 "타아아아앗!"
 단전에 있는 내력을 모조리 실은 검이 가공할 검기를 품고 청명의 머리를 향해 쇄도했다. 얼마나 내력을 밀어 넣었는지 검기가 부풀어 올라 검이 두 배는 더 크게 보였다. 금방이라도 두개골을 쪼갤 듯 위협적인 기세였다.
 하나, 대라검은 자신의 선택이 잘못되었다는 것을 금세 깨달을 수밖에 없었다.
 파아아앗!
 그의 육중한 대검이 내리쳐진 순간, 청명의 검이 지금까지보다 두 배는 더 빠른 속도로 내질러졌다.
 서걱.
 그리고 대라검은 보았다. 자신의 검이 하늘로 치솟는 모습을 말이다. 새파란 검기를 머금은 검이 하늘 높이 튕겨 올라갔다. 그 검의 손잡이를 질끈 움켜쥐고 있는 자신의 손을 보는 순간 대라검의 뇌리에 '절망'이라는 두 글자가 아로새겨졌다.
 고개를 내린 그가 마지막으로 본 것은 자신을 응시하는 청명의 무감정한 눈이었다. 분노도 없고, 적의도 없다. 사람이 어찌 사람을 저런 눈으로 볼 수 있는가?
 이윽고 청명은 빠르지도 느리지도 않은 걸음으로 대라검을 스쳐 지나갔다. 순간 대라검의 머릿속에 의문이 일었다.
 '어라?'

세상이 느릿하게 기울었다. 마치 하늘과 땅이 뒤집히는 것처럼 눈에 보이는 세상이 한 방향으로 빙글 돌아갔다.

'이게 뭔…….'

땅이 하늘로 솟구치고, 하늘이 바닥으로 꺼졌다. 여전히 의문을 풀지 못한 대라검의 시야에 너무도 익숙하면서도 낯선 광경이 들어왔다.

사람의 몸. 홀로 우뚝 선 사람의 육체는 대라검에게 너무도 익숙한 것이었지만, 또한 낯설기 짝이 없는 것이었다. 그는 한 번도 제 몸을 이런 각도에서 본 적이 없었으니까. 더구나 목이 없는 제 몸을 살면서 언제 볼 수 있었겠는가?

'마, 말도 안…….'

그게 대라검이 이승에서 마지막으로 한 생각이었다. 이윽고 목을 잃은 몸이 바닥에 쓰러졌다.

촤아아아아.

깨끗하게 베인 목에서 피 분수가 뿜어져 나와 청명의 발치를 적셨다. 하지만 그는 죽은 대라검에게는 눈길도 주지 않고 나직하게 입을 열었다.

"다음."

공동 내부가 침묵으로 가득 찼다. 심지어는 그 거력부 막회조차 입을 열지 못하고 있었다. 그조차도 대라검을 쉽게 이긴다고는 장담할 수 없었다. 아니, 그가 대라검과 승부를 겨뤘다면 목숨을 걸어야 했을 것이다.

하지만 지금 눈앞에 서 있는 애송이가 그 대라검을 벌레 잡듯이 죽여 버렸다.

순간적으로 현실감이 사라졌다. 서로 죽고 죽이는 전장에서 현실감을 잃는다는 건 결코 있어서는 안 될 일이다. 그러나 지금 눈앞에서 펼쳐진 사태를 그대로 믿으라는 것 역시 말이 안 되는 일이었다.

"저······."

막회가 뭔가 말하려는 듯 입을 열었다가 다시 꾹 다물었다. 할 말이 없다는 말은 이럴 때 쓰는 것이다.

떨어진 대라검의 목은 여전히 믿을 수 없다는 듯이 두 눈을 부릅뜨고 있다. 그 표정이 지금의 사태를 정확하게 표현하고 있었다. 심지어 이 자리에 있는 모두의 감정까지 대변했다.

도집을 움켜잡은 조명산의 손에 힘이 바짝 들어갔다. 이해할 수는 없지만, 역시 그의 감각은 정확했다. 저놈은 절대 도사 같은 게 아니다.

살귀(殺鬼). 차라리 그것에 가까웠다.

강하고 말고의 문제를 논하자는 게 아니다. 저놈은 분명 수없는 전투를 치렀고, 그 과정에서 피의 강을 만들고 시체의 산을 쌓은 놈인 게 분명했다.

오히려 광포한 살기를 내보였다거나, 짐승 같은 야생성을 보였다면 다른 가정을 세우기라도 해 봤을 것이다. 그러나 눈앞의 광경을 본 이상 확신할 수밖에 없었다. 저놈은 사람의 목을 베는 것을 마치 나뭇가지에서 나뭇잎을 따 내는 것처럼 자연스럽게 해 버렸다. 그 말인즉슨 저놈은······.

'살인에 더없이 익숙하다.'

조명산이 마른침을 삼켰다.

'어쩌면 이곳이 내 무덤이 될 수도 있겠구나.'

어느새 제 등이 식은땀으로 흠뻑 젖었다는 것을 깨달은 조명산은 마침내 결심을 굳히고 몸을 일으켰다.

"합공합시다."

"……."

"뭐라……. 뭐라 했소?"

"합공하자고 했소."

주위에 있던 이들이 청명에게서 눈을 떼고 조명산을 돌아보았다. 그들의 눈에는 경악과 분노가 어려 있었다.

"지금 저 어린놈을 상대로 합공하자고 한 거요?"

"그 주둥아리 닥치는 게 좋을 거요. 강호에서 나이 같은 건 아무런 의미가 없소. 중요한 건 강함이지. 그리고 저자는 절대 강자요. 그것도……."

하지만 이내 조명산은 입을 다물었다. 의미가 없을 게 분명해서였다. 그가 아무리 설명해도 저자가 얼마나 살인에 익숙한 자인지를 이해시킬 도리가 없다. 이건 이성의 문제가 아니라 본능의 문제이기 때문이다. 본능이 외치는 소리를 어떻게 설명하겠는가.

"어쨌든 합공하지 않으면 우리는 모두 죽소."

황당하기 이를 데 없는 소리였다. 그러나 그 황당한 소리가 거짓이 아니라는 건 이곳의 모두가 알았다. 모두 강호에서 굴러먹을 대로 굴러먹은 이들이다. 눈앞에서 벌어진 싸움을 보고도 상대의 전력을 파악하지 못한다면 지금까지 살아남을 수 없었을 것이다.

'숨소리 하나 흐트러지지 않았다.'

저 대라검의 목을 베기까지 조금의 피해도 입지 않았다. 그러니, 실제로 대라검과 저놈의 실력에는 보이는 것 그 이상의 차이가 존재한다는 뜻이다. 만일 청명이 체력을 보전하지 않고 제대로 힘을 쓰려고 작정했다면 대라검은 일 검에 목이 달아났을지도 모른다. 적어도 남은 사람들은 그 정도의 상황 파악은 가능한 이들이었다.

"어찌 저런 야차(夜叉) 같은 놈이……."

산동쾌검 손명이 나직이 신음했다. 정확하게 무엇이 대단한지 집어낼 능력은 없지만, 저 어린놈의 실력이 그들로서는 감히 범접할 수 없는 수준에 도달했다는 건 확실해 보였다. 손명이 입술을 질끈 깨물었다.

"합공합시다. 자존심이고 나발이고, 살아야 지킬 수 있는 거요. 그리고 우리가 이곳에서 합공을 한 걸 누가 알겠소이까?"

손명의 말에 다들 침묵을 지켰다. 그들이 어린 화산의 제자를 합공했다는 것이 세상에 알려진다면, 설사 살아남는다고 해도 비웃음거리가 될 수밖에 없을 것이다. 강호인에게 있어서 비웃음은 결코 참아 낼 수 없는 것이다.

그러나 손명의 말대로, 이곳은 보는 눈이 없는 지하의 암실이다. 그들만 입을 닫는다면 청명을 누가 어떤 식으로 죽였는지 어찌 알겠는가?

고민은 짧았고, 판단은 빨랐다. 적극적으로 동조하는 이들은 말없이 앞으로 나섰고, 소극적인 이들도 굳이 몸을 빼진 않았다. 합공을 하든 무슨 수를 쓰든 청명을 죽여야 이곳에서 살아 나갈 수 있다는 판단이 선 것이다.

일변한 기세로 자신을 노려보는 이들을 보며 청명의 눈빛이 어둡게 가라앉았다.

화가 났냐고? 그럴 리가. 저들은 청명이 쌓인 시체들을 보고 분노했다고 생각하는 모양이지만, 그는 딱히 화가 나지 않았다. 오히려 저들의 말에 동의하는 편에 가까웠다. 병기를 들고 검총에 들어왔다는 건 이곳에서 죽기도 각오했다는 것. 서로 죽고 죽이는 아비규환에 몸을 던져 놓고 사람을 죽이는 방식의 옳고 그름을 가르는 것은 무의미한 일이다.

물론 홍대광은 그리 생각하지 않는 모양이지만, 악에 받쳐 서로를 죽이다 못해 양패구상(兩敗俱傷)까지 가 버린 지옥 같은 전쟁을 경험한 청명으로서는 당연한 생각이었다.

청명은 이보다 끔찍한 광경을 수없이 봤다. 살을 뚫고 나올 것 같은 분노도, 심장을 터뜨릴 것 같은 격정도 전장에서는 무가치하다.

그가 대라검을 죽인 이유는 아주 간단했다. 대라검이 그를 죽이려 했으니까.

이 몸으로 살아난 이후 청명은 단 한 번도 전장에 선 적이 없다. 어린아이 장난 같은 공격이나, 서로 점잔을 빼 가며 싸우는 비무 같은 걸 전쟁이라 할 수는 없다. 내 팔이 떨어져 나가더라도 상대를 반드시 죽이고 말겠다는 악의(惡意)가 가득 들어차 있어야 비로소 전장(戰場)이라 할 수 있는 것이다.

그리고 전장에 선 이는 손속에 사정을 둬서는 안 된다. 그저 그것뿐. 이는 청명이 기나긴 전쟁에서 깨달은 것이었다.

붉은 선혈이 그의 매화검을 타고 바닥으로 똑똑 떨어졌다. 무기를 빼 들고 슬금슬금 다가오는 이들을, 청명은 서늘한 표정으로 바라보았다. 상대는 모두 아홉. 체력을 최대한 보존하면서 아홉 모두를 죽인다.

"애송······. 빌어먹을, 애송이라 부르지도 못하겠군."

거력부 막회가 얼굴을 일그러뜨리며 선두에 섰다. 그리고 시퍼렇게 날이 서 있는 그의 도끼를 앞쪽으로 쭉 내밀었다.

"영광으로 알아라. 네가 이토록 강하지 않았더라면 우리는 절대 합공 같은 건 하지 않았을 것이다."

청명이 막회를 응시하며 나직이 말했다.

"다 지껄였으면 덤벼."

막회가 이를 악물었다. 수치스러웠다. 하지만 그는 알고 있다. 수치스럽게라도 연명하는 삶이 자존심을 지키는 죽음보다는 천 배, 아니 만 배는 낫다는 것을 말이다.

더구나 이곳은 어찌 죽든지 아무도 알아주지 않는 곳이다. 자존심 따위는 한 푼의 가치도 없었다.

"그 배짱 하나는 인정해 주지. 네가 여기서 죽는다 해도 화산의 이름은 세상에 남겨 주마."

그 와중에도 청명은 냉정하게 상대의 전력을 파악하고 있었다.

합공에 대해 딱히 비난하고 싶은 생각은 없다. 고리타분한 강호의 근본주의자들은 합공이라는 걸 수치스럽게 여긴다지만, 그건 웃기지도 않는 소리다. 그럼 상대가 더 강한데 한 명씩 가서 죽어 주라는 건가?

이건 놀이가 아니다. 죽고 죽이는 데 방법 같은 건 없다. 독을 쓰든, 합공을 하든, 바짓가랑이를 잡고 늘어지든 살아남기 위해서는 뭐든 허용된다.

하지만 그리 생각하지 않는 이도 있는 모양이었다.

"자신보다 어린 아이를, 한두 명도 아니고 아홉이서 합공하다니. 강호에서 살아남기 위해서는 생각보다 얼굴이 두꺼워야 하는 모양이군요."

단정한 목소리를 내며 한 사람이 천천히 걸어와 청명의 옆자리를 채웠다. 청명이 시선을 힐끔 돌려 옆에 선 이를 바라보았다.

백천. 그가 옅은 미소를 띠고 곁에 서 있었다. 청명을 돕기 위해 나선 모양이었다. 사형제의 정이 넘치는 그 행동에 대한 청명의 반응은 아주 간명했다.

"뭐야. 방해돼. 비켜."

"……이건 도와줘도……."

백천이 한숨을 내쉬었다. 그러더니 청명의 말을 무시하고 검을 뽑아 앞으로 겨누었다.

"방해돼도 참아라."

"……응?"

"나는 너의 사숙이고, 너의 동료다. 어느 사숙이 사질이 목숨을 걸고 싸우는데 그걸 구경만 한다는 말이냐."

아니, 나는 그게 편하다고. 너 방해된다고.

"맞는 말입니다, 사숙."

그리고 그 말에 감명받았는지 윤종이 재빨리 다가와 청명을 끼고 백천의 반대편에 섰다.

"사제가 목숨 걸고 싸우는데 사형이 돼서 구경만 할 수는 없는 노릇이죠."

"……."

"어, 그건 동감합니다."

조걸.

"같이 싸워."

유이설.

청명은 어느새 자신의 좌우를 채운 화산의 제자들을 보다가 한숨을 푹 내쉬었다.

'여하튼 이래서 어린놈들은.'

이게 어떤 상황인지도 모르면서 무작정 같이 싸우자고 달려드는 꼴을 보니 슬금슬금 짜증이 치밀었다.

"그러다 팔 잘리고 목 잘려 봐야 정신 차리지. 쟤들이 만만해 보여?"

"만만하지 않다는 건 알고 있다."

백천이 싸늘하게 일갈했다.

"하지만 상대가 강하다고 뒤에 숨어 있기만을 반복하다 보면 화산은 영원히 네가 싸우는 걸 구경만 하게 될 것이다. 지금은 방해가 될 수도 있지만, 이렇게 싸우다 보면 언젠가는 우리도 너를 받쳐 줄 수 있게 되겠지."

"……"

"나를 밀어 내고 싶으면 차라리 패서 쓰러뜨려라. 나는 죽으면 죽었지, 절대 구경은 못 한다."

청명이 깊은 한숨을 내쉬었다. 하지만…….

'이 인간이 맞는 말도 하네.'

백천의 말이 틀리지 않다는 걸 청명 역시 알고 있다. 성장하기 위해서는 실전을 겪어야 한다. 위험한 실전일수록 그 성장의 폭은 커지는 법. 다시 말하자면 화산 문하들의 성장을 위해서는 청명이 해결할 수 있는 일이라도 그들에게 맡기는 과정이 필요하다는 것이다.

'머리로는 아는데…….'

하지만 뭔가 마음이 썩 내키질 않았다. 자식을 키워 본 적이 없는 청명이지만, 부모의 마음이라는 걸 조금은 이해할 수 있을 것 같다. 분명 험지에 던져 넣어야 성장할 수 있다는 걸 알면서도 조금만 위험해 보이면 제가 먼저 나서게 됐다.

슬쩍 주위의 동료들을 바라본 청명이 불퉁하게 입을 툭 내밀었다.

"죽을 것 같아도 안 도와준다."

"바라던 바다."

"네가 도와줄 거라는 생각은 애초에 안 했다! 한 번씩 너는 네 인성을 너무 과대평가해!"

"조걸 사형은 나중에 나 한번 따로 보자."

"……어?"

사형제들이 안타까워하는 눈빛으로 조걸을 바라보았다. 저건 꼭 한 번씩 기분에 취해서 선을 넘는다니까.

이윽고 청명이 앞을 바라보며 검을 잡은 손에 힘을 주었다.

'이상한 기분이네.'

하나도 믿음직스럽지 않았다. 짐만 늘어난 기분이었다. 그런데…….

- 갑시다, 사형!
- 가자, 사제! 저놈들에게 화산의 힘을 보여 주자.
- 이번에는 제 몫도 좀 남겨 주십쇼, 청명 사형.

청명이 살짝 고개를 숙였다.

이상하지. 정말 이상하지. 하나도 믿음직스럽지 않은데 말이다……. 게다가 그때의 화산은 이제 없다. 아무리 노력해도 결코 돌아갈 수 없을 것이다. 하지만…….

그는 이내 입술을 질끈 깨물고 소리쳤다.

"가자! 저 새끼들 대가리를 깨 버려!"

"타아아아앗!"

"하아아압!"

사형제들이 기합을 내지르며 앞으로 달려 나갔다. 늦지 않게 그들과 보조를 맞춰 뛰며 청명은 입술을 질끈 깨물었다.

사형. 장문사형. 제 화산이…… 여기에도 있습니다.

11장

그래도 나는 함께 걸어간다

"우, 우리도 합류하자! 뭐 하냐, 거지새끼들아!"

홍대광이 거칠게 고함을 토해 냈다. 그들이 뭔가를 해 보기도 전에 화산의 제자들은 눈앞의 적을 맞아 싸우고 있었다.

'이런, 빌어먹을!'

선수를 빼앗겼다. 이건 무척이나 치욕적인 일이었다.

'저 새끼들은 겁대가리란 게 없나?'

개방이 왜 구파일방에서 한 자리를 차지할 수 있었던가? 냉정하게 말하자면 개방은 구파일방 중에서는 무학이 꽤 처지는 편이다. 고수의 수나 무학의 질로 따지자면 개방은 구파일방에 들 자격이 없을지도 모른다. 그럼에도 개방이 구파일방에 당당히 자리 잡을 수 있었던 이유가 있다.

정보력? 천만에! 그건 부가적인 요소일 뿐이다. 세인들이 개방을 구파일방 중 하나로 인정하기를 주저하지 않는 이유는, 그들의 협의가 그 어떤 문파에도 뒤지지 않기 때문이다.

비록 그 힘은 부족할지언정 개방은 그 누구보다 앞서서 싸운다. 강호에 위기가 닥칠 때마다, 악적들이 발호할 때마다 개방은 언제나 앞서서 목숨을 아끼지 않고 싸워 왔다. 그 사실이 개방 거지들의 어깨에 힘을 불어넣는 것이다.

누군가는 가진 것이 없는 거지들이라 목숨 아까운 줄 모른다고 폄훼하기도 하지만, 불의에 맞서 겁 없이 달려들 수 있다는 것은 개방의 자부심이었다.

한데 지금 홍대광은 그런 개방보다 더 겁 없는 놈들을 보고 있었다.

화산신룡은 그렇다 치자. 저놈이 이상한 것이야 진즉에 알았으니까. 하지만 다른 화산의 문하들도 확실히 제정신은 아니었다. 눈이 있다면 상대의 전력을 파악하는 데 무리가 없을 텐데, 저놈들은 한 치의 망설임도 없이 자신보다 강한 자들에게 달려들었다. 게다가…….

"으아아아! 이 어린놈이 겁대가리도 없이!"

거력부의 도끼가 순간 모골이 송연할 정도의 속도로 휘둘러졌다.

스슷.

하지만 그런 그를 상대하는 백천은 살짝 뒤로 물러나는 것만으로 흉흉한 기세의 도끼를 깔끔하게 피해 냈다. 그리고 냉소를 흘렸다.

"나이가 많은 이를 존중하는 건 당연하지만, 그쪽은 나이를 헛먹은 것 같으니 딱히 존중이 필요 없겠군."

"이 개자식이!"

거력부가 눈을 까뒤집고 달려들었다. 백천은 공격을 아슬아슬하게 피해 내며 거력부를 향해 검을 찔러 넣었다. 그 광경을 보던 홍대광이 감탄을 터뜨렸다.

'생긴 거랑은 다르게 사람 긁을 줄 아네.'

청명이 커다란 몽둥이로 후려갈기는 것처럼 말을 한다면, 백천은 웃으면서 비수를 푹푹 찔러 대는 것만 같다. 덕분에 거력부는 화가 머리끝까지 치솟은 채로 백천에게 미친 듯이 달려들었고, 백천은 그런 거력부를 훌륭히 상대하고 있었다.

물론 정면으로 맞붙는다면 백천은 거력부의 상대가 되지 못할 것이다. 그러나 백천은 자신의 속도와 정밀함을 살려, 적어도 지지는 않는 싸움을 만들어 내고 있다. 그의 나이를 감안한다면 저건 정말 굉장한 일이다.

"흐아아아압!"

백천뿐만이 아니다. 조걸의 검이 날카롭게 산동쾌검 손명을 향해 쇄도했다. 산동쾌검이라는 별호답게 손명의 검은 놀라운 속도로 유명하다. 하지만 아무리 봐도 조걸의 검은 손명의 빠르기에 그리 뒤지지 않았다. 게다가…….

"걸아! 흥분하지 마라!"

그런 조걸을 윤종이 든든히 받치고 있다. 손명이 조걸의 틈을 노릴 때마다, 윤종이 조걸을 도와 받아넘겼다. 윤종의 검은 느릿했다. 그러나 그 느릿함이 실력의 부족함을 의미하지는 않는다. 윤종은 조걸과는 다르게 느릿하고 진중한 검을 사용했지만, 그 검 역시 화산의 검임을 확연히 알아볼 수 있었다.

빠르고 경쾌한 조걸의 검과 묵직하고 진중한 윤종의 검이 톱니바퀴처럼 맞물리며 손명을 몰아갔다. 그러니 둘을 상대하는 손명은 죽을 맛이었다.

'이 당나귀 같은 놈들이!'

나이를 고려했을 때, 이 둘은 합을 맞춘 지 불과 십여 년도 되지 않았을 것이다. 하지만 이놈들은 수십 년간 손을 맞춰 온 노회한 노강호처럼 검을 쓰고 있었다. 서로가 서로의 빈틈을 채우고, 서로가 서로의 힘을 배가시킨다.

'대체 어디서 이런 놈들이 튀어나왔단 말인가?'

뒤로 물러난 손명이 슬쩍 옆으로 곁눈질했다. 이런 어린놈 둘에게 밀리는 건 물론 망신스러운 일이지만, 손명의 치욕은 아무것도 아니었다. 진짜 치욕을 겪고 있는 건 바로 그의 옆에서 싸우고 있는 청검서생(靑劍書生) 노광(盧洸)이었다.

"이, 이런 빌어먹을!"

청검서생 노광은 지금 화산의 어린 여자아이를 상대로 낭패를 보고 있었다. 아무리 청검서생이 이곳에 있는 이들 중에서는 한 수 뒤처진다고는 하나, 이제 약관을 갓 넘겼을 법한 여자에게 밀릴 사람은 아니었다.

하지만 실제 벌어지고 있는 일을 부정할 수는 없는 노릇이다. 청검서생을 맞상대하고 있는 화산의 여제자는 더없이 유려한 검으로 청검서생을 쉴 새 없이 몰아붙였다. 그 검을 보자니 손명 그조차도 승부를 장담하기가 어려울 정도다. 이마에 식은땀이 맺혔다.

'화산이 언제 이리 강해졌단 말인가?'

물론 그의 연배쯤 되면 화산이 한때 천하제일을 다투던 문파였다는 건 모르는 사람이 없다. 하지만 그건 과거 화산의 장로들과 윗선들이 더없이 강했기에 가능한 일이다. 화산의 어린 제자들이 이리 특출하게 강하다는 말은 들어 본 적도 없다. 거기까지만 해도 환장할 노릇인데…….

카앙!

윤종의 검을 쳐 낸 손명이 이를 악물고 허리를 가를 기세로 깊게 검을 휘둘렀다.

'방심했구나! 이 어린놈!'

그 순간이었다.

카아아앙!

윤종의 허리를 거의 가를 뻔했던 그의 검이 돌연 날아든 검기에 막혀 튕겨 나왔다. 곧장 뒤이어 짜증이 잔뜩 섞인 목소리가 그의 귀를 파고들었다.

"아니!"

동시에 윤종의 어깨가 바짝 움츠러들었다.

"내가 그만큼! 어? 그만큼 방심하지 말라고! 그만큼 이야기를 했는데! 귀에 검막(劍幕)이라도 치셨나! 어떻게 그리 말을 해도 말귀를 못 알아먹지?"

"……."

"그래서 내가 혼자 한다고 했는데! 굳이! 굳이! 끼어들어서 사람 귀찮게만 하고! 아이고, 내 팔자야!"

'저 망할 놈의 잔소리!'

속이 뒤집혔지만, 윤종은 할 말이 없었다. 목소리의 주인은 당연히 청명이었다. 그리고 지금 그는 나머지 여섯을 동시에 상대하면서 중간중간 검기를 날려 다른 화산 제자들을 지원하는 미친 짓거리를 하는 중이다. 그러니 입이 열 개라도 할 말이 없을 수밖에.

청명이 여기저기로 검기를 날려 유이설과 백천을 동시에 도왔다.

"집중을 하라고, 집중을! 그러다 뒈지면 누가 박수라도 쳐 주나? 어?! 어휴! 진짜 않느니 죽어야지!"

윤종이 슬쩍 청명의 등을 바라보았다.

이상하지. 온통 짜증 섞인 말밖에 없는데도 불구하고, 그 목소리가 이상하게 살짝 들떠 있는 것 같다.

'기분이 좋은 건가?'

미친 소리겠지. 목숨을 걸고 싸우는 와중에 기분이 좋다는 게 말이나 되는가?

"또 딴생각하지!"

저 귀신 같은 놈. 하지만 청명의 지적에는 틀린 게 없다. 윤종은 재빨리 머릿속의 잡념을 날려 버리고는 손명에게 온 신경을 집중시켰다. 생각은 나중이다. 지금은 이자를 쓰러뜨리는 데만 전념해야 한다.

되레 적들을 몰아붙이는 화산의 제자들을 보며 홍대광은 당황할 수밖에 없었다.

"분타주님! 어딜 칩니까?"

아니, 나한테 그리 말해 봐야……. 홍대광이 입술을 질끈 깨물고는 소리쳤다.

"저기! 저놈들이 몰려 있는 곳을 쳐라! 가서 발목이라도 물고 늘어져!"

"예!"

말을 마친 홍대광이 허공으로 뛰어올라 청명이 상대하고 있는 적들에게로 날아들었다. 청명의 머리를 훌쩍 뛰어넘은 홍대광은 타구봉을 꺼내 적들을 후려쳤다. 그런 그의 등 뒤에서 감격한 듯한 청명의 목소리가 들려왔다.

"이제는 하다 하다 거지까지 끼어드네. 하……. 참."

못 들은 걸로 하자.

개방도들이 합류하여 몰아붙이기 시작하자, 청명을 막던 이들이 슬금슬금 뒤로 물러났다. 하지만 단 한 명만은 개방도들에게 눈길도 주지 않고 오로지 청명만을 노려보고 있었다.

 장강묵도 조명산. 그는 처음부터 끝까지 오로지 청명에게만 시선을 고정하고 있었다. 다른 이들은 어찌 생각하는지 모르지만, 그는 알고 있었다. 청명을 쓰러뜨리지 못한다면 다른 전투 같은 건 의미가 없다. 이곳에서 살아남기 위해서는 어떻게든 저 괴물 같은 놈을 쓰러뜨려야 한다.

 청명 역시 흥미가 간다는 듯 조명산을 바라보았다.

 '호오, 이것 봐라?'

 살기가 예사롭지 않았다. 온 세상에 오로지 청명 하나만 존재한다는 듯, 조명산의 모든 감각이 청명을 파헤치고 있었다. 그 날카로운 기세를 보며 청명은 저도 모르게 입꼬리를 살짝 말아 올렸다.

 '이놈은 진짜군.'

 무당의 무진마저도 어중이떠중이 취급했던 청명이다. 그런 청명이 지금 조명산의 기세에 반응하고 있었다. 조명산이 천천히 도를 들어 청명을 겨누었다.

 "조명산이오."

 "청명."

 더 이상의 말은 필요하지 않았다. 남은 것은 싸움뿐.

 조명산의 옷이 순간적으로 부풀어 오른다 싶더니, 그의 몸이 가공할 속도로 앞으로 쏘아졌다. 그와 동시에 이어지는 참격. 새파란 도기가 선명하게 어린 조명산의 대도(大刀)가 청명을 후려쳤다.

 콰아아앙!

 청명의 몸이 휘청했다. 정확하게 막아 냈음에도 도에 실린 힘을 모두 분산시키지 못한 것이다. 더없이 강맹하고 무거운 일격이었다. 물론 거기서 끝나지 않았다.

"탓!"

조명산이 젖 먹던 힘까지 다해 도를 연이어 휘둘렀다.

쾅! 쾅! 쾅!

한 방 한 방에 어마어마한 위력이 실려 있다. 내력을 얼마나 밀어 넣었는지, 도를 둘러싼 검기가 부풀어 올라 도가 두 배는 더 커 보일 지경이다. 게다가 이 도에 실린 무거움은 내력만으로는 설명할 수 없었다. 이 승부에 모든 것을 걸겠다는 조명산의 집념과 의지가 검에 더 큰 무게를 실어 주고 있었다. 청명의 눈이 차분하게 가라앉았다.

'그래야지.'

손목이 뻐근하고 내장이 뒤틀리는 것 같다. 그 무거움을 전신으로 느끼며 청명이 이를 드러냈다.

"흐아아아아아아!"

그 와중에 조명산은 기합을 내지르며 후려치는 도에 속도를 더했다. 내딛고 후려치고, 다시 내딛고 후려친다. 연이은 도격은 마치 푸른빛 폭풍과도 같았다.

한 줌. 또 한 줌.

단전에 남아 있는 내력을 모두 퍼붓고, 몸에 남아 있는 피 한 방울까지 모조리 짜내어 상대를 후려치고 또 후려친다.

도의 폭풍. 그로 인해 정작 조명산마저도 청명의 모습을 제대로 확인할 수 없었다. 그 가공할 도의 폭풍 앞에서는 그 어떤 것도 살아남을 수 없을 것 같았다.

바로 그때였다. 조명산의 시야에 이상한 것이 들어왔다.

'꽃잎?'

몰아치는 도의 폭풍 사이로 붉은 꽃잎 하나가 슬그머니 떠오른 것이다. 둥실 떠오른 꽃잎이 다시 가라앉았다가, 도격이 만들어 낸 풍에 살짝 밀려났다. 그러다 또다시 바람을 거스르며 날아든다. 마치 여름의 태풍에 날리는 마지막 꽃잎처럼 말이다. 그 꽃잎은 환상처럼 떠올라 이내 조명산의 이마에 가만히 내려앉았다.

어느새 조명산의 도가 멈췄다.

잠깐의 침묵이 내려앉았다. 지금까지의 격렬한 전투가 거짓이었던 것처럼, 청명과 조명산의 주위를 감싼 공기는 고요하기만 했다.

조명산이 가만히 청명을 바라본다. 마치 무언가를 기다리는 듯 말이다. 청명이 그런 조명산을 향해 가볍게 고개를 끄덕여 주었다.

"좋은 승부였어."

조명산의 시야가 서서히 흐려졌다. 다리에 힘이 풀리고 육체의 모든 감각이 흐려지기 시작했다. 제 몸이 바닥으로 쓰러지는 것을 느끼며 조명산은 저도 모르게 희미한 미소를 지었다.

'나는 인정받았다.'

채 바닥에 쓰러지기도 전에 숨이 끊겼지만, 그의 입가에는 꽤 멋진 미소가 떠올라 있었다.

삼살귀의 눈이 가늘게 떨렸다.

'어쩌다가 이렇게까지 되어 버렸지?'

계획은 나쁘지 않았다. 결국 이런 쟁탈전에서는 경쟁자를 줄이는 것이 중요하다. 그리고 자신의 편을 만드는 것이 무엇보다 중요했다. 무당이나 초검문 같은 문파들이 이곳에 들어온 이상, 혼자서는 한계가 있었다. 그래서 어떻게든 자신의 편이 될 사람을 찾아내어 연합하고, 최적의 전력을 확보해야 했다.

그리고 실제로 그는 무탈하게 연합하여 전력을 확보했다. 거기까지는 완벽했다. 적어도 저 황당한 놈들이 나타나기 전까지는 말이다.

"으아아아아아! 이 빌어먹을 놈! 제대로 상대하란 말이다!"

"상대하고 있다, 충분히!"

흰 무복을 입은 서생 같은 놈이 거력부를 살살 약 올리며 상대하고 있었다. 얼핏 여유가 넘치는 것처럼 보이지만, 삼살귀는 안다. 지금 저 백천이라는 놈은 단 한 번의 실수가 죽음으로 이어지는 아슬아슬한 줄타기를 하는 중이다. 하나 그러면서도 꾸준히 거력부의 성질을 건드려, 거력부가 그가 아닌 다른 화산의 제자들에게 달려들지 못하게 하고 있다.

다른 화산의 제자들도 마찬가지다. 그동안 문파 놈들이 떼로 몰려다니며 횡포를 부리는 걸 수없이 봐 왔다. 그렇기에 삼살귀는 어딘가에 소속된 이들을 그리 좋아하지 않았다. 하지만 이들은 뭔가 다르다. 이들의 신뢰 관계는 지금까지 그가 봐 왔던 어떤 문파 놈들과도 다르다. 입으로는 서로에 대한 악담을 지껄여 대지만, 몸으로는 어떻게든 서로의 짐을 덜어 주기 위해 악을 쓰고 있다.

'못 이긴다.'

저놈들만 해도 부담스러운데…… 심지어 저 청명이라는 놈은 숫제 괴물이다. 삼살귀 본인도 오십 초식을 버틸 수 있을지 확신이 없었던 장강묵도를 단 십 초식 만에 죽여 버렸다. 웬만한 문파의 장로급도 어려워할 만한 일을 저 새파란 애새끼가 아무렇지도 않게 해낸 것이다.

'괴물 같은 놈.'

삼살귀의 행동 원칙은 하나다. 이길 수 있는 적과는 싸우고 이기지 못할 이는 피한다. 그리고 저 청명이라는 놈은 명백히 후자에 속하는 부류였다. 지금 당장 죽었다 깨어나도 청명을 상대로 이길 수는 없다.

"아아아아아악!"

그 순간에도 그와 연합한 이들이 비명을 지르며 쓰러지고 있었다. 한 번 무너진 균형은 어떻게 복구해 볼 틈도 없이 순식간에 전열을 무너뜨렸고, 그 대가는 죽음 혹은 부상이었다.

'달아난다.'

삼살귀가 마음을 굳혔다. 그리고 슬금슬금 뒤쪽으로 물러났다.

애초에 이곳은 밀실도 아니었다. 달아나려고 마음만 먹는다면 뒤쪽의 동굴로 얼마든지 달아날 수 있다. 화산 놈들이 저 정도 수준인 줄 알았더라면 진즉에 달아났을 이가 몇은 될 것이다. 그나마 자신은 가장 뒤쪽에 있던 것이 행운이었다.

'어떻게든 달아나서 앞서갔던 무인들과 합류하면 된다.'

지금 이곳은 세 부류로 나뉘어 있다. 무당. 무당을 뒤쫓는 이들. 그리고 바로 이곳에 있는 이들. 이곳도 연합과 화산, 개방으로 나눠야겠지만, 중요한 건 그런 게 아니다. 가장 주목해야 할 건, 여기서 달아난다고 해도 합류할 곳이 있다는 것이다. 아직 무당과 추격대 사이에 승부가 나지 않았다면, 반전을 노려 볼 기회가 남아 있다. 그러니…….

퍼어어어억!

청명의 검면에 얻어맞은 이가 피를 뿌리며 나가떨어진다. 마치 그게 신호라도 된 양 삼살귀가 몸을 돌려 복도를 향해 전력으로 경공을 전개했다.

파아아아앗!

그의 몸이 바람을 가르고 나아갔다. 살면서 이렇게까지 격렬하게 달려 본 적이 또 있었던가? 평소에도 경공에는 자신이 있던 삼살귀다. 그런 그가 이리 젖 먹던 힘까지 다해서 달리고 있으니 싸우느라 정신이 없는 화산 놈들은 절대 그를 쫓아오지 못할 게 분명했다.

'강한 자가 살아남는 게 아니라, 살아남는 자가 강한 거다.'

삼살귀가 입술을 질끈 깨물었다. 지금은 이리 달아나지만, 앞쪽에는 더 많은 이들이 있다. 그들의 격은 이곳에 있던 이들만 못하지만, 수만큼은 이곳에 있는 이들을 한참 능가한다. 그들을 잘 구슬릴 수 있다면, 화산 놈들을 몰살시키는 건 그리 어렵지 않을 것이다. 삼살귀는 반드시 이 치욕을 갚겠다고 다짐하며 다리에 힘을…….

"거, 새끼. 더럽게 치사하네."

그 순간 삼살귀의 명치에 어마어마한 충격이 전해졌다.

"컥!"

순간 숨통이 쥐어짜이는 듯한 고통에 그는 균형을 잃고 바닥을 나뒹굴었다.

쿵! 쿵! 쿵!

달려 나가던 힘을 주체하지 못한 그의 머리가 연신 바닥에 박혔다가 다시 굴러 처박히기를 반복했다.

"끄으으으……."

끔찍한 통증에 신음하던 삼살귀가 고개를 획 들었다. 그러자 시야에 결코 보고 싶지 않은 얼굴이 들어왔다. 청명. 그 괴물 같은 놈이 삼살귀를 보며 혀를 차고 있었다.

"아니, 이 새끼야! 아무리 여기서 급조한 연합이라지만, 그래도 동료들이 목숨 걸고 싸우고 있는데 너 혼자 도망을 쳐? 뭐 이런 치사한 새끼가 다 있지?"

삼살귀의 눈이 파르르 떨렸다. 아니……. 이놈은 조금 전까지만 해도 다른 놈들을 상대하고 있었는데, 대체 언제 따라잡…….

순간 삼살귀의 시선이 옆으로 돌아갔다. 이미 출구 쪽으로 한참 들어온 탓에 공동 안을 모두 확인하는 건 무리였지만, 청명을 상대하고 있던 몇몇이 바닥에 쓰러진 모습은 정확하게 볼 수 있었다.

'그, 그새?'

그 말인즉, 삼살귀가 달아나자마자 상대하던 이들을 모조리 때려눕히고 쫓아왔다는 소리다. 도무지 이해할 수 없는 상황에 삼살귀가 고통마저도 잊고 청명을 멍하니 바라보았다. 야차……. 아니, 청명이 고개를 좌우로 꺾었다. 그의 목에서 우두둑우두둑 뼈마디 꺾이는 소리가 울려 퍼졌다.

"야. 사람이 의리가 있어야지."

삼살귀의 속에서 뭔가 울컥했다. 이를 악문 그가 씹어뱉듯 말했다.

"의, 의리? 그 빌어먹을 의리 때문에 목숨을 걸라는 말이냐?"

그가 발악하듯 외치니 청명의 눈에 이채가 떠올랐다.

"빌어먹을! 오늘 처음 만난 놈들에게 의리는 무슨 놈의 의리!"

"어……. 그것도 맞는 말이지."

청명이 인정한다는 듯 고개를 크게 끄덕였다. 삼살귀의 눈이 휘둥그레졌다. 응? 인정해?

"걱정할 것 없어. 내가 널 잡은 건 네가 의리 없는 놈이라서가 아니니까."

……그럼 왜?

"이대로 널 보내 주면 너는 분명 저 앞에 있는 놈들에게 우리에 대해서 미주알고주알 떠들겠지?"

청명이 빙그레 웃었다.

"내가 그런 건 또 못 보는 성격이라서 말이야."

자신을 향해 천천히 다가오는 청명을 보던 삼살귀는 끝내 두 눈을 질끈 감았다.

"후우우우우."
윤종이 깊게 심호흡했다. 싸울 당시에는 몰랐는데, 막상 전투가 끝나고 나니 전신이 부들부들 떨렸다.
'이게 실전이구나.'
비무와는 완전히 달랐다. 목숨이 걸려 있다는 중압감이 검 끝을 무디게 하고 판단을 흐리게 한다. 조걸은 아예 주저앉아 있었다. 그의 등이 땀으로 흠뻑 젖었다. 윤종은 무거운 다리를 이끌고 다가가 그의 어깨에 손을 올렸다.
"고생했다."
"아닙니다, 사형. 사형이 고생하셨죠."
조걸이 그답지 않게 살짝 기죽은 말투로 말했다.
"자기 실력을 알려면 실전을 겪어 봐야 한다더니. 이제야 그게 무슨 말인지 알겠네요. 저는 제가 이렇게 엉망인 줄 몰랐습니다."
엉망이라……. 조금 이상한 말이기는 하다. 아무리 청명의 도움이 있었다고는 하나, 윤종과 조걸은 둘이서 손명을 감당했다. 화산에서 이 사실을 안다면 난리가 날 것이다. 그만큼이나 손명의 명성은 강호에 드높았으니까. 두 사람은 감히 그와 비견될 수 있는 수준이 아니었다. 그럼에도 조걸이 이런 말을 하는 이유는 간단하다.
'눈이 비정상적으로 높은 거지.'
청명이 보여 주는 것, 그리고 청명이 요구하는 것에 기준치를 맞추다 보니 이기고도 기뻐할 수가 없다. 이제 겨우 청명이 말하던 수준에 접어

들었다고 생각했는데, 막상 실전에서는 가지고 있는 실력의 반도 발휘하지 못한다는 걸 알아 버렸으니까.

"실망할 것 없다."

그때 백천이 그들에게 다가오며 말했다.

"실전에서 제 실력을 발휘하지 못하는 것은 당연한 일이다. 다들 연습한 것만큼을 발휘하길 원하지만, 그건 누구에게도 불가능한 일이다."

"아……."

"실망은 하지 말되 지금의 실력을 똑바로 직시해라. 실전에서 나오는 실력이 너희의 진짜 실력이다."

"예, 사숙."

"명심하겠습니다."

백천은 가만히 고개를 끄덕였다. 그리고 막 한마디를 덧붙이려는 순간 등 뒤에서 낮은 이죽거림이 들려왔다.

"크으! 그것이! 너희의! 진짜 실력이다."

"……하지 말라고."

"낄낄낄낄."

백천의 이마에 핏대가 솟았다. 청명이 누군가의 다리를 질질 끌고 걸어오고 있었다. 백천은 굳이 쓰러진 이가 누구인지를 확인하지 않았다. 보나 마나 아까 도망간 놈이겠지. 청명은 끌고 온 놈을 한쪽 구석으로 던져 놓았다. 그곳에는 이미 화산의 제자들이 끌어다 놓은 이들로 빼곡했다.

죽은 이는 없다. 청명이 직접 손을 쓴 둘은 죽었지만, 그 외의 다른 이들은 의식을 잃었을 뿐 죽지는 않았다. 부상을 입은 이가 있어 어찌 될지는 모르겠지만, 화산의 제자들이 확실한 죽음을 안겨 준 이는 없다는 뜻이다.

백천은 알고 있었다. 이건 손속에 사정을 둔 게 아니다. 그저 아직 화산의 제자들이 살인할 각오가 없었을 뿐이다. 청명과는 다르게 말이다.

'아직 무르구나.'

지금까지는 이게 문제가 되지 않았다. 하지만 더 급박한 상황, 더 끔찍한 전장에서는 살인을 주저하는 마음이 분명 발목을 잡을 것이다. 일부러 사람을 죽일 필요는 없다. 그래서도 안 되고. 그러나 필요하다면 살인도 불사할 각오가 있어야 이 험난한 강호에서 살아남을 수 있다.

"뭔 생각을 그렇게 해?"

"……아무것도 아니다."

백천은 느물거리는 청명을 보며 한숨을 내쉬었다.

'못 따라가겠구나.'

잠깐의 망설임도 없이 간결하게 대라검의 목을 치던 청명의 모습이 그의 눈에 단단히 틀어박혀 있다. 아마 이 광경은 한동안 백천의 뇌리에서 사라지지 않을 것이다.

백천이 굳이 나선 것은 청명을 돕기 위해서도 있지만, 청명이 더 많은 살인을 하는 것을 막고 싶어서였다. 무르다고 할 수도 있겠지. 어쩌면 그 말이 사실인지도 모른다. 하지만 적어도 도의 길을 걷는 자라면 불필요한 살인은 피해야 한다. 아니, 사람이라면 말이다.

청명이 슬쩍 고개를 돌려 거력부와 그 무리가 의식을 잃고 쓰러져 있는 곳을 바라보았다. 아마 백천이 끼어들지 않았더라면 청명은 아무런 망설임 없이 저들을 모조리 죽였을 것이다. 아니, 과거의 청명이라면 백천이 끼어들었다 해도 모두를 죽였겠지. 여전히 그게 잘못되었다고는 생각지 않는다. 남의 목숨을 노리는 자는 자신 역시 죽을 각오를 해야 하는 법이니까. 그게 강호의 법칙이다. 다만 뭐랄까…….

'뭐, 나쁘지 않겠지.'

과거와 같아서는 과거를 뛰어넘을 수 없다. 청명이 달라지는 게 아니다. 달라지는 건 화산이어야 한다. 이들이 그의 등을 밀어 주겠다면, 조금은 그 손길에 기대는 것도 나쁘지 않을 것이다.

"준비됐어?"

"뭘?"

청명이 씨익 웃었다.

"이제 무당 놈들 잡으러 가자!"

화산의 제자들이 청명의 말에 씨익 따라 웃었다.

　　　　　　　· ◈ ·

허산자가 소매로 얼굴을 훔쳤다. 진득한 땀이 피와 섞여 새하얀 소매를 검붉게 물들였다.

'빌어먹을.'

욕지거리가 절로 새어 나왔다. 그의 앞에는 반쯤 썩은 시체들이 쓰러져 있다. 이미 죽었음에도 하늘로 돌아가지 못했던 망자들이 마침내 평온을 되찾은 것이다. 도를 따르는 자로서 구천을 헤매는 망자들에게 평온을 되찾아 준 것은 응당 해야 할 일이었다. 그러나 허산자는 마냥 자랑스러울 수 없었다. 도인의 본분을 지켰다는 이유만으로 뿌듯해하기에는 그들이 처한 상황이 너무 좋지 않았다.

직접 겪어 본 강시는 정말 끔찍한 마물이었다. 육체는 강철과도 같아 칼을 튕겨 낼 정도이고, 겨우겨우 베어 내면 독혈이 줄줄 뿜어져 나왔다. 좁은 공간이 아니었다면 좀 더 수월하게 상대할 수 있었을지 모르나, 장소마저 좋지 않았다. 그 때문에 이 강시들을 처리하는 데 엄청난 체력과 심력을 소모해야 했다. 게다가…….

"괜찮으냐?"

"……예, 장로님."

진현이 한쪽 팔을 움켜잡고 고개를 끄덕였다. 허산자는 그의 팔을 보고는 나직이 탄식하고 말았다.

"보자꾸나."

"괜찮습니다."

"손 떼 보거라."

진현이 마지못해 팔을 내리자 허산자가 그의 소매를 잡아 뜯고는 환부를 살폈다.

'시독(屍毒)인가.'

강시의 손톱에 찢긴 피부가 보랏빛으로 물들어 있다. 시독에 중독된 현상이다. 평범한 시독이라면 진현의 기운이 자체적으로 치유를 했을 테지만, 이는 절대 평범한 시독이 아닐 것이다. 저 끔찍한 강시의 몸에서 나온 독이다. 흉흉할 것이 분명하다. 이대로 둔다면 팔을 쓰지 못하는 것은 물론이고, 독이 심장까지 흘러들어 목숨이 위험할 수도 있다. 허산자는 일단 진현의 팔을 움켜잡고 그 안으로 진기를 밀어 넣었다.

"장로……."

"쉿!"

진현이 입을 꾹 다물었다. 이미 진기가 들어오기 시작한 이상 함부로 입을 열어서는 안 된다.

'진력을 낭비하셔서는 안 될 텐데.'

이 앞에 뭐가 있을지 알 수 없다. 어쩌면 지금까지 겪은 것보다 몇 배는 더 고약한 것들이 남아 있을지도 모른다. 운기로 진기를 보충할 시간적 여유가 없는 이상, 한 푼의 기운이라도 더 아껴야 함이 당연하다. 그런데도 허산자는 그의 상처를 치료하는 데 진기를 사용하고 있다. 말리고 싶었지만 이미 치료는 시작된 뒤였다.

한참이나 진기를 쏟아부은 끝에 진현의 환부에서 시커먼 독액이 역류해 나왔다. 그에 따라 보랏빛으로 물들었던 그의 팔이 천천히 제 색을 되찾기 시작한다.

"되었다."

"……장로님, 어찌……."

진현의 말이 채 이어지기도 전에 그 내용을 짐작한 허산자는 단호하게 말했다.

"검총의 신병과 영약들을 손에 넣는 게 중요하다고는 하나, 그게 어찌 제자의 팔과 비교될 수 있겠느냐. 쓸데없는 소리 하지 말거라."

그 단호한 모습은 바늘 하나 들어갈 틈조차 없어 보였다.

"그리고 나는 겨우 이 정도로 약해지지 않는다."

진현이 입술을 꽉 깨물었다. 진기를 이용하여 타인의 몸에서 독기를 뽑아내는 일련의 과정이 얼마나 많은 기운과 심력을 소모하게 하는지 그가 모를 리 없었다. 하나 이런 상황에서 할 수 있는 대답은 하나뿐이었다.

"알겠습니다, 장로님."

허산자가 진중한 눈으로 가볍게 고개를 끄덕이고는 앞쪽을 바라보았다.

"지독한……."

쓰러진 강시들을 보고 있으니 진절머리가 났다. 무당이 선두에 서서

길을 뚫지 않았다면 피해는 기하급수적으로 늘어났을 것이다. 물론 저 뒤에 쫓아오고 있는 이들은 그런 노고를 생각지도 않고 어떻게든 무당의 발목을 잡고 늘어지려 악을 쓰고 있지만 말이다.

'금수 같은 자들.'

허산자가 입술을 질끈 깨물었다. 아무리 이곳이 욕망으로 가득 찬 자들만 들어오는 악의 구렁텅이 같은 곳이라고는 하나, 상황을 봐 가며 헛짓거리를 해야 할 것 아닌가? 진현도 같은 생각을 했는지 나직이 입을 열었다.

"장로님, 저는 이해할 수가 없습니다. 저들은 어찌 저리도 간악합니까?"

"흔들릴 것 없다."

"하나……."

"당연한 이치다. 너는 왜 도를 구하느냐?"

허산자가 흔들리지 않는 표정으로 말했다.

"도를 구하는 이유는 인세에 도가 존재하지 않기 때문이다. 그렇기에 노력하고 궁리하여 도에 이르는 것이 아니더냐. 평범한 이들이 도를 체화하여 살아가고, 지킬 것을 당연히 지킨다면 도관이나 도리 따위야 아무짝에도 의미 없는 것에 불과하다. 그렇질 않으니 우리는 지금도 노력하고 또 노력하는 것이다."

진현이 깊이 새기겠다는 듯 고개를 숙이며 나지막이 도호를 외었다.

"네가 흔들리는 이유는 네 안의 도가 아직 완전하지 않기 때문이다. 마음을 굳게 먹고 네 중심을 잡거라."

"예, 장로님."

허산자가 낮게 고개를 끄덕였다.

'그리고 그건 나 역시 마찬가지겠지.'

잘난 듯이 떠들었지만, 오히려 저들을 더 경멸하고 있는 건 허산자 그 자신일지도 모른다.

"뒤쪽은?"

"아직은 막고는 있습니다만…… 힘겹습니다."

"……내버려두고 전진한다."

"도와야 하지 않겠습니까?"

"지금 가서 돕는다고 뭐가 달라지겠느냐? 저들 모두를 쓰러뜨려 움직이지 못하게 만들어 놓지 않는 이상은 시간만 지체될 뿐이다. 차라리 한시라도 빨리 찾던 것을 손에 넣고 돕는 것이 낫다."

곁에 서 있던 무평(無平)이 허산자의 말에 찬동하고 나섰다.

"저도 그리 생각합니다. 지금 가서 돕는다고 해도 시간만 허비될 뿐입니다."

"그래."

허산자가 살짝 눈을 가늘게 떴다. 제자들에게는 말하지 않았지만, 사실 그가 이토록 더욱 서두르는 이유는 따로 있었다.

'더없이 차가운 기파였다.'

전투가 벌어진 와중에, 저 먼 후방에서 무지막지한 기운을 느꼈다. 그 기파를 뿜어낸 이의 정체가 무엇인지는 모르겠지만, 그만한 힘이 있는 이가 뒤쪽의 혼전에 합류하게 된다면 어마어마한 변수가 될 터. 허산자는 그 변수를 내버려둘 생각이 없었다. 어설프게 일행을 돕겠답시고 발걸음을 돌렸다가 그 기파의 주인이 뛰어들게 된다면, 뒷일은 아무도 장담할 수 없는 쪽으로 흘러 버릴 것이다.

'다소의 희생은 감수한다.'

저 금수 같은 자들에게 혼원단이 넘어가면 어떤 일이 벌어질지는 너무도 빤하지 않은가. 허산자는 절대 그 상황을 좌시할 수 없었다. 무당이 강해지는 것은 둘째 문제다. 우선은 저들에게 혼원단이 들어가지 않게 해야 한다.

허산자의 얼굴에 단호한 빛이 서렸다. 그는 정말 이 지독한 무덤의 끝이 얼마 남지 않았다고 믿었다. 강시라는 것은 쉽게 제조할 수 있는 것이 아니다. 그 뒤에 또 뭔가가 있을 거라 상상하기는 힘들다.

"서둘러라!"

"예!"

그 순간이었다.

"사형! 사형! 더는 버틸 수가 없습니다!"

뒤쪽에서 다급한 음성이 들려왔다.

"빌어먹을!"

허산자는 저도 모르게 욕지거리를 내뱉었다.

"막는 건 포기한다! 합류해라! 뒤를 쫓아와!"

대답이 들리기도 전에 허산자가 경공을 펼쳐 앞으로 달려 나갔다. 허원이라면 제자들을 수습해 쫓아오는 것까지는 무리 없이 해낼 것이다. 그렇다면 그는 한 발이라도 먼저 가서 혼원단을 손에 넣어야 한다. 진현과 무자 배들이 그의 뒤로 따라붙었다.

어두운 동굴이 순식간에 스쳐 지나간다. 빛 한 점 들지 않는 동굴을 지나자니 천하의 허산자조차도 가슴 한구석이 서늘했다.

'대체 무슨 의도로 이런 것을 만들었다는 말인가?'

약선은 호인 중의 호인으로 알려져 있었다. 천하에서 그가 구한 병자는 그 수를 헤아릴 수가 없고, 그의 영약으로 목숨을 구한 무인들 역시 어마어마하다. 그렇기에 약선의 명성이 천하에 울려 퍼졌고, 이백 년이 지난 지금까지도 모두가 그를 칭송하는 것이 아니던가?

하지만 그의 무덤에는 오로지 악의만이 가득하다. 전해 내려오는 약선의 성정을 떠올려 보자면, 이곳이 정말 검총인가 하는 의문이 들 정도이다.

'가 보면 알겠지.'

이 모든 의문은 검총의 끝에 도달하는 순간 풀릴 것이다.

"사형! 뒤쪽에서 중인들이 쫓아오고 있습니다!"

허원이 진열을 정비하고 따라붙은 모양이었다.

"무시해라! 속도를 높인다."

"하나……."

"무시하라지 않느냐! 이 앞이 어떨지 모르는데, 더 이상 힘을 뺄 수는 없다!"

"예!"

허산자의 머릿속은 복잡하기 그지없었다. 만일 온전한 상태였다면 다른 판단을 내렸을지도 모른다. 하지만 빛도 제대로 들지 않는 이 어둠 속에서 연이어 격전을 펼쳐 가며 제자들까지 이끈다는 것은 쉬운 일이 아니었다. 그 모든 상황이 허산자의 심력을 쉬지 않고 갉아먹고 있었다.

'이 이상 이곳을 헤맨다면 심마(心魔)가 찾아올지도 모른다. 어떻게든 빨리 빠져나가야 한다.'

"멈춰라!"

"으하하하하! 무당의 쥐새끼들이 꽁무니를 빼는구나! 그런다고 네놈들이 살아서 나갈 수 있을 것 같으냐?"

"쫓아! 쫓아라! 저놈들에게 신병을 내주지 마라!"

적들의 광소가 동굴을 타고 울렸다. 허산자는 입술을 꽉 깨물며 경공에 박차를 가했다.

"사형! 저기!"

"오냐!"

동굴의 끝, 마침내 환한 빛이 보였다. 지금까지 보던 빛과는 전혀 다른 수준의 밝은 빛. 허산자가 반색하며 소리쳤다.

"제자들은 힘을 내라! 끝에 거의 도달했다!"

"예!"

검을 잡은 손에 절로 힘이 들어갔다. 지금까지 겪은 일이 얼마나 고되었든, 그런 건 이제 아무런 문제도 되지 않는다. 혼원단의 연단법만 손에 넣을 수 있다면……!

'신병 따위야 저들에게 넘겨도 된다.'

그가 원하는 것은 오로지 하나, 혼원단의 연단법뿐이다. 신병 따위야 누가 가져가든 상관이 없다. 그건 분란의 씨앗만 될 뿐이다. 그러니 장기적으로 보면 오히려 해가 될 수도 있는 물건들이다.

화아아아악.

이윽고 동굴 끝에 도달하자 눈 부신 빛이 허산자의 시야를 뒤덮었다. 하지만 눈이 빛에 익숙해진 순간 펼쳐진 광경에 허산자는 대경실색할 수밖에 없었다.

"이, 이건!"

절벽. 거대한 절벽이 그들의 앞에 놓여 있었다. 더없이 밝은 빛은 그 절벽의 위쪽에서 쏟아지고 있었다.

'틈이 있다?'

야명주 따위로 만든 빛이 아니다. 어찌한 것인지는 몰라도, 저 높은 천장의 틈에서 빛이 쏟아지고 있었다. 아마도 그들이 돌입한 입구 외에도 다른 통로가 있었던 모양이다.

'그럼 혼원단은?'

여기가 끝이라면 대체 혼원단은 어디에…….

"저기다!"

허산자의 예리한 눈은 절벽 한가운데에 불룩 튀어나온 공간을 놓치지 않았다.

'들어맞는군!'

이곳이 검총의 마지막이라면 저 빛이 들어오는 곳은 출구가 될 것이다. 그리고 누군가가 이곳에 후대에 전할 것을 두었다면, 그것은 반드시 저 절벽의 중간에 있다!

"올라라! 절벽을 올라야 한다!"

"너무 가파릅니다!"

수직에 가까운 절벽은 인간의 접근을 허용하지 않는 듯 보였다. 경공으로 뛰어오를 수 있는 높이도 아니었다.

"기어서라도 올라라! 지금 당장!"

허산자의 말에 무당의 제자들은 일제히 절벽으로 달라붙었다. 그리고 지체 없이 절벽을 기어오르기 시작했다. 곧 뒤따라 도착한 이들이 우르르 동굴에서 나와 쏟아져 들어왔다.

"뭐, 뭐야?"

"저기! 저기 무당 놈들이 절벽을 오르고 있다! 뒤따라라!"

"절대 신병을 저놈들에게 내줘서는 안 된다!"

욕망에 들어찬 이들이 두 눈을 시뻘겋게 물들이며 절벽을 기어올랐다. 흡사 지옥도가 펼쳐진 듯한 광경이었다.

그리고 그 시각.

고오오오오오오!

그들이 지나온 동굴 쪽에서 가공할 기파가 뿜어지기 시작했다. 그 어두운 동굴을 뚫고, 한 무리가 어마어마한 속도로 접근하는 중이었다.

"뭐 얼마나 달렸다고 벌써 헉헉대! 내가 그러니까 평소에 경공 수련 좀 하라고 했지!"

'인간 같지도 않은 놈!'

'양심도 없는 새끼.'

'잠시라도 사형제의 정을 느꼈던 내가 병신이지!'

'때리고 싶다.'

화산의 제자들은 젖 먹던 힘을 다해 달리고 있었다. 그리고 청명은 그들의 앞이 아닌 뒤에서 검을 뽑아 든 채로 뒤쫓고 있었다. 그 흉흉한 검날과 반쯤 돌아 버린 눈빛을 보니 다리에 힘을 빼려야 뺄 수가 없다. 숨이 턱 끝까지 차오르고 다리가 후들거려도 일단은 달려야 했다.

'마라흡혈편복보다 저 새끼가 더 무섭다.'

'차라리 무당에 투신을 하고 말지!'

그중 내력이 가장 달리는 조걸이 결국에는 뒤로 조금씩 처지기 시작했다.

"끄으……. 끄으으응."

이건 절대 엄살을 부리는 게 아니다. 최선을 다해 달리고는 있지만, 내력이 달리는 걸 뭘 어쩌란 말인가? 하지만 뒤를 쫓아오는 이에게는 그런 당연한 상식이 통하지 않았다.

"앗, 따가! 악! 아아아아악! 이 새끼야!"

"달려! 달리라고!"

조걸의 등을 검으로 콕콕 찌른 청명이 눈을 새하얗게 뜨며 부라렸다.

"저 새끼들이 지금 내 걸 냠름 먹고 날리고 하잖아! 다 죽는 꼴 보고 싶어?"

"으아아아아아! 태상노군은 뭐 하시나! 저 새끼한테 벼락 안 내리시고!"

안타깝게도 이곳은 지하라 벼락이 닿지 않을 것이다. 그리고 더 안타깝게도 청명이 하는 짓거리는 효과 하나만은 확실했다. 등을 콕콕 찔린 조걸이 두 배는 더 빠른 속도로 후다닥 달려 나갔으니 말이다.

"으아아아! 이 벼락 맞아 죽을 놈아!"

"죽는소리할 힘으로 달려!"

청명의 눈이 불을 뿜었다. 그가 이렇게까지 재촉하는 데에는 다 그럴 만한 이유가 있다.

'저놈들이 더 이상 앞으로 가지 않고 있다.'

그건 끝에 도달했다는 말이다. 그곳엔 반드시 혼원단이 있을 것이다. 여기까지 오느라 이 개고생을 했는데, 저놈들이 혼원단을 쏙 빼먹고 도망가는 꼴 같은 건 절대로 볼 수 없다.

"어디 무당 새끼들이 이 어르신의 물건을 건드려!"

'그거 네 거 아니라고!'

'사기꾼도 저런 사고방식으로 살진 않겠다.'

하지만 뭘 어쩌겠는가? 저놈이 하필이면 화산의 제자이고, 그들의 귀여운 사질이자 사제인데. 그리고 청명 때문에 개고생을 하는 것은 그들만이 아니었다.

"화사아아안시이이이인료오오오오옹!"

동굴 저어 뒤쪽에서 처절한 목소리가 들려왔다.

"야, 이놈아아아아아! 같이 가자아아아아! 지금까지 부려 먹어 놓고서는 이제 와 버리고 가는 거냐아아아아아아!"

"뭐래, 저 거지 아저씨는."

청명이 코웃음을 쳤다.

"아, 빨리빨리 따라오라고요!"

"내가 못 가는 게 아니라! 우리 거지들이 못 가는 거잖아! 우리 거지들이!"

"하, 진짜 거지 같네."

청명의 비웃음에 홍대광의 눈에는 습기가 차올랐다.

'내가 이번 일만 끝나면 화산 쪽으로는 오줌도 안 싼다. 망할 놈 같으니!'

하지만 안타깝게도 아직 이번 일은 끝나지 않았다.

"거지 놈들아! 좀 달려라! 저놈들을 쫓으라고!"

"분타주……. 먼저 가십시오. 저희는…… 저희는 틀렸습니다."

"어디서 개수작이야! 빨리 못 달려?"

"헤엑! 헤엑! 못…… 못 갑니다, 분타주! 차라리 죽이십쇼."

"아이고오. 다 늙어서 저 어린놈들을 어떻게 쫓아갑니까. 저것들은 쇠도 씹어 삼키는 나이인데!"

"닥치고 달리지 못해?! 이건 개방의 자존심 문제다! 경공으로는 우리가 천하제일이란 말이다!"

"구걸이 천하제일이겠지!"

"에라!"

홍대광이 이를 질끈 깨물고는 거지들의 엉덩이를 걷어찼다.

"아아아악! 왜 때리쇼!"

엉덩이를 걷어차인 거지가 눈을 부라리며 홍대광에게 달려들었다.

'어, 이게 아닌데?'

왜 나는 저놈처럼 안 되지? 사람을 괴롭히는 것도 쉬운 일이 아니라는 것을 깨달으며 홍대광은 득달같이 달려드는 거지를 밀어 내었다.

"야, 화산신룡! 같이 가자니까아아아아!"

홍대광이 소리를 지르거나 말거나 청명은 오로지 앞으로 달릴 뿐이었다. 거지 사정 봐주다가 혼원단을 놓치기라도 하면 저 거지 놈들을 삼박 사일 동안 두드려 패도 마음이 풀리지 않을 게 뻔했다.

"출구다! 빛이다!"

"으아아아아아아아!"

화산 제자들의 입에서 기쁨의 함성이 터져 나왔다. 물론 목표로 하던 것을 찾아내었다는 기쁨이라기보다는 이제야 이 지독한 놈에게서 벗어날 수 있다는 기쁨이었다.

"광명이다아아아아아!"

어느새 선두로 나선 조걸이 헐떡거리며 출구로 뛰어들었다. 그리고 이내 두 눈을 부릅뜬 채 멍하니 앞을 바라본다.

"뭐야, 이거?"

거대한 절벽과 그 절벽을 죽어라 오르는 무인들이 보였다. 그 광경을 확인한 순간 조걸의 눈이 파르르 떨렸다. 어느새 옆에 와서 선 백천과 윤종도 비슷한 반응을 보였다.

"저, 저거…… 내가 보는 게 맞지?"

"확실히 절벽인 것 같습니다만?"

깎아지른 절벽을 보는 화산 제자들의 눈에 기이한 빛이 어렸다. 선두에 보이는 무당의 제자들이 이미 절벽을 절반쯤 올라 버렸기 때문은 아니었다.

"……허허. 절벽이네. 절벽이야."

"뭐? 절벽?"

뒤이어 뛰쳐나온 청명이 눈을 번뜩거리며 절벽을 바라본다.

"저 위쪽이다!"

그의 손끝이 절벽 가운데에 튀어나온 부분을 가리켰다. 워낙 멀어 살짝 튀어나온 것쯤으로 보이지만, 사람 백 명쯤은 너끈히 올라갈 공간임에 틀림없었다.

"저길 올라야 한다는 거지?"

"저기를?"

"세상에, 저기를…….”

절벽을 멍하니 바라보던 조걸이 고개를 갸웃하며 말했다.

"뭐야? 마지막이 왜 이렇게 싱거워?"

모두의 입꼬리가 말려 올라가 있었다.

"후후후! 후후후후후! 절벽 타기라니! 막판에 이런 게 나오다니!"

"그동안의 지옥이 헛되지 않았구나!"

이때까지 겪어 왔던 지옥이 머릿속을 스치자 윤종의 눈에 눈물이 차올랐다. 절벽? 저만한 절벽? 저건 그냥 어린애 장난이다. 화산의 이대제자와 삼대제자치고 절벽을 오르지 못하는 이는 없다. 저 인간 같지도 않은 놈의 수련 덕에 이보다 다섯 배는 높은 단장애를 하루에 한 번씩은 꼬박꼬박 올라야 하지 않았던가! 이제는 절벽을 타다가 잠시 졸기도 하고, 식후 운동으로 절벽을 타는 경지에 도달한 지 오래다! 그 지옥 같은 수련을 겪을 때마다, 욕을 하고 또 욕을 하기를 두 해! 세상에, 그 아무짝에도 쓸모없어 보였던 수련이 이런 데서 빛을 발할 줄이야! 당연히 모두의 몸이 들썩였다.

"가자!"

"약선이 화산에 안 와 봤구만!"

"이 정도는 간식도 소화 안 되겠네!"

화산 제자들이 청명의 말을 기다리지도 않고 있는 힘껏 달려 절벽으로 달라붙었다. 아직 차마 절벽을 오를 엄두를 못 내던 이들이 난데없이 나타난 화산의 제자들을 향해 황급히 시선을 돌렸다. 그리고…….

"어어어어? 뭐, 뭐야?"

"뭐, 뭐가 저리 빨라!"

다다다다!

양팔과 양다리를 놀려, 마치 평지를 기는 것처럼……. 아니, 그보다 더 빠른 속도로 절벽을 오르는 화산의 제자들을 보며 다들 헉 소리를 내었다.

"아니, 거미도 아니고 뭔 사람이 절벽을 저렇게……?"

가공할 속도였다. 이건 강함의 문제가 아니라 익숙함의 문제였지만, 지켜보는 이들이 그걸 알 리가 없었다. 그들이 보기에, 갑자기 등장한 화산의 제자들은 말 그대로 어이가 없는 속도로 절벽을 오르고 있었다. 그것도 한 명이 아니라 다섯이 모두! 황당함을 느낄 겨를조차 없는 상황이란 걸 알면서도, 도무지 눈을 뗄 수가 없을 정도였다.

"마, 막아!"

"아!"

그제야 중인들이 정신을 차리고 화산의 제자들을 노려보았다.

"던져!"

"등에 칼을 꽂아 버려!"

절벽을 오를 능력은 되지 않고, 그렇다고 신병을 포기할 수도 없었던 이들은 절벽 아래에서 병기를 던지며 오르는 이들을 방해하기 시작했다. 그리고 그들의 눈에 가장 먼저 방해해야 할 이들은 당연히 화산의 제자들이었다.

푸우욱!

장검이 뺨을 아슬아슬하게 스쳐 절벽에 꽂히자 조걸의 눈이 불룩 튀어나왔다.

"아, 아니! 인간들이 심보가 고약해도 정도가 있지!"

지들이 못 간다고 남들도 가지 말라는 건가? 아무리 그래도 칼을 던지나! 칼을!

"신경 쓰지 말고 계속 올라가!"

"칼 던지잖아!"

"내가 다 막아 줄 테니까! 그냥 가!"

"네가 어떻게 이걸 다 막아!"

그 순간이었다.

"야, 이 새끼들아! 화산 건드리지 마라!"

뒤늦게 도착한 홍대광이 재빠르게 상황을 파악하고는 아래에서 공격하는 이들을 들이받았다.

"이 새끼들 다 조져 버려! 화산신룡, 아래는 걱정하지 말고 어서 올라가라!"

청명이 혀를 찼다.

"엄청 대단한 것 해 주는 척하네. 아무튼 일단은 알았어요!"

방해가 없어졌다는 것만으로도 속도가 훨씬 더 붙었다. 조걸이 재빠르게 팔다리를 놀려 절벽을 타고 올랐다.

"으라차아아아아!"

"단장애에 비하면 식은 죽 먹기지!"

말로만 그런 게 아니었다. 화산의 제자들은 먼저 절벽을 오른 이들을 순식간에 따라잡았다. 심지어 그로도 모자라 되레 그들을 앞지르기 시작했다. 중간중간 아래에서 날아온 병기들은 청명의 검에 모조리 튕겨 나갔다. 그는 하나를 막아 낼 때마다 마치 기합처럼 외쳤다.

"영약! 내공! 내 영약!"

'맛이 갔네.'

'빨리 올라가자. 저랬는데 남이 혼원단을 가져가면 저 미친놈이 무슨 짓을 할지 모른다.'

기괴한 공포에 떨며 화산의 제자들이 팔다리를 부지런히 놀렸다.

"장로님! 저기!"

"으음?"

허산자가 눈을 부릅떴다. 아래에서 가공할 기세로 한 무리의 무인들이 그들을 따라잡고 있었다. 절벽을 타는 속도가 원숭이를 방불케 한다. 아니, 무인이 겨우 원숭이만도 못할 리는 없으니 그 이상이라고 봐야 할 것이다.

"저, 저들은?"

"화산! 화산의 제자들입니다, 장로님!"

진현의 목소리에 허산자가 이를 악물었다.

'저놈들이!'

사태를 이 지경으로 만들어 버린 것은 다름 아닌 저놈들이다. 그 사실을 생각하자 치밀어 오르는 노기를 억제할 수가 없었다. 하지만 지금 신경 쓸 것은 저들에 대한 분노가 아니다. 저들의 속도가 허산자보다 훨씬 빠르다는 것이 문제였다.

'어떻게 이런 일이?'

아무리 강하다고 해도 나이가 어리니 한계가 있을 것이 분명하다. 그런데 어찌 저리 빠른 속도로 절벽을 탈 수 있단 말인가? 허산자의 상식으로는 이해할 수 없는 일이었다. 하나 중요한 건 이해하는 게 아니다. 이유야 어찌 되었든 그런 일이 눈앞에서 실제로 펼쳐지고 있다는 게 중요했다.

"허원!"

"예, 사형!"

"아이들을 이끌어라! 나는 먼저 올라가겠다!"

"예!"

허산자가 절벽을 박찼다. 이윽고 허공에서 발을 교차했다.

우우우우웅.

발아래에서 기의 소용돌이가 인다 싶더니 그의 몸이 위로 쭈우욱 치솟기 시작했다.

"제운종(梯雲縱)!"

아래에서 누군가가 탄성을 질렀다. 완숙에 이르면 사람의 몸을 십 장 이상 허공으로 띄워 올릴 수 있다는 무당의 제운종이 펼쳐진 것이다.

물론 단번에 이 높은 절벽을 오르는 것은 무리였다. 그러나 중간중간 절벽에 붙을 수만 있다면 가장 먼저 절벽을 오르는 이는 허산자가 될 듯했다. 그리고 이곳에는 가만히 그 꼴을 지켜볼 수 없는 이가 하나 있었다.

"아니, 저 새끼가?"

청명의 눈이 돌아갔다. 여기까지 어떻게 왔는데, 무당 놈이 혼원단을 퍼먹는 걸 지켜만 보란 말인가?

"먼저 간다!"

"처, 청명아!"

"뭐 하려고, 인마?!"

"죽어도 내가 먹는다!"

청명의 두 눈이 형형하게 빛났다. 화산의 제자들은 그 순간 제 눈을 의심할 수밖에 없었다. 청명이 갑자기 신발을 벗어 던지더니 절벽을 달리기 시작한 것이다.

"헐? 달려?"

청명의 발이 절벽을 평지처럼 박찼다. 그와 동시에 그의 몸이 가공할 속도로 위로 쏘아져 올라갔다.

"으라아아아아아아앗!"

시작은 늦었으나, 청명이 절벽을 달리는 속도는 허산자가 절벽을 오르는 속도보다 확연히 빨랐다.

"저 어린놈이!"

"누가 어린놈이래, 누가!"

내가 인마! 어? 나이가 어?

"아오! 속 터져!"

말해 봐야 믿지도 않을 거! 에잉! 어린 게 낫지!

두 사람이 서로 경쟁하듯 절벽을 타고 오른다. 그야말로 가공할 속도. 절벽을 평지처럼 내달린 청명이 이를 악물고 있는 힘껏 절벽을 박찼다. 더불어 허산자도 허공을 디디며 절벽 위로 몸을 쏘아 올렸다.

"하아아아아아앗!"

"으라차아아아아아아!"

이윽고 허산자와 청명이 거의 동시에 목표로 했던 절벽의 틈으로 솟아 올랐다.

타악!

탁!

서로 마주 보고 양 끝으로 오른 두 사람은 재빠르게 주위를 훑었다. 이윽고 청명의 눈이 살짝 커졌다.

"있다!"

빽빽하게 검들이 꽂힌 곳이 보였다. 창이나 도끼 등도 몇몇 끼어 있었 지만 대다수는 분명히 검이었다. 그 말인즉슨.

"여기가 검총이 맞구나!"

이곳까지 오면서도 못내 그를 찝찝하게 했던 의심이 풀리는 순간이었 다. 그렇다는 건? 청명은 재빨리 눈을 굴렸다.

'있을 거야! 저런 거 말고!'

신병이고 나발이고 그런 건 아무 관심 없다. 그가 노리는 건 오직 하 나!

'그렇지!'

빽빽이 꽂힌 검들 한가운데에 불룩 솟은 바위가 있었다. 그리고 그 위 에 작은 목함(木函) 하나가 놓여 있었다. 신병의 한가운데에 굳이 목함을 둘 필요가 없을 터! 그렇다는 건?

'저게 혼원단이군!'

혼원단만 들어 있는지, 연단법도 같이 들어 있는지, 혹은 연단법만 들 어 있는지는 알 수 없다. 어쨌건 노려야 할 건 바로 저 목함이다. 청명이 곧장 움직이려는 순간, 묵직한 목소리가 귀에 꽂혔다.

"네놈이 화산신룡이냐?"

청명이 고개를 살짝 들었다. 목함의 건너편에서 검을 뽑아 든 허산자가 그를 노려보고 있었다.

'어이쿠.'

살기? 청명이 이죽거리며 입을 열었다.

"그런데요?"

"잘도 여기까지 왔구나. 사태를 이렇게 만들어 놓고."

"무슨 말씀을 하시는 건지 전혀 모르겠는데요?"

허산자가 얼굴을 일그러뜨렸다. 청명이 무진에게서 장보도를 강탈하여 남영에 뿌리지만 않았어도 이런 개고생을 하지는 않았을 것이다. 그리고 화산 역시 이곳에 진입하지도 못했을 것이다. 하지만 저놈들은 우물에 독을 타 버리는 전법으로 결국 이곳까지 도달했다. 대단하다고 해야 할지, 간악하다고 해야 할지.

"네 능력은 인정하마. 하지만 여기까지다. 잠자코 물러나라. 나는 오늘 손속에 사정을 두지 않기로 하였다. 네가 겨우 삼대제자에 불과하다고는 하나, 맞서려 든다면 목을 벨 것이다."

"어휴, 무서워라."

청명이 너스레를 떨었다.

"그런데 그런 말을 하는 건 좀 이상하다고 생각하지 않으세요?"

그의 입가엔 명백한 비웃음이 어려 있었다.

"이미 살기를 풀풀 내뿜고 있잖아요. 제발 덤벼 달라는 게 본심 아니에요? 여기서 쓱싹해 버리게?"

허산자는 아무런 대답도 하지 않았다. 어쩌면 그게 자신의 본심일지도 모른다는 것을 알아 버렸기 때문이다.

'나는 저 아이를 그렇게나 위협적으로 생각하고 있는 건가?'

영특(獰慝)함으로만 따지자면 그리 위협이 될 것 없다. 저 아이가 아무리 머리가 좋다 한들, 제갈가의 후예나 전문적으로 병법을 익히는 이들에 비하면 덜 껄끄러운 상대일 테니까. 하지만 막상 청명을 직접 본 이후로는 생각이 달라졌다.

'인정하자.'

저놈은 위험하다. 물론 진자 배고 무자 배고, 무당의 제자들 역시 어디 나가서 뒤처지지 않는다. 하지만 저놈에게 가져다 대는 것은 불가능하다. 애초에 종자가 다르다. 저놈을 이대로 성장하게 내버려뒀다가는 훗날 화산이 무당을 집어삼키는 일이 벌어질 수도 있다.

과거 종남의 사마승이 느꼈던 감정을 이 순간 허산자가 똑같이 느끼고 있었다. 아니, 오히려 그때의 사마승이 느낀 것보다 더욱 격한 위기감과 살의다.

"물러나라."

허산자가 준엄하게 말했다.

"네 말대로다. 나는 지금 도를 따르지 못하고 있다. 그러니 나에게 죄를 짓게 하지 말아라. 너는 그만큼이나 나를 뒤흔들고 있다. 내가 쌓아 온 오랜 수양이 무너질 만큼!"

'호오?'

청명이 신기하다는 듯 허산자를 바라보았다. 입장을 바꿔 청명이라면 어떨까?

'뭐, 나야 어차피 나보다 더 세질 놈이 없으니 저러지도 않겠지만.'

여기서 가장 좋은 선택은 청명을 죽이는 것이다. 혼전의 와중이니만큼 누가 죽어 나가도 책임을 물을 수 없다. 일이 꼬인다면 세인들의 지탄을 받을지도 모르지만, 고작 비난이 두려워 실리를 놓칠 수는 없는 노릇.

하지만 허산자는 청명에게 재차 물러날 것을 권유하고 있다. 훗날 청명이 무당에 위협이 되더라도 지금 어린 도가의 제자를 죽여 없애지는 않겠다는 뜻이다.

'무당은 무당인가.'

이곳까지 오면서 볼 꼴, 못 볼 꼴을 다 봤을 텐데도 아직 정도를 지킨다. 무당의 이름이 아직 천하에 드높은 이유를 저 늙은 장로가 보여 주고 있다. 하나.

"그런다고 물러날 내가 아니거든."

청명이 되레 앞으로 한 발 나섰다. 그러자 허산자의 몸에서 폭풍 같은 기세가 뿜어졌다.

"권주를 마다하고……."

"아, 그놈의 벌주는 너무 처먹어서 항상 반쯤 취한 것 같으니까 뺄소리 하지 말고 그냥 싸우기나 하죠."

"이놈이!"

허산자가 이를 악물었다. 그가 언제 저렇게 어린놈에게 이런 막말을 들어 보았겠는가?

'나는 충분히 권했다.'

차라리 마음이 편해졌다. 당장 목을 쳐 버리고 싶은 욕망을 억누르고 고이 보내 주려 했건만, 저놈이 이런 식으로 나오면 그도 더는 물러날 필요가 없다.

"타아아앗!"

허산자가 더는 말이 필요 없다는 듯이 달려들었다. 청명 역시 그를 향해 돌진했다. 빽빽하게 꽂힌 검들 위로 두 사람이 동시에 몸을 날린다.

촤아아아아악!

마치 허공에 푸른 비단 폭이 펼쳐지는 것 같았다. 너무나도 선명한 검기가 청명을 향해 뿜어졌다. 무진의 그것과 비슷하지만 격이 달랐다. 청명 역시 이번만은 지금까지와 같은 자세로 싸울 수 없었다. 상대는 무당의 장로. 이 몸으로 눈을 뜨고 나서 만났던 이들 중 가장 강한 자다.

검을 잡은 청명의 손에 힘이 들어갔다. 앞으로 돌진하던 그는 발에 닿는 검의 손잡이를 걸어차며 몸을 틀었다.

촤아아악!

푸른 검기가 아슬아슬하게 청명의 앞섶을 베고 지나갔다. 옷자락이 잘리며 섬뜩한 감각이 가슴을 파고들었다.

'장난 아닌데!'

과거의 그라면 손짓 하나로 날려 버렸을 검기에 불과하다. 하지만 지금의 청명에게는 충분히 위협적이었다. 무엇보다 검기에 실린 어마어마한 내력이 절로 몸을 긴장시켰다.

'맞으면 뼈도 못 추리겠네.'

무당이 부드러운 검기를 쓰니 어쩌니 하는 것들은 다 입을 꿰매 버려야 한다. 뭐? 부드러워? 부드럽게 후려쳐서 사람 곤죽을 만드는데, 그게 부드러운 거냐? 그게?

추구하는 검의 방식이 어떻든 간에, 이 검에는 청명을 제압할 마음이 조금도 느껴지지 않는다. 오히려 제대로 박살을 내겠다는 의지가 가득가득 담겨 있다. 그렇지 않고서야 스치는 것만으로도 사람이 오체분시 될 만큼의 내력을 담아 휘두르겠는가?

"해보자 이거지?!"

청명의 눈에 불꽃이 피어났다.

촤아아악! 촤아아아악!

비단 폭 같은 검기가 끊기지 않고 줄줄 뽑혀 청명에게로 날아들었다.

"핫!"

청명이 짧게 기합을 내지르며 날아드는 검기를 향해 되레 몸을 날렸다. 그리고 곧장 뛰어올라 검기를 발로 박차며 앞으로 돌진했다. 허산자는 순간 심장이 목으로 튀어나올 만큼 놀라고 말았다.

'검기를 발로 찬다고?'

기를 실어 되받아 치는 것도 아니고, 검기를 밟아서 앞으로 달려든다? 검기가 허공에 날린 나무판자도 아니고, 저게 상식적으로 가능한 일인가?

'대체 저놈은……?'

어마어마한 운용이다. 기운을 제 팔다리처럼 다루지 못하고서야 감히 꿈도 꿀 수 없는 경지다. 심지어는 허산자도 감히 시도조차 해 볼 수 없는 일이었다.

이 상황이 의미하는 건 하나. 가진 내력이나 검술의 깊이는 모르나, 기의 운용 측면에서는 저 어린 화산신룡이 허산자보다 더 뛰어난 것이 틀림없다. 어떻게 그런 것이 가능한지는 모르겠지만, 눈으로 본 상황을 부정할 도리가 없었다.

허산자가 경악에서 미처 헤어나지 못한 그 순간에도 청명은 빠르게 접근하고 있었다.

"이노오오오오옴!"

허산자가 일갈하며 앞으로 달려들었다. 그리고 검기를 있는 대로 실어 돌진하는 청명에게로 내리쳤다.

콰아아아아아아앙!

터져 나온 기파가 주위를 휩쓸었다. 바닥에 박혀 있던 검들이 파르르 떨리며 조금씩 뽑혀 나왔다.

"쿨럭!"

청명이 입으로 피를 뿜었다. 확실하게 막았다. 심지어 반쯤은 옆으로 흘려 내기까지 했다. 그럼에도 허산자의 검은 그의 내부를 완전히 뒤흔들어 놓았다. 마치 거대한 산악이 몸 위로 떨어진 것 같은 충격이다.

'이 말코 놈이!'

능숙하다. 무당의 검은 결국 유(柔)의 검. 부드러움으로 상대를 제압하는 검이다. 하지만 허산자는 청명의 특성을 파악한 순간, 바로 유를 버리고 중(重)으로 청명을 상대했다. 아무리 청명이 날고 기는 재주가 있어도 내력에 있어서는 자신을 당해 내지 못할 거라 생각한 것이다.

그리고 허산자의 생각은 정확하게 맞아떨어졌다. 아무리 청명이라고 한들, 수십 년의 세월을 고련 해 온 장로들의 내력을 벌써 따라잡는 것은 무리였다. 그나마 그가 익힌 내력의 특성이 있기에 단 한 방에 곤죽이 되는 사태는 막아 낸 것이다.

검을 맞댄 허산자의 눈이 흔들렸다.

"막아?"

삼대제자다. 일대제자도 아니고, 이대제자조차 아니다. 이제 갓 스물이나 되었을 법한 삼대제자에 불과하다. 그런데 그 삼대제자가 허산자의 전력이 담긴 검을 막아 내었다.

"무진을 이겼다는 게 농이 아니었구나. 너는 대체 어떻게 생겨 먹은 놈이냐."

"뭐, 서로 대화할 사이는 아니지 않나요?"

그럴 거면 칼에 힘 좀 빼시든가. 양심이 없네, 양심이!

그때 허산자가 중후한 목소리로 말했다.

"듣거라."

더 이죽거리려던 청명이 입을 다물었다.

"본디 타문의 제자를 받아들이는 것은 금기시되어 있지만, 네가 원한다면 내가 무슨 수를 써서라도 너를 무당의 제자로 받아 주겠다. 원한다면 이대제자로 받아 주마."

"어?"

"너의 재능이라면 무학을 다시 익히는 것쯤은 그리 어렵지 않을 터. 무당으로 오너라. 내가 너를 후대의 무당 장문으로 만들어 주겠다."

뭐래. 청명은 저도 모르게 피식 웃고 말았다. 아니, 뭐 다른 사람이라면 살짝 혹할 수도 있는 말이긴 하다. 천하의 무당이 제자로 받아 준다는데. 심지어 배분도 한 단계 올려서 말이다. 하지만 이곳에 있는 이는 다름 아닌 청명이다.

"아니, 이 영감님이 정신이 나가셨나! 어디 남의 문파에 영업질이야!"

"그게 아니라면!"

허산자가 입술을 질끈 깨물고는 말했다.

"내 제자로 받아 주마! 그럼 너는 무당의 일대제자가 된다."

"됐어요."

청명은 피식 웃으며 대꾸했다. 그럼에도 허산자는 쉬이 포기하지 않았다.

"자신이 속한 문파에 대한 애정이 깊은 것이야 칭찬할 일이지만, 장부라면 기회를 잡을 줄도 알아야 한다. 화산의 제자보다는 무당의 장문이 나을 터!"

"아, 됐다고요!"

청명이 검을 잡은 손에 힘을 주었다.

"어째서냐? 네 머리라면 어떤 것이 이득인지 모르지 않을 터!"

"거참, 이 영감님 끈질기시네."

"무당은 네게 화산보다 더 많은 것을 줄 수 있다."

"도통 이해를 못 하시네."

청명의 입가가 씩 말려 올라갔다.

"저는 저보다 약한 사람 제자 되는 취미는 없거든요?"

"……뭐라?"

"그리고!"

청명이 짧게 힘을 주어 허산자의 검을 튕겨 냈다. 이어 뒤로 빙글 솟구쳐 올랐다가 바닥으로 쾌속하게 강하했다.

"으라차!"

쿠우우우우우우웅!

강력한 발 구름에 바닥에 꽂혀 있던 검들이 일제히 허공으로 솟구쳤다. 청명은 허공으로 떠오른 신병들을 연속으로 걷어차 허산자에게로 날렸다.

"무당 따위가 뭐라고!"

"……!"

청명이 기운을 있는 대로 끌어 올렸다.

"내가!"

검을 차 날렸다.

"화산을!"

연속으로 날려진 신병들이 마치 화살처럼 허산자에게 쏘아졌다.

"천하제일로 만든다!"

이번 생에는! 반드시!

· ◆ ·

"빨리! 더 빨리!"

"사, 사숙! 더는 속도를 못 냅니다!"

"무슨 소리를 하는 거냐! 저기 안 보이느냐!"

백천의 목소리에서 분노와 다급함이 묻어났다. 미칠 듯한 속도로 절벽을 오르고는 있지만, 처음의 차이를 완전히 극복하지는 못했다. 이대로라면 무당의 제자들이 절벽을 먼저 오르고 말 것이다. 그렇게 된다면 청명은 무당의 제자들을 혼자 상대해야 한다. 아무리 청명이 인간 같지 않은 놈이라지만, 저 많은 무당의 제자들을 홀로 상대할 수는 없다. 그건 청명이 아니라 청명 할아버지가 와도 불가능한 일이다.

'아니, 청명 할아버지는 안 되지만 할아버지가 된 청명이 오면 가능하려나?'

여하튼 지금 그게 중요한 게 아니지!

"네 사제 죽는 꼴 보기 싫으면 젖 먹던 힘까지 짜내라! 먼저 간다!"

"헐?"

백천이 지금까지보다 더 빠른 속도로 절벽을 타고 오르기 시작했다. 그리고 그 뒤를 유이설이 바짝 뒤쫓았다.

"빌어먹을!"

아무리 같은 수련을 했다고는 저들은 이대제자, 그리고 조결과 윤종은 삼대제자다. 아직은 따라잡을 수 없는 격차가 있었다.

"걸아, 힘내라! 더 빨리 가야 한다!"

"주, 죽을 것 같습니다!"

"우는소리 하지 말고!"

윤종이 이를 악물었다. 백천에게 뒤지는 게 자존심 상하는 건 아니다. 예나 지금이나 그에게 백천은 우상 같은 사람이다. 지금 화가 치민 이유는 청명이 위험에 처할지도 모르는 데 도움이 되지 못하고 있단 것이었다.

"내가 어떻게든……. 어?"

그때 윤종의 눈에 기이한 것이 보였다. 위로 올라가던 무당의 무리 중 일부가 몸을 돌리더니 화산의 제자들 쪽으로 기어 오기 시작한 것이다.

"쟤들 뭐 하냐?"

"우리 막으러 오는 것 같은데요?"

"……거참 희한하네. 그렇지?"

"그러게 말이에요."

참 이상하지.

"아무짝에도 쓸모없을 것 같던, 절벽에서 싸우는 훈련이 이런 데서 도움이 될 줄이야."

윤종이 검을 뽑았다. 그와 동시에 조걸도 검을 뽑아 들었다. 평지에서 저만한 무당 제자를 상대한다? 에이, 엄두도 내지 못할 것이다. 일단 눈에 보이는 이들 중 그보다 어려 보이는 이가 없다. 최소 진자 배고, 무자 배도 있을 것이다.

하지만 여기는 절벽 위. 그리고 이쪽은 절벽 위에서 그 청명의 검을 받아야 했던 이들이다.

"무덤을 파시네, 무덤을!"

윤종이 다가오는 무당 제자들을 향해 기세 좋게 빨빨빨 기어갔다. 그 모습을 뒤에서 보던 조걸이 저도 모르게 중얼거렸다.

"……진짜 볼썽사납네."

· ❖ ·

"잔재주를!"

날아드는 신병들을 보며 허산자가 입술을 질끈 깨물었다. 하지만 잔재주라 해서 쉽게 상대할 수 있는 것은 아니다. 신병이 왜 신병인가? 검기를 가르고, 내력으로 강화한 몸을 잘라 버릴 수 있기 때문에 신병인 것이다. 저 검을 일일이 피해 내지 못하면…….

"음?"

그 순간 허산자가 눈을 부릅떴다.

'신병이……?'

날아드는 검에 예리한 기운이 조금도 없었다. 녹이 슬고 이가 빠져 흉물스럽기 짝이 없는 고철 덩어리만 보일 뿐이다.

"뭐냐?"

카앙! 카아아앙! 카앙!

검을 들어 날아드는 신병을 쳐 냈다. 예기라고는 눈 씻고 찾아봐도 없는 검들이 사방으로 튕겨 나간다. 개중에는 허산자가 가볍게 후려친 힘을 감당하지 못하여 반 토막이 나 버린 것도 있었다.

"이게 무…….."

파아아앗!

"헉!"

그 썩어 버린 검들 사이에서 가공할 예기를 띤 검이 날아들었다. 허산자가 기겁하여 몸을 뒤틀었다. 차라리 처음부터 이런 게 날아왔다면 침착하게 대처했겠으나, 당황한 와중에 진짜 신병이 날아드니 제아무리 그라도 놀랄 수밖에.

"으라차아아아아아!"

청명이 그 기회를 놓치지 않고 달려들어 허산자의 옆구리를 노렸다.

"큭!"

카아아아앙!

검을 들어서 막아 내기는 했지만, 몸이 튕겨 나가는 것은 막을 수 없었다. 절벽 밖으로 튕겨 나간 허산자가 입술을 질끈 깨물었다.

"끝까지 잔재주를 부리는구나!"

허산자가 몸을 뒤집어 검을 앞으로 던졌다. 그리고 몸을 가볍게 만들어 검이 날아가는 힘을 주축으로 다시 절벽 위로 올라섰다. 청명이 그 광경을 보며 혀를 찼다. 적잖이 힘을 빼게 생겼다. 저대로 절벽 아래로 떨어져 주면 좋았을 텐데, 아무래도 그리 쉽게 끝날 이가 아닌 듯했다.

한편 절벽 위에 다시 올라선 허산자는 눈살을 찌푸리고 널브러진 검들을 바라보았다.

"……이건."

"그래 봐야 검이니까."

다시 봐도 역시 잔뜩 녹이 슬어 붉게 물든 게 형편없는 모양새다.

'하긴, 생각해 보면 이게 맞겠지.'

신검이라 해 봐야 결국엔 철로 만든 물건. 이런 습기 가득한 지하에 이백 년이나 방치되었으니 녹이 슬고 삭아 버리는 건 당연한 일이다. 하지만 개중에는 아직 예기를 간직한 검들도 간간이 보였다. 다시 말하자면 저 검들은 이름만 그런 것이 아니라, 진정한 신병이라는 소리다.

'그래, 어차피 헛된 것.'

허산자는 귀에 약선의 비웃음 소리가 들려오는 것 같았다.

검총에 들어온 이들의 목적은 신병이기를 손에 넣는 것이다. 탈검무흔의 정체가 약선이라는 것을 아는 이들은 무당과 개방, 그리고 소림을 비롯한 몇몇 문파밖에는 없으니까. 그마저도 약선의 제자가 실수로 흘리는 바람에 세상에 알려졌다.

그러니 약선은 검총을 만들 때 훗날 찾아올 이들이 오직 신병만을 노릴 거라고 생각했을 것이다. 이 검들이 썩어 갈 것을 과연 약선이 몰랐을까? 그럴 리가 없다. 그가 정말 이 검들을 후세에 전하려 했다면 조금 더 소중하게 보관했을 것이다. 습기 가득한 동굴에 이렇게 꽂아 두는 것이 아니라 말이다.

"후인들을 농락이라도 해 보겠다는 생각이었소? 그대 역시 그리 훌륭한 인간은 아니었구려."

허산자가 중얼거렸다. 그의 시선은 이내 자그마한 목함으로 향했다. 신병들이 어찌 되었건 상관없다. 그의 목적은 처음부터 저것이었으니까. 그리고…… 그건 아마 청명도 마찬가지인 모양이었다. 그 역시 바닥에 떨어진 신병에는 눈길도 주지 않으니 말이다.

"아무래도 목적이 같은 모양이구나."

"저 검들 가져가겠다면 그냥 보내 드릴게요."

"농이 심하구나."

"에이. 거, 욕심이 없으시네."

아니, 욕심이 많은 건가?

청명이 검을 앞으로 겨눴다. 아무래도 시간이 지날수록 불리한 건 청명 쪽이다. 허산자를 빨리 쓰러뜨리지 못하면 무당의 다른 이들까지 이곳으로 올라올 것이다.

'그럼 답이 없지.'

한 주먹이 열 주먹 못 당한다는 건 세상의 진리다. 심지어 그 천마 놈도 이 진리를 피해 가지 못했다. 청명은 그 진리가 옳은지 그른지 몸소 실험해 볼 생각 따윈 추호도 없었다.

"갑니다!"

"성격이 급하구나!"

"거참, 말 많으시네! 무량수불이다!"

청명의 검이 부드럽게 허공을 유영했다.

"흠?"

그 순간 허산자의 기세가 바뀌었다. 청명의 검이 심상치 않다는 것을 알아챈 것이다. 청명의 검 끝에서 붉은 꽃송이가 피어나기 시작했다. 허산자는 저도 모르게 경악에 가득 찬 탄성을 토했다.

"매화검법? 정말 매화검법을 복원했구나!"

'참 나, 아닌 척하더니 관심 더럽게 많았네.'

화산이 매화검법을 잃었다는 사실을 알고 있었던 모양이다. 물론 지금 청명이 펼치는 것은 매화검법이 아니라 칠매검이지만, 허산자의 눈에는 그리 보이겠지.

붉은 꽃잎이 휘날리기 시작했다. 피어날 리가 없는 곳. 매화가 자라날 수 없는 동굴 속에 붉은 매화가 피어난다. 그리고 그 매화는 일제히 개화하여 허산자를 향해 날아들었다.

허산자가 검을 아래로 내렸다. 하단세, 가장 안정된 자세이자 무당의 검이 시작하는 곳. 그 검이 묵직하게 움직이기 시작한다.

원(圓). 허산자의 검이 이내 자신의 앞에 커다란 원을 그려 냈다. 원은 곧 근원(根源). 그리고 모든 것이 시작되는 원점(原點). 태초에 단 하나의 세상이 있었으나 그 세상은 음(陰)과 양(陽)으로 나뉘며 만물을 창조해 냈다. 결국, 세상의 시작은 음양. 그 음양이 곧 태극(太極)이라.

"하아아아앗!"

허산자의 검이 그려 낸 원이 반으로 나뉘더니 이내 검고 하얀 두 가지 기운으로 변하여 휘돌기 시작했다. 태극혜검(太極慧劍). 무당의 최고위 무학이자, 무당을 무당으로 불리게 만드는 천하의 절기. 그 태극혜검이 마침내 허산자의 손을 통해 구현된 것이다.

이미 무진이 청명에게 태극혜검을 사용한 적이 있긴 하지만, 그건 그저 껍데기를 흉내 낸 어설픈 검초일 뿐이었다. 즉, 혜검이라 불릴 자격이 없는 것이었다. 하나 지금 허산자의 검 끝이 그리는 태극은 분명 그 도(道)에 맞닿아 있었다.

날리던 청명의 꽃잎들이 휘도는 태극에 휘말려 들어간다.

부드럽고 강하다. 상반되는 두 가지의 성질이 녹아 났다. 부드럽게 꽃잎을 빨아들이고 강맹하게 분쇄했다.

"그 나이에 매화를 피워 내다니!"

회유할 수 없다면 반드시 쓰러뜨려야 한다. 허산자의 눈에 살기가 어렸다.

"아직 놀라기는 이르죠!"

청명의 검이 다시 한번 휘둘러졌다.

상극(相剋). 과거에도 느꼈지만, 화산이 무당을 이기지 못하는 이유는 단순히 무학이 약해서가 아니다. 무당의 부드러움은 화산의 날카로움과는 상극이다. 쾌속하고 빠른 검은 언제나 부드러운 후발제인에 그 약점을 드러내는 법이니까.

하나, 그뿐이다. 상극이면 어떤가? 불은 물을 부으면 꺼지지만, 큰불은 물을 맞으면 더 크게 타오르는 법. 모든 성질은 더 강한 힘으로 극복할 수 있다.

'와라!'

단전에 웅크린 진기가 청명의 의지에 호응했다. 티 없이 맑은 기운이 단전을 빠져나와 육체를 휘돌고 이윽고 검 끝에 머물렀다.

피어나고 또 피어난다. 작은 숲을 이루었던 매화가, 작은 동산을 뒤덮을 만큼 피어난다. 이내 눈에 보이는 모든 곳이 매화로 뒤덮인 것 같은 모습으로 화했다.

칠매검이 아니다. 이십사수매화검법(二十四手梅花劍法). 과거 종남이 훔치려 했으나 진의(眞意)만은 가질 수 없었던 검초.

매화분분(梅花紛紛)! 무수히 휘날린다. 봄바람에 눈처럼 휘날리는 매화 잎처럼.

허산자는 자신을 향해 날아드는 매화의 바다에 일순 넋을 놓았다.

'어찌…… 이런 검초가?'

모든 것의 시작은 태극이라. 태극을 검에 담는다는 것은 세상을 검에 담는 것과 같다. 하지만 지금 눈앞에 보이는 이 검이 그에게 말한다.

근원만이 모든 것이던가? 시작이 모든 것이던가?

그렇지 않다. 세상은 스스로 그러한 것(自然). 태극이 도(道)를 담는다면 새벽녘 잎끝에 맺히는 이슬에도 도는 담겨 있는 것. 그 모든 것이 도이고, 그 모든 것이 자연이다. 매화 잎은 그저 휘날릴 뿐이지만, 그 안에는 세상의 이치가 담겨 있다.

"하아아아앗!"

"으랴아아아앗!"

꽃잎들과 태극이 충돌하며 거대한 폭풍이 휘몰아쳤다. 아직 절벽 위에 도착한 이가 더 없는 것이 다행이었다. 누구라도 이곳에 있었다면 튕겨 나간 매화와 태극의 파편에 끔찍한 꼴이 되어 버렸을 테니까.

"끄으윽!"

뒤쪽으로 튕겨 나간 허산자가 가슴께를 움켜쥐었다.

'내 검을 뚫어 냈다고?'

그의 가슴께가 피로 물들어 있었다. 그뿐 아니라 전신 곳곳이 날카롭게 베여 피를 뿜었다. 신음하던 허산자가 고개를 번쩍 들었다. 건너편에 드러누워 있는 청명의 모습이 보였다.

"끄으으으응."

청명이 힘겹게 몸을 일으켰다. 아무래도 저놈도 멀쩡하지는 않은 모양이다.

'호각?'

아니, 어쩌면 이쪽이 조금 밀린 걸지도 모른다. 가슴속에 경의가 일었다. 이 순간 허산자는 저 어린아이에게 참을 수 없는 경의를 느끼고 있었다. 하지만 그와 동시에 위기감도 커졌다.

"거, 영감탱이 더럽게 세네."

힘겹게 몸을 일으킨 청명이 투덜거리더니 침을 탁 뱉었다. 침이라기보다는 피에 가까웠다.

"이제 다음으로 끝이다."

"바라던 바예요."

두 사람이 서로를 마주하고는 조용히 심호흡했다.

하지만 둘 모두가 간과한 것이 있었다. 이곳은 비무장도 아니고, 둘만의 결투가 벌어지는 곳도 아니다. 그리고 지금 둘은 승부를 겨루고 있는 것도 아니었다.

"사형!"

심호흡하던 두 사람의 고개가 동시에 돌아갔다. 허원. 마침내 허산자의 사제, 허원진인이 절벽을 타올라 이곳에 도착한 것이다. 순간 허산자의 눈이 흔들렸다. 자신이 무엇을 하고 있었는지를 깨달은 그가 목이 찢어지도록 고함을 질렀다.

"사제! 저 목함! 목함을 잡아라아아아아아아!"

허원의 고개가 격하게 돌아갔다. 그의 눈에 중앙의 바위 위에 놓인 목함이 선명히 들어왔다. 허원이 지체 없이 중앙을 향해 몸을 날렸다. 청명이 비명을 질렀다.

"안 돼에에에에에에!"

청명은 그 즉시 허원에게 몸을 날리려 했다. 그러나 그 앞을 허산자가 빠르게 막아섰다.

"여기까지다, 이놈!"

"아니, 그게 아니라……!"

허원이 목함을 꽉 움켜잡는 모습이 청명의 눈에 똑똑히 틀어박혔다.

"아…….."

……망했다. 아오, 이 등신들!

한편, 목함을 잡은 허원의 눈은 파르르 떨리고 있었다.

'이, 이게 혼원단의…….'

그도 무당의 장로다. 상황을 보고도 이 물건이 무엇인지 짐작 못 할 바보는 아니다. 마침내 혼원단을 손에 넣었다는 사실이 그의 가슴을 더없이 벅차게 했다. 허산자가 뒤로 훌쩍 물러나며 허원의 옆에 섰다.

"이리로!"

"예!"

허산자가 목함을 건네받았다. 그리고 허원은 그 즉시 검을 뽑아 들며 허산자의 앞을 막아섰다. 청명이 달려들더라도 문제가 없도록.

하지만 청명은 의외로 달려들 생각이 전혀 없는 듯 허탈한 표정으로 그 둘을 바라만 볼 뿐이었다. 허산자는 살짝 떨리는 손으로 목함을 움켜 잡고는 나직이 침음을 흘렸다.

'이 고생을 하고서야······.'

처음 예상했던 것에 비해 너무나 큰 고난을 겪었지만, 결국은 성공했다는 생각에 절로 몸에 힘이 들어갔다. 물론 아직 무사히 빠져나가는 일이 남았지만, 이쯤만 해도 첫 목표를 팔 할은 달성한 것이나 다름없다.

'그래도 확인은 해야겠지.'

허산자가 목함의 뚜껑을 움켜잡았다. 혼원단. 그리고 혼원단의 제조법. 전자가 나오면 작은 성과. 후자가 나오면 큰 성과. 그리고 둘 다 나오면 최상이다. 살짝 마른침을 삼킨 그는 단숨에 뚜껑을 열어젖혔다. 그리고 이내 찢어지도록 눈을 부릅떴다.

"이······."

몸이 부들부들 떨렸다. 얼마나 격하게 떨리는지 그를 등지고 있던 허원마저도 뭔가 잘못되었음을 알아챌 정도였다. 허원이 슬쩍 뒤를 돌아보았다.

"······사형?"

허산자의 얼굴은 수십 년을 그와 함께했던 그조차 해석할 수 없을 만큼 복잡 미묘했다.

"왜······."

허산자는 떨리는 손으로 목함 안을 더듬거리며 헤집었다. 그 손길은 점점 더 격해졌고…… 이내 입에서 노성이 터져 나왔다.

"왜! 왜 없는 거냐! 왜 아무것도 없어!"

급기야 그는 상자를 뒤집어 털었다. 하지만 떨어지는 건 아무것도 없었다. 혹 상자 자체가 뭔가 비밀을 품고 있지는 않은가 싶어, 몇 번이고 살펴보고 털어 가며 확인했다. 그러나 손에 든 것은 역시 그저 평범한 상자일 뿐이었다.

농락당했다. 그것도 철저히. 그 외에 어떤 생각을 또 할 수 있으랴. 허산자의 두 눈에 핏발이 섰다. 얼마나 대로(大怒)했는지 눈의 혈관이 다 터져 나가기 시작했다.

"약서어어어어어어어언! 이……. 이 개 같은 놈이!"

허산자는 손에 든 목함을 내던져 산산조각 내 버렸다. 심지어 그러고도 혹시나 싶어 그 잔해를 살펴보았지만, 숨겨진 종이 같은 건 눈을 씻고 찾아봐도 보이지 않았다. 말 그대로 빈 상자에 불과했던 것이다.

"허허……."

없다고? 이 고생을 하며 여기까지 왔는데 목함 안에는 아무것도 든 게 없고, 신병이라는 것들은 다 녹슬고 바스러졌다고? 그렇다면 대체 이 검총이라는 건 무엇 때문에 존재했단 말인가? 밀려오는 허탈함과 분노를 주체하지 못하던 바로 그때였다.

"야, 이……!"

청명이 답답해 미치겠다는 듯 제 가슴을 쾅쾅 치기 시작한다.

"에라, 이 나이를 거꾸로 처먹은 것들아!"

"……."

"여기까지 오면서 그렇게 당해 놓고 그걸 건드려?! 네놈들 눈은 옹이

구멍이냐! 욕망이 어쩌고 욕심이 어쩌고 있는 대로 처씨불여 놓고는 지들이 욕망에 져서 이런 짓을 저질러?"

갑작스럽게 쏟아지는 막말에, 허원이 고개를 갸웃했다.

'저놈이 무슨 말을 하는 거지?'

욕망? 욕심? 둘 다 영 못 알아듣는 눈치를 보이니 청명은 답답함에 가슴을 치다 못해 머리를 벅벅 긁어 젖혔다.

'어쩐지 불안하더라.'

검총을 돌파하는 내내 느낀 것. 그건 약선이 검총에 들어온 이들에게 호의는커녕 악의를 보이고 있단 점이다.

그저 시험한 것이 아니냐고? 천만에. 이따위로 치르는 시험이 어디에 있는가. 천장을 무너뜨려 압사시키려 들고, 마라흡혈편복에게 피를 빨려 죽게 만들고, 심지어는 강시까지 숨겨 두었다. 실패해도 죽지는 않아야 시험으로써의 의미가 있다. 한 치의 실수만 있어도 죽게 되는 장치로 시험을 할 리 없다.

그렇다면 저 목함에는 아무런 장치가 없을 것인가? 그럴 리가 없지. 청명이 이를 빠득빠득 갈았다.

"그걸 건드리면 무슨 사달이 날 줄 알고 그걸 건드려! 이 호랑말코 같은 것들아! 아오, 내가 속이 터져서!"

청명이 폭풍 같은 쌍욕을 퍼붓는 와중에 무당과 화산의 제자들이 속속들이 도착했다. 난전을 벌일 각오를 단단히 다지며 절벽을 탔던 그들은 위로 오르자마자 펼쳐진 기묘한 대치에 그저 숨을 죽일 뿐이었다.

"무슨 말을 하는 거냐?"

결국은 참지 못한 허원이 묻고 말았다. 그러자 청명이 기다렸다는 듯이 버럭버럭 소리를 질렀다.

"머리가 있으면 생각을 좀 해라! 거기 아무것도 없잖아!"

"그렇지."

"그럼 이제 뭐가 남았겠냐!"

그 말에 대답이라도 하는 듯, 어디선가 드르륵 소리가 울렸다. 모두의 고개가 획 돌아갔다. 목함이 놓여 있던 바위가 흔들리는 소리였다.

"설마……!"

허원이 눈을 크게 부릅떴다. 분노로 이성을 반쯤 잃었던 허산자도 이 생각지 못한 상황에 퍼뜩 정신을 차린 듯 당황한 표정으로 바위를 바라보았다. 흔들림은 점차 커졌다.

"무, 무슨!"

"아니, 갑자기 저게 왜……?"

마침 부득부득 절벽 위로 올라온 백천은 허산자가 내팽개친 목함의 잔해와 흔들리는 바위를 보고 곧장 상황을 파악했다. 그의 입에서 신음이 흘러나온다.

"……이것마저 함정이라는 건가?"

"끄으으응."

청명이 두 손으로 얼굴을 박박 문질렀다.

'그래, 이럴 때가 아니지!'

혼원단이고 나발이고 살아야 의미가 있는 것이다. 청명은 재빨리 주위를 살폈다. 곧 그의 얼굴에 화색이 돌았다. 빛이 쏟아지는 위쪽. 저곳이 광명…….

"어?"

하지만 그 순간 청명은 보고 말았다. 바위에서 시작된 떨림이 절벽을 타고 오르더니 천장에 가 있던 균열에 닿은 것이다. 이윽고 검총 전체가 지진이라도 난 듯이 뒤흔들리기 시작했다.

"히이이이익!"

"뭐, 뭐야! 왜 이러는 거야?"

"설마?!"

하지만 아무도 그 뒷말을 꺼내지 못했다. 이어질 상황이 너무 명백하지만, 괜한 입방정을 떨었다가 정말로 '그 사태'가 벌어질까 봐 그저 에둘러 놀라움만 표현할 뿐이었다.

청명의 고개가 천천히 위로 올라간다. 어느새 청명의 등 뒤에 나란히 선 화산의 제자들도 일제히 빛이 쏟아지는 위쪽과 동굴의 천장을 바라보았다. 결국 청명이 입을 열었다.

"사숙. 아무래도 저거 무너질 것 같지?"

"내 눈이 틀린 게 아니라면 그럴 것 같은데."

"그럼 우리는 어떻게 될까?"

"죽겠지."

"그치?"

청명이 빙그레 웃었다. 그러다 돌연 발작처럼 외쳤다.

"아니! 해도 해도 너무하잖아! 약선, 이 미친놈아!"

약선은 개뿔이! 어느 정신 나간 놈이 이런 미친놈에게 선(仙)이라는 온화하고 지고한 별호를 붙인 걸까? 약마(藥魔)라든가, 어? 약쟁이로……. 응? 약쟁이? 아, 이건 아니고.

우르르르르르르르릉!

그 순간 귀를 찢는 천붕지음이 울리더니 검총이 크게 뒤흔들렸다. 그리고…….

쩌적. 쩌저저저적.

모두가 똑똑히 들었다. 그리고 보았다. 천장에 길게 금이 가기 시작했다. 가로세로 할 것 없이 사방을 가르는 균열이 커다란 거미줄처럼 새겨지고 있었다. 청명이 울화통이 터진다는 듯이 고함을 내질렀다.

"내가 여기만 나가면 저 무당 새끼들 싸그리 패 죽여 버릴 거야! 에라, 이 말코 새끼들아! 눈깔이 뒤집혀도 정도가 있지! 세 살 먹은 애새끼도 그런 등신짓은 안 하겠다!"

허산자는 저도 모르게 고개를 숙였다. 까마득한 어린놈에게 이런 막말을 듣는다는 게 얼마나 수치스러운 일이겠는가? 하지만 도통 반박할 말이 없다. 순간적으로 이성을 잃고 뻔한 함정에 손을 댄 건 분명 무당이었으니까. 덕분에 이곳의 모두가 죽게 생겼다.

"무, 무당! 무당은 뭐 하는 거요! 무슨 상황인지 모르지만 해결을 해야 할 것 아니오!"

"무, 무너진다! 무너진다고! 우린 다 죽었어!"

"어떻게 좀 해 보라고!"

추하기 짝이 없는 광경이었다. 절벽 위로 이제야 막 기어 올라온 이들은 지금까지 자신이 해 댄 짓들은 모두 잊어버렸는지 무당을 탓하고 욕하기 시작했다. 그들이 무당의 발목을 잡고 늘어지지만 않았어도 이런 일이 벌어지지 않았을 거란 사실은 머릿속에서 깨끗하게 지운 듯했다.

물론 그렇다고 해서 무당이 이들을 나 몰라라 한 건 아니었다. 어쨌든 무당은 어떻게든 이 사태를 해결하려 했다. 하나.

콰르르르르르르르릉!

애석하게도, 그들에게는 시간이 없었다. 천둥소리를 연상케 하는 커다란 굉음과 함께 금이 갔던 천장이 끝내 그대로 무너져 내리기 시작했다.

'이런, 미친!'

백천은 기겁했다. 이곳은 동그란 원통형의 공간이다. 그리고 모두가 이 위로 기어 올라왔다. 달리 말하자면 달아날 곳이 존재하지 않는다는 뜻이다.

"탈검무흔, 이 미친놈!"

애초부터 이곳에 무인들을 잔뜩 모아 죄다 몰살시켜 버릴 작정이었던 게 분명하다. 대체 사람이 얼마나 악의에 차 있어야 이렇게까지 미친 짓을 할 수 있단 말인가.

"청명아!"

"걱정하지 마! 나 청명이야!"

청명이 검을 움켜잡고는 무너져 내리는 천장을 응시했다.

"하늘이 무너져도 솟아날 구멍이 있다고 했는데, 천장이 무너지는 정도로 내가……."

말을 하다 말고 돌연 청명이 고개를 삐딱하게 꺾었다. 그리고 진지한 목소리로 입을 뗐다.

"사숙."

"으응?"

"솟아날 구멍이 없는데?"

백천의 볼이 푸들푸들 떨렸다.

"없으면 어떡해, 이 새끼야!"

"아니, 없는 걸 뭐 어떡하라고! 저거 보라고!"

작은 동산만 한 바윗덩어리들이 떨어져 내린다. 이건 검으로 어떻게 할 수 있는 게 아니다. 화산의 삼대제자 청명은 방법을 찾아낼 수가 없다. 매화검존 청명이 직접 온다면 모를까.

"내가 뭔 천마도 아니고! 저걸 뭐 어쩌라고!"
"그래도 어떻게든 해 봐야 할 거 아냐!"
"사숙, 그거 알아?"
"뭐?"
"어차피 사람은 모두 살다 가는 거지. 집착을 버려."
"……야, 이 또라이 새끼야……."

허탈하기 짝이 없는 백천의 목소리가 모두의 심정을 대변해 주는 것 같았다. 모두의 면면에 절망이 깃들기 시작했다. 그때, 우레와 같은 목소리가 쩌렁쩌렁 울렸다.

"베어 내라! 무당의 제자들은 전력을 다해 저것들을 베어 내라! 지금 당장!"
"예!"

허산자의 고함을 신호로, 무당의 제자들이 기묘한 형태로 늘어서기 시작했다.

'태극검진인가?'

본능적으로 가장 큰 힘을 발휘할 수 있는 익숙한 형태를 찾는 모양이었다. 하나.

'말이 되는 짓거리를 해야지!'

저걸 검으로 베어 낼 수 있다면 세상에 못 할 게 뭐가 있겠는가? 혼자서 무림 정복이 아니라 중원 정복도 하겠다.

'생각해라.'

청명의 얼굴이 딱딱하게 굳었다. 하늘이 무너진다고 하늘로 솟아나려는 건 멍청한 짓이다.

이곳은 검총. 이곳의 모든 것은 약선의 의도대로 돌아간다. 그럼 약선은 정말 이곳에 든 이들 모두를 죽이려 했던 것인가?

'아니야. 방법이 있을 거야, 반드시!'

생각해라. 생각, 생각…….

"으아아아아아! 빌어먹을, 내가 언제 머리를 굴려 본 적이 있어야지!"

그런 건 내 역할이 아니라고!

"아니, 이 미친놈이 왜 이런 말도 안 되는 곳……."

청명의 몸이 순간 벼락이라도 맞은 듯 뒤흔들렸다. 말도 안 되는 곳. 기형적이기 짝이 없는 곳. 입구를 통해 한없이 깊은 지하로 떨어지고, 점점 좁아지는 길을 지나 수많은 고난을 겪는다. 그 길은 결국 하나로 합일되고 이곳으로 이어진다. 기어오르고 또 기어올라 마침내…….

청명의 눈이 번쩍 뜨였다.

'광명!'

아마 그것은 목표. 아니! 성취! 아니……. 여하튼!

"저긴 없어!"

저건 아니다! 약선이라면 분명 저기가 아닐 것이다. 그렇게 호락호락할 리가 없다. 그렇다면? 청명의 고개가 아래로 획 꺾였다. 그가 바라본 곳은 바닥이었다.

이 순간에도 가공할 크기의 바위들과 토사가 아래로 쏟아져 내리고 있었다. 흡사 거대한 황토색의 파도가 밀려오는 것처럼 보였다. 먼지가 구름처럼 일어나고, 바위가 폭발하듯 아래로, 또 아래로 곤두박질친다.

"뛰어내려어어어어어어어!"

청명의 고함이 동굴을 무너뜨릴 듯 쩌렁쩌렁 울렸다.

화산의 제자들은 그가 소리를 내지르자마자 한순간의 고민도 없이 바닥을 향해 몸을 날렸다. 머리가 생각하기도 전에 몸이 먼저 반응한 것이다. 실로 놀라운 신뢰 관계였다. 하지만 다른 이들은 미처 상황을 이해하지 못하고 주저했다.

"아니, 이 등신들아! 당장 뛰어내리라고! 말귀를 못 알아 처먹어!"

결국 청명은 눈에 보이는 사람들을 되는 대로 걷어차 아래로 날려 버렸다.

"이게 무, 무슨……!"

"무슨은 얼어 죽을!"

옆 사람의 멱살을 움켜잡은 청명이 지체 없이 그를 절벽 바깥으로 집어 던졌다.

"으아아아아아아아악! 저 미친놈이이이이이이!"

그리고 벼락처럼 절벽 위를 헤집으며 달리기 시작했다.

"사람이!"

뻐엉!

"말을 하면!"

뻐어어엉!

"들어 처먹어야 될 거 아냐!"

폭풍처럼 절벽 위를 휘몰아치며 걸리는 인간들을 모조리 걷어차 날렸다. 그 모습을 본 이들이 기겁하며 발로 차이기 전에 절벽 아래로 몸을 날렸다. 청명이 허산자에게도 소리쳤다.

"말코! 아래로 당장 뛰어내려!"

"무슨 짓을 하는 거냐! 그건 죽음을 재촉하는 일일 뿐이다!"

"알았으니까 뛰라고! 당장!"

그 말을 남기고 청명도 절벽 아래로 휙 몸을 날렸다. 허산자가 그 모습을 보고 입술을 질끈 깨물었다.

"장로님?"

어떻게 하느냐는 물음이다. 오래 생각할 시간 따윈 없었다.

"뛰어내려라! 아래로 간다!"

"예!"

줄줄이 아래로 뛰기 시작하는 제자들을 보며 허산자도 절벽 아래로 몸을 날렸다.

'저 아해는 내 예상을 뛰어넘는 녀석이다!'

그렇다면 거기에 운명을 맡겨 보는 것도 하나의 방법이 될 것이다.

"으라아아아아아아아아!"

청명이 허공을 몇 번이나 박찼다. 낙하할 때는 보통 몸을 가벼이 하고 진기를 바닥으로 뿜어 속도를 줄이는 것이 기본이지만, 지금 청명은 반대로 속력을 올려 바닥으로 있는 힘껏 쏘아져 내려가고 있었다.

'빌어먹을, 시간이 없어!'

까마득한 곳의 천장이 무너졌기에 시간을 잠시 벌 수 있었을 뿐이다. 하지만 곧 저 바위들이 바닥에 처박힐 것이고, 그 뒤에는 이곳의 모든 이들이 사이좋게 매장되는 일밖에 남지 않는다.

쿠우우우우우웅!

청명이 내리꽂히듯 내려서자 굉음과 함께 돌조각들이 허공으로 이리저리 튀었다.

"끄으으으."

"청명아! 왔던 길이 모두 막혔다!"

"내 그럴 줄 알았지. 이 개 같은 영감탱이!"

청명이 이를 갈았다. 그들이 이곳으로 올 때 지나왔던 곳은 이미 단단한 석벽으로 막혀 있었다. 베어 낸다? 불가능하다. 이만한 곳을 만들어

낸 놈이 그 정도 대비도 하지 않았을 리가 없다. 아마 저 석벽을 베어 내는 건 거의 불가능에 가까울 것이다. 설령 힘들게 베어 내고 돌아간다 해도 저곳이 함께 무너지지 않으리란 보장이 없다.

청명은 처음 자신이 했던 생각을 밀고 나가기로 했다. 약선이라는 놈이 정말 정신줄을 완전히 놓아 버린 미친놈이 아니라면 반드시 살 방법이 있을 것이다.

"청명아! 이제 어떻게 해야 하냐!"

청명이 지체 없이 외쳤다.

"바닥 까! 지금 당장! 바닥에 뭔가 있을 거야!"

"바닥?"

"묻지 말고 움직여!"

청명도 검을 뽑아 들고는 바닥에 무작정 찔러 넣었다. 처음 무당이 검총의 입구를 찾아내던 때처럼 말이다. 그의 행동을 본 이들이 너나 할 것 없이 다들 병기를 바닥으로 찔러 넣었다. 지금은 일단 저놈을 따라야 한다.

"있다!"

"여기도 있어! 검이 안 들어가!"

"이쪽에도!"

하지만 이번에는 찾아내지 못해서가 아니라 모두가 찾아내었기 때문에 난리였다. 청명의 얼굴에 화색이 돌았다.

"파! 파! 이 새끼들아! 덮여 있는 거 다 파내! 당장!"

어느새 모두가 청명의 지시에 따라 반사적으로 움직이기 시작했다. 한 치 앞도 보이지 않는 상황. 모두가 장님이 되었다면 눈이 보이는 것 같은 이의 말을 따라갈 수밖에 없다. 그게 설령 어디서 튀어나왔는지 알 수도 없는 화산의 어린놈일지라도 말이다.

"으아아아아아아아!"

모두가 눈에 핏발을 세운 채 땅을 파기 시작했다. 병기가 있는 자들은 병기를 휘둘렀고, 병기가 없는 자들은 양손으로 단단한 바닥을 퍼낸다. 병기가 상하고 손톱이 뒤집히는 것 따위가 대수랴. 지금 다 뒈지게 생겼는데.

"파! 더 빨리 파, 이 새끼들아! 허리를 펴지 말고 작업하란 말이야!"

버럭버럭 소리를 질러 대던 청명도 검을 세차게 휘둘렀다.

"으라차아아아아아!"

그가 검을 후려칠 때마다 사람만 한 토사가 옆으로 튕겨 나간다. 하지만 바닥은 넓었고 팔 곳은 너무도…….

"흐아아아아앗!"

그때, 푸른 비단 폭 같은 무당의 검기가 땅을 파고들었다.

콰앙! 콰아아아앙!

"그렇지!"

이 아무짝에도 쓸모없는 놈들이 여기에선 제법 쓸 만하다! 저 넓고 끊임없이 이어지는 검기는 바닥을 파내는 데는 최상이었다. 진즉에 적성 살려서 굴이나 팔 것이지 뭔 놈의 영약을 처먹고 만수무강을 누리겠다고! 망할 말코 놈들!

"이거 금속 같은데?"

"금속판이 넓게 깔려 있어! 이거 검기도 안 먹혀!"

누군가의 외침에 허산자가 검기를 뽑아내며 다가섰다.

"비켜 보아라! 내가 잘라 보겠…….'

"으아아아아아!"

그때 청명이 부리나케 달려들어 그의 옆구리를 걷어차 버렸다. 상상도 못한 일격에 얻어맞은 허산자가 바닥을 나뒹굴고는 대경하여 청명을 바라보았다.

"아, 아니! 뭐 하는……."

"이걸 자르면 어떡해, 이 미친 말코 새끼야! 이게 우리 목숨줄인데!"

사태를 전혀 이해하지 못하는 허산자를 내버려두고 청명이 고개를 들어 위쪽을 바라보았다.

"와, 씨……."

어느새 바위들이 신병이 있던 절벽의 틈새를 무너뜨리며 떨어지고 있었다.

'아, 안 돼! 이대로는 시간 내에 못 피한다.'

청명의 고개가 아래로 다시 휙 돌아갔다. 어떻게든 방법…….

"거기!"

청명이 고함을 지르며 한쪽으로 몸을 날렸다.

있다! 흙과 돌로 파묻혀 있긴 하지만, 분명 다른 곳과는 재질이 미미하게 달라 보였다. 청명이 벼락같이 검을 휘둘렀다.

콰아아아아아앙!

이내 토사가 사방으로 비산하며 바닥이 똑똑히 드러났다.

"이, 이거!"

"문이다! 으아아아아아아!"

청명의 눈에 핏발이 섰다. 처음 그들이 이곳으로 들어올 때 봤던 것과 같은 형태의 문이었다. 다만 처음 그들이 본 문에는 검이 서로 겨누어진 형상이 있었지만, 이곳에는 검 두 개가 바닥에 꽂힌 형상이 새겨져 있다.

"여기다! 여기 잘라, 말코!"

허산자가 부리나케 달려들어 검을 휘둘렀다.

파아아아앗! 파아아앗!

문이 수십 조각으로 잘려 나갔다. 그와 동시에 시커먼 구멍이 그 모습을 드러냈다. 청명이 뒤도 돌아보지 않고 손을 옆으로 뻗었다. 순간 덥석 잡힌 백천이 화들짝 놀라 청명을 돌아보았다.

"응?"

"가라, 사숙!"

"어? 어? 야, 이 미친노……. 으아아아악!"

청명이 백천을 구멍 안으로 집어 던졌다. 그리고 옆에 있던 화산의 제자들도 연속으로 구멍 안으로 쑤셔 박듯 던져 넣었다.

"알아서 뛰어! 뒈지기 싫으면!"

고민의 여지가 없었다. 모두가 젖 먹던 힘까지 발휘하여 구멍 안으로 몸을 날렸다. 이곳에서 살아남을 길은 오직 이것뿐이라는 걸 본능적으로 깨달은 것이다.

"뛰어! 뛰어! 당장!"

그때 청명의 눈에 괴이한 광경이 포착되었다. 저 멀리에서 개방도들이 부상 입은 이들을 둘러업고 있었다. 당장 뛰어와도 살 수 있을지 장담할 수 없는 판에 걸을 수 없는 부상자들을 돕고 있는 것이다.

"아, 저 미친!"

청명은 그쪽을 향해 부리나케 달려가 홍대광의 멱살을 움켜잡았다.

"어, 어어?"

"뭐 해, 이 거지 놈아!!"

"부상자가 있잖아! 이대로 두면 죽어!"

"내가 뒈지겠다, 내가 뒈지겠어! 아오! 진짜 여기까지 어떻게 왔냐, 이 새끼들아!"

청명은 아직 사태를 파악하지 못하고 어버버 하는 개방도들과 부상자들을 입구 쪽으로 냅다 집어 던졌다.

"상황을 봐 가며 오지랖을 부려야지!"

마침내 손에 잡히는 모두를 날려 버린 청명의 시선이 위로 휙 올라갔다.

"으아, 씨발!"

바위가 금방이라도 그를 깔아뭉갤 듯이 쏟아지고 있었다.

"으아아아아아아아아!"

청명이 괴성을 지르며 얼른 몸을 날려 피했다. 머리 쪽으로 섬뜩한 바람이 느껴졌다. 그는 그대로 바닥에 납작 엎드린 채 구멍을 향해 네 발로 빨빨 기기 시작했다.

사람이 두 발도 아니고 두 팔과 두 다리를 놀리는데 그 속도가 가히 기겁할 정도다. 마치 커다란 장랑(蟑螂: 바퀴벌레)이 전력으로 기어가는 것 같다.

"뭐 해, 말코!"

제자들을 모두 구덩이로 쑤셔 넣고 마지막까지 입구를 지키던 허산자가 청명을 보며 소리쳤다.

"뛰어들게! 당장!"

"오지랖은. 빌어먹을!"

허산자의 머리를 향해 바윗덩어리가 쏟아졌다. 기던 청명이 바닥을 박차고 날아 허산자의 허리를 움켜잡고는 몸을 빙글 돌렸다.

"으라차아아아아아아아!"

그리고 낙하하는 바위를 걷어차 그 반동으로 구멍으로 뛰어들었다. 가공할 속도…….

쿠우우웅!

"끄윽!"

청명의 눈이 희게 돌아갔다. 엄청나게 깊어 보였던 구멍이 사실은 사람이 겨우 일어설 수 있을 정도의 깊이라는 걸 눈치채지 못한 게 문제였다. 전력을 다해 땅에 머리를 처박은 꼴이 된 청명이 머리를 부여잡고 데굴데굴 굴렀다.

"아아아아아아악! 약선, 이 개 같은 놈아!"

이건 절대 약선의 탓이 아니었지만, 지금 당장은 눈에 뵈는 게 없는 청명이었다. 그는 머리를 움켜잡고 잠시간 더 신음하다 벌떡 일어나 주위를 둘러보았다. 넓다면 넓고 좁다면 좁은 공간. 그 공간 안에 살아남은 이들이 모두 모여 있었다.

"이, 이제 된 거냐?"

"청명아! 괜찮냐?"

괜찮냐고? 내가 아니면? 우리가?

"나는 괜찮고! 우리는…….."

이제 봐야지. 청명이 핏발 선 눈으로 위를 바라본다. 아마 약선은 이 공간을 발견하고 들어온 이들은 살려 줄 생각이었을 것이다. 하지만…….

'다른 건 몰라도 여기는 알 수 없어.'

검총을 만든 약선조차도 이곳은 시험해 볼 수 없었을 테니까. 저만한 바윗덩어리가 비처럼 쏟아져도 이곳이 버틸 수 있을지는 아무도 모르는 것 아닌가? 청명은 제발 약선이 천하에 다시없을 천재라 이곳을 완벽하게 만들어 냈기를 빌었다. 그리고 그 순간.

쿠우우우웅! 쿠우우우우우웅! 콰아아아아아아아앙!

바윗덩어리가 떨어지며 만들어 낸 충격이 공간 안을 휩쓸었다. 마치 거대한 화포가 바로 앞에서 폭발한 것 같은 충격이었다. 내장이 뒤틀리고 고막이 터져 나간다. 오공으로 피를 뿜어낸 이들이 얼굴을 움켜쥐고 바닥을 뒹굴었다.

"아아아아아아악!"

"으아아아아악!"

비명이 난무했지만, 적어도 화산과 무당의 제자들은 충격을 꿋꿋하게 버티며 상황을 주시하고 있었다. 하지만 아무래도 상황이 영 좋지 못했다. 백천의 얼굴이 희게 질렸다.

"처, 청명아! 빌어먹을, 무너진다!"

천장에 대어진 금속이 휘어지기 시작했다. 충격에 부러지지는 않았지만 연이은 충돌에도 그 형태를 보존하기란 무리였던 모양이다. 이걸로 명백해졌다. 이곳은 하늘이 무너지는 충격을 감당하지 못한다.

"으아아아아! 약서어어어어어언!"

이 새끼야, 왜 사람이 덜 똑똑해 가지고! 똑똑하려면 제대로 똑똑할 것이지! 이대로라면 모두가 납작하게 눌려 한 덩어리가 되고 말 것이다.

"앓느니 죽지! 빌어먹을!"

청명이 벌떡 일어나 천장을 향해 양손을 뻗었다.

쿠웅! 쿠우우우우우웅!

"꺽!"

충격이 올 때마다 허리가 뒤틀리는 것 같다. 하지만 버텨야 한다! 구조물의 힘만으로 버틸 수 없다면 사람의 힘을 추가하는 수밖에. 단전에 있는 진기를 모조리 끌어내어 죽어라 천장을 밀어 올렸다.

"뭐 해, 이 새끼들아! 다 죽고 싶어?"

가장 먼저 청명의 의도를 알아챈 건 허산자였다.

"무량수불!"

급히 달려온 그는 중앙에 선 채 천장을 받치고 있는 청명의 곁에서 함께 양손을 뻗었다.

"흐아아아아압!"

젖 먹던 힘까지 모두 끌어모아 천장을 밀어 올렸다. 이윽고 두 발로 설 수 있는 자들은 모두 달려들어 천장을 받쳐 들었다. 이대로라면 모두 죽는다. 반드시 무너지는 걸 막아 내야 한다.

"선천지기고 나발이고 다 끌어다 써! 여기서 밀리면 우리 다 죽는다, 알았어?"

청명이 눈에서 광기를 뿜어내며 이를 악물었다. 죽어? 여기서? 웃기는 소리 하지 마!

"나는!"

쿠우우우우우우웅!

"절대 여기선 안 죽는다! 이 새끼들아아아아아아아아!"

콰아아아아아앙! 콰아아아아아앙!
콰아아아아아아아앙!

바위들이 일제히 처박히며, 동시에 세상이 무너져 버린 것 같은 충격이 암실을 휩쓸었다.

         • ❖ •

"아, 아니……. 이게 다 무슨 일이란 말인가?"

화영문의 관주 위립산이 넋 나간 표정으로 앞을 바라보았다.

갑자기 남영에 못 보던 무인들이 쏟아지고, 화산의 제자들이 눈에 불을 켜고 뛰쳐나갔다. 그런 마당에 명색이 남영을 대표하는 무관의 관주인 그가 손가락만 빨고 구경할 수는 없는 노릇이었다. 때문에 영문을 모르는 그도 서둘러 제자들을 이끌고 중인들이 몰려든 곳으로 향한 것이다.

이곳으로 오르는 유일한 산길을 타고 검총에 도착했을 땐 수많은 이들이 분노에 차 웅성거리고 있었다.

"이제야 이곳에 와 봐야 소용이 없소! 이미 무당 놈들과 다른 놈들이 들어가서 입구를 막아 버렸소."

"입구를 막았다 하셨소?"

"마지막으로 들어간 간악한 어린놈이 입구를 무너뜨렸소! 내 살다 살다 그런 망할 놈은 처음 보오! 에잉!"

슬프게도, 위립산은 간악과 망할이라는 두 단어만으로도 마지막에 들어갔다는 그 어린놈이 누구인지 짐작할 수 있었다. 그리고 채 상황을 파악하기도 전에 지축을 뒤흔드는 소리와 함께 산이 진동하기 시작했다.

"이, 이게 뭔 일이야!"

"무너진다! 당장 여기서 피해, 당장!"

"세상에, 무슨 일이 벌어진 거야?"

미련을 버리지 못하고 검총의 입구를 살펴보던 이들과, 어차피 누가 신병을 얻든 이곳으로 다시 나올 확률이 높으니 기다렸다가 약탈할 계략을 세우던 이들까지. 모두 너나 할 것 없이 기겁하며 우르르 뒤로 물러났다.

콰르르르르르릉!

이윽고 하늘이 붕괴하는 것 같은 굉음과 함께 검총 입구 주변의 땅이 통째로 내려앉기 시작했다.

"허어어어?"

"세, 세상에!"

뒤로 물러났던 이들이 기겁하여 고개를 빼꼼 내밀고는 무너진 곳을 바라본다. 적어도 이십여 장 이상은 꺼져 버린 것 같다. 저 아래에 있을 사람들?

'절대로 못 살아남는다.'

무인이라고 해도 사람은 사람이다. 감당할 수 있는 게 있고, 감당하지 못하는 게 있다. 이건 명백히 후자였다. 아래로 내려간 이들이 제아무리 강호에 이름 높은 이들이라고 해도, 이만한 붕괴 아래서는 한낱 피와 살로 이루어진 사람일 뿐이다.

"이럴 수가, 여기가 무너지다니……!"

"그, 그럼 신병은 어떻게 된 거요?"

"신병이고 나발이고 다 끝난 거지. 괜히 안으로 들어간 이들만 가엾게 됐구만."

신병을 영영 찾을 수 없게 되었다는 허탈함과 그래도 내가 아닌 이들도 신병을 얻지 못하게 되었다는 안도감이 복잡하게 교차했다. 하지만 위립산이 느낀 감정은 둘 중 어느 것도 아니었다.

"이, 이럴 수가……. 아, 안 돼……."

그는 무너진 검총을 찢어질 듯 커다랗게 뜬 눈으로 바라보다가 이내 그 자리에 털썩 주저앉았다. 이래서는 안 된다. 적어도 이리 죽어서는 안 되는 이들이다.

'이제야 화산의 미래가 보이기 시작했는데……'

물론 화산에는 이곳에 온 이들 말고도 더 많은 제자가 있을 것이다. 하지만 위립산은 알고 있다. 설사 화산이 인재들이 솟아나는 화수분 같은 곳이라 해도, 이곳에 온 이들을 대체할 사람은 없을 것임을.

특히나 화산신룡, 청명을 대체할 이는 존재할 수가 없다. 그런 이는 키운다고 키워지는 것이 아니니까.

"어찌 이런 일이……."

위립산은 새삼 왜 그들을 말리지 못했을까 후회되었다. 아무리 그들이 화산의 본산에서 내려온 제자들이고, 위립산은 차마 손을 섞을 엄두도 나지 않는 고수들이라고는 하나, 강호 경험이 일천하다는 것을 간과한 것이다.

'위험할 수 있다는 말을 해야 했는데.'

물론 말린다고 들었을지는 모르겠지만, 적어도 지금 이토록 뼈에 사무치도록 후회를 하는 일은 없었을 것이다. 청명이 제게 했던 말을 떠올린 위립산의 눈앞은 그만 뿌옇게 흐려지고 말았다.

"이보시게, 화산신룡……. 화영문을 반석에 올려 주겠다 하지 않았는가."

화산의 미래를 그 어깨에 기꺼이 짊어질 것처럼 말하더니 이게 웬 봉변이라는 말인가.

"……아버지."

위립산이 눈물을 닦을 생각도 하지 못하고 고개를 돌려 위소행을 바라보았다.

"……이런 말씀을 드려도 될지는 모르겠지만, 혹여 저 안에서 살아남을 확률은……."

위립산은 참담한 표정으로 고개를 내저었다.

"사람은 사람일 뿐이다."

"그래도 혹시 모르잖습니까. 지금이라도 파내 보면……!"

"소행아."

그가 깊은 한숨을 내쉬었다. 슬픔까지 어찌할 순 없지만, 어쨌든 현실을 받아들여야 한다.

"네 마음은 알겠지만, 이제 마음을 정리하거라."

"그렇지만……."

위소행은 못내 미련을 버리지 못한 표정으로 무너진 검총을 바라보았다. 물론 그도 알고 있다. 웬만해서는 저 안에서 살아남을 수 없다는 것을. 하지만 지금껏 함께했던 화산의 제자들을 생각하니 차마 미련을 버릴 수가 없었다.

"하늘도 무심하시지……."

위소행이 눈가를 가리고 나직이 흐느꼈다. 그때였다.

"빌어먹을, 다 죽었구나! 차라리 잘됐지!"

"어차피 우리가 못 얻을 바에야 아무도 얻지 못하는 게 나아! 무당 놈들이나 다른 문파 놈들이 저 밑에서 죽어 나갔을 걸 생각하니 쌤통이군!"

"에이. 공쳤네! 공쳤어!"

여기저기서 들려오는 과격한 반응에, 위소행의 얼굴이 분노로 시뻘겋게 달아올랐다.

"저……!"

"내버려두어라."

"하지만, 아버지! 너무나 무도하지 않습니까!"

"강호란 원래 그런 곳이다."

위립산이 씁쓸한 표정을 지었다. 강호는 더없이 무정하다. 수많은 이들이 타인의 불행에 기뻐하고, 가진 자를 헐뜯는다. 심지어 이곳에는 신병을 얻기 위해 타인을 해할 각오가 된 이들이 모여 있다. 망자의 안식을 빌어 줄 만한 이가 있을 리 없다.

만약 저 안에서 신병을 얻어 나온 자들이 있었다면, 이들과 또 한 번 격전을 치러야 했을 것이다. 잔뜩 지친 데다 신병까지 가지고 있으니 그만한 먹잇감이 없다. 그리고 애초에 남이 신병을 얻어 무사히 돌아가는 꼴을 볼 거라면 이들이 여기서 지키고 있지도 않았을 것이다. 남영이 피로 물들고 강호에 새로운 혈사가 벌어지지 않은 게 차라리 다행일지도 모른다.

하지만 젊은 위소행은 도저히 참아 낼 수가 없었다.

"말이 너무 심하지 않소이까!"

순간 주변의 시선이 위소행에게로 집중되었다.

"사람이 죽었을지도 모르는데 쌤통이라니! 그게 인두겁을 쓴 자가 할 말입니까?"

"저 새끼는 또 뭐야?"

"몰라. 세상 물정 모르는 어린놈인 모양이지. 아가야, 아서라. 그러다가 죽는다."

"이익!"

위소행이 울컥하여 반박하려는 찰나였다. 위립산이 한숨을 쉬며 아들의 앞을 가로막았다.

"나는 남영 화영문의 문주인 위립산이오."

"……화영문?"

"그런 곳도 있었나?"

위립산은 그들의 반응을 무시하며 입을 열었다.

"얻을 것이 없는 분들은 이만 돌아가 주시오. 남영의 주민들이 몰려온 강호인들 때문에 불안에 떨고 있소."

"그쪽이 뭔데 우리에게 이래라저래라 하는 거요!"

"듣도 보도 못한 문파의 문주가 무슨 자격으로!"

정중하게 말했음에도 모욕만이 돌아오자, 위립산의 얼굴도 일그러졌다. 최대한 참으려고 애를 썼을 뿐이다. 속이 뒤집힌 걸로 따지면 위립산이 위소행보다 더하면 더했지, 못하지는 않을 것이다. 끝내 그의 입에서 노성이 터져 나왔다.

"고인들을 모욕하지 말고 당장 이곳에서 꺼지라고 했소! 내 그대들의 입을 찢어 버리고 싶은 것을 참는 중이니까!"

"허어? 저 작자가 미쳤나."

"저 안에서 친지라도 죽은 모양이지. 낄낄낄."

위립산이 허리에 찬 검의 손잡이를 움켜잡았다. 적어도 이들이 검총에서 죽은 이들을 모욕하지 못하게 만드는 것이 그가 화산의 제자들에게 보낼 수 있는 최대한의 위령(慰靈)이 될 것이다. 그가 막 고함을 내지르려는 찰나였다.

콕콕.

위소행이 위립산의 등을 찔렀다.

"만류하지 말거라! 나는 참을 만큼 참았다! 더는 저 무도한 작자들의 언행을 참고 넘길 수가 없구나!"

"아, 아버지! 그게 아닙니다. 저, 저기! 저기!"

위립산이 의아한 낯으로 고개를 돌렸다. 그의 시선이 위소행을 한번 훑었다가 위소행의 손끝이 가리키는 곳을 따라 천천히 이동했다. 위소행이 가리킨 곳은 무너진 검총의 한가운데였다.

으응? 아니, 저기가 왜?

그때였다.

들썩!

순간 위림산이 눈을 끔벅였다. 잘못 봤나? 분명 방금 땅이 들썩이는 것을 본 것 같…….

들썩!

"어어엇!"

위림산의 눈이 화등잔만 해졌다. 이번에는 절대 잘못 본 것이 아니다. 분명히 들썩였다.

'서, 설마……!'

위림산이 막 아래로 뛰어내리려던 그 순간이었다. 퍼억, 하고 둔탁한 소리와 함께 무언가가 바닥을 뚫고 튀어나왔다. 그것의 정체가 사람의 팔이라는 것을 알아채기까지는 그리 오랜 시간이 걸리지 않았다.

바닥을 뚫고 올라온 팔이 주위를 느리게 더듬기 시작했다. 그리고 마침내…….

파아아아아악!

토사가 사방으로 튀어 오르더니 그 안에서 누군가가 상체를 불쑥 내밀었다.

"아오오오오! 진짜 뒈질 뻔했네!"

익숙한 목소리. 익숙한 얼굴. 그리고 더욱 익숙한 짜증 섞인 말투였다.

"처, 청명 도장!"

위림산이 지체 없이 뛰어들었다. 청명에게로 달려가는 그의 눈에 눈물이 핑 고이기 시작했다. 당연히 죽었을 거라 생각했던 청명이 결국은 살아서 검총을 빠져나온 것이다.

"으아아아아아아아! 약선, 이 개 같은 늙은이! 으아아아! 사형! 장문사형! 그 개새끼 좀 패 주십쇼!"

뭐라고 지껄이는지는 모르겠지만 청명은 나오자마자 악을 쓰며 하늘을 향해 몇 번 삿대질해 댔다. 그때 구멍 안쪽에서 다른 목소리가 터져 나왔다.

"빨리 좀 나가, 이 빌어먹을 놈아!"

"나간다고! 지금 나갈 거라고!"

청명이 오만상을 쓰며 밖으로 빨빨 기어 나왔다. 그러자 그 뒤로 줄줄이 화산의 제자들이 밖으로 기어 나왔다.

"끄으으으응."

"진짜 뒈질 뻔했네."

"내가 다시 동굴이나 지하로 들어가면 사람이 아니다."

상거지 꼴이 된 화산의 제자들이 밖으로 나오자마자 털썩털썩 바닥에 주저앉는다. 얼마나 힘겹게 저곳을 빠져나왔는지를 짐작할 수 있는 광경이었다.

위립산은 감정을 주체하지 못하고 화산의 제자들에게 달려들어 그들을 와락 끌어안았다. 영문을 모르니 당황한 화산의 제자들이 눈을 휘둥그레 뜨고 위립산을 보았다.

"헐! 이 아저씨 왜 이러시지?"

"무, 문주님?"

위립산이 떨리는 목소리로 말했다.

"다행이오. 다행이오! 다들 정말…… 정말 잘 돌아왔소!"

청명과 백천이 어색한 표정으로 머리를 긁었다. 여하튼 반겨 주는 사람이 있으니 좋기는 한데…….

"으아아아! 화산신룡! 나 좀! 나 좀 끌어내 다오! 다리가 걸렸다."

"아, 저 거지 아저씨 진짜!"

청명은 이를 갈며 버둥거리는 홍대광을 끌어 올렸다. 그러자 홍대광에게 매달린 개방도들이 뿌리에 달린 고구마처럼 줄줄이 튀어나왔다.

"아오! 따로따로 좀 나오라고! 무겁다고, 좀!"

청명이 짜증을 부렸지만 홍대광은 대꾸할 기력도 없다는 듯이 나오자마자 바닥에 벌렁 드러누웠다.

"허억! 허억! 진짜…… 진짜 죽는 줄 알았다. 진짜로……."

화산과 개방을 시작으로 살아남은 이들이 비척비척 안쪽에서 기어 나오기 시작했다. 모두가 밖으로 나온 후에야 무당이 마지막으로 나왔. 허산자가 살짝 허탈한 표정으로 하늘을 응시했다.

"……다시 해를 보게 될 줄이야."

꼼짝없이 죽는 줄 알았다. 위기의 순간에 청명이 기지를 발휘하지 못했다면 정말 죽었을 것이다. 그만큼이나 일촉즉발의 상황이었다.

하지만 아직 위기가 끝난 것은 아니었다. 검총에 들었던 이들이 빠져나오는 것을 본 무리가 붕괴하여 움푹 꺼진 구덩이를 둥글게 둘러싸기 시작한 것이다. 그 흉흉한 기세에 허산자가 눈살을 찌푸렸다. 하지만 그가 나서기도 전에 먼저 입을 뗀 사람이 있었다.

"아니, 저 새끼들이?"

그렇잖아도 짜증이 금방이라도 폭발할 듯 한계까지 치밀었던 청명의 눈이 돌아가기 시작한 것이다.

"안 죽었네."

"세상에, 저 안에서 살아 돌아오다니!"

"……잠깐. 그럼 신병은 어떻게 된 거지?"

누군가가 신병이라는 말을 꺼내자 분위기가 일변했다. 처음에는 분명 저 어마어마한 붕괴에서 저토록 많은 이들이 살아남았다는 사실에 그저 신기했다. 그러나, 어쩌면 저들이 신병을 가지고 생환했을지도 모른다는 생각이 들자 다시 욕심이 동하기 시작한 것이다.

"어떻게 하지?"

"어쩌긴! 뺏어야지! 다들 그러려고 이곳에 남아 있었던 것 아닌가!"

"하지만 무당과 개방이 있는데. 다른 이들도 만만히 볼 수 없는 이들이고."

"저 몰골을 보게! 저들이 지금 힘이나 쓸 수 있을 것 같은가?"

탐욕은 이성을 마비시킨다. 특히나 얻을 수 있는 것이 크면 클수록 이성과 도덕은 먼 곳으로 가 버리기 마련이다. 지금 이들이 그러했다. 애초에 좋은 마음을 먹고 이곳까지 온 이들은 없다. 더는 검총에 진입할 수 없다는 것을 알면서도 미련을 버리지 못한 이유는 하나뿐 아닌가?

죽여 뺏는다.

원래 이런 일은 다 그렇다. 보물을 처음 손에 넣은 자가 마지막까지 보물의 주인이라는 법은 없다. 세상에 나온 보물은 다시 피의 쟁탈전을 거치기 마련이다. 모두의 눈에 탐욕이 어렸다. 약속이라도 한 듯 서로 눈빛을 교환한 이들이 말없이 커다란 구덩이의 주변을 둘러싸기 시작했다. 안에서 나온 이들이 만만치 않으니 우선은 저들을 제압할 때까지는 같이하자는 묵계가 이루어졌다.

생환자들을 에워싸고 내려다보던 이들 중 한 사내가 큰 목소리로 입을 열었다.

"생환을 축하드리오. 허산자라고 하셨던가?"

허산자의 눈썹이 꿈틀했다.

"귀하는 뉘시오?"

"그건 굳이 제 입으로 말씀드릴 필요가 없겠지요. 그게 중요한 게 아니니까."

상황을 지켜보던 홍대광이 피식 웃고는 말했다.

"섬전창(閃電槍) 단사홍(段思弘)입니다. 절강에서 활동한다고 들었는데, 저자도 이곳에 왔군요."

슬쩍 홍대광에게 시선을 준 허산자가 고개를 들어 다시 단사홍을 바라보았다.

"단 대협이셨구려."

단사홍이 미간을 찌푸렸다. 굳이 무당에 이름을 알리고 싶지는 않았다. 하지만 이리된 이상 얼굴에 철판을 깔고 갈 수밖에.

"하하하, 홍 분타주께서 제 이름을 알고 계시다니. 이거 영광입니다. 그보다 하나 여쭈어도 되겠습니까?"

"그러시오."

"신병은 어찌 되었습니까?"

허산자가 가만히 아래를 가리켰다.

"보고도 모르겠소?"

"그럼 신병 하나도 챙기지 못하고 간신히 나왔다는 말씀이십니까?"

"그럴 상황이 아니었소."

허산자가 단호하게 말했다.

"그리고 저 안에 신병이라 불릴 만한 것은 없었소. 이백 년이 지나는 동안 녹이 슬고 삭아서 문드러진 것들만 남아 있더군. 가지고 올라왔다고 해도 여러분이 생각하던 신병은 아니었을 것이오."

"허어."
단사홍이 안타깝다는 듯 미간을 찌푸려 보였다.
"그렇다면 정말 안타까운 일입니다. 하지만 도장. 강호는 워낙에 흉흉하니, 도장의 말을 곧이곧대로 믿을 수는 없는 노릇 아니겠습니까?"
"그럼 어찌하겠다는 것이오?"
"간단합니다."
단사홍이 싱긋 웃으며 말했다.
"저희가 도장들의 몸을 수색할 수 있게 해 주시면 됩니다. 정말 떳떳하다면 얼마든지 받아들이실 수 있지 않습니까?"
"저 작자가!"
"해보자는 건가?"
대답은 허산자가 아니라 주변에서 나왔다. 몸을 수색한다는 건 그리 어려운 일이 아니다. 하지만 무인과 무인의 관계에서는 결코 쉽지 않은 일이다. 상대에게 몸을 완전히 내맡긴다는 건 목숨을 맡기는 것과 같다. 경계를 풀고 몸을 수색하게 한다는 건 상대가 언제든지 암수로 사혈을 공격할 수 있도록 허용한단 말과 다르지 않기 때문이다. 지금 단사홍은 무인의 묵계를 깨고 강짜를 부리고 있는 것이다.
"그러지 못하겠다면?"
"하하하. 도장, 상황이 그리 녹록지 않다는 것을 받아들여야 할 것이오. 지친 그대들이 우리 모두를 감당할 수 있겠소?"
단사홍의 눈이 차갑게 번뜩였다.
"죽고 싶지 않다면 안에서 얻은 모든 것을 내놓으시오. 그러면 목숨은 살려 주겠소. 만일 순순히 내놓지 않는다면 당신들은 모두 차라리 저 안에서 죽는 게 다행이었다고……."

"아니, 저 새끼가 뒈지려고!"

"……생각하게……. 응?"

단사홍이 눈을 크게 떴다. 바닥에 철푸덕 주저앉아 있던 웬 어린놈이 몸을 벌떡 일으키더니 그를 향해 벽을 타고 오르기 시작했다. 순간적으로 상황을 이해하지 못한 단사홍이 고개를 갸웃했다.

뭐지? 저 어린놈은 대체 뭘 믿고 무인들이 가득 들어서 있는 이곳까지 단신으로 뛰어오는 걸까?

그리고 더 이상한 게 있었다. 저 아이가 말도 안 되는 짓거리를 하고 있는데도, 아래에서 올라온 이들 중 누구도 저 아이를 말릴 생각을 하지 않고 있다. 심지어는 허산자마저도 뭔가 안타깝다는 표정으로 이쪽을 바라봐 왔다.

이게 뭐 하자는 짓거리인지 단사홍이 살짝 고민하는 그 순간이었다. 땅이 꺼져 생긴 절벽을 오르던 이가 빛살처럼 위로 솟구치더니 거짓말처럼 순식간에 단사홍의 바로 앞에 내려섰다.

놀란 단사홍은 자신도 모르게 한 발 뒤로 물러섰다. 아직 애티를 벗지 못한 얼굴. 전신은 흙먼지로 뒤덮여 꼬질꼬질했지만, 그럼에도 헌앙함이 묻어나는 얼굴이었다. 다만 그 배어 나오던 훈훈함은 이내 온갖 짜증과 심술이 가득가득 들어찬 표정에 완벽하게 중화되어 버렸다.

"누구…….'

"뭐? 죽고 싶지 않다면 뭐가 어쩌고 저째?"

"하……. 하하, 소협. 소협이 끼어들 상황이 아니라는 걸…….'

퍼어어어어억!

순간적으로 단사홍의 의식이 사라졌다. 세상이 검게 암전했다. 짧게 끊겼던 그의 의식이 돌아왔을 때, 그가 본 것은 푸르디푸른 하늘이었다.

하늘? 내가 왜 하늘을 보고 있지?

그리고 그 순간.

"끄아아아아아아아아아악!"

결코 다쳐서는 안 되는 부위에서 어마어마한 고통이 느껴지기 시작했다. 차마 말로 표현할 수 없는 고통에 눈이 절로 눈물을 짜내고 코에선 콧물이 마구 흘러나왔다.

"악! 아아아악! 어어어어어어!"

그는 추락하며 끊임없이 경련했다. 그리고 그제야 깨달았다. 저 어린……. 아니, 저 미친놈이 그의 사타구니를 걷어차 허공으로 날려 버렸다는 사실을.

일직선으로 솟아올랐던 몸이 그 자리에 그대로 쿵 떨어졌다. 달라진 점이 있다면 올라가기 전에는 꼿꼿이 서 있던 단사홍이 지금은 곤두박질 친 채 파들파들 경련하고 있다는 것뿐이다.

"아. 그래? 신병을 가지고 싶으셔?"

아니! 이제 그런 건 아무래도 괜찮아! 의원! 의원에게 데려가 줘! 아무래도 터진…….

청명이 바닥에 쓰러진 단사홍의 멱살을 덥석 잡고는 끌어 올렸다.

"신병이 가지고 싶으면 가져야지! 저 밑에 있으니까 가서 잘 찾아봐."

"어?"

그러고는 두말없이 단사홍을 냅다 던졌다.

"으아아아아아아아악!"

단사홍의 몸뚱이가 허공을 가르며 붕 날아 정확하게 청명과 그 무리가 빠져나왔던 구멍 쪽으로 향했다. 그러더니 이내 구멍 안으로 쏙 들어가 버렸다.

뭔가 처절한 비명이 울려 퍼졌지만, 그 소리는 아주 빠르게 멀어졌고 이내 들리지 않게 되었다.

꿀꺽.

그 광경을 본 모든 이들이 저도 모르게 마른침을 삼켰다. 청명이 시퍼런 눈을 부라리며 흉흉하게 물었다.

"또 신병이 어디 있는지 확인하고 싶은 사람?"

챙! 챙! 챙!

그와 동시에 아래에 있던 생환자들이 일제히 검을 뽑아 들었다. 기세에 완전히 눌려 버린 이들이 감히 맞설 생각을 하지 못하고 주춤주춤 뒤로 물러나기 시작했다. 그때 허산자가 입을 열었다.

"무당의 이름으로 맹세하겠소."

"……."

"우리는 아무것도 가지고 나오지 못했소. 그리고 저 아래에는 여러분이 생각하던 신병은 존재하지 않았소. 몇몇 신병으로 보이는 것들이 있긴 했지만, 저 붕괴에 견딜 수 있었을 거라 생각되지는 않소. 아마 크게 상했거나 부러졌겠지. 그래도 신병을 얻고 싶은 이들이 있다면 저곳을 파 보시오. 몇 년이 걸릴지는 모르지만, 잔해 정도는 찾아낼 수 있을 것이오."

그 싸늘한 목소리에 모두가 숨을 죽였다. 무당의 장로가 무당의 이름으로 맹세를 한다는 건 결코 가볍게 여길 만한 일이 아니다.

"그, 그 말을 믿어도 되겠소?"

"귀하는 지금 무당의 이름을 믿지 못하겠다는 것이오?"

다들 입을 다물었다. 조금 전이었다면 모를까 이미 한풀 기세가 꺾인 이들이 저 말에 대항할 수 있을 리가 없었다.

"지금 우리를 보면 알듯이, 쇠붙이를 숨겨 나올 곳 따위는 없소이다. 아니면? 우리가 지금 도포라도 벗어젖혀야 믿으시겠소?"

이성을 되찾은 이들은 결국 그 말에 수긍하고 말았다.

신병이란 이른바 장검이나 장창 등 병기의 형태를 띤 것을 지칭한다. 하지만 아무리 눈을 씻고 봐도 저들에게 신병 따위는 보이지 않았다. 신병이 있었다면 가장 먼저 손에 넣었을 무당도 그저 각자의 송문고검을 들고 있을 뿐이다. 게다가……

"또 확인할 놈 누구냐고! 나 바쁜 사람이니까! 빨리 나와!"

저놈이 너무 흉악하다. 저 어린놈이 섬전창 단사홍을 어찌 처리하는지 눈으로 보았는데 무슨 배짱으로 나서겠는가?

"……돌아가자."

"에이, 좆 쳤네!"

모두가 슬금슬금 물러나기 시작했다. 상황이 꼬였다는 걸 알았으니 최대한 이곳에서 빨리 벗어나 무당이 자신을 기억하지 못하게 하는 게 이득이라고 생각한 것이다. 이곳에서 저들 모두를 죽여 없앨 수 있다면 모를까, 그러지 못할 거라면 무당과 척지는 상황만은 피해야 하니까.

우르르 몰려왔던 중인들이 썰물처럼 산을 빠져나갔다. 그 광경을 지켜보던 청명이 살짝 이를 갈았다.

'여하튼 강호 놈들이란.'

저들에게 뭔가를 기대해서는 안 된다는 건 이미 뼈저리게 실감한 지 오래다. 강호인들에게 최소한의 양심이라는 게 있었다면 화산이 그 꼴이 되지는 않았을 테니까. 침을 탁 뱉은 청명이 다시 아래로 뛰어내렸다.

탁.

화산의 사형제들 사이에 선 그는 고개를 들어 허산자를 바라보았다. 눈이 마주쳤다. 안에서 많은 일을 겪기는 했지만, 서로를 바라보는 눈에 원한 같은 것은 없었다. 청명은 무당에 원한을 가질 이유가 없고, 허산자는 어쨌건 청명 덕에 목숨을 구했다. 그러니 원한이 있다 한들 따져 물을 수 없는 것이다.

"소도장."

"네."

"감사하오. 덕분에 살았소."

허산자가 깊숙이 포권 했다.

"됐어요. 뭐 대단한 일 했다고요."

적당히 대꾸한 청명은 아래쪽을 힐끔 바라보며 한숨을 푹 내쉬었다.

'고생만 죽도록 하고, 결국 아무것도 못 얻었네.'

허산자 역시 비슷한 생각을 했는지 씁쓸한 표정으로 말했다.

"우리는 그만 무당으로 돌아가겠소. 결국 이 모든 것이 욕심이었던 게지. 가진 것을 모두 소화하지도 못하면서 귀물(貴物)에 욕심을 내었으니 어쩌면 이 모든 게 당연한 결과인지도 모르겠소."

도인다운 말이었다.

"내 제안은 생각해 보았소?"

"그럴 일은 없어요. 나는 화산의 제자니까."

그것만은 결코 변할 수 없다. 청명을 가만히 바라보던 허산자가 진중한 표정으로 고개를 끄덕였다.

"그렇지. 그래야겠지. 어쩌면 소도장은 내 생각보다 더 큰 사람인지도 모르겠군."

"그냥 말코일 뿐이에요."

"허허. 말코. 말코라. 그것참."

허산자가 못 당하겠다는 듯 고개를 슬쩍 내젓고는 조금 더 차가워진 어투로 일갈했다.

"무당은 화산을 기억할 것이오."

"……."

"결코 우리가 적이 되지 않기를 바라겠소."

말 자체는 온건했지만, 그건 분명한 경고였다. 하지만 청명은 굳이 대꾸하지 않았다. 이제는 말싸움하는 것도 지친다.

"그럼."

무당은 그리 떠나갔다.

그러자 홀로 검총에 들었던 이들과 여타 문파들도 아쉬움을 뒤로하고 검총을 떠나갔다. 오히려 그들은 미련을 정리하기가 쉬웠을 것이다. 검총 안에 아무것도 없다는 것을 똑똑히 보았으니까. 그리고 마지막으로…….

"화산신룡. 우리는 힘들어서 오늘 낙양까지는 못 가겠다. 화영문에서 하루 재워 줘라."

"……아무리 거지라지만 너무 뻔뻔한 거 아냐?"

"부탁 좀 하자. 진짜 뒈질 것 같아서 그런다."

청명이 한숨을 내쉬었다. 그 급박한 상황에서도 남을 챙기던 이들이 개방이다. 바닥부터 이곳까지 파 올라오는데도 무당과 청명 다음으로 기여했으니 힘들기는 할 것이다.

"저기 문주님 있으니까 거기다 물어보세요."

청명의 턱짓에, 근처에 있던 위립산이 다가오며 빙그레 미소를 지었다.

"누가 개방의 영웅들을 마다하겠소. 가십시다. 내 좋은 음식과 술을 내오겠소. 생환을 축하하는 의미에서 말이오."

"오! 감사합니다, 문주님!"

홍대광과 개방도들이 모두 기뻐하며 만면에 웃음을 띠었다. 청명이 나직이 한숨을 내쉬고는 사형제들을 돌아보았다. 백천이 허탈한 표정으로 다가왔다.

"결국은 아무것도 없었군."

"그 망할 영감탱이에게 모두 당한 거지."

화산도 무당도, 그리고 개방과 다른 문파들까지 모조리 약선이라는 이백 년 전의 기재에게 놀아난 것이다.

"끄으으응."

청명이 앓는 소리를 내며 머리를 벅벅 긁었다.

'열받아서 돌아 버리겠네!'

눈앞에 그 늙은이가 있다면 사흘 밤낮 동안 패 버리고 싶은 기분이다. 하지만 약선은 이미 죽었고 청명이 화풀이할 곳은 없다. 잠시 낑낑대며 흥분을 가라앉힌 청명이 이내 허탈하게 말했다.

"……가자. 미련 가져 봐야 의미가 없지. 열받는데 술이나 한잔하고 곯아떨어져야겠어."

"도인이라는 놈이 술이라니!"

"안 마셔?"

"……마시지."

"가자고."

터덜터덜 걷는 청명의 뒤를, 화산의 제자들이 한숨을 푹 내쉬며 따랐다. 범상치 않은 경험을 했다는 것으로 만족해야 할 일이다.

이렇게, 검총에 들었던 화산은 아무런 성과도 얻지 못하고 검총의 일을 마무리할 수밖에 없었다. 모두가, 심지어 청명마저도 이 순간까지는 그렇게 생각했다. 아무것도 얻지 못했다고 말이다.

• ◈ •

"이 망둥이 같은 놈아!"
청명이 움찔하여 앞을 바라보았다. 사형인 청문이 수염을 파르르 떨며 그를 노려보고 있었다.
'아, 진짜. 맨날 나만 가지고 그러신다니까.'
청명의 입이 댓 발은 튀어나왔다. 하지만 그런 그의 반응에도 청문의 노기는 전혀 풀릴 기미가 없었다.
"내 너에게 뭐라고 했더냐?"
"……글쎄요. 잔소리하신 게 워낙에 많아서 뭐부터 대답을 해야 할지."
"이놈이 그래도!"
청명이 움찔하고는 고개를 돌렸다. 저 멀리에서 그의 사제들이 고소하다는 듯이 이쪽을 바라보다가 시선을 획 피했다.
'아니, 저 새끼들이?'
뒈질라고!
따아아악!
"악!"
청명이 머리를 움켜잡고는 원망 어린 시선으로 청문을 돌아보았다.
"또! 또!"

"끄으으으응!"

청명이 부들부들 몸을 떨었다.

청명이 누구던가? 이 화산의 최고 기재이자 미래의 천하제일인으로 불리는 이다. 물론 그를 시기하는 자들은 그를 화산의 망종(亡種)이니, 화산의 재앙이니 하는 말로 폄훼하려 들지만, 그거야 능력 없는 자들의 질투에 불과하지 않은가? 사형제들은 물론이고 사숙들까지도 그를 건드리고 싶지 않아 했다.

하지만 오직 이 사람, 청문 사형만큼은 그를 조금도 꺼리지 않았다.

"내가 사제들을 때리지 말라고 하지 않았느냐!"

"아니, 제가 그러려고 한 게 아니라……."

청명이 입을 삐쭉 내밀었다.

"그 새끼들이 먼저 시비를 걸었다니까요."

"그놈들이 미쳤다고 너한테 시비를 걸어? 너도 상식이 있으면 생각을 좀 하고 말하거라!"

……어? 뭔가 억울한데 반박이 안 되네?

"이놈아!"

청문이 얼굴에 노기를 담았다.

"사제들뿐이 아니다! 사질들까지도 너만 보면 무서워서 슬슬 피하지 않느냐!"

"아니, 그 의리 없는 것들이! 어디 가서 맞고 오면 제일 먼저 나한테 뛰어와서 미주알고주알 일러 대면서! 이럴 때는 또 무섭다느니 어쨌다느니!"

"시끄럽다!"

"……끄응."

청명이 다시 한번 삐쭉 입을 내밀었다. 사실 그가 틀린 말을 하지는 않았다. 사제들이 저지른 일을 청명이 대신 수습한 게 어디 한두 번이었던가? 그런데 그때는 고맙다느니, 사형밖에 없다느니 해 놓고 이제 와 조금 얻어맞았다고 사형에게 쪼르르 가서 일러바치다니.

'세상에 믿을 놈 없네, 진짜.'

언젠가는 반드시 복수를 해야겠다고 청명이 결심하는 찰나, 청문이 깊게 한숨을 내쉬었다.

"따라오너라."

"예?"

"따라오래도!"

청문은 그를 이끌고 낙안봉을 올랐다. 오르는 내내 한마디도 하지 않았다. 그렇게 정적 속에서 낙안봉에 오른 청문은 청명을 불러 옆에 세웠다. 그들의 발아래로 드높은 화산의 정경이 펼쳐졌다.

'밀려고 그러시나?'

그래도 안 죽을 텐데. 청명은 실없는 생각을 하며 매번 보던 풍경을 심드렁하게 바라보았다. 그때 청문이 마침내 입을 뗐다.

"청명아. 너는 화산이 무엇이라 생각하느냐?"

"……예? 그게 뭔 뜬금없는 말씀이세요. 도 닦는 것도 아니고."

아, 도 닦는 것 맞지. 우리 도사지?

"그럼 말을 바꾸자꾸나. 너는 문파가 무엇이라 생각하느냐?"

"그야……."

청명이 고개를 삐딱하게 꺾었다.

"화산을 예로 들자면, 인간 세상에 적응 못 해서 나는 도나 닦겠다고 세상을 나선 도사들이 인적 드문 곳을 찾다가 여기까지 흘러들어 온 거죠. 그런 부적응자들이 하나둘 모이다 보니 전각도 짓고, 이것저것 만들다 보니 우리도 이름 하나 짓자 하고 생겨난 게 화산 아닌가요?"

청문이 파르르 떨리는 눈으로 청명을 바라보았다.

"……아니에요?"

"무, 물론 그렇게도 생각할 수 있겠지."

맞나 보네. 아픈 데를 찔리셨나?

"하나 그게 전부는 아니다."

청문이 고개를 내저었다.

"청명아."

"예, 사형."

"인간은 영원히 살 수 없다."

뻔한 말이었다. 하지만 청명은 이번만큼은 이죽거리지 않았다. 청문의 말에서 뭔가 범접할 수 없는 현기(玄機)가 묻어났기 때문이다.

"너는 재능을 타고났다. 화산 전체를 봐도……. 아니, 어쩌면 화산의 역사를 거슬러도 너만 한 재능을 타고난 이는 없을지도 모른다."

"헤헤. 갑자기 칭찬하시니 제가 좀 부끄럽네요."

청명이 몸을 배배 꼬자 청문이 얼굴을 일그러뜨렸다. 그 손 내리시죠, 사형. 여기서 밀어도 저는 안 죽습니다.

"하나 그뿐이다."

"……네?"

"네가 아무리 강하다고 해도 달라질 게 무엇이더냐? 결국 너도 혼자서는 이룰 수 없는 것이 있고, 혼자서는 닿을 수 없는 곳이 있다. 시조께서 화산을 만들지 않고, 홀로 고고히 지내셨다면 세상이 그분을 기억하겠느냐? 세상에 그분의 뜻이, 그분의 무학이 이어져 내려왔겠느냐?"

청명이 미간을 찌푸렸다.

"무슨 말씀이신지는 알겠는데, 제가 꼭 그런 걸 목표로 삼을 필요는 없잖아요. 저는 그냥 이 한세상 잘 지내다 죽으면 그만이지, 뭘 남기고 싶지는 않은데요?"

"네게 아직 간절함이 없어서 그렇다."

"……간절함이요?"

청문이 나직하게 고개를 끄덕였다.

"언젠가는 너도 바라게 될 것이다. 너의 사제들이, 너의 사질들이, 그리고 너의 후예들이 너의 뜻을 잇고, 너의 것을 이어 줄 날을 말이다. 문파란 그런 것이다. 함께 잘 사는 게 전부가 아니다. 더 중요한 것은 나의 의지를 이어 나가는 것이지."

"어렵습니다."

"그래. 어쩌면 네게는 아직 어려울지 모른다. 하나 어렵다 해서 마음대로 군다는 건 네게도 좋은 일이 아니다."

청명이 나직하게 고개를 끄덕였다. 뭔 말인지 정확하게 이해하지는 못했지만, 왠지 그래야 할 것 같았다.

"그러니 네 사제들을 조금 더 돌보거라. 네가 보기에 그 아이들은 하나같이 모자라겠지. 그리고 나 역시 네가 보기엔 모자라기 짝이 없는 놈일 것이다. 하나, 언젠가는 그 모자란 이들이 너에게 더없이 소중한 존재가 될 것이다."

"아, 그건 아니에요."

청명이 정색하며 말했다.

"사제들은 멍청이지만, 저는 사형을 모자라다고 생각해 본 적이 없거든요."

그래도 나는 함께 걸어간다 453

청문은 '나 잘했죠?' 하고 묻는 듯 바라보는 청명을 보며 한숨을 푹 내쉬었다.

"웃지 마라. 정든다, 이놈아!"

"정들면 좋은 거죠."

유들유들하게 씩 웃는 청명에게, 청문이 고개를 내젓고는 말했다.

"청명아. 세상에서 가장 무서운 것이 뭔지 아느냐?"

"회초리요?"

"……후회다."

청문이 나직이 말했다.

"나는 네가 아이들에게 경원시되는 것은 그리 두렵지 않다. 하지만 언젠가 네가 그것 때문에 후회를 겪을까 봐 두렵구나. 네가 겪을 후회는 다른 이들이 겪을 후회보다 몇 배는 깊고 무거울 것이다. 그러니 지금은 이해가 가지 않더라도 내 말을 새겨들어 두거라. 그게 언젠가 네가 겪을 짐을 조금은 덜어 줄 것이다."

"……그러니까 애들 패지 말라는 소리시죠?"

"그래, 이놈아!"

"알겠어요. 알겠어. 거, 잔소리 한번 엄청 길게 하시네!"

"에잉!"

청문이 몸을 획 돌리고 말았다. 차라리 소귀에 경을 읽지!

"어어? 같이 가요! 사형!"

뒤따라 달려오는 청명을 흘끗 돌아보며 청문은 지그시 눈을 감았다.

'이 아이는 너무 많은 것을 가지고 태어났다.'

좋은 일이지만, 꼭 좋은 것만은 아니다. 검을 잡은 순간부터 검 끝에서 매화를 그려 내는 아이에게 다른 사제들은 바보천치로 보일 수밖에 없으니까. 바보로만 가득 찬 세상을 홀로 살아가며 겪을 고통이 오죽하겠는가? 그런 청명을 바르게 이끄는 것이 사형인 그가 해야 할 일이다.
"그런데 사형. 저 사형이 하는 말이 뭔지 조금은 알 것 같아요."
"응?"
"그러니까 제가 사형을 따라가듯이 문파도 비슷하게 저를 따라온다는 거죠?"
"허……."
청문이 웃고 말았다.
"다르지, 이놈아. 어찌 그게 같겠느냐?"
"아, 어렵네."
쉽지는 않다. 하지만 언젠가는 청명도 그의 뜻을 알게 될 것이다. 긴 시간이 걸리겠지만 말이다. 그리고 그때가 되면…….
'세상은 진정한 화산의 검수를 만나게 되겠지.'
이 자유로운 아이가 진정 책임의 의미를 알고, 그 책임을 짊어지고도 자유로울 수 있다면 세인들은 화산의 바람이 세상을 휩쓰는 걸 지켜보게 될 것이다.
"그런데…… 백공 사숙이 최근에 너를 좀 피하는 것 같던데. 혹시 무슨 일이 있었느냐?"
"어……. 아, 니, 요. 아무……. 어, 아무 일도 없었는데요."
"……팼냐?"
"아, 아니, 그게 팬 건 아니고, 그냥 그…… 어…….''
선조시여. 이놈을 어떻게 합니까, 이놈을!
"너는 오늘부터 나흘 동안 금식이다."
"헐. 너무하시는 것 아닙니까?!"

"시끄럽다, 이놈아!"

청문이 청명의 머리를 꽉 움켜쥐고는 당겨 옆구리에 꼈다.

"이런 망둥이 같은 놈!"

"아악! 아픕니다! 아프다구요! 사형!"

청문과 청명이 투닥거리며 화산의 산길을 내려갔다. 그들의 등 뒤로 어느새 피어난 매화가 가만히 웃음 지었다.

       • ❖ •

청명이 몸을 일으켰다. 살짝 주변을 둘러본 그는 낯선 공간에서 느껴지는 위화감에 잠시 침묵했다.

아, 꿈이구나. 다시 눈을 감았다.

'옛날 꿈 같은 건 꾼 적 없었는데.'

청명이 고개를 살짝 흔들었다. 손에 잡힐 듯 생생한 청문의 얼굴을 다시 떠올리니 이상한 감정이 치밀었다.

하지만 알고 있다. 과거는 과거일 뿐. 그는 지금 현재를 살아가는 자다. 왜 청명에게만 이런 일이 벌어졌는지는 알 수 없지만, 과거의 기억에 흔들려 현재를 잃을 만큼 청명은 바보가 아니다.

"무슨 말을 하고 싶었던 겁니까, 사형?"

왜 굳이 이 시점에.

그는 이내 고개를 내저으며 자리에서 일어났다. 과한 생각이다. 꿈은 꿈일 뿐이지. 아마도 검총에서 아무것도 얻지 못했다는 사실이 청명을 심적으로 괴롭힌 모양이다. 그러니 이런 꿈을 꾸는 거겠지.

"빌어먹을! 어떻게든 혼원단을 손에 넣었어야 했는데!"

청명이 빠득빠득 이를 갈았다. 이미 며칠이 지났건만, 도무지 감정이 가라앉지를 않았다.

혼원단은 단순한 영약이 아니다. 혼원단의 연단법은 연단의 능력을 잃은 화산에게 반드시 필요한 것이었다. 그러니 이토록 아쉬움이 깊은 것이다.

"끄응. 없는 걸 만들어 낼 수도 없고."

한참을 괴로워하던 청명은 결국 체념하며 머릿속의 미련을 떨쳐 버렸다. 연단법이야 어떻게든 손에 넣을 수 있을 것이다. 이제는 지난 일은 버리고 앞으로의 일을 생각할 때다. 그리고 무엇보다 오늘은…….

청명이 문을 열고 밖으로 나갔다. 마당으로 이어지는 대청에는 이미 그의 사형제들이 짐을 싸고 걸터앉아 있었다.

"일어났냐?"

"응."

"무슨 잠을 그리 오래 자느냐? 몸이 안 좋더냐?"

"그런 건 아니야."

청명이 고개를 내저었다.

"그럼 다행이고."

백천이 봇짐을 둘러메고는 자리에서 일어났다. 오늘은 화산으로 떠나는 날이다. 못내 미련을 버리지 못한 청명이 한숨을 내쉬고는 먼 하늘을 바라보았다.

- 이어질 인연은 결국 이어진다. 이어지지 않았다면 인연이 아닌 게지.

'아니, 거 말씀 참 속 편하게 하시네!'

내가 왜 그렇게 발악을 했는데! 그놈의 혼원단 나한테는 별 필요도 없는 거! 화산 한번 살려 보겠다고 제가 이러고 있는데 그걸 그렇게 말하면 됩니까? 예?

- 다 네 복이니라.

"끄으으으응."

청명이 머리를 벅벅 긁어 젖혔다.

"내가 전생에 무슨 죄를 지어서……. 아니, 아니지. 죄를 짓기는 많이 지었지."

이래서 사형이 사제들 패지 말라고 했구나. 그때 지은 죄가 이리 돌아오다니. 연신 한숨을 쉬는 청명을 보며 백천이 피식 웃었다.

"뭔 미련이 그리 많으냐. 내려놓을 것은 내려놓아라. 이제는 그만 돌아가야지, 화산으로."

"……그래야지."

청명이 고개를 끄덕이고는 다시 하늘을 바라보았다.

'날 한번 더럽게 좋네.'

먼 길을 떠나기에는 딱 좋은 날씨였다.

"고생 많았다, 화산신룡."

"……하루 쉬어 간다 해 놓고 대체 며칠을 붙어 있는 거예요?"

"여기 밥도 맛있고, 잠자리도 편하고, 술도……. 아, 아니. 그게 아니라 몸이 영 회복이 안 돼서……."

청명이 영 못 미덥다는 눈으로 홍대광을 바라보았다.

'개방에 어쩌다 이런 위인이.'

과거의 개방도들은 협의 하나에 목숨을 건 이들이었다. 전력을 상실한 것으로 따지면 대산에서 가장 큰 피해를 본 게 화산이지만, 죽어 간 문도의 수로 따지면 감히 개방을 따를 이들이 없다. 그 협의 넘치는 개방을 생각하다가 이런 느물거리는 인간을 보니까…….

'아니, 개방은 원래 느물거렸었나?'

잘 모르겠다. 전쟁터에서는 사람이 변하는 법이니까.

"여하튼 화산신룡. 이제 화산으로 돌아가는 거냐?"

"그래야죠."

"그래?"

홍대광의 눈빛이 진지하게 변했다. 그가 청명을 향해 깊게 포권 한다.

"개방의 낙양 분타주이자 칠결개(七結丐)인 이 홍대광. 이번 검총 사태에서 화산이 개방에 준 도움에 감사드립니다. 개방은 결코 은혜를 잊지 않는 문파외다. 언젠가는 이 은혜를 갚을 수 있도록 하겠습니다."

"별말씀을."

청명도 이번만은 장난기를 빼고 홍대광과 마주 포권 했다. 이윽고 손을 내린 두 사람이 어색한 표정으로 서로 마주 보았다. 뭐랄까. 약간은 전우애 같은 게 생긴 것 같기도 하고.

그때 홍대광이 속삭이듯 말했다.

"그리고 이제 조심하는 게 좋을 거다."

"네?"

"좋든 싫든 이번 일로 강호에 너의 명성이 울리게 될 거다. 네가 활약하는 모습을 모두가 지켜봤으니까. 화종지회로부터 이 년이라는 시간이 지나 조금은 색이 바랬던 너의 명성이 다시 퍼져 나가겠지. 강호에서 명성을 얻는다는 건 꼭 좋은 일은 아니다. 너를 시기하는 자들이 늘어나고, 너를 쓰러뜨려 명성을 얻으려 하는 자들이 늘어난다는 이야기니까."

"흐음, 뭐 뻔한 이야기를."

청명이 심드렁하게 말했다. 그런 건 이미 지긋지긋할 정도로 겪어 보았다. 그리고 그렇게 왔던 놈들은 하나같이 엉덩이에 바람구멍이 뚫려서 돌아갔지. 오는 놈들 하나하나 패다 보니 나중에는 매화검존이라는 거창한 별호가 생기지 않았던가.

"사람이 충고를 해 주는데!"

홍대광이 발끈하자 청명은 마지못해 고개를 끄덕였다. 여하튼 지금 그는 매화검존 청명이 아니라 화산신룡 청명이니까.

"알아서 잘하리라 믿는다. 그리고 앞으로는 화산에 정기적으로 사람을 보내마."

청명이 살짝 눈을 빛냈다. 사람을 보낸다는 건 개방 분타만의 뜻은 아닐 것이다. 앞으로 개방이 화산과의 교류를 이어 가겠다는 뜻이다.

"줄 게 없는데요?"

"그건 우리가 판단할 일이지."

홍대광이 씨익 웃었다.

"한번 철수했던 개방 화음 분타도 다시 설치할 생각이다. 그러니 혹여 개방의 정보가 필요하다면 그쪽으로 문의하면 된다."

"화음 분타에서 우리 정보도 빼 가고 말이죠?"

"하하. 다 그렇게 돕고 사는 거지."

청명이 피식 웃었다. 나쁜 제안은 아니다. 오히려 바라던 일이다. 지금 화산에 가장 부족한 것이 정보니까. 사실 지금 화산의 정보력은 일개 중소 문파보다 못한 수준이다. 산골짝에 처박혀서 돈 걱정만 하고 살았으니 바깥세상이 어찌 돌아가는지 알기나 하겠는가? 청명은 고개를 끄덕이며 덧붙였다.

"거기에 추가로."

"응?"

"화음 분타에 오는 놈들은 똑똑한 애들로 꾸려 보내 줘요. 알고 싶은 정보가 많으니까."

"흐음."

"그리고 남영에도 거지 두엇 놔두고 화영문에 지원도 좀 해 주세요. 겸사겸사 연락책도 조금 해 주시고."

"그렇게 하지."

결정은 시원시원하고 빨랐다.

어쨌든 소득이 없지는 않았다. 목표로 하던 걸 손에 넣은 건 아니지만, 이것만 해도 보통 소득은 아니다. 여하튼 화산이 구파일방에서 쫓겨나며 관계가 완전히 끊어졌던 개방과 다시금 교류하고 정보를 얻을 수 있게 되었으니까. 아마 현종이 알면 감격의 눈물을 줄줄 흘리지 않을까?

"여하튼 고마웠다, 화산신룡."

"네, 잘 지내세요. 다시 볼 일은 없겠지만."

"아마 다시 보게 될 거다."

홍대광이 그 말을 남기고 손을 흔들었다. 그때 청명이 뒤돌아 가려는 홍대광의 허리춤을 움켜잡았다.

"잠깐."

"응?"

"약속은 잊지 마세요."

"약속?"

"그 거지새끼 화산으로 보내 준다는 말."

홍대광의 눈이 살짝 떨렸다.

"어, 그럼. 그렇지. 안 잊고 있어."

"제가 어물쩍 넘어갈 거란 생각은 하지 마세요. 나는 죽어도 안 잊으니까."

……그놈이 대체 이 녀석에게 무슨 짓을 저지른 거지?

"약속은 지킨다니까! 나 홍대광이야!"

"약속 안 지키면 개방 화음 분타가 무사할 생각은 말아야 할 거예요."

"……알았다니까."

다른 놈들이 이런 협박을 하면 웃어넘겼을 테지만, 이미 청명의 성정(?)을 수도 없이 확인한지라 웃을 수가 없었다.

그렇게 홍대광은 마지막까지 협박을 등에 업은 채 남영을 떠났다.

남영에서 해야 할 마지막 일을 마친 화산의 제자들도 봇짐을 둘러메고 화영문의 정문에 섰다. 화영문주 위립산을 위시한 위소행과 화영문의 문도들이 그들을 배웅하기 위해 나왔다.

"정말 감사하오."

"별말씀을."

백천이 위립산의 말을 받았다. 이미 백천과 위립산은 앞으로 화영문을 어떻게 운영해 나갈 것인지, 그리고 화산이 어떻게 지원할 것인지에 대한 논의를 며칠에 걸쳐 마친 뒤였다.

닥쳐온 위기에 혹시나 하고 본산에 연통을 넣어 본 위립산으로서는 그 모든 문제를 해결해 주고 지원까지 약속한 본산의 제자들이 고맙지 않을 수 없었다.

"화영문주님이 해 주셔야 할 일이 막중합니다. 본산에서도 많은 기대를 품고 있습니다."

"제가 그럴 위인이 되겠습니까? 하지만 이 한 몸 분골쇄신하여 최선을 다해 보겠습니다."

위립산이 깊이 고개를 숙이자 화산의 제자들도 고개를 숙였다.
"청명 도장님."
위소행이 아쉬움이 역력한 표정으로 청명을 바라봤다.
"왜?"
"뭔가 아쉬워서……."
"아쉬울 것도 많다. 이제 자주 보게 될 텐데."
그것참 반가우면서도 걱정스러운 말씀이시네요.
"저도 나중에 본산의 제자가 될 수 있을까요?"
청명이 단호하게 잘랐다.
"안 돼. 너는 화영문의 문주가 되어야지."
"……그렇겠죠."
"하지만 본산에 와서 수련을 하는 정도는 얼마든지 가능하지. 화산은 속가 제자와 본산 제자를 차별하지 않으니까. 여기 있는 조걸 사형도 언젠가는 화산에서 내려가 가문을 이을 작정이고."
"아, 조걸 도장님께서?"
위소행이 뭔가 답을 찾았다는 듯 조걸을 바라보았다. 그러자 조걸이 당황하여 손을 내저었다.
"아, 아직 확정된 건 아닙니다!"
"여하튼 그럴 수 있다는 거군요."
위소행의 눈에 결심이 어렸다.
"그러니 지금은 일단 아버지를 도와드리도록 해. 한동안 하실 일이 많을 거야."
"그러겠습니다."
그는 막힌 것이 풀렸다는 듯 웃으며 물러섰다. 대충 상황이 정리되었다 싶자, 백천이 다시 한번 위립산을 향해 인사했다.

"그럼 가 보겠습니다."

"먼 길 가는 데 금전이라도 조금 보태 드려야 하는데."

"괜찮아요!"

청명이 배를 쭉 내밀었다. 그의 가슴팍에 뭔가가 울룩불룩 튀어나와 있었다.

"우린 부자니까!"

……어……. 그래.

"여하튼 그럼 다음에 뵙겠습니다."

"살펴 가십시오."

화산의 제자들이 손을 흔들며 멀어지자 화영문의 사람들도 연신 손을 흔들었다.

"갔네요."

"그래. 갔구나."

뭔가 폭풍이 휩쓸고 간 느낌이었다. 어쩐지 살짝 허무함을 느낀 위립산은 화산 제자들의 뒷모습을 보며 부드러운 미소를 지었다.

'화산은 달라지겠지.'

아니, 이미 달라졌다. 그리고 언젠가 저들의 이름이 화산의 이름과 함께 천하에 떨칠 것이다.

'나도 이러고 있을 수는 없지.'

"들어가자꾸나. 할 일이 많다. 본산에서 내 준 숙제를 하려면 몸이 열 개라도 부족하겠구나!"

"예, 아버지!"

화영문의 제자들이 몸을 돌렸다. 그들의 어깨에는 이제껏 없었던 자신감과 자부심이 가득했다. 화영문의 현판에 써진 '화산속가(華山俗家)'라는 글귀가 오늘따라 더없이 반듯하게만 보였다.

◆ ◈ ◆

거리는 다소 을씨년스러워 보였다. 남영으로 몰려들었던 이들이 모두 빠져나가고, 남영 주민들은 일련의 사태에 놀라 바깥출입을 자제하다 보니 안 그래도 사람이 많지 않던 도시가 적막하기까지 했다.

"결국은 허탕만 치고 돌아가는군요."

윤종의 말에 백천이 고개를 내저었다.

"허탕은 아니다. 우리는 화영문의 일을 처리했고, 개방과의 좋은 관계를 얻었다. 그 와중에 무당과 격전을 치러 화산의 명성까지 드높였다. 이 이상 많은 것을 얻을 수는 없지."

"그렇긴 합니다, 사숙."

하지만 못내 아쉬움이 남는 것은 어쩔 수 없다. 혼원단 때문에 그 고생을 했는데, 결국 검총에서는 아무것도 얻어 나오지 못했으니까.

"약선……. 약선, 이 빌어처먹을 인간!"

청명도 그 부분은 여전히 마음에 걸리는지 자꾸 이를 갈아 댔다. 하지만 뭘 어쩌겠는가? 시간 끌고 죽친다고 혼원단이 하늘에서 떨어지는 것도 아닌데, 돌아갈 수밖에.

백천이 슬그머니 발걸음을 재촉했다. 빨리 남영에서 나가야 이 미련이 끊어질 것 같아서였다.

"그런데."

그때 지금까지 잠자코 있었던 유이설이 입을 열었다.

"약선은 왜 탈검무흔이 되었을까?"

"응?"

유이설이 슬쩍 청명을 돌아보며 말을 이었다.

"전에. 네가 말했어. 시작하려면 거기부터. 탈검무흔부터."

가만 듣던 백천이 고개를 끄덕이며 보탰다.

"그러고 보니 그런 말을 했었던 것 같은데. 청명아, 이유가 뭐냐?"

"내가 어떻게 알아. 그냥 그렇다는 거지."

백천이 고개를 내저었다. 그 질문에 대답한 것은 의외로 조걸이었다.

"정체를 숨겨야 하기 때문이었겠죠."

"응?"

"약선으로서는 절대 해선 안 될 일이었으니까요. 온 문파를 돌아다니면서 절대고수들을 쓰러뜨리고 검을 뺏었을 거잖아요. 그걸 약선의 이름으로 했다간 난리가 났겠죠. 약선을 잡아 죽이려는 사람들도 있었을 거고."

"그건 당연한 일이지만……."

백천이 미간을 찌푸리며 고민에 잠겼다. 뭔가 다른 이유가 있을 것 같다. 그 하나만으로는 뭔가 명쾌하게 설명이 되지 않는 느낌이었다.

"아니, 그게 아니지."

이번에는 윤종이었다.

"정체를 숨기면서 검을 빼앗고 다녔잖아. 왜 그랬냐고. 기껏 뺏어서 저렇게 검총 안에 처박아 박살 낸 걸 보면 애초에 탐을 낸 것도 아닌 것 같은데."

조걸이 침음성을 흘렸다. 생각해 보면 정말 이상한 일이다. 약선은 신병을 탐내지 않았다. 그렇다고 천하제일인이라는 명성을 탐한 것도 아니다. 돌이켜 보면 약선이 탈검무흔의 이름으로 행한 것들은 모두 헛짓거리에 지나지 않는다. 왜 그런 짓을 했다는 말인가? 검총은 또 왜 만들었고.

그때 유이설이 다시 입을 열었다.

"그냥 싫었던 건?"

"……응?"

"꼭 이유가 필요하지 않았을지도 몰라. 그냥 싫어했을 수도 있으니까."

싫어했다? 약선이 무인을? 백천이 살짝 고개를 갸웃거렸다.

"유 사매, 좀 더 자세히 말해 봐."

"약선은 기본적으로 의원."

"그렇긴 하지."

연단가라는 쪽이 더 맞겠지만, 기본적으로 약선은 의행을 하던 의원이었다. 혼원단 때문에 강호에서 더 유명할 뿐, 그는 평생을 다치고 병든 이들을 치료하며 살았으니까.

"그런 사람이니까. 싫어했을 것 같아요. 쓸데없이 검을 휘둘러 사람을 죽이는 무인들을. 치료해도 죽여 버리니까."

"그런 단순한 감정으로 이런 일을 벌였다고? 그럼 검총은 뭔데?"

유이설이 애매한 표정으로 말했다.

"경고하려 한 거 아닐까요? 강호인들에게. 약선의 제자들이 아니었다면, 그가 탈검무흔이라는 건 아무도 몰랐을 테니까."

"아니, 잠시만요."

윤종이 고개를 갸웃했다.

"그러고 보면 약선에게는 제자들이 있었는데 왜 혼원단의 연단법이 실전된 거죠? 제자들에게 전해지지 않았나요?"

"듣기로는 약선은 제자들에게 혼원단의 연단법을 알려 주지 않았다는군. 자격이 없다나 뭐라나."

"거참 들을수록 이상한 사람이네."

"결국 그 모든 것은 약선의 변덕이라는 건가?"

그때였다. 생각에 잠긴 듯 느릿하게 걷던 청명이 걸음을 멈췄다. 모두가 고개를 돌려 청명을 바라보았다.

"응? 청명아, 왜?"

하지만 청명은 아무것도 들리지 않는다는 듯 먼 하늘을 보며 뭔가를 중얼거렸다.

"약선. 혼원단. 문파. 탈검무흔. 연단. 제자. 시험. 시험……. 문파……."

홀린 듯한 중얼거림이 연신 이어졌다.

"이어진다. 남긴다. 시험한다……. 강호인. 그럼……."

이내 청명의 몸이 부르르 떨렸다. 그러더니 뭔가를 깨달은 것처럼 홀린 듯 몸을 돌렸다. 그리고 지금까지 가던 방향과 반대로 걷기 시작했다.

"어, 어디 가냐?"

윤종이 청명을 잡으려는 순간 백천이 얼른 막고 끌어당겼다.

"쉿! 따라가자. 조용히 하고."

"아, 알겠습니다."

이윽고 모두가 뭔가를 중얼거리며 걷는 청명의 뒤를 조심스레 따르기 시작했다.

'뭘 알아낸 거냐! 이 괴물 같은 놈아.'

백천의 눈에 숨길 수 없는 기대감이 피어났다.

청명이 홀린 듯 남영을 걸었다. 그의 발길이 향한 곳은 이미 무너져 버린 검총. 빠르지도 느리지도 않게 걸어 적공산 어귀에 도착한 그는 멍한 표정으로 외길을 타고 오르기 시작했다.
"약선. 탈검무흔. 약선. 탈검무흔. 혼원단. 제자……."
그러면서도 입으로는 끊임없이 뭔가를 중얼거리고 있었다.
생각하자. 생각해 보자. 생각은 전공이 아니지만, 지금 이 수수께끼를 풀 수 있는 이는 청명밖에는 없다. 청명의 머릿속이 수많은 단서로 뒤죽박죽 뒤섞여 갔다.
'나는 무얼 얻으려 했지?'
혼원단. 그리고 혼원단의 연단법.
'내가 들었던 곳은?'
검총. 탈검무흔의 무덤.
시작부터 잘못되어 있었다. 약선은 탈검무흔이지만, 탈검무흔은 약선이 아니다. 그 미묘한 차이를 생각하지 못한 것부터가 잘못이었다.
약선이 자신과 탈검무흔을 동일시했다면 그 사실을 숨기려 들지 않았을 것이고, 탈검무흔의 무덤을 검총이라는 이름으로 세상에 알리지도 않았을 것이다. 즉, 약선이 자신의 자취를 남기려 했다면 그건 결코 검총에 있지 않다는 뜻이었다. 결과적으로 검총 안에서 그들이 발견한 것은 다 썩어 버린 신병들뿐이지 않았던가?
그럼 탈검무흔이 아닌 약선의 자취는 어디에 있는가?
'외길로 이어진다.'
과거 적공산에는 이 외에도 여러 산길이 있었다고 했다. 하지만 어느 순간 천재지변으로 오직 이 길만 남았다고 했지. 마치 적공산을 오르는 이들은 반드시 검총이 있는 곳을 지나게 하려는 것처럼 말이다.

반쯤 넋이 나간 것처럼 산을 오른 청명의 눈에 더없이 넓고 깊게 파인 구덩이가 들어왔다. 그는 구덩이 바로 앞에 서서 멍한 눈으로 아래를 내려다보았다.

'검총.'

여기가 검총이다. 이 산을 오르는 이는 누구나 도착할 수밖에 없는 곳.

"도(道). 비도(非道). 길. 길이 아닌 곳."

길이 아닌 곳을 걷는 자는 이곳에 도달할 수 없고, 오로지 정도를 걷는 자만이 이곳에 도착한다.

"……뭔가 깨달은 거냐?"

은근히 물어 오는 백천의 말에 청명이 고개를 획 돌렸다. 그 불타는 듯한 눈빛에 백천이 흠칫한다.

"사숙, 검총을 발견한 이들은 어떻게 했지?"

"으응? 뭔 소리야?"

"검총을 발견한 이들이 뭘 했냐고!"

"그야……."

뜬금없는 질문이었지만, 일단은 대답을 해 줘야 한다. 지금 청명의 물음은 생각을 정리하는 과정에서 나온 것이 분명하니까.

"안으로 들어갔지."

"어떻게?"

"아니, 뭔 소리를 하는 거야. 당연히 문을 열고 안으로……."

백천이 입을 다문다. 문을 열고 들어간다.

"입문(入門)."

여러 가지 의미로 쓰일 수 있는 말이다. 하지만 이곳에서 그 입문이라는 것이 의미하는 것은 단 하나일 수밖에 없었다.

"서로 검을 겨눈 형상의 문."

"그래. 무학에 입문한다."

청명이 얼굴을 일그러뜨리며 말했다.

"그 뒤에는 뭐가 있었지?"

"길고 점점 좁아지는 길. 중간중간 함정이 있는."

조걸이 깨달았다는 듯 손뼉을 쳤다.

"알았다! 그게 수련이구나!"

"그래. 수련이지. 수련이란 점차 좁아지는 길을 걷는 것과 같으니까. 모두가 드넓은 길에서 시작하지만, 결국은 그 좁아지는 길을 감당하지 못하고 하나둘 뒤처지기 시작하지. 그걸 이겨 낸 이들만이 다음으로 나아간다."

"중간중간 커다란 시련을 겪으면서 말이지."

청명이 고개를 크게 끄덕였다. 이젠 명백하다. 백천이 상황을 정리했다.

"그럼 검총은 사람이 무학에 입문하여 무를 닦아 나가는 과정을 형상화한 것이라는 말이군."

"아마도 그럴 거야."

그제야 백천은 검총 안의 그 기괴한 형태를 이해할 수 있었다.

"하지만 중간중간 길이 갈렸잖아."

"무학을 익히는 것 역시 마찬가지지. 입문이야 동일하더라도 다들 자신의 성향에 따라 다른 길을 택하기 마련이니까. 하지만 마지막에는 어떻게 됐지?"

"……길이 다시 하나로 합쳐진다."

"만류귀종(萬流歸宗)이지. 서로 다른 길을 걷는다고 해도 마지막에는 결국 더없이 큰 뜻에 따라 하나를 좇을 수밖에 없어."

백천이 신음하듯 말했다.

"……무학의 완성이구나."

"그렇지."

청명 일행이 조명산, 삼살귀 등과 싸웠던 거대한 공동. 여러 개로 갈라졌던 길은 그곳에서 다시 하나로 합쳐졌다. 마치 서로 다른 뜻을 품은 무인들도 결국에는 단 하나의 목적을 향해 움직일 수밖에 없다는 것처럼 말이다.

"그 뒤에 뭐가 있었지?"

"……길고 어두운 동굴. 그리고 강시."

윤종이 앓는 듯한 목소리로 말했다.

"심마(心魔)로군."

"그래. 무학을 완성하기 전 반드시 찾아오는 어둠, 심마다."

"그럼 그 절벽은? 심마를 겪고 나서 위로 오르는……."

대답은 청명이 아니라 백천의 입에서 나왔다.

"등선지로(登仙之路)."

백천은 이제야 그 모든 의미를 알 수 있었다.

"그 절벽의 맨 끝에서 내려오던 눈 부신 빛은 무학의 완성을 의미하는 거로군. 도가에서는 우화등선(羽化登仙), 불가에서는 해탈(解脫)."

하지만 이렇게 생각해도 아직 풀리지 않은 것이 있었다.

"그럼, 그 다 삭아 버린 신병들과 비어 있던 목함은 뭐였던 거야? 등선이면 뭔가를 이뤄야 하잖아."

"없다는 거야."

청명이 이를 드러내며 말했다.

"등선이고 탈각이고. 사람과 싸우고, 사람을 죽이며 도달한 곳에는 아무것도 없다는 거지. 애초에 무학을 익힌다는 것 자체에 어떤 의미도 없다는 거야. 검총은 약선이 사람을 시험하기 위해 만든 곳이 아니라 그가 생각하는 무학을 형상화해 낸 곳이지."

유이설의 말이 단서가 되었다.

약선은 의원이다. 그런 이들이 사람을 다치게 하고 죽이는 무인들을 곱게 볼 리가 없었다. 아니, 어쩌면 철천지원수처럼 보였겠지. 그가 사람을 사랑하고 아낄수록 그 증오는 더욱 심해졌을 것이다.

"그렇기에 탈검무흔이 되어 당대의 강자들에게 그들이 쌓은 무학이 아무런 의미가 없다는 것을 알리려 했겠지. 그 무학의 상징인 애병을 뺏으며 말이야. 약선은 혼원단을 만들어 낼 만큼 연단에 조예가 깊었으니까 초식이 부족해도 막대한 내력으로 당대의 강자들을 꺾을 수 있었던 거고."

"……그런데도 달라진 것이 없었다."

"그렇지. 무인들의 무학에 대한 집착은 상상을 초월하니까. 약선은 말하고 싶었던 거야. 너희의 무학은 그저 사람을 죽이는 해악일 뿐이다. 도니 불법이니 하고 아무리 포장해 봤자, 결국 그 끝에는 아무것도 없다."

백천이 소름이 돋는다는 듯 어깨를 움켜잡았다. 실로 무시무시한 집념이고 광기다. 그 하나를 전하기 위해서 검총이라는 말도 안 되는 곳을 만들어 낼 수 있다니. 약선은 대체 얼마나 집요한 인간이었다는 말인가?

"그럼 애초에 그 안에 뭐가 있을 리가 없었다는 건가?"

"그렇지."

"……헛고생만 했군."

이제야 검총의 실체를 깨달은 이들이 저마다 한숨을 내쉬었다.

"그런데 여긴 왜 온 거야? 그걸 확인하려고?"

청명이 단호하게 고개를 내저었다.

"아니. 말했잖아, 검총은 약선의 무덤이 아니라고. 이곳은 그냥 탈검무흔의 무덤일 뿐이야. 약선은 자기 자신을 탈검무흔이라 생각하지 않았어. 그건 가짜지. 약선이 만들어 낸 연단과 의술에 비하면 아무것도 아닌 그저 가짜 신분."

"……."

"보통 자신이 목표로 삼던 것이 무너진 이들은 어떻게 하지?"

"……목표를 다시 찾으려 하겠지."

위를 바라보게 된다. 모두가 무너지는 천장에서 눈을 떼지 못했고, 청명마저도 동굴이 붕괴하는 순간 하늘에서 쏟아지던 빛을 찾았었다. 그곳에 아직 광명이 있다는 듯 말이다.

"하지만 덧없음을 알아낸 이는 바닥을 본다. 그 바닥에…… 무인들이라면 거들떠보지도 않을 가장 낮은 바닥에, 삶이 있다. 생존이 있다. 살아가는 이들이 있다."

청명이 쉴 새 없이 중얼거렸다. 사형제들에게 하는 말이 아니었다. 그저 봇물처럼 터져 나오는 생각이 말의 형상으로 흘러나오는 것에 불과했다.

"그럼 깨달은 이들은? 그들은 어떻게 해야 할까?"

"돌아간다?"

청명이 천천히 발을 옮겼다.

"아니야. 나아간다. 처음부터 목표를 잘못 잡은 이도. 무학이라는 길을 걸어 사람을 상하게 한 이도. 살아 있다면 나아갈 수 있는 법이지."

그가 향한 곳은 구덩이를 넘어서 이어지는 산길이었다. 아무도 저곳으로는 가지 않았다. 수많은 이들이 모여들었지만, 검총을 발견한 이들 중 누구도 이어지는 길로는 발을 옮기려 하지 않았다. 그리고 누구도 이를 두고 이상하다 생각하지 않았다.

"단서는 수도 없이 많았어. 산 한가운데에 있는 풀 한 포기 자라지 않는 땅. 욕망에 휩싸여 귀물을 찾는 이들에게 그곳은 마치 황금으로 만들어진 땅처럼 보이겠지만…… 그건 그저 죽은 땅일 뿐이야."

"아……."

죽은 땅이라는 말을 듣고 나니 모든 게 명백해지는 느낌이었다. 돌이켜 보면 이렇게나 많은 단서가 있었고, 더없이 친절하게 설명해 주고 있었다. 혼원단과 신병이라는 욕망의 덩어리가 다른 생각을 하지 못하게 했을 뿐이다.

화산의 제자들조차 이곳에 오자마자 검총으로 뛰어들었고, 검총이 무너진 뒤에는 미련 없이 돌아서지 않았던가. 오로지 검총만을 의미로 뒀던 이들에겐 더 나아갈 길 같은 건 아무런 의미가 되지 못했다.

청명이 다시 홀린 듯이 나아간다. 죽어 버린 땅에서 이제는 커다란 구덩이가 된 곳. 즉 모든 것이 무너져 허무로 돌아가 버린 곳을 지나쳐…… 그래도 이어지는 길을 향해서 무성하게 자라난 수풀을 헤치며 걷는다.

'당신이 말하고 싶은 건 이거였군.'

무학에 대한 허무가 끝이 아니다. 걸어라. 그래도 걸어라. 모든 생을 걸어 달성하려고 했던 목표를 잃었어도, 그것에 절망하지 않고, 자신의 발밑에 뭐가 있는지를 알아낸 이라면…… 아직 늦지 않았으니 그 두 발로 나아가라.

무학이 아닌, 삶을 위해서.

청명의 발걸음이 진중해졌다. 약선의 사상에 동의하지는 않는다. 하지만 그가 일생의 모든 것을 퍼부어 만들어 낸 이 가공할 안배에는 경의를 표하지 않을 수 없었다.

이윽고 그들이 도착한 곳은 또 다른 너른 공터였다. 하지만 이곳은 처음 그들이 보았던 곳과는 달리 모든 것이 조화로웠다. 바위틈으로 물이 흐르고, 주변에는 풀이 무성하게 우거져 있다. 나무는 자연스레 자라나 있고, 그 사이에서 자유로이 뛰놀던 동물들이 청명을 발견하고는 놀라 바삐 달아난다.

아무것도 아닌, 그저 자연스러운 곳. 하지만 그렇기에 청명은 이곳이 약선이 진정으로 택한 땅이라는 것을 확신할 수 있었다. 처음 그들이 도착했던 죽어 버린 땅과 완벽하게 대비되는 곳이기 때문이다.

"약선의 뜻을 알지 못하는 이들은 이곳에 도착해도 아무런 생각도 들지 않겠지."

"그렇겠지. 여긴 그냥…… 정말 그냥 산이니까."

청명의 시선은 처음부터 한곳에 고정되어 있었다. 공터 한쪽의, 물이 흘러나오는 바위틈. 저곳이 아마 이 적공산의 수원(水原)일 것이다.

"물은 미약하지."

청명이 나지막이 중얼거린다.

"가늘고 얕게 흐른 물은 이내 다른 물들과 합쳐져 개천을 이루고, 강을 이루어 이윽고 바다로 흘러 들어간다. 그러면서 수많은 생명을 살아가게 한다."

그것은 결국 도(道). 그리고 인(仁)이다.

"약선이 정녕 자신의 것을 전하려 했다면, 자부심과 우려를 극복시키려 했겠지."

검충은 우려다. 그렇다면 약선의 자부심은? 청명은 마치 자신이 약선이 된 것처럼 중얼거렸다.

"내가…… 내가 이룩한 것이 물처럼 세상에 퍼져 나가 수많은 이들을 살리는 시발점이 되리라."

광오하기 짝이 없는 생각이다. 하지만…… 이 안배를 한 자가 정말 약선이라면, 그는 광오할 자격이 있다.

청명은 천천히 걸어 물이 뿜어져 나오는 바위틈으로 다가갔다. 그의 생각이 맞는다면, 약선이 먼 훗날의 후예들에게 전하려 한 것이 지금 청명에게 제대로 전해졌다면, 그가 전하려 한 것은…… 바로 이곳에 있다!

청명이 살짝 떨리는 손을 물이 뿜어져 나오는 바위틈 안으로 밀어 넣었다. 사람의 손 두어 개가 겨우 들어갈 만한 좁은 틈. 그 안으로 어깨까지 팔을 밀어 넣고 안쪽을 더듬기 시작했다. 그의 몸이 순식간에 물로 젖어 들었다.

이곳은 수원(水原). 생명의 근원이다. 있어야 한다면 이곳뿐이다. 아니, 여기에 있을 것이다!

'좌절해 보지 않은 이는 알 수 없다.'

무학이 얼마나 허무한 것인지 모르는 이는, 약선이 전하려 한 것을 깨달을 수 없다. 삶의 끝에서 누구보다 짙은 허무를 느꼈고, 그럼에도 다시 나아가는 청명이기에 약선이 말하려는 바를 알 수 있었다. 그러니 여기에, 바로 여기에 있어야 한다!

그 순간이었다. 청명의 손끝에 뭔가가 턱 잡혔다. 손끝의 감각이 말한다. 이건 바위가 아니다. 분명 이건…….

'금속?'

청명이 손을 안쪽으로 더 밀어 넣었다. 반듯하게 제련된 금속의 감각이 확연하게 느껴진다. 힘을 꽉 주어 손에 잡힌 금속 덩어리를 뽑아냈다.

콰르르르!

물이 세차게 뿜어져 나옴과 동시에 바위틈에서 네모난 철괴가 뽑혀 나왔다. 청명은 숨도 쉬지 못하고 자신이 뽑아낸 것을 바라보았다.

상자였다. 그의 손이 떨리기 시작했다. 사형제들도 차마 입을 열지 못하고 돌처럼 굳은 채로 청명이 뽑아낸 상자를 바라보았다.

금속으로 단단히 밀봉된 상자는 이백 년 동안 물속에 있었음이 분명함에도 그 형태를 온전히 유지하고 있었다. 그것만 보아도 범상치 않은 물건이 확실했다.

청명의 손끝이 천천히 잠금장치로 향했다. 딸깍 소리가 울렸다. 단숨에 잠금장치를 끄른 청명은 깊게 심호흡했다. 그리고 덜덜 떨리는 손으로 상자를 천천히 열기 시작했다.

끼이이익.

아주 작은 마찰음과 함께 상자가 열렸다. 눈으로 상자 안을 확인하기도 전에 말로 형용할 수 없을 만큼 더없이 청아한 향이 청명의 코끝을 파고들었다.

"으……."

이윽고 완전히 열린 상자 안. 청명은 두 눈으로 똑똑히 보았다. 그 작은 상자 안에 이십여 개의 작은 단환과 고풍스러운 책자가 들어 있는 것을 말이다.

"끅."

심장이 아프다. 다리가 후들후들 떨린다. 자꾸만 흐려지려고 하는 눈에 억지로 힘을 주어 책자의 제목을 확인했다.

『혼원비결(混元祕訣)』

"혼원……."

의식이 멀어진다.

"차…… 차…… 차…아아!"

"차?"

"찾았다아아아아아아아!"

"으아아아아아아아아!"

"미친! 찾았어! 찾아냈다고!"

청명이 하늘을 향해 더없이 세찬 고함을 터뜨렸다.

"으아아아! 약선, 이 새끼야! 내가 찾았다! 찾아냈다고오오오오오오!"

청명이 거품을 물고 뒤로 천천히 넘어갔다.

사형! 장문사형! 빌어먹을! 빌어먹을! 제가 해냈습니다!

점점 흐려지는 시야에 흐뭇하게 웃는 청문의 얼굴이 떠오른 것만 같았다.

"으아아아아아아아아!"

"찾았다! 찾았다고!"

"혼원단이다! 이런, 미친! 혼원단이 여기에 있었어!"

모두가 정신없이 열광하는 가운데, 백천이 뒤로 넘어가는 청명에게로 부리나케 달려들었다. 그러더니 청명이 아닌 혼원단이 든 상자를 재빨리 움켜쥐었다.

첨벙!

청명이 물 쪽으로 쓰러졌지만, 누구도 청명 따위에게 눈길을 주지 않았다. 반쯤 돌아간 눈으로 오로지 혼원단이 든 상자만을 확인할 뿐이었다.

"혼원비결이면, 이게 혼원단의 연단법이 틀림없겠죠? 그렇죠, 사숙?"

"그렇겠지! 설마 다른 것이겠느냐! 으하하하하하하! 결국에는 이걸 찾아내는구나!"

"으아아아아아! 장문인! 저희가 해냈습니다! 으하하하하핫!"

"쉿!"

그때 유이설이 조용히 하라는 신호를 보내더니 작게 말했다.

"사형. 아직 누가 있을지도 몰라요, 주변에. 보물은 화를 부르니까. 우리가 찾아낸 거, 누가 들으면 안 돼요."

"아, 그렇지."

백천이 재빨리 입을 닫고는 혼원단의 상자도 닫아 버렸다. 주변에 기척은 전혀 느껴지지 않지만, 만에 하나라는 게 있는 법이다.

"이제 이거 어떻게 합니까?"

"그, 그러게?"

"화산으로 가져가야 하는 것 아닙니까?"

"그래야지? 그래야겠지?"

천하의 백천조차도 이 순간만은 당황을 감출 수가 없었다. 갑자기 청명이 놈이 성큼성큼 산을 오르더니 상상도 못 한 곳에서 혼원단이 든 상자를 쑥 뽑아 버렸다. 당황하지 않으면 그게 더 이상한 상황이 아닌가.

"청명이, 이놈아! 진짜 잘했……. 응? 청명아?"

그제야 물에 반쯤 잠긴 채 거품을 물고 쓰러진 청명을 발견한 백천이 화들짝 놀라 달려갔다.

"야, 이놈아! 왜 이러고 있느냐?"

"끄으으으."

겨우 정신을 차린 청명이 몸을 파르르 떨며 백천을 노려보았다.

"사질이 쓰러지는데! 사질은 냅두고! 영약만 홀랑 챙겨 가?"

"……네가 쓰러지는 게 상상이 가야 말이지."

"내가 말을 말아야지."

청명이 앓는 소리를 내며 몸을 일으켰다. 옷이 완전히 젖어 버렸지만, 그런 건 아무 상관 없다.

"이리 내!"

청명이 백천에게서 혼원단이 든 상자를 빼앗듯이 가져갔다. 그러더니 심호흡을 하고 조심스레 상자를 열었다. 다시금 말로 형용할 수 없는 향이 퍼져 나갔다.

이건 무조건 진품이다. 보통 영단에서는 이런 향이 나지 않는다. 과거 화산의 최상급 영약이었던 자소단에서도 이토록 맑은 향은 나지 않았다. 이건 가짜로 만들려야 만들 수가 없는 물건이다.

"후우. 후우. 후우."

청명이 격하게 심호흡을 계속하며 혼원비결을 꺼내고는 상자를 다시 닫았다. 상자는 품 안에 대충 쑤셔 박은 뒤 혼원비결을 펼쳐 들었다. 그리고 살짝 떨리는 목소리로 읽기 시작했다.

"연자(連子)에게."

"오오오오!"

화산의 제자들이 일제히 감동 가득한 표정으로 청명의 목소리에 귀를 기울였다.

"나의 안배가 무엇을 의미하는지 이해하고, 이곳에 도달한 이라면 나의 진전을 이을 자격이 있다. 혼원의 연단과 의술은 세상의 수많은 이들을 구원하는 데 사용되어야 한다. 연자라면 나의 뜻을 충분히 이해할 것이다."

"오오오오오!"

"지, 진짜 혼원단과 혼원비결이구나!"

그 외에도 몇 가지 전하는 내용이 있었고, 그 뒤로는 혼원단의 제조법과 약선이 평생에 걸쳐 이룩한 연단과 의술에 대한 내용이 들어 있었다.

청명이 책을 덮었다.

약선은 미처 생각하지 못했을 것이다. 그가 이렇게까지 공을 들인 안배가 설마 그가 생각한 것과는 전혀 다른 성향을 지닌 인간의 손에 들어갈 줄은.

"낄낄낄낄낄."

웃음이 난다. 절로 웃음이 났다.

"이히히히히히히히힛!"

청명이 웃음을 주체하지 못하며 상자를 꺼내 혼원비결을 다시 넣었다. 그리고 품 안에 상자를 쑤셔 박고는 옷을 단단히 동여맸다. 챙겨 넣은 야명주들과 상자 때문에 가슴팍이 울룩불룩 튀어나와 우스꽝스러운 몰골이 되었지만, 아무려면 어떤가! 마음은 전에 없이 이리도 훈훈한데!

"허허허허허. 기분 같아서는 종남 장문인이랑 술도 한잔하겠네."

크으. 한잔 받으쇼. 인생이 다 그런 거지! 뭐? 매화검법? 아, 괜찮아. 괜찮아. 니들 그거 어차피 제대로 쓰지도 못하잖아. 낄낄낄낄.

"청명아, 이제 혼원……."

"으히히히히힛!"

"아니, 혼원……."

"크하하하하핫!"

백천이 고개를 절레절레 내저었다.

'맛이 갔네.'

하지만 저 기분만은 완벽하게 이해할 수 있었다. 백천도 조금 전부터 엉덩이가 들썩거리는 걸 도무지 주체할 수 없었으니까.

"세상에, 혼원단이라니."

이걸 얻기 위해 여기까지 오긴 했지만, 정말 이렇게 손에 넣을 수 있을 줄은 몰랐다. 자꾸만 청명의 가슴팍에 보이는 상자의 윤곽을 확인하게 된다.

"하, 그래도 사람이 도리는 해야지."

그때 개운한 목소리로 말한 청명이 몸을 빙글 돌리더니, 상자를 뽑아낸 수원지를 향해 천천히 절을 올렸다. 고인에게 예를 표하는 이배(二拜)를 마친 그는 가만히 그 수원지를 바라보았다.

"무덤도 아닌데 무슨 절이야?"

의아한 물음에, 청명이 고개를 내저었다.

"아니. 여기가 약선의 무덤이다."

"······응?"

약선의 시신은 다른 곳에 묻혔는지도 모른다. 어쩌면 무덤 따위는 없을지도 모르지. 혼원단과 혼원비결을 남긴 약선에게 더 이상의 삶은 의미가 없었을 테니까. 어쩌면 어떤 사람의 손길도 닿지 않는 깊은 산속에서 홀로 쓸쓸히 죽어 갔을지도 모른다.

하지만 이곳에 시신은 없을지 몰라도, 그가 남긴 뜻이 있다. 그렇다면 이곳을 약선의 무덤이라 불러도 이상하진 않을 것이다. 그에게 있어서 진정 중요한 것은 자신의 육신 따위가 아니라 그 의지였을 테니까.

"이걸로 됐어."

청명이 미련 없이 몸을 돌렸다. 약선의 기술은 잇는다. 하지만 그의 의지를 청명이 이어 줄 필요는 없었다. 하지만 윤종은 못내 마음에 걸리는 듯 말했다.

"그런데 이걸 화산으로 가져가도 될까? 고인의 뜻은 그게 아니었던 것 같은데."

화산은 무파다. 하지만 약선은 무인의 손에 혼원단이 들어가기를 원하지 않았다. 그저 자신의 뜻을 잇는 누군가가 인술(仁術)을 펼쳐 주기를 바랐을 뿐이다.

하지만 청명은 그저 심드렁하게 대답할 뿐이었다.

"상관없어. 약선 역시 도박을 한 것에 불과하니까. 적당히 안배해 놨으니 알아서 제대로 된 인간이 찾아오겠지 하고 생각한 건 무책임한 짓일 뿐이야."

"그래도……."

"정말 약선이 뜻과 의지를 전하고 싶었다면, 이런 식으로 혼원단을 남길 게 아니라 뜻을 이어 줄 수 있는 제자를 들였어야지. 눈에 차지 않더라도 제 뜻을 이어 줄……."

말을 하던 청명이 문득 입을 다물었다.

- 언젠가는 너도 바라게 될 것이다. 너의 사제들이, 너의 사질들이, 그리고 너의 후예들이 너의 뜻을 잇고, 너의 것을 이어 주는 날을 말이다. 문파란 그런 것이다. 함께 잘 사는 게 전부가 아니다. 더 중요한 것은 나의 의지를 이어 나가는 것이지.

청명이 가만히 눈을 감았다. 간밤의 꿈에서 청문이 했던 말이다.

'그 말이 하고 싶으셨던 거군요, 사형. 이 못난 사제가 그리도 걱정되셨습니까.'

입술을 지그시 깨문 채 침묵하자 의아해하는 물음이 들려왔다.

"청명아?"

"아, 아니야. 아무것도."

사형제들이 보지 못하게 슬쩍 눈가를 훔친 청명이 조금 낮아진 목소리로 말을 이었다.

"미덥지 않아도 전한다. 능력은 부족할지 몰라도 내 뜻을 이어 줄 이들이 대를 이어 살아가다 보면 언젠가는 온전히 나의 뜻과 능력을 모두 이어 줄 전인이 생겨나기 마련이지. 그래……. 그렇게 이어지는 게 문파. 그래, 그게 문파야. 그게……."

청명이 고개를 돌려 바위를 바라보았다.

"약선은 제 뜻을 이어 줄 이들을 믿지 못했어. 온전히 제 능력과 뜻을 담을 수 있는 완벽한 천재를 원했겠지. 그렇기에 이런 짓을 한 거야. 하지만…… 그건 제대로 된 방법은 아니었어."

홀로 오롯한 자는 결국 다른 이들을 깔볼 수밖에 없다. 약선 같은 천재의 눈에는 세상 모든 이들이 모자라 보였을 테니까. 모자란 이들이 자신의 진전을 이을 수 있을 거라 생각지 않았을 것이다. 오로지 자신과 같은 천재만이 자신의 능력을 이을 수 있으리라 믿었겠지.

한때 청명이 그러했듯이. 하지만…….

'당신은 틀렸어.'

그리고 과거의 청명도 틀렸다. 아니, 틀렸다기보다는 미처 알지 못했다.

- 언젠가는 그 모자란 이들이 너에게 더없이 소중한 존재가 될 것이다.

청명이 주먹을 움켜쥐었다.

"이젠 압니다, 사형."

"응? 나?"

윤종이 자신을 가리켰다. 청명이 뚱한 눈으로 그를 바라보았다. 아니, 아직은 잘 모르는 것 같기도 하고…….

여하튼! 이건 청명 혼자서는 할 수 없었던 일이다. 사형제들이 같이 고민하고 애써 주지 않았다면 청명 역시 아무것도 깨닫지 못하고 화산으로 돌아갔을 것이다. 미약한 이들이 청명의 등을 밀어 주고, 그를 받쳐 준다. 그래, 이게…….

청명이 살짝 어색한 어투로 입을 열었다.

"다들 고생했어."

"헐?"

"미쳤나?"

"애가 돌아 버렸나? 왜 안 하던 짓을 하지?"

"의원이 필요해요."

……아니, 이 새끼들이? 청명이 눈을 부라리다가 한숨을 푹 내쉬었다. 탓해 무엇 하랴? 다 청명의 탓인 것을.

청명이 가만히 바위를 바라보았다. 그리고 어쩌면 이곳에 남아 있을지도 모르는 약선의 의지를 생각했다.

'어쩌면 당신 역시 최선을 택한 건지도 모르지. 당신이 옳았는지, 내가 옳았는지는 알 수 없을지도 몰라. 나 역시 모든 걸 알지는 못하니까. 하지만…….'

"……그래도 나는 함께 걸어간다."

더는 홀로 걷지 않는다. 더는 홀로 모든 것을 해결하려 하지 않는다. 지금 그에게는 그의 뜻을 이어 줄 이들이 있고, 함께 뜻을 이뤄 줄 이들이 있다. 그래, 그게 문파이고 그게 화산이다.

약선의 의지는 여기에서 끊길 것이다. 그가 세상에 남기려 한 것도 더는 의미를 지니지 못할 것이다. 그의 의지는 그저 청명에게로 이어졌을 뿐이고, 청명은 그 의지를 잇지 않을 테니까.

그러나 청명은 다르다. 그의 의지는 이어진다. 화산이 존재하는 한, 화산의 의지가 세상에 살아 있는 한. 그가 죽는다 해도, 수백 년이 흐른다고 해도 청명의 의지는 사라지지 않는다.

'화산이 존재하는 한, 사형제들의 의지 역시 나와 함께한다. 그렇죠, 사형?'

대답은 들려오지 않았다. 하지만 청명은 이미 그 대답을 들었다.

과거를 그리워할 필요는 없다. 그들이 목숨을 걸고 지켜 냈던 화산의 의지가 지금의 청명과 함께하니까. 화산의 이름과 함께하는 것만으로 그는 앞서간 사형제들과 함께 있는 것이나 다름없다.

청명이 자신의 앞에 서 있는 사형제들을 바라보았다.

그래, 이들과 함께 걸어갈 뿐이다.

"사숙."

"그래."

청명이 더없이 시원한 미소를 지었다.

이제는 가야 할 때다. 이름만으로도 그리운 곳. 생각하는 것만으로도 괜스레 따뜻해져 오는 곳.

"돌아가자, 화산으로."

모두가 미소 띤 얼굴로 고개를 끄덕였다. 길고 길었던 남영행이 마무리되는 순간이었다.

외전

생일(生日)

"춥다."

"그렇죠?"

손등을 스치는 찬 바람에 청자 배들이 한숨을 푹 내쉰다. 그들의 시선이 봉우리 아래 펼쳐져 있는 화산의 정경으로 향했다.

"끄응. 여름 간 지 얼마나 됐다고."

"여기가 그렇지 뭐."

"어제 얼음 얼었던데요."

"벌써?"

"뭘 새삼스레 그러십니까? 매년 있는 일인데."

"하아……. 이제 곧 물 뜨러 산 중턱까지 가야 하는구나."

특히나 이 시기쯤 되면 갑자기 바람이 차가워져, 무인들조차 새벽 공기의 서늘함을 느끼기 일쑤였다.

"새벽 수련 나올 때 몸이 으슬으슬합니다."

"보약이라도 좀 지어 먹어야……."

그때.

"추워?"

"……."

등 뒤에서 들려온 목소리에 청자 배들이 움찔하고는 슬그머니 뒤쪽으로 고개를 돌렸다.

그곳엔 굉장히 마주하고 싶지 않은 얼굴이 목을 삐딱하게 꺾은 채 그들을 바라보고 있었다.

"처, 청명아?"

심통을 얼굴에 덕지덕지 바른 청명을 발견한 청자 배들이 몸서리를 쳤다. 저 새끼가 또 무슨 시비를 걸려고…….

"이야, 세상 많이 좋아졌다. 무학 익힌다는 놈들 입에서 춥다는 소리가 다 나오고."

"……."

"나 때는 어? 한겨울에 얼음장 같은 폭포 밑에 들어가서 칼 휘두르면서도 '어허, 시원하다' 했었는데!"

청자 배의 입에서 연이어 한숨이 터져 나온다.

'대체 저 새끼가 말하는 '나 때는'은 언젭니까?'

'나라고 알겠냐?'

여기서 괜히 지적이라도 했다가는 진짜 발작이 시작된다는 걸 아는 청자 배들은 침묵과 시선 회피로 청명의 잔소리에 저항했다.

하지만 그런다고 놓아줄 놈이었으면 화산의 미친개로 불리지도 않았을 터.

"이제 막 수련 끝냈으면 몸에 열이 확확 오르고, 입에서 단내가 풀풀 풍겨야지. 뭐? 추워? 안 춥게 만들어 줘?"

"……."

"얼마나 수련을 대충 하면 춥다는 소리가 입에서……."

"예! 죄송합니다."

"아이고, 우린 다음 수련이 남아서."

"자, 장문인이 부르셨던 것도 같고!"

"그럼!"

부리나케 달아나는 청자 배들을 청명이 어처구니없다는 얼굴로 바라보았다.

"어……."

순식간에 멀어져 버린 이들의 뒷모습을 멍하니 바라보던 청명이 이내 피식 웃고 만다.

"빠져 가지고는."

요새는 슬슬 머리가 굵어서 무슨 말을 하면 달아날 생각부터 한다.

"쯧쯧. 나 때는 안 그랬는데. 나 때는!"

그가 아직 파릇파릇할 때는 사형의 말이라면 껌뻑 죽었는데, 앞에서 잔소리라도 할 때면 정좌하고 한 마디 한 마디 놓치지 않으려고 집중을……

- 양심도 없냐, 진짜.

"아, 거 좀!"

애꿎은 하늘을 향해 버럭 고함을 내지른 청명이 겸연쩍은 듯 슬쩍 시선을 돌려 화산의 정경을 바라보았다.

"……가을이라."

그러고 보면 날이 조금 쌀쌀해지긴 했다.

아니나 다를까 저 아래 보이는 산이 군데군데 붉은빛으로 물들어 있었다.

그 모습을 본 청명이 제 머리를 벅벅 긁었다.

'뭔가 기분이 좀 이상한데.'

실체를 알 수 없지만, 저 모습을 보니 뭔가 빼먹은 느낌이 난다. 딱히 하지 않은 일은 없을 텐데.

"음……. 모르겠다."

청명이 고개를 휙 돌리고 백매관을 향해 걸어갔다.

그리고 조금 멀리서 그 뒷모습을 훔쳐보고 있던 다섯 개의 머리와 하나의 민둥 머리가 서로를 마주 보더니 이내 작게 고개를 끄덕였다.

• ◈ •

"끄응차."

몸을 씻고 제 방에 들어온 청명이 시큰둥한 얼굴로 방을 바라보았다.

단출하기 짝이 없는 방.

아니, 단출하다기보다는 차라리 삭막해 보이기까지 하는 방이다. 딱히 짐이 없다 보니 굳이 애쓰지 않아도 방이 알아서 정갈해 보인다.

그 방을 바라보던 청명의 표정이 일순 미묘해졌다.

"흐음……."

제 볼을 두어 번 긁은 청명이 피식 웃고는 침상으로 향했다. 이제는 슬슬 자 둬야 새벽에 있을 수련 시간에 잠에 취한 모습을 보이지 않을 수 있다.

예전 같으면 새벽 수련 따위 뒤도 안 돌아보고 달아나서 대충 구석에 박혀 술이나 퍼먹었겠지만, 이제는 그럴 수도 없는 입장이지 않은가.

"그래도 한잔할까?"

고민하던 청명이 이내 고개를 내젓고 침상에 누우려 할 때였다.

"야!"

쿵!

방문이 말 그대로 부서지듯 열렸다.

어안이 벙벙한 표정으로 돌아보는 청명의 반응은 신경도 쓰지 않고 방 안으로 고개를 쭉 내민 조걸이, 이해가 안 간다는 듯 눈을 가늘게 뜬다.

"아무리 생각해도 이상하단 말이야."

"……뭐가?"

"네 방이 이리 깨끗할 리가 없는데. 평소 하는 짓을 보면 구렁이 다섯 마리쯤은 살아도 될 마굴이어야 할 텐데."

"……."

"아무래도 의심……. 아악!"

조걸이 제 머리를 감싸고 뒹굴었다. 헛소리를 늘어놓는 조걸의 머리를 후려친 청명이 얼굴을 와락 일그러뜨리며 말했다.

"헛소리하지 말고. 뭐야, 갑자기?"

"아, 그게."

조걸이 슬쩍 청명의 눈치를 보고 말했다.

"내가 고민이 있어서 그러는데, 잠깐 이야기 좀 할까?"

"해."

"……어?"

조걸이 뭔가 당황한 얼굴로 청명과 방을 번갈아 바라본다.

"아, 아니. 여기 말고 저쪽에……."

"사형."

"응?"

청명이 빙그레 웃는다.

"개수작 부리지 말고 나가. 뒈지기 싫으면."

"아, 아니! 인마! 사형이 고민이 있다는데!"

"아냐. 사형은 고민이 있을 수 없어. 그럴 만한 머리가 있는 사람이 아니야."

"……."

조걸이 깊은 상처를 받은 얼굴로 청명을 바라보았지만, 청명은 콧방귀도 뀌지 않았다.

그나마 윤종이나 되면 생각이라도 한번 해 봤을 것이다. 어딜 조걸이.

"그러니까 개소리하지 말고 나가."

"……이게 안 통하네."

분명히 이 사형의 깊은 뜻을 알고 따라와 줄 거라고 믿었는데.

조걸이 뭔가 결심을 한 얼굴로 청명을 바라본다.

"그럼 별수 없지."

"응?"

"사숙!"

"엥?"

조걸이 청명의 뒤쪽을 보며 소리치자, 청명의 고개가 반사적으로 뒤로 돌아갔다.

따악!

그 순간 지체 없이 청명의 뒤통수를 후려 깐 조걸이 필사적인 기세로 달아나기 시작했다.

"억울하면 잡아 보시든지!"

"……."

청명이 멍한 얼굴로 제 뒷머리를 문질렀다.

"아……."

황당해서 말이 안 나온다는 표현은 아마 이럴 때를 위해 준비된 표현이겠지.

어처구니가 탈출해 버린 청명이 허허롭게 웃는다.

"아, 그래. 놀자 이거지?"

그와 동시에 그의 이마에 커다란 핏대가 돋아났다.

"그래. 그럼 어디 한 번 제대로 놀아 줄게."

청명의 몸이 바람처럼 쏘아져 나갔다.

"히이이이익!"

제 뒤로 순식간에 따라붙는 청명을 본 조걸의 얼굴이 새하얗게 질렸다.

"오, 오지 마!"

"오라며!"

"검! 청명아 검은 내려놓고!"

"어, 거기 대가리에 내려놓으려고!"

"아악! 이래서 내가 안 한다고 했잖아!"

조걸이 기겁을 하며 내달렸다.

홰애애액!

"아, 휘두르지 말라고!"

등 뒤의 옷자락이 잘려 나가는 섬뜩한 느낌이 생생하게 밀려온다. 거의 오줌을 지릴 지경이 된 조걸이 네발로 기다시피 식당 안으로 뛰쳐 들었다.

"아악!"

문턱에 걸려 엎어진 조걸이 고개를 획 돌려 그를 향해 걸어오는 청명을 올려다보았다.

"요새 부쩍 기어오른다 싶더니."

"내, 내가 사형이다, 청명아. 기어오른다는……."

"어. 그래, 사형이지. 누가 뭐래?"

청명이 제 손에 들린 검날을 혀로 핥았다.

"근데 내 특기가 기사멸조거든."

"아."

"뒈져!"

청명이 막 조걸을 향해 달려들려는 순간이었다.

"짜아아아안! 놀랐지!"

"생일 축하해요! 사형!"

"청명아, 생일 축하한다!"

"축하."

"시주! 축하드리오!"

갑자기 식당 안이 환하게 밝아지더니, 양손에 음식을 든 다섯 명이 환한 웃음과 함께 나타났다.

그러고는.

"너 왜 그러고 있냐?"

멀뚱한 눈으로 반쯤 지린 조걸과 검을 뽑아 들고 있는 청명을 번갈아 바라보았다.

"……."

조걸의 두 눈에서 사나이의 눈물 한 방울이 흘러내렸다.

"……그러니까."

청명이 제 앞에 한 상 차려져 있는 음식들을 보고는 머리를 벅벅 긁었다.

"생일?"

"그래. 오늘이 네 생일이잖아."

"……."

백천이 어깨를 으쓱했다.

"생각해 보니 지금까지 네게 제대로 생일을 챙겨 준 적이 없어서 말이다."

윤종이 고개를 끄덕여 동의를 표했다.

"사가가 있는 이들이야 집에 가서 생일을 축하하고, 화산이 집인 이들은 화산에서 생일을 축하해 주는데, 생각해 보니 저 녀석은 벌써 몇 해나 제대로 생일을 축하 못 해 줬죠."

"우리 잘못 아냐."

유이설의 말에 윤종이 고개를 끄덕였다.

"그러니까. 저놈이 얼핏 말한 날짜를 새겨듣고 기억 못 했으면 아마 평생 챙기지 못했을 겁니다."

"맞아요! 몰랐으면 몰라도 알면 축하해야죠! 그렇죠? 사고?"

"응."

유이설이 뚱하게 고개를 끄덕이자, 당소소가 아래에 내려 둔 보따리들을 들어 올렸다.

"이거랑 이거랑 이건 선물인데. 풀어 보세요, 사형!"

청명이 제 뒷머리를 다시 긁는다.

"아니. 뭘 이런 쓸데없는 걸."

"쓸데없다니."

백천이 그답지 않게 엄하게 말한다.

"적어도 우리에겐 쓸데없는 일이 아니다."

그 말에 모두가 고개를 끄덕인다.

괜히 어색해진 청명이 무슨 말을 해야 할지를 고민할 때, 백천이 제 앞에 있는 그릇을 슬며시 청명에게 내밀었다.

"옛다. 먹어라."

"응?"

"회과육이다. 예전에 네가 몇 번이고 생일에는 회과육을 먹어야 한다고 말한 게 기억이 나서 챙겨 봤다."

'물론 요리야 화음의 숙수가 했지만.'이라고 중얼거리며 백천이 술도 한 병 꺼내 청명의 앞에 내려놓았다.

"이야, 사숙. 큰맘 먹으셨네요. 술도 내주고."

"······생일이니까."

청명이 제 앞에 놓인 술잔을 보며 헛웃음을 터뜨리려 할 때였다.

"그런데."

"응?"

조걸이 머리를 긁는다.

"왜 생일에는 회과육을 먹는 거냐? 물론 네가 그걸 꽤 좋아한다는 건 아는데, 좋아하는 거랑 생일에는 꼭 먹어야 하는 거랑은 다르잖냐?"

"······."

'고아인 놈이 생일을 아는 것도 이상하지.'라고 중얼거리던 조걸이 윤종에게 걷어차이는 모습을 보던 청명이 제 앞에 놓인 회과육을 빤히 바라보았다.

'그러니까…….'
왜였냐면.

　　　　　◆ ❖ ◆

"이게 방이냐? 돼지우리지! 아니, 돼지도 너처럼 살지는 않겠다!"
"……."
"도인이란 손에 닿지도 않는 깊은 곳의 도를 깨끗이 닦아야 하는 법이거늘! 제 손 닿는 방 하나도 제대로 정리하지 못하는 놈이 무슨 도를 찾겠다고!"
"……."
"듣고 있느냐?"
청명의 입이 툭 튀어나온다.
그의 눈앞에서 뿔 달린 마귀가 입으로 불을 뿜어 대고 있었다. 저러면서 무슨 도가 어쩌고…….
"치우려고 했는데……."
"언제? 내가 들어오기 직전에 또 슬그머니? 내가 정리 정돈은 평소에 미리미리 해야 한다고 그렇게나 말하지 않았느냐. 도란 누가 대신 찾아 줄 수 없는 것이고, 도인이란 그런 도를……."
시작이네…….
청명의 눈이 먼 하늘로 향했다.
'방 못 치워 죽은 귀신이 들렸나…….'
이제 또 한 식경은 잔소리를 들어야 한다.
"어딜 보느냐, 지금?"

"아, 아니."

"끄응."

못마땅한 듯 청명을 노려보던 청문이 이내 맥이 풀린 듯 고개를 내저었다.

"그래서."

"네!"

청문이 영 의심스럽다는 듯 청명을 바라본다.

"시킨 수련은 다 했더냐?"

"그럼요!"

"꾀부리는 건 아니겠지?"

"에이. 제가요? 설마요."

청문의 눈이 살짝 가늘어졌다.

"사고 친 건 아니고?"

"누가 들으면 제가 아직도 사고나 치고 다니는 앤 줄 알겠네요."

"……."

영 미덥지 않은 얼굴이었지만, 지금 당장은 잡을 꼬리가 없었다. 청문이 하는 수 없이 고개를 끄덕이려 할 때였다.

"사, 사형!"

누군가 다급하게 그들이 있는 봉우리로 뛰쳐 올라왔다. 사색이 된 얼굴을 보니 보통 심각한 일이 벌어진 게 아닌 듯했다.

"무슨 일이냐?"

"그, 그게……."

청명이 눈을 부라렸지만, 뛰쳐 올라온 이는 청명의 시선을 피해 눈을 질끈 감고는 소리쳤다.

"자, 장문인께서 보관하시던 명주(銘酒)가 전부 물로 바뀌어 있었다 합니다. 내, 내부인의 소행으로 보이니 빨리 잡으라고."

"술? 술이라니? 그것도 내부인이라니? 술을 마시고 싶으면 화음에 가서 사 먹으면 될 텐데, 돈이 없는 것도 아니고 화산에 누가 있어 장문인의 술을 훔쳐……."

청문이 입을 다문다.

그러고는 느릿하게 고개를 돌려 청명을 바라보았다.

"……."

"……."

두 사람의 시선이 살짝 마주친 순간, 어색한 침묵이 둘을 감싸고 돌았다.

"혹시……?"

"헤……. 헤헤."

청명이 눈을 뒤룩뒤룩 굴리다가 이내 어색하게 제 뒷머리를 긁어 댔다.

"뭐……. 이제 애는 아니니까?"

"이 망둥이 같은 녀석이!"

"히이익!"

"거기 안 서느냐! 이놈!"

청명이 황급히 달아났고, 빗자루를 든 청문이 가공할 속도로 그 뒤를 뒤쫓았다.

"……에휴."

그리고 그 모습을 보던 이들은 땅이 꺼져라 한숨을 내쉬었다.

"……뭐 그렇게 잘못을 크게 했다고."

녹초가 된 청명이 쉴 새 없이 구시렁대며 터덜터덜 걸었다.

결국은 청문에게 붙들려 새벽이 되도록 조사전을 청소하고 오는 길이다.

"아니! 먹지도 않을 술이 물이랑 뭐가 다르다고! 그거 좀 바꿔 놨다고……."

억울함이야 하늘에 닿았지만, 뭘 어쩌겠는가? 이 화산 안에서는 저 청소 귀신에 대항할 이가 없는데. 제 사부조차도 눈치를 보는 화산의 독재자 앞에서는 천하의 청명도 고양이 앞의 생쥐일 뿐이었다.

"에이!"

바닥에 굴러다니는 돌부리를 걷어찬 청명이 한숨을 푹 내쉬고는 터덜터덜 걸어 제 모옥으로 향했다.

조사전 청소가 이제야 끝났지만, 청명이 받은 벌은 이게 끝이 아니다. 내일 해야 할 일은 둘째치고, 저 마귀가 사는 모옥으로 돌아가야 한다는 것 자체가 지금의 그에게는 끔찍한 벌이었다.

모옥에 거의 다 온 청명이 발소리를 조금씩 줄이기 시작했다.

'제발 좀 자라. 제발…….'

아직 안 자고 있다면, 또 잡혀 들어가 잔소리를 한 식경은 들어야 한다. 고문이 따로 있나? 그게 고문이지.

'차라리 저 사파 놈들이 자비롭겠다.'

살금살금 걸어 제 방에 거의 도착한 청명이 숨을 죽이며 방 문고리를 잡을 때였다.

"끝났느냐?"

"……."

청명이 눈을 질끈 감았다.

'아이고, 원시천존님.'

차라리 단박에 맞아 뒈지는 게 낫지…….

청명이 시무룩한 얼굴로 고개를 돌렸다. 어느새 밖으로 나온 청문이 뒷짐을 지곤 그를 바라보고 있었다.

"헤헤……. 안 주무셨……어요?"

청명을 빤히 바라보던 청문이 몸을 획 돌린다.

"따라오너라."

"예?"

"이리로."

청명이 어색한 얼굴로 말했다.

"저……. 사형. 밤도 늦었는데 여기서 하시면……."

"어서."

청문이 엄한 목소리로 말하자 청명이 어깨를 축 늘어뜨리고 청문의 뒤를 따랐다.

'차라리 죽여라, 죽여.'

이놈의 화산. 더러워서 도망가든 해야지. 대체 사람을 얼마나 괴롭혀야 성이 풀린단 말인가.

'어차피……. 나도 여기 오고 싶어 온 것도 아닌데.'

청명의 볼이 살짝 부풀었다.

'그렇게 내가 마음에 안 들면 나가 주면 그만 아냐!'

내일 아침이면 뒤도 안 돌아보고 달아날 거다. 두고 봐라.

청명이 작은 주먹을 꽉 움켜쥐었다.

탁.

"……엥?"

청명이 제 앞에 놓인 돼지고기볶음을 멍하니 바라보았다.

"먹어라."

"……이게 뭔데요?"

"보면 모르느냐, 음식이지. 회과육(回鍋肉)이라고 한단다."

"아, 아니……."

청문이 퉁명스레 말했다.

"저녁도 못 먹었을 텐데, 얼른 먹거라."

"……."

청명이 멍하니 제 앞에 놓인 그릇을 바라보았다.

붉은 기가 도는 먹음직스러운 돼지고기볶음이 그릇 가득 담겨 있었다.

"웨, 웬 고기예요?"

"네가 먹고 싶다고 노래를 불렀잖느냐?"

"그렇……긴 한데."

화산에서 고기를?

물론 화산이 고기를 아주 안 주는 건 아니지만, 저 꽉 막힌 윗 놈……. 아니, 윗분들은 그럼에도 육식은 좋지 않다고 말 그대로 쥐꼬리만큼 고기를 준다.

그니까 이 고기는 청문이 직접 구해 온 것이라는 의미다. 게다가 아직 열기가 도는 것을 보아…….

"직접 하신 거예요?"

"……."

"이걸?"

"크흠."

청문이 어색하게 헛기침을 내뱉었다.

"식겠다. 어서 먹어라."

청명이 멍하게 젓가락을 들었다.

"아니. 그런데 무슨 바람이 부셔서."

혼을 내고 미안해진 것은 아닐 것이다. 요리 같은 건 해 본 적도 없는 청문이 그새 재료를 구하고 조리법을 배울 수는 없었을 테니까.

다시 말하자면 이건 청문이 미리 준비한 음식이라는 건데……

"오늘이 네 생일이잖으냐?"

"……네?"

생일이라니? 청명이 태어난 날 같은 건 아무도 모르는데.

"네가 처음 화산에 들었던 날이 시월 열흘날이었다."

청명이 멍한 얼굴로 청문을 바라보았다.

"생일의 의미가 태어난 날을 칭하는 것이라면, 네 생일은 다름 아닌 오늘이다."

청문이 빙그레 웃었다.

"나는 그렇게 생각한단다."

"……"

"자, 어서 먹어라."

청명이 가만히 앞에 놓인 회과육을 바라보다가 이내 젓가락을 들고 고기를 먹기 시작했다.

김이 폴폴 나는 고기를 한 점 입 안에 넣은 청명의 얼굴이 순간 일그러졌다.

'짜.'

그리고 맵다. 게다가 뭔가 알 수 없는 잡내가 풀풀 풍기는 것이…….
이게 그…….
"맛있느냐?"
"……."
청명이 말없이 고기를 한 점 더 집어 먹는다.
"청명아."
참참참참.
"청명아."
참참참참!
"청명아!"
"넹?"
청문이 회과육을 흡입하고 있는 청명을 보며 말했다.
"회과육이 왜 회과육인 줄 아느냐?"
"그냥 밥 먹을 때는 밥만 좀……."
또 시작된 잔소리에 청명의 얼굴이 찌그러졌지만, 청문은 신경도 쓰지 않고 입을 열었다.
"겉으로 보는 회과육은 그저 매콤한 양념에 볶은 돼지고기 요리 같지만, 제대로 된 회과육을 만들기 위해서는 그저 볶는 것으로는 안 된단다."
눈빛으로 가해지는 은근한 압박에 청명이 하는 수 없이 입에 문 고기를 꿀꺽 삼키고 되물었다.
"……그럼요?"
"볶기 전에 한 번 삶아야지."
청명의 얼굴이 일그러졌다. 그게 뭐 그리 대단한 비결이라고.

"네에. 네에. 감사합니다. 조리를 두 번이나 해 주시다니. 아이고, 사형이 이렇게나 저를 생각……. 아악! 왜 때리고……!"

"똑바로 들어!"

청명의 입이 댓 발은 튀어나왔지만, 청문의 눈이 사나워지자 꿍얼대면서도 그 말에 귀를 기울였다.

"재밌는 건 돼지고기를 한 번 삶는 데도 꽤 품이 들어간다는 게지. 정성 들여 삶아 낸 돼지고기는 그 자체로 훌륭한 요리라고 할 수 있지 않으냐."

"……그렇죠."

"하지만 회과육은 그 삶은 고기를 얇게 잘라서 한 번 더 볶아 낸단다. 그래야 부드러우면서도 쫄깃한 식감을 살려 낼 수 있지."

청문이 그 새를 못 참고 또다시 돼지고기를 오물오물 씹어 대는 청명을 보며 빙그레 웃었다.

"내가 무슨 말을 하려는지 알겠느냐?"

"전혀?"

"……이 회과육에도 도가 담겨 있다는 의미란다."

"예?"

청명이 '혹시 도경 대신 개소리를 배우셨습니까?'라는 얼굴로 청문을 바라보았다. 하지만 청문은 그럴 줄 알았다는 듯 빙그레 웃었다.

"아무리 잘 삶아 낸다 해도 수육만으로는 뭔가 부족하지. 그리고 아무리 잘 볶은 돼지고기볶음도 그것만으론 완벽하지 않단다. 하지만 그 두 가지 조리를 모두 거치는 수고를 들임으로써 비로소 이런 맛을 낼 수 있는 거란다."

"알았으니, 그냥 밥 좀."

"왜 이런 요리가 나왔을까?"

"……아닙니다. 그냥 마저 하시죠."

체념한 청명이 젓가락을 툭 내려놓았다. 하지만 그 순간 청문의 얼굴이 조금 진지해졌다.

"나는 그렇게 생각한단다. 어쩌면 이 요리는 수육을 삶으려다 고기를 망쳐 버린 미숙한 숙수가, 망친 돼지고기를 살려 보려다 개발한 요리가 아닐까 하고."

"엥?"

그 말은 나름 재미있었는지 청명이 제 앞에 놓인 회과육을 바라본다.

"만약 실패한 수육을 대충 내려 했다면, 이런 요리는 나오지 못했겠지. 실패한 건 포기하고 처음부터 다시 수육을 삶겠다고 생각해도 이런 요리는 나오지 못했을 거란다."

"……"

"한 번으로 안 된다면 두 번 하면 된다. 한 번으로 실패했다면, 다시 시도하면 된단다. 완벽하게 하려 하는 것이 아니다. 부족한 결과가 나왔더라도 그 결과를 그대로 인정하고, 다시 궁리하는 것. 그게 도가 아니라면 무엇이겠느냐?"

청문의 단호한 말에 청명이 감탄한 듯 고개를 끄덕였다.

"……하나는 알겠네요."

"음? 뭘?"

"사형이 제정신이 아니……. 아니, 사형이 훌륭한 도인이라는 걸 말이죠. 하……. 하핫."

옆에 놓인 부지깽이를 집어 드는 청문을 보고는 청명이 슬그머니 말을 바꿨다. 어색한 웃음과 함께.

"그러니 너 역시 한 번 실패한다 해도, 좌절할 것 없다. 실패했다면 다시 하면 되는 거란다."

"네네. 그럼 이제 먹어도 되나요?"

"……그래."

"히힛!"

청명이 다시 회과육을 흡입하기 시작하자, 청문이 피식 웃고 말았다. 아직 어린 청명에게는 너무 어려운 이야기였을 것이다.

그저 언젠가는 알길 바란다.

지금이야 타고난 재주가 뛰어나 딱히 좌절을 겪은 적이 없지만, 청명도 언젠가는 자신이 초래한 잘못으로 크나큰 좌절을 겪게 될 날이 올 터.

그때 주저앉지 않고, 다시 시작하는 게 진짜 도인의 자세라는 것을 말이다.

청문이 회과육을 말 그대로 흡입하는 청명을 흐뭇한 얼굴로 바라보았다.

"맛있더냐?"

"……네."

청문의 입가에 흐뭇한 미소가 걸린다.

"채소 걷어 내지 말고."

"……."

"꼭꼭 씹어서."

"하아……."

작은 등불이 밝혀진 주방 구석에 마주 앉은 청년과 소년의 밤이 그렇게 깊어 가고 있었다.

"……."

청명이 제 앞에 놓인 회과육을 빤히 바라본다.

굳어 있던 그의 입매가 점점 말려 올라가기 시작했다.

"왜냐고?"

"응?"

"이게 도(道)이기 때문이지."

"……."

백천과 조걸, 그리고 유이설이 동시에 윤종을 바라본다.

"뭔 소리야."

"이해하십니까?"

"해석."

화산 공인 '도인' 윤종이 빙그레 미소를 지으며 대답했다.

"개소립니다."

"아하."

"그럼 그렇지."

"이해함."

그러거나 말거나 청명은 젓가락을 들어 회과육을 한 점 입 안으로 던져 넣는다.

향긋한 향과 육질이 부드럽게 입 안을 감돈다. 확실히 숙련된 숙수가 만든 훌륭한 맛이다.

"어떠냐? 먹을 만하냐?"

"흐음."

청명이 뚱한 얼굴로 회과육 접시를 바라본다.

"제대로 된 회과육은 아니네."

"아오!"

"사천 것들이 둘이나 있는데! 이거 하나 제대로 못 사서!"

"아, 아니에요. 이거 진짜 맛있는데?"

청명이 쿡쿡대며 웃었다.

어디서도 찾을 수 없을 거다. 그 사람이 먹을 수준도 아닌 엉망진창의 회과육은.

그건 이제 영영 사라져 버렸으니까.

하지만…….

청명이 회과육 한 점을 더 들며 말했다.

"그래도 뭐 이것도 나름대로."

"그래?"

"거 봐요. 맛있다니까!"

"아, 아니. 누가 뭐랬나?"

"구박했잖아요."

"미, 미안하다."

당소소가 빽 질러 대는 고함 소리와 함께 청명이 크게 웃었다.

한 번 완성된 것이 설령 실패했다 한들, 이미 삶아 버린 것은 어쩔 수 없다. 그럼에도 손을 놓지 않고 다시 노력하다 보면 언젠가는 그 자체로 훌륭한 요리가 된다.

'그게 도라고 했었죠. 사형.'

그때는 몰랐다. 어쩌면 지금도 완전히 아는 건 아닐 것이다.

하지만 언젠가는 알게 되리라. 청문이 전하려 했던 것. 그가 남기려 했던 도(道)를.

누군가 질러 대는 비명과 왁자지껄한 웃음소리.

다르고도 같은, 누군가의 밤이 그렇게 깊어 갔다.

화산귀환 3

발행 l 2024년 5월 31일

지은이 l 비가
펴낸이 l 강호룡
펴낸곳 l ㈜러프미디어
디자인 l 크리에이티브그룹 디헌
기획 편집 l 러프미디어 편집부

ISBN 979-11-93813-33-1 04810
　　　979-11-93813-32-4 (set)

출판등록 l 2020년 6월 29일
주소 l 경기도 부천시 송내대로 29 리슈빌딩 3층
전화 l 070-4176-2079
E-mail l luffmedia@daum.net
블로그 l http://blog.naver.com/luffmedia_fm

해당 도서는 ㈜러프미디어와 독점 계약되었으며, 저작권법에 의해 보호받는 저작물입니다.
무단 전재와 무단 복제를 엄금합니다.